Das Letzte Jahrhundert Der Pferde

Ulrich Raulff

渐行渐远的马蹄

Das
Letzte
Jahrhundert
Der
Pferde

［德］乌尔里希·劳尔夫 著
董 璐 译

线装书局

图书在版编目（CIP）数据

渐行渐远的马蹄 /（德）乌尔里希·劳尔夫著；董璐译. —北京：线装书局，2022.4
ISBN 978-7-5120-4918-5

Ⅰ.①渐… Ⅱ.①乌… ②董… Ⅲ.①散文集－德国－现代②马－文化－世界 Ⅳ.①I516.65②S821

中国版本图书馆CIP数据核字（2022）第019276号

DAS LETZTE JAHRHUNDERT DER PFERDE by Ulrich Raulff
© Verlag C.H.Beck oHG, München 2016
Simplified Chinese language copyright © 2022
by Phoenix-Power Cultural Development Co., Ltd.
All rights reserved.

著作权合同登记号　图字：10-2021-443号

渐行渐远的马蹄

作　　者：	[德] 乌尔里希·劳尔夫
译　　者：	董　璐
责任编辑：	李　媛
装帧设计：	鹏飞艺术
出版发行：	线装书局
地　　址：	北京市丰台区方庄日月天地大厦B座17层（100078）
电　　话：	010-58077126（发行部）010-58076938（总编室）
网　　址：	www.zgxzsj.com
经　　销：	新华书店
印　　制：	三河市中晟雅豪印务有限公司
开　　本：	960mm×640mm　1/16
印　　张：	31.75
字　　数：	319千字
版　　次：	2022年4月第1版第1次印刷

定　　价：59.80元

目录

前言：漫长的告别..................................001

半人马契约：能量..................................001
马的地狱..................................007
大地上的事故..................................039
向着西部驰骋..................................069
震惊..................................102
犹太女骑师..................................134

图书馆中的幽灵：知识..................................155
鲜血与速度..................................161
解剖学课程..................................189
行家与骗子..................................218
研究者..................................247

生动贴切的隐喻：激情 283
拿破仑 289
马鞭 333
都灵，一个冬日的童话 368

被遗忘的活跃分子：历史 397
牙齿与时间 401
占领土地 422
椭圆圈一般的动物 446
希罗多德 462

鸣谢 477

前言

漫长的告别

  对于一个 20 世纪中叶出生在乡村的人来说,他将在一个老旧的世界里长大成人。与一个世纪前生于斯、长于斯的人们相比,他的生活并没有发生什么变化。自然决定了农业生产的结构,因而乡村生活以一种更为缓慢的节奏运转着。在城市孩子的眼中,生活环境完全是另外一番面貌——那里的环境被各种机器刻上深深的烙印,此外也深受各式各样的废墟的影响。在工业化的现代社会突飞猛进的时候,乡村几乎落后了整整 100 年。当然,即便在乡村,那些在 19 世纪中叶罕见、尚处于试验阶段的机器,其数量也在不断地增加着。此外,这些机器正变得越来越小巧、轻便、实用,并且在日常生活中也越来越随处可见。于是,人们也不用再将它们与中世纪的攻城器械或侏罗纪公园的恐龙联系起来了。各式各样的机器被小型拖拉机推拉、牵引着,这些如今越来越司空见惯的牵引机械在19世纪还没有被发明出来，或者充其量也只是以庞大的蒸汽机的面目示人。在20世纪中期，拖拉机已经能够提供15～20马力，它们有着短小且令人印象深刻的名字，如芬特（Fendt）、道依茨（Deutz）、兰茨（Lanz）、农牧神（Faun）等。而且，这些拖拉机几乎无一例外地被漆成了绿色。不过，相较于今天有着200马力的功率，并且配备有隔音驾驶室的猛犸象牌拖拉机（Mammuts），昔日的那些拖拉机仿佛就像蚱蜢一样脆弱得不堪一击。

这些出现在乡村大地上的机械化先锋行进时动作猛烈并且发出巨大的噪声，这显得与19世纪的浪漫格格不入；不过，如果忽略这些现象，可以说在农村并没有发生多大变化。依然随处可见的是各种马：躯体庞大的比利时冷血马、强健有力的特拉肯纳种马（Trakehner）、敦实的哈福林格马（Haflinger）。在狭窄蜿蜒的道路上、旷野的斜坡边和森林的峡谷中，它们是最常见、最常用的运输和牵拉工具。它们呼吸时喷出来的热气以及热乎乎的身体两侧，依然保留在我的冬日印象当中；而它们的棕色皮毛和闪亮的鬃发所散发出来的香气，仍旧留存在我的夏日记忆里面。我曾经看见过人们将四方形的马掌钉入马的脚掌里，时至今日，这样的画面依旧让我感到惊恐。在此之前，我只在教堂的耶稣受难像中看到过如此惨烈的场面。从此以后，每当听到有人说某个人"学识渊博"（"beschlagen"这个德语词除了有"知识丰富、有才学、有教养"的意思外，还有"给马钉马掌"的含义）的时候，在我眼前首先浮现的是四方形的马掌。

那些农夫，还没有交出他们低廉的小型农庄用来换取工厂里的工作，仍然依靠田地的收成生活。他们会特意在牲口棚里留下较小却较高雅的部分作为马厩。奶牛、耕牛、小牛犊、猪和鸡的数量更多，它们散发着强烈的臭味，也更聒噪——一言以蔽之，它们是牲口棚里的平民百姓；而马的数量非常少，它们更珍贵，身上散发着好闻的气息，吃相优雅，并且喂给它们的饲料要更高级，它们患起病来也更令人揪心——特别是当它们犯胃绞痛的时候，实在令人生畏。马就像是"生机勃勃的雕像"一样屹立在它们的小隔间里，晃动着美丽的脑袋，用它们的耳朵表达不信任和怀疑。它们有自己专属的场地，在那里从来不会出现牛的身影，猪或者鹅也都完全被拒之门外。尽管被铁丝网围起来的牛，特别是羊的牧场并不罕见，但没有哪位农夫想过用铁丝网将牧马的草场围起来。对马而言，一小块木桩或者带弱电流的电篱笆就足够。人们是无须将"贵族"禁闭起来的，因为它们会遵守不逃跑的诺言。

我清楚地记得 20 世纪 50 年代的某一天，我和我的祖父站在我们农庄里的一个小山丘上，一起俯视着这块环绕着高地的田野。我们将目光投向远处的一片阔叶林，在那里有一条狭长、向上的小路通往更远处的山地。很快，乡野间与世隔绝的宁静就被某个看上去像一只驼背的蚂蚁的东西打破了——它正慢腾腾、费力地爬上远处的山坡，并且发出很大的噪声。当这只大型"蚂蚁"逐渐靠近时，我认出来那是我叔叔的那辆烧柴油的奔驰牌老爷车。这辆笨重的汽车以一种不可一世的态度傲慢地向我们驶来。我的祖父冷嘲热讽地评论着这辆柴油发动机车，说它是辆欠揍的破车；说话间，他的目光变得越来越疑惑，因为坐在方向盘后面的我的堂哥正脱离车道、横穿牧场，直接向我们驶来。在潮湿的草地上没有开出几米,我的堂哥就失去了对他的座驾的控制。这辆汽车向斜前方滑去,撞上了围护着牧马草场的电篱笆,又裹挟着篱笆继续滑行;直到最后,被深蓝色的烟雾包围的它,又撞到了一根木桩上才停了下来。烟雾散去之后,这个威武傲慢的家伙才现出身来,而现在它的内部正噼里啪啦地迸发着电火花:被电篱笆俘虏的奔驰汽车变成了反向的法拉第笼——电流并没有被阻隔在外面,恰恰相反,它通过大量的金属部件将所有的电流都进一步导向了"笼子"里的人。

在司机和汽车的所有自救尝试都失败了之后,一匹躯体庞大的比利时冷血马作为急救员登场了。它拖着这辆柴油汽车的后保险杠,以巨大无比的力量,将真的成了破车的汽车拉回到行车道上。许多人都见过英国绘画天才威廉·特纳的一幅著名画作[1]:一艘曾经立下赫赫战功的巨型军舰被冒着滚滚浓烟的小船牵引向前,战舰上的风帆无精打采地垂着——**无畏号战舰**(Fighting Temeraire)将被拖到它最后的码头,然后被解体。而我所亲身经历的这个事件,像经常出现的讽刺画一样,展示着历史方向的逆转:在此时此地,是一匹已经退出历史舞台的老马正拖拽着一辆汽车,旧世界再一次卖力地为新世界效劳。

事实上,在这个时间点上,事态已成定局:人与马开始分道扬镳了。因为人类更向往未来,他们更喜欢驾驶机动车,这场漫长的告别是人类所计划的,并且他们已经为此铺平了道路。马的的确确被赶超了。它曾经是现实世界的一部分,但现在这部分——用美国前国务卿康多莉扎·赖斯的话来说——已经被历史的车轮**碾轧**过去了;它属于已经远远落在

---

[1] 威廉·特纳:《被拖去解体的战舰无畏号》(*The Fighting Temeraire*)。

后面的那段历史。几个世纪以来，当人类想到被征服者的命运时，都会在头脑中浮现出他们被胜利者骑在胯下、被胜利者**打倒**的画面。而现在，19世纪和20世纪之交，失败者是马，它们被历史所超越，或者更准确地说，是被历史所碾轧。在大部分有据可查的历史长河里，人类一直在马的帮助下战胜他们最危险的敌人；如今，这些昔日的胜利者被挤到了路边上，并且正缓缓地被排挤出去。在600多年的火药武器时代里，马作为人类最重要的战争装备的地位一直是毋庸置疑的，然而不到百年的机械化战争时代，已经足以把它们淘汰出局了。马成了近代历史上的失败者。

然而，人与马、机械动力与牲畜力量的分离进程，并不像人们想象的那样简单而顺利。人不可能第一天骑着马或者驾着马车，第二天就能够开车，摇身一变成了司机。分离经过了多个阶段，整个过程横跨了一个半世纪：也就是说，从19世纪初众多工程师试验蒸汽动力交通工具开始，一直到20世纪中期装有内燃发动机的汽车在驱动性能和数量上都大大超越了马为止。不过，猛然望去，令人惊讶的是，在这段时期的大部分时间，对于马的使用是不断增加的，而不是像人们所预想的那样呈下降的趋势。当这段时期接近尾声，即第二次世界大战结束后的几年间，马的使用才开始减少，当然，这是一个骤降的过程。从某种程度上来说，在马的最后一个世纪里，不仅经历了马从人类历史中的撤离，而且更重要的是，它被尊为神明：人类在这段漫长的告别中"唯马首是瞻"，尽管当时无论在曼海姆，还是在康斯达特，内燃机驱动的汽车已经"嗒嗒嗒"地四处奔跑了。尽管刚才已经涉及了这一个半世纪的岁月，但是

005

我偶尔提到的"马的最后一个世纪",并不是出于惰性思维或者为了听起来顺耳。从根本上来说,马的时代结束的岁月与人们习惯认知的 19 **世纪的整段时期**恰好完全契合,即以拿破仑时代为起点,到第一次世界大战为终点。在那个世纪之后,从交通运输到军队装备,在实际运用中所必需的牵引动力源头,都从马变为内燃机、摩托或电力引擎。但是,在现实生活里这种转变的**实现**却经历了相当长的时间:[1] 两次世界大战再一次导致马的使用量急剧上升到新高峰。直到 20 世纪中期,随着足够便宜的牵引动力机投入使用,在欧洲马的数量才得以急剧减少。因而直到 20 世纪 50 年代,人与马的分离已成定局,最终会发生。

从历史学的角度看,人与马的分离可以看作农业占主导的世界走向终结的核心篇章。直到 20 世纪中期,呈现在人们面前的景象是西方世界中机械和科技领域的文明进步,仍然强烈地受制于农业经济结构,包括与此相关的农庄、集市、牲畜、田地。让我们向前追溯,回到 20 世纪初,从田园牧歌中走出的戏剧性场景曾经更加引人注目。"在 1900 年前后,"思想家米歇尔·塞尔斯写道,"我们这个星球上的大部分人都还在农业和食品生产领域劳作;而今天,与其他类似的国家一样,在法国,农民只占人口总数的 1%。毫无疑问,应该承认这是自新石器时代以来最深刻的历史鸿沟之一。"[2]

在不断向前的工业化进程中,农庄里的传统生活和劳动方式都发生

---

[1] 请参见 D. 埃杰顿(D. Edgerton)的《旧世界的震惊:1900 年以来的技术和全球史》(*The Shock of the Old. Technology and Global History since 1900*),伦敦,2006 年,第 32 页及其后面若干页。

[2] 米歇尔·塞尔斯:《创造新世界!一份向互联网世界的爱的表白》(*Erfindet Euch neu! Eine Liebeserklärung an die vernetzte Welt*),柏林,2013 年,第 9 页。

了剧烈的变革，这迫使人们必须接受与马的告别，而从这个角度来看，也可以说这是一个人从模拟世界迁出的过程。对于生活在 19 世纪的人们所体验到的这段最令人惆然若失的经历，尼采找到了"上帝之死"这个词来形容它，曾经被人们信奉不疑的超验宇宙就此流失：人们发觉他们再也找不到彼岸的天堂了。而 21 世纪的公民们也感受到了类似的不安：他们就在此地，却失去了此地的人间。

在像法国这样曾经有着浓厚传统底蕴的农业国家里，**文化**——具体而言就是土地文化、农业以及葡萄种植业的古典且浪漫的意蕴——在过去从未被遗忘，[1] 因此后来所出现的断裂，必然给人们带来尤其强烈的感受。水果之神隐退了，而且人类生活的旧世界也与他们一同消失了。与马群的告别成为失去农耕世界的历史性标志。"我属于正在消失的那个群体中的一员。"法国艺术史学家、作家让·克莱尔抱怨说，"在我出生时，那个群体在法国人口中还占 60% 的比例，而今天已经不足 2% 了。总有一天，人们会承认，20 世纪所发生的最重要的事件不是无产阶级的兴起，而是农民群体的消失。"[2] 农民和农产品生产者消失了，与农民一起，甚至有时先于农民离开的是那些动物："马是第一个离开的，大概在 50 年代，它们已经一无是处，并且永远消失了。"[3]

从历史哲学的视角看去，人与马的分离体现了一个独一无二的劳动集体的解散：在这当中两个物种一直协力进行辛苦劳作，人与马是共同

---

[1] 请参见 E. R. 柯谢斯（E. R. Curtius）：《法国文化导论》（*Die Französische Kultur. Eine Einführung*），第二版，伯尔尼 & 慕尼黑，1975 年，第 6 页和第 28 页及其后面若干页。

[2] 让·克莱尔：《最后的日子》（*Les derniers jours*），巴黎，2013 年，第 135 页。

[3] 同上书，第 136 页。

体——尽管其中有一方会强迫另一方——黑格尔将这个集体称为"**历史的杰作**"。一个更为非同寻常的,也承载着大量推测性含义的巧合是,旧式的劳动集体的解体所发生的时间正好是黑格尔的《世界历史哲学演讲录》(*Vorlesungen über die Philosophie der Weltgeschichte*)[1]与那些认为在20世纪中期将开始出现的"历史的终结"的理论分道扬镳的时间段。[2]马的时代的终结,从19世纪早期初露端倪到20世纪中期被最终认可,恰恰跨越了150年的时间。这段漫长的时间,足以让黑格尔在1807年用顿呼法称法兰西皇帝为"骑在马背上的世界灵魂",也足以使阿诺德·盖伦在20世纪50~60年代发展他的**后历史学**学说。

哲学家、人类学家盖伦区分了三个世界时期:首先是相当漫长的前历史时期,紧接其后的是有着鲜明的农业特色的真正的历史时期,然后,这第二个历史时期又因工业化和后历史时期的登场消解了。[3]与这种范式类似,历史学家莱恩哈特·克泽莱克在2003年首次谈到马的时代时,也划分了三大世界纪元:他将整个历史分为马—前时代、**马的时代**和马—

---

[1] 黑格尔在1822—1823学年的冬季学期第一次讲授了这个课程,之后每两年讲一次,又讲了四次(1824—1825学年的冬季学期、1826—1827学年的冬季学期、1828—1829学年的冬季学期和1830—1831学年的冬季学期)。

[2] 请参见亚历山大·科耶夫(Alexandre Kojève)、戈特弗里德·贝恩(Gottfried Benn)和阿诺德·盖伦(Arnold Gehlen)的著作。

[3] 请参见阿诺德·盖伦的《后历史时期》(*Post-Histoire*)(1962年一次演讲的演讲稿),载H. 克拉格斯(H. Klages)和H. 夸里奇(H. Quaritsch)(编撰),《关于阿诺德·盖伦在人文科学中的重要性》(*Zur geisteswissenschaftlichen Bedeutung Arnold Gehlens*),柏林,1994年,第885—898页,此处引自第891页。

后时代。[1] 这位历史学家接受了三分法编年史的简洁性，因为只有这样他才可能从新的视角看待世界历史："由于充分地认识到，所有分期方法都取决于不同的提问角度，因而我要寻找一种划分标准，它能够囊括所有旧时代、中间时代和新时代的界限。"[2]

在探寻马的时代终结的尝试中，我也有与克泽莱克一样的期待。不过，与他不同的是，我将目光投向了一个相当狭窄的过渡区间，在那里发生了独特的从历史中走出的事件。伊萨克·巴别尔（Isaac Babel）将这个过程称为"**去马化**"的历史阶段，[3] 这个阶段有着特有的期限和历史影响力。它是交替进程和变化过程所带来的结果，持续了100多年的时间；而且，从某种角度来看，直至今日这个过程仍未完全结束。即便在克泽莱克于2003年的描述中，仍然映射着马的时代所留下的长长的影子。不仅如此，它也出现在我们的日常生活当中，也还是我们在聊天中会谈到的形象。实际上，马的历史的终结过程不仅持续了相当漫长的时间，而且这个过程也充斥在现实生活的各个领域当中：人们既可以切身感受到，也可以从旁观察到。除了人类之外，没有任何其他历史——自然物种像马一样，如此强烈地渴望拥有**完整的历史关照**。

在人们所记录的数量繁多、类型迥异的历史中，马经常作为主角出

---

[1] 莱恩哈特·克泽莱克：《现代的开始或者马的时代的结束》（*Der Aufbruch in die Moderne oder das Ende des Pferdezeitalters*），载《2003年明斯特历史学家奖》（*Historikerpreis der Stadt Münster 2003*）。2003年7月18日纪念会文献，明斯特，2003年，第23—37页。

[2] 同上书，第25页。

[3] 请参见伊萨克·巴别尔《我的鸽棚：短篇小说集》（*Mein Taubenschlag. Sämtliche Erzählungen*），慕尼黑，2014年，第517—518页。

现:科技史、交通史、农业史、战争史、城市史和能源史等。同时,其他类型的历史也很快跻身到这个物质世界的"现实"历史中来,它们同样讲到了马:科学史、符号史、艺术史、思想史、概念史等。即便最年轻的史学分支——**声音史**,这部研究过去生活中的声学形态的历史,也将马作为最优先讲述的题材。所有的叙事都确凿可信,在那里所有对马的描述中都一定会谈到,它们是驯养的产物、研究界的宠儿、艺术领域的创造物;这个物种并不像其他生物那样现实或者庸常。然而,一幅墙上的壁画、一个隐喻、梦中的一个影影绰绰的形象,又并不比任何有血有肉的物种缺乏真实性;马以这样或者那样的形态同时存在于历史之中。法国历史学家儒勒·米什莱(Jules Michelet)曾经说过,一开始,马的历史就显得过于缺少物质性又过于缺乏精神性。因而,我试图写一部既现实又感性,同时还具有精神性的——也就是今天人们所说的知性的——关于马的历史,这应该可以算作一次大胆的冒险尝试吧。

***

在马的时代的开端就出现了一个悖论,可以说这是整个历史的最原始的悖论。聪明的哺乳动物——人类,统治着另一种哺乳动物——马。他们培育且驯养它,与它成为好朋友,利用它为他们自己服务,达成目的。在整件事情中,令人惊讶的是,即便人类的目标与这些四足"同事"的天性截然相反,这套模式居然成功地运转着。因为马与人类不同,马是一种逃避动物。如果不是为了获得交配权而需要与其同类竞争的话(种马的好战赫赫有名），马既不会挑起战争，也不会引起殴斗；对这种高大的食草物种来说搜寻**猎物**的本能是相当陌生的。**速度**，使得它的逃跑成为可能，它凭借着速度，可以避开猎人和食肉动物。不过，正是这个特点引起了人类的注意。马首先并不是作为蛋白质的提供者，也不是作为拉车或驮车的牲口登场的，而是直接走到了人类历史的炙热的中心地带。公牛和驴子在历史的后庭里——类似供应商的门口——一直坚守着运送重物的角色。作为迅捷逃跑的动物，马走到了历史和自然的历史性共生局面的前沿。虽然，骆驼和大象在历史上的某些时段也曾经占据过这样的位置，但是6000年来，马的这个地位从来就没有被动摇过。

人类通过马在历史上取得的最重要的功效就是**快速**、**高效**，德国哲学家奥斯瓦尔德·施宾格勒清楚地看到了这一点，几乎在6000年里，强有力的加速和高速运行的体验一直是与马紧密联系在一起的。要实现快速，就需要骑马，这是历史性的经验；然而在汽车的五代发明、飞机的四代发明之后，这种经验已经被大多数人遗忘了。马曾经是卓越不凡的**速度机器**，它使得人们在一定地域范围内的统治权得以确立。而如果没有马的话，这是不可想象的。正是因为马，人们才能征服更广阔的地域，使得统治领域的扩张成为可能；不仅如此，马还使统治权变得更加稳定和巩固。施宾格勒继承尼采的观点，称这种现象为"**大手笔政治**"：凭借马，权力与征服的政治才以宏大的方式具有得以实现的历史可能性。身为速度机器的马成了最重要的战争机器，身为消除距离工具的马使得在极其广泛空间中的通信成为可能。马是可以驯化、培育的，是可以被人类驾驭的速度动物。一言以蔽之，从**动物性向量**来看，马变成了**政治**

性动物，同时也成为人类最重要的伙伴和交通工具。

由此，这又回到了最初的那个悖论：在它的向量函数中，民用的骑乘和拉车的马变成了军用的战马。这种友善的食草动物必须完全违反自己的本能，陪同人类卷入战争，攻击他们的敌人。这种受惊易逃跑的动物不得不违逆自己的天性，变成恐吓的化身，同时也驱赶战败的人类成群结队地逃跑：谁想成为马蹄下的被碾轧之物呢？人类将这种逃跑动物变成了具有物理优势的武器，用它们来对抗自己的同类，而这正是马的时代最原始的辩证法，这导致了紧张关系，也为**半人马契约**奠定了基础。

相较于这个历史性同盟，人类在他们的历史进程中的其他同盟都显得那么脆弱且短暂；即便是人类与他们所信仰的诸神之间的关系，也没有展现出能与人马同盟相提并论的稳固性。而当人马同盟达到了最高的紧密度、实现了最广泛的普及性的那一刻，它却以无法阻挡的速度解体了，因此，这种终结就越发值得关注。几乎没有发出任何动静，而且在大多数同时代的人完全没有注意的情况下，人马同盟变得七零八落。马这个伟大的、戏剧性的形象坍塌了，6000年来的半人半马共同体无声无息地终结了。接下来发生的事甚至连"羊人剧"[1]都称不上：这个古老联盟的一方——人类——与各种各样的机器，例如汽车、飞行器、移动计算机，结成了短暂的联合体；与此同时，马在历史性地退休之后，变成了运动器械、心理治疗设施、身份象征、青春期少女身边可有可无

---

[1] 古希腊在演出悲剧时有一个约定俗成的习惯，即在演出三个悲剧或者悲剧三部曲之后，必须加演一场轻松愉快、引人发笑的轻松戏剧，以调节气氛。这种戏剧因演出时各队扮演希腊神话中半人半羊的神萨提罗斯（Satyrs）而被称为"羊人剧"。——译者注

的辅助形象。偶尔，马还会被赋予展现其颇具古风的令人惊骇的一面，不过是用来驱赶游行示威的工人或者将抗议者赶出商业区而已。

伴随着马的最后的繁荣和没落，它在19世纪经历了在文学和绘画艺术领域的令人称奇的飞黄腾达。在马的最后一个世纪所创作的伟大的小说，只要是关于乡野的，那么其中大部分都是有关马的小说；如同遍布身体的肌肉和血管一样，马的题材和马的故事充斥在这些小说中。即便是那个时代最优秀的作家也都将注意力放在马的身上，例如司汤达、巴尔扎克、福楼拜、托尔斯泰、斯蒂文森。所有使19世纪产生历史推动力的伟大思想，例如自由、人的价值、同情，还有那个时代的人所发现的历史暗流、力比多、无意识和神秘现象，都会或短暂或长久地归因于马。当然，马不是狮身人面的斯芬克斯。然而，它却的确是19世纪思想的载体和绘画的基础，是那个时代的思维助手和语言矫正者。当19世纪的人们在思想上无法继续向前或者在情感上无法继续深入的时候，他们就会叫马来帮忙；马是帮他们在思想上逃避的动物，也是帮他们承载情感痛苦的动物。

我在后面将会讲述人马分离的历史，而在这段分别史的后台曾经出现过一个升华的过程。在机械化文明进程的压力下，马、马车和骑兵的古老而坚实的世界开始瓦解了，而恰恰是此时，马以同样的强度在想象和幻觉中登场了：它们成了现代社会的鬼魅；它们在现实世界的存在性越是受到损害，它们就越发厉害地在人类的脑海中捣乱——是后者主动地断绝了与它们的来往。也许这是我们为"失去质朴的历史传统的巨大损失"所付出的代价；赫尔曼·汉姆佩尔在1956年于乌尔姆召开的历史学家大会上哀叹道:"随着一匹匹马的消失,我们这个时代与查理曼大帝时代尚存的联系也逐渐瓦解了。"[1]

当一个时代走向终结时,用马克思的话来说——他也是引用的黑格尔的话——历史性正剧便变成了滑稽喜剧。于是,在马的时代逐渐降下帷幕时,出现了最后的、滑稽古怪的光芒。这束光芒来自**微红色的马尾辫**,它们打着卷,低低地下垂着;伴随着这最后的光芒,马尾辫后面的历史之门重重地关上了。这是马克斯·弗里施在《玻璃玫瑰》(*Homo Faber*)中对1957年的描述,而且他的这本小说恰好也在这一年出版了。沉重的半人马时代逝去了,女学生——亚马孙女战士——的充满青春活力的时代裹在牛仔裤中破晓而出,这位作家努力地描绘着大致的轮廓:"她们的微红色的马尾辫在背上晃来晃去,在她们黑色的外套下,是两扇肩胛骨和紧致而苗条的脊背中央的凹沟,接着是裹在黑色长裤里的臀部和她们富有青春气息的大腿,裤腿被挽到小腿上,她们的脚踝露了出来。"在这里,所有这些次级特征,无论是脊背和臀部,还是小腿和脚踝——在预示着暴风雨即将来临的飘摇不定的信号里——都属于更为次要的特征,都会使人们在不产生任何邪念的情况下与动物性联系起来。从这个时候开始,还需要7年的时间,福特的野马汽车才在西方世界问世,成为合适的乘用工具。不过此时,历史的征兆已经轻轻地晃动着并浮现了出来,旧的时代正在结束,新的纪元悄悄开始了。

---

[1] 赫尔曼·汉姆佩尔:《历史和历史学》(*Geschichte und Geschichtswissenschaft*),载《时间历史季刊》(*Vierteljahrshefte für Zeitgeschichte*),第5发行年度,1957年第1期,第1—17页,此处引自第17页。

＊＊＊

在半人马契约发挥作用的那些岁月里,马创造了伟大的功绩;然而现在这些丰功伟绩,也就在马的时代后期,突然之间就被遗忘了。事实上,马并不是历史中该被诅咒的对象,它没有被排挤,也没有被抛弃,而只是被遗忘了。当然,在这个问题上涉及面更广、更复杂的部分是:人们努力尝试着一口气讲完马的历史的方方面面。在这个过程中,现实与理想、温情的浪漫与冷峻的战马、制约的口嚼子与冲动的本性之间似乎既相互交融又相互推动。从美学的角度来看,马的历史最后充满魅力;而从现实的层面来说,又不应该如此。为了使有关马的历史能够具有一定的系统性,正确的讲述方式应该是将马的历史分为并列的几个部分,而后一一道来。因而,在这里将呈现出四个长篇章目。

在第一章里,我将讲述**物质世界的历史**:其中涉及城市、街道、事故、乡村医生、骑师、空间、途径和能量。第二章是关于**知识世界的历史**:我会谈到有关马的知识,马专家、养马人、画家和研究者在马的最后一个世纪所塑造的、直至今天尚未完全忘记的形象。第三章是**隐喻和图画的历史**:在19世纪所开发出的对马的再现方式,理想地表现了力量、自由、伟大、同情和暴政。这个顺序反映了**三种经济形态**,这里所讲述的这种动物在这些经济结构中,扮演着它作为发动机、能量、知识和激情的了不起的传感器的古老而核心的角色。在第四章,也是最后一章,我收集并讲述了马和人的**历史**,这些历史都是我亲耳听到、亲眼读到或者亲身经历到的。我以三种经济形态为排序标准,尽我所能地使第四章的叙事条理化、系统化,从而展现出其他历史学家是怎样表现马和马的历史的,并且提出我自己对讲述马的历史的一些建议。

整个这部历史应该有什么样的倾向性?是应该将它作为悲剧还是喜剧来讲述?是应该将这部历史看作一种发展、进步,还是倒退、没落?是应该以文化批判的方式还是冷静且结构主义的形式讲述?由于这是一段有关分离的历史,因而这段历史不可避免地带上了**告别**所特有的美学色彩。这难道不是与人类的生活世界、与亲近大自然的文明、与精巧文化、与模拟世界的告别吗?而且,我们要说,尽管这场告别经历了漫长的时间,但这段告别史早在 50 年前就已完全结束了。所有这一切难道没有带来一个戏剧化的**尾声**吗?无论是否存在这样一个尾声,这段告别史都对人们充满诱惑力,它的舞台效果是无可置疑的。它引起了人们许多感慨,但是我们对那些情绪有多少了解呢?有谁想要了解这段历史是如何上演的?它还向我们诉说了什么?有关这一切在没有获得确切信息之前,最好还是保持开放性和没有定论的方式比较好。我们要做的应该是更多地对不同情形进行比较,而较少地下最后的结论。

有关马的历史本来也是没有定论的。这个主题需要我在前面所提到的完整的历史关照;在这里我之所以重提这个概念,是因为正是这种视角让我的思考尽早地走上正途。在我的思路得以扭转的时候,我意识到我对我所召唤的那些圣灵是多么知之甚少啊!墨汁的洪流使马漂浮起来,而且形成了文献印本的海洋。我不敢冒险尝试通过综合概述的方法将浩繁卷帙浓缩成一本书,从而走出这些印刷品的迷宫;整理出有关马的完整的档案一直都是一个遥不可及的梦想。马并不出生在位于土耳其的古希腊殖民城市特洛伊，而是诞生于埃及的亚历山大图书馆；那是图书馆的一个魅影；一些画作和文字作品占据着艺术家、作家和博学之士的头脑，甚至令他们痴迷、疯狂，如果有人曾经走入这些作品，那么他们就会不辞辛苦地努力重回马厩、跑马场和牧场上那充斥着原始气息的世界。

　　这还不是所有的一切。在这里还存在着更深层次的认知方面的问题，而且是否有可能将那些认识呈现出来本身也很成问题。如果有人打算从马的历史中截取两三百年加以阐述的话，那么他会发现，仅是有关在不同的、高度区分的文化背景下马的林林总总的角色的文献，就已经压得他喘不过气来了。他每向前迈一步，都需要思考各种研究论点之间的巨大分歧，而他却不可能对不同的研究争论形成一个总体的认识，因而也无法将它们概括地复述出来。即便是北美人类学家在过去的100年里对印第安人的研究所得，也都无法用几页纸加以概述。当然有的人会像德裔美国人类学家弗朗茨·博厄斯那样，跳出现有的研究成果；而有的人会像德国文学大师卡尔·梅那样以这些研究作为创作的基础。缺乏稳定的根据是所有想对历史进行综合、概括的学者，特别是研究全球史的学者所普遍遇到的基本问题。标注大量的脚注——如同我在本书所做的那样——实际上就是摊出了到现在为止的所有底牌。然而，这样做也只是涉及评估的问题，却没有给出相应的答案；所欠缺的资料仍然还没有补充进来。研究争论和专业文献上的论辩越是聒噪，待在另一边的真正的主角的沉默就越引人注目：马一直缄默无言。

"Le cheval n'a pas de patrie"("马没有祖国")——法兰西帝国军中三杰之一米歇尔·内伊如是说。但是，现在难道不正是在我们对过去的记叙中给马留下居留权的恰当时机吗？我有一个早在20多年前就产生的想法，那就是，写一部关于漫长的19世纪的历史，在那里，站在舞台中央的并不是人们通常会想到的法兰西皇帝拿破仑、奥地利首相克莱门斯·梅特涅、德意志帝国第一任首相俾斯麦等人，而是19世纪神秘的英雄和隐秘的主角——马。当时，我还设想着，帮助这位历史性的主角发出自己的声音。这个梦想并不是因为这个题材的晦涩性和资料的匮乏而无法实现，相反，它破灭的原因是由于过多的讨论和相关论文导致的信息过载。人们并不是以马厩作为描述的视角，而总是坐在图书馆里闭门造车。人们之所以一直不离开图书馆，是因为那里存放着一些感情细腻、善于移情的作者所留下的有关马的文学作品，以及其他举世瞩目的文学著作，例如从西奥多·西达利的《马的回忆录：自述集》(*Mémoires d'un cheval d'escadron, dictées par lui-même*, 1864)、约翰·米尔斯的《一匹赛马的生活》(*Life of a Racehorse*, 1865)、安娜·塞维尔的《黑骏马》(*Black Beauty*, 1877)，到列夫·托尔斯泰的《黑暗的势力》(*Der Leinwandmesser*, 1886)、马克·吐温的《一匹马的传说》(*A Horse's Tale*, 1905)、D. H. 劳伦斯的《烈马圣莫尔》(*St. Mawr*, 1925)，直至迈克尔·莫波格的《战马》(*War Horse*, 1982)；在这些作品中，马要么是主角，要么被赋予了第一人称的身份。因而，我们不能说，人们无法走近马的独特才智世界和它的充满感性的生活；在本书的最后，我无论如何都将试图通过为数不多的提示指明这样的可能性。我的第一本真正关于马的著作，必须要等到我作为马"重生"的时候才可能问世。而现在读者手中拿着的这本书并不是关于马的书，而是一位历史学者所撰写的有关一个时代的终结的作品，在那个已经终结的时代里，人与马曾经共同**创造**着历史。请注意，不是**书写**，而是**创造**，因为这对伙伴中一直是只有一方在书写；不过，尽管如此，人的一生也不足以读完他们关于另一方的所有记述。

很久以来，我一直在想，这本书我应该是写给历史学家的，以此来向我的同人们展示，谁是他们一直都在忽视的历史的主人公，以及他们错过了哪些认知机会。如果今天历史学者中有人读了我的这本书，并且因此开始意识到些什么的话，会让我感到非常欣慰。总而言之，可以说我是为所有人，也可以说我不是为任何人写这本书的——这样说的话，会让题献显得出色而高调。当然，毫无疑问这种说法并不完全正确。我是为我的母亲写了这本书，她爱马，并且懂马。她是否喜欢这本书，我已无从知道。现在距离我能够向她问起这个问题的最后时机，已经过去10年了。

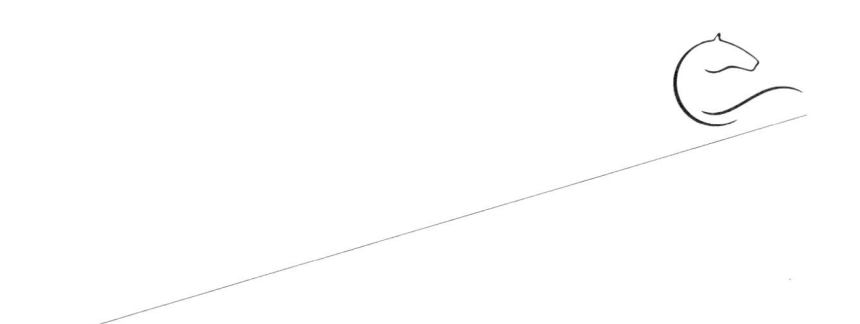

半人马契约：能量

> 如果我可以买下6匹雄壮的牡马，那么我就应该拥有它们的力量了吧！我像长出了24条腿一样，奔腾着，从而成为真正的男子汉。
>
> ——歌德，《浮士德 I》

半人马的形象仿佛是整个19世纪的一枚标志。在古希腊、罗马神话中，再也找不出任何其他形象能够像半人马一样，如此生动地体现着那个年代的运行方向，以及那个时候的人们是多么痴迷于有关能量正不断增加的承诺。那是高头大马型人类的时代，他们比普通的人类更有活力。半人马是能量最充沛的物种，是神话动物园中的恶魔，也是一个脾气暴躁的小伙子，喜欢豪饮和打架；如果有谁打算请他吃饭的话，所冒的风险远不止杯碟被打破。在神话中，没有任何其他的未经驯化的动物会像半人马一般，随时随地展现其力量。他如同一台无论在速度还是在动力上都展现出强大爆发力的机器,是人类的智慧和狡黠与马的力量和速度相结合的产物,是骁勇好斗和井井有条地追求的组合。半人马式的攻击性所展现的,就是纯粹的爆发性的能量。女人只存在于马蹄下的小人物的世界中,她们是战利品和廉价品,她们是被男人抓住,而后被强行带走的萨宾族女性。半人马可以表现得如同绅士一般,彬彬有礼地向美丽的淑女伸出手来搀扶她跨上自己的马背,[1]然后顷刻之间,就会载着她奔腾而去,火花四溅,空气因情欲的能量而颤动。在情事上,半人马自从古罗马诗人奥维德生活的年代之后,便没有什么长进了。

年轻的半人马第一次看到人类的时候,那是一个令他失望的发现。他看到的是一个残缺不全的物种,仿佛被削去了一半。"有一天,当我走入一个半人马很少涉足的山谷时,我看到了一个人,"法国作家莫里斯·德·盖兰在他的作品里以半人马的口吻这样写道,"这是我亲眼见到的第一个人类成员,我瞧不起他。我告诉自己,他充其量只有我们这个物种的一半的能量……毫无疑问,后来半人马被众神推翻、打倒了,于是只能负荷吃力地前行。"[2]而人类似乎也完全意识到自身的卑微和缺陷,于是他们驯化、饲养、放牧和培育马,因为马将发挥人类作为动物的灵活性特征。如果人与马这对伙伴所形成的联合越是紧密和稳固,他们之间的结合越是具有"半人马"的特性的话,那么骑师就能够支配更多的能量、更大的力气和更快的速度。毋庸置疑的是,就在马的时代日

---

[1] 请参见雷因霍尔德·贝佳斯(Reinhold Begas)在1888年创作的优雅精美的雕塑;这座雕塑现在被安置在柏林博物馆岛(Museumsinsel)上老国家美术馆(Alte Nationalgalerie)的花园里。

[2] 莫里斯·德·盖兰:《半人马》(Der Kentaur),赖内·玛利亚·里尔克(Rainer Maria Rilke)翻译,威斯巴登(Wiesbaden),1950年,第14—15页。

薄西山的时候,一种新的半人马文化再次兴起:在印第安人和牛仔们为争夺美国西部而进行骑兵大战的时候,人马合二为一的古老的幻想在继蒙古人、哥萨克人和马穆鲁克人之后,最后一次变为现实。与此同时,他们的形象在后世好几代儿童的脑海中驻留下来。

早在第一辆汽车姗姗来迟地行驶在公路上之前,人们就已经开始讨论未来将会面临的骑马运动和旅行历史的终结,而且这些讨论已经深入到人们的生活之中。一场自然灾难是这类讨论的起因,同时它也促使一项发明的诞生。1815年,位于巴厘岛东部的坦博拉(Tambora)火山爆发,火山灰首先笼罩在南半球的上空。第二年,又飘浮到北半球的天空中,到处一片灰暗,之后各地气温大幅度下降,农业连年歉收,由此所带来的就是全球范围的饥荒。"马与人类争夺紧缺的粮食和草料,因而在不得已的情况下被宰杀、供人食用,或者因饲料匮乏而丧命。"[1]

正如科技史学家汉斯-埃尔哈德·莱辛所透彻阐释的那样,此时也正专属于一位发明家:1817年,德国人卡尔·德赖斯向世人展示了他所发明的"跑步机"模型,他本人将这个发明描述为"不需要马的牵引机";而且也正是从那个时候开始,人类已经开始考虑单方面解除古老的半人马契约。这场有关马时代终结的讨论自从开始之后,就一直没有完全消

---

[1] 汉斯-埃尔哈德·莱辛:《卡尔·德赖斯:两个轮子代替四个马蹄》(*Zwei Räder statt vier Hufe*),卡斯鲁尔(Karlsruhe),2010年,第49页。《汽车:卡尔·德赖斯和不可思议的开始》(*Karl Drais und die unglaublichen Anfänge*),莱比锡,2003年;《德赖斯式关于世界末日的启示》(*Die apokalyptischen Draisinenreiter*),载《法兰克福汇报》(*FAZ*),2010年4月29日,第9版;《自行车是幸存下来的马》(*Fahrräder sind die Überlebenden der Pferde*),载《法兰克福汇报》,2013年10月30日,第N4版。

停下来；发明精神和科技想象让这场辩论一直持续下去，直到19世纪末机械取代和替换马匹的进程才真正开始，并且直到迅速推动下去为止。

1935年，一位在当时还默默无闻的作家写了一本名为《骑师》的书，为这个古老的、正在走向没落的马的世界唱响了挽歌。这本著作是亚历山大·米切利希的第一部作品。这位年轻人正在从德国作家恩斯特·荣格的陪伴中，走向对倡导民族布尔什维克主义的恩斯特·涅基希的崇拜，他在作品中美化了骑师的形象，并且追溯了他们在19世纪末所呈现出来的外形上的变化轨迹。在所有的巅峰时刻一定都会闪耀着历史性黄昏的光芒，也会回荡着空灵的挽歌："宏大的舞台灯光今天不再会照射在骏马和骑士的身上……他们节奏分明的前进步伐渐渐消失。马蹄的踪迹消失在尘土当中，属于马的疆土变小……自从人类开始踏上发动机的节拍起，他们就已经行驶在新的轨迹中。"[1]

米切利希具有历史性的"展览"变成了对机械化和摩托化文明社会的批判。诸如刀剑和马都属于人类的"永恒的工具"，它们能够以自然和谐方式增强人类的力量，还能够延展"他们**原有的**思想"，带来灵感的火花；[2]然而与上述工具相反，机器夺走了人类的生机勃勃的形象："……人类放弃了他们的形象特征和活力，而变得平庸，他们把自己藏在机械设备里了。"[3]在现今的"全面假肢"里，栖息着一个已经自我异化、自我削弱的物种："……发挥作用的假肢越多，其所服务的那个对象就

---

[1]　亚历山大·米切利希：《骑师：绘画、思考和赞歌》(*Reiterbuch. Bilder, Gedanken und Gesänge*)，柏林，1935年，第9—10页。

[2]　同上书，第84页。

[3]　同上书，第88页。

变得越发虚弱。"[1] 在米切利希的这部作品的后记中，骑师翻身下马，消失在他的汽车的车厢里；在这里《骑师》的关键词和核心思想得以体现：作为假肢的科技，由技术手段生成的能量的中立性，主体被剥夺了权力，这些都属于 20 世纪 30 年代前后保守的文化批判和科技批判所秉承的思路。这是对荣格的《劳动者》（*Arbeiter*）一书的注解，是在通往野心勃勃的科技前景路途中飘落的日历中的感伤的一页。

接下来我将描述马作为提供能量的动物被替换，同时它也不再像往昔那样**实实在在地**在不同的生活领域（食品、运输、交通、军事等）中扮演核心角色；而这些记述并不是以挽歌和文化批判为基调的。半人马契约的解体没有导致马的完全消失。[2] 相反，在德国，在 1970 年马的数量跌回 25 万匹这个历史新低之后，又开始出现回升，而时至今日，据估计这个数字应该超过了百万。同时，德国大概有超过百万的人定期

---

[1] 亚历山大·米切利希：《骑师：绘画、思考和赞歌》。与蒂莫·霍耶（Timo Hoyer）在《混乱的世界：亚历山大·米切利希的肖像画》（*Im Getümmel der Welt. Alexander Mitscherlich-Ein Porträt*）（哥廷根，2008）第 84 页所表述的内容不同，作者更关注的是人们在使用机器的思想方面的动机是什么；有关这一点在米切利希后来的作品中也涉及了，他并没有从对自由的追求方面来回答这个问题。《骑师》与成熟后的米切利希所写的广为人知的作品之间的共同点之一，就是对于现代科技的怀疑 [请参见《有关和平和人类攻击性的思考》（*Die Idee des Friedens und die menschliche Aggressivität*），法兰克福（美因河畔），1970 年，第 131—132 页）]；另外一个相关之处便是越来越强烈地去展示损失的历史性的心理倾向 [《走向失去父亲的社会：对于无能的哀叹》（*Auf dem Weg zur vaterlosen Gesellschaft, Die Unfähigkeit zu trauern*）]。

[2] 有关这方面请参见希尔克·腾贝格（Silke Tenberg）的精彩研究——《从劳作动物到运动工具：有关现代社会中人—马关系的社会学研究》（*Vom Arbeitstier zum Sportgerät: Zur Soziologie der Mensch-Pferd-Beziehung in der Moderne*），奥迪纳布吕克大学（Universität Osnabrück）社会学专业本科毕业论文，2011 年。

去骑马——而且在这些人当中，女性骑手的数量远远大于男性。在德国大约有 30 万人从事与马有关的职业：他们从培育、饲养、治疗、培训和照顾马中获得收入；他们销售装备，提供骑术课程，组织马术比赛和赛马大会，编撰有关马的杂志——通常在一间普通的火车站书报亭中，就有两打关于马和骑师的期刊售卖；此外，不要忘了，在德国境内，有越来越多的高等学校开设与马相关的专业，在柏林、奥迪纳布吕克和尼尔廷根的大学里有相关的本科专业，而人们在哥廷根甚至有机会获得相关的硕士学位。

除了这些从事与马相关的经济行业的人之外，对于其他人来说，马的时代只是在体育运动领域里以一种充满温情的方式延续，它已经失去其原有的历史性的严肃意义。今天人与马的关系是爱情关系，是心心相印的运动伙伴和团体。相反，曾经的半人马契约则具有一种冷酷而坚强的气质，那是一种对旧式的、必要性的法则所作出回应的关系。人与马是共患难的伴侣，这种关系一直延续到未来他们决定要分道扬镳的那一天。这样的决定是如何作出来的？在那之后又发生了什么？这正是接下来我们要讲述的。

马的地狱

> 自从我们人类有了铁路之后,马跑得就越来越糟糕了。
> ——冯塔纳《施泰希林》

但丁的三分律

当弗里德里希·席勒长期身患重疾,最终于 1805 年与世长辞之后,他留下大量未完成的戏剧,其中一部名为《警察》(*Die Polizey*)。这部悲剧的背景是大革命前夕的巴黎,在那里呈现出人类管理和信息控制下的宏大壮丽的场面,其中心就是具有超级权力的警察局局长的办公室。局长真正的敌人,并不是不可见人的世界的犯罪分子,而是这个城市在夜间发生的阴谋诡计。作为故事舞台的巴黎是这部戏剧中极其重要的场景。这位英年早逝的作家有着太多的计划没有来得及实施,同样,这个关于警察的剧本还没有开头,也还没有写下一行文字。这个尚未着手进行的剧本的基本框架仿佛是文章概要一般，专家们纷纷围绕在其周围，喋喋不休地议论着，并且用读书笔记和古怪的发现装饰它。人们在这部戏剧大纲中所发现的最美妙的一句话是：**巴黎是女人的天堂，男人的炼狱，马匹的地狱。**[1]

这种朗朗上口的三分律，并不是弗里德里希·席勒的原创，他只是引用路易斯−塞巴斯蒂安·梅西埃的话，并且在韵律上做了小小的修改。梅西埃的原话是："le paradis des femmes, le purgatoire des hommes & l'enfer des chevaux."[2] 席勒为了创作这部有关巴黎的戏剧，找到梅西埃的《巴黎图画》（*Tableau de Paris*），在那里他发现了取之不尽用之不竭的宝藏，书里面既有大量的经典语句，又有细致入微的观察所得。他借用梅西埃的"有效运作的现代警察机构所呈现出的大型机器的形象"的说法；"像摩洛哥这样的城市，其真正的灵媒是夜晚"，这个观点也来自同样的出处。席勒也没有忽视梅西埃所观察到的人口统计方面的背景资料，在他的笔记中，第二句话就指出：**"巴黎每年有两万人去世。"**[3] 在"这个大都市的人口"的标题之下的明细，也同样出自梅西埃：巴黎的男性要先于那里

---

[1] 《席勒作品集》（*Schillers Werke*）（国家版，第 7 卷），第 89—107 页、第 427—461 页（评论），这里引自第 97 页。

[2] 路易斯−塞巴斯蒂安·梅西埃：《巴黎图画》，第 2 卷，汉堡，纳沙泰尔（Neuchâtel），1781 年，第 42 页。《巴黎图画》的第 1 版可以在谷歌图书中找到全文的电子版。席勒阅读和研究的是第 2 版（修订版），第 2 版一共有 8 卷，于 1782—1783 年在阿姆斯特丹出版。格奥尔·瓦尔赫（Georg Walch）将第 2 版全部翻译成德语，德文版的书名为"Paris, ein Gemälde von Mercier"（梅西埃的巴黎图画），莱比锡，1783—1784 年出版。从席勒所用的引文来看，他并没有使用德文版；参见第 2 版第 7 卷，第 427 页。

[3] 《席勒作品集》，第 97 页。

的女性辞世。因此梅西埃提出，巴黎是女人的天堂，男人的炼狱。比男人们死得更早的，只有马和苍蝇了。

不过，这句优美的引文也并非出自梅西埃之手。早在他生活年代的两个世纪之前，这句有关女人、男人和马的三分律就已经流传甚广。所有的迹象表明，这句话首次于1558年出现在博纳旺蒂尔·佩里耶的作品当中，他出版的第31部小说的题目是《新娱乐笑谈》(*Nouvelles récréations et joyeux devis*)，在那里他写道：巴黎"是女人的天堂，骡子的地狱，乞丐的炼狱"。[1]大约在16世纪末，约翰·弗洛里欧在他的《第二个果实》(*Second Fruits*)当中，第一次作出经典的角色分配：女人的天堂，男人的炼狱，马的地狱。[2]而后又过了大概30年，在1621年，罗伯特·伯顿将"女人的天堂，马的地狱"这个说法带到英国，以便将他的祖国与意大利对比。在意大利，一切都完全相反，那里是马的专属天堂。[3]不过，的确是梅西埃使这个令人印象深刻的说法广泛地普及开来。这就像当人们看到绘制在墙壁上的地狱时，立即就会想到但丁，以及留存在记忆深处的特里科隆地区一样。不过，游走各地的人们对这句三分律有着不同的关注点。汉堡的大教堂牧师梅耶在结束了他的法国之旅后，于1802年出版了《来自法兰西首都及法国内地的书信

---

[1] 原文是："Paris ... c'est le paradis des femmes, l'enfer des mules, et le purgatoire des solliciteurs"，《新娱乐笑谈》，里昂，1558年，第114页。

[2] 约翰·弗洛里欧：《第二个果实》，伦敦，1591年，第209页。

[3] 罗伯特·伯顿：《令人忧伤的分析：英国是女人的天堂，马的地狱；意大利是马的天堂，女人的地狱》(*The Anatomy of Melancholy, England is a paradise for women and hell for horses; Italy a paradise for horses, hell for women*)，第3部分第1章中的第2段。1932年该书在纽约出版翻印本，此次引用来自1977年发行的翻印本的第3部分，第265页。

集》（*Briefe aus der Hauptstadt und dem Innern Frankreichs*）[1]；他在书中描绘了他心目中的法国，赞扬高素质的警察，也抱怨马给巴黎带来的糟糕状况。在那里，骑马相当便宜，但是无论是马本身，还是马具，都过于寒酸。女人、男人、死亡率——所有诸如此类的人口统计方面的背景全部从画面上消失，只剩下悲惨的马；而且从此之后，19世纪巴黎文学的基本概念也发生了改变。

新的基本概念也出现在爱德华·科洛夫的作品当中。科洛夫是科塔地区的《博学者晨报》的驻巴黎记者，他在1838年写了一篇题为"巴黎的交通工具"的文章，描述这个大都市中地狱一般的交通状况。他写道：从清晨到深夜，人们在巴黎的街头都会看到无数车辆川流不息，在这个时候，人们不禁好奇，究竟还能不能在便道上步行。敞篷马车、观光马车、德尔塔马车、卢特马车、有篷马车、带包厢的马车、公共马车、双篷四轮马车、单驾马车、双驾马车、四马拉动的邮政马车、六马拉动的快车，各式各样的马车昼夜不停地在法国的首都驶进驶出，或穿城而过，或从四面八方奔涌而来，还不时地发生车轴断裂、翻车等各种各样的事故；巴黎这座都城，在很久以前被称作女人的天堂，不过，更为准确的是它的别名**"马的地狱"**，同样非常恰当的名字还有**"步行者的地狱"**。[2]

来自阿拉伯的外交官和作家，也是传播"马的地狱"的信使。这其中就包括阿拉伯国家的大臣伊德里斯·伊本·穆罕默德·阿尔-阿姆拉欧

---

[1] 梅耶：《来自法兰西首都及法国内地的书信集》，两卷本，图宾根（Tübingen），1802。
[2]《博学者晨报》，第50期；这里引自1838年2月27日至3月12日报纸合订本的第197页。

伊,他曾经在1860年担任苏丹穆罕默德四世(1859—1873年在位)的密使,在拿破仑三世的王宫中任职。阿姆拉欧伊从他博学的前辈那里得知了这个三分律的说法,这位前辈是名叫里发阿·里发阿-塔塔维的埃及族长,早在几年前就游遍了法国。[1]这位大臣对于巴黎的人口数据不感兴趣,也不太关心这个都城的交通状况。他对"女人的天堂,马的地狱"这种脍炙人口的说法有着不同的着眼点,或者说他看到了更重要的一点,即统治权问题。他发现,女人不仅在家中占据统治地位,而且她们的控制甚至有时超出了这个边界。[2]这个东方人从女人的权力中,嗅到了文化上的危险性,这让他觉得有必要建议本国人与欧洲各国的人们保持一定的距离。相反,这位阿拉伯人在一眼瞥过法国马的时候,表现出倨傲又宽容的态度:"我们这里的如此卓越的马匹,在那儿是看不见的。"[3]

轻声触碰

梅西埃描绘了18世纪80年代的巴黎全景图,那时正值法国大革命爆发前夕;这幅由大量散文或者杂文构成的全景图用栩栩如生的叙述方

---

[1] 阿尔-阿姆拉欧伊的作品于1909年首次在非斯出版,几年前也曾在法国出版。伊德里斯·阿尔-阿姆拉欧伊:《女人的天堂和马的地狱:苏丹使者对19世纪60年代法国的印象》,拉图代居尼(La Tour d'Aigues),2002年。亚德·本·阿科尔(Yadh Ben Achour)在前言中谈到了这些文章的写作过程以及里发阿·里发阿-塔塔维对它们的影响,请参见第5—12页。

[2] 同上书,第81页。

[3] 同上书,第107页。

式，给人们留下了出神入化的印象。然而，原本应依序排列构成整体的单张图画，就像被放进万花筒一样完全被打乱顺序，并且画面之间夹杂着各种各样的躁动：喊叫声、拥挤的人群、手势表情，偶尔还有不同的气味。与儿童绘本中出现的一样，人们从梅西埃的细节描写中，也能够识别出熟悉的人物形象，发现并不陌生的面孔和经常见到的场景——这其中就包括《巴黎图画》里面的一个秘密的主角。无论那些散文被冠以什么样的主题——精神、奢侈、经济、市政状况、居民的风俗习惯和健康等，人们在叠床架屋般堆砌在一起的城市图画中的每一个角落都能够遇到它。不管这些小品文属于什么范畴、谈论什么主题，马都会出其不意地从那里面现身。

在这一刻，梅西埃的宏大的城市画卷就变成两个在同一个空间下共处的物种之间的浪漫故事。《巴黎图画》中演绎出来的是关于一个连接得非常紧密的生命共同体当中**或高贵或卑微**的情节。人们将生活在同一个空间、同一个群落环境的各种生物总称为**生物群落**。就当前的案例而言，这个生物群落里只有两种生物；从历史的角度来看，其他的共同栖居者，例如狗、猫、老鼠、鸽子，扮演的都是无足轻重的角色。在城市里，人和马的共同生活就像一个**两口之家**的生活方式。当然，在乡村人与动物也以最紧密的方式生活在一起——自从很久远的古代开始，人们就是这么做的，而且甚至还能共同住在一个屋檐之下、一栋住宅里或是一个**村镇联合体**当中。不过，在农民的茅舍里，马并不是人们唯一的室友。奶牛、公牛、绵羊、山羊、猪、鹅、鸡也是，同时所有这些物种也都一起默默地忍受着老鼠、跳蚤和其他寄生物的骚扰。通常人与动物各自的生活只是被一面薄薄的墙壁隔开；大家可以听到彼此吃东西、交谈的声音，可以闻到对方的气味，并且也都被同一群苍蝇追赶着。城市里由于生物物种多样性的减少，似乎使得人与马之间能够保持较大的距离。然而，事实上，他们却更为密切地"焊接"在一起，迫使自己接受一个共同的生活世界。他们将自己部落里的居民统一到共同的命运当中。

在这样的共同生活中，并不是没有摩擦和阻力。纵观18~19世纪的巴黎报纸，随处可见的都是各种各样的抱怨：有关这个城市的拥挤和臭气熏天，有关行人所面对的危险，有关马牵引的车辆所发出的噪声。即便是在今天，人们在欧洲也能体验到在一个有马共同居住的城市里会是什么样的景象，会有什么样的气味；在维也纳和罗马，都可以看到马车车夫和打着瞌睡的马在专门的地点等候着游客。不过谁能真正地想象出，19世纪的城市到底是什么样子、会有哪些动静？我们都听到过报童在午夜的街道上骑着轻型摩托经过时所发出的声响，也听到过城市轻轨的嘎吱嘎吱声、出租车的喇叭声和公共汽车刹车时的刺耳噪声。但是，有谁能够身临其境地感受，当晨光熹微、睡意渐淡甚至消失的时候，马鞭轻扬、马车轱辘和马蹄铁在石板路上走过时，会发出什么样的声音呢？当人和马这两种物种过于紧密时，当粗糙的车厢套在疲惫的牵拉动物身上时，城市的噪声是令人不可忍受的。亚瑟·叔本华公开谴责马鞭声是"最不负责、最不体面的噪声"，它打断了脑力工作者的沉思："任何一个在做诸如思考这类事情的人，都会觉得这种突然而来的、尖锐的、思想杀手一般撕裂大脑的马鞭声令人痛苦……但是这种别有用心的心理影响，由于持续不断地被滥用，对于马来说已经习以为常，因而这些手段在它们身上已经完全钝化，没有起到任何作用：马并没有在被鞭打之后加快脚步，特别是我们会看到马鞭不停地抽打在拉着空荡荡的观光马车、四处揽客的马身上，而这些马行进的速度也是最缓慢的，因而马鞭最轻柔的触碰会达到更好的效果。"[1]

这个城市在马、车厢和车辆呼啸而过的节奏中震颤着。梅西埃描写这座城市里一天当中每个小时之间的噪声变化。从清早开始，声音曲线几乎以小时为单位发生着变化。下午5点左右的嘈杂声是最糟糕的，因为那个时候所有的人、马、车都交织而行、互相追赶，塞满所有的街道。7点前后，噪声逐渐消失，这座城市安静下来，工人们步行回家。但是到9点左右，噪声又重新变响起来，此时是那些资产阶级乘车去剧院的时候。午夜时分，再次安静下来，这片宁静有时会被归家的马车的声响所打破。在深夜1点前后，6000多名农民一起奔涌进这个城市，他们运来大量的蔬菜、水果和鲜花。从2点开始，后半夜回家的马车声打破了巴黎人的睡梦……[2] 从梅西埃的描述中，人们当然不只是听到豪华马车滚滚而过的隆隆声和马蹄铁慢慢踱过石板时的敲击声，而是城市居民

---

[1] 亚瑟·叔本华：《五卷本作品集之五：附录与补遗》(Werke in fünf Bänden : Bd. V: Parerga und Paralipomena)，第2卷，苏黎世，1991年，第552页。

[2] 请参见路易斯-塞巴斯蒂安·梅西埃《巴黎图画》中"一天中的各个小时"(Les heures du jour)，转引自丹尼尔·罗榭 (Daniel Roche) 的《16世纪到19世纪的西方马术文化：马的影子》(La culture équestre de l'Occident XVIe-XIXe siècle. L'ombre du cheval) 第1卷：《马术运动》(Le cheval moteur)，巴黎，2008年，第85—86页。

对于由大量的动物同居者所引起的噪声的清醒感知。[1] 噪声在生活中产生诸如此类的节奏，长久以来一直没有发生任何改变。正如埃米尔·左拉在百年后对巴黎市中心的描写一样，日日夜夜环绕在那里的嘈杂声一如既往地令人难以忍受，而且就连噪声源也一如往昔。

第十三个法国人

1766年1月18日，在巴黎的胜利广场边上，一个出租马车的车夫和一位来自上流社会的先生争吵了起来，结果招来警察的调查，并且将这场争吵记录在案。[2] 当时的情况是，车夫的出租马车停了下来，以便让车上的顾客下车；而那位先生看到自己的单驾马车被挡住，于是他怒不可遏，从马车上下来，用剑敲打出租马车的马，并将剑刺向其中一匹马的肚子。最后，他必须为他所造成的损失承担赔偿，并且要为受伤的马支付护理费用。当时双方还签署了一份法律文书，那位脾气暴躁的先生所签下的名字被后世的每一个人看作残酷暴行的象征，这个名字就是——萨德侯爵。早在18世纪中期，巴黎就已经是马的天堂。在巴黎，政治、经济和文化领域蓬勃发展着，尽管曾经被法国大革命短暂地打断

---

[1] 请参见丹尼尔·罗榭《16世纪到19世纪的西方马术文化》，第86页。大量在19世纪从乡村来到城市的手工业者和农民工一直在发牢骚，抱怨大城市里的噪声，例如F. 朗格（F.Lenger）在《现代社会的大都市：1850年以来的欧洲城市历史》（*Metropolen der Moderne. Eine europäische Stadtgeschichte seit 1850*）中就谈到了维也纳的噪声问题，请参见第236页。

[2] A. 法格（A. Farge）：《档案的味道》（*Der Geschmack des Archivs*），哥廷根，2011年，第55页。

过，但是很快又继续回到上升的轨道当中，在这个都城如果没有大量的马是不可思议的。巴黎第一次向世人展现了符号政治、物质领域交战的各种新形式，确立文化霸权的路径，货币、商品和消息的快速流通，艺术和时尚的广泛传播，对财富和生活方式的大吹大擂，所有这些都令世界震惊，而这一切都是以马作为经济上和能量上的前提条件的。1880年前后，正值马的时代的高峰；在那个时候，巴黎城内有将近 8 万匹马。[1] 马在巴黎的状况是法国这个富裕国家的折射：1789 年，大革命爆发的前夕，法国境内的马匹数量将近 200 万；到了 1850 年，这个数字几乎增长到 300 万；直到第一次世界大战开始，马匹的数量一直保持在这样的水平之上，其间只有微小的上下浮动。[2] 在"一战"前夕、尚未失去阿尔萨斯-洛林之前，据估计在法国有 380 万匹马。当然在此期间，法国人口数量也在同步增长，从 1852 年的 3650 万增加到 1906 年的 4100 万。[3] 马的数量与人口数量之间的比率——这两个物种之间的比例关系——在这段时间内只有千分之几的变化。一直以来，几乎是每 13 个人就拥有一匹马。

法国绝对不是马匹数量最多的国家。在 19 世纪的英国，每 10 个居民就有一匹马；而同一时间内，在美国马与人的数量比例是 1∶4，澳大

---

[1] 请参见 G. 布榭（G. Bouchet）《1850 年到 1914 年间巴黎城内的马》(*Le cheval à Paris de 1850 à 1914*)，日内瓦，1993 年，第 45 页。

[2] 请参见丹尼尔·罗榭《16 世纪到 19 世纪的西方马术文化》，第 35 页及其后面若干页。根据让-皮埃尔·迪加（Jean-Pierre. Digard）的《马的历史：艺术、技术和社会》(*Une histoire du cheval : Art, techniques, société*)，巴黎，2004 年，第 149 页，法国境内早在 1840 年前后就有 300 万匹马了，而且这个数字一直保持到 1935 年。

[3] 请参见丹尼尔·罗榭《16 世纪到 19 世纪的西方马术文化》，第 36 页。

利亚则达到了 1∶2。19 世纪末期，有 30 万匹马生活在伦敦。[1] 尽管在 19 世纪的巴黎，对马的需求量的增加与历史上任何其他地区的情况没有什么差别，但是在这个人口密度非常大的城市里，人均拥有的马匹数量要低于这个国家的平均水平。不过就像在美国境内所展现出来的那样，在一个国家之内，马与人的比例会呈现出因城市而异的情况：在人口密度较小、乡村印记鲜明的中西部城市，马与人的比例就要比人口密集的东部沿海大都市高出许多。[2] 不过，即便是在每 26.4 个居民拥有一匹马的纽约，在 1900 年，马匹的绝对数量也同样令人惊愕。我们可以想象一下，那个年代，在诸如曼哈顿这样的城区里生活意味着什么——在那里同时有 13 万匹马劳作着。[3] 当某天，纽约百老汇大街因为几匹死马和互相卡在一起的车辆堵死的时候，行人会有什么样的感受呢？[4] 当人们走在 1900 年前后的纽约街头——在那里马每天要排泄 1100 吨粪便和 27 万升尿液，每天会有 20 多具死马的尸体被运走——那会散发

---

[1] 请参见 W.J. 戈登（W. J. Gordon）《伦敦的马世界》（*The Horse World of London*），伦敦，1893 年，第 164 页。

[2] 请参见 C. 麦克沙恩（C. McShane）和 J. A. 塔尔（J. A. Tarr）《城市里的马：19 世纪有生命的机器》（*The Horse in the City. Living Machines in the Nineteenth Century*），巴尔的摩（Baltimore），2007 年，第 16 页。

[3] 同上出处。

[4] 就像 M. G. 雷（M. G. Lay）在《街道的历史：从羊肠小道到高速公路》（*Die Geschichte der Straße. Vom Trampelpfad zur Autobahn*）当中所描述的 1866 年的情境。法兰克福（美因河畔），1994 年，第 149 页。

出什么样的气味呢？[1] 比纽约规模大得多的伦敦则拥有更大的数据：每年有 2.6 万匹马被运往家畜屠宰场加工成猫粮和肥料。[2] 那个时期留下来的照片，只是表现了世纪末人与马被迫拥挤地生活在一起的苍白景象。

一种物种的生活是以另一种物种的死亡为代价的。马生活在需要它们的那些城市之中，而在卷入到机械化浪潮里的 19 世纪，这样的城市环境对于它们而言并不是一个健康的环境。落在它们身上的是繁重的城市运输任务，它们的肌肉、筋腱、马蹄、关节承受着艰苦的牵拉重任，这使它们只能支撑几年的时间。之后它们会被转卖给负荷轻一些的机构，或者在它们生命的最后几年被送回乡村。城市里的马匹在 5 岁的时候开始运送重物，平均使役年限在 10 年左右——这是对牵拉公共马车的马而言，拉各种零活的马一般在 4 年之后就"报废"了。[3] 许多马由于长时间的麻痹无力，会更早地走到生命的尽头——通常是兽医的子弹结束了这些马的悲凉命运。1887 年至 1897 年，总部位于纽约的美国防止虐待动物协会（American Society for the Prevention of Cruelty to Animals，ASPCA）的职员每年要射杀 1800~7000 匹马。与人们通常的想象不一样，死去的马并不会一直躺在人行道的排水口旁边；而且人们对它们的清理也是机械化的：一部通过马力运转的卷扬机会将死马拉到一辆小推车上，那上面有帆布车篷作遮挡，然后由小推

---

[1] F. 朗格（F.Lenger）在《现代社会的大都市：1850 年以来的欧洲城市历史》中谈到在公共汽车和有轨电车还需要马拉的时候，堆在城市街道上的"马粪肥料多得简直是不可思议"（第 168 页）。

[2] W.J. 戈登：《伦敦的马世界》，第 187 页。

[3] 同上书，第 24—25 页。

车将其清运走。[1] 在食用马肉的那些欧洲城市，人们经常会看到成群的马——其中许多是瘸了腿的——走在前往屠宰场的路上。在法国，马的主人会剪下送往屠宰场的马的毛发，把马鬃留下来。巴黎的居民们目睹着一群群被修剪得光秃秃的马走在它们生命的最后的旅途上，自从20世纪中期以来，这种悲惨景象日益令巴黎人感到愤怒。[2]

随着市内交通的拓展和日益机械化，马的使用在不断增多，这也改变了城市与周边乡村之间的关系。19世纪，居住在城市周围的农夫们不再只是为城里的居民送去越来越多的蔬菜、肉类和奶制品，他们运往城里的供马食用的饲料也在不断增加：马在经济领域的需求，使人们发现了新的、有利可图的商业分支。美国历史学家麦克沙恩和塔尔说："与马有关的经济需求大量来自农村的供给，也需要劳动力和资本。（……）由马驱动的经济需要大片土地，有的是马的栖居地，有的用于种植马饲料。"[3]1900年，美国的城市里驻扎了300万匹马，它们每年要消耗800万吨的干草和将近900万吨的燕麦。为了生产这些饲料，需要大约1200万英亩（1英亩=4046.856平方米）的土地，也就是说每匹马需要4英亩。[4]

---

[1] C. 麦克沙恩和 J. A. 塔尔：《城市里的马：19 世纪有生命的机器》，第 28 页。
[2] 同上出处。请参见 G. 布榭：《1850 年至 1914 年巴黎城内的马》，第 228 页及其后若干页，有关巴黎的家畜屠宰场如何运输和处理马匹的内容；也请参见丹尼尔·罗榭《16 世纪到 19 世纪的西方马术文化》，第 116 页。
[3] C. 麦克沙恩和 J. A. 塔尔：《城市里的马：19 世纪有生命的机器》，第 31 页。
[4] 同上书，第 33 页。有关法国的情况请参见丹尼尔·罗榭《16 世纪到 19 世纪的西方马术文化》，第 36 页及其后若干页。

不仅是城市内部的交通运输导致对马的需求量上升，从 18 世纪末期开始，马在农村也一举取代了公牛和驴子，最终成为动物牵拉大军中的主力。导致这种变化的主要原因，除了道路网络的扩建和公路设施的改善之外，还包括车辆（拖车、马车车厢）、农用工具（犁、耙，以及后来的割草装置）的改进。[1] 速度是经济领域中最关键的要素，节省时间就意味着获得利润。尽管公牛力气大、更能吃苦耐劳，但是马凭借自身的迅捷性，还是在与公牛的竞争中胜出。对马需求的不断增长同样也扩大了那个时期对于养马场和专门用于培育马的农庄的需要。在 19 世纪中期，养马成为欧洲和北美大部分乡村的农业体系中的核心业务。无论是肉类，还是谷物或是羊毛等农产品，都不具备系统化且可以与马相提并论的高价值。

相较于蛋白质、碳水化合物或纺织原料，马为现代经济提供了更为重要、更为基础的东西——马所供应的是能量。它所提供的是一种纯粹的、可以直接使用的、不需要进一步变化、不需要任何转换的能量。根据法国思想家米歇尔·福柯的观点：与**教育制度**（régime scolaire）产生学者、中小学生和大学生，**监狱制度**（régime pénitentiaire）塑造了现代惩罚体系中的囚犯一样，现代农业制度在产生了众所周知的蛋白质、脂肪和碳水化合物之外，还主要创造了动物性的运动能量。经过 19 世纪，马成为农业体系中最重要的产物。作为能量机器的马，供应着牵拉能量，它是现代运输和交通体系——具体而言是不断扩张的城市——得以运转的前提条件。毫无疑问，在**能人**（Homo Habilis）这个物种之外，驯

---

[1] M. G. 雷:《街道的历史：从羊肠小道到高速公路》, 第 91 页及其后若干页。

养和培育第二种能干、敏捷的动物是要付出代价的,这需要具备社会和技术方面的先决条件。

系统漏洞

巴黎,是19世纪的中心,也是交通运输的枢纽,因而有许多值得被谈论的事故也就不值得大惊小怪了:人们议论着新近发生的或是很久以前发生的交通意外。无论是谁或者什么设备提供了运动能量——例如或是马、公牛,或是火车头、内燃发动机——在论述关于技术工具前进的代价和风险的文章中,事故都无一例外地被作为一个遁点来处理。从伊卡鲁斯牌公共汽车开始到协和飞机的发展过程中,我们都会看到:任何进步都会带来其特有的风险和特殊种类的事故。在科技史中,每一个时代都有自己特定的"实际情况"。在那里,会谈论到的事故是:在车辆相撞、海难、空难和系统瘫痪中,揭示某种技术的真实特性。梅西埃再次展现出他是一个先知先觉、知识丰富的权威人士。"驾马车和骑马导致了大量的交通事故,"他在"当心!当心!"(Gare! Gare!)这个标题下这样写道,[1]"对此,警察往往是无能为力的。"[2] 为了使自己的交通工具批评家的身份合法化,梅西埃述说了他的亲身经历。他自己曾经遭

---

[1] "当心!当心!"——这是在大街上当马车、骑马的人、动物或其他类似的危险源靠近时,人们经常可以听到的一句大声提醒。

[2] 梅西埃:《巴黎图画》,第55页。

遇过那起最早的（无论如何，人们是这么说的）市内恶性交通事故："我经历了1770年5月28日的那场灾难。那是因为车辆太多而引起的相撞，车辆堵塞了街道，极其庞大的人流涌入了街道，大批人、大量车拥挤在光线昏暗的林荫大道上。我在这场事故中没有受到任何伤害。然而有12~15人因此丧生，他们要么是死在车祸现场，要么是因可怕的压力受伤而死。我有3次被撞倒在地，每次都是被不同的马车撞上，最后，本来充满活力的我变得筋疲力尽了。"[1]

不仅是因为城市居民中的犯罪行为使得城市在18世纪末期和整个19世纪变成了一个危险的地方，而且被大力推行的**半人马主义**——由马力牵引的城市交通所带来的人与马不得不拥挤地生活在一起的境况——也使得城市变得危险起来。19世纪，在城市和乡村道路上，马匹脱缰奔腾、翻车、撞车的事件，以及由于过快行驶而导致的车祸持续增加。1867年，在纽约，由马力牵引的城市交通平均每周会造成4个行人死亡、40个行人受伤；在其他的大都市，车祸比例也远高于今天汽车交通事故发生的概率。[2] 即便在20世纪初，当汽车已经挤到马路上的时候，大部分车祸也是由使用或者滥用马匹所导致的。1903年，在法国记录在案的车祸中有53%是马车所造成的，这其中有1/3发生在城市街道，剩下的2/3发生在乡村马路上。[3] 据估计，在19世纪、20世纪之交的时候，美国每年发生75万起交通事故，造成相当大的损失。[4]19

---

[1] 梅西埃：《巴黎图画》，第56页。
[2] M. G. 雷：《街道的历史：从羊肠小道到高速公路》，第150页。
[3] 丹尼尔·罗榭：《16世纪到19世纪的西方马术文化》，第113页。
[4] M. G. 雷：《街道的历史：从羊肠小道到高速公路》，第151页。

世纪的文学作品——特别是对于城市的描写和旅行游记——回荡着针对肆无忌惮的驾驶者、喝醉的马车车夫、翻倒的车厢的控告以及受伤的乘客和吓得半死的游客的抱怨。强盗、小偷并不是旅行者最可怕的敌人,他们最糟糕的敌人是他们最亲密的朋友——马。

然而,马并不是交通事故真正的肇事者,真正的肇事者是运用马力的交通系统。与车辆、马具和其他器具一样,人(马车车夫、骑马的人、游客、运输公司和警察)也是这个系统的组成部分。除此之外,道路和公路网络、路况对系统中运动部分的速度控制,也都发挥着不可忽视的作用。如果想要找出造成事故的真实原因,就必须将**半人马体系**看作一个整体,也必须单独观察马车运输体系中的每一个组成部分,并且还需要留心各个组成部分在连接点上的相互作用及相互协作。首先,让我们从观察动物的特性开始。马是急躁不安的哺乳动物,它们容易受惊,在被惊吓之后会有逃跑反应。比如在马附近的另一只动物突然活动,或者被大风卷起的报纸吹到马的脸上,这些都会导致马作出反应:马受到惊吓、慌乱起来会不顾一切地四处奔跑。特别是在熙熙攘攘的城市里,失去控制的马会带来致命性的后果,并且这种惊恐行为会传染给其他马。1823年纽约发生了马的时代最大的交通事故,其原因就是受惊的马所引起的连锁反应。[1]

就像在另外一种环境下,人们不得不习惯于枪火和炮声一样;在如此情况下,人们也必须要习惯于由马力牵引的交通运输和与马拥挤在一起的城市生活。不仅动物在被饲养的过程中要被驯化,人也应该适应

---

[1] C.麦克沙恩和J.A.塔尔:《城市里的马:19世纪有生命的机器》,第54页。

新的关系——在复杂且迅速运动的系统中的生活；而且，人这种动物还必须调整自己以顺应现代社会拥挤的交通状况。那些醉醺醺、肆无忌惮的马车车夫不再只是一些神经敏感的人眼中令人不愉快、道德败坏的人了，他们已经构成了**危险**。这些马车车夫应该受到约束，也就是说必须为他们设立一些规矩，在警察的监督下，或者在必要的情况下，还需要法庭来使他们遵守相应的规范。规范马匹交通运输的速度的历史，可以回溯到文艺复兴时期：哈布斯堡-洛林王朝的第一位神圣罗马帝国皇帝弗朗茨一世在1539年发布的一份公告中，第一次谈到在城市道路和乡间小路上由快速驾驶、超车、突然转弯造成的危险。[1] 不过直到17世纪接近结束的时候，警察才第一次对超速和鲁莽驾驶行为采取行动。在1780年前后，英国和法国首次出现了一些所谓的拉图尔式物品[2]，通过这些使得社会利益——保护城市行人的安全和实施技术性的预防——将城市街道分成高度不同的两个部分。这里所说的就是**人行便道**（Trottoir），马路与人行道之间高出一截的砌石将车行道一侧区隔开来，为行人留下单独的行走空间，这样两股交通流就有了各自单独的通道。[3]

---

[1] 丹尼尔·罗榭：《16世纪到19世纪的西方马术文化》，第96页。
[2] 法国哲学家布鲁诺·拉图尔（Bruno Latour）研究了不同的主题，例如开门的人、安全带或是著名的"柏林人的钥匙"等，从中发现了社会中一整套与技术条件相关的义务结构（以及义务网络）；请参见布鲁诺·拉图尔《柏林人的钥匙：一位科学热爱者的发现》（*Der Berliner Schlüssel. Erkundungen eines Liebhabers der Wissenschaften*），柏林，1996年，第37页及其后若干页。在"半人马契约"语境下，例如路边的街道边石、马蹬等也属于拉图尔式物品。
[3] 丹尼尔·罗榭：《16世纪到19世纪的西方马术文化》，第97页。M. G. 雷：《街道的历史：从羊肠小道到高速公路》，第93页。

街道边是只有手掌宽度厚的分界墙；二三十年后，这道分界墙已经有几百公里长了，它将整个城市围了起来。当然，它并不是唯一对大都市及其居民不断前进的半人马化作出回应的城市建筑。19世纪，当城市通过将马确立为农业体系的中心，从而深刻地改变了乡村生态和农村经济的时候，马也反过来使得城市的生态环境以及建筑形式发生变革。生活、劳作在大都市的成千上万匹马，不仅需要被喂食、被供应饮水，它们还必须有栖居的处所。在19世纪的城市中，马厩所占的地盘之大是今天的人们难以想象的，那些马厩往往建造得比较粗糙，大部分是用木头和砖头搭建的。无论从卫生的角度，还是从城市中火灾预防的角度来看，它们都是危险源。[1]1867年的波士顿有367间马厩，平均每间里住了8匹马。这些马厩遍布整个城市，因为劳作或运货的马要待在轮船码头和火车站附近，而供富人骑行或拉车的马则应该待在它们主人方便到达的范围之内。[2]就像在今天的城市里，住宅的后院是车库和堆放相关工具的地方一样，在当时，马厩也大部分被安排在房屋的后面或是住宅群的中央，大部分马厩是一两层的，也有零星的高达4层的马厩。伦敦最大的公共马车停车场坐落在农场里，在那里的正方形内院中，搭建了一个巨大的两层马厩，马栖居于此。[3]正如人与马紧密地共同生活改变了往昔的生活状态一样，建筑形式的变化也在贵族的生活中产生了影响——这其中包括在宫殿里建造马专用的楼梯，

---

[1] C. 麦克沙恩和 J. A. 塔尔：《城市里的马：19世纪有生命的机器》，第103页及其后若干页。
[2] 同上书，第105页及其后若干页。
[3] W.J. 戈登：《伦敦的马世界》，第19页。

因而在 19 世纪的城市里不断推进的半人马化进程也改造了城市里的建筑物。

街道上的设施也在增加：19 世纪中期以后，欧洲和美国大城市的街道上增加了许多专门供马使用的饮水水槽。直到 1890 年，美国动物保护机构美国防止虐待动物协会请人安装了一百多个此类水槽。[1]1894 年纽约西 155 大街上出现了一个算得上是最精巧的饮水水槽，它是用企业家约翰·胡珀的遗产修建的。这个由乔治·马丁·胡斯设计的饮水槽，除了有一个供马饮用的大水池之外，还有一排接近地面的小水桶供狗饮水，以及一只让城市里的人使用的水龙头。[2]

黄金时代

在城市与乡村，技术、社会与奢侈品之前的紧张地带，还有另外一个非常具有说服力的物品——一种名为"**燕麦**"的谷物。在以马力为基础的经济中，除了干草和水之外，燕麦是一种最为重要的能源。燕麦富含蛋白质，而且非常适合马属动物敏感的消化系统。此外，燕麦麦秆也具有食用价值。随着马的增多，燕麦也繁盛起来。之后，当马的数量

---

[1] 请参见克里·格雷（Chr. Gray）《马在哪里喝水》（*Where Horses Wet Their Whistles*），载《纽约时报》（*New York Times*），2013 年 10 月 13 日。这篇文章讨论了石溪大学（Stony Brook University）米歇尔·博加特（Michele Bogart）的研究。

[2] 同上出处。

减少,燕麦也逐渐消失。[1] 在今天的能源供应结构中,玉米被作为酒精的植物性原料,这种发展趋势令人们联想到了 18 世纪之后属于燕麦的蓬勃时代。燕麦能够提高马的活力,并且使得它的皮毛有光泽,这样的事实解释了为什么上层社会的养马者尤其重视燕麦在饲料中的比例。"多亏 18 世纪 80 年代 4000 多个贵族家庭中的上等居民,"历史学家丹尼尔·罗榭写道,"他们使得巴黎成为展览漂亮马匹的橱窗;这里同样也是展示最精细的养护马匹的场所。"[2]

马不仅为 19 世纪的城市带来新的危险,同时还带来未曾有过的美丽。原本城市里到处都是不引人注意且不幸的家伙,然而,现在到处都是迅捷、优美的动物和豪华的车辆。马和车辆成为**炫耀性消费**(Conspicious Consumption)的对象,它们被用于炫耀和展示。美国经济学家托斯丹·凡勃仑写道:"快捷的马非常昂贵、花费巨大,而且不能当成干重活的牲口。它的用途——也是人们为什么要拥有它的原因——充其量就是作为展示力量和速度的一种形式而已,而这至少体现了某种审美意义。无论如何,不得不承认,这当中包含着重要的用途。"[3] 对于审美的需求——同样也是出于消遣的需求——刺激了手工业者和企业家的创造力。梅西埃早在 18 世纪行将结束的时候就已经惊诧于琳琅满目的车厢式样,而且这种式样仍在逐年增加。爱德华·科洛夫打算描写行驶在巴黎大都市的各种车辆,于是在 1838 年他轻而易举地就写满整

---

[1] 直到 20 世纪前半叶,燕麦在德国都一直是仅次于黑麦的最重要的谷类,在世界范围内,它排在小麦和玉米之后,位列第 3 名;今天,它的产量还不到世界谷物总产量的 1%。

[2] 丹尼尔·罗榭:《16 世纪到 19 世纪的西方马术文化》,第 70 页。

[3] 托斯丹·凡勃仑:《有闲阶级论》(*Theorie der feinen Leute*),慕尼黑,1981 年,第 111 页。

整一卷。[1]"仅仅是不久之前,就在敞篷马车和旅游观光马车之间出现大量轻巧且多数是开放式的'混种马车':法式、巴黎式、伊奥利亚式(Eoliennes)、塞菲林式(Zéphyrines)、亚特兰大式(Atalantes)、单马双轮轻便式";"尽管出现了大量的竞争者和对手",但是老式的旅游观光马车仍然是"……一家之主和祖母们所乘坐的,并且一直稳居最受欢迎的车型的宝座"。[2]

在马的时代走向终结的1941年,意大利作家马里奥·普拉茨再一次为马车时代写下了壮美的赞歌,描写了那个时代的优雅高贵和"没有任何汽车能够踏出的、匀称而欢快的节奏"。只要还存在着富丽堂皇的豪华马车,普拉茨写道,贵族们就可以宣称,"在那些震耳欲聋的摩擦声和踩踏路面的声音中,就还保留着上层阶级的明显的标记——在通向现代化时代的门槛上,老派的骑手造就着最后的交通喧嚣。曾经当一辆华丽的马车通过时,车上的横饰带就像踩着庄严舞步的年轻的骑师一样有节奏地舞动着,人和马仿佛踏着绵延不断、美妙、优雅和轻快的舞步在大地上前进着……维也纳是一个'坐在四轮上'的城市;在敞篷马车上,漂亮的维也纳女子展示着她们高贵华丽的衣衫。"[3]具有精细差异的艺术审美是当时的时尚,在那里,人们所追求的事物没有任何现实、物质化的落脚点。在整整一个世纪里,人们一直致力于创造最时尚、建立在审美基础上的精细差异。到1910年,美国最大的马车制造商斯蒂

---

[1] 爱德华·科洛夫:《巴黎的运输业》(*Das Pariser Fuhrwesen*),第202页。
[2] 同上书,第206页。
[3] 同上书,第202页。

庞克公司设计制造了 115 种不同类型的轻便两轮马车，此外，还有同样多种类型的轿式马车。在这些数字的影子里，马的时代的终点悄然而至。从 1895 年起，斯蒂庞克公司就开始试验**不需要马拉的车厢**，而在 20 年之后，它就完全转向汽车的生产制造了。[1]

除了农业生产和军队之外，城市在 19 世纪对马匹有着最强劲的需求。无论是法国军队的指挥还是其他任何一个国家军队的高级军官，都表现得像拿破仑的悟性出众的弟子一样；他们在不断征兵的同时，尤其还重视扩大骑兵的规模，并且也大大增强炮兵的力量 —— 大炮是由马来牵引的。在 1900 年前后，法国军队里有 14.5 万匹马，这个数字是在战斗动员后只经过很短的时间从 3.5 万增加上来的。[2] 尽管工业国家的农村在相当早的时候就尝试使用蒸汽机，但是对马的需求量仍然在持续上升。比如在 1834 年申请专利的收割机之类的机器，不但没能减少对马的使用，相反增加了许多；50 年后在加利福尼亚出现的第一台联合收割机，需要 20 ~ 40 头动物来牵引，"这大概相当于运输一座方尖碑所需要的马的数量……"波西米亚裔瑞士历史学家西格弗莱德·吉迪翁这样写道，这也顺带勾起了人们对古希腊罗马时期的建筑奇迹的回忆。[3] 农业生产机器只有在增加对畜力的投入时，才能够节省人力。由于在

---

[1] 请参见朗斯特利特（St. Longstreet）《车轮上的世纪：斯蒂庞克公司的故事，1852 年至 1952 年的历史》(*A Century on Wheels: The Story of Studebaker. A History, 1852–1952*)，纽约，1952 年，第 66 页及其后若干页。

[2] 请参见让-皮埃尔·迪加的《马的历史：艺术、技术和社会》，巴黎，2004 年，第 157—158 页。

[3] 请参见西格弗莱德·吉迪翁《机械化的决定作用：有关隐姓埋名的历史》(*Die Herrschaft der Mechanisierungg. Ein Beitrag zur anonymen Geschichte*)，斯坦尼斯劳斯·冯·莫斯作跋，第 191 页。

19世纪，农业经济的主要目的是繁殖、养育马匹（以承担城市、军队和矿山的繁重劳动），因而在这个世纪以马提供能量为基础的经济内部，就形成某种回线或是反向耦合。

马在城市里大多被用于两个主要用途：运输重物和运送人员。西欧和北美地区城市的迅速扩张唤起对公共交通的需求，人们需要行驶在固定线路上的价格便宜且准时的公共交通工具。从19世纪20年代起，巴黎有了由马匹牵引的公交车；在伦敦，则是自19世纪30年代开始，就有马拉的公交车穿梭在城市街道上；几乎同一时间，公共交通在美国也普及起来，早在1833年，纽约就被称作"公共马车之城"。[1] 事实上，在接下来十多年时间里，这种新式交通工具一直占据着美国所有的城市公路网。公共马车促进公共领域的发展，正如麦克沙恩和塔尔所描述的那样："一些人虽然负担不起私人马车，但还是买得起公共马车车票的。"[2] 随着公交车票价的下降和中、低阶层的壮大，城市里的公共马车不断增多。从19世纪后半叶开始。由马牵引的有轨电车——也就是在轨道上跑动的公交车开始与马路上的公共交通竞争。马拉的有轨电车具有对乘客而言乘坐更舒适和对拉车的牲口而言更省力这两方面的优势；轨道上跑动的马车搭载的乘客数量是马路上行驶的公共马车的3倍；这对车票价格产生了影响。就像一二十年后出现的高楼的垂直线一样，这种类型的公交工具以不引人注意的方式完全改变了城市景观；在1880年前后，由将近12000匹马和骡子拉动的**轨道马车**负责将纽约人运往城

---

[1] C. 麦克沙恩和J. A. 塔尔：《城市里的马：19世纪有生命的机器》，第59页。
[2] 同上书，第62页。

市的各个角落——年客流量超过了 1.6 亿人次。[1] 在小一些的城市中也出现了与居民总数不匹配的乘客、力畜、车辆的数量及铁轨长度[2]的迅猛增加的现象,由此可以看到城市发展的**郊区化**趋势:公共交通的发展使得城郊之间的通勤成为可能,于是人们可以去城里上班,而后回到郊区居住。

在欧洲和日本也可以观察到同样的进程,尽管时间上略微有些出入。柏林是一个迟到的大都市,在它拥抱技术性的现代化浪潮之前,它的发展比全球滞后许多。柏林的第一辆公共马车于 1846 年面世,它将柏林及其郊区(例如夏洛滕堡)连接起来。尽管一开始,柏林的公共马车少得可怜,但是从 19 世纪 70 年代起,这个领域出现了突飞猛进的发展。不过它的发展很快又遭受到轨道马车所带来的竞争遏制,更快、更舒适而且更便宜的轨道交通,迫使那些甚至还没有步行速度(平均每小时 5.6 公里)快的公共马车回到了市内。1923 年 8 月 25 日,在公共马车面世仅仅 3/4 个世纪之后,柏林就只剩下最后一条马拉公交车线路——从波茨坦广场到瀚蓝湖火车站。市内马匹公交车的短暂盛夏已经结束。[3]

19 世纪马的经济的爆炸式发展不仅改变城市居民的生活方式和出

---

[1] C. 麦克沙恩和 J. A. 塔尔:《城市里的马:19 世纪有生命的机器》,第 64—65 页。
[2] 伦敦有轨马车的轨道在 1893 年已经超过 135 英里;请参见 W.J. 戈登《伦敦的马世界》,第 26 页。
[3] 请参见阿恩·亨斯巴赫(Arne Hengsbach)《柏林的马拉公交车》(*Das Berliner Pferdeomnibuswesen*),载《勃兰登堡州年鉴 14》(*Jahrbuch für brandenburgische Landesgeschichte 14*),1963 年,第 87—108 页。

行方式,也产生了新的职业分支及职业特点,这些新职业与其他的依据一起成为评价社会等级的通用标准,改变了社会的地位结构。"马无处不在",法国历史学家让-皮埃尔·迪加写道,"使得运货的、载客的马车车夫,剥兽皮的工人、骑师、重骑兵、轻骑兵、农民、贩马人、马掌匠、马夫、马厩管理员、邮政马车车夫、兽医等都成了19世纪的社会中值得信赖的人。(……)马在这个社会中随处可见,它充斥在整个文化之中。"[1] 对马匹的培育、饲养和驾驭要首先学习、掌握极其特别的知识和能力。掌握与马有关的知识自然也不再是贵族的特权。在19世纪进程中出现的**骑马的人**是一种未知的新形式。[2] 凭借着马,这位民主化的代理人悄无声息地登上了历史舞台。尽管如此,那个世纪并不是马的黄金年代。马在那个年代是牺牲品:它在城市和乡村里充当着无处不在的牵引机的角色,它是沙场上的战士,它是不得不在暗无天日的地方劳作的矿工,它的牺牲很大、很残酷,也很痛苦。19世纪对马的使用和消耗都上升到罕见的历史水平,并且在20世纪,这样的趋势也持续了一段时间。[3] 不过马在19世纪不只是被利用、被折磨和被杀戮,它们也被人们研究、培育、照料和欣赏;它们的体态举止和能力也受到人们的喜爱。身为最重要的、被普遍适用的能量的提供者,马与劳动者们并排站在经济生活的中央位置,而且围绕着这种双极中心,马的需求体系,以及它

---

[1] 让-皮埃尔·迪加:《马的历史:艺术、技术和社会》,第166页。

[2] 同上书,第167页。

[3] 请参见 C. 麦克沙恩和 J. A. 塔尔的《城市里的马:19世纪有生命的机器》第1页:"19世纪的城市显现出人对马力使用的最高峰。如果没有马的帮助,仅凭人的一己之力去建造在那个世纪所出现的规模庞大、能够制造财富的大都市的话,那样的城市既不可能被建成,也无法居住。"

的愿望、它的激情、它的敏感性和它对美好感知的表达都得到了重新排列。如果人们愿意将这样的以经济、生态、技术、社会和美学以闻所未闻的密度联系和整合起来的系统，看作**半人马系统**的话，那么人们自然会发现，19世纪曾是这个系统的黄金年代。如果还想要更精确一些的话，那么我们可以这么看待19世纪后半叶。对于马需求量的大幅度增长大概是在19世纪40年代末才开始的；而自19世纪、20世纪之交，机械类竞争对手即汽车和电气化有轨电车的数量和权力都不断地增加，于是，这个体系开始出现解体的端倪。黄金时代持续的时间几乎不到半个世纪。1903年，巴黎已经有了70多家生产汽车的工厂。[1]

能量的价格

当我们谈到18~19世纪的工业革命时，往往都会想到诸如蒸汽机、纺织机之类的伟大科技发明，也会联想起由这些发明所引发的生产方式、分工和社会生活的变革。从这个角度来看，生活在21世纪的人仍然都是卡尔·马克思的孩子。除此之外，西格弗莱德·吉迪翁这位研究技术

---

[1] 请参见《1850年到1914年间巴黎城内的马》，第200页。有关马被汽车"快速"取代的历史请参见 D.L. 刘易斯和 L. 戈登斯泰因（D. L. Lewis und L. Goldstein）（编）《汽车和美国文化》（*The Automobile and American Culture*），安阿伯（Ann Arbor），1983年；对于这个现象的"缓慢"历史进程请参见 C.M. 默尔基（Chr. M. Merki）《1895年至1930年汽车崎岖不平的胜利之路：瑞士公路交通的摩托化历程》（*Der holprige Siegeszug des Automobils 1895-1930. Zur Motorisierung des Straßenverkehrs in der Schweiz*），维也纳，2002年。

对现代生活影响的历史学家，很久以来也一直不断地拓宽他的读者的视野，并且帮助他们看到**机械化**是如何全面地改变着人类生活的最基本环节——例如行走、安坐、居住、饮食、死亡等。[1] 尽管吉迪翁偏爱细节和不被人知的历史，但是他的著作并没有给马这个被雇用的、身不由己的现代化助产士以足够的重视。因而人们一直期待着一本历史作品能够真正反映这个不同寻常的，但直到今天仍然没有受到尊重的"重要角色"，至少对这个"大人物"在最后的年代里，没落的大陆、法国和美国在史学领域都没有作出什么贡献，人们也一直期待着有关马的新发现：这是一项实事求是地传递生态学、人类学、图像学和思想历史学方面信息的令人尊重的新任务。

生产的大工业化和日常生活领域的机械化，首先使得对能量的需求出现飞跃式的增长。蒸汽动力、对于水和风的利用的不断改善、电力的生成和使用、增加石油燃料的开采及有效运用都是对这种需求的回应。能量需求——即对于动力能源的需要——的主要部分自然必须通过力畜来满足。随着新的产品、原材料和市场的增多，对于运送人、货物，以及消息——也就是传播——的运力的需求也迅速增加，于是对于牵引和运输所必需的能量的需求也随之增加。后来蒸汽机可以满足这样的需求，但是可以看到，早期的重型蒸汽犁和蒸汽拖拉机只有在铺设轨道时才能使用；只有在相对小型、轻便的奥托内燃机和柴油驱动的内燃机

---

[1] 他的代表作最初的题目是"机械化的命令"（Mechanization Takes Command），最初是在英国出版发行（牛津，1948 年）。30 年后，这本经典著作最终得以在德国出版发行，是海宁·里特以及他以前的同事的功劳，德文版的标题是"机械化的决定作用"，法兰克福（美因河畔），1982 年。

的帮助下，公路交通的发展才能出现新的飞跃。因而，无论是（从火车站到乡村腹地之间的）空间距离，还是各项新发明之间大约一个世纪的鸿沟，都需要依靠马来跨越。18 世纪末期，当运输的速度开始变成最重要的数值的时候，马超越了它在拉货方面一直以来强劲的老对手——公牛，登上了公路之王的宝座。在此后长达一个世纪的时间里，马一直都是走向机械化的世界中随处可见、不可替代的动力载体。

从人类首次有能力测量马的工作量到现在，已经过去 300 多年。测量的目的是进行比较：如果想要测量的话，首先要有测量标准；而且还可以用这种标准测量其他的力量。1688 年 7 月 10 日晚上，巴黎科学院（Akademie der Wissenschaften zu Paris）的成员们讨论着马的力量，并且将马力与人力相比。[1] 学者们通过一个特殊的仪器确定，一匹马能够在 1 秒钟之内将 75 千克的物品提升 1 米，这相当于七个人在同样的时间里做的功。半人马组合中一半的能力可以通过马的力量得以反映。而且，人类已经将自己简化为纯粹的质量，从而隐藏在试验规定之中：一位成年男子的平均重量难道不是 75 千克吗？詹姆斯·瓦特发明了"马力"这个标准单位，而这个单位直到今天仍然保留了每秒 75 千克 / 米这一比例关系，尽管大部分国家早已用千瓦来代替马力[2] 作为汽车发动机的做功单位。马力这个单位给人们带来的熟悉感、它的生动形象性，以及它还展示着人和马这两个物种之间神奇的数字关系——一匹马等于七个人——这些都使得它依然生效。

---

[1] 请参见丹尼尔·罗樹《16 世纪到 19 世纪的西方马术文化》, 第 27 页。
[2] 1 马力 = 0.73549875 千瓦。——译者注

能量可见而且可测的效用、马的工作业绩不仅对应着一个测量标准，而且也拥有相应的价格。只要在农业经济领域、在货物和人员运输行业、在邮递和矿山业，没有可以替代马的现实可行的选择，那么毋庸置疑马就一直是的万能的牵引机。直到 19 世纪 80 年代有轨电车出现，以及之后汽车（公共汽车、货车、拖拉机和各种类型的履带式车辆）数量不断增多，有"**燕麦发动机**"之称的马才开始受到争议。火车最终在功效、速度和耐力上大大超越马，这是经过了两代人的时间才得以实现的。19 世纪的最后一代人认识到，马是**花费巨大**的发动机，容易损坏而且不可靠。由马提供的动物性能量比电力产生的或者内燃发动机供应的能量要更为昂贵。1899 年，在德国的一份交通杂志上有人这样写道："因为不满足而将马从铁轨上排挤走的机器，现在又开始将马赶出马路了。机器更轻便、更有力、更迅速、更有耐力、更清洁、更容易掌控，而且在满足了一定前提条件时，现在它也已经更经济实惠了。一旦某些条件得到满足，从而使得无须马力的自驾车的价格能够大大降低，作为驮畜的马就会从街道上消失。"[1]

在乡村，马在饲养上较为便宜，而且在居住方面的花费也要少很多，因而相对于使用摩托化拖拉机，马仍然还有较长的一段时间在收支平衡表上展示它的优势。相反，在城市和在运输业，马很快就落后于它的机械化竞争对手。马的劣势体现在三个方面。首先是经济方面：机动车以更低廉的价格提供更高的功效 —— 饲料、马厩和饮用水都花费不

---

[1] 引自 W. 埃亨弗里德（W. Ehrenfried）《邮政领域的马》（*Pferde im Postdienst*），载《德国邮政历史档案 1》（*Archiv für deutsche Postgeschichte 1*），1987 年，第 5—29 页，这里引自第 5 页。

菲——尤其是在城市里。第二个是技术方面：马是敏感的动物，对于城市交通的紧张、劳累，它们只能承受短短的几年时间，而且人们不能将它过度磨损或者更换损坏的部分。[1]第三个则涉及生态环境和卫生状况方面：马通过它的粪便、尿液以及由它招引来的苍蝇，对19世纪的城市所造成的负担并非微不足道。在我们的时代里，汽车被视作城市里的毒药和污染源，而在那个年代，马的坏名声就是源于弄脏城市、威胁城市的卫生状况。约在19世纪、20世纪之交，按今天的话来说，人们普遍的观点就是，马在经济和生态环境领域留下了一个非常大的脚印。尽管威廉二世仍固执地宣称，他认为汽车"只是一种暂时现象"，他相信未来仍属于马，但是自新石器时代以来什么时候发生最大规模的能量来源的转变，只是一个时间问题。在2013年纽约市长竞选中，两位候选人在发表竞选演说时都声称他们将在胜选之后把几十匹仍在拉车的马永远逐出这个城市，这种说法给人一种似曾相识的感觉。当有人从动物保护的武器库里拿出众人所熟悉的论点——糟糕的空气、坚硬的铺石路面——说明这种行动的必要性的时候，当地房地产市场的行家们却指出了另外一个值得考虑的理由：哈德逊河附近的马厩（随便提一下，它们都是经典的两层马厩）坐落在具有诱惑力的地块上，反马运动（Anti-Ross-Kampagne）的赞助者们很可能出于投机的目的而对这些土地感兴趣。无论如何，在这个城市爆发了围绕着马的战斗；动物保

---

[1] 亨利·福特（Henry Ford）早在1917年就开始为汽车配备能够替换的备用件，但是与逸闻里所说的不一样，他并不是备件这一理念的发明者。诸如W. A. 伍德斯（W. A. Woods）等个体农用机器制造商早在世纪之交的时候就已经开始试验可替换备件了。请参见西格弗莱德·吉迪翁《机械化的决定作用》，第187页。

护主义者和媒体将斗争持续了下去。对此,《南德日报》(*Süddeutsche Zeitung*)的记者 P. 里希特（P. Richter）直言不讳地写道:"这是从纽约传来的有关未来的最时髦的潮流,19 世纪的潮流。"

大地上的事故

麻雀的上帝

威斯特法伦地区有一个小地方在20世纪50年代末被两个帮派统治着。一个帮派是森林帮,另一个则是乡村帮。两个帮派招募的都是刚刚过10岁的青少年。好孩子去了高级文理中学,坏孩子则加入了帮派,此外,还有一些人两种状况都存在。帮派是层级关系薄弱、结构简单的社会组织,有一个头领,多多少少还有一些其他成员。在帮派中,只有加入仪式是强有力的。我无法准确地描述森林帮的入会仪式,不过,有关乡村帮的,倒是可以精确地叙述。入会之前的胆量测试是必不可少的环节,而其中所涉及的对象却与当时的日常生活息息相关。胆量测试是这样进行的：当着地位显赫的帮派成员的面，吃下去一个有名的乡村特产。这个特产就是马粪蛋。

约在1960年，这样的做法仍然非常普遍。不过10年之后，用作考察胆量的物品就必须换作他物了，因为这些物品的源头枯竭，所以产品消失了。实际上在1960年，马的时代已经终结，因而在那个时候，那些村庄里不再出现吃马粪蛋的现象也就不是什么偶然了。1960年，德国境内的马匹数量曾呈自由落体式下降。1950年的时候，在德国还有超过150万匹马，而到1970年就只剩下25万匹。联想起第一次世界大战前，在德国生活着400万匹马的话，那么这样的没落就显得更加深刻透彻。之前曾分散、遍布德意志领土各个角落的马，自第二次世界大战结束以后，已经所剩无几。

当然在1960年之后，马仍然在德国存在。从20世纪70年代开始，马的数量甚至又出现增长。那时，马作为休闲物品和青春期女孩的心灵牧师，开始它的第二段历史性职业生涯。[1] 不过，养育矮种马的农场是现实世界边缘上的一块飞地。1960年也是电视机占领德国人起居室的一年，于是对于圈椅骑士而言，矮种马农庄就是早年间所有讨论到马的精彩电视剧：从《愤怒》（*Fury*）到《伯南扎的牛仔》（*Bonanza*）再到《埃德先生》（*Mister Ed.*）。这是马的新世界、新的自然体验的一道曙光，这样的新世界已经超越了乡村和森林。然而，从历史的现实角度来看，由马和人所组成的合作伙伴关系现在只剩下一半，人的那一半保留了下来。另外一半——马——已经进入到媒体性的次级现实当中，它变成

---

[1] 请参见腾贝格（Tenberg）《从劳作动物到运动工具》（*Vom Arbeitstier*），第15页。

了图像。除了威斯特法伦地区几个落后村落之外,马的时代约在1960年就已经结束。马成为西方世界的印第安人,成为只有在特定保留地上才能幸存下来的物种。

约在1960年,电视机在进入市民家客厅的同时,也走进农民家的起居室;也正是在这个时期,不久前还有马在那里翻动着稻草、躺在稻草上睡觉的小棚子开始空了下来。在那些早已开始农业机械化的乡村地区,广袤无边的土地、集约化施肥和全面机械化,使得与马的告别变得相对无声无息、不引人注意。一天早上,马厩里只剩下一匹孤独的马,农夫偶尔会骑它,或者让他的孩子们骑它,而腾出来的地方被当作崭新的、更强有力的拖拉机的车库。在那些还在传统生活的轨道上延续着,仍然以传统的小规模方式耕作、门前还堆着粪肥、屋后仍然是苹果园的乡村,与马的分别则更缓慢、更隆重。在阿尔卑斯山区的一些村子里,为年轻男子举办的传统的复活节赛马会,是乡村生活中最重要的仪式性活动;赛马会在马离开后的日子里仍然继续举办,只是逐渐变成了年轻拖拉机手在复活节时的驾驶比赛。

自20世纪60年代以来,可以察觉到的马粪蛋的匮乏,不仅使得培养乡村男孩的传统意识变得困难,而且也为麻雀这样的小家伙带来麻烦。只要马一直存在,麻雀无论在乡村还是在城市都生活得一样舒适。马粪里总会含有大量没被消化的食物残余,它们都来自马最喜欢的食物——这些残余中富含没有被消化的燕麦——无论如何,这些残余对于麻雀的肠胃来说是相当可观的。与其他类型的谷物不同,燕麦颗粒被一层外壳严严实实地包裹着,这使得它不容易被完全消化。与那些在非洲大草原上围着大型动物群转悠、将犀牛和水牛作为共生动物而不离其左右的小鸟一样，欧洲的麻雀尽管与马保持着一定的距离，但它们依靠马粪蛋生活，因而几百年来，它们与马构成了共生有机体。在麻雀的眼睛里，马看上去就像可亲可爱的上帝一样。随着马这位上帝的黄昏的到来，欧洲麻雀的主要食物来源也逐渐消失，而这令马的退场显得更加伤感。

随着马的消失，燕麦产量也不断下降。直到进入 20 世纪之后，在德国，燕麦还一直是黑麦之外最重要、种植最多的谷物；而今天的燕麦种植已经扮演着微不足道的角色。燕麦作为最重要的饲料，从 18 世纪一直到火车出现——也就是在运输领域的大变革发生——之前的 10 年里，其种植量一直都在不断攀升。随着更为快捷的马将强壮但缓慢的公牛从车辕前排挤走，随在不断扩展的硬面道路网上的载人交通和货物运输速度的提高，农业生产中无论是牲口养殖还是谷物种植都因此发生变化：乡间"开始修建公路，农民购买拉货用的马。这些马有时不得不在马厩里饲养，因此，人们也种植了更多的燕麦"。[1] 欧洲军队中的骑兵部队是这类谷物的另外一个大手笔的买主；19 世纪，德国骑兵部队的军马除了得到它的干草配给之外，每天平均还要吃掉 5 公斤的燕麦。

就连农户联合会的集体放牧用地也被重新组织分配，所谓的"下等"地块和树林也要被加以利用。农村里原来的共有地被分配给个人，这些

---

[1] H. 昆斯特（H. Küster）:《首当其冲的是谷物：另一段人类历史》(*Am Anfang war das Korn. Eine andere Geschichte der Menschheit*)，慕尼黑，2013 年，第 235 页。燕麦产量的增加与其说是为了减少草料的供应，不如说是马匹数量的增加，以及它们的工作范围扩大的结果。

地块不再具有合作社式的用途——1968年，生态学家加勒特·哈丁将这种现象称为"公地悲剧"。与此同时，种植方式也发生了改变，更加集约化、更新品种的家畜被引入进来，农村经济更多地以大市场（肉类和谷物的价格）为导向。简而言之，正如法国人所说的那样，与新的运输方式相伴而来的，是土地使用系统、**土地制度**（Régime Agraire）的大变革。当时站在新的体系的中央位置的，就是马这个身手敏捷的发动机。

经济基础的变化改变着日常生活的根基，土地利用方式的改变反过来直观地反映在地貌上。或者，更准确的说法是：乡村被当作风景来看待。**土地**首先改写了一系列在经济和生态方面的事实状况，于是随之而来的，是地貌风景被主要归属于美学范畴。

泥泞里的马车

雅各布·布克哈特认为，对风景的发现，是新的世界关系中的一个特点，而人们正是通过文艺复兴运动进入这个新世界的。从意大利诗人但丁和彼得拉克开始，大自然就被囊括在美学欣赏的范畴当中了。约阿希姆·里特从现实性和审美性两种相互对立的角度描写乡下人，"大自然可以被划分为得到开发和未被利用的两个部分……从这个角度来看，让人感受到被自由开发的那部分大自然就是作为风景存在的……"[1]

---

[1] 约阿希姆·里特：《哲学美学课程》（*Vorlesungen zur philosophischen Ästhetik*），U. 冯·贝罗（U. v. Bülow）和 M. 施维达（M. Schweda）编辑，哥廷根，2010年，第137页。

格奥尔格·西美尔则更为激进,他将风景描述为**人工制品**、艺术作品:"我们所看到的真正的风景已经不再是单独的自然物品的总和了,我们看到的是初始状态下的艺术品。"[1] 实际上,正如里特的历史提纲所教授的那样,作为艺术家的诗人和画家首先要发现风景,然后塑造它,并且使它成为绘画艺术中的某个流派。除此之外,从18世纪开始,风景或地貌也作为地理学的一个类别存在,即对"某种地表类型的典型结构"的描绘。[2]

从这个角度上来看,德国经济学家维纳·桑巴特在描述19世纪德国国民经济历史[3]的时候,同样也将风景、地貌看作大自然中被主观感知的一个部分。的确,从国民经济的角度所观察到的大自然,承载着历史和贸易往来的标记,它被人类的劳动和工业印记所塑造。从风景的地貌形态上,人们可以读出垦种的历史和技术的足迹。桑巴特的德国经济史以一段类似电影片头的叙事作为开篇,这让人联想到那类以主人公的旅行经历为基础的公路题材电影。在这部著作的前二十页里,人们仿佛带着手持相机,坐着马车,跟随作者一起环游一百年前的德国。这场旅行并不平静,画面不连贯且摇摇晃晃,而且人们时不时地就得发

---

[1] 格奥尔格·西美尔:《风景哲学》(*Philosophie der Landschaft*),载《金色房间》(*Die Güldenkammer*),第460页。

[2] 里特:《哲学美学课程》,第137页;也请参见 H. 昆斯特《发现风景:有关一门新科学的导论》(*Die Entdeckung der Landschaft. Einführung in eine neue Wissenschaft*),慕尼黑,2012年,第30页及其后面若干页。

[3] 维纳·桑巴特:《19世纪及20世纪初的德国国民经济》(*Die deutsche Volkswirtschaft im neunzehnten Jahrhundert und im Anfang des 20. Jahrhunderts*),柏林,1912年;在这里引用的是1921年在柏林出版的第5版。

发牢骚。

叙事是从公路匮乏以及大部分道路糟糕的路况开始的："有关陷在路上车辆的报道层出不穷,有时甚至会有邮政马车陷入泥泞当中。"[1] 车况也和路况没有什么差别："邮政马车是……那个时候人们最爱用来开玩笑的对象,关于它的笑话是最多的。"[2] 桑巴特引用了路德维希·伯尔内的经典著作《软体动物和贝类动物自然史》(*Beitrag zur Naturgeschichte der Mollusken und Testaceen*)中《德国邮政蜗牛的形态》(*Monographie der deutschen Postschnecke*)里面的内容。伯尔内从一开始就语带讥讽地谈到,德国的邮政马车总是不由分说地让他产生各种讽刺性的联想,不过,"邮政蜗牛"是他唯一记住的联想,因为他一直没有办法将脑子里的各种念头写下来:"我从来没能马上将……有关邮政车辆的想法记下来,因为这样或者那样闪现的**念头**总是相互**碰撞**、纠缠在一起。"[3]

这位摇摇晃晃的旅行者无动于衷地倾吐着他对邮政事务所有参与者的讥讽:马车车夫、马、打包人、经营邮局的人和押车的人。所有这些人都对这个巨大"蜗牛工厂"的缓慢运行贡献着自己那份"功劳"。他的"邮车统计数据"(伯尔内运用**静态理论**换算而来的数据)推算出从法兰克福到斯图加特的这段路程,邮政马车需要走 40 个小时;不过此外,它还要在 14 个地方总计休息 15 个小时,因而邮政马车需要在某些路段加把劲,才能跟得上一位精力充沛的步行者的步伐。在这里,并没有将

---

[1] 维纳·桑巴特:《19 世纪及 20 世纪初的德国国民经济》,第 4 页。

[2] 同上出处。

[3] 路德维希·伯尔内:《德国邮政蜗牛的形态》,载《全集》(*Sämtliche Schriften*),第一卷,杜塞尔多夫(Düsseldorf)1964 年,第 639—667 页,这里引自第 640 页。

道路的质量状况考虑进来:伯尔内的这段马车旅行所遇到的道路无法通行和恶劣天气所带来的麻烦,远少于因为工作人员的懒散而造成的痛苦。相反,旅途中的歌德却记录了在不同国家或不同宗派的领地交界处所出现的路况变得更糟糕的情况。那是歌德的第三次瑞士之旅。在他还没有完全离开图宾根,踏入天主教统治的赫辛根的霍亨佐伦的时候,可怕的颠簸就已经开始了:"只要一离开符腾堡地区,路况就变得恶劣了……本来可以在桥上经过长时间旅途后第一次看到壮观的景象,但是也因为糟糕的道路状况而毁掉了观光的感受。"[1]

马车偏离正轨并不一定都是恶劣的道路状况所引起的,一具无关紧要的动物尸体就足以让车轮停下来。在英国小说家劳伦斯·斯特恩的《法国和意大利的感伤之旅》(*Empfindsame Reise durch Frankreich und Italien*)当中,一头死了的驴子使得一匹服务于法国邮政车的矮马退缩了;小矮马不愿意从它已故同事的尸体边走过,并且将邮递骑兵拉·弗吕尔抛了下来。邮递员骂骂咧咧地再次骑上马,并且尝试着动用马鞭让这匹马振作起来。"这匹小矮马从道路的一边迅速地走到另一边,然后又倒退了几步,接着向这里走几步,又向那里走几步。总而言之,它到处走动,就是不能绕过那头死去的驴子。拉·弗吕尔考验它的脑子,然而这匹马却前腿腾空,用后腿站起来抗议。'拉·弗吕尔,你打算把你的马怎么着?'我问。'先生,'他说:'马是最固执己见的家伙。'"[2] 约

---

[1] 约翰·沃尔夫冈·冯·歌德(J. W. v. Goethe):《日记》(*Tagebücher*),第2卷第1部(1790—1800),斯图加特、魏玛(Weimar),第179页。

[2] 劳伦斯·斯特恩:《法国和意大利的感伤之旅》,慕尼黑,第44—45页。

里克曾经建议说,当这种动物一根筋的时候,就按它的想法去做吧,因此就出现了这样的一幕。

农用的耕地、牧场、森林采伐区或工业区域是被作为经济事实加以观察的。从这个角度来看,土地的一般特性因**地区**的不同而不同。而**地区**则是人们相互往来、相互渗透的意愿的具体体现。土地的长度、宽度和上面的沟壑构成了不同的区域;它可能是岩崖、山丘、水域或沼泽;它可能是有路可走,如可涉水行走的浅滩、山谷中的小路、林中空地,或者无路可寻,如灌木丛、沙漠、泥潭;它允许车辆穿行或者阻碍着行人通过。在18世纪后期开始建设现代化道路以前,连接着桥梁和瞭望台的公路,实际上是在上千个障碍物之间蜿蜒的通道,是人类与反复无常、针锋相对的执拗的大自然达成的迷宫般的妥协。换言之,这些道路是复杂的、没有任何数学公式可以解释的函数关系式:在这个关系法则中,给定的那个数集是人类跨越距离、战胜自然界中不可征服的障碍的愿望。火车的铁轨率先以不可动摇的坚定性打破大地带来的阻力[1],之后公路的数量才拖拖拉拉迟缓地跟了上来。直到今天,提起**乡村公路**,人们依然会想起到处都是拐弯、布满障碍的道路,一条旧日的小路如同一根狭长的带子一般,在河流、山脉、森林和峡谷中蜿蜒穿行。[2]

---

[1] 请参见沃尔夫冈·施菲儿布什(Wolfgang Schivelbusch)《火车旅行史》(*Geschichte der Eisenbahnreise*),慕尼黑,1977年,第35—45页。

[2] 也请参见 M. 沙尔夫(M. Scharfe)《大街和公路:有关道路通行性的历史》(*Straße und Chaussee. Zur Geschichte der Wegsamkeit*),载《邮政马车时代》(*Zeit der Postkutschen*),K. 贝赫尔(K. Beyrer)编辑,法兰克福(美因河畔),1992年,第137—149页。

当我们进一步更仔细地考虑地区这个概念的时候，德国军事理论家卡尔·冯·克劳塞维茨写道，总参谋部的参谋们一定不会忽视一个地区的三个方面的特征，从而将某个地区从纯粹、开放的大地中区分开来，也就是从地域的原点上划分出来："首先是通过地面的结构来区分是山丘还是凹地，然后对自然外貌——树林、沼泽、水域等——加以区分，最后是对文化历史所创造的特性加以区分。"[1] 奔跑在乡村大地上的马车，也正是在与各个地区这些不带有宗教神圣色彩的三位一体的特性作战。坐在马车驾驶台上、作为总参谋的马车车夫不仅要与他的坐骑的迟钝、懒散，以及本人在生理上的疲惫做斗争，而且他也会实实在在地**感受**到，地区障碍和道路上的摩擦是他必然要面对的敌人。通过研究"所有这三个方面的状况"，克劳塞维茨写道，地势的起伏、地表的植被和当地文化元素的构成，"战争由此变得更加错综复杂、更具有艺术性"。[2] 每辆邮政马车都如同一支孤独的分遣队，它的一举一动与战争中的行动表现别无二致：在路上的每个转弯处都潜伏着冲突和摩擦。意想不到的山岩崩塌、秋天的暴风造成的树木损害、一头倒在路边的死驴，这些都使得这场战斗立即变得更加错综复杂、更具有艺术性。

"人们不可能像挑选货物那样多次演练、规划他们的战争大戏应该如何上演。"克劳塞维茨对这一点心知肚明。[3] 这不也适用于横穿不同地带时所面临的状况吗？人们并不总是能够自由地选择路线。例如，只

---

[1] 卡尔·冯·克劳塞维茨：《战争论》，第19版，波恩，1980年，第603页。
[2] 同上出处。
[3] 同上书，第605页。

有一条路可走的时候,以及当黯淡的天色和恶劣的天气同时发挥着影响的时候。为了说明人们在战争中所面对的"摩擦"是怎么回事,克劳塞维茨举了一个平民旅客走在漆黑的夜晚的例子:"想象一下,有一名旅行者在临近傍晚的时候,离当天的旅途终点还有两站,如果路上一切顺利的话,他还要骑着驿马在公路上奔波四五个小时。然而,现在他到了倒数第二个驿站,没有找到可以替换的马,或者只有状况不佳的马,然后是多山的地带,糟糕透顶的道路,黑漆漆的夜晚。最后他很高兴,在经过千辛万苦之后,终于到了下一个驿站,在那里他还可以找到一个简陋的住处。"[1]战争就是这样,许多事情都会停滞不前,还有许多东西会突然失灵。

当大地与天气联系在一起的时候,由此所造成的麻烦尤其邪恶。泥泞是这支通过轮子前进的分遣队最恶劣的敌人。当马车车夫看到那些泥沼时,他们顿时感到了痛苦。"由于正热烈地谈论着自己心仪的姑娘,车夫们没有注意到在我们身后的车身腾空悬立着,我们六神无主的马已经陷入浓稠的泥浆,可怜的马陷得很深,沉重的马车车辆也同样深陷其中、无法前进。车夫们发现马停步不前,于是他们向马吆喝着,用马鞭催促着它们继续前进。感受到主人意图的马努力挣扎着,但却越陷越深;车夫们扯着干渴的喉咙大喊着,疯狂地抽打着马,但这却是徒劳的努力。马呼哧呼哧地喘着气;我们的双头四轮马车遭到了诅咒,一切都停止了前进;我们下了车,面对着雪上加霜般的困境,没错,巴士底狱的墙基

---

[1] 卡尔·冯·克劳塞维茨:《战争论》,第19版,波恩,1980年,第261页。

并不比我们的轮子所深陷其中的该死的淤泥结实多少。"[1] 最后,终结这个连锁事件的实质行为来自两位骑马人——斯洛普医生和他的仆人奥巴迪亚——出乎意料的鼎力相助,他们将这辆陷在山蒂厅附近一条肮脏道路上最泥泞路段的马车拖了出来:在这个过程中,斯洛普医生的半个身子都陷入半米深的泥潭里。[2]

维纳·桑巴特在他的19世纪德国经济史中是如何描述的呢?"有关陷在路上的车辆的报道层出不穷,有时甚至会有邮政马车陷入泥泞当中。"[3]1941年9月,纳粹德国国防军(Wehrmacht)在苏联第一次领教到了大地和天气相互结合的力量,而桑巴特没有读到有关这方面的报道;他在那年的5月去世了。不过,即便读到了那样的报道,他也无论如何都不会感到惊讶。桑巴特应该会说,自然因素挫败了侵略者的进攻;而他的朋友施密特则讥讽道:连德国诺莫斯牌军表都深陷到泥泞当中了。

乡村医生

人们不会忘记世界历史中那些伟大的个体,也不会遗忘19世纪那些备受尊敬的革命者、诗人和学者。但在这些了不起的人物之外,人们

---

[1] 马里沃(Marivaux):《陷入泥泞的马车》(*Die Kutsche im Schlamm*),苏黎世,1985年,第19页。
[2] 请参见 L. 斯蒂恩(L. Sterne)《绅士山蒂的人生和观点》(*Das Leben und die Meinungen von Tristram Shandy*),慕尼黑,1974年,第110页。
[3] 维纳·桑巴特:《19世纪及20世纪初的德国国民经济》,第4页。

往往会忽视日常生活中的英雄们，尽管这些人随着时间的流逝，最终会得到公正的对待。那些建造钢铁桥梁、玻璃宫殿的工程师都是19世纪真正的英雄。而且，总有一天，人们会重新发现一些伟大的医生、探险者、发明家、展现人性的英雄，还有哲学家、20世纪的各种主义的发现者，以及那些在他们之前就做出预言的人。但在这些英雄人物中，总有一位一直坐在他的朴素的诊疗室里，小心地听着夜半铃声，期待着被后世发现。不过，他们被写进了19世纪和20世纪的文学作品当中，通过奥诺雷·德·巴尔扎克、古斯塔夫·福楼拜和弗兰茨·卡夫卡的短篇或中长篇小说，他们早已永垂不朽了。

乡村医生是骑着马跑来跑去、类似于半人马的一种存在。除了骑兵之外，没有人能像他那样在马上待那么多的时间。其实，他不是骑在马背上，而是驾驶马车，他使用的是车辆市场上所能提供的最轻便、最容易驾驭的小型马车。为了速度和操控性，他放弃了风光、气派；而且他所得到的微薄酬金无论如何也不允许他拥有一辆两匹或四匹马拉的豪华马车。乡村医生不只是当代的**希波克拉底**（所有人都以医学之父的名字作为这些"骏马帮"的希腊名字），他也是在乡村里进行启蒙教育的流动短工。巴尔扎克将他作为一名骑兵军官的对照形象：那名军官参加过拿破仑指挥的所有战役——从意大利、埃及到俄国，直至在法国的最后大战——他一直都在疆场上厮杀；与此同时，这名乡村医生一直与当地村民们的呆小症和惰性进行着没完没了的战斗。

卡夫卡将他描写为烦躁不安的、被恐惧感所煽动的人，他被各种无法掌控的力量所包围：贪婪、残暴的马夫，丰满的马匹——"强壮的肥膘大马"[1]，一开始"热心"、后来满怀恐惧地逃走的女仆罗莎。这名医生到了这场旅行的目的地，来到病人的身边，他本人被当作病榻上患者的治愈剂，他被迫躺在朝墙的一侧，就在病人可怕的伤口旁边，而在这段时间里，马头的影子一直在他面前晃动。当他最终逃出来的时候，便急急忙忙地翻身上马，"缰绳松松垮垮地拖在地上，这匹马与另外一匹马也几乎没有套在一起，双轮马车摇摇晃晃地跟在后面"。而且他似乎已经变成迷失方向的流浪者了，"在这最不幸的时代的严寒中，坐在尘世间的马车上，驾着非尘世间的马匹"。这里以人的形象展现了各种厄运的缩影：德国作家海因里希·冯·克莱斯特笔下的米歇尔·科尔哈斯，也从字里行间看到了乡村医生和马的时代在晦暗的大地上所遭遇的所有的不幸。[2]

文学作品中最有名的乡村医生名为查尔斯·包法利。19世纪中期，他在诺曼底地区的鲁昂市附近的乡村行医，医术平庸。与从事这个职业的其他人一样，他也一直在路上奔波："查尔斯在无论是下雨还是落雪的天气里，都骑着马奔驰在崎岖不平的小路上。"[3]他买不起妻子梦寐以

---

[1] 弗兰茨·卡夫卡：《乡村医生》(*Ein Landarzt*)，《12卷作品集》(*Gesammelte Werke in 12 Bänden*)第1卷：《作品、日记和信件集（评论版）》(*Drucke zu Lebzeiten. Schriften, Tagebücher, Briefe. Kritische Ausgabe*)，法兰克福（美因河畔），1994年，第253页。

[2] 卡夫卡在《乡村医生》中所展现的马的形象，请参见恩斯特·奥斯特坎普（Ernst Osterkamp）在他的一篇被广为引用的论文中所做的相关评论：《马的表现主义：一个隐喻的胜利和死亡》(*Die Pferde des Expressionismus. Triumph und Tod einer Metapher*)，慕尼黑，2010年，第60—64页。

[3] 古斯塔夫·福楼拜：《包法利夫人》(*Flaubert, Madame Bovary*)，E.艾德勒（E. Edl）译，慕尼黑，2012年，第84页。

求的豪华马车,他只养得起自己的那匹马,为它配上马鞍。一个偶然的机会,为了讨他的年轻妻子的欢心,他也弄来了一辆轻便马车,这是"一辆类似双轮轻便马车的二手车,马车上的灯笼和用拼接的皮子缝制的马粪兜是新的"。[1] 查尔斯就像一个倒霉的可怜虫驾驶着这辆马车,给人们留下蹩脚、糟糕的印象:"查尔斯坐在长凳的最靠边的地方,两只胳膊伸得很开,别扭地赶着车,身材矮小的马匹在两个距离过宽的车辙之间迈着对侧步、小跑着。缰绳松松垮垮地拍打在马的两臀上,它的身上被汗水弄得湿漉漉的,固定在双轮马车后部的包厢不断强有力地撞击着车体。"[2]

这名乡村医生的名字是经过设计的。包法利听起来就像 bovis,即法语里的公牛。[3] 他是一个笨手笨脚的人。为了强调他的粗鄙,福楼拜拿他与几个时髦考究的男性人物对比,那些人落落大方地跳舞、骑马,"微笑着,嘴上叼着香烟"[4]。这些潇洒的小伙子中有一个成了艾玛第一段外遇的情人。在两个人一起骑马外出的时候,艾玛从一开始就心神迷离:"轻轻地低着头……她随着行进的节奏晃动着身体,在马鞍上左右摇摆着。"[5] 直到在艾玛和罗尔多夫这两位骑手越过了森林边缘的界限——这条边界也是区分白天与黑夜、道德与罪恶的分水岭——之前,"马儿发

---

[1] 古斯塔夫·福楼拜:《包法利夫人》,第48页。
[2] 同上书,第77页。
[3] E. 艾德勒在他的译后记里谈到了这位医生的"传神的名字",请参见《包法利夫人》第712页。
[4] 同上出处。
[5] 古斯塔夫·福楼拜:《包法利夫人》,第210页。

出鼻息声,皮马鞍嘎嘎作响"[1]。随着光线和声响的变化,召唤出完全不一样的颜色、声音、动作和气味所构成的全新的环境,这意味着曾经迟疑的事情已经不再有任何耽搁。在这个夜晚结束的时候,又再一次写到了马:"当她回到永镇的时候,她由着她的马在石板路上跳舞。有人从窗户后面观察着她。"[2]

包法利先生的妻子包法利夫人并没有谈论过所感受到的这桩婚姻所带来——来自社交和职业领域——的委屈。这个大夫终究只是一个卫生官员,他所受的有限的教育几乎不会在他身上留下什么具有艺术气息的痕迹;而偏偏当他试着给一个名叫希波利托斯[3]的年轻马夫治疗马蹄足时,又遭到他不得不承受的最恶劣的失败。尽管这个伙计的"马蹄足的确也和马蹄差不多一样宽大,皮肤粗糙,筋腱僵硬,脚趾粗大,指甲黑得如同铁钉一般",但是这并不妨碍他到目前为止一直精力旺盛地"像鹿一样"[4]轻快地跑来跑去。然而,现在这个镇子上科学的代表药剂师奥默最终决定,马蹄足令希波利托斯痛苦,必须要治疗。包法利先生用自己设计的盒子式的手术机器进行了断开筋腱的手术,这场手术最后的结果是灾难性的。在象征性和神话般的严密组织中,福楼拜在这个位置——这部小说完完全全的中心地带——就是在包法利夫人与罗尔多夫刚刚偷情之后,给了这个乡村医生致命一击。

---

[1]　古斯塔夫·福楼拜:《包法利夫人》,第211页。
[2]　同上书,第214页。
[3]　希波利托斯(Hippolytos)是雅典王忒修斯(Theseus)和亚马孙女王希波利塔(Amazone Hyppolita)的儿子,是马的救赎者,他因为车祸而亡而变得众所周知。
[4]　古斯塔夫·福楼拜:《包法利夫人》,第232页。

一个英国乡村医生，准确地说是一个乡村兽医，多年来一直在爱尔兰行医，他在19世纪80年代第二次尝试制造车轮内胎，而且这一次获得了成功。约翰·博伊德·邓洛普是一个苏格兰兽医，是维多利亚女王的朋友。由于讨厌在坑洼不平的马路上的糟糕行车体验，他试着制作充气的低压轮胎，并且开发出实用的自行车轮胎。凭借着这项发明，他在1887年进入了公众的视线。两年后，贝尔法斯特巡洋舰自行车俱乐部（Belfast Cruisers Cycling Club）的会长威利·休姆在爱尔兰和英格兰的系列自行车赛中获胜，赢得了邓洛普打造的自行车。从那个时候开始，自行车成为穷人的赛马，开始大获成功。另外，多亏邓洛普的发明，乡村医生们能够以比从前更快的速度更为安全地抵达他们的病人那里。几年后，乡村医生们又成了首批频繁使用尚处在幼年阶段的汽车的用户。对于乡村医生这个职业而言，速度不是奢侈品，而是生活必需品。他们要赶着去拯救他人的生命。

一场又一场事故

骑马或者驾驶马车的医生会被叫到其他骑手或马车车夫的事故现场。马是胆小敏感、容易受惊吓的动物，总会因天生的逃跑反射而逃离，一旦它脱缰而逃，没有人能够轻而易举地再次将它套住。忒修斯和亚马孙女王希波利塔的儿子希波利托斯正如他的名字所展示的那样，他懂马。此外，他从他母亲那里遗传了一些积极的特性，一个亚马孙战士不会骑马是无法胜任他的职业的。尽管如此,他还是成了一场经典的交通事故的牺牲品,这次事故背后隐藏着奥林匹斯山上经常被使用的阴谋诡计。爱恨情仇发挥着作用,这个故事的最后部分是:海神波塞冬派来一只庞大的海怪,它吓坏了为希波利托斯拉车的马,受惊的马狂奔起来。马车撞到一棵橄榄树上,驾车人丧生了。

马脱缰逃跑是骑马人所惧怕的事情,也是那些坐在马车里的旅行者的梦魇。但是,在机械化运输时代到来之前,导致每次出行都充斥着安全隐患的不只是马。还有其他一些因素:糟糕的道路、恶劣的天气、昏暗的光线、懒惰和嗜酒如命的马车车夫。最后还有车辆本身的缺陷:不够灵活、刹车失灵、容易侧翻、会像嵌入大地一样深陷不起。在文艺复兴时代,由于马脱缰奔逃、马车倾覆和散架而导致的事故,是游记中一开始就随处可见的记录。乌尔里希·利希恩塔尔的编年史上记录了15世纪20年代的一次有名的交通事故:1414年,教皇约翰二十三世乘坐的马车在阿尔贝格山口翻车了,于是在康斯坦斯举办的由教皇主持的高级神职人员大会只能取消。人们仅是凭借历史快照式的描写(很可能根本不是建立在真实的事件基础上的),也就是卡尔·英莫曼用滑稽手法所叙述的1821年的那场车祸,就一直津津乐道至今天。没有任何一个研究旅游的人类学家,也没有任何一场有关马车时代的文化历史展览,会遗漏里希腾贝格对该事故的冷嘲热讽。英国批评家托马斯·德·昆西形象地描绘了想象中的两辆车发生的交通事故:那是行驶在夜晚道路上的邮政马车和轻便的单驾双轮敞篷马车之间的碰撞。整篇描述尽管修辞、语风浮华夸张，但其在构造**悬念**方面堪称文学史上的杰作。[1]

有关悲惨的交通事故和令人赞叹的救援记述，也在18世纪的逸事集和历书里占有一席之地。例如，科塔在他的1799年出版的《爱马人、养马人、草料种植者、马兽医和大型马厩拥有人指南》（*Taschenbuch für Pferdeliebhaber, Reuter, Pferdezüchter, Pferdeärzte und Vorgeseztegroser Marställe*）中就讲述了一个令人惊心动魄的例子："有一个来自纽卡斯尔的英国人，他的名字叫路斯布莱特·兰伯特。有一天他骑马经过桑德福特的石桥，在桥上的时候，他使劲抽打着他的马，想使它掉头，马突然停住了。然后，这匹急躁而敏感的马突然登上桥栏杆，片刻之间，它就越过栏杆跳进河里。幸运的是，恰好桥边有一棵白蜡树，树枝钩挂住了那个英国人，救了他一命。他一直被挂在那里，直到几个人经过时，才帮他摆脱了那种不舒适、令人心惊胆战的局面。那匹用尽全力跳入20米深河水中的马，很快就淹死在那里了。"[2]

除了文献记载之外，有关翻车和撞车的图片历史资料也被保存了下来，而且人们可以从Youtube中找到一些发生的时间离现在最近、最引起轰动的事故的影像资料。这些照片和录像的历史背景构成了一本欧洲图谱，里面收罗所有可以想象得到的，由马匹、马车和大车引起的交通事故的场面。这本图谱所涵盖的时间跨度从整个18世纪到20世纪中期马的时代的漫长的末期，它的名字是《还原》（*Ex voto*）。翻阅过这本充

---

[1] 请参见托马斯·德·昆西《英国邮政马车及其他散文》（*The Englisch Mail-Coach and Other Essays*），伦敦、多伦多、纽约，1912年，第30—39页。
[2]《爱马人、养马人、草料种植者、马兽医和大型马厩拥有人指南》，1799年，第56页。

斥着可怕场面和奇迹的手册的人，一定会开始前往诸如阿尔特廷等著名的天主教朝圣地去朝拜，或者前往诸如海尔布鲁恩[1]的民俗博物馆寻求咨询。所有由马引起的必然的交通事故和玛利亚与其他神灵偶尔拯救世人的民间迷信，都被色彩鲜明、栩栩如生地表现在小型的感恩祈祷和求愿祈祷的还愿画当中了：倾覆的马车、疲惫不堪的车夫、奔逃而去的马；发狂的马拉着马车不受控制地狂奔，车夫倒在车轮下面，车夫的帽子在画的角落里滚动着；两匹拉车的马带着车辆一起越过围墙，马车七零八落，驾车人受了伤；马厩里有三匹马，其中一匹的后蹄踏在一个小男孩的身上，两名男子慌慌张张地赶过来；人仰马翻、马车倾覆、粉身碎骨；马车和车夫跌落到山谷中，而马停在危岩的边缘；重型货车和马车相撞，车夫被甩到了地上，受伤的马试图挣脱；马车与马车撞在一起，车夫躺在地上，受伤的马跪倒在一边。

自20世纪70年代以来，联邦德国每年因交通事故造成的死亡人数高达两万，于是人们积极发展那些使交通更加安全、能够降低事故带来的损害程度的技术，以改善交通安全状况。早在200年前，人们就已经对以马为主要运输工具的道路交通问题的改善做出类似的努力了。正如在我们这个时代，人们不仅确立了交通规则，进行交通管控，而且也对交通工具的两个关键的技术部分——车体和发动机——不断地进行调整。在马的时代，人们对马和马车也做着同样的事情。首先是对马车的改进：1756年，一本法文版的说明书向养马场场主介绍了一款新

---

[1] 萨尔斯堡（Salzburg）南部海尔布鲁恩的"月度城堡"（Monatsschlössl）民俗博物馆。

型、据说不会翻车的**轿式马车**。[1] 珀普在他的《发明史》中指出："比这还要早 25 年，人们就已经开始致力于提高马车的安全性（更高的轮子、更宽的车轴、各个组成部分的灵活性和坚固性）。"[2] 每个手巧的工匠都可以为马车的改进做出贡献。但是，如何改善马的天性呢？人们怎样才能让马保持镇静呢？或者当马失去理智、脱缰而逃的时候，如何让它再次冷静下来呢？1802 年，J. G. 赫尔洛茨出版了《阻碍骑乘马和拉车马脱缰逃跑的机器》（*Beschreibung einer Maschine, die das Durchgehen der Reit- und Wagenpferde verhindert*）；[3] 在 3 年之后，J. 里姆推荐了《在马逃跑时防范所有危险的两种可靠手段》（*Zwei untrügliche bereits erprobte Mittel, sich beim Durchgehen der Pferde gegen alle Gefahr zu schützen*）[4]。珀普在他的《发明史》中系统地介绍并区分了三种防止马脱缰逃跑以及减轻此类事故损失的方法：第一个方法是为车辆安装全制动装置，第二个方法是将马与车辆分离，第三个方法是"快速地遮住狂躁的马的眼睛"。[5] 当然，在任何情况下残余风险总是存在的：作为"燕麦发动机"的马是不可能像汽油发动机那样被完全关掉的。

---

[1] F.A. 德·加尔索特（F. A. de Garsault）：《新推出的不会翻车的轿式马车》（*Traité des voitures, pour servir de supplément au nouveau par-fait maréchal, avec la construction d'une berline nouvelle nommée inversable*），巴黎，1756 年。

[2] 请参见 J. H. M. 珀普（J. H. M. Poppe）《艺术和科学领域中的发明史：从古至今》（*Geschichte der Erfindungen in den Künsten und Wissenschaften, seit der ältesten bis auf die neueste Zeit*），第 3 卷，德累斯顿（Dresden）,1829 年，第 59—60 页。

[3] J. G. 赫尔洛茨：《阻碍骑乘马和拉车马脱缰逃跑的机器》，德累斯顿，1802 年。

[4] J. 里姆：《在马逃跑时防范所有危险的两种可靠手段》，莱比锡，1805 年。

[5] J. H. M. 珀普：《艺术和科学领域中的发明史：从古至今》，第 3 卷，第 63 页。

19世纪让人笑出眼泪的滑稽剧,就是各种各样的轿式马车和豪华马车的翻车场面,这些马车不断地在林荫大道这个大舞台上翻倒。[1]谁会预料到,在下一刻会有什么人陷入最滑稽、最倒霉的混乱中?可怕的街道变成了杂乱无章的舞台。翻倒在地的马车造成了社会混乱,这种滑稽效果塑造了闹剧的舞台,并且它将闭合的帷幕后面摇摇欲坠的城市和乡村曝光给世人。[2]19世纪50年代初,几乎在福楼拜撰写《包法利夫人》的同一年,不仅有关"牛仔车夫"的独幕滑稽剧和轻歌剧开始到处上演,而且很快又出现被改编为五幕的正剧,这些剧目是当时最受欢迎的戏剧。

　　正如在接下来的一个世纪里,汽车和电影之间一直保持着浪漫的恋爱关系,在19世纪,尤其是戏剧中脍炙人口的滑稽音乐剧、歌舞喜剧和综艺舞蹈剧也与马车相互调情。齐格弗里德·克拉考尔由缪扎尔的音乐回想起一部有关拿破仑的老电影,在那部电影里,拿破仑乘坐一辆旅行马车匆忙地赶往远方的战地剧院,他的马车周围一直络绎不绝地被骑马的通信兵和送急件的邮递员包围着,这让人们感觉到拿破仑确实是以极快的速度穿过这个世界:"缪扎尔的演奏也是一个虽然不包含什么权力色彩,但依然充满动态性的事件。"[3]在一家剧院正在上演"严肃"歌

---

[1] 请参见G.德·康塔德伯爵(Comte G. de Contade)的"体育文献目录"(*Bibliographie sportive*):《1547年至1896年法国的驾驶状况》(*Le driving en France. 1547–1896*),巴黎,1898年。

[2] 将马车生涯作为戏剧舞台的既有居伊·德·莫泊桑(Guy de Maupassant)取材于德法战争的《羊脂球》(*Boule de suif*, 1880),也包括约翰·福特(John Ford)在1939出品的西部片《关山飞渡》(*Stagecoach*)。有关莫泊桑的小说与这部电影之间紧密的"同族"关系请参见里伊佩罗特(Rieupeyrout)的《西部片》(*Der Western*),第82—80页。

[3] 齐格弗里德·克拉考尔:《雅克·奥芬巴赫和他那个时代的巴黎》(*Jacques Offenbach und das Paris seiner Zeit*),法兰克福(美因河畔),1976年,第38页。

剧《拉美莫尔的露西亚》(Lucia di Lammermoor)的时候,艾玛·包法利和实习生莱昂灾难性地重逢了。在剧院之夜的两天后,两个人坐着马车穿过鲁昂城和周围的乡村,漫无目的地行驶了6个小时。在这个过程中,他们的重新会面,这样一个充满变数的事件也达到高潮。"这在巴黎很常见。"当莱昂叫马车的时候,他这么说[1]。然而,在巴黎之外这却是引起老百姓怀疑的少有的轰动事件:"在港口的运货小车和木桶之间,在街道边的路缘石旁,老百姓用惊愕的眼神直瞪瞪地看着这些在乡下人眼中不同寻常的事情:紧闭着窗帘的出租马车,在远去之后,又再次出现,它像坟墓一样密闭,又像小船一样来回摇摆。"[2]

与歌舞剧的编剧不一样,《包法利夫人》的作者一定不会让艾玛和她的情人所坐的马车翻掉,或者摔得四分五裂,否则那滚滚向前的雅座里发生的事情将会暴露在光天化日之下。这部小说的读者续写了这个故事,将马车里面的空间填满,而且这辆马车如同呼啸而过的卫星,围绕着城市和乡村转动着。"比坟墓还密闭,"福楼拜写道,"并且像小船一样摇摆着:这辆马车是一间小屋子、一个洞穴、一艘小船,周围的人看不到这里面,但是在行驶中会产生碰撞和震动,这是一个绝对的内部的空间,它既会带来幽闭恐惧症的感觉,又会产生色情的效果。"马里奥·普拉茨写道:"一辆密闭的马车就像是沙龙里的一个角落,人们舒适地待在其中,将多余的沙发推了出去。"[3] 福楼拜将他的沙龙封闭得严严实实

---

[1] 古斯塔夫·福楼拜:《包法利夫人》,第318页。
[2] 同上书,第320页。
[3] 马里奥·普拉茨:《记忆花园》(Der Garten der Erinnerung)(散文卷第1卷),法兰克福(美因河畔),1994年,第270页。

的，他只是描写黑色、狭窄的轨道，并且没有忘记提醒读者，是两匹大汗淋漓的马和一个疲劳且口渴得几乎快疯了的马车夫，维持着这个罕见得像盒子一样的小房间在一圈一圈地运转。

乡村的音调

文化批判中一个经常见到的说法就是将城市描写为毁灭一切的暴力源头，那里没日没夜地被噪声充斥着。相反，乡村则是宁静的王国。城市发出如同锯子锯物一般既嘈杂又尖锐的声音，乡村则要么是沉默的，要么如同蒙蒙细雨一般窃窃私语。这样的刻板印象的确只是对噪声世界加以区分。城市的世界被打上机器杂音的烙印，不过那其中也有马蹄的嗒嗒声、车轮滚过地面的声音、钢铁制品与其他钢铁摩擦时尖锐刺耳的声音以及行人与铺石路面摩擦时发出的嘎吱嘎吱声。但是，乡村的音室也不是只是呼呼的风声、鸟的鸣叫声和家畜的叫唤声，乡村也有它自己特有的发音体。人属于其中之一：人们在锤击、敲打、收割、拉锯和碾磨的时候，大地上耕种的劳动者，还有人们的房屋、工具和日常生活用品，都会发出特有的声响。黑格尔写道："身体发出的声响类似于'机械的光线'，它触及我们，而后它与我们内心的灵魂攀谈，这是因为它本身就是内部性的、主体性的。"[1]

---

[1] 参见黑格尔的《作品集》(*Werke*) 第 9 卷：《哲学科学全书 II 》(*Enzyklopädie der philosophischen Wissenschaften II*)，法兰克福（美因河畔），1970 年，第 173 页。

国民经济学家卡尔·布希在一项生机勃勃的研究中探索了民间的劳动歌曲[1]，他从劳动世界的声音里发现了一些基本结构："当女帮工在地里拔荒时，会在俯身和起身之间发出不同大小的声音。同样，在割草时，挥动镰刀和镰刀砍割时也会有高低和长短不同的声音……箍桶匠在敲击榔头将桶箍卡紧的时候，也会产生声音高低不同的旋律；卖肉的年轻伙计带着他的砍肉刀弹奏起了鼓点进行曲。"[2] 布希没有提到的是磨刀和使刀"锋利"的过程中，镰刀、砍刀与磨刀石及小锤子发出的美妙的金属摩擦和敲击声；他也没有谈到，这些声音直到20世纪中期，在中欧所有的乡村地区仍然能够被人们听到。不同类型但同样带来清晰感觉的乐器组成了一支小型乐队，在那种具有永久性的时而寂静、时而低音的乡村音乐的背景前演奏着。人们没有必要期待第一台由蒸汽机牵引的爬犁出现在田野上，以及在一二十年之后紧随而来的拖拉机；也不必等待着第一辆由三十匹马拉动的联合收割机在中西部一望无垠的麦田上咯嗒咯嗒地缓慢笨重地移动。邮政马车时代的到来就已经为乡村带来了歌唱和叹息。福楼拜在著名的观光马车场景中，用一系列动词描述了马车断断续续的行动，同时这些动作还惹出了"沉重机器"的噪声："它颠簸地行驶穿过大桥……不停地发出咔嗒咔嗒声……这辆观光马车……快步小跑着……顺从地前进着……走了很长的路……突然它狂奔起来……它咕隆咕隆地穿过圣约瑟夫大街……它缓慢前行着……四处晃悠……

---

[1] 卡尔·布希：《劳动和旋律》(*Arbeit und Rhythmus*)，第2版，莱比锡，1899年。
[2] 同上书，第28页。

现在到处漫步……"[1]

　　凭借庞大的木质共鸣箱和许多可以灵活活动的部分，与风车、轮船和火车一样，马车自身就是一个有着特别尺寸和质量的乐器。它的木质躯体时常与钢铁、皮革和其他木头摩擦；车厢不断上下起伏，充斥其中的空气发出叹息声和怒吼声。路德维希·伯尔内注意到充斥在空气中由邮政马车所发出各种声响的不同音区。"它唉声叹气，"伯尔内写道，"叹息，呻吟，吹口哨，喃喃自语，抽泣，唱歌，抱怨，闹别扭，咯咯声，嘟囔声，嗡嗡声，隆隆声，嘶嘶声，猫叫声，犬吠声，叽里咕噜声，嘎嘎声，呱呱声，咕哝声，当啷声。"[2] 尽管这位批评家有些夸张，但过去那个世纪的**声音史**，的确归功于且有别于创造传统音乐史的另一批作曲家。他们是制造马车、车厢、风车和起重机的默默无闻的人，还有敲击广场和桥梁上石板的人。此外，也不要忘记那些建造钟塔的人。

　　在一部最出色的法国艺术史著作中，阿兰·柯尔宾复建了钟的音室，并且将洪亮的钟声描绘成是在法国大革命前老派的法国可以听到的饱满的声音。"确实很难想象，"柯尔宾写道，"旧体制终结时由钟所散发出的情绪力量。"[3] 自从中世纪开始，人们总会用"叮当作响的城市"来比喻钟声的力量所造成的令人炫目的感觉，但是此起彼伏的钟声并不是城市中的现象。相反"坐落在某些绿色的荒野中的修道院编织起了一个钟

---

[1] 古斯塔夫·福楼拜：《包法利夫人》，第319—320页。

[2] 路德维希·伯尔内：《德国邮政蜗牛的形态》，1821年，引自奥塞尔（Oeser），第142页。

[3] 阿兰·柯尔宾：《钟的语言：19世纪法国的乡村情感文化和符号秩序》（Ländliche Gefühlskultur und symbolische Ordnung im Frankreich des 19. Jahrhunderts），法兰克福（美因河畔），1995年，第22页。

声之网，人们可以隐隐约约地感觉到那将产生什么样的效果，比如诺曼底的修道院就是这种声音力量的一个极端的例子。18世纪至19世纪，那片地方的声音风景毋庸置疑已经被彻底重塑了……在法国大革命的前夜，节日里十三口钟在迪韦河畔圣皮耶尔（Saint-Pierre-sur-Dives）小镇叮当响起。不同的主教教区也同样是通过声音的力量标示出来，但这与该教区的民众的实力没有关系"。[1]

作家、文化历史学家威廉·海因里希·里尔原本打算成为乡村牧师，他在《三百年的文化研究》（*Culturstudien aus drei Jahrhunderten*）一书中回忆了另外一种声音，恰恰是在教堂的尖塔上找到了这种声音的"讲台"和"发射站"，这就是所谓的尖塔吹奏音乐。"在许多新教的城市和村镇里，"里尔写道，"直到不久前，仍然存在着一种习俗，即在每个清晨和傍晚，可能还有正午时分，会有吹奏的赞美诗从尖塔里飘出来。当庄严的音乐在宁静的晨曦中回响时，田野上的农民会暂时停下他们手中的工具，工厂里会出现几分钟的安静……通过这样的音乐，所有的人至少在每天都会有片刻，产生庄严的宗教感和艺术感。"[2]

在教堂的钟声和吹奏声以及马车、小船和碾磨机发出的木乐器之声以外，乡村世界音室里还有第三个部分。铁匠铺是农村里的打击乐器演奏者，也是乡村大型爵士乐团里的节奏组。很久以来，铁匠铺就被看作西方社会有关音乐数学知识的诞生地。希腊人曾这样记述：有一天，毕达哥拉斯经过铁匠铺时，他很惊讶地注意到，这里的铁锤敲打出了纯粹

---

[1] 阿兰·柯尔宾：《钟的语言：19世纪法国的乡村情感文化和符号秩序》，第24—25页。
[2] 威廉·海因里希·里尔：《三百年的文化研究》，第2版，斯图加特，第336页。

的八度音阶、四度音阶和五度音阶。"他发现,仅仅是铁锤的重量的不同就会带来不同的音程,并且铁砧与铁锤的重量比例关系的变化也会产生不同的音程——2∶1为八度,3∶2为五度,4∶3为四度……毕达哥拉斯进一步指出,就像重量比例关系一样,按同样的比例划分一根琴弦也会产生同样的音阶。"[1]尽管这个传奇故事里存在着物理错误[2],但研究古代科学的学者瓦尔特·布尔克特指明了这个故事中的关键含义,从而将神秘的铁匠——达克堤利[3]——与音乐天才俄耳甫斯[4]联系起来,共同作为音乐的发现者,并且也将"打铁艺术与音乐魔力之间毋庸置疑且极其古老的关联性"[5]展现出来。

正如柯尔宾所指出的那样,钟声在法国大革命之后就变得越来越稀薄而且空洞了。但是自从铁匠的铁锤下的节奏分明的声音沉默之后,是否有人描写过乡村世界发生什么样的变化呢?比起钟声而言,由铁匠带来的充斥着乡村日常生活的音乐不够庄严,也没有太多的情感成分,并且它与节日或人们的哀伤也没有什么紧密联系。不过,无论如何,它都是构成完整的日常生活世界所必不可少的组成部分。从很远的地方就听

---

[1] 瓦尔特·布尔克特(Walter Burkert):《智慧与知识:对毕达哥拉斯、菲洛劳斯、柏拉图的研究》(*Weisheit und Wissenschaft. Studien zu Pythagoras, Philolaos und Platon*),纽伦堡,1962年,第354页,那里也谈到了尼科马科斯(Nikomachos)等人的原著。

[2] 音程不是铁砧与铁锤的重量比例关系决定的,而是取决于铁砧与铁锤的体积比例关系。——译者注

[3] 达克堤利在希腊神话中被描述为一群男性精灵,是大母神的随从,他们是铁的发现者和最早加工者。——译者注

[4] 俄尔普斯是太阳、音乐之神阿波罗(Apollo)和歌唱女神卡莉欧碧(Calliope)的儿子,是一名音乐天才。——译者注

[5] 瓦尔特·布尔克特:《智慧与知识:对毕达哥拉斯、菲洛劳斯、柏拉图的研究》,第355页。

得到铁锤击打在铁砧上的声音,是代表着繁忙的声音符号,是乡村有机体最可靠的生命征象。铁匠是当地生产和供应联盟中必不可少的基本元素,其地位如同"火"对于人类一样关键。在这里,他们为当地群体打造工具;在这里,他们为当地群体的马钉马蹄铁。[1]

1888 年,汽车首次面世,同一年,阿诺德·勃克林创作了《乡村铁匠铺里的半人马》(Kentaur in der Dorfschmiede)。画作中一个长着大胡子,身上夹杂着白色斑点的淡棕色的半人马,正小跑进一间乡村铁匠铺中,它伸出右前腿,将自己的右前蹄伸给铁匠看:师傅,这里要请你们帮忙。勃克林不仅对飞行器的发明表现出令人印象深刻的激情,而且也观察着陆上交通工具——汽车——的新进步,与此同时,他还深深地着迷于马蹄与铁匠的旧时代传说。无论如何,他意味深长、富有幽默感地描绘了出现在乡村铁匠铺里的半人马,从而展现出关于乡村世界最生机勃勃的圣像画,而这个世界如同那个世纪时一样,正在走向终点。这并不是勃克林第一次试图以这种方式展现半人半马。1873 年,他绘制了《半人马的战斗》(Kampf der Kentauren);五年后,他描画了一个安静地在水边休息并表现出一副天真烂漫模样的半人马。在《半人马的战斗》中,他对一个一直被古典主义者争执不休的问题——半人马的

---

[1] 马克·布洛赫(Marc Bloch)和卢西恩·费布尔(Lucien Febvre)共同出版了《年鉴》(Annales)杂志。在该杂志有关技术史的特刊中,刊登了关于乡村铁匠的任务和命运的调查结果,该项研究对所获得的形形色色的信息进行探讨:从铁匠使用哪些工具及燃料、铁匠发挥哪些类似兽医的作用、如何招募、如何学习手艺,到铁匠铺所发挥的乡村聚会地点的社会功能,以及铁匠消失或继续存在的可能性等。请参见卢西恩·费布尔《有关乡村铁匠的调查》(*Une enquête: La forge de village*),载《年鉴》1935 年第 7 期,第 603—614 页。

性别——做出了清晰的回答。[1] 除此之外，他完全根据古希腊罗马神话中对半人马的描述，将它呈现为骁勇好战、意气风发的生物。1898年，他再一次根据神话传说，绘制了《涅索斯和德伊阿妮拉》（*Nessos und Deianeira*），展现了一幅给参与其中的三位参加者都带来灾难性后果的性暴力场景。

《乡村铁匠铺里的半人马》（*Kentaur in der Schmiede*）则不同于其他有关半人马的作品。半人马完全是一个普通顾客，一路小跑来到铁匠铺，要求订货。神话中频繁登场的连枷在这里变成了宁静的田园牧歌式的存在，一位手艺精湛的匠人向贫穷的顾客提供服务。"几位站在一边的村妇好奇地看着这个场面——铁匠好像是在研究如何修补"，佩特拉·基普霍夫在一篇评论文章中这样写道，并且指出，这恰恰也展现了"汽车修理厂的前身"。[2] 看着这幅画面，会让人感觉到随时会听到第一声铁锤声，而且随着这个声音，整个村子也立即焕发出活力。现在将会有发出嘎嘎作响、隆隆声的马车经过，钟声也开始响起来了，于是乡村乐团的演奏也就变得完整。最后还会有麻雀登场，它们正等着半人马留下的马粪蛋。顺便提一句，勃克林的半人马的形象也与这个富有乡土气息的世界很相符：它身体的下半截是强壮的农用马匹的身体——乡村里没有高贵的赛马。

---

[1] 请参见瓦尔特·布尔克特《半人马的降临》（*Einbruch des Kentauren*），载 *ZIG VIII* 2014年第3期，第83—84页。另外一个让人疑惑的问题也同样没有难住这位瑞士人，对于半人马吃什么，勃克林的回答是：当然是燕麦做的麦片了。

[2] 参见佩特拉·基普霍夫《沐浴在感觉中》（*Im Wasserbad der Gefühle*），载《时代》（*Die ZEIT*）2001年5月23日。

向着西部驰骋

> 如果没有人付钱给我的话,我是绝对不会翻身上马的。
> ——约翰·韦恩

牛仔与印第安人

没有骑师也没有缰绳的马摇摇晃晃地跑在林肯堡繁华的街道上,显然它是醉了。这匹栗色马仿佛一位坚定的检阅官一般走过几个垃圾桶,直到它踉跄着脚步踢翻了另外一些垃圾桶。那里面的东西应该对它的口味,它很享受地翻拣着从垃圾桶里掉出来的东西,然后踏着撒满咖啡残渣和土豆皮的道路继续前进。傍晚时分,它走入了一间士兵食堂,与他们一起喝着啤酒,之后它又溜达着去了军官餐厅,在那里继续和他们喝上几杯。它也喜欢更烈一些的酒,这匹老马显然酒瘾不小。不过,没有人想到要把它赶走,或者指望可怜的巡逻兵或马车车夫把它带走。人们被禁止骑驾这匹栗色老马,因为它是一个战斗英雄,而且从1878年以来就拥有要塞第二指挥官的头衔。这匹贪杯的牡马名叫"科曼奇"。它是小比格霍恩河战役中的少数非印第安人的幸存者[1],小比格霍恩河战役后来因被称作"卡斯特上校的最后一战"(Custer's Last Stand)而出名。这匹具有英雄气概的野马曾经的主人是一个名叫迈尔斯·基奥的爱尔兰裔美国人,他同样善饮不醉、英勇无畏;他在早年间就离开家乡,移居美国,在新的家乡,他晋升为骑兵部队的军官。作为卡斯特手下的低级指挥官,他骑着这匹野马参加了1876年7月25日的战斗,最后他与他的上司以及其他同袍一样都战死疆场。当战斗结束之后,小比格霍恩河流过的土地上到处都是人和牲畜的尸体;用一位历史学家[2]的话来说,那些尸体中就有许多是骑兵部队中马的尸体;而科曼奇这匹战马尽管多处受伤、血流不止,却是唯一一个活了下来的生物。这位重伤员奇迹般地被治愈了,而后被当作珍贵的活文献送回到卡斯特的部队几周前在林肯堡的驻防地。从那以后,这匹马唯一的职责就是在这场战役每年的周

---

[1] 值得注意的是,这匹马是在与印第安苏族人(Sioux)的那场战斗中美国骑兵唯一的幸存者。印第安人那边并不乏幸存者,有一位苏族人活了100岁,他总会声称自己是小比格霍恩河战役中最后的幸存者。科曼奇曾经是迈尔斯·基奥(Myles Keogh)上尉的战马,它比它的主人多活了15年。1891年,在它去世后,它被制成了标本,并且1893年在芝加哥世界博览会上展出,之后它被送到各地展览,开启了它身后的漫游历程,并且它的造型(鬃毛和马尾巴)也不断地被完善,最后它被送到了今天的展览地点——堪萨斯大学的历史博物馆。请参见 D. 斯提尔曼(D. Stillman)《野马:美国西部野马的英雄事迹》(*Mustang. The Saga of the Wild Horse in the American West*),波士顿、纽约,2008年,第113页、第121页及其后面若干页;乔·海姆布斯(Joe Hembus):《西部片历史:1540—1894》(*Western-Geschichte 1540–1894*),慕尼黑,1979年,第468页及其后若干页。

[2] D. 斯提尔曼:《野马:美国西部野马的英雄事迹》,第108页;有关卡斯特、基奥和科曼奇的其他大量文献资料,请见该书第317页。

年纪念时参加游行。而有关这场战役的事迹,也在不知不觉中从历史记述变成了神话传奇。

小比格霍恩河战役是印第安人战争蔚为壮观的高潮,这场战争最后以1890年的翁迪德尼之战中的屠杀作为残忍的结局而收场。印第安人战争使得美国统治者从17世纪开始直到19世纪一直执行残酷的印第安人政策,并且不断地通过暴力使殖民地的边界越过密西西比河向西部扩张。这场战争最后也是最为血腥的阶段与南北战争重合在一起并不是一个巧合。战争往往并不是在停火日或者投降条约签订日结束的;它们往往会转向另外的舞台秘密地继续进行,直到致命性的能量慢慢耗竭。在1862年《公地法案》(*Homestead Act*)颁布之后,特别是1865年在南方州脱离联邦引起的南北战争结束之后,一直有大量的移民洪水般涌入中部大平原,于是拓殖地的边界也不断地向西推移,这导致了殖民者与在当地生活的部落——例如苏族、夏安族(Cheyenne)、基奥瓦族(Kiowa)、黑脚族(Blackfoot)、克罗族(Crow)、阿拉帕霍族(Arapaho)等——冲突不断。[1]

为了保护垦殖者,联邦政府派去了骑兵部队,这些部队的成员里既有前南军部队的,也有来自北方军队的。在美国白人与印第安人进行的残酷战争期间,美国白人之间又进行了20多年的斗争。南北战争在最

---

[1] "在南北战争结束后的一年里,有十万名移民穿过圣路易斯市(Stadt S. Louis)向西部进发。1860年至1870年,有上百万美国人如同潮水般涌入美利坚合众国的西部地区。许多居住在密西西比河以西的印第安人决心抵制这样的迁徙。"参见 L. A. 迪马克(L. A. DiMarco):《战马:军马和骑兵的历史》(*War Horse. A History of the Military Horse and Rider*),亚德利,2008年,第271页。

后阶段变得相当残暴，而这种残暴性也在接下来的种族战争中显现出来。不过，与前一场战争中的战斗不同，之后的战役几乎完全是由马驱动的。美国骑兵部队从驰骋在大平原上的骑士部落那里找到了与他们旗鼓相当的敌人。

或者更准确地说：印第安的骑兵战士在重新统一的各州所组成的骑兵部队那里，发现了与他们势均力敌的对手。在很长一段时间里，穿着制服的骑士总是被他们狂野的敌手置于令人绝望的失败当中，无论是在战场上的灵活性，还是在战斗战术及射击技巧等方面，他们都处于下风。在美国内战中，南北双方——无论是美利坚**合众国**一方，还是美利坚**邦联国**一方——都不断地完善各自的骑兵战术，并且也使自己的武器装备更加精良。军队将他们笨重的高头大马换成了灵活、更易于操控，而且更坚忍不拔的野马，因而他们骑行的速度更快了，战斗起来也更加灵活；而且凭借着新式的轻型武器，他们也能够更加迅速、更加精准地射击。为了赢得一场颇具古风的战争，骑兵部队首先成功地使自己实现了现代化，而他们的对手仍然采用的是蒙古人和萨拉森人在几百年前使用的打法。

在马的世纪的末期的那段历史中，美国的南北战争（1861—1865）占据了一个特殊的地位：它是马的纪元后期不可或缺的组成部分，同时，它也促使了马的纪元的终结。一方面，骑兵部队曾经是最有战斗力、战役中最具决定性的进攻武器，在拿破仑战争之后的四五十年间，它一直保持着这样的身份地位；然而19世纪中期以来，随着步兵武器的火力和精准度不断得以改善，它的这个地位被大大动摇了。[1] 面对迅捷

---

[1] L. A. 迪马克（L. A. DiMarco）：《战马：军马和骑兵的历史》，第108页及其后面若干页。

的火器，马和人这样大型且柔软的目标实际上没有什么胜出的机会。在现代战场上，骑兵部队进攻中的耀眼夸张和威慑性的战术都已经没有任何意义了。另一方面，马被越来越多地用于牵引大炮、侦察和联络、突袭、在敌后干扰交通线和指挥部等活动。在19世纪50年代的战争中，有150万匹马或骡子死亡、60万人丧生，这两个数据并不能完全表明战争的特性，但这场战争的开端却展现出了不同寻常之处：于1861年4月12日打响美国内战第一枪的萨姆特要塞在经过33个小时的炮火洗礼之后，留下了第一个，也是唯一的牺牲者——一匹死去的马。

如同世界上大部分军队一样，美国内战的骑兵部队也首先要完成三项任务：第一项任务是侦察和保障交通线；第二项是作为最高速和最有动能（这是给人带来震惊感的利器）的战斗力投入实际战斗中；第三项任务是在敌人后方搞突袭，并且进行破坏活动。在南北战争时期，厮杀在疆场上的骑兵要成功地完成这三项任务，特别是堪称核心的第二项任务，这是保证战斗攻击性的重要组成部分；但是，正是在这场战争中，随着步兵武器的不断改善——主要是使用射击频率更高的后膛枪，同时也由于从瞄准目标的炮管里发射炮弹的野战炮的火力支持——使得第二项任务变得更棘手，也就是说，对骑兵部队的应用变得更加困难，也更为昂贵。只要还是骑兵部队之间的作战，那么这样的战斗就还一直属于小冲突，但是一旦骑兵部队面对着装备精良的步兵，局面就不一样了。在过去漫长的历史时期，面对骑兵传统的野蛮逐击，步兵部队一直是一个缺乏机动性的对手，如果他们不能及时逃跑的话，他们就会被撞伤或撞死。然而，现在他们突然展现出了威胁性：他们的武器有了长足进步,于是他们的安全性和自信心也得到了增强。[1]正因为如此,美国内战期间,军队开始改善、改变他们的战术。首先,他们进一步提高骑兵部队本来已经相当可观的速度和机动性;其次,他们更加灵活地变化骑兵和步兵的位置,骑兵也能够下马拿起卡宾枪继续战斗;[2]最后,也是关键性的一点,骑兵部队只在非常小的范围内继续发挥它作为冲锋武器的功能。[3]19世纪60年代,在南北战争结束之后,印第安人战争也迈入了最后阶段,那个时候许多印第安部落的人口已经大幅减少,他们的马匹也被抢走。[4]在美国人与印第安游牧部落的大平原之战中,一项作战任务就是消灭后者的马;屠杀马是为了夺走印第安人的生存基础,进而使他们失去抵抗能力。军队从南北战争中学到全面战争中最有效的战斗方式——那就是向敌人的整个社会发起进攻,并且摧毁他们的经济体系。[5]1868年11月27日是感恩节,在这天夜里,乔治·阿姆斯特朗·卡

---

[1] 毫无疑问,早在中世纪,当英国的英格兰长弓步兵队出现在战场上的时候,骑兵队一定就已经有过类似的经历,因为长弓弓箭的确能够阻止骑兵的冲锋。请参见约翰·吉根(John Keegan)的经典著作《战斗的面貌》(*Das Antlitz des Krieges/The Face of Battle*),杜塞尔多夫,1978年,第107页及其后面若干页,在那里研究了亨利五世(Henrys V.)的部队为什么能够战胜军事技术上占有优势的法国骑兵队。也请参见 P. 爱德华兹(P. Edwards)近年出版的《早期现代英国的马和人》(*Horse and Man in Early Modern England*),伦敦,2007年,第145页及其后面若干页。

[2] 请参见 L. A. 迪马克:《战马:军马和骑兵的历史》,第234页及其后面若干页。

[3] "比起欧洲骑兵在早先的战争中的表现,南北战争期间的美国骑兵所参与的主要战斗要少很多。"L. A. 迪马克:《战马:军马和骑兵的历史》,第238页。

[4] 有关于此,请参见 D. 斯提尔曼《野马:美国西部野马的英雄事迹》,第93页及其后若干页。

[5] "军队认识到,印第安人的军事优势更多地来自马匹,而不是其他要素。部队大量杀死印第安人的马,以剥夺后者的战斗优势,并且将剩余的马作为战利品夺走。"D. 斯提尔曼:《野马:美国西部野马的英雄事迹》,第278页,也请参见第285—286页。

斯特带兵突袭了夏安族人的一个小群居地，生活在那里的人是四年前在科罗拉多惨遭沙溪大屠杀的幸存者，他们在大屠杀之后迁徙到了俄克拉荷马的奥希托河两岸。[1] 在整个部族几乎全部被消灭之后，他们的小马也遭到了同样的灭顶之灾。在两个被俘的夏安族妇女的指引下，这个部落的所有的马——大概900多匹——都被围捕，并赶到了一块空场上。一开始，卡斯特的手下打算用套索将这些马套起来，然后割断它们的喉咙，但是由于这些被抓住的马的反抗过于激烈，于是，卡斯特手下的士兵放弃了原来的打算，射杀了所有的马。

1891年，科曼奇在它29岁的时候死去了，人们请堪萨斯大学的标本制作者将它的尸体做成标本，并让它保持着昂然挺立的姿态。两年后，在芝加哥的世界博览会上，它成为最吸引人的明星之一，它的旁边还有小比格霍恩河战役的其他幸存者，例如"雨落脸上酋长"（Rain-in-the-Face）。[2] 它的这具遗体的躯壳本来应该在博览会结束之后运回赖利堡（Fort Riley），那是它度过生命的最后两年的地方；但是由于一直未和标本制作者结清账单，因而堪萨斯大学就将这具标本留了下来，并且放在自己的自然博物馆中展览。今天，我们仍然能在堪萨斯大学的自然博物馆看到它，尽管这些年世界已经发生了很多变化。

---

[1] 在阿瑟·佩恩（Arthur Penn）1970年执导的电影《小巨人》（*Little Big Man*）中，达斯汀·霍夫曼（Dustin Hoffman）扮演杰克·克拉博（Jack Crabb）；克拉博是一个白人移民的儿子，在一个印第安部落里长大，亲身经历了奥希托河大屠杀。

[2] D. 斯提尔曼:《野马：美国西部野马的英雄事迹》，第111—112页。

老师与学生

在白人看来,印第安人就是骑在马上的人。很难想象他们走在路上会是什么样子。印第安人被称作是北美地区狂野的贵族[1],而这个当之无愧的美名并不是建立在他们穿的鹿皮软底鞋基础上的。除了库珀人,如同欧洲贵族一样,他们应该是骑在高头大马上的红人贵族。与他们充满传奇色彩的对手"牛仔"一样,印第安人也与他们的马融为一体,他们在任何地方都是与马同时出现的存在。歌颂牛仔和印第安人的所作所为及其声望的大型史诗电影《西部》(Western),不仅是展现战袍和刀剑的独特艺术作品,而且是有关骑士和马匹的电影,在那里,小雄马代替了刀光剑影。尽管固有的形象变得更加有冲击力,但后来出现的骑在马上的印第安人的历史形象,已经不再能够代表所有的北美土著。[2] 相反,居住在北美东部森林地区的印第安人,还有中西部和南部地区的印第安部落都不是马上民族,而且之后也不是;他们用自己的脚奔跑狩猎,像步兵一般出征打仗。即便是在某个时候发现了马,并且学会使用它们

---

[1] 这是神圣罗马帝国皇帝马克西米利安(Maximilian)对德国韦德地区人的观感;请参见《北美腹地的旅行》(Reise in das innere Nord- America),科布伦茨(Coblenz),1839—1841年。

[2] 卓越的印第安文化研究者、德裔美国人类学家弗朗茨·博厄斯(Franz Boas)的学生鲁斯·M.昂德希尔(Ruth M. Underhill)所撰写的《平原生活》(Plains way of life)确实是最全面地描写北美印第安人的生活方式的著作。昂德希尔在书中写到,生活在平原上的印第安人至少在1600年前后才开始与马紧密地联系在一起:"就像后来对黄金的使用一样,他们将这些新的发现投入使用……平原上的印第安人与所有其他典型的红人不一样,他们是现代社会的产物,是暴发起来的新富。"鲁斯·M. 昂德希尔:《美洲红人:美国印第安人的历史》(Red Man's America. A History of Indians in the United States)(修订版),芝加哥,1971年,第144页。

的那些部族，也并非一下子就变成狂野的骑兵战士。他们通过不断地认识马，而逐渐将马的运动性应用于战争，只是他们在对马的认知过程中学习到的一部分内容；即使享有盛名的温尼托族中著名的阿帕奇部落，也是直到第一次与敌人接触后才开始骑马的；但也正是战斗本身让阿帕奇人翻身下马。[1] 同样的现象可以在不同时期、不同文化中找到，也就是说并不是所有学会骑马的民族都同时成为骑兵战士。这个具有历史意义的课程并不是一下子就可以学完的，而这门课程从一开始就是遥远的草原、沙漠上的狩猎部族和游牧民族保留的必修课程。

自更新世（Pleistozän）结束以来的一万多年时间里，美洲是一片没有马的大陆。除了猛犸象、骆驼、狮子，特别是马从美洲大陆上消失了之外，许多美洲巨型陆地动物种类也在那里灭绝。在今天看来，这主要是因为气候和植被的变化，但是另外一个同样关键的原因是北美大陆史前克洛维斯文化（Clovis-Kultur）中的印第安人的过度捕杀。[2] 除此之外，彗星理论也同样被许多人所信服，这一理论认为，小行星撞击以及随之而来的"迷你冰期时代"导致了物种大规模灭绝。总而言之，美洲曾经一度是没有马的陆地，当西班牙征服者在15世纪末将马作为家

---

[1] "显然，在印第安人看来，马在战争中只是用于将战士们运送到战场上（而不是在战场上），战士们抵达战场上之后，就会下马……以便与敌人战斗，或者更确切地说，是去吓唬敌人。这样的印第安部队实际上是骑着马的步兵。" F. G. 罗（F. G. Roe）：《印第安人和马》（*The Indian and the Horse*），诺曼（Norman），1955年，第230页。

[2] 请参见 P. S. 马丁（P. S. Martin）和 H. E. 怀特（H. E. Wright）编撰《更新世的大灭绝：原因探寻》（*Pleistocene Extinctions: The Search for a Cause*），纽黑文（New Haven），1967年；P. S. 马丁和 R. G. 克莱恩（R. G. Klein）编撰《第四纪大灭绝：一场史前革命》（*Quaternary Extinctions: A Prehistoric Revolution*），图森（Tucson），1984年。

畜重新带来的时候,无论在动物学家还是人类学家看来,这一举动都为新的历史注入了一些令人震惊的动能。

西班牙人是富有天赋、技能高超的进口商。除了伊比利亚-阿拉伯(Ibero-Arabisch)种马这个一流产品之外,他们还带来了与之相关的文化方面的应用知识。西班牙人从他们的前主人摩尔人那里不仅接管了马,而且也继承了相关的文化和骑术。[1] 也就是说,西班牙人来自西方社会发展程度最高的骑士文明地区,在那里,饲养和培育马,连同对相关知识的掌握,都不再只是贵族专属的特权了。西班牙马是当时欧洲最上乘的马,这种马是由具有迅捷和坚韧品质的伊比利亚马和摩尔人从北非带来的阿拉伯马杂交产生的。[2] 凭借着马,西班牙人获得了相对于他们的土著敌人在军事上的优势;他们也借此确保能够迅速地运走所获得的战利品,特别是贵金属;而且西班牙人的马也使得西班牙人能将殖民地里的土著美洲人经典的养牛方法大规模地付诸实践。[3]

一开始,马无法胜任它们的新使命。首先,在漫长的乘船旅途中,只有很少一部分马存活了下来,由于夹在信风与西风之间的无风带相当

---

[1] 请参见 R. M. 丹哈德特(R. M. Denhardt)《美洲的马》(*The Horse of the Americas*),俄克拉荷马,1948 年,第 14 页及其后面若干页;R. B. 库宁哈姆·格拉哈姆(R. B. Cunninghame Graham):《作为战利品的马》(*The Horses of the Conquest*),俄克拉荷马,1949 年,第 19 页;C. 贝尔南(C. Bernand)和 S. 格鲁辛斯基(S. Gruzinski):《新世界的历史》(*Histoire du Nouveau Monde*),巴黎,1991 年,第 67 页和第 473 页,有关骑术请见第 93—94 页。

[2] 请参见 A. W. 小克罗斯拜(A. W. Crosby jr.)《哥伦布的贸易:1492 年产生的生物学和文化方面的结果》(*The Columbian Exchange. Biological and Cultural Consequences of 1492*),韦斯特波特(Westport),1972 年,第 80 页。

[3] 同上书,第 81 页。

炎热，许多马因此丧命，被扔到大海中；还有一些马由于无法忍受墨西哥海岸前的小岛上的湿热气候也倒下了。随着西班牙人从墨西哥内陆继续向北推进，马的处境得到大幅度改善，而且，这些牲口也开始适应新的水土了。1530年至1550年，马的数量在北美大陆上第一次实现了爆炸性增长。[1]1598年，第一批马随着西班牙奥尼亚蒂的花花公子来到了新墨西哥。最初对西班牙人言听计从的贝勃洛印第安人在学会了保护和照料自己的马之后，挣脱了对西班牙人的依赖。活跃的阿帕奇部落在同一个地区却是另外一种表现。他们偷走了西班牙人的马，然后通过模仿所看到的西班牙人的每一个动作，从而最终学会如何骑马，甚至包括从右边上马的特殊的西班牙风格。[2]根据西班牙文献记载，[3]从16世纪中期开始，学会骑马的印第安人使西班牙人的日子变得艰难：他们从遥远的大草原或荒漠中赶来，小心翼翼地绕过贝勃洛印第安人的居住地，袭击西班牙人在新墨西哥的驻地，偷走马匹，然后消失。与科曼奇印第安人后来的做法不同，阿帕奇印第安人一直没有去学习如何养马、如何骑马作战，但他们却是最早的全面完成这一项重大技术变革的美洲印第安土著，这使得他们的武器库里增加了一个同时期其他土著部落尚不拥有的重要武器——**速度**。

---

[1] A. W. 小克罗斯拜：《哥伦布的贸易：1492年产生的生物学和文化方面的结果》，第82页。

[2] 根据当时的记录，阿帕奇部落似乎是在1620年至1630年开始骑马的；而到了17世纪中期，如同F. G. 罗在《印第安人和马》（第74页）中所指出那样，这个部落已经成了"典型的马的民族"了。

[3] 请参见S. C. 格温（S. C. Gwynne）《夏月帝国：昆纳·帕克和科曼奇族的兴衰沉浮，美国历史上最强有力的印第安部落》(*Empire of the Summer Moon. Quannah Parker and the Rise and Fall of the Comanches, the Most Powerful Indian Tribe in American History*)，纽约，2010年，第29—30页。

1680 年，普波罗斯印第安人开始反抗西班牙人，并且很短的时间里起义从新墨西哥蔓延到其他地区，这为北美洲的马文化带来根本性改变。虽然普波罗斯印第安人最终没有成为马的民族，而是回归了他们自己的农耕和制陶文化，但是有关马的强劲洪流，却源源不断地涌入中西部的大草原上。这种牲畜在中西部的大草原上遇到与它们的西班牙祖先在西班牙南部的安达卢西亚高原上相类似的生活环境，于是在相对较短的时间里，大规模的野马群繁殖，数量飞速增加；大平原上大约有 30 个印第安人部落一而再地效仿着阿帕奇部落的做法。[1] 1680 年之后，马的数量大规模增加，在北美洲的地理中心导致权力结构的持续性改变，这就是所谓的"马群规模的伟大扩大"。[2]

这是一个扣人心弦的飞速发展过程。1630 年前后，还没有哪个部落拥有马；而到 1700 年前后，得克萨斯平原上的所有印第安部落都已经骑上了马；大约在 1750 年，加拿大平原上的印第安人也从捕猎美洲野牛转向对马的关注。[3] 从捕猎技术转向战争方式，这之间并没有太远的距离要走。许多印第安部族，例如苏族、夏安族、基奥瓦族、阿拉帕霍族、黑脚族、克里族和克罗族，都在某一时间完成了这个转变，最彻底、最有效的是科曼奇印第安人所作出的转变。在有关速度的新战争中，

---

[1] 有关印第安人之间的"战争"以及马在其中所扮演的角色，请参见 F. G. 罗的《印第安人和马》，第 222—223 页，特别是第 227 页："马……不仅是战争的工具，而且也是战争的目的。我们在英语中用'战争'所表达的行为，从根本上来说就是掠夺马的活动。"

[2] S. C. 格温：《夏月帝国：昆纳·帕克和科曼奇族的兴衰沉浮，美国历史上最强有力的印第安部落》，第 30—31 页。

[3] 同上书，第 31 页。

这个部族是当之无愧的大师,因而经过18世纪,他们登上了西南部地区的霸权位置,而且也对西班牙人构成了威胁。18世纪末期,他们对于马的占有欲充满传奇色彩。同时,他们也是所有印第安部族中唯一一个学习培育、照料马的艺术的部族,并且将他们自身的命运和经济与这种在几十年前他们还尚不知晓的动物的生命紧密联系起来。因此就连他们的语言也发生改变:在他们大多数情况下都不够丰富的词汇中,却有令人吃惊的大量的形容词来描绘他们的坐骑色调不同的棕色、黑色、红色和灰白色皮毛。[1]

克拉克·韦斯勒是弗朗茨·博厄斯的学生,也是印第安人研究的先驱,他认为大平原上的印第安部落在1540年至1880年经历了"马文化时代"。对于许多部族来说,这个时代开始得可能比上述时间要晚;而在一些部落里,这个时代又会结束得早一些。在这个时代开始时,相关的部落购买并使用他们的第一群马;而当这个时代结束时,甚至美洲野牛也一起从他们的生活领域里消失了。[2] 最近的研究将印第安马文化的开始时间向后推了一个世纪,即确定在17世纪中期。[3] 20世纪初,美

---

[1] S. C. 格温:《夏月帝国:昆纳·帕克和科曼奇族的兴衰沉浮,美国历史上最强有力的印第安部落》,第34页。

[2] 约翰·C. 埃沃斯(John C. Ewers):《黑脚印第安文化中的马》(*The Horse in Blackfoot Indian Culture*),华盛顿,1995年,第1页。

[3] 同上书,第3页,海恩斯(Haines)、怀曼(Wyman)、登哈特(Denhardt)等人。F. G. 罗在《印第安人和马》中批评了有关"离群的传说"的说法,这种观点将马在北美洲大草原和南美洲的潘帕斯草原(Pampas)的爆炸式增长归因于早期征服者那里走失、四处流散的马的繁殖所带来的结果,这种看法间接地将印第安人与马发生联系的时间向前推进。请参见F. G. 罗《印第安人和马》,第38页及其后面若干页。

国人类学家——起初是弗兰茨·博厄斯的弟子们,之后是阿尔弗雷德·路易斯·克鲁勃周围的学者们——开始更细致地研究这个令人称奇的过程:大平原上的印第安部落将两个基本元素纳入其生态体系当中,从而使得他们的生态系统发生了彻底变化。这两个要素就是马和火器。[1]

阿帕奇人是南部和西南部地区的第一个占统治地位的印第安部落,直到有一天他们被其他部落在军事和技术上赶超,而后衰落为无名小辈。不过,马和火器的广泛流传并不是在同一时间,也不是在同一地点进行的:马是从南方地带,具体而言是从墨西哥向北方迁移的,而火器则是从东方向西方传播的。火器是通过皮毛交易商辗转到达印第安人部落的;另外在西班牙人被严格禁止与印第安人进行武器交易的同时,英国人和法国人却可以自由地与猎人和商人往来。于是,在接下来的几十年里出现了两种文化阶段模式,这两种阶段模式在不断渗透的过程中最终形成统一。一个阶段模式是在大平原的南方和西南方出现了典型的"后-马和前-武器阶段";与此同时,另外一个阶段模式是在大平原的北方和

---

[1] 克拉克·韦斯勒发表的题为《马在平原文化发展中的作用》(*The Influence of the Horse in the Development of Plains Culture*)的论文是第一篇,也是引起很大反响的有关马对于居住在大平原上的印第安人的生活及文化所发挥影响的文章。载《美国人类学 16》(*American Anthropologist 16*),1914 年第 1 期,第 1—25 页。E. 威斯特(E. West)在《竞争中的平原印第安人、淘金者和涌向科罗拉多的洪流》(*The Contested Plains Indians, Goldseekers & the Rush to Colorado*)中对此进行了进一步的探讨,劳伦斯(Lawrence),1998 年,第 345—346 页。克拉克·韦斯勒的弟子约翰·C. 埃沃斯在 1955 年出版了有关这方面此前一直没有公开发表的经典文章,《黑脚印第安文化中的马》。1941 年,埃沃斯在蒙大拿(Montana)的勃朗宁(Browning)创建了平原印第安人博物馆(Museum of the Plains Indian),作为该博物馆的监管人,他的一项工作是与他的重要信息源——黑脚部落年长的成员——保持密切的联络。1964 年,他被任命为新成立的美国国家历史博物馆第一任馆长。

东部占主导地位的"后-武器和前-马阶段"。[1] 换而言之，在平原地带存在一个**马的前线**，这个地带从 17 世纪中期以来一直由南向北不断推进；同时也存在一个**武器的前线**，它在同一时间正从东向西持续运动着。1800 年前后，两个运动所产生的区域至少已经覆盖了大平原的整个东半区。在这个不断扩大的生活部落的交集区里，当地土著学会将火器和马看作价值标准，并且用两者进行交易。[2]

1650 年前后，阿帕奇部落开始在南方崛起。在直接与西班牙人打交道的过程中，他们成为第一支会骑马的印第安部落。他们不仅学会了西班牙式骑术，而且也学会了为骑手和马匹准备的西班牙式马鞍、装备、皮护甲及盔甲的制作。阿帕奇人新组织的骑兵，不断地在军事上超越他们邻居的步兵部队，他们所控制的大草原区域也持续向北方扩张，"后-马和前-武器模式"得到成功的推广。[3] 不过，他们与其他部落一样，只是半游牧民族，他们仍然一直从事耕种，这使得他们不能完全放弃半定居生活，因而当雄心勃勃的游牧民族——首先是苏族人和科曼奇印第安人——在骑术和军事方面，或者更确切地说是在战争技术方面赶超他们的那一刻开始，阿帕奇部落就**沦为**暴力的牺牲品。[4]

事实上对于一个部落的战斗潜力起决定作用的因素，是从定居生

---

[1] 请参见 F. R. 塞克伊（F. R. Secoy）《大平原区军事模式的变化（从 17 世纪到 19 世纪初）》[*Changing Military Patterns on the Great Plains (17th Century through Early 19th Century)*]，西雅图，1953 年，第 3 页及其后面若干页。

[2] 同上书，第 20 页及其后面若干页。

[3] 约翰·C. 埃沃斯：《黑脚印第安文化中的马》，第 13 页。

[4] 同上书，第 71 页及其后面若干页、第 81 页及其后面若干页。

活转向游牧生活这关键的一步。接下来的步骤——从占有优势的狩猎技术转向具有优越性的战斗技术——几乎是水到渠成的结果。实现这两步的前提条件是拥有马和最大化利用它们的能力。[1]此外,为了迈出从大平原上的乡村生活到游牧生活的决定性的一步,还需要相应的部落达到一个"临界值",即无论是男人、女人还是孩子,每个人都大约要拥有六匹马,而且随着马的数量进一步翻番,可以带来有经济保障的生活。[2]人们并不能一蹴而就地实现从定居生活到游牧生活的转型;夏安族在1750年前后就开始了这样的转型,然而在1790年之后,这个部落里仍然有些族人牢牢地守在他们的耕地上。总体来说,对大平原上的大部分印第安部落而言,1780年至1800年,完全体现了属于鞍形期(Sattelzeit)的过渡特征。[3]

只有在南部——那里靠近过去西班牙人的马的财富源头——人们才能够更快而且更彻底地学习。早在18世纪中期,科曼奇人就已经"为他们作为技艺最高超、最令人闻风丧胆的平原骑兵战士这样传奇性的身份打下基础——这个地区的新主人拥有平原地区与周边地带之间能够展开古老交易的核心与支点——19世纪初,他们已经牢牢地把握着一块广袤土地的统治权,这块土地从地势较高的阿肯色山谷一直延伸到得克萨斯中部爱德华兹高原的山区地带。"[4]19世纪20年代至30年代,借

---

[1] 请参见F. G. 罗在《印第安人和马》(第188—206页)中略有不同的叙述;以及E. 威斯特《竞争中的平原印第安人、淘金者和涌向科罗拉多的洪流》,第64页及其后面若干页。

[2] E. 威斯特:《竞争中的平原印第安人、淘金者和涌向科罗拉多的洪流》,第72页。

[3] 约翰·C. 埃沃斯:《黑脚印第安文化中的马》,第9—10页。

[4] E. 威斯特:《竞争中的平原印第安人、淘金者和涌向科罗拉多的洪流》,第64—65页。

助他们在军事上的优势，科曼奇部落成了西南部地区唯一的统治势力，如果没有他们，墨西哥军队无法阻止向得克萨斯移民的美国白人。

1823年，斯蒂芬·F.奥斯汀号召成立了得克萨斯骑兵突击队，这支保护移民的民兵组织，用了20多年的时间才最终被大草原上这个狂野的霸权部落放在眼里。这支骑兵队所用的老式战马非常笨重，而且很容易筋疲力尽，因而无法与印第安人如箭一般迅猛且坚忍不拔的野马或小型马相提并论。这个骑兵队的武器装备主要是单发手枪和长筒枪，这些武器适用于决斗或者打猎，但是面对一个骑在马上全速行进、每分钟射出20箭的敌人来说，这样的武器几乎没有用武之地。在开阔地带，没有了防御工事的保护，这些骑兵只能绝望地被科曼奇人打败。当时，一个民兵平均的军旅生涯只有两年。

1840年，当经常被人们称作"杰克·海斯"的约翰·咖啡·海斯在23岁的时候接过这个烫手山芋，成了圣安东尼奥地区骑兵突击队的指挥官时，事情才有了转机。海斯首先为他的骑兵队伍购买其他品种、更为轻快的马，这些马是野马和纯种马杂交的后代。他告诉他的手下印第安人是如何生活的，并让他们时刻保持警惕，随时准备投入战斗；他教授他们印第安人的骑马方式，这是他从科曼奇人那里偷学来的。比起其他民兵，即便是**骑在马上**，海斯的部队也能够更快地射击和装弹。而在那个时候，没有人知道有哪支民兵队伍或骑兵部队具有这样的能力，甚至与他们作战的对手都没有认识到这一点。[1] 因而，海斯的骑兵突击

---

[1] S. C. 格温：《夏月帝国：昆纳·帕克和科曼奇族的兴衰沉浮，美国历史上最强有力的印第安部落》，第138页及其后面若干页。

队在骑术和战斗战术方面的实力不断地接近科曼奇人，只有在射击频率和武器火力方面，他们还落后。

"印第安人、马和武器构成一个完整的单元。他们相互配合、协调一致，从而作为一个整体形成了一个优秀的战斗单位。"沃克·普雷斯科特·韦伯对大平原上的生活史诗般地描述道。[1] 得克萨斯骑兵突击队是印第安人在得克萨斯土地上所面对的进步最快的对手，接下来，这个对手掌握了一个拥有技术天赋的年轻美国人的发明，而正是从那一刻起，他们也拥有了类似的统一体。塞缪尔·柯尔特发明了一开始装填 5 发子弹、后来增加为 6 发的左轮手枪，杰克·海斯在 1843 年第一次为得克萨斯的民兵队装备了这种武器，这扭转了面对由人、马和武器组成的印第安人系统的不对等的局面。海斯和柯尔特对左轮手枪进行了进一步的改进，改进后的武器自 1847 年开始生产，这是可以满足在运动状态下进行射击的完美火器，而且可以立即进行下一次射击。正如韦伯在另一本书里所描写的那样，在这样的环境中，"人们是以武器和速度作为生存的基础的"[2]，因而技术优势是决定性要素。6 发连射使得用于装弹的危险时间缩短，这使人们最终可以将马鞍上面作为积极战斗的战场，因此，人和动物的运动系统也被放在了中心位置。

事实上，这支美国骑兵队在很长时间里都是这个辽阔国家中唯一的骑兵部队，他们的武器主要是由左轮手枪、军刀和卡宾枪构成的。所有

---

[1] 沃克·普雷斯科特·韦伯（W. P. Webb）:《大平原》(The Great Plains)，纽约，1931 年，第 183 页。

[2] 沃克·普雷斯科特·韦伯:《宏大的前线》(The Great Frontier)，波士顿，1952 年，第 244 页。

欧洲国家的骑兵部队当时还在以砍刀和刺刀作为主要的武器装备，此外还有各种各样的武器作为补充，后来也同样增加了卡宾枪。美国骑兵部队对柯尔特发明的偏爱，源于他们在与印第安骑手作战时所积累下来的经验。不过，左轮手枪也在白人之间的战争中找到了用武之地：南北战争期间，无论是美利坚合众国还是美利坚邦联国的骑兵都用这种武器参战；但在不到二十年前，这样的火器才在得克萨斯骑兵突击队队员手中初次登场，并且骑兵突击队正是凭借着这种火器，才能够与他们的印第安对手平起平坐。[1]

19世纪中期前后，两个类型的**人—马—武器系统**几乎达到旗鼓相当的水平，这两种武器系统沿着各自的轨迹划出了两条漫长的历史航线。两个系统最终也都走到各自的终点，即被韦伯称为"卓越的战斗单元"的那个端点：一边是人、马、弓和箭，另一边是人、马、左轮手枪。[2]这两个系统是配备特殊的技术工具（具有高射击频率的轻型火器）的动物性元素（人、马）与必要的实用知识（骑术、射击术）有效结合的产物。分属于"红人"和"白人"的两个系统在武器技术方面有所不同，而在移动技术方面又旗鼓相当——两方面都有现成的速度制造者马。如果沿着这两条历史航线走向它们的另一个端点，就会回溯到一个半世纪前的起源，在那里人们会遇到一种伟大的骑术文化，它的主人是阿拉伯人。

---

[1] L. A. 迪马克：《战马：军马和骑兵的历史》，第234—235页。
[2] 出于简化的目的，作者在这里忽略了武器装备的其他组成部分，例如长矛、军刀、剑和长枪。同样两个系统中的其他组成部分，例如马鞍、马笼头、马镫在这里也暂时略去。下文会讨论到有关马镫的问题。

犹太牛仔

摩尔人自 8 世纪初开始就成为伊比利亚半岛的统治者了，他们将这块土地变成第二所骑术学校。西班牙人用摩尔人带来的纯种马与其他种类的马进行杂交，将其改进为坚忍不拔、迅速快捷的伊比利亚马。在近现代开始之前的漫长时间里，伊比利亚马和西班牙马都一直是欧洲最好的马，是整个欧洲大陆所追捧的马种。西班牙人从摩尔人那里也学会了游牧民族的骑行方式，即著名的吉涅它骑术；采用这种骑术的骑师仿佛是借助绑在马腹的短马镫飘在马上一般，并且在骑行的过程中，他的大腿和小腿都紧贴马的身体。布里达骑术是可以与吉涅它骑术相提并论的一种骑行方式，这种方式的特点是骑师坐在马上时两腿尽量向下伸直；到了近现代开始的时候，这种骑行方式被废除了[1]，因而吉涅它成了新世界最主要的骑行方式，印第安人的许多部族同样如此。[2] 此外，北欧和西欧的骑兵也从 16 世纪起逐渐向北美洲东部殖民，他们采用的是阿拉伯人的骑行方式。在整个中世纪和近现代时期，阿拉伯人的"马学"

---

[1] 参见《骑兵回望》（Revue de cavalerie），巴黎，1927 年，第 301—315 页；让-皮埃尔·迪加《马术的中东熔炉》（Le creuset moyen-oriental des techniques d'équitation），载《当地的天穹，家乡的花园：社会众生相（卢西安·伯诺特文集）》（De la voûte céleste au terroir, du jardin au foyer. Mosaïque sociographique. Textes offerts à Lucien Bernot），巴黎，1987 年，第 613—618 页，1987 页；L. 克莱尔（L. Clare）：《黄金世纪时西班牙人和葡萄牙人的两种上马方式》（Les deux façons de monter à cheval en Espagne et au Portugal pendant le siècle d'or），载让-皮埃尔·迪加编撰的《骑兵：马术与社会》（Des chevaux et des hommes. Équitation et société），洛桑（Lausanne），1988 年，第 73—82 页，里面包括大量有关在法国巴洛克文化中人们如何对待马，以及西班牙的两种骑术风格的内容。

[2] 阿帕奇部落大约在 1620 年至 1630 年开始骑马；而到了 17 世纪中期前后，如同 F. G. 罗在《印第安人和马》（第 74 页）中所指出那样，这个部落已经成了"典型的马的民族"了。

通过许多途径——特别是十字军东征[1]所带来的文化交流——传到了西欧,并且在那里发展出了一个流派。

更为重要的是纯种马大量涌入西欧,这应该归功于阿拉伯人:英国人大概从17世纪后半叶开始,主要在西班牙种马和阿拉伯种马的基础上培育纯种马。[2] 在争夺北美洲腹地大平原的战争中,两个主角——印第安人和白人组成的骑兵突击队——在19世纪中期相遇;在那之后,各方又将从阿拉伯文化中继承来的骑术以各自的体系流传下去。人们所说的阿拉伯文化的传播,在马的历史上恰恰有精辟的证明。从这个角度来看,阿拉伯人是全世界的老师:马的历史的母语是阿拉伯语。[3] 一些

---

[1] 请参见史蒂文·朗西曼(Steven Runciman)的经典著作《十字军东征的历史》(*Geschichte der Kreuzzüge*),慕尼黑,1953—1960年;以及W. 蒙哥马利·瓦特(W. Montgomery Watt)的《伊斯兰教对欧洲中世纪的影响》(*Der Einfluß des Islam auf das europäische Mittelalter*),柏林,1988年。
[2] 请参见弗吉尼亚理工大学(Virginia Tech)斯伯恩贝格博士(D. Ph. Sponenberg)《北美殖民地上的西班牙马》(*North American Colonial Spanish Horse*),布莱克斯堡(Blacksburg),2011年。
[3] R. 杜克(R. Düker)在一项令人着迷的研究中,回顾了自18世纪以来的欧洲和19世纪以来的美洲人对阿拉伯骏马的热烈崇拜,以及对阿拉伯骑术的由衷仰慕;在他的研究里,他将骑兵上校 T. A. 道奇(T. A. Dodge)在20世纪80年代为《哈泼斯杂志》(*Harper's*)所写的一系列讨论各种流派骑术的文章作为论据。道奇指出,美国骑兵改变了笨重而且僵化的欧洲骑术,并且吸取了阿拉伯骑术灵活的优雅性,因而他认为这些意味着美国骑兵具有特别的现代性,是以未来为导向的。请参见 R. 杜克:《美国的世界似乎变得圆满了:关于源自边疆精神的美国帝国主义的历史基因》(*Als ob sich die Welt in Amerika gerundet hätte. Zur historischen Genese des US-Imperialismus aus dem Geist der Frontier*),博士毕业论文,柏林,2005年,这里引自第191页及其后面若干页。当然,对于最初来源于摩尔人,而后通过西班牙人传承下来的马学的评判,以历史性实证研究为主要研究方法的马类学比人类学中各种老流派要更为小心翼翼,同时也更为多元化。关于这些,请参见让-皮埃尔·迪加《传入美洲东部的骑术:各种流派的合成》(*El caballo y la equitación entre Oriente y America. Difusion y síntesis*),载:《大西洋彼岸》(*Al-Andalus allende el Atlántico*),格拉纳达(Granada),1997年,第234—252页,请特别参考第247页。

结构主义流派指出，正如语言及其语法影响着文化的形态一样，在将一种语言翻译到另外一种语言的过程中，就产生了文化传播的作用。犹太人散居在不同的文化当中，按照卡尔·马克思的说法，他们具有将旧世界口口相传的文化固定在典籍里，然后再传播到不同地方的特殊能力。众所周知的是，阿拉伯人或者摩尔人的文化之所以能够传播到伊比利亚半岛上的基督教居民那里，主要应该归功于博学而且善于艺术实践的犹太人。[1]但是，不那么为人所知的是，犹太人在将西班牙人的马学传播到北美土著的技术文化中，也扮演着关键性的角色：他们不仅是那个新世界里最早饲养牲口的人，而且他们也是美国第一批牛仔。[2]

科尔特斯率领着犹太裔西班牙征服者在1519年来到了墨西哥，这些人都是为了逃避审判而逃到这里的殖民者；不过，尽管他们漂洋过海，但是大洋彼岸的判决还是如约而至：这支征服队伍的首脑之一赫尔南多·阿隆索在1528年10月17日被处以火刑。[3]他们以养牛和马为生，为了能够在新世界躲藏起来、逃脱审判，他们摇身一变成了牧场主或牧场上的工人。而且随着西班牙征服者的扩张而逐渐向北方迁徙，一直到

---

[1] 瓦特：《伊斯兰教对欧洲中世纪的影响》，第34页、第37—48页。

[2] S. 斯泰纳（S. Steiner）：《犹太裔西班牙征服者：美国最早的牛仔？》（*Jewish Conquistadors, America's first cowboys?*），载《美国西部》（*The American West*），1983年9—10月刊，第31—37页；S. 斯泰纳：《神秘而时髦的马人》（*Dark and Dashing Horsemen*），纽约，1981年。

[3] 请参见S. B. 利波曼（S. B. Liebman）《赫尔南多·阿隆索：北美大陆上的第一个犹太人》（*Hernando Alonso. The First Jew on the North-American Continent*），载《美洲国家研究》（*Journal of Inter-American Studies*），1963年5月第2期，第291—296页。

达新西班牙，也就是今天的新墨西哥。[1] 正如一位研究这群人的研究者所描述的那样，他们是"创建我们西部历史的幽灵一般的祖先"，而且他们作为文化传播者，带来了大量经过考验的技术和物品："这些犹太人是最早带来吉涅它骑术、配有角状凸起的波斯马鞍——即今天的西部马鞍、马缰绳（套索）——的人，西南部沙漠中善于短距离冲刺的夸特马的安达卢西亚祖先也是由他们带来的。他们是以犹太牧场主所特有的方式完成这些的。"[2]

带来牛和马这两种美国西部标志性动物的西班牙犹太人，并不是美利坚合众国历史上唯一的犹太裔牛仔。德国在1848年革命失败后，也出现了大批移民涌向美国的浪潮，这其中包括大量犹太人，而且他们当中又一次有许多人来到了西部，并且成为饲养牲口的人。[3] 那些认为美国犹太人都是东欧犹太人的后代，而且只把东部海岸移动的大篷车看作他们的生活环境的人，一定是忽视了美国犹太人多样化的来源，也没有认识到西部的旷野对于他们——尤其是犹太青年——的吸引力，一些犹太人希望抛弃在欧洲的那种促狭、拥挤的生活。19世纪末，具体而言是在1898年的时候，西奥多·罗斯福组建了著名的硬汉骑手团（Rough Riders），这是一支来源各异、由志愿者组成、充满激情的骑兵队，其成员包括商人、童子军、印第安人、警察、伐木工人、牛仔，此外，还有大量的犹太人，他们在罗斯福的率领下在古巴与西班牙人作战。硬汉

---

[1] 请参见R.M. 丹哈德特《美洲的马》第六章"另一个墨西哥"（*El Otro Mexico*），第87—100页。

[2] S. 斯泰纳：《犹太裔西班牙征服者：美国最早的牛仔？》，第37页。

[3] 请参见I. 拉波伊（I. Raboy）《犹太牛仔》（*Der Jüdische Cowboy*），出版地点不明，1942年。

骑手团中第一位牺牲的成员是来自得克萨斯的16岁犹太牛仔雅各布·韦尔布斯基，他在纽约报名时用的名字是雅各布·柏林。1898年7月1日，作为罗斯福骑兵队的一名成员，他在攻克圣胡安山的战役中参加了最壮观也最血腥的那场战斗，他的直接上司是同为犹太人的欧文·佩肖托军士。[1] 许多画家都描绘过圣胡安山的那场冲锋战，这其中最令人印象深刻的是俄罗斯的战争画家瓦西里·韦列夏金的作品。[2] 而由美国人绘制的反映这个事件的最著名的画作，出自插画家弗雷德里克·雷明顿之手，他也是专门绘制和雕塑马的艺术家，他戏剧化地展现了旧日狂野的西部，并且将它深刻地烙印在美国人的绘画记忆中。[3] 有关马的图画早在圣胡安战役发生前20年，就已经使雷明顿和罗斯福相互结识了，他们最初是合作伙伴，后来成为密友。1883年，罗斯福去达科他，在那里筹建了一个养牛场；与之类似的是，雷明顿当时正努力在堪萨斯开创养羊事业。一年后，之前从来没有将注意力从政治生涯中移开的罗斯福开始写一本关于西部牧场生活[4]的书，这本书最开始以连载的形式在两本杂志

---

[1] 请参见《服役于美西战争的犹太裔士兵和海员的原始名单》(*Preliminary List of Jewish Soldiers and Sailors who served in the Spanish-American War*)，载《美国犹太人年鉴》(*American Jewish Year Book*)，1890—1891年，第539—540页。

[2] 他的作品被挂在加利福利尼亚河滨市 (Riverside) 的修道院酒店 (Mission Inn) 里；有关这幅画作请参见K. 霍尔姆（K. Holm）《牛排屋里的厮杀》(*Schlacht im Steakhaus*)，载《法兰克福汇报》(*F. A. Z.*)，2010年7月19日，第28页。

[3] 雷明顿的圣像画对电影特别是西部片产生了最深刻的影响；乔·海姆布斯写道："西部片导演一而再再而三地让人们认识到，雷明顿是他们视觉灵感的主要源泉。"（《西部片历史：1540—1894年》，第563页。）

[4] 西奥多·罗斯福：《遥远西部的牧场生活》(*Ranch Life in the Far West*)，亚利桑那州 (Arizona) 弗拉格斯塔夫 (Flagstaff)，1985年。

上刊登。在为连载寻找合适的插画作者的过程中，罗斯福发现了雷明顿的早期作品，这些作品令他非常倾心。对于这位直到当时还一无所成的艺术家来说，这是一个突破口。[1]当1898年2月雷明顿作为《克里尔周刊》（*Collier's Weekly*）的特约通讯员被派往古巴的时候，他得到回报罗斯福的机会。在他亲眼见证了圣胡安山的冲锋之后，他将战斗的场面画了下来，这幅画作展现了硬汉骑手团的猛烈进攻：所有人都浴血奋战，在第一批进攻的人中，有些已经被西班牙人的防御火力打倒了，而站在队伍最前面的是唯一一个骑着马的人，他就是这支队伍的指挥官罗斯福上校，他的右手握着骑兵手枪。罗斯福后来承认，是这幅画将他带到了总统的宝座上（他在1901年成为美国总统）。[2]

雷明顿的画作还有大量照片，都展现了作为胜利者的罗斯福被他的"硬汉骑士们"[3]簇拥着的场面，这些作品将骑士和勇士的形象固定了下来，而且也让这位未来的牛仔总统的画面深入人心。而罗斯福自己也没有放弃任何一个让这种脍炙人口的形象继续扩大影响力的机会。他在这场战役之后的头一年就出版了志愿骑兵队的古巴战役史[4]；他在那里绘声绘色地描写了色彩鲜艳的骑兵制服，而且他发现，骑兵们穿上它就展现出"**一个牛仔骑手**应有的样子"。[5]从那时开始，牛仔的形象不仅与

---

[1] 请参见E.朱西姆（E. Jusim）《弗雷德里克·雷明顿、照相机和旧日的西部》（*Frederic Remington, the Camera & the Old West*），沃斯堡（Fort Worth），1983年，第50页。

[2] 同上书，第81页。

[3] "硬汉骑士"一开始是指能够驯服野马或者半野生的马来适应马鞍和缰绳的骑师。

[4] 西奥多·罗斯福：《硬汉骑士：美国第一支志愿骑兵队的历史》（*The Rough Riders. A History of the First United States Volunteer Cavalry*），纽约，1899年，这里的内容引自1906年的第三版。

[5] 同上书，第36页。黑体是本书作者乌尔里希·劳尔夫所加。——译者注

通俗偶像形象紧密地联系在一起，而且也进入到政治的圣像画中。事实上，这两个图像世界是相互渗透的，也是相互映射的：于是，西部文学作品[1]和西部电影[2]这两种新的艺术形式几乎在同一时间完成了受洗仪式，而且也一直被作为政治寓言而加以解读。与肤浅的观察所看到的景象不同，西部片并不能以人们习以为常的分类，将它们归于古装片或者探险片。西部片完全就是歌颂美国人的史诗，反映了这个国家的政治命运，尤其是它展现了在人们对这个国家的前途尚存怀疑的时代里美国的命运。[3]

当牛仔随同罗斯福走入美国人的神话和隐喻世界的时候，确实握有实权的世界却对骑兵的形象失去了兴趣。1890年，西部边疆被正式关闭了，在之后的短短几年里，美利坚合众国转向了另外一个领域，开始致力于将这个国家打造为全球范围内的海上强国。没有人比西奥多·罗斯福更深刻地认识到美国外交政策的新的活动空间，也没有人比他更不顾一切地利用这些回旋余地。而且，也没有人像所谓的"牛仔"罗斯福那样，始终如一地将他的朋友阿尔弗雷德·赛耶·马汉将军有关海上强

---

[1] 欧文·韦斯特（Owen Wister）：《英豪本色》（*The Virginian*）。这本书在1902年首次出版，被看作第一部真正反映狂野西部的小说；该书的作者将它题献给西奥多·罗斯福。
[2] 请参见本书的下一节。
[3] H.博林格（H. Böhringer）：《美国的脊梁：西部片和黑帮电影中的新世界神话》（*Auf dem Rücken Amerikas : Eine Mythologie der neuen Welt im Western und Gangsterfilm*），柏林，1998年，第38页。"西部片坚定地表达出野蛮的西部已经结束了，并且将西部美化、定格为具有传奇色彩的回忆……西部片带来了美国意识。"

国在世界历史上占有统治地位的理论付诸政治实践。[1] 通过干涉古巴内政、打破殖民活动的局限在一洲之内的阶段结束了，而且马作为最引人瞩目的主角的世纪也随之走向终结。一位睿智的人曾经说过，这个世界是凭借马鞍和帆船征服下来的。在"牛仔总统"罗斯福的领导下，陆地强国美国从马鞍上崛起，现在又登上了帆船。实际上，罗斯福本人是唯一一名骑在马鞍上奔往古巴的土地去打仗的骑兵。而硬汉骑兵团里其他战士都将他们的马留在了佛罗里达，而后不得不步行去古巴作战；就像雷明顿所画的那幅戏剧性的圣像画所展现的那样。[2] 因此，圣胡安山上的冲锋并不是历史上最后的骑兵战，而是"海军之婴"诞生的时刻。

---

[1] 请参见 R. 杜克《美国的世界似乎变得圆满了：关于源自边疆精神的美国帝国主义的历史基因》中的《泰迪的硬汉骑士》（*Teddy's Rough Riders*），第 198 页及其后若干页。此外，罗斯福在他自己的《硬汉骑士：美国第一支志愿骑兵队的历史》一书中也谈到了关闭西部边疆与招募部队参加美国所谓的第一次帝国战争之间的相关性。罗斯福指出，事实上，新招募的士兵中有很多人来自西南部地区："他们来自刚刚成为美利坚合众国的那四个地区，也就是说，是在不久前才进入白人文明的地方，那里的生活条件与西部边疆如此相似，以至于人们感觉到仿佛还有另一个边疆存在一样。"（第 14 页）

[2] "正如后来所证实的那样，"罗斯福本人写道，"我们根本没有骑马去参战，因而就这一点而言我们之前所有的准备都是无用功。对此，我一直感到很懊恼。我们曾经希望至少在秋天对抗哈瓦那人的那场大型战役中作为骑兵投入战争，而且从一开始我就训练我的部队用惊吓战术对抗敌人的骑兵。我深信马就是武器，如果运用得当，它们应该被作为一开始打击敌人的武器。"（西奥多·罗斯福：《硬汉骑士：美国第一支志愿骑兵队的历史》，第 35 页。）

白色的马匹和黑色的盒子

西奥多·罗斯福机缘巧合地成为美利坚合众国历史上第一位与媒体结下不解之缘的总统。为什么对在他之前的总统没有这样的评价呢？在总统竞选时，所有美国总统都无一例外地运用各种他们所在时代能够用得上的媒体为自己助选，例如借助印刷术、报纸、海报，以及后来越来越生动、精确、产生照片效果、令人印象深刻的图画。然而，1900年前后，在媒体领域出现了革命性的剧变，其颠覆性可以与约翰内斯·根斯弗拉士·古腾堡发明活字印刷术的那一刻相提并论。这一次的发明者是托马斯·爱迪生之流，他们创造了可以展现活动画面的机制电影，这项发明使得世界的进程和人们对于眼前世界的设想都发生了巨变和革新。而西奥多·罗斯福敏锐地感觉到这恰恰是他所在时代的媒介，他让图像帮他赢得时代的心，帮他在总统大选中获胜，甚至最终帮他赢得战争。

尽管罗斯福25岁时在政治上失意，年纪轻轻就成了鳏夫，甚至当时华盛顿也向他关闭了大门，他只能自己跑去达科他放牧，但他也没有放弃向世人展现自己的形象。他所写下的每一行字句尽管隐秘，也都是面向他想象中的读者或者观众的。罗斯福不断地提供令世界惊讶的图像，其中的服装和点缀也一直是他有意展现出来的。当他将自己描写为牧场主和牛仔的时候，被太阳晒成古铜色的皮肤和他的金色头发，尤其是他的传奇一般的装备，都会博得人们对他的关注。"凭借昂贵的服饰，现在我看上去和真的丹迪牛仔一样。"他在写给他姐姐的信中这样说道。他也向他的朋友卡波特·罗奇描述他的着装细节："一顶宽檐墨西哥草帽，有流苏装饰的麂皮衬衫，马皮制成的紧身皮裤或马裤，牛仔高筒皮靴，精心编织的辔具和银质马刺。"[1]

就连硬汉骑兵团的服装也是罗斯福自己设计的，那是狂野西部的装扮与军队制服的引人注目的混搭。如同对于他的骑兵的出身和他们的才能有着明确的设想一样，他对于一名真正的"牛仔-骑兵"的外貌也有清晰的概念。他的手下从来没有感受过西部的气息，并且除了摇摆的木马之外没有骑过别的马，这促使他要求他的杂牌军成员尽快获得有关狂野西部的笼统经历和具有优越性的骑术技能。他与化名为布法罗·比尔的比尔·科迪差一点就"硬汉骑士"这个名字打起版权官司，后者从1893年以来将他的狂野西部演出冠名为"硬汉骑士集结"（Congress of Rough Riders）。这几乎是一个骑士议会，其中除了北非柏柏尔部落（Berber）、哥萨克骑兵（Kosaken）、普鲁士（Preuß）的乌兰骑兵（Ulanen）之外，英国兰瑟长矛骑兵团（Lanzenreiter）和墨西哥的加乌乔人（Gauchos）也属于此列，在那里，科迪扮演着世界骑士总统的角色。[2] 鉴于罗斯福正势不可当地成为战争英雄，而且他再次回归到政治领域，这样的局面使科迪明智地放弃了版权争夺，取而代之的是1899年他将"圣胡安战役"作为他演出节目的熠熠生辉的终曲。

---

[1] 引自 E. 莫里斯（E. Morris）《西奥多·罗斯福的崛起》（*The Rise of Theodore Roosevelt*），纽约，1979年，第275页。M. L. 柯林斯（M. L. Collins）则更强调西部对西奥多·罗斯福的重要影响：《十足牛仔：西奥多·罗斯福和美国西部（1883—1898）》（*That Damned Cowboy. Theodore Roosevelt and the American West 1883-1898*），纽约，1989年。

[2] R. 杜克：《美国的世界似乎变得圆满了：关于源自边疆精神的美国帝国主义的历史基因》，第35页及其后面若干页。

当那位骑在马上的英雄赞歌吟唱者因此走上了传统道路,而且从战争中又收获一个马戏团巡回演出剧目,从现实中又得到了一部新戏的时候,这位善用媒体的政治家则转向了一条更为复杂的道路。他将历史古装剧(这其中恰恰包括狂野西部的历史[1])中的某些元素转化为战场上血淋淋的事实,从而在那里再次将英雄的姿态和稍纵即逝的英雄形象注入政治主角玩世不恭的游戏当中:这是一个循环逻辑,而不是现实"入侵"到游戏中。狂野的比尔·希科克是一名神枪手,也是演员,还是郡治安官;直到他后来离开舞台,在戴德伍德的一个沙龙里被枪杀,他一直在舞台上扮演着狂野的比尔·希科克的角色。[2] 当一个人在舞台和生活之间的循环被中断了的时候,他就成了一个死人。

自 19 世纪 90 年代起,在这个循环中,加入了一开始不为人知的新要素——电影,人们对其潜力闻所未闻。1894 年 9 月,比尔·科迪和他的演出队中几个印第安成员在新泽西的西奥兰治参加了爱迪生最初的几部短片拍摄;在一次拍片过程中,他们在不知情的情况下,走进一只狮子的洞穴,差一点被吃掉。电影历史就是从"西部题材的马戏团演出

---

[1] 容茨勒(Rünzler):《美国在西部》(*Im Westen ist Amerika*),维也纳,1995 年。容茨勒在书中非常肯定地提出:"'狂野的西部'并不是指西部边疆所隔开的地方,区隔着未开化和文明之间的界限已经不再存在了,于是,狂野的西部变成了神话。"(第 10 页)R. 杜克在《美国的世界似乎变得圆满了:关于源自边疆精神的美国帝国主义的历史基因》中则进一步指出,罗斯福的硬汉骑士是"将神话般历史变成戏剧化续篇的尝试"(第 47 页)。

[2] 容茨勒:《美国在西部》,第 13 页。此外,科迪本人在早期也是站在这个循环逻辑中的,"一只脚在舞台上,另一只脚则在时代中",法国电影史学家让-路易斯·里奥佩罗特(Jean-Louis Rieupeyrout)这样描述他。参见乔·海姆布斯编撰《西部片》(*Der Western*),不来梅,1963 年,第 95 页。

版本"中开始的,并且"以那里面的西部人物形象为权威模本"[1]。短短几年之后,这个循环逻辑开始朝着有利于电影的方向发展:1908年,科迪推出了一部新的舞台剧,是关于发生在西部的火车劫案的,这个主题既不是历史题材,也不是神话题材,而是专属于电影的情节构思,取材于埃德温·S.鲍特在1903年拍摄的《火车大劫案》(The Great Train Robbery),该片被视为电影史上的第一部西部片。[2] 不过,从这个时候开始,比尔·科迪的历史命运就已经完全确定下来。1907年,他本人就已经成为电影人物传记《布法罗·比尔的人生》(The Life of Buffalo Bill)的记述对象,那部传记为他创造了具有历史意义的人格形象,这种形象则摧毁了真实的比尔·科迪在生意上的阳光大道。

从那时开始的电影历史不只是美国人所征服的第二块领土。美国人凭借着马攻克了西部,而后他们又借助西部片征服了世界。顺便一提,最早的西部片被人们当作"马剧"(Horse Operas),这个概念出现得比"肥皂剧"一词早很多。在"牛仔总统"西奥多·罗斯福于1901年9月搬到白宫之后没几年,曾与他一起在古巴并肩作战的一位前战友就荣升为西部片中最初的英雄之一。比起托马斯·埃德温·米克斯这个人物原型的名字,更为人熟悉的是电影中主人公的名字汤姆·米克斯;正如研究西部片的法国史学家让-路易斯·里奥佩罗特所评论的那样,米克斯成为"美国大众所膜拜的偶像"之一。美国早期的一位影评人将汤姆·米

---

[1] 乔·海姆布斯:《西部片历史:1540—1894年》,第601页。
[2] R.杜克:《美国的世界似乎变得圆满了:关于源自边疆精神的美国帝国主义的历史基因》,第51页。

克斯描写为西部片里的花花公子、电影大草原中的纨绔子弟:"他是一个中规中矩的演员,不过却是一位不同寻常的骑士。"[1] 事实上,汤姆·米克斯的名声有一部分拜他的白马所赐,这匹马仿佛是直接从神话里跳出来的一样。赫尔曼·麦尔维尔曾经表示,在他最终选定鲸鱼之前,他在很长一段时间里都在犹豫,"脑子里一直构思着一个关于骑在神圣的白色水牛上或者一匹圣洁的白色牡马上狩猎的故事"。[2] 即便在《白鲸》(Moby Dick)里,他也回忆起"大草原上的那匹白马是一匹华丽伟岸、乳白色的牡马,它长着大眼睛、小脑袋、丰满的脖颈,在它骄傲、昂首挺胸的体态中散发着无与伦比的尊严"。[3]

在不同的大陆或海洋里,都有着巨兽或者海中怪物,麦尔维尔最终选择了白鲸。但是他并没有将草原神话缔造者的名声转让给其他作家,而是留给了图像艺术家。如同罗斯福在1883年离开东海岸一样,画家、插画师和雕塑家弗雷德里克·雷明顿也动身前往堪萨斯,他在那里成了牧场主和马匹交易商,研究牛仔、捕兽人和印第安人的生活,并且通过绘画创作,深深地沉浸在狂野西部的生活中。在比尔·科迪正忙着制作有关旧西部的马戏团节目,并且他本人也相当严肃认真地在这些节目中充当演员的同一时间,雷明顿的画作被各家展览馆到处寻求并且被出版社印制出版,成了表现狂野西部的权威圣像图。人们一直根据他的作品描写或者绘制西部,直到像约翰·福特和萨姆·佩金帕这些赫赫有名的

---

[1] 让-路易斯·里奥佩罗特:《西部片》,第43页。
[2] 乔·海姆布斯:《西部片历史:1540—1894年》,第196页。
[3] 赫尔曼·麦尔维尔:《白鲸》,慕尼黑,1979年,第245页。

西部片导演站在雷明顿的肩膀上亲眼去看西部的时候，这种现象才发生改变。西部小说作家欧文·韦斯特（《英豪本色》的作者）就已经向这位画家、雕塑家表达了自己的敬意：雷明顿的西部题材的画作对他的作品产生全面的影响：从美国士兵的模样，到印第安人的生活和悲剧，再到堕落和腐败的典型，以及探矿者、赌徒和土匪恶霸的形象。[1] 不过韦斯特可能在雷明顿所塑造的所有偶像中唯独漏掉了马这个伟大的形象。马实际上才是这位画家真正要表现的主题，它是大陆上充满神话色彩的动物，它既使得征服西部成为可能，也成就了西部片的发明。

---

[1] 乔·海姆布斯：《西部片历史：1540—1894年》，第563页。

震惊

一个骑兵民族的终结

1939年9月中旬,一名德国军官躺在华沙西部的营房里,回想着过去几天里所发生的大事件。这个年轻的男人直到两周前还只把战争看作游戏和军事演习。现在他体会到,战争是变化急速的危险境地和产生困难的混合体,中间会穿插着在地主仓促逃跑后被遗弃的庄园会客厅里短暂的安宁。大厅的墙壁上挂着许多画作,房间里到处都是帝国风格的家具,然而在哪里都搞不到白葡萄酒。这位大事件回忆者是一支摩托化部队的成员，不过，他的视角却暴露出他曾经是一名骑兵。[1] 在人类逝者之外，他还看到战争中的另外一类牺牲者。1939 年 9 月 17 日，克劳斯·冯·施陶芬贝格写信给他的妻子妮娜说："今天，我在从华沙通往西部的大街上看到了一支完全倒下的纵队。一百匹或者更多的马躺在街边。市民们目前只能草草地掩埋这些已经开始腐烂的马的尸体。这个场面令人难忘。"[2]

一个波兰儿童也在同一时间经历了战争，当他看到大批死马的时候，被吓到了。这些僵硬的动物尸体的画面也在他的记忆里留下烙印。瑞斯扎德·卡普辛斯基在他的童年回忆录里这样写道："空气里弥漫着火药、大火和腐烂肉的气味。我们总是不断地遇见已经腐烂的马的尸体。马这种体形高大却没有防护能力的动物无法躲藏起来，当炸弹落下来的时候，它们只是一动不动地站着，等着死亡。到处都是死马，有的直接躺在行车道，有的躺在街道旁边的沟渠里，还有的躺在远一些的田野里。它们躺在那里，腿僵直地伸向天空，用它们的马蹄威胁着这个世界。我没有在什么地方看到过死人，他们一定是马上就被掩埋起来了，只有腐烂了

---

[1] 1926 年 4 月 1 日，施陶芬贝格（Stauffenberg）在班堡（Bamberg）加入了巴伐利亚（Bayern）第十七骑兵团；在 1928 年到 1929 年期间，他在汉诺威（Hannover）的陆军骑兵学校学习，而后他以该届第六名的优秀成绩毕业。请参见 P. 霍夫曼（P. Hoffmann）《克劳斯·申克·格拉弗·冯·施陶芬贝格和他的兄弟们》（*Claus Schenk Graf von Stauffenberg und seine Brüder*），斯图加特，1992 年，第 84、95 页。1942 年 12 月，他作为陆军总参谋部组织部门的卜校获准组建东部志愿者联合会，这为"哥萨克骑兵分队到德国军队效力"开辟了道路。请参见 H. 梅耶《骑兵战士的历史》（*Geschichte der Reiterkrieger*），斯图加特，1982 年，第 188 页。

[2] 克劳斯·冯·施陶芬贝格在 1939 年 12 月 17 日写给他的妻子妮娜的信，现存于斯图加特斯蒂芬·格奥尔格档案馆。

的马的尸体到处都是，其中有黑马、棕色马、花斑马、栗色马。确切地说，好像这不是人类的战场，而是马的战场，似乎是它们相互之间在拼个你死我活，仿佛它们是这场战争的唯一的牺牲者。"[1]

正如在第二次世界大战最后的日子里，与四处消磨时间的哥萨克骑兵牵着他们的马在易北河喝水一样，在这次战争最初的岁月里，也到处都弥漫着马的气息。直到今天仍然被人们深信不疑的一个说法是，波兰，这个古老的骑兵民族，是在骑兵战斗中失败的。[2] 从19世纪中期以来，人们无论如何都会在最后几回合的战斗中将所有的骑兵兵力投入战场。然而，当波兰骑兵部队绝望地抵御着迫在眉睫的纳粹德国国防军进攻的时候，人类新时代黎明的一个特征似乎就从中显现出来，人们将这些征兆视为历史性的成就和理性的加工处理的结果：这是同一个漫长的时代的告别，这场告别似乎还没有登场就已经结束。尽管这样的告别在现实世界里从未发生过，但在集体记忆的沙龙里一直悬挂着古老的画像，如同被波兰地主所遗弃的庄园里的那些古老画像。

就像爱情和证券交易一样，对历史的记忆也是一种一厢情愿，它

---

[1] 瑞斯扎德·卡普辛斯基:《人间是残暴的天堂：四十年代的报道、散文和访谈》(*Die Erde ist ein gewalttätiges Paradies. Reportagen, Essays, Interviews aus vierzig Jahren*)，慕尼黑和苏黎世，2002年，第14—15页。瓦鲁然·沃斯加尼安（Varujan Vosganian）在他2009年以罗马尼亚语出版、2013年被翻译成德语的《耳语者的书》(*Buch des Flüsterns*)中也描绘了同样的战场场面，在那里，人的尸体被收拾走之后，就只剩下马的尸体了，因为人们会产生这样的印象："在每一个战场上发生的都不是人与人之间的战争，而是马与马之间的。"（第479页）不排除这位罗马尼亚作家知道卡普辛斯基的那段描写。

[2] 有关骑兵民族的这个观点是正确的，即波兰在第二次世界大战中拥有仅次于苏联的最强大的骑兵部队，这是"最后的骑兵部队……是依照惯例独立运行的"（H.梅耶:《骑兵战士的历史》，第187页）。

们都牺牲信仰且忽视知识。历史应该用直陈的方式去描述、体验和记忆，但是用在它身上的却是希求式。于是，历史性的传奇故事就有如此顽强的生命力，即便真相就摆在所有人的眼前，也不会对传说产生丝毫影响。当然，传奇故事是要为它们的传奇付出代价的：它们不仅要广泛流传，而且还必须要有扣人心弦甚至是"伤风败俗"的主旨，通过这样的主旨，传说才能在任何时候都能比历史批判更强烈地改变或者激发人们的想象。第二次世界大战刚刚开始，关于波兰长矛骑兵队向德国坦克部队发起进攻的故事，就是20世纪颇有生命力的传说之一。虽然确定无疑的事实就摆在面前：那场进攻只是一次历史性的事故或者一次灾难性的意外，是荒唐的蛮勇行动，是血腥愚蠢的阿Q般的举动。[1] 尽管如此，波兰骑兵视死如归的画面比任何历史理性都更强有力。Morituri te salutant——罗马帝国角斗士在走入斗兽场的时候会说这句拉丁文短语：恺撒，临终之人祝您幸福。是的，想入非非的"历史"最偏爱的，就是那些毫无希望的战斗。

1939年9月1日，在德国军队入侵波兰的第一个夜晚，伴随着有关波兰骑兵攻击一支德国坦克部队的传说而来的，是绝望的情绪和可以预见的致命性的结果。[2] 人们从装备着长马刀、轰轰烈烈前进的骑兵那

---

[1] 请搜索关键词"克洛加提战役"（Charge at Krojanty）了解更多。
[2] 历史学家贾努茨·皮卡尔基维茨（Janusz Piekalkiewicz）写道，波兰轻骑兵"并不是自杀者，这无论如何都不是波兰骑兵有意向德国坦克发起的进攻。当然，历史上确实存在着多次波兰骑兵攻击德国步兵的事件，这些步兵部队配备有装甲运输工具，或者也出现过波兰骑兵被坦克部队袭击的情况。在这些情形下，波兰骑兵幸存的可能性，只存在于他们在性命攸关的一刻能够尽可能迅速地离开坦克部队时"。贾努茨·皮卡尔基维茨：《第二次世界大战中的马和骑兵》(*Pferd und Reiter im II. Weltkrieg*)，慕尼黑，1992年，第14页。

里，创造了关于手拿长矛的波兰骑兵的传说。由于其中的一些细节给世人留下了类似返祖或历史性时间错位的深刻印象，人们会觉得，原始文化和晚期现代文化仿佛在第二次世界大战爆发的当天夜里极其偶然地相遇。这似乎是来自历史上的骑兵原型，草原上令人畏惧的势力再露峥嵘，只为与坚硬如钢铁般的现代力量相对抗。波兰骑兵与德国坦克部队展开的毫无胜算的决斗，构成了马的时代终结的画面。

那次不对等相逢的实际过程与传说中的大相径庭。首先，波兰骑兵部队与德国装甲部队是偶然遭遇的；随后，面对突然而来的机枪扫射，凶多吉少的波兰骑兵们开始向前方逃跑，他们寄希望于能够从那些坦克中间穿过（事实上他们中有一半人做到了）。一个意大利记者撰写的报道也是这个关于波兰骑兵传奇故事的来源之一。德国宣传机构从这个源头中提取线索，然后将它进一步展开。《波兰战争》(*Feldzug in Polen*，1940) 和《吕措的骑兵中队》(*Kampfgeschwader Lützow*，1941) 这两部电影将虚构的事件印在那个时代人们的脑海里，而且也使它们成功地变为后世的回忆。即便到了 1959 年，波兰导演安杰伊·瓦伊达在执导影片《洛托纳》(*Lotna*) 的时候，仍然努力创造一个近似神话的故事，他认为充满斗志的骑兵用长矛对抗坦克的场景是不能放弃的。[1] 这个场景似乎完美地与波兰这个民族的自我形象相匹配。

这种自我形象深受波兰贵族潜意识中的偶像的影响。特别是，欧洲贵族中几乎没有哪个分支像波兰贵族那样，将自己视为骑士贵族。几经

---

[1] 瓦伊达在日后的采访中承认，这当然不是对事实的反映，它只是一种比喻。这部影片的大部分观众似乎一直没有意识到这种用艺术手段表现出来的与事实的分歧。

分裂，多次遭到欺凌，一直缺乏历史安全感的波兰民族最终确立了一种观念——自己是骑兵民族。与其他欧洲军队不同，波兰人从16世纪开始就将骑兵作为他们的核心兵种，他们用轻便、敏捷的马刀取代了传统的刀剑。马是波兰人无论通过文学作品还是图像艺术进行自我呈现时必不可少的组成部分。19世纪在整个欧洲，无论是贵族，还是蒸蒸日上的资产阶级，都非常尊重描绘马的画家；特别是由于有关马的内容是历史画作的组成部分之一，它们的作者在波兰直接决定着民族的基调。[1]最伟大的波兰骑士苏比斯基·约翰三世卓越不凡的形象一定会从背景中凸显出来。1683年9月，在卡伦山战役中，他痛击土耳其人，从那之后，他被人们视为西方基督教国家的骑士典型。

1939年9月1日临近傍晚的时候，也就是在波兰骑兵灾难性地遭遇德国坦克部队前不久，波兰骑兵向德国的步兵阵地发起过进攻。尽管这次袭击损失惨重，但是他们也一度在那些步兵身上起到了古老的、赫赫有名的惊吓效果，促使德国人仓皇后撤。就连海因茨·古德里安将军，在他的回忆录里都提到了"战争第一天所受的惊吓"[2]。在这场短暂的战斗接下来的几天里，波兰骑兵也曾成功地实现对德国军队的闪电袭击，并且突破敌人的防线。但是面对优越的摩托化部队或者坦克部队——一开始只是德国方面的，后来还有苏联方面的——波兰骑兵变得手足无措。此外，来自俯冲轰炸机的攻击，对这些骑兵部队损害最严重。在

---

[1] 华沙国家博物馆出版的《骏马和骑手展目录册》（*Katalog der Ausstellung Ross und Reiter*），波兰帕斯维尔博物馆，1999年，尤其是第17页及其后面若干页、第22页及其后面若干页。

[2] 海因茨·古德里安：《一个战士的回忆》（*Erinnerungen eines Soldaten*），海德堡，1951年，第63页。

德国进攻波兰的战争的最后几天，一些部队逃到了匈牙利；由克里贝格将军率领的最后一支骑兵部队总共5000多人在10月5日向德国人投降。在波兰高地山脚下的森林里，最后还有几百名波兰骑兵在多布然斯基的指挥下，作为"波兰军队特别部队"继续作战。1940年4月30日，这支特别部队被德国军队包围消灭了，他们的指挥官也被抓获，而后被残忍地杀害。[1]

可怕的退场

1853年，克里米亚战争的爆发结束了欧洲将近40年的和平岁月。从那个时候开始，这块大陆进入了军事冲突不断的时期，而在这些纷争过程中，科技的飞速发展极为引人注目。骑兵部队尤其应该强烈地感受到战场上力量平衡的急剧转变。从人类开始发动战争，并且确保可以借助动物投入到战斗以来的漫长的日子里，骑手、马和半人马一直是战场上的名家大师、战斗中的主人，也是敌人所恐惧的对象。在拿破仑时代，骑兵一度被擢升为战争中最显著和最关键的力量，因为通常骑兵的进攻决定战争的结局。克劳塞维茨创造了"决定性战斗"这个概念，他指出，这样的战役需要合适的武器，而骑兵部队可以胜任。[2] 骑兵部队具有移

---

[1] 贾努茨·皮卡尔基维茨：《第二次世界大战中的马和骑兵》，第65页及其后面若干页。
[2] 卡尔·冯·克劳塞维茨：《战争论》，第458、476、513页。"骑兵是运动性和重要的决定性武器；它在常规环境下的优越性，在非常广阔的空间、在长距离的往返中，以及对重大决定性战役的前景则显得更为重要。波拿巴就给出了这方面的例证。"（第513页）

动最迅速这个基本特性，它是在战斗高潮时阻碍大批敌军前进的楔子，是在关键时刻刺入对手心脏的利刃。它是闪闪发亮的武器，是卓越不凡、绚丽多彩、由多个部分组成的物种，同时也是其自身伟大之处和它所具有的人们闻所未闻的荣耀相结合的丰碑。然而自从19世纪中期出现了新式战争以来，这个高大的丰碑就开始逐渐倒塌。最初只是一些不明显的缝隙在它上面出现，到处蔓延，很多人都没有注意到，它正无声无息地日渐式微。

美国南北战争之后，欧洲人用四分之三个世纪，将美国人在血腥的4年里学到的东西最终变成自己的教训。国家和军队并不是通过观察远方的灾难进行学习的；从根本上来说，他们是从自身的失败中获得领悟的。不过，欧洲军队的军官们和骑兵们，应该从美国内战的战斗中吸取些什么教训呢？

第一条教训显然是，后膛枪和连发武器能够更快地发射，而且加长的枪管使得命中率更高，因而面对装备更好的步兵时，作为进攻性武器的骑兵就失去竞争优势。骑兵原本用来惊吓步兵，因为他们能够突袭后者而令后者害怕，但是随着步兵火力的提高，能将骑兵阻挡在一定距离之外，于是骑兵也就在一定程度上黯然失色。第二点并不那么引人注目，但却同样意义重大，骑兵在"传统的"战场上，通常以小分队的形式发挥着破坏敌人供给线和通信线的作用，或者用来袭击军火库。而在南北战争中，无论是北方还是南方的骑兵，都致力于使这种对敌方后勤的攻击更加迅速、灵活，而且更加精准，在具体操作中，将游击战和运动战的运动特性与现代技术战争的目标结合起来。[1]

从对美国内战和随后的印第安人战争的观察中所得到的第三点教训是，骑兵应该研究如何使用已发生了改变的武器。当旧世界的骑兵部队指挥官和战略家们仍然一如既往地对传统的刀剑等冷兵器深信不疑的时候，北美骑兵们已经逐渐装备起左轮手枪和连发武器，进而开创了骑兵战争的新风格。一支佩着长刀的骑兵中队一路奔驰前往敌人的防线，迎接巨大的、由多部分组成且富有穿透力的火力打击，这种情形从身体的角度来看，无异于要去撞破一堵火热的墙壁。基本上骑手那一方已经失去了对他们几近疯狂的战马的控制，正身处随时摔倒、被冲撞、被踩踏的危险当中；防御者那一方亲眼看到了巨大的、冒着火焰狂吼的、如同响雷和闪电般令人恐惧的机器是如何威力大发的；今天看来，很难衡量这对于战争双方在心理层面产生了什么样的影响。[2] 即便骑兵部队的主要目的已经不再是对步兵构成威慑，而是在敌后破坏铁路线或者对付骑兵游击队，也必须改变骑兵部队的战术、武器和装备。当美国正发生这些变革的时候，欧洲军队还固守在进攻战役和马刀、长矛等传统武器装备的思路上。[3]

---

[1] 请参见约翰·艾利斯（John Ellis）《骑兵：运载战争史》(*Cavalry. The history of mounted warfare*)，牛顿阿伯特和温哥华，1978 年，第 157 页。正如克劳塞维茨在《战争论》中所写的那样，步兵火力的显著提高应该逐步改变了骑兵与步兵这两个兵种之间原有的强弱关系；顺便提一下，这种变化在普鲁士皇帝腓特烈二世时期就已经显现出来了（第 514—515 页）。

[2] 埃瑞克·巴拉泰（Éric Baratay）在他的关于第一次世界大战中的动物的著作里，令人印象深刻地描写了骑手和他们的战马眼中的骑兵进攻情景。请参见埃瑞克·巴拉泰《牲口的绞痛：被忘却的经历》(*Bêtes des tranchée. Des vecues oubliés*)，巴黎，2013 年，第 63—64 页。

[3] H. 梅耶：《骑兵战士的历史》，第 196 页及其后面若干页。

1866年普奥战争中的关键性战役是柯尼希格雷茨战役，在那里展现出已经在美国的战争大戏中出现过的同样的景象：骑兵部队一旦遇到配备现代化装备的步兵，就面临着不断加大的危险，而且他们可以决定战斗前途的可能性也不断减小；而无论是拿破仑或腓特烈大帝，缪拉或赛德利茨，都曾经拥有过这样的胜算。[1] 法国骑兵是军队中的精英，被认为是欧洲大陆上最优秀的部队，但是他们在1870年夏末和秋天所遭遇的溃败更令人惊讶。

1870年9月1日，最大的灾难在色当附近发生：法国骑兵连续三次在普鲁士国王威廉和他的参谋眼皮底下发动进攻，但是都没有攻克德国步兵的防线，并且损失惨重。在最后一次进攻失利之后，根据传奇故事中的说法，法国指挥官加利菲特在经过德国最前沿的岗哨时瞥了一眼那里面：德国人停火了，互相敬礼庆祝着，并且让最后残存的法国骑兵慢慢离开。[2] 这场战争的实际情况并不那么侠义，这完全可以从战争中的死伤人数里反映出来。法国方面失去的战马和阵亡的骑兵的数量远远超过德国方面。因为马是更大的目标物而且更容易被击中，同时由于在马跌倒的时候，它的骑手也会一起摔倒，就使得杀死或捕获骑手变成一件轻而易举的事情。不过，历史书对这场步兵与骑兵、人与半人马战争中

---

[1] 请参见G. 克莱克（G. Craig）《柯尼希格雷茨：一场造就世界史的战役》(*Königgrätz. Eine Schlacht macht Weltgeschichte*)，维也纳，1997年，第245页及其后面若干页。

[2] 请参见米歇尔·霍华德（Michael Howard）《普法战争：德国入侵法国（1870—1871）》(*The Franco-Prussian War. The German Invasion of France 1870-1871*)，伦敦，1961年，第216页。

不那么光彩的一面都避而不谈。[1]

　　打响最后几场战役的时间到了。从那个时候开始，世人不知疲倦地报道着来自梅斯和色当的军事史上最新的骑兵战斗。根据米歇尔·霍华德的说法，1870年8月16日布莱多的骑兵敢死队展开了"可能是西欧战争历史上最后一次成功的骑兵进攻"[2]。当天下午，5000多名优秀的骑兵在摩尔省雷宗维尔镇参与的大规模激战，可以算是历史上骑兵之间所进行的**壮观的最后一役**。[3] 所有的历史书都无一例外地记录下这段战争历史中的浪漫精神，以及在历史性感悟方面的意义。但是否有什么地方记录了同样震撼人心的从世界史舞台上退场的那一幕呢？最终，舞台空了下来，留给第一次世界大战来上演残忍而轰动的场面：现在如果谁还骑着马赴汤蹈火的话，那他一定要么是疯了，要么是位将军或是一个自杀者，或者同属这三种情况。

　　在第一次世界大战显露端倪之前，英国是欧洲唯一对自己的骑兵战术进行修正的国家。不过，他们也不是从美国的南北战争中学到的，而

---

[1] L. A. 迪马克在《战马：军马和骑兵的历史》一书中所公布的普法战争的数据（第259页及其后面若干页）是最清晰有力的语言。从希罗多德（Herodot）编撰的历史书籍开始，人们就已经认识到从战争中释放出的暴力有时更愿意施加在动物身上，但是人们往往会对这样的认知缄默不言。希罗多德描写过一个残酷的场景：萨拉米斯（Salamis）国王的侍从用镰刀砍断了波斯军队指挥官战马的前腿。M. 克莱特施玛（M. Kretschmar）提供了通过有目的地使用远程武器（射箭）从而消灭马的例子。参见《瞄准马和骑手：萨德苏肯时期中东地区骑士文化的研究》(*Pferd und Reiter im Orient. Untersuchungen zur Reiterkultur Vorderasiens in der Seldschukenzeit*)，希尔德斯海姆（Hildesheim），1980年，第428—429页。路德维希·乌兰德（Ludwig Uhland）在他的《施瓦本主顾》(*Schwäbischen Kunde*)中，将砍断敌人战马前腿的举动赞誉为"施瓦本之击"。

[2] 米歇尔·霍华德：《普法战争：德国入侵法国（1870—1871）》，第157页。

[3] L. A. 迪马克：《战马：军马和骑兵的历史》，第261页。

是从自己的殖民地冲突中以及迫不得已与布尔人进行的游击战中吸取了教训。[1] 尽管维多利亚时代散发着无尽的荣光,但那绝不是和平岁月。在维多利亚女王执政的 63 年间——这段时期因被冠以这位女王的名字而被称作维多利亚时代——大不列颠打了大大小小 80 场仗,一项新近开展的历史研究指出,"马在这中间的每一场战争中,都发挥着如同人一样的决定性的作用"[2]。自封为救世主马赫迪的穆罕默德·艾哈迈德在苏丹通过暴力建立起了纯粹的伊斯兰政权;英国人与他的部队所展开的战斗,无论是从政治上,还是从骑兵部队的视角来看,都做出了特别有意思的贡献。通过攻占苏丹首都喀土穆,并且击毙在那里驻防的英国总督戈登将军,这位马赫迪向英国这个庞大的帝国发起了挑战。不过几年之后——1896 年——这个帝国又重新打了回来。英国人在 1896 年的战役中,将非洲的东北部作为现代武器技术的实验室,从今天回头望去,可以说,那场战役应该是第一次世界大战的前身。而从历史的角度来看,那场战役应该算是 19 世纪最后的大规模的抵抗:这是一场决定性战斗,骑兵部队再一次非常显赫地在其中扮演着关键角色。毫无疑问,乌尔杜尔曼之战也属于骑兵战争之列,人们可以将它追认为历史上**最后一场**骑兵战役。

一位年轻的英国骑兵军官在乌尔杜尔曼战场上指挥着一支骑兵中队,一年之后,他专门为这场战斗写了一本书——《河上战争》(*The River*

---

[1] L. A. 迪马克:《战马:军马和骑兵的历史》,第 289—308 页。
[2] M. E. 戴利(M. E. Derry):《社会中的马:有关培育和销售动物的故事(1800—1920)》(*Horses in Society. A Story of Animal Breeding and Marketing, 1800–1920*),多伦多、伦敦,2006 年,第 102 页。

War）；此次战斗为他日后（也包括在文学领域）的名望打下了最初的基础。事实上，温斯顿·丘吉尔对与马赫迪的战斗的描写可以说得上是探骊得珠了。他对于英国皇家第二十一枪骑兵团与德维士人激战的描写属于优秀的战争文学作品，因为它展现了这种可怕的"表演"的速度和优雅，却对杀戮的残忍和行动者的麻木不仁避而不谈。"冲突非常激烈。"丘吉尔写道，"差不多有 30 名枪骑兵牺牲，至少有 200 名阿拉伯人倒下。在惊呆了的大概 10 秒钟里，没有人会想起他们的敌人。被恐惧情绪包围的马到处冲撞、乱作一团，横七竖八地躺在受重伤的别人身上，它们麻木、不知所措，努力踉跄地站起来，然后低头看着地上。在倒下的枪骑兵中，有更多的人甚至需要些时间才能坐起来。不过，骑兵们很快就恢复了活力。……在这个时候，两堵人墙撞在一起。德维士人打起仗来很有男子汉气概。他们试图砍断马膝盖上的筋腱……他们砍断缰绳和马镫皮带。他们飞快地投掷标枪，而且准头很好。他们用尽所有的办法征募冷血残暴、果断刚毅、有战争经验且熟悉骑术的人，并且除了挥舞刀剑之外，他们还不断地打磨它们，使它们越来越锋利。……无主的马在平原上小跑着。马鞍的把手闭合，上面有许多从伤口中滴下的血，人们无助地看着士兵们到处游荡。血从马身上的伤口中流出来，它们一瘸一拐、踉踉跄跄地与它们的骑手一起向前走着。"[1]

不久之后，在 1899 年的 10 月又爆发了英国与布尔人的战争；在很短的时间内，这场由两个相似的对手展开的传统战争演变成了一场游击

---

[1] 温斯顿·丘吉尔：《反对马赫迪王国的远征》(*Kreuzzug gegen das Reich des Mahdi*)，法兰克福（美因河畔），2008 年，第 340—342 页。

战，在后一种类型的战斗中，马扮演着关键性的角色。在开放的战场打野战时，相对于英国远征军，布尔人处于劣势，当他们明白这一点之后，开始利用坚韧的非洲矮种马和小规模的突击队进行突袭。1890年的春天成为英国陆军元帅的基奇纳伯爵是乌尔杜尔曼战役的胜利者，他通过一系列目标均为限制布尔战士的活动性的措施作出回应，与此同时，他也不断地提高英国军队的机动性。其中最重要的措施是加强对骑兵部队的调用。1901年，当布尔战争进入高潮的时候，骑兵在全部25万名远征军士兵中占了几乎三分之一。如何将8万匹马送往战场，是一个极其巨大的后勤难题。英国政府从19世纪80年代开始，对国内市场一直存在的大批收购新生马和战马的现象加以限制，在这样的限令出台之后，只有伦敦的运输公司能够从事从美国和加拿大进口马的业务。这样一来，在布尔战争中所需要的马，不得不先经过伦敦的公共马车运营者之手，之后再绕道南非发挥效力。[1]

正午幽灵

这些灾难并没有在夜里发生，不过已经有人看到些许端倪。1913年，保罗·利曼在他的著作《皇帝》（*Der Kaiser*）中引用了冯·居勒的警告："德意志民族将用他们的血流成河，来偿还皇帝所操纵的声势浩大的骑

---

[1] M. E. 戴利：《社会中的马：有关培育和销售动物的故事（1800—1920）》，第115页。

兵进攻战。"[1] 根据美国南北战争和1870年普法战争的经验，在欧洲各国不乏这样的论调：随着步兵火力的增强，骑兵的境况变得危险。骑兵这一兵种如果想要拥有未来的话，那么他们就不能再依赖传统的冷兵器进行进攻。他们必须向游牧民族战士和非正规部队靠拢，组成小分队，闪电般地进攻，而后立即消失，从身后突袭敌人，并且摧毁他们的交通线。为此，需要与此前完全不同的战略战术，军事训练和装备也必须改变，而这些都不会从天而降。新的规则条例总是由人来制定的，各种各样的警告都显示了进攻的重要性，并且更多的人提议，鉴于武器射击变得越来越迅速，因而在必要的时候应该解散骑兵编队。然而，先前的或者正在服役的骑兵战士却将所有这些警告都当作耳旁风。因此直到第一次世界大战前夕，德国在1909年颁布的最后一份骑兵条例中，还将用刀剑攻击作为骑兵战斗中决定性的手段。[2]

在陆军和骑兵学校教书、各自为营的战术教员们，能够更为现实地面对事态，更为小心谨慎地对待攻击的运用，不过他们无法决定在政治和战略层面所进行的讨论的结果；相反，倒是诸如弗里德里希·冯·伯恩哈尔迪这样的作家拥有较大的影响力。伯恩哈尔迪在1908年仍然要求骑兵"尽可能不要使用敌对性火器"，这样就能够通过使用冷兵器活捉敌军的骑兵："由于一个精力充沛且果断大胆的对手一定拥有同样的愿望，在我看来，真正的骑兵战也是未来战争的标志。同样，在骑兵作战的过程中，相对于使用火器，用刀剑进攻也一直具有非同凡响的

---

[1] 保罗·利曼：《皇帝》，莱比锡，1913年，第110页。
[2] H. 梅耶：《骑兵战士的历史》，第196页。

重要性。"[1]

这些听上去尚武且欢快的论调实际上是虚幻而不着边际的。对于这一点,经验丰富的骑兵指挥官伯恩哈尔迪比任何人都更加心知肚明。因此他通常都很谨慎地表达自己的观点,而且反对他的大部分同事所具有的"崇尚进攻的思想"[2]。战场的特点在短短几十年之内已经发生了翻天覆地的变化:"受损区域"被大大地扩展,而在"扫射区域"受攻击的强度也在一定程度上变得更大,因此"直接骑马穿过扫射区域也就根本不可行"[3]。在这种形势下,伯恩哈尔迪建议,骑兵进攻的重点应该放在实现战略灵活性方面[4],并且"调度"之前被轻视的步兵来"保护领土"[5]。当然,这与其说是他发出的警告,不如说是他在发表他的研究报告。

无论是印第安人战争还是布尔战争都显现出,当骑兵将"火力和机动性结合起来"[6]的时候才能体现其在当代军事中的意义。但是这种显

---

[1] 弗里德里希·冯·伯恩哈尔迪:《对于新骑兵条例的思考》(*Gedanken zur Neugestaltung des Kavallerie-Reglements*),柏林,1908 年,第 28 页。这位骑兵将军也是曾经短暂地与德国元帅施里芬(Schlieffen)共事的同事,除了 1908 年出版了《对于新骑兵条例的思考》之外,在第一次世界大战前的几年里,他还出版了另外三本有关骑兵的任务和未来的著作:《今后战争中的骑兵》(*Unsere Kavallerie im nächsten Kriege*),柏林,1899 年;《骑兵的任务》(*Reiterdienst*),柏林,1910 年;《骑兵军官培训手册》(*Die Heranbildung zum Kavallerieführer*),柏林,1914 年。他的著作还在很短的时间内被翻译为英文,分别以 "Cavalry in future wars"(未来战争中的骑兵)和 "Cavalry"(骑兵)为名在 1906 年和 1914 年出版。

[2] 弗里德里希·冯·伯恩哈尔迪:《骑兵军官培训手册》,第 7 页。

[3] 弗里德里希·冯·伯恩哈尔迪:《今后战争中的骑兵》,第 6 页。

[4] 请参见弗里德里希·冯·伯恩哈尔迪《军事系统》(*Heerwesen*),载《皇帝威廉二世统治下的德国》(*Deutschland unter Kaiser Wilhelm II*),第一卷,柏林,1914 年,第 378 页。

[5] 弗里德里希·冯·伯恩哈尔迪:《今后战争中的骑兵》,第 6 页。

[6] L. A. 迪马克:《战马:军马和骑兵的历史》,第 307 页。

而易见的认识,在"一战"刚刚开始的时候却找不到进入军事战略、战术思想的入口。布尔人曾经用与二三十年前印第安人对付美国骑兵相类似的方法,将自己的作战方式强加给英国军队,但即便如此,英军却一直像聋子一样听不出这份经历中的调门。有几位军队指挥官和年轻军官希望从非洲的经历中吸取些教训,但是上层领导者却没有这样的打算。从1915年12月起直到"一战"结束一直担任英国陆军总司令的道格拉斯·黑格,既参与了马赫迪战争,也参加了布尔战争,尽管如此,作为对自己的兵种深信不疑的骑兵部队成员——他曾经在印度担任过骑兵总指挥官,也在英国本土担任过骑兵部队总监察长——他不愿意放下马刺,也否认现代武器的威力,并且坚持认为骑兵部队在意志、果断性和突然性以及战争的心理要素方面具有优势。他曾经深入钻研过当时的拿破仑式战役,并于19世纪90年代在战争学校"上过课"[1],正如从那些地方所学到的一样,他认为无论是步兵还是炮兵,都只能为最后的决定性进攻做些准备工作而已。尽管有悖于经验,但当时仍然有许多司令官坚持这种奇怪的论调,而在1916年至1918年的几次大型战役中,骑兵部队为此付出了代价。[2]

埃德勒夫·库本在他的战争小说《指挥部战报》(*Heeresbericht*)中

---

[1] 请参见 T. 特拉弗斯(T. Travers)《杀戮沙场:英国军队、西部前线和现代武器的出现(1900—1918)》(*The Killing Ground. The British Army, the Western Front, and the Emergence of Modern Warfare 1900-1918*),伦敦,1987年,第89页及其后面若干页。

[2] 约翰·艾利斯:《机关枪的社会史》(*The Social History of the Machine Gun*),伦敦,1975年,第128页及其后面若干页。在对机关枪的社会史的研究中,艾利斯列举了一些事例,展现了在第一次世界大战期间,黑格是如何固执地坚持过去使用骑兵的教条。即使他的国王在1916年6月与他的一次谈话中,礼貌地指出养护大批已经没有用的军马造成开支过大,也没有使他有所触动。

描写了英国骑兵对德国战壕的一次进攻,最后德国步兵的火力使得进攻部队惨败:"第一序列、第二序列现在已经分不出来,他们乱作一团,互相冲撞,有一队骑兵因为拥挤在一起而动弹不得。到处是呼喊声、踩踏声、碾轧声、倾覆声、吞食声。机关枪准确地击中马腿,断了腿的马在地上拖行,开花弹射到它们的胸部,手榴弹在肚子下面爆炸……人和马都变得癫狂,最终只剩下恐惧,最可怕的恐惧。没有马掉转头,就连死马也只能被迫一个劲儿向前冲。……死者还一次又一次地被撕扯。德国步兵给手无寸铁站在那里的人致命一枪。直到所有一切都无一例外地窒息在血浆当中。"[1]

约翰·弗伦奇是英国远征军第一任司令(任期至 1915 年 12 月);与他的竞争对手,也是继任者道格拉斯·黑格一样,他也曾在布尔战争中担任骑兵司令。这两个人都有违于从世界大战的经验中得出的认识,而一直执着于传统观念,坚信"他们的"兵种的重要性。弗伦奇梦想着果断潇洒的骑兵进攻,并且喜欢骑着白马去视察部队。[2] 被人们称为"屠夫黑格"的道格拉斯·黑格,直到第一次世界大战结束近 10 年后的 1927 年还在主张,飞机和坦克"只是骑在马上的军人的装饰品而已"[3]。在空中战争已经成为可能,人们开始梦想登月火箭的年代,将骑兵看作

---

[1] 埃德勒夫·库本:《指挥部战报》,慕尼黑,2004 年,第 182—183 页。。

[2] 请参见 A. 霍克希尔德(A. Hochschild)《宏大战争:古老欧洲在第一次世界大战的衰落(1914—1918)》,斯图加特,2013 年,第 172、224 页。

[3] 引白 S. 布特勒(S. Butler):《战马:百万在第一次世界大战中牺牲的马的悲惨命运》(*The War Horses. The Tragic Fate of a Million Horses Sacrificed in the First World War*),惠灵顿(Wellington),2011 年,第 79 页。

攻击武器的执念看上去像是令人啼笑皆非的返祖现象，而这正是军事统帅阶层不听劝告、固执己见的明证，他们正忙着打赢昨日甚至更久远的战争。骑兵的陈旧过时和冥顽不化的守旧这两个特征普遍存在，完全反映了从第一次世界大战直至今天的历史面貌。

另外，很多年前，英国历史学领域派生出一个修正主义流派，其倡导者是于 2003 年去世的约翰·特瑞尼；作为黑格的传记作者和捍卫者，特瑞尼一直致力于寻找骑兵不只在"一战"战场上，而且也在西线战役中发挥重要作用的证据。[1] 主流观点认为西线的突破得益于作战方式的改变和新武器尤其是坦克的出现，然而在修正主义流派看来，这些都是"技术决定论"[2]。尽管如此，所有强调修正论的英雄主义者都坚持认为，在第一次世界大战所体现的技术占主导的战场上，骑兵部队顺利发挥效用的可能性急剧下降。这不只是因为机关枪火力的增强，自从 19 世纪后期以来，骑兵不得不面对另外一个讲求技术性的敌人。这个敌人一直躲在暗处，几乎看不出来：一块简简单单、拉得很长的铁家伙，人们完全不需要在第一次世界大战中使用的臭名昭著的带刺铁丝网。只是在农村用来围起牧场的普普通通的铁丝网，就能够在战场上发挥同样的阻止动物前进的作用。"实际上，所有的研究关注点都放在火器的发展上，因而没有人关心地面上发生了什么，"数学家、历史学家瑞维尔·内茨

---

[1] 请参见 D. 凯尼恩（D. Kenyon）对这一学派的总结：《无人之地的马人：英国骑兵和堑壕战》（*Horsemen in No Man's Land: British Cavalry & Trench Warfare*），哈德斯菲尔德，2011 年。

[2] 请参见 G. 菲利普斯（G. Phillips）《过时的骑兵刀和英国军事史上的技术决定论》（*The obsolescence of the Arme Blanche and Technological Determinism in British Military History*），载《历史上的战争》（*War in History*），第 9 卷，2002 年 1 月，第 39—59 页。

评论道,"诸如步枪和机关枪这样的武器吸引了太多的注意力。而没有人对养牛人围起他们的牧场所用的铁丝给予同样的重视。"[1]

如同内茨令人信服的解释所指出的那样,欧洲和北美生态环境的变化——确切地说是从 19 世纪后半叶以来对土地使用方式的改变,使得越来越多开放的土地被围墙、篱笆圈住而不复存在,而之前的那种地貌是骑兵登场所必需的前提条件。美国农场主和欧洲农民扎起自己篱笆的地方,是骑兵无法再涉足的土地。显然,影响是巨大的,传统的骑兵进攻至少需要在空旷的田野上助跑几分钟。[2] 在采用阵地战和"一战"时期的步兵武器之前的几年间,骑兵已经完全不可能凭借飘动的旗帜和长长的马刀实现其生态的现代化。不过直到 1916 年,坦克才被作为武器投入使用,从而取代了重型骑兵在战争中作为经典"惊吓武器"的功能,而且铁丝网、壕沟和步兵火力是无法阻挡坦克的。

相比之下,作为牵引机的马则经历了一次捉摸不透的繁荣。它的使用范围这个**矢量**可能在未来会缩小,但是无论如何人们都需要**拖拉设备**,因而马的数量呈增加的趋势。随着马被用于运输大批部队和军事装备,而且由于卫生站的扩建和改善,对马的需求也在增加,带来了需要补充新马匹的问题。[3] 同样,随着战事拉长,补充马匹也成为难题。后方农

---

[1] 瑞维尔·内茨:《带刺的铁丝网:有关现代性的社会生态学》(*Barbed Wire. An Ecology of Modernity*),米德尔顿,2004 年,第 90 页。

[2] 同上书,第 87 页及其后面若干页;也请参见霍奇柴尔德(Hochschild)《大战》(*Der große Krieg*),第 174 页。

[3] 请参见 R. 布律诺(R. Bruneau):《大战期间法国军事代表团前往美国采购军马》(*La mission militaire française de remonte aux États-Unis pendant la Grande Guerre*),载丹尼尔·罗榭的《15 世纪到 20 世纪的马和战争》(*Le cheval et la guerre du XVe au XXe siècle*),巴黎,2002 年。

民越来越多的马被征用,使得农业经济形势变得越来越糟糕,因为除了人类劳动力之外,畜力也决定着收成。早在布尔战争期间,英国军队就已经从加拿大和美国大规模购买战马。但是敌人的潜艇却威胁着这条补给线。正如一位美国历史学家所写的那样,总体来看,第一次世界大战导致了"几百万牲畜……被迫大规模迁徙"。[1]

对于驮马的大量需求,也源于重型武器的数量和重量都增加了。炮兵在"一战"中的重要性不断增加,带来了更多的牵拉需求。除了最重的攻城炮通过火车运送之外,还需要马负责运送所有轻型或中型大炮。12匹或者更多的马拉着沉重的负荷,痛苦地穿过炮兵阵地上被大雨浇得泥泞,又被车轮和炸弹弄得颠簸不平的道路,那是艰难而危险的路,这样的场景并非偶然出现。1915年开始的毒气战并没有改善马的生活。敌人的武器——即所谓的"飞行器"发射的毒气——使得马陷入无望的境地;它们得不到任何掩护,因而毒气飞行队攻击马车队产生的效果,比轰炸行军的队伍更大:这些牲畜更容易被击中,而且比起补充新士兵,

---

[1] 吉娜·玛丽·泰匹斯特(Gene Marie Tempest):《所有泥泞的马:向西线"沉默无语的生物"演讲(1914—1918)》[*All the Muddy Horses: Giving a Voice to the «Dumb Creatures» of the Western Front (1914-1918)*],载R.普平赫格(R. Pöppinghege)编《战争中的牲畜:从古希腊罗马时期到目下》(*Tiere im Krieg. Von der Antike bis zur Gegenwart*),帕德博恩(Paderborn),2009年,第217—234页,这里引自第218页。在她的博士论文《闷闷不乐的战争:马和西线战场上英法军队的战事特征》(*The Long Face of War: Horses and the Nature of Warfare in the French and British Armies on the Western Front*)(纽黑文,2013)中,吉娜·M.泰匹斯特详细且旁征博引地阐述了被送往西线战场英法联军那一方共计270万匹马的命运。也请参见S.布特勒:《战马:百万在第一次世界大战中牺牲的马的悲惨命运》,第118页。在这本书里,在西线战场上,英国方面失去的马的数量为25.6万匹(阵亡的英国士兵为558000名)。

补充新马更为困难。[1]1918年8月,西线战事进入最后的高潮,那个时候,一匹牵引大炮的马在战场上的预期寿命为10天。

根据今天的估计,在第一次世界大战期间,参战各方所投入的马的数量应该超过了1600万匹,其中有一半——也就是800万匹——在战争中丧生。[2]与之相对的是,阵亡的士兵数量估计是900万。在布尔战争中马的幸存率更低:英国方面在1899年至1902年,总共投入了494000匹马,阵亡了326000匹。在第一次世界大战中,德国方面损失的马数量达到百万,这意味着折损率高达68%。[3]

根据今天主流的观点,直到近年一些文学作品,其中尤为突出的是米歇尔·莫波格在1982年出版,后来在2011年被斯蒂文·斯皮尔伯格拍成电影的儿童读物《战马》(*War Horse*),以及为纪念第一次世界大战所进行的有关这些牲畜——战马——的功绩和苦难的研究之前,才将它们从遗忘的角落里捡拾出来。[4]至少在"一战"刚刚结束之后的几年里所出版的文学作品和畅销回忆录中,并没有涉及这个主题。较早为这些牲畜竖起纪念碑的是美国自然学家欧内斯特·哈罗德·贝恩斯[5]。1931年,兽医出身的将军约翰·摩尔爵士用《马:我们的仆人》(*Our*

---

[1] 布特勒:《战马:百万在第一次世界大战中牺牲的马的悲惨命运》,第101页。

[2] 同上出处。

[3] 参见 H. 梅耶《骑兵战士的历史》,第192页。

[4] 埃瑞克·巴拉泰:《牲口的绞痛:被忘却的经历》,巴黎,2013年;以及 R. 普平赫格编《战争中的牲畜:从占希腊罗马时期到目下》,柏林,2014年。这两项研究既是对第一次世界大战的百年纪念,也是对那次战争的哀悼。此外,还有其他相关研究。

[5] 《大战中的动物英雄》(*Animal Heroes of the Great War*),伦敦,1926年。

Servant the Horse）表达了他对马的敬意[1]。弗兰茨·绍魏克在 1928 年出版的画册为那些牲畜献上了一组照片和配文。[2] 恩斯特·乔纳森应该被看作米歇尔·莫波格的直接引路人，因为他从一匹名叫利泽的从世界大战中退伍的牝马的角度讲述了那场战争。他将他的书题献给"在世界大战中……牺牲的 9586000 匹马"。[3] 埃里希·玛利亚·雷马克的小说《西线无战事》(Im Westen nichts Neues) 中最感人至深的场景，当属第 4 章对马的痛苦的描述。[4]

  骑兵从西线战场上消失之后，继续存在于有关世界大战的回忆录、神话和漫画[5]中。他们偶尔也会如同幽灵一般出现在战争岁月的某个正午。1918 年 8 月底，连长恩斯特·荣格尔少尉在与英军的战斗中身负重伤。一个名叫亨斯特曼[6]的战友在危急时刻将他扛在肩上，往后方撤退，直到他自己中弹。荣格尔原本是名步兵，但为了当上军官，他不得不学习骑术；后来，当他在日记中记下 1918 年 8 月底那个克里斯托弗式

---

[1] 该书的副标题是"感谢动物在 1914 年至 1918 年大战期间所做出的功绩"[An Appreciation of the Part Played by Animals During the War (1914–1918)]，伦敦，1931 年。
[2] 弗兰茨·绍魏克:《这就是战争:200 张来自前线的照片》(So war der Krieg. 200 Kampfaufnahmen aus der Front)，柏林，1928 年。
[3] 恩斯特·乔纳森:《马的前线回忆录》(Fronterinnerungen eines Pferdes)，汉堡-伯格多夫，1929 年。
[4] 请参见埃里希·玛利亚·雷马克《西线无战事》，柏林，1929 年，第 66 页及其后面若干页。
[5] 特别是世界大战期间，英国漫画中所出现的德国骑兵军官和波兰的乌兰骑兵形象通常用来反映心胸狭隘、保守、嗜杀成性的大地主阶级、大军阀的人格面貌。
[6] 这个名字不是荣格尔创造的，不过这个名字很容易让人们联想起卡夫卡的小说《美国》(Amerika) 中的主人公卡尔·罗斯曼（Karl Rossmann）（姓氏"Rossmann"在德语里是"骏马硬汉"的意思，"Hengstmann"在德语中是"雄马硬汉"的意思。——译者注）。

(Christophorisch)的奇怪瞬间时,他不由自主地用骑兵的口气写道:"当亨斯特曼倒在我身下的时候,我听到钢铁发出的低沉的嗡嗡声。一枚穿过他的脑袋的子弹使他丧命。……当一个与你紧紧挨在一起的人,突然在你的身边中弹倒下时,那是一种非常古怪的感觉。"[1] 在荣格尔看来,这是一幕超现实主义场景,它贪婪地吸收了所有符号象征,而荣格尔一直无法将这个场景从脑海里释放出去;因而正如《战争日记》(*Kriegstagebuch*)的出版人所指出的那样,荣格尔直到高龄还一直记着那个致命的瞬间,也从始至终都不曾忘记他的救命恩人的半人马式的名字。[2] 荣格尔在他的有生之年,一直将二等兵亨斯特曼的照片挂在书桌正对面的墙上。

贵族矩阵

马在第二次世界大战中的命运并不比第一次世界大战中的轻松愉快。机械化和现代化还没有发展到可以完全替代作为驮畜的马的地步。马被分配到机械化程度还很低的部队,用于解决物流运输难题,或在找不到燃料及机械运输工具的替换零部件的地方使用。此外,街道和公路的路况也决定了对马的需要。在摩托化车辆无法通过的地带,在吞噬机械化队伍的泥泞里,只有马车能够继续前进。"一战"后出生的历史学

---

[1] 恩斯特·荣格尔:《战争日记》,赫尔姆斯·基泽尔(Helmuth Kiesel)编,斯图加特,2010年,第430页。
[2] 同上书,第593页。

家莱恩哈特·克泽莱克将第二次世界大战的东部战线看作由马牵拉的大炮的属地。他记得这场战争尽管"毋庸置疑是由炸弹、飞机和坦克所决定的,但是至少在德国方面,战况一半以上都是由那支负责驮拉重物的部队来决定的。第一次世界大战期间,德国方面动用 180 万匹马,而到了第二次世界大战,则几乎又增加了 100 万匹,也就是大约有 270 万匹马被用于战争,其中 180 万匹马丧生。"因此,这位历史学家总结道:"其死亡率远高于士兵的阵亡率。"并且他认为,这些数据是"展现马的时代的残忍结局的指标"。[1]

相对于第一次世界大战,第二次世界大战对马的需求再一次呈井喷式增长。"'二战'开始时,"历史学家海恩茨·梅耶写道,"一个步兵师可支配的马的数量是'一战'中一个师的两倍。由于重型武器和技术装备数量的不断增加,增加马的数量就成了必然。'一战'时,在尚未实现摩托化的部队中,平均每七名士兵拥有一匹马;而到了'二战',一匹马则大约对应四名士兵。"[2]对马的需求的剧增带来一系列问题。这不

---

[1] 莱恩哈特·克泽莱克:《现代的开始或马的时代的结束》(*Der Aufbruch in die Moderne oder das Ende des Pferdezeitalters*),载《2003 年明斯特历史学家奖:2003 年 7 月 18 日颁奖活动记录》(*Historikerpreis der Stadt Münster 2003. Dokumentation der Feierstunde zur Verleihung am 18. Juli 2003*),明斯特,2003 年,第 37 页。H. 梅耶:《骑兵战士的历史》,第 192 页,这本书也给出了类似的数据。这些数据与 W. 奇格(W. Zieger)的数据相符:《第二次世界大战期间的德国军队兽医》(*Das deutsche Heeresveterinärwesen im Zweiten Weltkrieg*),弗莱堡,1973 年,第 415 页。奇格计算出,"二战"中马的损失率比"一战"的 68% 要低 5~8 个百分点。梅耶估计,苏联红军的骑兵部队使用了约 350 万匹马(第 186 页)。

[2] H. 梅耶:《骑兵战士的历史》,第 192 页。有关在半摩托化和非摩托化部队中,马与士兵的比例关系请参见 P. L. 约翰逊(P. L. Johnson)《第二次世界大战中德军的战马》(*Horses of the German Army in World War II*),阿特格伦(Atglen)和哈里斯堡(PA),2006 年,第 9 页及其后若干页。

仅剥夺农业经济和国民运输领域中重要的生产潜力,也导致部队对粮草需求的增加,以及需要另外征募负责饲养和照顾马的专业人员。此外,正如在东线战场上的战争进程越来越清晰地展现出来的那样,因为路况太糟糕,即便是完全摩托化的部队也离不开马。"哪怕是最小型的飞机,"一个派驻到中路战线的士兵在1942年4月的战争日记中这样写道,"也必须用四条腿的牵引机使之就位"。[1]

在西线战场上,战争几乎是在没有调用马的情况下展开的;头戴钢盔的德国军官带领着他的部队骑马驰骋在巴黎街道上,这些广泛流传的画面只是用于宣传。东线的战争则是另一番面貌:在那里,马除了被用来牵引之外,还要完成货真价实的骑兵部队的任务,尽管并不是在最前方的阵地上。在后方地区,骑兵部队重新找到了马的用武之地。各兵团之间距离的增加,使得部队分布的情况无法一览无余,于是游击进攻的战线就被越拉越长,致命性的武器装备也就退到了战争大戏的后台。1942年,由男爵冯·伯泽拉格尔上校指挥的德国骑兵部队重新走上战场。从那时开始,他的部队与一支由卡尔梅克人组成的骑兵部队,一支由哥萨克人组成的骑兵部队,以及党卫队(SS)的骑兵战斗群一起并肩作战;有关这段历史,人们也可以从其他地方读到。[2] 从技术的角度来看,东线的战争与发生在西欧的不同,它是更为"古老的"战争,在那里,机械化部队乱作一团,马扮演的是正在消失的角色。莱恩哈特·克泽莱克

---

[1] W. 奇格:《第二次世界大战期间的德国军队兽医》,第421页。

[2] 例如 K. Ch. 里希特(K. Ch. Richter)《德国骑兵史: 1919—1945》(*Die Geschichte der deutschen Kavallerie 1919–1945*),斯图加特,1978年。

总结了他在东部战线上看到和经历到的:"从其结构性条件来看,苏联的战役仍然属于马的时代的战争。马不会使他们赢得战争,但是没有马的话,仗根本没法打。"[1]

正像在回顾第一次世界大战的时候一样,现在,人们再次提出了这样的问题:骑兵兵种为什么会有如此强的生命力,以及为什么有如此多的死伤?为什么西线军队至少获得1914年至1918年的经验之后,却毫不犹豫地解散了他们的骑兵团,而任凭马去完成牵引大炮的任务?在这些问题上,只用总参谋部的传统精神和保守主义是无法做出令人信服的解释的。历史总是一再给出成功地运用骑兵突击、奇袭和秘密行动的例证,似乎都反驳了有关骑兵部队走向穷途末路的晦气话。这当中既包括游击队的军事行动,也有参加战斗的骑兵部队的作战行动。

在"一战"中,身为英国驻扎部队指挥官和一名骑兵的埃德蒙·艾伦比爵士就做出了令他同时代人神往的举动,为世人留下深刻的印象。艾伦比率领的埃及远征军团在1917年和1918年将奥斯曼帝国的军队驱赶出了巴勒斯坦;1917年12月9日,他带领骑兵进入耶路撒冷,9个月之后,他攻占安曼和大马士革。他的功绩再次擦亮骑兵古老的盾牌,并且在沙漠骄阳下闪闪发光。在当年亚历山大大帝曾经向他的敌人展示一支训练有素、迅捷、灵活的骑兵是多么骁勇善战的地方,艾伦比的轻骑兵打赢了一场具有后期战争特点的骑兵战;在这场战斗中,多兵种配合使用,而且提前运用未来战争中的闪电战战略。只有少数几位研究米格都和巴勒斯坦战事的观察家,发现艾伦比如何成功地将骑兵、步兵和

---

[1] 莱恩哈特·克泽莱克:《现代的开始或马的时代的结束》,第37页。

空中力量加以战略联合的真正秘密。大部分人则仍然陶醉于同台登场的古老的贵族式武器的光芒之中,亚历山大和拿破仑所指挥的形形色色的骑兵军队也曾散发着这样的光辉。

  骑兵部队另外一次晚期复兴是由在东欧展开的战争直接引起的。正如之前在白军与红军之间展开的苏俄内战一样,1919年至1920年进行的波苏战争中,战斗双方也都投入大规模的骑兵部队参战。波苏战争中,苏俄方面被人们称为"布琼尼马队"的著名骑兵部队最开始一直捷报频传,直到他们在雷姆堡打了败仗,并于1920年夏末被击退。1920年8月31日,苏俄军队于华沙附近遭遇惨败的十天后,在离司令部不远的科马洛,发生了一场骑兵战,这场战斗——再一次——被称为"可能是欧洲历史上最后一场纯粹的骑兵战斗"。[1] 尽管这场战斗对战争并没有起到决定性的影响,但是波兰的乌兰骑兵为严重受挫的科纳米亚司令部带来更为惨烈的失败。总体来看,布琼尼马队起初的迅速、富有活力和残酷的进攻以及波兰骑兵后来的成功,都为骑兵的捍卫者提供了他们所希望的论据。因而他们主张,尽管在像华沙附近的攻城战中,装甲兵发挥了决定性的作用,但是在漫长而快速的进攻中,马却远远优越于坦克。这就是为什么无论在苏俄还是在波兰,著名的骑兵指挥官总是能够保住他们的特权和地位[2],根据戴维斯的观点,"面对这些",英国、法

---

[1] 引自 N. 戴维斯(N. Davies)《白色天使和红色明星:1919年至1920年波苏战争》(*White Eagle, Red Star. The Polish-Soviet War, 1919–1920*),伦敦,1983年,第229页。

[2] 1920年以来,布琼尼在政治舞台上以令人目瞪口呆的速度发迹,在1937年到1938年间的大清洗运动中,他勉强幸免于难,这些与其说是因为他与斯大林走得很近,不如说是因为他的骑兵指挥官的名望。

国和美国的"骑兵们也获得了新的勇气,他们将波兰的战役看作学习的榜样"。[1]

军人们——尤其是高级军官们——显然都倾向于保守思想,维护着传统做法,并且希望能够再打一场昔日的战争。在第一次世界大战中,到处都是这种思维方式的例子,黑格和弗伦奇只是顽固不化、坚持沿袭下来的思维模式的专业人士中最有名的例子而已。至于骑兵尤其深受保守主义的危害,显然还有其他更深层次的原因。它们与贵族模式的联系有关,这种联系应该称为"贵族矩阵"。人与马的密切联合为世袭的贵族阶层带来了光环,带来了人们对他们充满神秘色彩的信奉,以及类似于对人-马双雄的狂热崇拜。而且,这样的联合也是引人注目的最古老、最高贵气派的行为举止的化身,体现了高高在上、远离俗世的姿态。由于马为人们带来迅捷的速度和高大的座位("骑兵视角"),于是它成了绝佳的拉开距离的媒介;马确保在任何时候都可以支配权力,而且无论是横向维度,还是纵向维度,马都保证骑士与他的基座周围留有空间距离。黑格信誓旦旦地指出,骑在马上的人是在欧洲人记忆里依然鲜活的骑士气概的化身:每位全副武装的骑手都让人想起圣格奥尔。[2]尽管一眼望去显得似是而非,但是为了与这种疏离冷漠的姿态相称,诸如军刀和长矛这样古典的近身武器一直被传承下来,这样的武器也被称作冷兵

---

[1] N. 戴维斯:《白色天使和红色明星:1919年至1920年波苏战争》,第269页。
[2] 在文学作品中到处都可以看到贵族和骑士在最早期的紧密无间的联合。例如,R. L. 福克斯(R. L. Fox)的《古典世界》(*Die Klassische Welt*)就描述了古希腊和古罗马时期的传统(斯图加特,2010年,第52页及其后面若干页和该书的其他部分)。蒙田(Montaigne)就在他的散文《有关战马》(*Über Streitrosse*)中风趣地描写了骑在马上的欧洲贵族。

器。尽管欧洲骑兵们已经全面地感受到步兵火力正在不断地增强,但是,除了少数个例之外,他们仍然坚守一个"骑士一般"的人与人的战争应有的传统形象:"充满英雄气概的战争应该是骑兵分队凭借冷兵器狂奔着向敌人发起进攻,因而这与讲求技巧的步兵根本不同,后者埋伏着并等待伏击敌人的机会,或者从很远处杂乱无章地开枪。"[1]

骑兵部队不只是迷失在传统中,他们也是固守贵族式风俗的囚犯,他们被囚禁在非常老旧的战争形象中,他们仍然信奉着那种战争的美妙绝伦。骑兵部队依然声称,他们不是像步兵或炮兵那样,仅仅是一个兵种;他们承载着善战的贵族形象,并且将继续带着它前往现代世界。尽管他们的武器早已陈旧落伍,但是他们仍然在另外一个无法忘怀的世界里扮演着纪念碑的角色。骑士们有着他们自己的形而上的玄学,拒绝战场上形而下的物理学:骑手的**思想**将超越枪林弹雨中的真实的死亡。当一个人骑上马的时候,当他走入机械化战争的杀戮场的时候,其他的旁门左道都已经不重要,舞台上上演的战争大戏、人民的决斗、为旗帜长存而展开的交战,这一切都折射着节日和庆典的荣光。

一切都已经表明,在整个19世纪,骑兵们一定看到了太多的最后的战斗,也看到了大量的死亡。1940年5月17日,骑兵部队的完结也并不是最后一次。这一天,在一次德军空袭中幸存下来的一小股法国骑兵,在法国北部靠近比利时边界的索勒尔堡和阿韦纳间试图撤退,然而藏在灌木丛后面的机关枪堵住了他们的后路。除了两名骑兵得以逃脱之外,所有的人都丧命。幸存的两个人中有一个是后来成了作家,并

---

[1] H. 梅耶:《骑兵战士的历史》,第195—196页。

且获得诺贝尔文学奖的克洛德·西蒙，他是法国新小说派的代表作家之一。西蒙经常会回到那个瞬间：骑行在前面的上校显然已经疯了，他到处寻找着失去的士兵；从天而降的子弹；闪闪发光的马刀再次伸了出去，像要发动进攻一样；令人炫目的光线；跌落的身体；慢慢坍塌的纪念碑。他一次又一次将这些场景切割成万花筒般的碎片[1]，德·雷克萨上校与整个贵族世界，连同他们的风俗和热情、他们的骄傲和愚蠢都一起沉沦并消失在这些片段中："他看到他如何抽回闪耀着光芒的马刀，看到所有的一切——骑兵、战马和军刀——是怎样缓慢地倒下的，那些骑士仿佛是铅制的，而现在他们的腿开始熔化了，他看着他们摔倒，一直向下跌落，只有马刀耸立在阳光中……"[2]

这个著名的，因为意义重大而不断被提起的场景涉及"心灵创伤"的概念，而现在在历史著作和骑兵画册的后记中，以讽刺的口吻谈及它已经成一种传统。与西蒙以叙事性慢镜头的手法描述着这个场面一样，19世纪的画家也是通过保留"强烈的不稳定性特征"，从而解决如何将"某个动作的顶峰最清晰地表达出来"的难题，因为就像罗兰·巴特所说的那样，"被人们称为'内在精神'的事物或某个庄严的姿势都无法在时间中凝固"[3]。骑兵最后姿态的出现带给人们年代上的错乱感，紧随

---

[1] 最初是在1947年出版的《钢丝绳》(*La Corde Raide*) 中出现，之后是1960年的《弗兰德公路》(*La Route des Flandres*)，接着又出现在1989年的《洋槐树》(*L'acacia*)，以及1997年的《植物园》(*Le Jardin des Plantes*) 中。

[2] 克洛德·西蒙：《洋槐树》(*Die Akazie*)，法兰克福，1991年，第283页。

[3] 罗兰·巴特：《日常生活中的神话》(*Mythen des Alltags. Vollständige Ausgabe*)，柏林，2010年，第136页。

骑兵英姿之后的是人仰马翻的画面；但是这样的画面并不只是对艺术传统做出回应，它也使得历史本身产生讽刺性的裂口。在马刀的光芒中，再一次展现出超凡脱俗的火花，这样的微光一直伴随着"人在马上"这样一个质朴、本真的姿态而闪烁着光辉。在下一刻，西蒙的叙事却立即回归尘世，在泥泞和尘土里仓皇奔逃时，历史消解了。世界上最后的大型骑兵部队属于苏联红军，这支队伍在"二战"结束后又存在了整整10年；直到20世纪50年代中期，这个军团才被解散。[1]

---

[1] L. A. 迪马克:《战马：军马和骑兵的历史》，第349页。

犹太女骑师

苍白的骑士

1984年至1985年,长期生活在伦敦的美国画家R. B. 基塔伊埋头创作了一幅富有寓意的肖像画,画上的主角是一位坐在火车包厢里的男人。他为这幅作品取名为"犹太骑士"(Der jüdische Reiter)。在开始这项创作之前,他与他的模特——艺术史学家米歇尔·柏德洛进行了多次讨论。这位画家与这位学者在很久之前就相识。从某个角度来看,他们都属于瓦尔堡学派,这一学派在旅居伦敦的艺术家和学者那里得到进一步发展,并且为英语世界的艺术史研究提供了强有力的启发。20世纪50年代,青年时代的基塔伊在牛津大学师从埃德加·温德,后者是瓦尔堡学派中最睿智的人之一。基塔伊在他的早期画作中多次描摹了瓦尔堡；在他 60 年代的一幅作品中，他将沃伯格描绘为舞蹈中的女祭司。不过，犹太知识分子中的其他大家——例如瓦尔特·本雅明——也漫步在他的图画世界里；与他的另外两盏指路明灯——学者型作家托马斯·艾略特和埃兹拉·庞德——类似，基塔伊是一位**学者型画家**。米歇尔·柏德洛则将自己对宗教学的强烈兴趣与对现代艺术的特别偏好结合起来（艺术史学家们通常对这两者都没有太大的兴趣）；他也结交了"伦敦学派"的其他艺术家——例如弗兰克·奥尔巴赫，时而为他们做肖像画的模特。

与基塔伊一样，米歇尔·柏德洛也出生于一个东欧犹太家庭；他们两个人都在自己的作品中反映了欧洲犹太人的流亡和被灭绝的经历。在这位画家为这位旅途中的犹太学者绘制肖像时，那些经历决定了肖像画的背景：冒着烟的烟囱，浓烟一直飘散到远处的山腰间，出现在画面边上身为配角的列车员，让人们想起挥动着马鞭的集中营看守或是发号施令的军官。

瓦尔堡学派的核心思想包含这些观念：绘图和基本的形象创造应该能够在漫长的时间和广泛的空间中"漫游"，特别是当它们产生强烈表现力的时候。基塔伊描绘旅行中的犹太艺术史学家的作品似乎是对这一思想的图画式注解：这位旅行者展现的是流浪的犹太人，他的形象体现这幅画作的流动性的特点。不过，基塔伊的作品不只是形象地论证了理论思想，它似乎还将这一理论以奇怪的方式翻译成外语。这一切的源头非常简单，无论从画作的题目，还是从中心人物的姿态上，人们都可以一目了然地看到这位作家是以哪件作品作为榜样的——那就是出自伦勃朗之手的《波兰骑士》(Der polnische Reiter)。自 1910 年起,《波兰骑士》成了美国钢铁和铁路巨头亨利·克雷·弗利克在纽约的私人博物馆的展品。

在很长一段时间里人们一直在争论,这幅著名画作是否真的是伦勃朗的手笔,今天人们已经得到了肯定的答案。[1] 不过,这幅画的题目来自波兰贵族的集会,它完全是后人"创造"出来的。1793 年,这幅作品第一次出现在波兰国王斯坦尼斯瓦夫二世的艺术藏品目录上;在此之前,它有什么样的"经历",人们不得而知。与展现了一位年轻骑士的谜一样的画作联系在一起的,是过去几百年来人们对其标题的多重解释。大部分人认为这幅作品反映了东欧人、波兰人、匈牙利人、哥萨克人、贵族、诗人、神学家的形象,但也有人认为这是蒙古英雄帖木儿的肖像,甚至还有人说它表现的是年轻的国王戴维或是他失散的儿子。艺术史学家尤里乌斯·海尔德早在 1944 年就指出大部分"身份鉴定"都不可靠,在他看来,这幅画的主旨在于展现朝气蓬勃的基督教士兵的理想形象。[2]

基塔伊有意迎合伦勃朗创造的骑士的匿名性。他告诉人们,"战争结束的若干年之后",他的"骑士"正上路前往波兰集中营参观。曾有过这样一篇报道,里面记述了一个人为亲眼看看那些亡灵曾经都看到过什么,便从布达佩斯乘坐火车去了奥斯维辛集中营。报道者说,"那里

---

[1] 请参见 S. 克尔德霍夫(S. Koldehoff)《从无名人师到真正的伦勃朗》(Vom unbekannten Meister zum echten Rembrandt),载《世界》(Die Welt),2010 年 11 月 7 日。
[2] 尤里乌斯·海尔德:《伦勃朗的"波兰"骑士》(Rembrandt's «Polish» Rider),载《艺术布告》(Art Bulletin),1944 年 12 月,第 246—265 页。

的风景过去应该非常优美"。[1] 基塔伊借伦勃朗笔下的匿名人物的称呼，用"犹太骑士"来指代到处漫游的犹太人，并且用沉静、博学的老学究代替华美的青年。伦勃朗的骑士所穿的惹眼的、淡色的——几乎是纯白色的——风衣，也换成了火车旅客的宽松的外套，它与淡色的鞋子和红色的衬衫一起，为基塔伊的旅客带来了引人注目的雅致、华丽，而这也是那位年轻骑手所拥有的。伦勃朗的骑兵战士身携多种武器：两把马刀、一张弓、满满一箭袋箭，向外弯着的右手上还拿着一把战斧，所有这些在基塔伊的旅行者那里变成三本书。[2] 不过，基塔伊的"犹太骑士"右胳膊一直撑在右腿上，右手——现在什么都没拿——却向外弯着，这是一个有些扭曲、紧绷的姿态，与这幅表现出沉思、伤感的画面不太协调，然而，这却直接架起了通向伦勃朗的桥梁。

---

[1] 这是 R. B. 基塔伊留下来的手写笔记中的一段话，后来被收录到 2012 年至 2013 年在柏林犹太博物馆（Jüdischen Museum Berlin）举行的"R. B. 基塔伊（1932—2007）：魂牵梦萦"画展（R. B. Kitaj 1932–2007. Obsession）。

[2] 可以看见，人们在解释基塔伊的作品时，时常会将米歇尔·柏德洛与理查德·沃尔海默（Richard Wollheim）混淆起来，例如，R. I. 科恩（R. I. Cohen）：《"漫游的犹太人"：从中世纪传说到现代大都市》（The «Wandering Jew» from Medieval Legend to Modern Metaphore），收录于 B. 基尔什布拉特-基姆布莱特（B. Kirshenblatt-Gimblett）和 J. 卡尔普（J. Karp）编《在现代成为犹太人的艺术》（The Art of Being Jewish in Modern Times），费城，2008 年，第 147—175 页。而且人们也经常只注意到画面上的一本书，就是窗边的那本。但是，他们忽视了这位旅客左手边还有一本书（就是伦勃朗的骑士握缰绳的位置），第三本书摇摇晃晃地躺在座位的头靠上面。柏德洛在谈到这幅画的背景时，也提到过自己对火车旅行的热衷。他特别享受的是从埃塞克斯郡（Essex）到伦敦的夜车，1969 年至 1997 年他退休这些年里，经常乘坐这条线路；他喜欢在旅途中与同行的学生及同事谈论艺术史领域的展览和新出版的图书。请参见索马里兹·史密斯（Ch. Saumarez Smith）《致米歇尔·柏德洛教授的悼词》[Professor Michael Podro (Nachruf)]，载《独立报》（The Independent），2008 年 4 月 1 日。

另外一个更为强有力的参考，是观察者在细看时才能注意到的：年老、瘦弱而无用的马是伦勃朗笔下马的固有形态，《波兰骑士》中幽灵般的马也是这种形态的体现，现在它游走在那位阅读者和火车包厢的软垫之间。人们是不会认错"波兰骑士"的坐骑的：向前伸着的脑袋、张开的嘴巴、惨白色的皮毛、下垂的马尾巴，所有这些元素都符合伦勃朗所绘制的马匹，他回避了当时骑兵肖像中所有约定俗成的要素。大批艺术史学者都为波兰骑士胯下古怪、幽灵般的老马争吵不休：有人认为，那是一匹纯种马，而另外一些人看到的是一匹耕马；而在1944年海尔德最初试图为此下定论。"至于这匹马，"他写道，"显然有些非同寻常。与骑士相比，它弱小且骨瘦如柴。……由于全身没有什么肌肉，脑袋显得尤为突出，夸张的'干枯感'为它赋予了尸体般的面貌（死人般灰白的脸色）。"[1]

海尔德在伦勃朗的一幅画作里找到了答案，这幅画估计是伦勃朗在生活的那个年代以莱顿大学解剖室里可以看到的标本为模本创作的。画面展现了一具完整的马骨骼，而且居然有一个人骑在上面，骑马者的右手上举着一个像武器一样的骨头，而左手则抓着缰绳。[2] 所以结论是，伦勃朗在《波兰骑士》中画的马的的确确只是由皮毛和骨头构成的：这是一具骨架，这位画家在它上面铺上了皮毛。基塔伊这位人文主义艺术家，是否也发现了由海尔德推测出的伦勃朗创作这幅画作的背景？根据他曾经研究古代绘画的训练，以及他通过米歇尔·柏德洛将一位艺术史

---

[1] 尤里乌斯·海尔德：《伦勃朗的"波兰"骑士》，第259页。
[2] 同上书，第260页及其后面若干页。

学家放入画面这样的事实，我们可以基本确定他也认出了伦勃朗的创作背景。在年轻的战士和骏马的背后，实际上是两具几乎空荡荡的骨架，这样的设想与一个男人紧随被杀害的犹太人，随后进行一场鬼魅般旅行的立意完全匹配。

如果与上述猜想不同，基塔伊并没有认出伦勃朗的骑士图以何为"榜样"，那么他一定注意到马苍白的皮毛颜色——毋庸置疑这会让人想到天启四骑士中代表死亡的第四骑士，以及马脑袋的独特形状——用海尔德的话来说就是呈现了"夸张的'干枯感'"。现在，这种"干枯感"应该绝不是用来指代一具马尸体或者马骨骼，而也许可以解读为马可能来自阿拉伯的暗示。不过，这种假设的前提是，《波兰骑士》的作者知道这个种族特征，也就是说他一定熟悉阿拉伯马或者至少了解这类马，然而，我们不能肯定一位 17 世纪的荷兰画家属于这种情况。"当我们真正地走进一幅昔日的作品的时候，我们就不得不为我们自己进行新的创造。"米歇尔·柏德洛这样写道，并且指出"我们所有的知识"都指向"根本的不确定性"，我们作为解读者，一旦试图确定从一幅画中所看到的东西，与这幅画事实上所包含的内容之间确切的界限在哪里的时候，我们就会立即遭遇到那种根本的不确定性。[1]

---

[1]　米歇尔·柏德洛：《挑剔的艺术史学家》(*The Critical Historians of Art*)，纽黑文和伦敦，1982 年，第 215 页。

母鸡

基塔伊将**基督教士兵改写**成旅途中的希伯来人。此外，基塔伊还进行了一系列其他改写：由年轻人变为年长者，从战士到学者，从行动到沉思，从武器到书籍。虽然批评家们经常会批评画面里的人物过于文艺、过于知识分子气，似乎随时都准备好了争论，但是正如这位画家所希望的那样，这种书中有画、画中有书的做法[1]，在这里正好展现了一位犹太骑士的"武器"是什么。从伦勃朗到基塔伊，风格的改变使得许多细节变得突出起来。让我们再来看看《犹太骑士》中的这个姿势：向上抬起来、往里弯的左腿和伸展着的左脚构成了这幅图画的中心。伸直的左脚是弯曲的右手的对极，于是以这两个极点为端点可以画出一条直线，这条对角线的延长线会伸展到窗外冒烟的烟囱上。即便手的姿态是直接以伦勃朗的作品为榜样，腿的姿势则完全抛开了这个典范：当波兰骑士以男子汉气概的骑马姿势坐在马上的时候，基塔伊的火车旅客却以女士的坐姿"骑在"座位上。

这位画家为什么要将骑马的姿势带到火车包厢里来呢？这可能是因为模特的姿势就是如此。当然，在基塔伊的这幅画作里，人们也能想到文学上的影射。"犹太人骑在马上的姿势，"弗里德里希·尼采评论道，"是无从想象的，人们会想到，犹太人从来就不是骑在马上的民族。"[2] 与艺术史上这个将表现对象微弱化的做法相反，西奥多·赫尔茨在他 1902

---

[1] 请参见 RIP 博客：R. B. Kitaj auf wetcanvas.com，2007 年 10 月 27 日。
[2] 弗里德里希·尼采：《批判全集》(*Werke. Kritische Gesamtausgabe*)，第 7 部分第 3 卷，1884 年秋到 1885 年秋的译稿片段，柏林、纽约，1974 年，第 292 页。

年出版的小说《新故土》(*Altneuland*)中,创造了一个阳刚的犹太人类型,他们像哥萨克或印第安人那样骑马驰骋,与此同时,吟唱着希伯来歌曲。[1] 事实上,在犹太人是或者曾经是阳刚的或者是"骑士一般的"(尼采语)争论中,最后总会纠结在他们是善于骑马还是骑术糟糕这样的问题上。历史学家约翰·霍博曼描述过有关于此的各种讨论,并且将犹太人被排除在骑马经验之外与他们被排除在自然经验之外完全等同起来。[2] 不过,就连霍博曼也不得不指出一个明显存在的矛盾,即在犹太文化本身和它的文学作品当中,都有围绕着骑士展开(并且再现了他们的力量)的现象。[3] 而基塔伊所塑造的、以女士坐姿"骑在"火车里的软垫上的犹太骑士,则给古老的叙事形象蒙上了一层阴影。

皮尤特·尼古拉耶维奇·卡拉斯诺所创作的几部陈词滥调的小说,都以俄国内战中的一个白俄将军为主角,他是顿河哥萨克人的首领。在

---

[1] 请参见 C. 巴特盖(C. Battegay)《马鞍上的节日:从赫尔茨到梅尔·布鲁克斯——犹太人是怎样骑上马的》(*Fest im Sattel. Von Herzl bis Mel Brooks: Wie die Juden aufs Pferd kamen*),《犹太汇报》(*Jüdische Allgemeine*),2012 年 11 月 20 日。

[2] 约翰·霍博曼:《"非犹太人多么狂热地骑着马":犹太人、马和骑术》(*«How Fiercely That Gentile Rides!»: Jews, Horses, and Equestrian Style*),载 J. 库格尔马斯(J. Kugelmass)编《犹太人、运动和公民的礼拜式》(*Jews, Sports, and the Rites of Citizenship*),厄巴纳(Urbana),2007 年,第 31—49 页,这里第 33 页。

[3] 约翰·霍博曼:《"非犹太人多么狂热地骑着马":犹太人、马和骑术》,第 39 页;有关这个主题,也请参见 M. 萨缪尔(M. Samuel)《绅士和犹太人》(*The Gentleman and the Jew*),韦斯特波特(Westport),1950 年。这种文化不安可能还有更深刻的根源。"在早先的以色列,"S. P. 托普洛夫(S. P. Toperoff)写道,"马不属于像驴子和公牛那类被驯养的动物。事实上,驴是和平的象征,相反,马则是战争的代表,而且在《圣经》中,除了少数特例,《以赛亚 28:28》(*Jesaja 28:28*)之外,马一直被描绘为战士般的动物。" S. P. 托普洛夫:《犹太思想中的动物王国》(*The Animal Kingdom in Jewish Thought*),诺斯维尔(Northvale),伦敦,1995 年,第 123 页。

那些小说中，当他没有参加红军，而是带领着他的哥萨克人展开毫无意义而且非常艰苦的战斗的时候，不骑马的犹太人一再以令人讨厌的形象出现。这些形象中最有名的代表就是托洛茨基，他是红军方面的战争特派员。卡劳迪奥·马格里斯将那位哥萨克将军放在历史追踪的中心位置，他写道："根据卡拉斯诺绘制的丑化他的肖像画，托洛茨基最大的罪过似乎是他——如同所有的犹太人一样——不善于骑马，这些新来乍到的人将他们的想法像编织网络一样相互交织在一起，在他们精细编织的没有灵魂的关系中，不可救药地将属于我们这个世界的个体缠在其中。"[1]

哥萨克人对人类学的认识遵循着非常简单的原则。人生来就是骑手，骑在马上的样子在他们看来就是上帝的形象。哥萨克人是作为骑手来到人世间的，所有他们还没有做到的完美无瑕的地方，都会在马的教导下补充完整。作为哥萨克首领，卡拉斯诺有着同样的人类学认知；作为作家，他也从反犹太主义的文学源头中吸取了相关思想。从果戈理到陀思妥耶夫斯基，直至诸如屠格涅夫和契科夫（以及他们之后的）之流的西方"启蒙"作家，都一直流传着一种传统，即将犹太人放置到动物王国当中，将他们"固定在动物般的真实关系中"，正如菲利克斯·菲利普·英格尔德所指出的那样："而且在所有的形而上的维度上否认他们，并将

---

[1] 请参见卡劳迪奥·马格里斯《有关一把军刀的猜想》(*Mutmaßungen über einen Säbel*)，慕尼黑，1986年，第63页。卡拉斯诺的肖像描写实际上是错误的，因为托洛茨基会骑马，而且他能在危急时刻立即上马，以便使局面保持在他的掌控之中，使分散在各处或者逃跑的士兵聚集起来，让他们继续投入战斗。请参见 O. 弗格斯：《一个民族的悲剧：1891—1924 年俄国十月革命纪元》(*Die Tragödie eines Volkes. Die Epoche der Russischen Revolution 1891–1924*)，柏林，1998 年，第708、712页。

他们归类于怪物一般的……生存和存在范畴。"[1]

犹太人的"模板"是在果戈理和陀思妥耶夫斯基那里发展出来的，人们借此识别和描写犹太人。犹太裔反面角色的形象是一个被拔了毛的母鸡：面色苍白，身材瘦削干瘪，吊儿郎当，乱蓬蓬的头发和胡子。[2]19世纪的活力主义用苍白且轻浮的雏鸟、软弱无力且胆小怯懦的化身代替古老的"犹太猪"。对犹太人的动物化并没有发生任何改变，变化的只是他们的动物面孔。

整个19世纪，在俄罗斯没有被同化的犹太人被放在"介于猴子和狗之间的中间位置"上，英格尔德写道，人们不只是反复证明犹太人**像**动物一样，而且事实上也完全将他们**作为**动物来对待。果戈理以动物做比喻和他对俄罗斯文学的影响都体现出了这样的特征，即"直到大屠杀和1880年前后在俄罗斯出现的多起仇视犹太人的法庭审判之前，几乎不存在正面的……犹太人形象"。[3]屠格涅夫在《猎人笔记》(*Aufzeichnungen eines Jägers*)中，将一匹名为"贵族马利克"(Malek-Adel)的纯种、高贵、聪明的马——这是"一个令人惊叹的杰作、绝不是一匹普通的马"——与皮包骨头、体弱多病、歇斯底里的犹太废物的吝啬可鄙进行对比，从而将果戈理的动物比喻一直延续下去：对犹太人的贬抑和动物化，镜像般地回应对那匹马的拟人化。[4]

[1] 菲利克斯·菲利普·英格尔德：《陀思妥耶夫斯基和犹太人民族性》(*Dostojewski und das Judentum*)，法兰克福，1981年，第40页。
[2] 同上书，第35页及其后面若干页。
[3] 同上书，第43、45页。
[4] 同上书，第47—48页。

正如"贵族马利克"这个名字所显示的那样,这匹马显然是一头非同寻常的、高贵的牲畜,是超动物物种,它的美丽和完美无瑕令人惊叹,甚至膜拜。相反,寻常的动物则完全像犹太人那样被轻视、被虐待。如同米歇尔·兰德曼所阐释的那样,犹太人从中产生了共同的命运体验:"人类不将动物看作他们的同类,并且不管它们生活在什么地方、什么时间,人们都不负责任地虐待、杀戮它们;人们也用同样的方式对待犹太人。他们将犹太人当作无赖的下等人来对待……动物和犹太人同呼吸、同命运。但是,动物的痛苦在犹太人那里得到加倍体验,因为他们既感受到了动物的痛苦,也感受到施加在他们身上的同样的苦痛。……所谓道德伦理的说法只是神秘圣事的表面;而最深层体验到的,却是一种故弄玄虚所带来的迷惑感。"[1]

红军骑兵

米希阿里姆是耶路撒冷老城西部的一个区域,那里是极端正统犹太人的聚居地。这个地区让人们想起东欧的犹太人聚集区,听上去也如此——因为耶路撒冷这个地区的人也大多说东欧犹太人的意第绪语(Schtetl)。有一天晚上我曾经在这个地方穿行,感觉自己仿佛回到一个旧日的世界,尤其是当我觉得自己正属于这个应该为这个世界的消失承

---

[1] 米歇尔·兰德曼:《犹太教导中的动物》(*Das Tier in der jüdischen Weisung*),海德堡,1959 年,第 106—107 页。

担责任的民族的时候，我的陌生感和拘谨感就更加强烈。直到走到与这个区同名的主街的尽头，我才极为措手不及地再次"撞"上了现代，或者说，回到了"正常的"世界。我站在一座活雕像前面，面前升起一座最为宏伟的骑兵纪念碑。这座雕像动了起来，马不时地点着头，它笼头的钢铁部分发出了咔嗒咔嗒的声音。

几个星期之前，米希阿里姆区发生了一些小骚乱。起因是正统犹太人拒绝履行他们的国民义务。与以往不同，他们这次没有进行消极的抵抗，而是试图通过暴力去阻止这个教区执意报名参军的年轻人。从那时开始，这个骑警——一个高大、全副武装、骑在一匹高头大马上的人——就一直守候在米希阿里姆街的尽头，在教育部门口的草坪上，观察着新骚乱的先兆。

这位站在晨曦中的半人马不再只是常规的警务执勤，他已经沉淀为一个形而上的命题。在耶路撒冷的警察局里的某个地方一定存在着这样的历史哲学，它冥思苦想出与犹太人的绝对模板相对立的形象：这个对立物随时都准备取消纯粹体现宗教怒火的模式，并且也随时准备面对纯粹的西方势力模型给宗教怒火模式以狠狠打击。

这件事对我来说一直是谜一般的存在，直到过了一段时间之后，我才找到令我信服的答案。雅各布·赫辛是一位耶路撒冷学者，我向洞悉历史形势的他描述了这种情况。"那个骑在马上的男人，"他毫不犹豫地回答道，"是个哥萨克人。当米希阿里姆区的犹太人看到骑马的人监视，或许是威胁着他们的时候，其实他们的反应与他们的祖先在犹太聚集地看到出现在自己门口的哥萨克人时一样——尽管他们自己没有意识到。

虽然他们的孩子和孩子的孩子说不出来他们害怕什么，但是在他们身体里的某种东西——可以称为集体记忆——使得他们对哥萨克人的形象做出反应并且拉响警报。"

尽管赫辛的答案充满了推测意味，但是无论如何它都有一定的历史根据。熟悉东欧犹太人历史的人，都不忍回望从未中断的大屠杀风暴。这场风暴始于17世纪中期，并且在19世纪和20世纪之交（1881—1884，1903—1906）骤然加剧，最后导致了由内战、苏波战争、国家社会主义特遣队和集中营所带来的灾难。直到最后，在德国四处蔓延着对犹太人的迫害之前，哥萨克人一直只是边缘性的参与者，最多是作为纳粹德国国防军的组成部分与俄国游击队打仗。在早期几乎所有针对犹太人的暴力活动中，加利西亚人是哥萨克部队的主要组成部分。就连对加利西亚人亲善的历史学家，也无法回避加利西亚人参加哥萨克人旨在反犹太的暴力行动的事实，在鲍德丹·切梅尔尼茨科基于1648年被杀，以及这些乌克兰人居住的村庄和城区被犹太人洗劫一空之后，他们就一再参与那些暴力活动。[1] 正如新近的一项对俄国十月革命时期的反犹主

---

[1] 请参见P. 兰沃斯（P. Longworth）《哥萨克人：传奇与历史》（*Die Kosaken. Legende und Geschichte*），威斯巴登，1971年，第88页及书中各处。对于这个问题，新近的描述自然更具有批判性，请参见A. 开普勒（A. Kappeler）《哥萨克人：历史与传奇》（*Die Kosaken: Geschichte und Legenden*），慕尼黑，2013年。维基百科上的一篇很有说服力的文章则是个例外（2015年8月1日上传），这篇文章没有提到哥萨克人传统的反犹主义。有关19世纪和20世纪的犹太人大屠杀历史，请参见J. 戴克尔-陈（J. Dekel-Chen）、D. 考恩特（D. Gaunt）、N. M. 梅尔（N. M. Meir）和I. 巴尔塔尔（I. Bartal）编《反犹风暴：反思东欧历史上的大屠杀》（*Anti-Jewish Violence. Rethinking the Pogrom in East European History*），布鲁明顿（Bloomington）和印第安纳波利斯（Indianapolis），2011年，以及圣霍夫曼（St. Hoffman）和E. 门德尔松（E. Mendelsohn）编《1905年大革命和俄罗斯犹太人》（*The Revolution of 1905 and Russia's Jews*），费城，2008年。

义研究所指出的那样，加利西亚人的态度根源是哥萨克人"已经深深融入了沙皇制度中反犹主义的主导意识形态"[1]。这样的态度在俄国十月革命期间以及紧随而来的俄国内战期间也一直未曾改变。哥萨克人不仅在诸如安东·伊万诺维奇·邓尼金这样的白军指挥官的领导下，时常将越来越系统化的武装矛头直指犹太老百姓，[2] 而且在为布尔什维克的红军效力时，他们也会这样做，但是他们自己并不沉湎于追捕、杀戮和掠夺犹太人："布琼尼的骑兵部队是红军中规模较大的分支，主要由哥萨克人组成，他们与其他红军部队不同，并没有表现出明显的反犹主义和反犹屠杀的倾向。"[3]

1920 年盛夏正值苏波战争的高潮，一个与布琼尼骑兵部队里的哥萨克人并肩作战的犹太青年一定是小心翼翼的。除了都来自俄国最南部地区——这里指敖德萨——之外，这个年轻的犹太人与他的新战友没有任何共同之处。这位作家、知识分子、戴眼镜的人的骑术并不高明，他既不想洗劫，也不想杀戮，他与布琼尼骑兵部队中粗暴的骑手之间的反差不可能再大了。身为战地记者的伊扎克·巴别尔尽管享有一定的自由，而且也可以以最近的距离观察司令官布琼尼和伏罗希洛夫，但是他也必须时刻警惕着不要越界，这条界线在真正的战争地带的后方，是哥

---

[1] U. 赫尔贝克（U. Herbeck）:《"犹太布尔什维克"的假想敌：俄国十月革命前与其期间的俄罗斯反犹主义史》（ Das Feindbild vom «jüdischen Bolschewiken». Zur Geschichte des russischen Antisemitismus vor und während der Russischen Revolution ），柏林，2009 年，第 294 页。

[2] 同上书，第 300 页及其后面若干页。

[3] 同上书，第 294 页。也请参见该书的第四章第四节："布琼尼骑兵部队在 1920 年秋天的大屠杀"（ Die Pogrome von Budennyjs Reiterarmee im Herbst 1920 ），第 384 页及其后面若干页。

萨克人与犹太人敌对的战线，掠夺和屠杀常常逡巡于此。没有人像他那样赞扬苏维埃当权者的优点，并且再次唤醒已经破灭的、对更好的时代的希望，但是他是否真的相信自己所说的话呢？

巴别尔所看到的和他在日记中记录下来的，都是他后来出版的艺术气息浓厚的小说《骑兵军》(Reiterarmee)的素材，所见所闻让他坚信了自己的想法："我们是先锋，但是是谁的先锋？人们期待着救世主，犹太人等待着自由，而库班河的哥萨克人却骑着马来了。"[1]之前，他们与白军骑马而来，现在他们效忠于苏维埃政权，不过事实上，他们用自己的力量，为自己的打算而展开战斗。巴别尔写道，哥萨克骑兵首领购买了机关枪，并且加入了红军，就像英雄史诗一般。然而事实则并不是那么圣洁，"这并不是什么马克思主义革命，这是一场哥萨克人的起义，他们孤注一掷：要么全赢，要么输光"。[2]人们应该从实质上或者实事求是地认识到："我们的军队为了致富而一往无前地前进，这不是革命，而是野蛮的哥萨克无政府主义者的造反。"[3]

巴别尔在参军上前线时许下的诺言是什么呢？为了名望吗？1924年《骑兵军》出版之后，他几乎一夜成名。是这位知识分子愿意冒险的好奇心使得他男子汉般地经受住了令人绝望的考验吗？他见证了武力的无意义性，那里没有为英雄史诗留下余地。他是想走到近处观察战争吗？是想学会理解现实吗？他并不缺乏洞见。伊扎克·巴别尔这位红军的宣

---

[1] 伊扎克·巴别尔：《1920年日记》(Tagebuch 1920)，U. P. 乌尔班（U. P. Urban）编译，柏林，1990年，第55页。

[2] 同上书，第108页。

[3] 同上书，第127页。

传员想要成为欧洲最后骑兵战的修昔底德,他要纯粹地记录这段史实。他的钢笔草草描绘了20世纪中这些最模糊不清的战役。通常描述不超过两行:"村庄,阴郁,指挥部的灯光,被捕的犹太人。布琼尼的战士带来了共产主义,而年轻的母亲在哭泣。"[1]

日复一日,随同骑兵们一起策马沙场的犹太人巴别尔,亲眼看着别的犹太人怎样被打倒、被侮辱、被洗劫、被杀戮,但是谁会管这些呢?人们可能会鞭挞一名士兵,因为他偷了一位战友的东西。人们也可能会惩罚一个团,因为他们违抗命令将犯人全部枪杀了。不过,有谁会去打断一次小规模集体杀戮?有谁会关心几个死去的犹太人、20多名被强暴的妇女、一群哭喊着的血淋淋的儿童?着火的犹太教堂、被洗劫一空的房屋,这是战争的日常状态,只有像巴别尔这样的疯子才会记录下些什么。但是,他也不再在历史的越界和碾轧上停留超过必要长度的时间,战争继续着,而且无论如何,所有的一切都曾经以某种方式存在过:"夜晚,哥萨克人,在神庙被摧毁的时候,一切都一如往昔。我去院子里睡觉,那里又臭又潮。"[2]

巴别尔是一个技术糟糕的骑手,哥萨克人把他看作一个胆小鬼,他必须当着他们的面杀死一只鹅,这样才能差强人意地向他们证明他的男子汉气概。尽管他开始产生了某些与他们相同的感觉,而且也发展起了对他们的感情,但是还没有涉及与攻击他的民族的人们形成身份认同。巴别尔没有隐瞒,哥萨克人多么粗野、多么贪婪和暴力。但是他也看到

---

[1] 伊扎克·巴别尔:《1920年日记》,第40页。
[2] 同上书,第66页。

他们不是什么人：他们不是官僚，不是意识形态专家，不是战略家。他们是狂野的骑士，质朴粗糙、放荡不羁，这是一种"炙热"而且反复无常的文化，最好不要将革命托付给它。[1] 而且他们也没有在革命：今天他们是加利西亚人所惧怕的人，明天是战争的参与者，后天是战后、计划、国家、政党的消耗品；然后，他们败下阵来，成了与现在他们大规模屠杀的人一样的牺牲者。像哥萨克这样的人并不是为世界历史的胜利者宝座而产生的，他们缺乏掌握权力所必需的冷静："他们就像与马相互焊在了一起一样，他们热爱马，在马上度过四分之一的岁月，没完没了地交易和聊天。"[2]

1920年8月，在俄国的战争命运即将发生逆转的时候，巴别尔写道："我理解了马对于哥萨克人和骑兵意味着什么。"他曾经亲眼看到，骑兵失去了他们的马后，变成步兵迷失在炙热、布满灰尘的大街上的情形。"怀里抱着马刀，像死人一样睡在陌生的车子里，到处都是腐烂的马，聊天的内容只有马……马是殉道者，马是受难者。……马是唯一，马是一切。它们的名字是：斯蒂芬、米沙、小兄弟、老伙计。人们时时会感到，马

---

[1] 这位骑兵部队里的叙事者经常写到的矛盾情感，他对哥萨克人、他们的野性和他们的"无辜的"或者革命性的狂暴的开诚布公的赞叹，都属于印象主义叙事的文学修辞手段。它们也是对更为古老的"拜伦式"（Byron）的赞美传统的影射，那是以幽默又浪漫的方式赞叹热爱自由的哥萨克人，托尔斯泰大致这样做过。在《1920年日记》中——当然那个时候还没有这些艺术概念——巴别尔一直与他的同族人保持亲密的关系，他对于受难者的同情一直可以清晰被感受到。尽管在日记中也可以找到直言不讳地表达对哥萨克人同情的片段（请参见第48页、第104—107页），但是表露这种情绪所使用的兄弟般的语调与尼采式的"对魔鬼的同情"完全不相关——尽管这位骑兵部队的叙事者允许自己有这样的情感。

[2] 伊扎克·巴别尔：《1920年日记》，第48页。

是救世主，尽管人们也会残忍地痛揍它。"[1]

为了通过拉开一定距离，从而发现哥萨克人身上的高贵的野性，巴别尔触及了一个新层面，在那里哥萨克人、犹太人和马相遇了。这是一个生物性的层面，在这个领域，死亡是确定无疑的——或迟或早，也许很快。然而，当所有这三方在加利西亚人活跃的这个夏天相遇时，可能不只是死或者濒死，而是漫长的死亡——在假期里被射杀、打死和杀害："波兰布罗迪人不会忘记过去；那些悲惨人物、理发师、犹太人、所有来自彼岸的人，以及大街上的哥萨克人也一样。"[2] 历史重复着自己，历史学家则试图从过去破译出对未来的预示，并且他们从未来看到过去的形象显露出来。"乌克兰马林后面的犹太人的墓地，"1920 年 7 月，巴别尔在日记中记录到："有上百年的历史。墓碑倒了，几乎所有的墓碑都是同样的椭圆形的形状。墓地里杂草丛生，它见证了契梅尔尼克基现在是布琼尼的时代，它看到过许多不幸的犹太百姓，所有的一切都是在重复自身，现在波兰人、哥萨克人和犹太人所构成的历史也是毫厘不差地重复着一切，只有共产主义是新事物。"[3]

1814 年，胜利的哥萨克在巴黎高唱凯歌。从那以后过去了一百一十年，当哥萨克人开始真正为面前的死亡而感到恐惧的时候，许多哥萨克人在同一座城市结束了参加内战的冒险行为和大规模的骑兵无政府状态。当布琼尼忽然之间被擢升为苏维埃政权的要员，并且历经所有大清洗运动

---

[1] 伊扎克·巴别尔：《1920 年日记》，第 124、128 页。
[2] 同上书，第 78 页。
[3] 同上书，第 47 页。

而幸存下来的时候，那些历史的车轮从 1919 年驶向 1920 年之际才打算改弦易辙的人已经迟到了，俄罗斯、在顿河与第聂伯河的老家已经对他们永久地关上了大门。穷困潦倒的哥萨克贵族，如果不能加入马戏团的骑术表演队或者继续过游牧生活的话，他们只能作为巴黎夜总会的看门人勉强度日，或者作为出租车司机艰难糊口。[1]

1984 年，画家 R. B. 基塔伊开始创作伦勃朗的《波兰骑士》"改写版"，他将新的画作命名为"犹太骑士"；1962 年，他曾经画过一幅展现骑士、马、犹太裔加利西亚人的作品。这幅画属于早期创作的伦敦学派的代表作，现在收藏在泰特美术馆，其题目为"伊扎克·巴别尔与布琼尼一起骑马"（Isaac Babel Riding with Budyonny）。

20 世纪 30 年代末，伊扎克·巴别尔也落入苏联内务人民委员会（NKWD）的瞄准器中。会骑马这一点使得他在 20 年代有几次幸免于难，不过当时这不再能帮到他。1940 年 1 月 27 日，巴别尔在莫斯科中央交通监狱（Butyrka）被枪决。人们应该记住这个日期，许多类似的时间点也应该被标记下来：这是马的时代终结的时候。

在 20 世纪开始的十年就已经出现过一位伟大的犹太骑士。确切地说，这是一位女骑师，也是一位年轻的俄罗斯女共产党员，她在 1904 年第一次前往巴勒斯坦。自 1907 年起，她属于巴尔-奇奥拉（Bar-Giora）的队伍，那是当时一支由其丈夫——以色列的绍查特（Shochat）——领导的犹太人自卫队。这位英勇善战的女性被认为是"以色列移民区'基布兹'（Kibbuz）集体农庄之母"，历史学家汤姆·塞格夫这样描写她："一

---

[1] 请参见 P. 兰沃斯《哥萨克人：传奇与历史》，第 258 页。

位神奇的年轻女子穿着阿拉伯长袍骑马穿行在加利利的崇山之间。"她名叫曼扎·韦尔施魏茨……在巴勒斯坦,她是一个农业公社的早期共同创始人之一,那是集体农庄"基布兹"的原型,她也是守卫军"哈苏莫尔"最早的创建人之一,这是以色列武装力量的前身。[1] 就连这支成立于1909年4月的新部队的男性创始人,也没有想过要脱下他们的阿拉伯长袍。在他们成功地筹措到购买武器装备和马匹的资金之后,这些年轻的犹太人组成了一支多姿多彩、充满活力的骑兵部队,其中包括贝都因人、德鲁士人、切尔克斯人,甚至还有哥萨克人。稍加观察,就可以看到西奥多·赫尔茨的美梦被强健、骑着马、唱着歌的犹太人实现了:哥萨克人骇人的幽灵似乎被祛除。

在那十年后的1920年,哈苏莫尔被组织更加严明、武器装备更加精良的哈加纳非正规军取代了,后者是1948年建立的以色列国防军的另一个过渡形态。这个新组织的强有力的领导人是弗拉基米尔·泽夫·亚博廷斯基,他在第一次世界大战期间与约瑟夫·特伦佩尔多共同组建了犹太人志愿军团。与比他年轻十岁的巴别尔一样,特伦佩尔多也来自敖德萨,他的守寡的母亲在那里开了一家文具用品商店。也许当少年时代的伊扎克·巴别尔开始学写字时,在那家商店买到他的第一支铅笔。

---

[1] 汤姆·塞格夫:《曾经的巴勒斯坦:以色列建国前的犹太人和阿拉伯人》(*Es war einmal ein Palästina. Juden und Araber vor der Staatsgründung Israels*),柏林,2005年,第9页。

图书馆中的幽灵：知识

> 幸福的顶点应该是，少年为鲍勃党（Bob Partei）设法搞到一匹棕色的马，另外又弄到一匹栗色骏马，在黑斯街等着他的主人。两匹马站在那里，套着圈嚼子，伸着长长的脖颈，马尾巴甩动着，后蹄发出轻轻的啪嗒啪嗒声，这对于一名刚刚看到这个世界的慕尼黑儿童来说，似乎是他对这个令人着迷的世界的最早勾勒，并想象出的梦中画面；正如来自内尔特林根的马——亚当在《战斗的夜晚：在俄罗斯的歇息》（1812年）中所画的。
>
> ——赫尔曼·海姆佩尔，《半把小提琴》

每位历史学家在他的职业生涯中，都会在某个时候感受到一次卢梭式诱惑。他发现了一份未被使用的原始资料，提出了一个独特的问题，现在正梦想着，他是第一个到达历史学家所渴望的南极的人：这位研究者嗅到了**未被书写过的事物**（Das unbeschriebene Objekt）。在我刚刚开始将马作为一个可能的历史研究对象的时候，也有过类似的经历。有一刻，我恍惚得到了一个**原始对象**（objet brut），一个从来没有被过多阐释的对象。假以时日，我应该领悟到事实完全相反：马的释义相当丰富。从古希腊历史学家色诺芬(Xenophon)[1]生活的年代开始,懂马的鉴赏家、用户、养马人、铁匠和骑兵，都孜孜不倦地将他们对马的认识，从短小的文字宣传形式不断丰富为显然在任何时代都是长篇幅的读物。因此，人们不仅可以着手于有关马学**传统**的长期历史研究，而且也可以追踪有关马的实用性和理论性的知识在不同文化和环境之间的**迁移**情况。

对马类学知识的研究从柏拉图到北大西洋公约组织（NATO），或者从古老东方到今天阿西尔育马人的马厩的迁徙之路，不是本书所关注的焦点，也超出了它的观察时间。我尝试着理解并且描述马的时代是如何终结的：在现实社会中人与马是如何分离的。而与此同时，他们以文学作品、隐喻和想象的方式，一直保持着相互连接的状态。不过，如同为了搞明白流苏源于哪里，我们就必须看一看挂毯的织造结构；为了理解人与马的分离过程，我们就先要召唤他们共同生活的回忆。这中间也包括要了解的有关马的知识的范围和深度。我们必须定位知识交换的地点，确定交易双方，并且在他们之间重构谈判。换言之，我们必须要更深入了解这些知识的历史，并且按时序将时间向前提一个世纪。

有关马的知识自近现代开始就不断地丰富起来，并且从18世纪后半期又有了飞速增长。马类学出现在新市场、新媒介、杂志、日历、版

---

[1] 色诺芬因其勤奋和他行文朴素的风格被称为"阿提卡（Attika）的蜜蜂"；他在大量历史、政治和哲学著作之外，也留下了两部关于马的重要长篇：《骑术论》（*Über die Reitkunst/Peri Hippikes*）和《骑师》（*Reiterführer/Hipparchikos*）。这两部作品都有多个德语版本，直到今天都在影响读者对这种动物的喜爱和理解。

画和绘画上,它涌入了遍布欧罗巴大洲文学作品的洪流当中。英国成了赛马运动和培育马的实验室,法国经历了兽医医院的诞生。欧洲其他国家也加快步伐,它们跟随着英法两国建造起学校、医院、赛马场,白手起家组建他们自己的养马场和骑兵。尽管马学被称为**科学**,但是在18世纪它完全不符合今天的科学标准。实际上它属于行家知识,用于实践用途;它提供建议和指导,给予教导和警告。不过,马学一直是一种**充满激情**的知识。它是由考究的爱好者以知识的方式组织起来的,可以应用于育马者和养马者的美丽世界中,也可以被赛马场场主和资产阶级的暴发户所用——他们坚信采用骑兵的视角将使他们超越阶级的局限性。它可以作为扎实有力的技术诀窍传授给为马钉掌和修掌的铁匠、骑术老师、马商及养马者,这些人必须掌握有关饲养、圈养和治疗方面的实用知识,而且他们应该知道当母马发情而种马却没有经验的时候需要做什么,以及马**危险的爱情关系**是什么样。它最终可能会呈现为艺术知识的形式,训练艺术家的手和眼睛,试图将他们培养成体育画家和动物肖像画家。如同在图画艺术和人类医学之间,在兽医学和艺术之间也发展出了紧密的给予和接受关系:解剖台与绘画桌紧挨在一起,而且它们共用的窗户外面,就是赛马跑道。

19世纪,实用的饲养和培育马匹的知识与骑术及驯兽表演结合在一起,产生了真正的经典,例如格拉弗·兰多夫的《养马人手册》[1](*Handbuch für Pferdezüchter*)。兽医培训逐渐从铁匠铺、为马提供治疗的旧有场所中分离出来,并且在学校和医院找到了新的中心,伴随而来

---

[1] 格奥尔·格拉弗·兰多夫(Georg Graf Lehndorff):《养马人手册》,波茨坦,1881年。

的是19世纪学术领域的进步所带来的新困境。[1]这种新局面导致新的研究方式和研究技术的产生，它们不只局限于人类科学。在机械化早期阶段，马无论在经济、军事还是社会领域都是人类最重要的伙伴，它也成为新的实证主义研究中引人注目的研究对象。[2]在语言学、经济学、古画学、地理学以及知识分子的研究办公室和实验室里，马成为这些学科的研究对象。这些实证性和经验主义的研究得到了质量上参差不齐的研究成果。有些带有政治性的隐含之意，有些显得奇怪又特殊——并不只是今天的人才这样认为。不过，除了政治和文化用途之外，所有的研究在军事方面也具有重大意义。

知识不是一个静态值，恰恰相反，它是动态的。所谓的"迁徙中的知识"这种说法其实是一种同义重复。也就是说，问题不在于知识**是否**被传播，而是这些知识是**如何**传播的。它在哪些对象身上成形了？哪些社会群体控制着它的传播？哪些机构阻碍它的消失？在这一章，将把在之前章节里提到的内容进一步深入下去：除了对媒介（图书、雕塑、油画、版画、照片、技术化的艺术品、列表、谱系图……）的描述之外，

---

[1] R. H. 邓洛普（R. H. Dunlop）和 D. J. 威廉姆斯（D. J. Williams）：《兽医学》（*Veterinary Medicine*），圣路易斯（St. Louis）等地，1996年。请参见其中的第18章"欧洲启动兽医教育"（The Launching of European Veterinary Education）和第19章"对兽医学校的需求不断增加"（An Increasing Demand for Veterinary Schools），第319—350页。A. v. d. 德里施（A. v. d. Driesch）和 J. 彼得斯（J. Peters）：《兽医学历史》（*Geschichte der Tiermedizin*），第4章"兽医培训学校"（Die tierärztlichen Ausbildungsstätten），第133页及其后面若干页。

[2] 请参见 A. 梅耶（A. Meyer）在他的《行走的科学：对19世纪运动的研究》（*Wissenschaft vom Gehen. Die Erforschung der Bewegung im 19. Jahrhundert*）中有关运动生理学发展过程的内容，在这里请特别参考第4章，第143页及其后面若干页。

还会涉及**地点和机构**（养马场、赛马地、医院、摄影棚和出版社……）、**社会群体**（养马者、马行家、业余爱好者、铁匠、军人、研究者、骗子和作家），最后还会阐述对这些知识的**实际应用**（马的选种、育种、治疗、训练、收藏、解剖、素描和标本制作）。

如果对马的历史里的每一个人工制品进行观察的话，我们就会发现它是关于一段四处迁移的历史。每一辆马车讲述着一种风景，这是它最初的联系之所在；每一辆马车讲述着手工艺人，他们一代一代地积累着有关木材和钢铁的知识；每一辆马车讲述着驮畜的品质和对道路的要求；每一辆马车还都讲述着商人们的想法，他们要将顾客变化多端的品位考虑在内；每一个马鞍也诉说着骑马的动作和姿势、社会阶层和权力法典、狩猎活动和战斗技巧；每一匹马都像托尔斯泰的油画刀一样，叙述着它意外的出生和幸福的幼小时代、有气派的马厩以及社会上流人士的考究与雅致——它所经历的命运的打击与它所面对的老年的困苦一样，这些与它相匹配。每一条马鞭都陈述着痛苦的历史，每一把马刀则见证了战场的风云突变，每一只马镫则是封建的世界跌宕起伏的史诗。

即便在知识的漫游之路上，历史的偶然事件也会偶尔接过统治权，并且产生象征诗一般的局面：1640年，在巴洛克画派早期代表彼得·保罗·鲁本斯去世后，一位被流放的英国将军租下了这位画家在安特卫普的庄园。[1] 在这片地产上，这位来自纽卡斯尔的威廉·卡文迪许伯爵——

---

[1] St. 萨拉齐诺（St. Saracino）：《17世纪英国有关马的文章》(*Der Pferdediskurs im England des 17. Jahrhunderts*)，载《历史杂志》(*Historische Zeitschrift*)，2015年，第341—373页，这里是第344页及其后面若干页，以及第371页。

后来他成了公爵,是在内战中失利的保皇党人的支持者——将他之后所有的热情都奉献给了养育和训练马匹。在鲁本斯的大师之作快要完成之际,卡文迪许已经建立起一座马戏表演场,并且开发了新式的英国驯马学校,这所学校很快就闻名整个欧洲;他在1657年最早以法文出版了马术教程《新方法》。在接下来的百年间陆续出版了10个版本,其中有英语、法语和德语版,这一成就主要得益于鲁本斯的一个名叫亚伯拉罕·范·迪彭贝克的学生所创作的一幅生机勃勃的版画。出现在鲁本斯先前的工作室里的卡文迪许的马戏表演场,第一眼看上去像是在亵渎神灵,然而事实上,他们是要通过另外一个物体——优美的马芭蕾——来体现巴洛克艺术形式。[1]

---

[1] 请参见 E. 格拉姆（E. Graham）《纽卡斯尔的公爵：意义探索》(*The Duke of Newcastle's: An Exploration of Meanings*), 载 P. 爱德华（P. Edwards）等编《作为文化偶像的马：早期现代世界中真实的和象征性的马》(*The Horse as Cultural Icon. The Real and the Symbolic Horse in the Early Modern World*), 莱顿, 2012年, 第31—79页。

鲜血与速度

从旋转木马摔落

在 19 世纪行将结束的时候,具体而言在 1896 年至 1898 年,埃德加·德加画了一幅画。这幅作品与他此前的画作相比显得非常另类,他描摹的是一场骑马事故:从马上摔下来的骑手仰面躺在草地上,一匹马(不知道是不是他的)正从他身旁跑开或者是正从他身上跳跃过去。背景中大部分是草地或者绿色的斜坡,只有很小部分是天空。除此之外什么都看不到,没有激动不安的民众,没有惊慌失措地跑来跑去的人们,也没有各种各样的表情和姿态。相对于所发生的戏剧性的事故,画面保持着奇怪的安静,完全悄无声息。这幅画作的标题是"受伤的赛马骑师"

(Jockey blessé)，不过人们也看不到那位骑师的伤势。他的右裤腿从靴子里滑落出来，左腿弯曲着，可能意味着左腿受伤，但是这并不明显。画面上的那个男人平平地、一动不动地躺着，这让人有一种不祥的预感：这位受伤的职业赛马骑师可能快死了，或者已经死了。画上的马是栗色的纯种马，从脑袋的形状来看，它可能有阿拉伯血统；这匹马从男人的身边奔腾而过，马背上的马鞍是空的，它的前腿和后腿像旋转木马那样伸展着，马尾巴飘扬着，马鬃立起来。所有这些动作都像是在一瞬间凝固，或者在迅速按下快门的片刻被定格；这位画家没有尝试着让这幅画动起来。观众一直保留着通过因果关系来解释这个场景，或者对之前之后发生的事情进行叙事性补充的权利。

如果有人想要弄清楚这幅简洁的图画向他隐瞒什么的话，他可以求助于三种不同类别的档案：图画作者、图画所表现的事件以及绘画艺术的档案。在第一份档案中，他会找到这位画家早期所画的一幅有关马和赛马骑师的作品，它的标题是"障碍赛现场"（Scène de steeple-chase），副标题是"摔倒的赛马骑师"（Gestürzter Jockey）。德加为1866年美术展画了这幅画。[1] 此画表现的是一次赛马事故：一个摔倒了、躺在地上的赛马骑师，一匹从他身边跑过的没有骑师的马，与此同时，他旁边还有另外两个骑师不受干扰地继续比赛。30年之后，成熟的德加再次采用了这种画面结构，并且将它简化为摔倒的男人和没有骑师的马。赛马场上的事故并不罕见，只要是像德加那样日复一日、周复一周地守在竞技场边上的人，就会亲眼看见诸如此类的事件。借助报纸档案（事件的

---

[1] 现在属于保罗·梅伦（Paul Mellon）夫妇的收藏品。

档案）——如果我们极其仔细寻找的话——可能会发现这位画家所观察到的是哪场事故，也会知道马是不是失控、伤者是谁以及他后来怎么样了。

第三类档案——绘画艺术的档案——则要复杂得多。这幅画的标题似乎在暗指法国浪漫主义画派先驱西奥多·热里科的一幅作品；该作品于1814年完成，这个时间是与法国君主在巴黎战役中的溃败联系在一起的。但是那位因为受伤而离开战火的骑兵——人们同样也看不到他的外露的伤口——与德加笔下受伤的赛马骑师一样，有些偏离画面的对角线的位置，此外人们从赛马骑师所穿的靴子、亮色的裤子，以及他的像胸铠般隆起来的衬衫中，都可以辨识出对骑兵军装的影射。尽管伤势不明，但是热里科的骑兵战士——战神马尔斯的儿子——仍然将他残存的力气用来控制住他坐骑的狂躁；而德加笔下的赛马骑师则像是被漫不经心地丢在一旁的棋子一样，筋疲力尽或死气沉沉地躺在想象中的沙场旁边。热里科的主人公手上一直都拿着冷兵器，而德加的赛马骑师看上去像被剥夺了全部饰品，甚至连丢了的马鞭都不曾出现过。

当然绘画档案的保管人还能够摊开另外一张底牌——一幅描绘了可能是骑马事故中最赫赫有名的受害者的图画：在靠近大马士革的地方，索鲁斯在摔倒之后成了保罗斯。让我们来看看帕米贾尼诺对这个事件的描绘：在这里，我们也可以看到从马上摔下来的人（尽管如此，他却没有受伤）躺在马的前面或是下面，马正从他身上跃过，缰绳和嚼子还套在马上。不过，这幅画里马的颜色是华丽的白色，光的颜色从马身后穿过云层穿透过来，银貂皮色的皮毛和那下面高贵的身形以及丰满的臀部，这些都显示出它并不适合于体育比赛，特别是它前肢扬起的姿势，展示了西方式的稳健优越的绘画基调。摔下马的贵族是位罗马骑士，人们可以看到他的剑被压在他的腿下；与这位贵族一样，画面中的马在下一刻也迅速发生了身份转换，立即变成一个基督教士兵如羊羔般温顺的坐骑。帕米贾尼诺画的并不是摔倒的画面，而是展现一次全新的、精神上的升华。德加笔下受伤的赛马骑师不是在大马士革前摔倒的索鲁斯。这位职业骑手像躺在两个方括号之间的空白上那样，仰卧在马的四条腿当中。德加画了一块绿色的布告板，并且在上面写下了现代赛马运动的等式——在括号前面的是**速度**，在括号里面的则是**美丽**和**死亡**。

任何一个知道德加最喜欢待着的地方的人，都会在他的绘画和**柔笔**中找到他的灵感，他的描绘对象、点缀、想法、颜色以及色调都来源于哪里——自然是芭蕾舞练习大厅。人们在赛马场上想象不到，德加对赛马的胁腹和对赛马骑师鲜艳的方巾的喜爱，毫不逊色于他对芭蕾舞女窈窕的身姿和她们玫瑰色舞裙的热爱。在布洛涅举办的纯种马赛马会上，如同小巧玲珑的芭蕾舞女猛然的**停顿**和优雅的**滑动**一样，都会勾起他的情欲；芭蕾舞练习厅和赛马场两者都呼唤着他的艺术。如果他早生200年，是太阳王路易十四的臣民，而不是第三共和国的公民的话，那么他就可以在同一个地点同时享受这两种乐趣：在17世纪及18世纪的很长一段时间里，舞厅和赛马大厅大多是一个地方。[1] 从安托尼·德·普鲁文内尔到弗朗索瓦·德·拉戈希尼耶，这些著名的马术教练都是将骑术当作宫廷舞的一种延伸来教授的，骑师按照规范动作与他的马一起翩翩起舞，马术训练的最高目标是实现舞者的优雅和妩媚。这两个身形不匹配的舞伴最重要的舞步是前肢扬起的动作：这个时候马依靠后腿直立起来，骑师"挺直身体、绷紧腰骶部、温柔而且安静地"[2] 坐在马上。马和骑师共同做出了君主般稳健优雅的经典姿势；画家和雕刻家很久以来一直将目光凝聚在这个姿势上，并且将它变成西方绘画形式中的固定组成部分，使其成为世界绘画格式的主宰。在18世纪的进程中，舞蹈学校与骑术学校分道扬镳了；军官掌管了骑术学校，直到后来被赛马教练接手。古典的严格的动作要求——转体、劈叉、下腰、跳跃的规矩和超越地球引力、让身体悠荡起来的几何学窍门——只在练舞大厅保留了下来。[3]

19世纪与20世纪相交之际，一个多世纪之前与芭蕾舞大厅分开来的赛马场与前者一样，也在某些瞬间展现了可能超越了重力的胜利者的形象。马的快捷性和它的骑师轻便的身体产生了没有前肢、已经飘浮起来的印象；人们在这里看到的不再是飞翔的鸟儿，而是从弦上飞驰出去的箭。在跌落的瞬间，这个形成一个矢量的飞行共同体再次被分解成了

---

[1] 丹尼尔·罗榭：《名誉与权力：16世纪到19世纪马术文化史》（*La gloire et la puissance. Histoire de la culture équestre, XVIe—XIXe siècle*），巴黎，2011年，第217页。W. 贝林格（W. Behringer）：《运动的艺术史：从古代奥林匹亚到21世纪》（*Kulturgeschichte des Sports. Vom antiken Olympia bis ins 21. Jahrhundert*），慕尼黑，2012年，第204页及其后面若干页。

[2] G. 施莱伯（G. Schreiber）：《马鞍上的幸福：骑师手册》（*Glück im Sattel oder Reiter-Brevier*），维也纳，1971年，第146页。

[3] 维也纳的宫廷骑术学校当然可以算作古老统一体的"幸存者"。

两个组成部分，两者重新获得了曾在片刻间克服了的地心引力。德加画的就是这样的瞬间，而且他真正要描画的场景是：摔下马的赛马骑师并没有躺在地上，而是向前滑翔着，并且同时向下无止境地坠落着；与此同时，摆脱了骑师并腾跃着的马展现着失重的优雅。

在日食之时出生

英国赛马历史与著名的赛马中心纽马克特市的发迹一样，完全都与斯图亚特王朝的统治密切相关。与欧洲的其他地方，诸如锡耶那的派力奥一样，英国在17世纪之前也已经有赛马会，它们或是由乡镇政府举办，或是由某一财主乡绅组织。然而纽马克特市和斯图亚特王朝为赛马活动注入了新的活力。1622年，第一次赛马会在当时还是个无名小镇的纽马克特市举办。这个小镇是玛利亚·斯图亚特的儿子詹姆士一世发现的，他在1605年被邀请参加赛马时找到了一片松林，之后他在那里建立起私人的狩猎场和运动场。[1] 他的儿子查理一世把这个偏僻的小地方擢升为"相当于这个王国的第二个首都"[2]，并且自1627年以来，每年都会定期在这里举行春季和秋季赛马大会。不过直到1660年，当仇视运动

---

[1] 请参见 M. 施托夫雷根-布勒（M. Stoffregen-Büller）：《欧洲马的世界：最著名的马场、马术学校和赛马场》(*Pferdewelt Europa. Die berühmtesten Gestüte, Reitschulen und Rennbahnen*)，明斯特，2003年，第132页及其后面若干页；W. 凡姆普卢（W. Vamplew）和 J. 凯（J. Kay）：《英国赛马百科全书》(*Encyclopedia of British Horseracing*)，伦敦，2005年，书中各处。

[2] M. 施托夫雷根-布勒：《欧洲马的世界：最著名的马场、马术学校和赛马场》，第133页。

的清教徒组成的共和政府被推翻、君主政体复辟，并且查理二世结束他在法国的流亡生活回到英国的时候，这项由国王所发起和推动的赛马运动才进入它的鼎盛时期。1671年，热爱速度的国王本人[1]为了赢得银盘（Town Plate）也参加了赛马会，该奖项是他在5年前设立的。同一年，第一座训练马场与王宫一起建成了。在查理二世去世（1685）之后的几年里，英国赛马培育业发展起来了，3匹著名的阿拉伯种马在那里扮演着祖先的角色："拜耶尔土耳其"（Byerley Turk，1687年引进）、"达利阿拉伯"（Darley Arabian，1704年引进）和"高多芬阿拉伯"（Godoiphin Arabian，1729年引进）是英国马养殖领域中3种主要血统的阿拉伯纯种马的鼻祖。[2]人们将近东血统和英国血统的马进行目标明确的杂交后产生的子孙，称为**纯种马**或**纯血马**；它们卓越不凡的品质在赛马场上得到了体现。

英国君主与养马业及赛马领域的紧密联系并没有随着斯图亚特王朝的终结而解体。在1714年8月安妮女王驾崩的消息被发布的时候，这个国家的贵族们正聚集在约克的赛马场上，这完全是一个历史性的偶然。王位由汉诺威选帝侯继承的决定就是在这个地方做出的。从乔治一世到维多利亚女王时期的君主都是出自这个家族，他们继承了这个国家喜爱马和热爱赛马的传统，并且将英国打造成了纯种马和赛马场领域的世界

---

[1] W. 贝林格：《运动的艺术史：从古代奥林匹亚到21世纪》，第196—197页。
[2] 这3匹马所创建的3种纯种马血统分别用它们唯一的男性后代的名字命名——赫洛德（Herod）、埃科利普斯（Eclipse）和马切姆（Matchem），从而使得人们可以追溯到每种血统的源头（赫洛德是拜耶尔土耳其的玄孙，埃科利普斯是达利阿拉伯的玄孙，马切姆是高多芬阿拉伯的孙子）。

霸主。1720年前后,在丹尼尔·笛福游历英伦诸岛的时候,他在纽马克特看到一家大型赛马公司和"从伦敦以及英国各个地方纷至沓来的贵族和中上层人士"[1]。

根据官方记录,东方血统的马匹——最初是单匹种马,后来是成群的母马,例如17世纪开始的10年皇家母马(Royal Mares)被引进,用来与本地的品种进行交配,以使得英国马的基因从总体上得到改进。事实上,首先是速度方面的改善。快马是所有培育工作努力的目标,人们要养殖出能够赢得比赛的马。不仅是拥有土地、致力于培育马匹的英国贵族阶层瞄向这个目标,英国王室也与这个项目联系在一起。17世纪以来,英国这个君主国一直是速度的王国。

我们这个时代的一位历史学家写道,赛马的魅力"不只在于心无旁骛地实现高速度,而且也是因为它象征着'国王的运动'"。[2] 英国的国王们参加赛马会(而且有时会赢),作为马场场主、马匹拥有者、育马人和职业赛马骑师的雇主,出现在从1727年开始定期出版的赛马纪事表上,并且是赛马总会(Jockey Club)(自1750年先是在伦敦建立,从1752年开始也在纽马克特落户)的会员。这个协会是为了组织赛马会和调控其成员的债务清偿而成立的,它也拥有制定竞赛规则,并在全国

---

[1] 丹尼尔·笛福:《大不列颠全岛纪游》(*A Tour Through the Whole Island of Great Britain*), P. N. 福尔邦克(P. N. Furbank)和 W. R. 欧文斯(W. R. Owens)编,纽黑文和伦敦,1991年,第32页。有关英国国王喜爱马和赛马运动,也请参见萨拉齐诺《17世纪英国有关马的文章》,第348页及其后面若干页。

[2] Ch. 埃森伯格(Ch. Eisenberg):《"英国的体育运动"和德国市民:1800年至1939年的社会史》(*«English Sports» und deutsche Bürger. Eine Gesellschaftsgeschichte 1800–1939*),帕德博恩,1999年,第26页。

执行的权力。[1]这个发轫于王宫的赛马总会的成员包括各个层次的贵族，他们经历了其本人并没有认识到的世俗化和平民化的过程。奥托·布鲁纳这样写道，赛马总会"不只是赛马活动的举办者，而且它也是贵族阶层的'社交'中心。其成员似乎并没有意识到，他们因此已经完全活动在典型的'资产阶级'社会形态当中了"。[2]

购买阿拉伯马，或者更确切地说是东方血统的马——它们中也有土耳其马和巴巴利马——在17~18世纪的很长时间里都不是一件轻松的买卖；它需要花费大量的时间和金钱，还是一项有风险的生意。通过拥有这类马所带来的通过赛马会上和培育方面的成功而得以进一步提高的声望，也是要付出社交代价的。贵族们发现，他们需要不可或缺的专业人士的指导，这个包括买家、教练、职业骑师、马厩主及其工作人员所在的阶层，主要是由农业人口构成，给贵族们提供建议和各种各样的帮助。在王公大臣、外交官、军官和办公文书出现之后，现在养马场和赛马场出现了一类全新的、时髦的专业人士。与此同时，争夺在社交领域的辉煌、世界性的名望以及活在后代记忆中永垂不朽的突如其来的竞争，也催生了新的贵族阶层——那些著名赛马——的身影，它们的名字作为优胜赛马和它们的祖先被记录在赛马纪事表和育马书籍的编年史里。事实上，英国在18世纪经历了第二次明星崇拜：除了从鲁本斯到雷诺兹这些著名的画家，以及诸如戴维·盖利克这样赫赫有名的演员，

---

[1] 请参见C. R. 希尔（C. R. Hill）《马的力量：赛马场上的政治》（*Horse Power: The Politics of the Turf*），曼彻斯特，1988年。

[2] O. 布鲁纳（O. Brunner）：《贵族的乡村生活和欧洲精神》（*Adeliges Landleben und europäischer Geist*），萨尔斯堡，1949年，第331—332页。

像埃科利普斯（1764—1789）之类的出色的赛马也登场了。埃科利普斯这个名字"Eclipse"有日食的意思，因为它出生在1764年的一个日食之日，它在所有的比赛中都战无不胜。埃科利普斯的子孙后代赢了850多场竞赛，直到今天，人们都还可以在纽马克特市的国家赛马博物馆看到它的骨架。[1]

体育运动和敌对状态

如果打算描写有闲阶级——这中间包括世袭贵族，还有用钱买来贵族头衔的财阀和资产阶级的代表——那么除了纯种马拍卖会和赛马会奖金之外，赛马场上还有第三个经济维度不可忽视：赌博。从现代早期开始，赌博与贵族所感兴趣的所有体育项目如影随形，在这些体育运动中首要的就是赛马。[2] 人们在赛马场上下高赌注，这就是托斯丹·凡勃仑所描绘的"炫耀性消费"。[3] 赛马和赌博实际上是同时发展起来的，而且相互推动，并且它们在相对于欧洲大陆有着较为开放的社会结构的大不列颠占有重要的位置。自从赛马场向中、低阶级开放以来，就连自己没有马的观众也可以下注了，他们因此参与到这项绅士体育运动中来。19世纪末期左右，一个评论家将赌马描写为"肥料"。赛马活动和赛马

---

[1] 请参见 W. 凡姆普卢和 J. 凯：《英国赛马百科全书》，第106—107页。
[2] Ch. 埃森伯格：《"英国的体育运动"和德国市民：1800年至1939年的社会史》，第29页。
[3] 托斯丹·凡勃仑：《有闲阶级论》(Theorie der feinen Leute)，科隆，1958年，第62页及其后面若干页；有关对跑得快的马的狂热崇拜，请参见第111页及其后面若干页。

养殖业的发展很大一部分都应该归功于它。[1]

此外，正如马克斯·韦伯曾经指出的那样，赌马不是轮盘赌那样全凭运气的赌博活动。赌马是一项有着大量理性成分的消遣活动："英式体育赌博活动的出发点……如同面对一个事件一样，是人们根据所获得的信息计算出其概率并且做出理由最充分的判断。"[2] 人们必须考虑赛马参加的各项比赛的成绩，还要将其他的一些状况计算在内：它们的体重、它们的骑师的能力，以及跑道的特点和赛程的长度。以这些要素为基础，并且排除不可测因素（摔倒、虚弱无力等）所计算出的赌博与有风险的投资可以相提并论："如同一项……理性的'生意'一样，体育赌博与证券投资和其他投机业务具有结构性的共同点。"[3] 文化人类学家和文化社会学家一再指出，体育比赛代替了早期血腥的战争和游戏，并且通过现代职业领域文明的行为规范使其变得可以接受。赛马是最有品位的与动物有关的竞赛活动，而赌马通过将这种竞赛活动与投机并赢得金钱联系在一起，从而为幸运女神赋予了时尚的新面孔。

在17世纪，代表着贵族生活方式的典型猎鹿被猎狐所代替。猎鹿活动所暴露出来、被宫廷画家美化的物理方面的暴力元素——残酷性——尽管在猎狐中仍然保留了下来，但狩猎持续的时间和迅捷性是后一项娱乐活动的突出特点：机灵敏捷、忍耐力强且诡计多端的狐狸成

---

[1] 请参见 R. 布莱克（R. Black）《职业赛马骑师俱乐部及其创始人》（*The Jockey Club and its Founders*），伦敦，1893 年，第 349 页。
[2] Ch. 埃森伯格：《"英国的体育运动"和德国市民：1800 年至 1939 年的社会史》，第 30 页。
[3] 同上出处，第 31 页。

为"有趣的体育活动"的保障。[1] 狩猎者和猎犬所要遵守的严苛的规矩和猎狐这项活动本身存在的限制，隔绝了新的目标："漂亮的奔跑、敌对状态和兴奋感"[2]。升华过程似乎在赛马中实现了它文明的理想形式并到达了它历史性的终点：转瞬之间，物理暴力被完全摒除，取而代之的是纯粹速度的抽象形式。在赛狗过程中，猎狗们一直跟随在兔子的皮囊后面疲于奔命；在赛马中，没有任何东西、任何人被追逐，因为被追赶的是时间的影子。

从1685年查理二世去世到5项"经典赛马会"——从爱尔兰圣莱杰锦标赛（St. Leger）到德比赛马会（Derby）（约1780年）——在英国设立[3]这百年间，君主政体发生了独特而影响深远的转变。凌驾于一切之上的君主制度旧有的**垂直特性**，转变为纯粹的速度形式的水平特性。赛马这种新的充满诗意的艺术与传统的、静态的、惰性的艺术形式不同，在这里美丽、速度和危险紧密结合。职业赛马骑师穿戴着赛马总会所推荐的色彩鲜艳的、条纹或方格的衬衫和帽子，这些符号学和辨识体系，作为徽章一般的装束让人们联想到不安全感[4]。在中世纪骑士的马上比

---

[1] 请参见 St. 多伊奇巴（St. Deuchar）：《18世纪英国的体育艺术：一部社会和政治的历史》（*Sporting Art in Eighteenth-Century England*），纽黑文和伦敦，1988年，第25页及其后面若干页，第66页。

[2] N. 伊莱亚斯（N. Elias）：《运动和暴力》（*Sport und Gewalt*），收录于 N. 伊莱亚斯和 E. 达宁（E. Dunning）《文明过程中的体育运动和紧张》（*Sport und Spannung im Prozeß der Zivilisation*），法兰克福，2003年，第273—315页，这里是第292页。

[3] 请参见 M. 施托夫雷根-布勒《欧洲马的世界：最著名的马场、马术学校和赛马场》，第141页。

[4] 请参见 W. 塞特尔（W. Seitter）《人类的理解力：认知政治学研究》（*Menschenfassungen. Studien zur Erkenntnispolitikwissenschaft*），魏勒斯维斯特（Weilerswist），2012年，请见"作为识别体系的徽章学"（Heraldik als Erkennungssystem）这一章，第13—33页。

赛中，颜色、兽皮和徽章上的动物就已经被用于识别隐藏在护甲面具后面是哪一位骑士，因此现代赛马场上的徽章学，也使得人们能够在快速的运动中认出相应的参赛选手。如同所有与赌博联系在一起的体育运动一样，英国新教徒觉得赛马也不那么令人愉快。然而，这显然没有阻止他们决定参与革新早期现代欧洲的骑兵。在来自瑞典的古斯塔夫·阿道夫之后，奥利弗·克伦威尔也属于促使骑兵成为攻击性武器的关键人物；克伦威尔在年仅 43 岁的时候就被任命为骑兵首领，而且他也是英国最优秀的骑士[1]。实际上，人们可以用意想不到的方式，平行展开对文艺复兴以来马在战争和体育运动中运用的对比研究。灵活性和骑兵队的纪律性的加强，马的轻便性和速度性的增强，骑兵数量的增多，重骑兵、龙骑兵、匈牙利轻骑兵、乌兰骑兵等不同骑兵之间，以及他们作为攻击性武器[2]所采用的战术差异性的增大，都与复辟后的英国王室和 1750 年以来建立的赛马总会对赛马、养马和赌马的发展与规制相一致：赛马总会这个协会从某种程度上来说，相当于为赛马场上的轻骑兵设立了非军事性的总参谋部。

不过对赛马和适于参赛的纯种马的培育，走上了与现代骑兵不同的发展道路。两条道路之间最本质性的共同点，在于对快速和坚韧的纯种马的重视；然而速度在赛马场上具有绝对重要性，而在沙场上则是相对

---

[1] P. 高德贝克：《英国纯种马的产生及历史》，第 16 页。
[2] 请参见 H. 戴尔布吕克（H. Delbrück）《战争艺术史》(*Geschichte der Kriegskunst*)，第 4 卷，《现代》(*Die Neuzeit*)，柏林，1962 年，第 151—246 页；H. 梅耶：《骑兵战士的历史》，斯图加特，1982 年，第 176—227 页（与戴尔布吕克的著作联系紧密，甚至有些地方极其相似）；L. A. 迪马克：《战马：军马和骑兵的历史》，第 150—192 页。

的。此外在马场和战场上，对训练方式的改进、将实践知识的书面化，以及所有人事关系等方面，都有着系统性的差异。赛马可以成为最严肃庄重的游戏，但它与战争不一样，不是由鲜血决定的——无论如何都不是由骑师的鲜血铸就的。在克洛德·西蒙的《弗兰德公路》中，即便叙述者忽略这个原则性的差异，但是通过将一次赛马会和对一支骑兵部队的攻击进行现实主义的"二次曝光"，使得双重曝光所形成的图片成为人类与马匹的共同历史中宏大而真实的画面，"在一个闪耀着光芒的午后，在一场进攻之间，在飞奔的国度里，他们似乎都从时代深处穿过战争那片闪闪发亮的草地走过来，或者失去或者赢得公主们伸出来的纤纤玉手……"[1]

宙斯二十三世

我的三位教父里有两位都是普通人，而第三位是一个很有个性的人，也可以说是一个有些怪癖的人。他既是一个花花公子，又是一名复古主义者；他既是墨守成规者，也是招蜂引蝶的男人；他的情绪像降雨过多的威斯特法伦各地的天气一样反复无常。只是在我们看来，更为重要的是他对漂亮马疯疯癫癫的喜爱。他严格规定在他的马厩里只能有纯

---

[1] 请参见克洛德·西蒙《弗兰德公路》(*Die Straße in Flandern*)，E. 莫尔德豪尔（E. Moldenhauer），科隆，2003 年，第 160—161 页。色情的想象中，所有赛马场景最后通过 1940 年夏天被德国歼击轰炸机摧毁的骑兵中队的画面表现出来，请参见第 158—169 页。

种马，而种马是他最喜欢的。我当然也记得他的那匹名为"安塔利亚"的令人惊叹的纯白色牝马，他后来将它转卖给了奥兰尼恩家族。在他的马厩里，阿拉伯马占大部分。在他与我们永远分离之前，我所熟悉的他的最后一匹骏马是深棕色、血统无可挑剔的纯种马。从体形和脾性上来看，它是纯粹的东方马；通过谱系图向上追溯，应该有五匹穆罕默德的母马是它的祖先。仅从它的主人给它起的名字也可以看出，它来自另外一个文化圈子中有着悠久历史的家族。穿过走廊走入马厩，那是典型的申克尔式小屋，里面像英国绅士俱乐部一样装饰着皮软垫，墙上挂着一块小木板，上面写着这匹栗色马的名字"宙斯二十三世"。它也被称作"小宝贝"。

与地方骑手协会的许多成员一样，我的这位教父在1933年之后也加入了骑兵冲锋队小组。这得益于与政治人物之间良好的人脉关系，他受到了普鲁士的奥古斯特-威廉皇子在其夏宫中的招待。这位皇子当时是骑兵冲锋队的队长；在他于1929年加入纳粹党（拥有引以为傲的前期成员那个24号的编号）之后，他在上层贵族特有的小圈子里的人脉关系和意见领袖的地位为这个党发挥了很大作用。[1] 从总体上来看，在纳粹的赛马运动政策以及在骑兵冲锋队这些个别案例中，都体现了这种笼络精英贵族的目的，尽管骑兵冲锋队并不像建制与之类似的党卫军（SS）那样优秀。浓厚的队友或战友之情，或者说骑兵冲锋队队友之间的温暖关系吸引着贵族成员，不过同样也引诱着"年轻的农家子弟"，

---

[1] 请参见 L. 马赫唐（L. Machtan）:《希特勒身边的皇子》(Der Kaisersohn bei Hitler)，汉堡，2006年。

而且这种情绪甚至在一定程度上，可以作为将这个新国家中没有任何共同之处的不同阶层的广大民众广泛团结起来的一种有效工具。[1] 此外，纳粹－元首国家通过诸如此类的手段，还结成了一张由社团成员、国家机关工作人员、专业人士、运动员、业余爱好者、养马人和兽医所构成的完整的、覆盖整个国家的网络。

这张网是经过一个多世纪发展起来的，除了上面提到的全体人员之外，它还包括大量的机构（协会、行会、学校和养马场）和朝着不同方向继续向前发展的各种类型的知识。德意志曾经是一个古老的马背上的民族；国家社会主义组织试图继承德国的马文化传统。在1930年前后，马在经济和物流领域的重要性都急剧降低，尽管如此，马一直都是完完全全独一无二、没有任何其他动物能与之媲美的被充分珍视、被广泛认识、被高度重视，而且拥有社会名望的动物。想要赢得德国人民的人，就必须同时毫不犹豫地克服骑马民众的障碍，哪怕是或者特别是"元首"本人不骑马，或是像墨索里尼那样喜欢让人到处复印他骑马的照片。在这场围猎中，每一个具有政治意识的共同骑行者都是受欢迎的，他可以是来自颓废的上层贵族的某个分支，或者是成功的奥运会选手，或者是一名还算有成就的作家。正如德国的典型做法一般，马术运动和马匹养殖的政治化主要是以社团的方式进行；骑兵冲锋队的领导层也以这种方式进行尝试（最终失败了），他们要全面采用这样的方法。[2] 19世纪20

---

[1] 请参见 N. M. 法恩布鲁克（N. M. Fahnenbruck）《"为德国骑马"：赛马运动和国家社会主义的政策》（«... reitet für Deutschland»: Pferdesport und Politik im Nationalsozialismus），哥廷根，2013年，第152页、第236页及其后面若干页。

[2] 同上书，第170页及其后面若干页。

年代初，随着英国赛马成功地进口到德国，马术协会迎来了蒸蒸日上的发展时期。[1]事实上，在1822年8月，第一次纯种马竞赛在梅克伦堡的疗养胜地多伯兰举行并不是偶然事件。理查德·塔特萨尔是一个来自伦敦的成功的马商和赛马赌业者，在拿破仑禁止欧洲大陆与英国进行贸易往来的禁令解除之后，他前往北德地区旅行，在奥斯特尔比恩斯遇见了一个养马的乡绅，于是他向后者推销了英国纯种马，并且同时推销了与之相关的比赛及演出活动——经典的快速无障碍赛跑："这样的比赛可以作为一种广告活动，从而提高马的售价。"[2]多伯兰就是一段令人惊愕的成功史的序幕。与欧洲其他国家（法国、意大利、俄国……）不同，同样来自英国的赛马热更早降临并更为迅速地席卷德国，赛马在德国所有协会和地方推广开来（1829年在柏林，1833年在布雷斯劳，1835年在汉堡和哥尼斯堡，1836年在杜塞尔多夫）。[3]有几位迷上了赛马热的德国王子效仿斯图亚特王室和汉诺威王室，开始积极资助赛马活动或者专心致志地培育赛马。

普鲁士王储、后来的弗里德里希·威廉四世赞助了柏林赛马会的银马奖（Silberne Pferd）[4]。他的西南德的同行——符腾堡的威廉一世，在

---

[1] "最早向德国输入的英国体育运动项目就是赛马。"Ch. 埃森伯格：《"英国的体育运动"和德国市民：1800年至1939年的社会史》，第162页。

[2] N. M. 法恩布鲁克：《"为德国骑马"：赛马运动和国家社会主义的政策》，第40页；Ch 埃森伯格：《"英国的体育运动"和德国市民：1800年至1939年的社会史》，第163页。

[3] 请参见 F. 查尔斯·德·博略（F. Chales de Beaulieu）《经典的体育运动》（*Der klassische Sport*），柏林，1942年，第37页。

[4] 同上书，第50页。

宫廷养马场中培育出德国土生土长的最著名的阿拉伯血统的马匹[1]；而且尽管他早在19世纪30年代就已经有令人惊愕的库存——阿拉伯纯种马血统的4匹公马、18匹母马，此外还有2匹努比亚（Nubia）马和30匹来自东方其他国家的母马[2]——弗里德里希·威廉四世还在1840年派他的马场主管威廉·冯·陶本海姆在作家弗里德里希·威廉·哈克兰德的陪同下去东方采购更多的高级血统马。[3]德国作家们一开始一直质疑养马业将迅捷作为其追求的目标，他们也怀疑将赛跑作为质量检验的标准，就连布伦瑞克公国世袭宫廷厨师长菲尔特海姆伯爵[4]，或者匈牙利伯爵、马匹鉴赏家斯蒂芬·斯泽辰伊也是在摇摆了一小段时间之后，才将赛马介绍为"考察每匹马的特性和价值的非常有效的测试方

---

[1] 请参见 A. 亚格尔（A. Jäger）《符腾堡国王陛下的东方马和私人养马场》（*Das Orientalische Pferd und das Privatgestüte Seiner Majestät des Königs von Württemberg*），斯图加特，1846年（翻印版，希尔德斯海姆，1983年）。

[2] K.W. 阿蒙（K. W. Ammon）：《有关阿拉伯人养马和阿拉伯马的养殖的消息》（*Nachrichten von der Pferdezucht der Araber und den arabischen Pferden*），纽伦堡，1834年（翻印版，希尔德斯海姆，1972年），第37页。

[3] 请参见《弗里德里希·威廉·哈克兰德传：1816年到1877年》（*Friedrich Wilhelm Hackländer 1816-1877*），J. 本德特（J. Bendt）和 H. 费舍（H. Fischer）编撰，《马尔巴赫杂志》（*Marbacher Magazin*），1998年第81期，第21页及其后面若干页。国王的私人马厩曾在1932年迁到马尔巴赫，在那里宫廷养马场和乡村养马场被合并。

[4] R. 冯·菲尔特海姆：《与德国相关的有关英国、欧洲一些国家及东方国家马匹培育的讨论》（*Abhandlungen über die Pferdezucht Englands, noch einiger Europäischen Länder, des Orients u.s.w., in Beziehung auf Deutschland*），布伦瑞克（Braunschweig），1833年，第16页："对赛马的热爱只有通过不断地得到纯种马才能满足；如果不具备这种热爱，人们肯定不会有任何机会从大量当地品种中最高贵的种马那里提取高贵血统最必要的部分，这部分血统会在杂交马身上逐渐消失，因而需要不断地将它交配进来。"

法"。[1]自从联盟俱乐部（Union Klub）在1867年成立之后，德国也拥有了全国性的赛马运动联合会，其职能与它的英国榜样——著名的赛马总会——类似，不过当然没有采纳只限于贵族的这条限制。从一开始，联盟俱乐部也对其他阶层的代表们开放；它的专有性是通过会费来实现的。这个社团是资产阶级和贵族中的自由主义者会面的场所，它不仅在赛马运动方面，也在政治和社交领域有着重要意义。奥托·冯·俾斯麦是英国赛马运动的仰慕者，在联盟俱乐部成立的那一年，他也加入了进来。[2]这个协会在柏林有两个赛马场：霍博加腾（自1868年启用）和格鲁尼沃尔德（自1909年启用）。格鲁尼沃尔德跑马场在1936年奥运会时被改为运动场，因而在1933年的时候被暂时关闭。

血统与速度

所有起源都充满传奇色彩。就像人们总是讨论穆罕默德的五匹牝马的历史真实性一样，人们也没有找到有关英国纯种马的三位种马祖先的历史情况。总之它们牵扯进各种各样的传奇故事之中。尤其是三位祖先中最年轻的高多芬阿拉伯马（Godolphin Arabian）拥有最多的传说，它

---

[1] 斯蒂芬·斯泽辰伊：《关于马、养马和赛马》（*Über Pferde, Pferdezucht und Pferderennen*），莱比锡，1830年（翻印版，希尔德斯海姆，1979年），第2/页；也请参见该书第26页："除了赛马之外，我不知道有什么更好、更正确的方法能够从大量马匹中辨识出最好的那一匹。"

[2] 请参见Ch. 埃森伯格《"英国的体育运动"和德国市民：1800年至1939年的社会史》，第166页。

的名字来自它的最后一任主人高多芬伯爵。高多芬阿拉伯马是一匹娇小的栗色马,约 152 厘米高,长着漂亮的脑袋,不过它的臀部特别翘,让人想到野马;人们可以从乔治·斯塔布斯的版画上了解到它的样子。在它真正的身世和它如何在英国被擢升为光彩照人的拉丁情人,以及它为什么被笼罩上**男子汉气概**(machismo)的光环等方面,都是疑云密布的。它来自法国,来自灰尘飞舞的大街。据说它是突尼斯国王送给路易十五的礼物;不过它在那位国王那里并没有得到恩惠,而是被打发去拉水车。[1] 某个姓库克的先生在 1728 年前后发现了它,之后他又将它转卖给罗杰·威廉,最后这名买主将它作为礼物送给高多芬伯爵。高多芬阿拉伯马像男版的灰姑娘一样,生活在大型马厩里,不过它只与一只猫成为密友,一直等待着它的最美妙时刻的到来。阿希姆·冯·阿尼姆也听说过有关它的一个"古怪的故事":"这匹由于形象欠佳而被打发去拉车的阿拉伯牡马,却具有能够让最漂亮的阿拉伯牝马发情的潜质,而那匹美丽的牝马在此之前抗拒任何种马,于是这匹种马成为所有纯种马的最完美无瑕的祖先。"[2] 另外一些记录说,它实际上是被当作种马买下来的,不过它总"忙于"咬死那些无精打采的竞争对手,直到它的兴趣突然转向一匹名叫"罗克珊娜"(Roxana)的惊艳牝马为止,也就是说,

---

[1] 根据布莱姆(Brehm)的说法,路易十五王室喜欢"高大的花斑马或者类似的巴洛克马",因而高多芬阿拉伯马不受待见,"一年之后,一个英国贵格会教徒来到巴黎,正遇这匹被糟蹋的、闷闷不乐的马给一名木材商拉车;这位贵格会教徒因为上帝的意愿买下了这匹马"。《布莱姆的动物》(*Brehms Tierleben*),第 12 卷,第 4 版,莱比锡、维也纳,1915 年,第 689 页。

[2] 阿希姆·冯·阿尼姆:《柏林的赛马(1830 年)》[*Pferdewettrennen bei Berlin (1830)*],收录于阿希姆·冯·阿尼姆《六卷全集》(*Werke in sechs Bänden*),第 6 卷,法兰克福,1992 年,第 988—992 页,这里引自第 990 页。

在它作为交配种马和纯种马祖先的熠熠生辉的职业生涯里,拥有一个野蛮的开始。

17世纪和18世纪之交,在这三匹英国纯种马的来自荒漠的祖先开始创造它们硕果累累的杰作的时候,阿拉伯马已经是英伦三岛上著名的客人。这个种族的第一位代表是在苏格兰的亚历山大一世统治时期(1107—1124)来到这个国家的。理查德·吕文赫尔茨(1189—1199年在位)在塞浦路斯购买马匹;他的臭名昭著、一贫如洗的弟弟及继任者约翰内斯·奥内兰德也喜欢人们送给他漂亮的马。[1] 在英国文艺复兴期间,东方马的输入不断增加[2],不过直到詹姆士一世和查理一世统治时期才出现大规模的进口。其中最著名的是引进皇家玛丽斯,它被选为王室牝马。那次一共进口了43匹东方母马,包括阿拉伯牝马、巴巴利牝马和土耳其牝马,其中有一些在进口时就已经怀孕了,它们被称作"**英国纯种马培育领域的头等马**"[3]。相对于越来越方便并且带有明显偶然性色彩的单匹购买种马祖先的活动,系统性地采购牝马祖先的做法更具有历史性突破的意味;通过后一种活动,英国这个欧洲强国开始支持并且推行一种**培育政策**。

西班牙在很长一段时间里都是阿拉伯文化与欧洲文化最持久且最频

---

[1] P. 高德贝克:《英国纯种马的产生及历史》,第8页及其后面若干页。

[2] 从1660年到1770年应该有160匹阿拉伯-巴巴利牡马进口到英国;请参见F. 查尔斯·德·博略《纯种马:征服世界的马种》,费尔登(Verden),1960年,第55页。

[3] P. 高德贝克:《英国纯种马的产生及历史》,第17页,这个说法引自赫尔曼·古斯(H. Goos)《英国纯种马的母系祖先》(*Die Stamm-Mütter des englischen Vollblutpferdes*),汉堡,1885年;也请参见W. 贝林格《运动的艺术史:从古代奥林亚到21世纪》中"运动翘楚"(Sportfürsten)一章,第184—197页。

繁的交流地[1]，这个国家也是自 8 世纪以来率先开始用东方马交配的欧洲国家。由此产生的安达卢西亚马或是相关基因通过意大利——特别是那不勒斯——传遍了整个欧洲大陆。[2]正如雅各布·布克哈特所描写的那样，在文艺复兴时期的意大利宫廷中，拥有且展览高贵的马是王公贵族富丽堂皇的生活的组成部分。不过当马在动物园里还只是昂贵的英国犬、猎豹、印度山鸡和叙利亚长耳山羊旁边的点缀的时候，在其他地方养育马的想法已经产生。最初的尝试是在意大利曼妥拉的马场里进行的，这些试验有着与后来斯图亚特王室同样的目标，也就是以竞赛为目的，交配试验是为了提高马的奔跑速度。布克哈特写道："基本上对马种的相对重视与骑术一样古老，人工杂交一定是从十字军东征开始就普及开来了。而且对于意大利而言，所有知名的城市都有着强烈的渴望，希望从赛马中赢得名望，这使得人们想方设法培育最快的马。毋庸置疑，赛马赢家从曼妥拉的养马场成长起来……贡扎加拥有来自西班牙、爱尔兰以及非洲、色雷斯、希里希恩的牡马和牝马；他尤其喜欢后几种马，并致力于将它们与高大的苏丹马交配。在这里，所有的兽医都努力地培育最优秀的马匹。"[3]

18 世纪英国的纯种马培育业的所作所为，看起来与此前阿拉伯人、

---

[1] W. 贝林格：《运动的艺术史：从古代奥林匹亚到 21 世纪》，第 86、93—94 页。

[2] 请参见马克思·耶恩斯（M. Jähns）《德国日常生活、语言、信仰和历史中的骏马和骑士》（*Ross und Reiter in Leben und Sprache, Glauben und Geschichte der Deutschen*），第 2 卷，莱比锡，第 100—101、152—153 页。

[3] 雅各布·布克哈特：《全集》（*Gesammelte Werke*）第 3 卷——《文艺复兴时期意大利的文化》（*Die Kultur der Renaissance in Italien*），达姆施塔特（Darmstadt），1962 年，第 197 页；也请参见 W. 贝林格《运动的艺术史：从古代奥林匹亚到 21 世纪》，第 186 页。

西班牙人、那不勒斯人和曼妥拉人的做法没有根本性的区别：他们试图通过两匹精良马的杂交产生更优秀的第三匹马。这种更优秀的产物当然可以成为健壮的驮畜或力畜，这一类牲口也是英国养马人所关注的。不过，站在前台的是那类具有适合赛马场或山地特性的马。英国人一直在培育这两种类型的赛马：在跑道上参加无障碍比赛（flat race）的马和参加障碍赛（steeple chase）或越野比赛的马。事实上，无论是英国著名的五大赛马会（爱尔兰圣莱杰锦标赛、德比赛马会、爱普森橡树大赛、2000 吉尼斯赛马会、1000 吉尼斯牝马赛），还是其他赫赫有名的大型赛马活动，例如皇家阿斯科特（Royal Ascot）或者女王安妮锦标赛（Queen Anne Stakes），从过去到现在一直都是无障碍赛，这个事实也从来没有发生过改变。

成功地培育赛马，意味着要将这项比赛中的两个参数——**血统**和**速度**，也就是马的遗传性"嫁妆"和它的迅捷性——完美地统一起来。在这种背景下，英国在 18 世纪开发出了"纽马克特系统"（System Newmarket），其中除了前面已经提到的经济组成部分（拍卖、奖金和赌博）之外，主要还包括两个记录系统。第一个记录系统是《赛马大事记》（*Racing Calendar*），在最初的零星出版之后，1727 年开始就由某个来自阿伦德尔名为约翰·切尼的人定期编辑、出版。起初，《赛马大事记》每年发行一册，后来就变成每两周向公众提供有关正在进行的赛马会的结果和获奖情况，并且对将来的赛事进行宣传。《赛马大事记》通过为英国赛马进行排名，从而确定了纯种马培育的目标——速度。纯种马培育业一直服从于这样的目标。与之相关的必要的素质要求——马的体格、身体素质、训练情况、健康状况、耐力、个性特征——主导着育马人和驯马师的日程；而马的体形、美貌等特点则是从上述特征中派生出来的变量。

通过**育种**，一种更深层次的时间系统——代际顺序和杂交结果——发挥着作用。《赛马大事记》这样的短时记忆可以记录下上个星期、上个月，最多上一年的胜负情况，从而满足赛马系统和赌马系统的需要；而育种需要的是更长时间的记忆：杂交的成功或失败是需要通过漫长的代际链条才能确定下来的。赛马不仅通过赛事展现它们的素质，而且也在"黑箱"中呈现出来；后者似乎是它的第二个检验标准。在这块试金石上展现的不是马的每日状况，而是它的出身和后代。于是在马的世界这个焦点上出现了第二个记录系统，它是在 18 世纪末建立起来的。

詹姆斯·韦瑟比所编写的《优良马种登记簿》(*Stud Book*) 在 1791 年第一次面世，最初是以《优良马种基本概况》(*Introduction to a General Stud Book*) 的形式，之后它一直都是英国纯种马的贵族历书。人们半是惊讶半是开心地发现，在英国，对马类贵族的记录——詹姆斯·魏泽拜的《优良马种登记簿》，比对人类贵族的记录——布克的《贵族姓名录》(*Peerage*)——要领先整整 35 年。[1] 事实上《优良马种登记簿》的奉献对象马类贵族，也是血统世袭贵族，而不是功勋或成就贵族。可以想见的是，这份记录也是系谱式回忆录，无论这些马出身何处——

---

[1] J. J. 苏利文（J. J. Sullivan）在他最近出版的《纯血马：一位体育记者的笔记》(*Blood Horses. Notes of a Sportswriter's Son*) 中这样写道，纽约，2004 年，第 52—53 页、第 89 页；也请参见 K. 康雷（K. Conley）《种马：优生交配冒险记》(*Stud. Adventures in Breeding*)，纽约，2003 年。

来自地中海东部诸国也好，或者来自英伦诸岛也罢——它都一视同仁地记下它们的出身，不过前提条件是，它们要有功绩，要么是在比赛中取得的，要么是在与参赛者的杂交中取得的。因而《优良马种登记簿》采用的是另一种方式，并且规定，所有登记在册的马匹的出身，一定要能够追溯到英国最初那三匹用来配种的纯血统马的祖宗。

换而言之，英国马匹培育领域的马种登记册是一本牡马簿。尽管如此，在这本记录册第一次出版的18世纪末期，所有的育马师和马匹鉴赏家都已经心知肚明这样一个事实了，即高贵的纯血马并不是人们随意地将一匹阿拉伯血统或者东方血统的牡马与一匹本土牝马配对就能产生出来的。母亲的品质在育种中的重要性绝对不亚于父亲。具有东方血统的母马在英国纯种马的产生过程中，比本地产的牝马发挥着更为突出的作用。他们认识到的第二个事实是，正如《优良马种登记簿》上面所指出的，纯种血统的主干系品种是通过持续不断的**纯繁殖法**和**同系繁殖**产生的。只有这样，在英国纯种马身上才具有高比例的阿拉伯血统（60%或者更多），而且只有这样，才能将这样的血统长久地保留下来。著名的畜牧人罗伯特·贝克威尔（1725—1795）正是通过不间断的系统性的纯培养法，才在羊、牛和马的繁育上取得成功。查尔斯·达尔文母亲的家族就是一个对马非常狂热的家族，他们是韦奇伍德的陶瓷业大亨[1]；达尔文相信育马人流传下来的实践方法，也信任贝克威尔的各种尝试，

---

[1] 斯塔布斯为这个家庭画的一幅骑手图，在其他家庭成员之外，还展现了骑在马上的达尔文的母亲苏珊娜和舅舅乔斯·韦奇伍德；请参见 J. 布鲁尼（J. Browne）《查尔斯·达尔文》(*Charles Darwin*)，第1卷，伦敦，1995年，第7页和第一组插图页中的第2页（在全书的第110页之后）。

并且将它们结合到他的《物种起源》（*Origin of Species*）之中。[1] 达尔文的表弟弗朗西斯·高尔顿开创了优生学，他在达尔文的道路上继续向前，并且在 1883 年向英国的育马人书面证明了他的知识是以他们的经验为基础的。牲畜培育者通过尝试指出人们如何帮助合适的种族或者血统超越不那么合适的种族，从而维持、传递下去。英国育马人已经证明了操作正确的选择和淘汰过程能够带来什么样的结果。[2] 通过有目的地干涉遗传物质，从而改善种族，这是优生学在 19 世纪末和 20 世纪的伟大梦想。正像这个学科所承认的那样，这个梦想可能在它出现之前就已经展现出成为现实的端倪了，就在 18 世纪的马厩里。

一个赛马领域的优生学家是与高尔顿同时代的人。他来自澳大利亚，

---

[1] 请参见查尔斯·达尔文《物种起源》(*Über die Entstehung der Arten*)，斯图加特，1910 年（第 9 版）；R. J. 伍德（R. J. Wood）：《罗伯特·贝克威尔（1725—1795）：畜牧先驱及他对查尔斯·达尔文的影响》[*Robert Bakewell (1725–1795), Pioneer Animal Breeder and his influence on Charles Darwin*]，Casopis Moravskeho (*Musea Acta Musei Moraviae*) 杂志，1973 年，第 8 期，第 231—242 页。R. 崴登哈默尔（R. Weidenhammer）在《物种起源》出版 5 年后的一本著作——《作为达尔文理论的农业经济中的牲畜养殖业》(*Die landwirthschaftliche Thierzucht als Argument der Darwin'schen Theorie*)（斯图加特，1864）中，展现了达尔文从农民与畜牧人那里受到了多大的影响。《奥格斯堡汇报》(*Augsburger Allgemeinen Zeitung*) 的评论员在 1868 年注意到，达尔文曾经指出："摩西（Moses）早已规定，要保证种族的纯粹性；荷马（Homer）勾勒出埃涅阿斯（Aeneas）的骏马的家谱图……维吉尔（Virgil）向农民推荐为牲畜做家谱簿记。古代的黄金般珍贵的经验看来没有失传，因为查理大帝小心翼翼地使贵族种马留存下来，而且就连爱尔兰人，在 9 世纪的智慧之夜育马的时候，就开始设法获得好的血统。"1868 年，第 15 卷，第 234 页。也请参见戴利（Derry）《马》(*Horses*)，第一章《现代的纯种培育：科学手段还是文化方法？》(*Modern Purebred Breeding: A Scientific or Cultural Method?*)，第 3—10 页。

[2] 请参见弗朗西斯·高尔顿《探究人类才能及其发展》(*Inquiries into Human Faculty and Its Development*)，伦敦，1883 年，第 55 页。

名叫布鲁斯·洛，还没等他本人将自己的理论公开出版，他就去世了。[1] 他的**数字系统**也被人们称为"洛的数字命理学"（Lowe's numerology），这个系统尝试对来自两个登记系统——《赛马大事记》和修订版的《优良马种总册》——的基础资料进行组合分析[2]，从而为未来的买主和培育者提供可靠的知识。洛对《优良马种总册》中所记录的马进行研究，它们的母系血统可以追溯到 43 位马祖母那里，这些祖先拥有独特的血统基因，无法继续进行追溯。洛统计了这 43 种母系血统在赛马中优胜者的数量，并且计算出哪些父系血统在 3 项尤其重要的赛事（爱普森德比赛马会、爱普森橡树大赛和爱尔兰圣莱杰锦标赛）中表现突出。他凭借额外的质量特性将每个血统分为**流出家族**（running families）和**生产家族**（sire families），前者是竞赛优胜马匹所属的母系家族，后者是产生它的父系家族。从这些数据库出发，洛就可以推测出成功的配种方案，并且有机会培育未来的赛马冠军。与此同时，两位德国竞争对手赫尔曼·古斯和 J. P. 弗伦泽尔也尝试着将谱系学、统计学和预后学进行类似的联系[3]，并且也引起了诸多关注洛的系统的批评家的注意。[4] 到了 20

---

[1] 布鲁斯·洛:《通过数字系统养育赛马》（*Breeding racehorses by the figure system*），由威廉·阿里森（William Allison）整理其译稿并出版，伦敦，1895 年；其中包括一系列著名的马的照片，这是摄影师克拉伦斯·黑利（Clarence Hailey）在纽马克特拍摄的。

[2] 1793 年首次出版的詹姆斯·魏泽拜所编写的《优良马种总册》（*General Stud Book*）在洛的著作于 1895 年出版的时候，已经过了 5 次全面细致的修订。

[3] 请参见赫尔曼·古斯《英国纯种马的母系祖先》（*Die Stamm-Mütter des englischen Vollblutpferdes*），1885 年；J. P. 弗伦泽尔:《英国纯血马的家谱》（*Familientafeln des englischen Vollbluts*），柏林，1889 年。

[4] 请参见例如 R. 海宁（R. Henning）《有关英国纯血马的产生》（*Zur Entstehung des Englischen Vollblutpferdes*），斯图加特，1901 年（翻印版，希尔德斯海姆，2007 年）。

世纪，又有了新的凭借计算和列表将培育赛马冠军变成可预测化的尝试（博宾斯基表、波兰人表等）。不过这些系统没有能够做到成功预测，即便是凭借当代以脱氧核糖核酸（DNA）为基础的遗传学也做不到，不过后者倒是可以告诉人们，为什么它的前辈们都失败了。由于血统学在互联网上是除了"性"之外出了名的热门话题，因此人们不需要先知就可以预言，对马的贵族的研究有着闪闪发光的未来。今天的网络上已经载满了自18世纪以来英国、德国、美国最著名的赛马，以及它们东方祖先的家族树和谱系表。

解剖学课程

年轻的男人，强壮的动物

马的世界的天然中心是市场。靠马生活或者与马一起生活的商人、育马人、鉴赏家和卖家、诚实的人和其他人在那里碰头，在马的四周围绕着形形色色的人，有马夫、车夫、驯马人、年轻的小伙子，他们相互照应着。在市场边，挽具工匠站在人们的马车前，他的身边是堆成小山的马鞍、车篷、马梳和马鞭；小贩们售卖着染料。另一边是一群顾客：农民、工匠、马场主和运输商、公共马车公司的职员和采购军马的买主。在所有供应商和需求方的代表中间，站着一位晃动着脑袋、发出呼哧呼哧声、咬着嚼子的这个市场真正的主角——马。来自不同地区的冷血动物和挽马以它们的出生地被命名着，此外这里还有血管里流淌着英国血液的纯种马、高大的骏马、矮小的马、骑行的马、拉车的马、果下马和骡子，年轻的马、老而无力的马、华丽的马、寒碜的马，各种颜色的、各种形体的、杂色的、有斑点的马，它们被飘舞的马尾和交织在一起的鬃毛装点着。有的马，人们一看就能想到它站在车辕前应该是什么样子，有的令人们站在那里犹豫一阵后才能打定主意，然后在早晨的阳光下赶着它扬长而去。无论酷暑还是寒冬，在这个城市中心的地方，马市都开着；在夏天，人们从远处就闻到了它的气味。巴黎的马市并不是这个国家最大的。上千匹马和比这更多的参观者、买主及爱好者涌入布列塔尼、普瓦图、弗朗什-孔泰的集市。不过这些马匹交易市场只在春天和夏天才开市，每年开放一到两次，然而巴黎的市场则是全年都开着的，每个礼拜分别在星期三和星期六各开放一次。自 1642 年以来，巴黎的马市在紧邻萨尔佩特里医院的圣马尔赛区（Faubourg Saint-Marcel）有了固定的地盘。1859 年，这块地方被列为奥斯曼的巴黎大改造的一个部分，于是马市搬到了地狱之门（Porte d'Enfer）；1878 年它又搬回了原来的地方，在那里继续运营了 1/4 个世纪，直到 1904 年关闭。现在里赛街这个名字仍然会让人们想起尘土飞扬的小土路，仆人和马童赶着马在那里通过。用木板为马搭起来的狭窄的走道并不是为英国-阿拉伯纯血马所准备的高级时装表演的舞台；从事赛马和高级马匹交易的商人都住在香榭丽舍大街北面的丢鲁勒区[1]。强悍有力的阿拉伯骏马在马市占主导位置，这些马来

---

[1] 丹尼尔·罗榭:《16 世纪到 19 世纪的西方马术文化：马的影子》，第 1 卷，第 7 章，第 231 页及其后面若干页，这里引自第 258 页。

自法国西部，被称作佩尔什马（Percherons），它们大多是白马或者灰斑白马，偶尔也有栗色马，都是些强壮的马，它们尽管个头高大，但行动起来却相当轻盈。

如同所有的马市一样，巴黎的马市也是男人们聚会的场所。女人们在集市边上的小酒馆做招待，马市的交易最终在这里进行确认；而在真正的市场上，却没有女人的位置，马交易是男人们的事。没有人注意到一个秀丽小巧精干的小伙子，他在1851年和接下来的一年里都在巴黎的这个马市里东游西逛，一逛就是好几个小时，甚至整整一天。他知道自己没被注意，他像一个旅行中的画家那样在便签本上随手画着。没有人认出这个女扮男装的年轻女子，她有一个雄心勃勃的计划。她打算创作一幅作品，那是西奥多·热里科曾经开始却没有完成的一幅巨大的图画，是宽幅长卷、气势恢宏的画面；她并不是要纯粹地重复帕台农神庙横楣上著名的骑兵图，而是要从当时的角度出发，她需要有新的理解。罗萨·博纳尔是一位绘制动物的女画家，而那时，她瞄准更高的目标。

1853年，她实现了这个目标。她完成了宏大壮丽的作品《马市》(Der Pferdemarkt)。这幅画长5米，高约2.5米，宣告胜利一般地在美术展览馆展出。媒体和公众都对这幅画作感到振奋，法国画家欧仁·德拉克洛瓦在他的日记里赞扬罗萨·博纳尔道：连皇帝和皇后都会在她的作品面前鞠躬致意[1]，她一举成名。罗萨·博纳尔到处旅行，穿行在荒芜的比利牛斯山脉间，享受着西班牙走私商人贪婪的目光。秋天，她回到巴

---

[1] 请参见D. 阿斯通（D. Ashton）和布鲁尼·海尔（Browne Hare）《罗萨·博纳尔：人生和传奇》，纽约，1981年，第88页。

黎，经历了一段特殊的历史时期。她的画先是在根特展出，现在挂在她的家乡波尔多；无论在哪里，她都能得到异口同声的称赞。但是，没有人能够或是愿意买下这幅画。她的经纪人欧内斯特·加姆巴特熟悉维多利亚时期的艺术舞台，于是将这幅画介绍到了伦敦。在画家雅克·路易·戴维和安东尼·让·格罗之后的两代人当中，法国出现了 19 世纪最好的历史画家和马画家——热里科、德拉克洛瓦、克洛德-约瑟夫·韦尔内、尤金·弗罗芒坦、巴龙·让-巴蒂斯特·勒尼奥、让·路易斯·欧内斯特·梅松尼尔，而那时罗萨·博纳尔就属于此列。但是能够慧眼识珠的顾客生活在英国；不久之后，他们会出现在美国的东海岸。加姆巴特让托马斯·兰西尔请他的兄弟——著名的动物画家埃德温·兰西尔——创作一幅马集市的版画，之后他开始组织一个法国艺术展，并且最终成功地吸引了维多利亚女王和阿尔伯特亲王参加该展览的开幕式。喜爱马的女王因为私人欣赏，选择将罗萨·博纳尔的这幅画带回温莎城堡；因此，她在英国也获得了成功。不过，这幅画对于欧洲来说可能过于宏大了，最后它被卖到了美国。[1]

西奥多·热里科了解希腊人吗？当他创作罗马赛马会的时候，他想到了古希腊雕刻家菲狄亚斯和帕台农神庙的横楣了吗？直至今天，这些问题也没有答案。[2] 不过，无论如何他也同样梦想着一幅巨幅图画，一

---

[1] 在分别为 A.T. 斯图尔特和范德比尔特·柯内留斯收藏之后，它现在陈列在纽约大都会博物馆。
[2] 请参见劳伦斯·埃特纳（Lorenz Eitner）《热里科：他的人生和他的作品》(*Géricault. His Life and Work*)，伦敦，1982 年，第 125 页；K. 库格勒（K. Kügler）:《西奥多·热里科的马图：现代绘画中马主题的发展及符号化过程》(*Die Pferdedarstellungen Théodore Géricaults. Zur Entwicklung und Symbolik des Pferdemotivs in der Malerei der Neuzeit*)，硕士论文，基尔（Kiel），1998 年，第 76 页。

幅长达 9 米或 10 米的"宽银幕"。[1] 据说他在于 1817 年 9 月突然离开罗马回到法国的时候，开始了这样的创作。[2] 计划中的《自由奔跑在罗马的马》（*Course de chevaux libres à Rome*）的创作过程一再被打断，不过经过 7 个月的努力之后，留下了大量草图和图画，它们今天散落在世界各地的博物馆和私人收藏中，此外还有几幅油画草图，收藏在巴黎、里尔、鲁昂、马德里和洛杉矶，它们是这位画家在其短暂一生中最完整的作品。[3]

1645 年，约翰·伊夫林研究并描写了在科尔索举行的罗马狂欢节接近尾声时举办的传统的巴巴利马竞赛；[4]100 多年后（1788 年），歌德也看到过没有骑师也没有马鞍，因而被形容为"自由的"巴巴利马的赛马会。[5] 热里科是在又过了 30 年之后的 1817 年 2 月看到过这样的比赛，如同歌德直接记下了自己的感受一样，热里科也当场画下了那个场面。最初几幅作品中有一幅水彩草图，从完成的画面上还可以呼吸到举办比赛的街道气息，可以感受到参加者的紧张、现场的速度、实实在在准备就绪的场面——看台、围栏、岗哨、小号手——他们下一刻就要发出开始的信号。这些都是抓拍的场面、瞬间的印象。有些场景是如此切中

---

[1] 关于西奥多·热里科的最早的传记中是这样说的。Ch. 克莱门特（Ch. Clément）：《热里科：生平研究和评论》（*Géricault. Étude biographique et critique*），巴黎，1867 年，第 104 页。

[2] 劳伦斯·埃特纳：《热里科：他的人生和他的作品》，第 133—134 页。对于他的突然离开有几种猜测。同样一直不明了的是，热里科是直到最后都在创作一幅有关巴巴利马的图画，还是他在去世前几个月就已经放弃了。

[3] 威特尼（Whitney）：《意大利》（*Italy*），第 93 页。其中谈到今天已知的"关于巴巴利马参加赛马会的油画和铅笔画大约有 85 幅"。

[4] W. 贝林格：《运动的艺术史：从古达奥林匹亚到 21 世纪》，第 219 页。

[5] 请参见约翰·沃尔夫冈·冯·歌德（J. W. v. Goethe）《意大利之旅》（*Italienische Reise*），威斯巴登，1959 年，第 508 页及其后面若干页。

要害，以至于在后来的作品里会反复出现，例如那个仆人的形象，他抓住向前拥挤的马的尾巴，要将它拽回来：这不是画家的发明，而是他所看到的场面，要么是在科尔索，要么是在坎帕尼亚大区。

无论是画草稿，还是在真正的绘画过程中，一些元素都会随着过程的推进而独立出来。这位画家隔离出单独的群体——一匹马、两个男人——将他们从原始的叙事中分解出来，让他们成为**模块**，然后开始用它们进行尝试。他改变图画的走向，马不再从右向左奔跑，而是在相反的方向。他改变他自己的位置，从而视角也发生了变化，他让观众更深入地进入到所发生的事件中，并以此提高场面的戏剧性。[1] 他重新动用他在学校里所受的训练，将仆人画成裸露的，仿照古罗马人那样赤裸着：看上去像是生活在恺撒的罗马帝国的人们一样。[2] 他从大师们那里获得灵感，从拉斐尔那里借用一个跌倒的男人的形象——梵蒂冈博物馆里的《将赫利奥多罗驱赶出神殿》，米开朗琪罗的一个赤裸上身年轻男子的侧影（取自西斯廷教堂的穹顶）。这幅画的构图赢得了清晰性，但同时也失去了速度、激情和狂热。[3] 这种风格靠近尼古拉斯·普桑，显得非常具有学院气息，过于安静、过于古典、过于庄重。这位画家做了修改，向相反的方向转变。他把彩色的裤子和红色的帽子还给那些奴仆，去掉跌倒了的人物形象，让戏剧化的光影照在马屁

---

[1] 请参见威特尼《意大利》，第113页。

[2] 同上书，第99页。

[3] 请参见劳伦斯·埃特纳《热里科：他的人生和他的作品》，第128—129页。

股上，不管不顾地打破灯光效果规则。[1] 他把他的画从想象中的古罗马的氛围中拽了出来，而将画面所放置的"当下"却不是在1817年2月的某一天；这个"当下"是一个超越时间的现在：也就是说现在是在观众的眼睛中的。热里科的研究者劳伦斯·埃特纳可能说得没错，正如他所注意到的那样，那些从罗马狂欢节走来的赶着骏马的人，看上去像是一群雅各宾党人（Jakobiner）[2]，他们再一次指向了帕台农神庙横楣。

人们将热里科称为"街头艺术家""城市里第一个视觉诗人"[3]，并且将他看作那个被波德莱尔赞扬为"当代生活画家"的康斯坦丁·盖伊斯的前辈。尽管街道为热里科带来了主题和印象，但是跟随大师的学习，为他在构图上提供了指导，并且引导他形成了自己的建筑风格和戏剧风格。30年后，在罗萨·博纳尔身上的情况也是如此：她也是在大街和市场上发现了主题。不过，当她回到她的工作室的时候，她的榜样们正等着她，首先就是热里科。她有热里科的一些草图，还有版画。这中间有一张是石版画集中的一幅图，这个系列是1821年热里科在伦敦完成的，出版时的题目是"坐在石头上画生活百态"（Various Subjects drawn from Life and on Stone）。那幅画的题目是"前往交易会的马"（Horses

---

[1] 请参见威特尼《意大利》，第93页及其后面若干页。那里按时间顺序精确地重构了这位画家的每一个绘画步骤；凭借于此，我们可以清晰地看到一个连续变化的相变过程。

[2] 请参见劳伦斯·埃特纳《热里科：他的人生和他的作品》，第126页。

[3] R. 西蒙（R. Simon）：《英格兰》（L'Angleterre），载：《热里科：艺术学院的素描和铜版画集》（Géricault. Dessins & estampes des collections de l'École des Beaux-Arts），E. 布鲁格洛尔斯（E. Brugerolles）（编），巴黎，1997年，第77—81页，这里是80页。

Going to a Fair），图画展现了一群强壮的佩尔什马，它们正被两个男人赶向马市。[1] 极有可能的是，罗萨·博纳尔也看过罗马赛马系列的素描和油画草图，因为一些单独的形象和群体——例如左边那个穿绿裤子的赶马人——完全再现了热里科罗马系列里呈现的姿态和神情。[2] 众所周知，艺术并不是仅凭艺术家与素材的互动就能够产生的，"现实"、艺术家所处的社会或自然环境也发挥着作用。

艺术产生于与其他艺术、行业前辈、榜样和竞争对手的对话之中，艺术清楚自身的**历史至上主义**（Historizismus）和**自我指涉性**(Selbstreferentialität)。[3] 表现马的绘画可以属于历史画作的范畴，或是动物主题的作品，要么就是反映社会真实的戏剧化的片段，这些画作都表现出了一个几乎没有例外的共性：从热里科画的巴巴利马到博纳尔描绘的马市，人们都会隐隐约约感觉到绘制在帕台农神庙横楣上形象的特征，这些形象起源自雅典娜神庙的浮雕形象。与古希腊建筑上方带状缘饰的比较当然也展现出，除了诸如热里科和博纳尔这样的画家之外，还有多少雕塑家和力学家也要感谢解剖学的研究（菲狄亚斯还不知道有这门学问的存在）。博纳尔可能是从书本上了解到马的解剖学[4]；人们认

---

[1] 请参见 D. 阿斯通和布鲁尼·海尔《罗萨·博纳尔：人生和传奇》，第 83、87 页；E. 布鲁格洛尔斯：《热里科：艺术学院的素描和铜版画集》，第 244 页。

[2] 请参见 D. 阿斯通和布鲁尼·海尔《罗萨·博纳尔：人生和传奇》，第 87 页。

[3] 有很多作家谈到了这个问题，例如，I. 拉温（I. Lavin）：《艺术史的过去与现在》(*Passato e presente nella storia dell'arte*)，都林，1994 年。

[4] D. 阿斯通和布鲁尼·海尔：《罗萨·博纳尔：人生和传奇》，第 82 页，这里面谈到 M. 理查德（M. Richard）的《驮畜和战马研究》(*Étude du Cheval de service et de guerre*)（巴黎，1859）是博纳尔的重要的资料来源。

为，热里科通过在屠宰场和停尸房进进出出而获得了相关知识。人们讲过一开始是乔治·斯塔布斯，后来是阿道夫·冯·门采尔的令人毛骨悚然的故事：他们的画室里不断地飘出腐烂的恶臭，那是英雄般的现实主义香水。因而在 19 世纪末期前后，人们已经将在艺术家的遗产和收藏中流传下来的所有作品——无论是表现脑袋、胳膊、腿、马或人的骨骼的画作，还是表现被分割下来的身体或者尸体的某个部分的不同阶段的腐烂情况的草图——都归功于当时尚未发展成熟的解剖学。[1] 热里科被看作描绘最残酷的现实的画家。在停尸房和病理学中，他找到了无与伦比的真实。仿佛所有现实主义者和唯物主义者在解剖学中实现了一直以来对找到**原初物质**（prima materia）的古老的梦想，这种物质先于一切艺术概念存在。在尸体解剖这门血腥的艺术中，展现美的艺术伴随着科学，似乎遵循着这样一条原理：画家的画笔追逐着解剖刀的踪迹。

空无的守卫者

即便到了 70 岁，乔治·斯塔布斯也没有放弃参与经济活动。1794 年，他与他的儿子在伦敦康迪街举办了赛马画展（Turf Gallery），所有的证

---

[1] 请参见 J. F. 戴波德（J. F. Debord）《有关热里科的一些解剖图作品》(*à propos de quelques dessins anatomiques de Géricault*)，收录于 E. 布鲁格洛尔斯编写的《热里科：艺术学院的素描和铜版画集》，第 43—66 页，尤其是第 51 页及其后面若干页。

据都表明这次展览获得了经济方面的成功。莎士比亚画展（Shakespeare Gallery）是斯塔布斯此次画展的最重要的榜样，前者展现了英国艺术家展览莎士比亚作品场景的画作，与之相对应的是，斯塔布斯父子在画展展览的是最著名的赛马作品。换而言之，这次画展是对英国赛马运动声誉的半官方的回应，同时也是体育运动项目中的无冕之王的私人展销——作品的一笔一画都是奉献给热衷赛马和狩猎活动的上层阶级。据说，斯丹尼斯·欧凯利上校是充满传奇色彩的埃科利普的拥有者，在他的遗产中就有这个画展中展览的画。不过，这个如意算盘没能继续打下去，赛马画展在4年后不得不关闭，可能的原因是英国与法国的战争毁掉了绘画业的生意。[1] 不过在象征性资本的资产负债表上，这个项目展现出了与诗坛上的赛马场上所呈现出的同样的画面：离赛马被像天才一样展现出来的日子不远了。[2]

乔治·斯塔布斯从开始创作、出售马图持续了将近14年的时间。他以一名成功的艺术家的身份，经历了英国赛马业非同寻常的崛起，并且观察了这个世界的方方面面：如何成为明星并不断被易主的马；是什么促使人们一直去描绘它们，使它们在肖像画中永生；是什么将它们的

---

[1] 奥奇亚·汉弗莱（Ozias Humphry）在他的回忆录中如是说道，他在那里面回顾了在斯塔布斯人生最后岁月里他们的谈话；请参见 M. 沃纳（M. Warner）《斯塔布斯和纯种马的来源》(*Stubbs and the Origins of the Thoroughbred*)，收录于 M. 沃纳和 R. 布莱克（R. Blake）的《斯塔布斯和马》(*Stubbs & the Horse*)，纽黑文和伦敦，2004年，第101—121页，这里是第103页。

[2] 罗伯特·穆希尔（Robert Musil）:《没有个性的人》(*Der Mann ohne Eigenschaften*)，第1卷，莱茵贝克（Reinbek），1981年，第13章《天才一般的马催生了对人是没有个性的认识》(*Ein geniales Rennpferd reift die Erkenntnis, ein Mann ohne Eigenschaften zu sein*)，第44页及其后面若干页。

价格推向了顶峰；[1] 那些赛马会，例如刚刚创立就立即成为经典的爱尔兰圣莱杰锦标赛；将马贵族的错综复杂的家庭关系清晰地呈现出来的赛马大事记和种马登记簿；来到赛马场或贵族庄园的肉类交易商，他们通过拍卖得到了前主人在赛马场上打赌输掉的资产。斯塔布斯一直守护他那个时代的一级方程式比赛，而且有时也会清晰地体验到，作为画家的他既是这个系统中的寄食者，同时又是最重要的行动者。直到今天，他都在英国的这个伟大奴婢的后代所创造的形象上打下了这样的印记：他是马厩世界的组成部分。

18世纪50年代，斯塔布斯像一个疯子一样，用了整整18个月待在哈克斯托的一间牲口棚里，解剖了十多匹马，为了避免破坏任何一根骨头、肌腱和血管，那些马都是被放血致死的。为了重构一个富有意义的"起重装置"，他不顾无法忍受的恶臭和患败血症的危险，连续几个星期处理一些马尸。他既是解剖师，又是艺术家，并且在这两方面都技艺精湛，于是他没有任何停歇地切割着、涂画着；他将肌肉层一一分解开，随后立即画下来，并且用文字细致地标注；最后他"剔"出骨架，同样也将它画下来，每根骨头都细致入微地被描摹出来，就像是一位考古学家对待一座古城的历史遗迹一样。这是考古学的英雄年代。在林肯郡的动物碎屑里，乔治·斯塔布斯挖出了异教崇拜的"神庙"：马的解

---

[1] 著名的牡马吉姆克拉克（Gimcrack）就是一个典型，它在1764年到1769年间曾经换了5次主人，并且被多次描绘，其中包括斯塔布斯；请参见 F. 鲁塞尔（F. Russell）《斯塔布斯和他的委托人》（*Stubbs und seine Auftraggeber*），收录于 H. W. 洛特（H. W. Rott）编《乔治·斯塔布斯（1724—1806）：马的美好》（*George Stubbs 1724-1806. Die Schönheit der Tiere*），慕尼黑，2012年，第78—87页，这里是第85页。

剖图。经过一层一层地剥开、褪去，最后他进入了马躯体的深处；他以绘画的形式记录下肌肉、筋腱和血管，一共五个层次。最上面的第一层是完好无缺的躯体，只是把最外面的表皮去掉了。然后解剖刀、铅笔和眼睛继续深入；通过第五层的图画可以抵达最下面的层次，是直接附着在骨骼上的韧带和肌腱。为了不让数字和标注破坏图画的清晰感和美感，斯塔布斯在每张图画旁边都配了一个图表式的结构图，那上面标有索引数字，人们可以从附录的肌肉表格或其他表格上，找到相应部分的名称和功能。[1]

通过这两种做法，即由外到里的分层步骤和单独的图表式索引结构，斯塔布斯画出了类似伯恩哈德·齐格弗里德·阿尔比努斯在十年前所出版的人体解剖图。[2] 在展现美学规范时，斯塔布斯也以德国解剖学家、绘画人体解剖图的荷兰图形艺术家和斯泰赫尔·简·旺德拉尔为榜样。就像人体模型、被剖开的人或者人类的骨架以优雅的姿势和理想的造型被展现出来一样，斯塔布斯也以朝气蓬勃的马的优雅形态呈现着死马，它们像舞蹈者一样小步奔跑着。只要对斯塔布斯笔下的轻盈优美、典范一般的马看上一眼，就能认出他画的是具有阿拉伯血统的英国纯血

---

[1] 卡尔洛·鲁里尼（Carlo Ruini）是斯塔布斯的榜样，他在 150 年前就用图表的形式展现马的解剖图，不过，他漫不经心地用数字和字母在图上圈圈点点。请参见卡尔洛·鲁里尼《马的解剖》（*Anatomia del cavallo, infermità, et suoi rimedii*），威尼斯，1618 年。

[2] 伯恩哈德·齐格弗里德·阿尔比努斯：《人体解剖图》（*Tabulae sceleti et musculorum corporis humani*），莱顿（Leiden），1747 年。请参见 O. 凯斯（O. Kase）《"刀随笔动"：乔治·斯塔布斯的〈马的解剖图〉中的科学与艺术》（*«Make the knife go with the pencil»-Wissenschaft und Kunst in George Stubbs' ‹Anatomy of the Horse›*），收录于 H. W. 洛特编《乔治·斯塔布斯（1724—1806）：马的美好》，第 43—59 页，这里是第 52 页及其后面若干页。

马。这幅《马的解剖图》(Anatomy of the Horse) 就是一篇赛马领域的考古研究。不过，斯塔布斯在一点上出乎意料地偏离了阿尔比努斯和旺德拉尔的做法：他放弃了田园牧歌般的背景。在他无论是美丽的还是阴森的马的身后，都没有出现任何理想化的背景。斯塔布斯把他的马放在了虚无之前。

在《马的解剖图》这幅年轻的斯塔布斯的杰作中[1]，这位画家的作品特性已为其在艺术史上占据独一无二的地位做好准备了：马的身体与所有装饰和点缀的绝缘、周围环境产生的压迫感。斯塔布斯如同照片一般真实、详细地描摹着马，其中人们可以辨识出每一个个性化的（养马人和马的主人最看重）细节；他偶尔也尝试登上静谧的极端主义的巅峰，那是不合时代潮流的艺术抽象：除了牡马、牝马和马驹之外，他至多只留下一个小小的影子。因而，在不多的画作里，当将优美、闪耀光芒的马确确实实地变成圣像的时候，尽管在那里没有将背景装饰得富丽堂皇[2]，但却展现出了马儿栗色的皮毛散发出的微光。

斯塔布斯的这种放弃了所有通过风景、人物和点缀进行叙事的画作只有几幅。这中间最有名的是一幅名为《响外套》的作品：这是一匹没

---

[1] 斯塔布斯在 1857 年至 1858 年间完成这项研究的时候，30 岁出头；由于没有找到合适的雕刻师，他不得不自己进行雕刻，因而计划中的版画作品直到 1866 年才完成。这使得他获得了名望。不过，在这个时候他已经是受人欢迎的动物画家了。请参见 M. 沃纳《斯塔布斯和起源》(*Stubbs and the Origins*)；以及 M. 麦荣（M. Myrone）《G. 斯塔布斯：市场、自然和艺术之间》(*G. Stubbs–Zwischen Markt, Natur und Kunst*)，收录于 H. W. 洛特编《乔治·斯塔布斯（1724—1806）：马的美好》，第 8—21 页。

[2] 斯塔布斯选了土黄色调作为背景；而在《响外套》(*Whistlejacket*) 中选用的是极淡的绿色——几乎没有颜色，完全是一种中性色调。

有骑手的公马的肖像，它前肢扬起，脑袋略微转向观众。人们将这幅画看作"18 世纪最重要的作品之一"，也是"最重要的马图之一"。[1] 今天一直占主导地位的一种看法是——这个观念是由斯塔布斯自己率先提出来的——这幅画与一幅完成一半的乔治三世的骑手肖像有关，后者因为各种原因，背景的绘制和国王这个人物的完善都被搁置了。[2] 另外一些同样抽象或者绝对化的作品，例如与《响外套》在同一年（1862 年）完成的《河边的母马和马驹》(Mares and Foals)，对这类画属于哪种类型的解读则更加困难。正如维纳·布什所指出的那样[3]，这些马的群像图如同横梁上的装饰画一样遵循着黄金分割原理，在创作手笔上展现出精湛的技艺，含义上又高深莫测。这些与众不同、极其另类的图画，可能展现的是斯塔布斯作品的秘密目标。这位画家不仅在画马和画狗方面得到了"桂冠"——虽然不是他的本来打算——但是他的所有作品中也展现出他对于风景这个主题的驾驭，尽管这方面的画作秉持了传统风格、没有体现出特别的独创之处，可能正因为如此，他才没有进入绘画艺术的**先贤祠**。他在描摹来自纽马克特的马和骑师的画作上所体现的灵活机动性尤其令人感兴趣，在这些作品上，总是可以看到同样的活动布景和建筑物的某些部分——好像这位画家早已厌倦了这些装饰

---

[1] 引自维纳·布什（Werner Busch）的《斯塔布斯的美学》(Stubbs Ästhetik)，收录于 H. W. 洛特编《乔治·斯塔布斯（1724—1806）：马的美好》，第 23—41 页，这里出自第 32 页。

[2] 请参见例如 M. 沃纳《戴刺冠的马：斯塔布斯和情感之马》(Ecce Equus. Stubbs and the Horse of Feeling)，收录于 M. 沃纳和 R. 布莱克（R. Blake）《斯塔布斯和马》(Stubbs & the Horse)，第 1—17 页，这里引自第 11 页。

[3] 维纳·布什的《斯塔布斯的美学》，收录于 H. W. 洛特编《乔治·斯塔布斯（1724—1806）：马的美好》，第 39 页。

一样。在斯塔布斯的画作上，空虚悄悄地潜行在没有变化的建筑物元素之间，由此产生了遁世与寂寥的情绪基调，这令人想起像爱德华·霍普这样的 20 世纪的写实主义者。在斯塔布斯那里，生命力和充实感只存在于马的身体内部，而且只有当人们越多摆脱了恼人的世界关系的时候，才越能感受到那种生命力和充实感。笼罩在《河边的母马和马驹》之上的田园牧歌的音调在大部分画作中出现，因为展现的是具有古典意味的和谐宁静。只有当真正排除一切的时候，才能在空白的画布上呈现出自由。

艺术史花了很长时间才决定将斯塔布斯的《马的解剖图》与菲利普-埃蒂安·拉弗塞的《马医学课程》(*Cours d'Hippiatrique*) 相提并论。[1] 这两者绝非没有相似之处。两幅作品产生于同样的年代：斯塔布斯的插图画于 1866 年，比拉弗塞的早了 6 年。我们并不知道，拉弗塞的这幅作品在当时是否已经出名了。那是马学和解剖学的疯狂年代，英吉利海峡两岸都有大批关于马的文学作品问世，此外，还有大量了不起的绘画作品。斯塔布斯和拉弗塞都是博学而且热情洋溢的解剖学家；在他们人生的早期——当他们还是个半大的孩子的时候——就解剖过死马了，并且用实地观察代替了书本知识；他们都在青年时代积累了充当解剖学教员的经验。斯塔布斯在真正的艺术方面，作为画家和雕刻师，在哪些地方超越了比他年轻 14 岁的法国同行是一目了然的：他是一位了不起

---

[1] 请参见 O. 凯斯《"刀随笔动"：乔治·斯塔布斯的〈马的解剖图〉中的科学与艺术》，收录于 H. W. 洛特编《乔治·斯塔布斯（1724—1806）：马的美好》，第 48 页及其后面若干页，有关拉弗塞也请参见第 212 页。

的画家，并且是无人能与之比肩的最好的雕刻家。拉弗塞的成果——65幅彩色版画——如此残酷又如此令人震惊：它们展示马的尸体、解剖台上的骨骼或者悬挂装置上的吊钩；尸体的一部分被打开，呈现出一些肌肉、几个器官或者最重要的血管、静脉或动脉。拉弗塞毫无禁忌地呈现着尸体的形态：蜷缩在一边的腿，伸出来的舌头，构图的多重视角，比立体派早了一个半世纪的怪诞的整体印象。与斯塔布斯优雅的古典主义相比，拉弗塞割断了古典风格，呈现出令人感到不适的超现实图画。21世纪的批评家为这些下了一个较为妥当的判断："充满欲望、拟人式的暴力呈现所带来的令人困惑的美学。"[1]

菲利普-埃蒂安·拉弗塞是恐怖片的先驱吗？事实上，在将马视觉化的过程中，斯塔布斯和拉弗塞涉及了两种完全不同的美学。两位学者都深深地扎根于他们那个时代的科学知识，并且满足了这些认知的最苛刻的要求：精确和细节丰富、形态再现以及展现功能性联系。两位学者都依赖于亲自实践，并且坚信认知不只是来自眼睛所见，也来源于观察者的手上。两位学者都想为那些实践者——无论他们是养马人还是艺术家——提供支持并致力于取悦于鉴赏人，还给未来的兽医或者诊疗铁匠提供培训。斯塔布斯在上述条件的制约下最终成功地展现了美学，并且时刻考虑到他的潜在客户的要求，而将死去的马描摹为舞蹈中的漂亮女子的时候，拉弗塞则将动物的尸体作为冷冰冰的研究客体加以呈现：他将尸体作为**标本**展现出来。当斯塔布斯的马小跑着奔向画室的时候，拉弗塞的马尸则一直留在动物解剖室里。

---

[1] H. W. 洛特：《乔治·斯塔布斯（1724—1806）：马的美好》，第50页。

产生知识的头颅

在同一时间，当巴黎的巴士底狱被攻占的时候——这个地方被同时代的人看作专制精神的化身——勃兰登堡门在柏林屹立起来了，它在接下来的两个世纪里成为德国的命运大门。这个雅典神殿廊柱式入口的仿制品被当作德意志民族的象征，它也使得人们不会忘记它的缔造者。这是一个排在建筑师安德烈·施吕特尔和城市规划师卡尔·弗里德里希·申克尔之后位于第二梯队的建筑师。勃兰登堡门使得卡尔·哥特哈德·朗汉斯（1732—1808）的名字流传了下来，这个名字令人们想到在建筑历史和模块领域留下有价值的作品的另一位建筑师。在朗汉斯所有作品中最精巧，即便是从保守的角度来看也是最能引起轰动效果的作品，就是兽医学校的解剖剧场（Anatomische Theater），这个地方经过几年的修缮之后，在不久前又重新开放供人们参观了。

除了建筑艺术之外，这两个建筑——勃兰登堡门和解剖剧场——也与雕塑艺术有关。普鲁士雕塑艺术家约翰·哥特弗里德·沙多夫通过胜利女神四战车（Quadriga）为勃兰登堡门戴上了王冠，这组塑像非常妩媚，又十分生动。沙多夫的原作最后除了一匹马的石膏脑袋像纪念碑一样被保留下来之外，没有留下任何其他部分任由第二次世界大战去破坏，或是让德意志民主共和国（DDR）的文物保护部门去修缮。这颗脑袋作为柏林兽医学院历史展的展品，后来又回到了它的出生地：根据阿道夫·冯·门采尔的研究，沙多夫画活生生的马，并且来自兽医学里的动物解剖课本上的头盖骨和骨架对他也很有帮助。[1]

解剖剧场是弗里德里希·威廉三世委托建造的，建成于1789年到1790年间。这个建筑的外观模仿了帕拉迪恩别墅，它的内部似乎是仿照意大利帕多瓦（Padua，1594）、荷兰莱顿（Leiden，1610）和意大利博洛尼亚（Bologna，1637）的解剖剧场。[2] 朗汉斯的原创性不仅表现在传达了兽医学繁荣昌盛的景象，而且也体现在视听大厅的技术装备上。在演出大厅的中央升起了一个解剖台，它可以四面旋转，也可以上下升降，看上去就像是动物的尸体从建筑物的底下升了上来，并且旋转着供观众从各个角度去观看。弗里德里希·威廉二世在动物解剖室里也研究诸如牛和羊这类家畜，并且他也试图弄明白流行的牛瘟疫是怎么回事。与这位前辈不同，弗里德里希·威廉三世再次回到了兽医学的政治和军事的核心马类医学。[3] 至少在最初几年，被放在旋转解剖台进行科学研究的尸体，无一例外都是马的尸体。

近现代的解剖剧场，在这种古罗马式剧场舞台前侧的位置上，放置了一个更为私密的布景：尸体解剖台。于是在悲剧的中央站立着的，是

---

[1] 请参见U. 克伦茨林（U. Krenzlin）《约翰·哥特弗里德·沙多夫：女神四战车——从普鲁士的象征到民族纪念碑》（*Johann Gottfried Schadow: Die Quadriga. Vom preußischen Symbol zum Denkmal der Nation*），法兰克福，1991年，第28页。

[2] 请参见J. -O. 开姆普（J.-O. Kempf）:《卡尔·哥特哈德·朗汉斯的柏林皇家兽医学校：建筑史专论》（*Die Königliche Tierarzneischule in Berlin von Carl Gotthard Langhans. Eine baugeschichtliche Gebäudemonographie*），柏林，2008年，第120页及其后面若干页。

[3] "皇家兽医学校经常需要马的宫廷马厩管理部门负责组织这件事情。"同上书，第28页。

某具尸体的器官和纤维。这些物品是用来诊断的，凭借它们可以标示出肌体的病症，并且通过这些证据，可以向冷漠的观众宣告死亡的来临。[1]正如观察窗将人们的注意力引导到露天竞技场上隆起的圆形中央舞台上一样，研究者的目光也都集中在尸体的碎片上，这些切片是病理学家的手术刀所剥离下来的，以便将其作为样本进行研究。为了让公众能够从各个角度观察所展示的物品，解剖剧场的解剖台是可以旋转的，没有任何细节会逃过观众的眼睛。解剖剧场是将公众包裹其中的大型设备，它的目的就是引导公众视线，并进行传授：从简单的观览变为阅读，再到对征候进行解读。解剖学是现代科学的舞台，在那上面，死亡的征兆以系统性和预备性的姿态登场了。

朗汉斯式的动物解剖学也符合现代观察设备的传统。解剖动物的升降台也允许毫不费力地将又大又沉重的动物躯体在垂直方向上运来运去。由解剖员在地下室准备好的牲畜尸体，通过升降式解剖台，似乎悬浮在公众的视野范围内，并且也会以同样的方式离开观众视线，仿佛是一种**马下凡**的感觉。这位研究动物解剖的建筑师，将他最初萌发的构想——"袍子"——编织到剧院建筑中了；而现在动物解剖学从中也得到了好处。屠宰场和剥皮工厂继续被赶到地下室，能够走上一楼的只有清洁整齐的切片和标本等纯粹的现象学的物品。不过，解剖动物的解剖台不仅引起了传统剧院的反应，它也向古代希腊神庙的祭奠台作出了承诺。这令人们想起柏林画家、蚀刻艺术家伯恩哈德·洛德在动物解剖

---

[1] 请参见米歇尔·福柯（Michel Foucault）《医院的诞生：医疗检查的考古学》（*Die Geburt der Klinik. Eine Archäologie des ärztlichen Blicks*），慕尼黑，1973 年。

式的穹顶上所创作的便于长久保存的系列壁画，这些壁画周围是用画着牛头的彩带装饰着的。[1] 当然，在动物解剖间的地下室被杀死的动物，不再被献祭给古老而嗜血成性的众神，它们是为科学而牺牲的。

在飞一般的疾驰中

马的更内在的特性,在动物解剖剧场的观看和展示装置中得以呈现。围坐在解剖台边上的观众看到了马的骨骼结构、马的肌肉纹理、马胸膛的体积和肺的尺寸，从而认识到了马的速度和耐力的产生机理。不过，观众们看到的只是死去的生物，而不是走动、奔跑和跳跃着的动物。解剖学展示的是运动机制，而不是运动。斯塔布斯的解剖图所勾画出来的马的轻快地小步奔跑只是一种美学配饰，就像雅克·路易·戴维的《拿破仑》(*Napoleon*) 中飞舞的马鬃和飘动的长袍；斯塔布斯的版画作品的核心是静态的风景。马，这个巨大的发动机，保持着自身的静止。前肢扬起也只是马的另一种静态形式而已，没错，这个姿势处在一个似是而非的顶点上：马在几秒钟的时间内直立起来，因而抬起的身体向后仰去。热里科笔下的巴巴利马是半个世纪后的作品，因而是另一个时代的产物，是由光和速度、隐喻和动力学组成的物种。1821 年，当热里科

---

[1] "被牛头所环绕的带形装饰物起源自古希腊和古罗马宗教崇拜中的祭祀习俗。用作祭祀的动物的头颅被用彩带和垂饰装饰着，它们作为明显的牺牲标志被挂在祭祀地点。这种装饰物成了神庙建筑群的雕刻饰品的组成部分。" J. -O. 开姆普:《卡尔·哥特哈德·朗汉斯的柏林皇家兽医学校：建筑史专论》, 第 179 页。

第二次在伦敦小住的时候，有人向他建议，为画家和业余爱好者提供一本有关马解剖学的教科书[1]。这样的教科书应该类似斯塔布斯的作品[2]，这是为现代而准备的，不过符合当时人们的品位。他立马被这个主意所鼓舞，开始去描绘，不过不是运动中的马，而是在马身上的运动。

热里科 19 世纪 20 年代初在英国居住绝对不是因为马的缘故，而是因为在 1819 年展览《梅杜萨之筏》（*Das Floß der Medusa*）时得到了观众的青睐。这一年，这位画家在伦敦展出他的《梅杜萨之筏》，大量的观众拥来观看，而且批评家的评价也令人愉快。1821 年年初，热里科第二次来到伦敦，他在那里住了将近一年，主要是为了完成石版画，并且出售它们。此外，他也努力在马和赛马会上讨好英国顾客。他整日都待在赛马场，并且与一位富有的马商——亚当·埃尔莫尔——成为朋友，他从这位商人那里买下了 3 匹漂亮的马。[3] 在这个背景下所创作的素描，展示的都是高度动态——在旋转的能量旋涡里的英国纯种马和它们的职业赛马骑师——从那里面已经可以看到罗马人的巴巴利马了。巴巴利马将热里科引向了他的动态化且戏剧化艺术的高峰。之后发生了一些怪异的事，这位画家变成一个变化多端的人。他从法国浪漫主义者变成了英国运动画家，他成了地主庄园的装饰员和布景员。

热里科画了一幅油画，我们并不太清楚他是将这幅画送给了埃尔莫尔，还是作为马款的一部分抵押给了埃尔莫尔。这幅画就是《爱普森赛

---

[1] 请参见劳伦斯·埃特纳《热里科：他的人生和他的作品》，第 231 页。
[2] 同上书，第 227、351 页；热里科之前也曾经复制过斯塔布斯的解剖学。
[3] 同上书，第 280 页；1824 年 1 月，在热里科去世时，购买这些马的钱款还没有完全付清，于是这些马立即被以 7000 法郎出售。

马》(Das Derby von Epsom),它似乎是在打趣满怀期望的英国顾客,这简直是太对他们的口味了:"《爱普森赛马》只是让人们意识到了模仿的存在,但作为仿制品,它并不是对英国最流行的赛马图的滑稽模仿,在那里,公众,特别是埃尔莫尔先生并不能找到司空见惯的元素,就像是英国人对便士那般熟悉的东西。"[1] 事实上,在这里人们无法辨识出这位大师的手笔:**巴巴利马**令人血脉偾张的感性、它们四肢的性感的灵动、它们外貌令人惊艳的亮丽都跑到哪儿去了呢?热里科似乎直接出自英国学派,他使得这些生硬拘谨、具有表现力的马图适应了英式流派。他画的《爱普森赛马》看上去似乎像是亨利·阿尔肯和詹姆斯·博拉德这类通俗图像设计师的作品。在这些画师的作品中,人们也可以看到在热里科的《爱普森赛马》中的通过同时向前和向后弯曲的腿而"飞一般疾驰"的马,4匹马都同时处在同样的飞翔姿态中。这些马似乎飘浮着,在观众看来,最近处的那个赛马骑师似乎也不像骑士那样蹲坐在马上,而是如同一个飞行员一样,挺直上身端坐在马上。热里科是一位充满激情的骑手,他非常熟悉运动中的马,因而他清楚他的这幅作品是不符合物理现实的(同一时期的草图"出卖"了他)。但是,他也知道,这样表现却符合英国绘画艺术的传统[2] 和买主的视觉习惯。当人们想要在伦敦或

---

[1] 劳伦斯·埃特纳:《热里科:他的人生和他的作品》,第235页。也请参见 K. 库格勒《西奥多·热里科的马图: 现代绘画中马主题的发展及符号化过程》,第81页。

[2] 请参见亨利·阿尔肯《英语和法语描述中的大不列颠的民族体育运动》(The National Sports of Great Britain, with Descriptions in English and French),伦敦,1821年,插图6《竭尽全力》(Doing their best);也请参见 St. 多伊奇巴 (St. Deuchar)《18世纪英国的体育艺术:一部社会和政治的历史》,以及 K. 库格勒《西奥多·热里科的马图: 现代绘画中马主题的发展及符号化过程》,第84—85页。

者纽马克特取得成功的话,就应该遵守另外的文化方面的"真理":被人喜爱的就是美丽的。

那么《爱普森赛马》是一位灵活善变的艺术家为了在新市场上找到幸运而使出的狡猾招数吗?有可能是这样。但是显然他没有得逞,于是热里科在1821年12月停止了这样的尝试,带着他的英国马回到了法国;在人生接下来的最后两年中,他开始忙于其他的描摹对象。爱普森赛马会上的赛手并没有为他带来展现速度和扣人心弦的运动的新的绘画公式。[1] 根据这样的公式,这位法国人的绘画作品应该在接下来的几十年里,尝试着从浪漫的东方主义,经过历史主义最后到达"科学的现实主义",在这个过程中,应该越来越强烈地感受到来自生理学和新的绘图方法上的压力。[2] 军官、人类学家埃米尔·杜豪赛特在1874年出版了一本著作,在那里面,他批判了大量那时所展现的迈步和奔跑的马的图画,他认为那些都是错误的,并且他也借助模式图对那些错误加以

---

[1] 也有人提出了相反的观点,例如 L. 德·纳特伊尔(L. de Nanteuil)的《其人和作品》(*L'homme et l'oeuvre*),收录于《热里科:普通艺术鉴赏力》,巴黎,1992年,第14—55页,这里是第51页,这篇文章为了强调这位艺术家的作品的一致性和他本人的完美性,而对其失败视而不见。更为盲目的崇拜来自 L. 曼诺尼(L. Mannoni)《埃蒂安安-朱尔·马雷:眼睛的记忆》(*Etienne-Jules Marey. La mémoire de l'oeil*),巴黎,1999年,第150页。K. 库格勒提出了捍卫热里科的体育运动画家身份的最强有力的论点,他指出,从这位画家所展现的模糊不清的背景和"晶体管一样的平行运动"中,可以识别出观众那个位置上感受到的动态性,这是《爱普森赛马》的新颖和独创之处。参见 K. 库格勒《西奥多·热里科的马图:现代绘画中马主题的发展及符号化过程》,第83页。

[2] 请参见 A. 梅耶《行走的科学:对19世纪运动的研究》,法兰克福,2013年,第4章,第143页及其后面若干页;也请参见 A. 拉宾巴赫(A. Rabinbach)《人类动力:精力、疲劳和现代性起源》(*The Human Motor. Energy, Fatigue and the Origins of Modernity*),普林斯顿(Princeton),1992年,第4章,第84页及其后面若干页。

纠正，在那个时候，也正是那种压力的顶点。[1]欧内斯特·梅松尼尔是那个时代的重要的历史画家，他一直虚怀若谷地听取批评：在1888年，他根据杜豪赛特的建议，修改了24年前创作的《1814年法国战役》(*La campagne de France, 1814*)，这幅画因体现了历史方面和马学方面的细节，而在他生活的年代享有很高的声望。在接下来的一年里，他修改了另外一幅作品——《1807年的弗里德兰》(*Friedland, 1807*)——一幅正在创作的作品。然而，他越是对他笔下的马的腿改来改去，他所招来的这位行家的批评就越多：他再也甩不掉那个喋喋不休的讨厌鬼了。生理学和马学将美学批判绑架为人质了。[2]

似乎人人都在向全世界宣告，正确描摹的马是什么样子，**错误的**又是什么样子，而唯有艺术家好像越来越搞不清楚了。欧内斯特·梅松尼尔好像受到了历史上所有的冷嘲热讽。他应该是法国历史画家中最热衷真实性，也是最一丝不苟的人了，但是他遭到了现实主义的报复。而且，当他作为一位充满激情的骑师面对这些嘲讽时，伤害就更深；1867年，阿道夫·冯·门采尔数过，梅松尼尔的马厩里有8匹马。为了用手中的

---

[1] 埃米尔·杜豪赛特：《马：马的外形和各个部分的模式研究、献给画家的马的绘画分析》(*Le cheval. Études sur les allures, l'extérieur et les proportions du cheval. Analyse de tableaux représentant des animaux. Dédié aux artistes*)，巴黎，1874年；在1881年出了一个增订版，标题为《马：外貌、外形和组成部分》(*Le cheval. Allures, extérieur, proportions*)。也请参见《画中的马》(*Le cheval dans l'art*)，收录于《画廊公报》(*Gazette des beaux-arts*)，第28期（1884年），第407—423页；第28期（1884年），第46—54页。

[2] 请参见L. 曼诺尼《埃蒂安-朱尔·马雷：眼睛的记忆》，第205—206页；F. 达格奈特（F. Dagognet）《埃蒂安-朱尔·马雷：探索的热情》(*Etienne-Jules Marey. A Passion for the Trac*)，纽约，1992年，第138页及其后面若干页。

笔追踪骑手和马车的表演，他一连几个小时坐在香榭丽舍大街旁，全然不顾诸如埃德加·德加之流的画家同人的嘲笑。[1] 他请人在他画室外面的花园里建造了一条轨道，这样他就能坐在被一个仆人拉动的手推车（就像是拍电影时使用的移动摄影车）上面，记录在一旁奔跑的马了。[2] 但是即便是使用这种前卫的推拉镜头的方法，都不能避免他在再现马的奔跑时犯错，而且图画证据昭昭在目。

现实主义复仇者有了一个名字，这就是埃蒂安-朱尔·马雷。他对奔跑着、跳跃着的人，马以及狗，飞翔的鸟，游泳的鱼，爬行的昆虫进行全面研究，在1873年汇集成了一部引起轰动的著作《动物结构》，这本书在第二年就已经出版了英文版本，这位科学家的洞见被传播到了全世界。《动物结构》不仅提出了用电磁波、气压和机械设备进行记录的方法，而且它也启发了人们进行精巧的连续性的记录。摄影师埃德沃德·迈布里奇在美国铁路大亨、养马人阿马萨·利兰·斯坦福的资助下，从1877年开始拍摄系列照片。这些系列照片最开始作为《运动中的马》（*The Horse in Motion*）在1878年发表，接着第二年它们被收录到《运动中的动物的姿态》（*Attitudes of Animals in Motion*），这些事件进一步鼓励了马雷，使得他将摄影作为具有说服力的记录技术。[3] 埃

---

[1] H. 罗伊莱特（H. Loyrette）:《德加》(*Degas*)，巴黎，1991年，第392页。

[2] 请参见 A. 梅耶《行走的科学：对19世纪运动的研究》，第156—157页；亨格福特（Hungerford）:《梅松尼尔》(*Meissonier*)，第168页。

[3] 他的第二部代表作是《实验科学中的图表法》(*La Méthode graphique dans les sciences expérimentales*)，于1878年首次出版，1885年在新增内容的基础上出版了新版本：《摄影作为图像技术的发展补充》(*Supplément sur le développement de la méthode graphique par la photographie*)。

德沃德·迈布里奇在 1887 年出版了蔚为可观的插图集《动物的运动》（*Animal Locomotion*），其中收录了 781 张幻灯片，借此，他又一次将通过摄影对运动状态进行的研究推向了高峰。

有关按时间顺序拍摄照片以及照片上的主角的历史经常会被人们讲到，于是一些有限的线索被保留了下来。[1] 但是，当人们像经常做的那样，将马雷和迈布里奇的工作进行比较时，人们会看到，这两位作者代表的是两种相差甚远的研究类型。一边是在巴黎，在那里这位叫埃蒂安-朱尔·马雷的生理学研究者有着相当高的国内和国际声望，他是克劳德·伯纳德在法兰西学院（Collège de France）的后辈，但有着与其前辈相媲美的出版物和学术演讲清单；另一边是在美国的帕罗·奥图（Palo Alto），在那里有一位受利兰·斯坦福资助、在道德上有些靠不住的摄影师。而这位名叫埃德沃德·迈布里奇的摄影师一定是忍受着妒忌的折磨，因而在《运动中的马》（1882 年）的前言中，他将他那位强有力的赞助人称为被雇来的摄影师。[2]

迈布里奇在 1881 年前往巴黎的时候，就已经兴高采烈地准备好接受科学世界的顶尖人物的接待：1881 年 9 月 26 日，除了作为东道主的

---

[1] 有关现代视觉艺术、电影起步期和在最近 10 多年才开始的感知历史的浩如烟海的研究都会提到一个特别事件——人们曾经一直喋喋不休地争论，在马奔驰时是否会有那么一个瞬间它的四只蹄子都是腾空的，由于被大量的研究所提及，因而这个争论赢得了空前的知名度；相反，有关马的历史剩下的 99% 的知识和与之相关的堆积如山的文学作品都几乎一直是一块无人区，只有专业人士、研究者、鉴赏家和无所不知的业余爱好者所组成的规模相当小的圈子才会涉足于此。

[2] 有关马雷主要请参见 L. 曼诺尼《埃蒂安-朱尔·马雷：眼睛的记忆》；有关迈布里奇请参见 R. 索尔尼特（R. Solnit）《影子河：埃德沃德·迈布里奇和技术化的西部荒原》(*River of Shadows. Eadweard Muybridge and the Technological Wild West*)，纽约和伦敦，2003 年。

许多朋友参加了马雷在家里举办的欢迎宴会之外,加布里埃尔·李普曼、阿尔塞纳·达松伐尔和赫尔曼·冯·海尔姆豪尔茨也来了。为迈布里奇举办的第二次欢迎会是8个星期后在欧内斯特·梅松尼尔家举办的,那里会聚了巴黎的艺术界名流。[1]对于梅松尼尔而言,按时间顺序连续拍摄的照片使他精确再现运动形态的梦想得以实现。但是,这种技术又使他不再能够逃脱一种困境。事实上,序列照片是将每一个微小的瞬间从运动流中分离开来。当梅松尼尔选择精细性的时候,他就失去了运动性:他所画的动作看起来似乎凝固了。在马雷的发现于19世纪70年代开始传播开的时候,与梅松尼尔一样,德加对此也非常着迷。德加在任何时代都是"科学现实主义"的代言人,作为赛马场的"老情人",这些通过图表的形式所传达的有关马的新见解令他兴奋:最终,他开始思考如何将马展现得符合科学的真实性。[2]由于在那个时候他只描绘人的形态,因而他过了很长时间才从按时间顺序拍摄的马的系列照片中获益。直到19世纪80年代末的时候,他才从迈布里奇的《动物的运动》里的几个马雕塑中获得灵感。不过,在此之前不久,他刚经历了一个巨大的转变:"……90年代,他又重新拾起他在年轻时代表现运动状态时所犯下的错误,这比平淡无奇的正确性更令人印象深刻。"[3]《受伤的赛马骑师》是德加在19世纪行将结束的时候完成的,他在这幅画中重新研究了他在60年代的早期作品《障碍赛现场》(1866年)。现在,他将早先的画面

---

[1] 请参见 L. 曼诺尼《埃蒂安-朱尔·马雷:眼睛的记忆》,第158—159页。

[2] H. 罗伊莱特:《德加》,第385页。

[3] H. 罗伊莱特:《德加》,第464页。

精简为两个形象:一匹呆板生硬的马和一个赛马骑师,后者看上去像是哪个孩子无意中丢掉的布娃娃。七八十年代的现实主义在这里已经不见了踪影,没有留下任何马雷和迈布里奇所倡导的精确性的痕迹,而这却是他的同行梅松尼尔一直无条件追求的。[1] 德加决定展现他老旧的木头玩偶,并且凭借着它们,他创造出了绘画艺术中的现代主义。热里科——这位英国艺术市场上所谓的顺应时势者,在画爱普森赛马会上呆头呆脑地奔跑着的妖怪时,也许也已经走上了这条道路。或者,正如德加经常说的那样:人们从**虚假**中认识**真实**。[2]

德加同样认为帕台农神庙横楣上的骑兵图是所有赛马图中最早而且可能是最重要的一幅,它激励着艺术家去展现他们眼中的真实。1855年,德加学习绘画时,在巴黎和里昂临摹过古希腊雕刻家菲狄亚斯所塑造的马的石膏像,这些马使他开始关注来自尚蒂利和珑骧的纯种马,过了六七年之后,他开始研究它们。[3] 横梁的宽幅格式正好再现了赛场上典型的广角,也适于展现骑兵队列的声势浩大和飞奔着的赛马选手旋涡般转动的腿部。这位画家在晚年时,随着视力越来越糟糕,继续努力再现像照片般真实的马和它们的运动,对他而言似乎开始变得没有什么意义,

---

[1] H. 罗伊莱特在另一本书中写道,马展现出来的"结构上的矛盾性是从马雷和迈布里奇的照片上看不出来的"。《德加:"我想出名和无人知晓"》(*Degas. «je voudrais être illustre et inconnu»*),巴黎,2012年,第123页。

[2] 请参见 D. 苏顿《埃德加·德加:生活与创作》(*Edgar Degas. Life and Work*),纽约,1986年,第160页。

[3] 事实上德加作为模仿者的时候一直关注于各种细节;请参见《德加:古典艺术和尝试》(*Degas. Klassik und Experiment*),亚历山大·埃林(Alexander Eiling)为卡斯鲁尔国家美术馆编写,2013年,第202页及其后面若干页。

而且他好像也对那位希腊人不再感兴趣。他凭借《赛马骑师》(*Jockeys*)这幅画,水到渠成地跨越到了现代主义:画中的骑师骑行在彩色的无人地,那些马修长的腿让人想到了模特,并且凭借着古典模式的帮助,这幅画在新年集的木头玩具和旋转木马中,被长久地流传了下来。

行家与骗子

作为教育者的狐狸

23岁是一个人的人生中的一个关键年龄。因为从23岁开始,如果被某些爱好牢牢地抓住,那么这一生就都无法摆脱它们了。1930年前后,一个美国青年在剑桥大学学习历史的时候,不经意间变成一个亲英派,但这并不是一个孤立的现象。由于喜欢英国以及这个国家的历史和那里的生活方式,他对英国文化的热情也不断高涨,也基本上没有放过任何有关英国的文献记录,而且他的这种热情还跨越到展现现代英国的最重要的艺术形式上,这样的跳跃决定了他的命运。

这种艺术形式并不是为展览馆和博物馆而准备的,它发轫于这个民族和他们的上层阶级的生活。它关系到一种有机的、其组成部分充满活力且运动着的、多姿多彩的雕塑：这就是赛马和它的野蛮姐妹猎狐。英式猎狐也给人一种栩栩如生的感觉：绿色的草地和灌木丛，闪耀着光芒的小溪，熠熠生辉的马匹，骑手闪亮的外套和奔跑嬉戏着的猎狗的光影，事实上它应该是雕刻艺术家的作品，所有这些元素都将汇聚到美国青年生动活泼的总体艺术作品中，在那里展现着令人能联想到的运动的持续性形变。

看过猎狐的人能够感受到英国文化脉搏的中心在哪里，这个中心汇聚了所有的美好、迅捷和激情。在这里，也存在着一个小恶魔，它一直在奔跑、在运动，它是英国贵族和英国舞蹈大师的老师，这个小恶魔就是狐狸。它不像西班牙公牛那样惹人注意，黑色的公牛展现了力量和倔强的野性，也是黑暗原则的可怕的化身；而狐狸则是代表阴谋诡计的小个头大师。它是狡猾家伙中动作最快的，也是快捷动作家伙中最狡猾的，是讲求实际的哲学家，是民间智慧的老师。民族不只是由圣人和英雄所塑造的，人们也需要从动物那里学习，人们需要图腾，在那里他们能找到自己。英国是被狐狸所教化的，而且聪明的英国人所知道的和懂得的一切，几乎都是从狐狸那里学来的。在这个被马所占据的国家的第二个首都——纽马克特，人们为狐狸竖起了一座纪念碑，那是一个由4根爱奥尼亚柱子支撑起来的小型神庙。[1]

---

[1] 请参见 M. 施托夫雷根-布勒（M. Stoffregen-Büller）《欧洲马的世界：最著名的马场、马术学校和赛马场》(*Pferdewelt Europa. Die berühmtesten Gestüte, Reitschulen und Rennbahnen*)，慕尼黑，2003年，第153—154页。

与英国上层社会的孩子不同，这个年轻的美国人并不是出生在马背上的。一开始，他只是从图画和读物中接触到了一些马的物理属性。与西半球的许多年轻人（特别是那些来自殷实、安全、免受残酷社会现实伤害的家庭的孩子）一样，保罗·梅隆在很长的一段时间里只是从书本上认识了草场、森林和马。他曾经将大把大把的时间花在英国杂志《笨拙》(Punch)的年度合订本上，这本杂志是由幽默插画杂志的始祖亚伯拉罕所著。他在讽刺图画中与英国上层阶级的生活相遇，在他看来，低矮的灌木丛、沟渠、马匹、猎狗，还有不能遗忘的狐狸，构成了最自然的环境和伙伴。当他成为剑桥大学的本科生的时候，他就可以亲自沉浸到这样的世界当中去了，所以他翘课去参加狩猎。与此同时，他开始收集艺术家们对这种贵族文化的表现，他收集到了最初相关的体育图片，反映传统英国体育运动项目的版画和出版物，还有有关马、赛马、狩猎和育种的文学作品中极其丰富的一些著作。他在那里所看到和读到的，让他重新回到了猎区的充满障碍物的道路和赛马场的跑道上，再次感受到亨利·阿尔肯和托马斯·罗兰森笔下的形象，看到斯塔布斯和马歇尔描摹的白色赛马。[1] 当他同龄的美国青年纷纷拥向威尼斯或者巴黎的时候，保罗·梅隆在纽卡斯尔的赛马场的草皮上，体验着艺术与生活是如何融为一体的。

梅隆在几年后才成为大手笔的收藏家，在那之前他结了婚，并且在

---

[1] 请参见《银勺的映射：保罗·梅隆与约翰·巴斯凯特的回忆》(Reflections in a Silver Spoon. A Memoir by Paul Mellon with John Baskett)，纽约，1992年，第265页。

弗吉尼亚定居了下来。[1]1936 年，他买下的第一幅英国画家的作品，就是斯塔布斯创作的《南瓜和赛马场少年》(*Pumpkin with a Stable-lad*)，而且这不是他唯一买下的一幅这位画家的作品。这位 18 世纪伟大的画马画家成为不断增多的藏品的秘密中心，30 年后，当梅隆将他收藏的绘画和图书捐赠给耶鲁大学的时候，他的藏品成为有关这位英国画家在大不列颠之外的最重要的收藏。1933 年，刚从英国回来后不久，梅隆买下了他的第一匹赛马。在这之后，他几乎马上开始自己育种，一开始是培育参加越野障碍赛的马；在第二次世界大战之后，他着手培育参加传统的跑道赛的纯血马。他最有名的赛马是米尔·里夫，它 3 岁的时候，在 1971 年赢得了所有欧洲重要赛马比赛的冠军：从爱普森橡树大赛到皇家阿斯科特，再到珑骧，直到今天，它在 20 世纪的十匹最伟大的赛马中还保有一席之地。

赛马记者泰里·康威在保罗·梅隆荣升为**赛马界名人**的时候写道，保罗·梅隆是引领赛马领域文艺复兴的王侯。这不仅是因为梅隆在育马上的成功，以及他的马厩——罗克比马厩（Rokeby Stables）——里的光彩照人的胜利者，而且也是因为他的人文主义倾向和王公贵族般的乐善好施行为。梅隆对他所就读的第一所大学耶鲁大学的赞助，可以

---

[1] 正如詹姆斯·萨尔特（James Salter）所评论的那样，在弗吉利亚，保罗·梅隆的新爱好也不会不了了之："在 20 世纪二三十年代，保罗·梅隆这位充满激情的猎人买下了大片土地，并且他的朋友们也同样如此。从那时起，这块土地属于那些马，而且被用于狩猎，猎狗发出兴奋、低沉的叫声，与此同时，飞奔的马在树林间或隐或现，追逐着猎物，骑手骑在马上越过石墙、跨过壕沟，在坡道上上下下，时而随着马儿缓慢地踱步，时而又全速奔腾。"詹姆斯·萨尔特：《这就是一切》(*Alles was ist*)，柏林，2013 年，第 49 页。

说是空前绝后，而且他也以类似的方式资助剑桥大学的克莱尔学院和菲兹威廉博物馆（Fitzwilliam Museum）。在父亲安德鲁·梅隆与同样因慷慨大方出名的姐姐的赞助和帮助下，梅隆在华盛顿创建了国家美术馆（National Gallery）；并且对另外一些展览馆和博物馆，例如弗吉尼亚艺术博物馆（Virginia Museum of Arts）、泰特美术馆（Tate Gallery）、犹尔庞特·摩根图书馆（Pierpont Morgan Library）捐助巨款；他还为学者提供奖学金，例如创办伯林根基金会（Bollingen Foundation）、资助研究活动；他还承诺对赛马的生活、健康、安全方面提供帮助。对梅隆而言，博爱主义和慈善不只是空谈。

伯林根基金会创建于 1945 年，是由梅隆和他的第一任妻子玛丽为了表达对瑞士精神病学家卡尔·G. 荣格的敬意而建立的；该基金会除了资助出版印度学学者海因里希·吉穆尔的著作之外，也出版阿诺斯年鉴（Eranos-Jahrbücher）。伯林根基金会的历史可以追溯到梅隆在 1937 年 10 月与那位心理学家的几次会面。当时，荣格在耶鲁和纽约发表了一系列演讲，梅隆夫妇是他的听众。玛丽希望这位鼓舞人心的精神病医生能够缓解她的哮喘，而梅隆则希望这位精神分析师能够帮他摆脱几周前去世的、过于强势的父亲的阴影。第二年春天，梅隆夫妇去瑞士待了两个月，先是在苏黎世，然后是在阿斯科纳。他们在欧洲停留的最后一天，分别得到荣格半刻钟的接见。荣格告诉保罗·梅隆，梅隆的妻子被超强的阿尼姆斯（女性心中的男性形象）所折磨，这是因为她的身体里有一匹马，它被野性所包围，无论如何她都渴望更大的自由活动的空间。[1]

---

[1] 请参见《银勺的映射：保罗·梅隆与约翰·巴斯凯特的回忆》，第 162 页及其后面若干页。

梅隆深受震撼。

梅隆除了收藏英国画家和印象派画家的作品之外，也收集从中世纪后期到20世纪的有关马的文学作品。他的亲英主义再次体现，他将重点放在英国作家的文学创作和以狩猎与赛马为主题的作品上。因此，对于狐狸的喜欢和尊敬，不仅在文学欣赏中有所表现，而且也体现在收藏活动中。[1] 以拉丁语、意大利语和法语出版的马学的经典作品，例如乔尔达诺·鲁福的《马册》（*Liber Equorum*），或是德·拉·盖里尼耶尔的《骑兵学校》（*École de Cavalerie*），只在所有藏品中占有很小的空间。在大部分情况下，梅隆收藏的都是英语的首译本，例如格里松的《奥迪尼骑兵》（*Ordinini di Cavalcare*），它的原版于1550年出版，而梅隆有这部著作1560年的第一个英语译本。人们在梅隆那里，找不到德国作者写的有关马的文学作品。

这些收藏在1981年的时候以大开本且附有大量照片的目录册的形式首次公之于世。这本目录册署名的作者是约翰·B.博德斯基；而选取哪些著作和图画加以介绍，却是梅隆本人要完成的工作。正如博德斯基在前言里所说的那样，这是私人收藏的非常个性化的目录，也是一位热

---

[1] 梅隆的许多藏品都是与狐狸和猎人有关的，例如第172号藏品是《Th. 史密斯：一只狐狸的生活》（*Th. Smith, The Life of a Fox*）（1843年），第181号是 W. C. 霍布森（W. C. Hobson）的《W. C. 霍布森的猎狐地图册》（*W. C. Hobson's Fox-Hunting Atlas*）（1848年），第183号是 C. 唐格（C. Tongue）的《猎狐者指南》（*The Fox-Hunter's Guide*）（1849年），第330号是 E. 萨默维尔（E. Somerville）和 V.L. 马丁（V. L. Martin）的《狐狸丹·拉塞尔》（*Dan Russel the Fox*）（1911年），第324号是 J. 马斯菲尔德（J. Masefield）的《狐狸雷纳尔德》（*Reynard the Fox*）（1919年），以及第372号是《S. 萨苏恩关于一位猎狐人的回忆》（*S. Sassoon Memoirs of a Fox-Hunting Man*）（1929年）。

情洋溢的骑手、育马人、赛马场主的"家庭图书馆记录"。这本目录册的作者接着写道,被登记在册的许多作品都是在类似的背景下产生的。它们并不是为了营利或者出于科学研究的目的而被写成,而是出自将某种热爱表达出来,并且与有共同爱好的人一起分享的愿望:"这里面的许多作品不是为了赚钱而创作的,而是因为作者希望与其他人分享他在这些事物上纯粹的消遣。"[1]

有一行小字很容易被人们在匆匆阅读时忽略,它佐证这位行家才是这本目录册的作者:他出于对这方面事物的热爱而编写目录册。或者更准确地说,是出于对这方面事物的娱乐而编撰。平民百姓因欲望而悲叹,业余爱好者则需要消遣。在这个过程中被绝对排除在外的就是赚钱的动机,这也正是这本目录册的自我形象。之所以能够如同行家里手一样行事,其根源来自热爱。因而,梅隆在这本收藏目录中,也一如既往地将收藏者本人的庞大资产隐藏在背景中。写作和阅读的鉴赏活动在这座私密的**家庭图书馆**里聚集。而一种特殊种类的马站在这个汇聚点的中心位置,它是梅隆的激情所在:它就是经典的赛马,是具有阿拉伯血统的英国纯血马。这匹经过严格训练的纯种马,是流传了六个世纪的口口相传的叙事故事中的隐秘的主人公。梅隆的目录册并不是合乎规范的图书目录,但它是从有关最高贵生物的图书中生发出来的一个宏伟壮丽的仪式,从而使得英国在现代脱颖而出。

---

[1] 有关马和马术的书籍:《骑马、狩猎、培育和赛马》(1400—1941)。由约翰·B.博德斯基编辑的目录册(*Books on the Horse and Horsemanship: Riding, Hunting, Breeding and Racing, 1400-1941. A catalogue compiled by John B. Podeschi*),纽黑文,1981年,第9页。

马的喜剧

如果保罗·梅隆要为马举办一个全面而盛大的仪式的话，那么他的收藏和目录就不应该从 15 世纪开始，而应该以古希腊、古罗马时期为起点。弗雷德里克·H. 胡特进行了全方位的尝试。他的图书目录于 1887 年在伦敦出版，百年后被德国的一位研究马学的出版人再版；这本目录从公元前 430 年开始，收录了从那时流传下来的雅典城邦政治领袖所写的有关兽医学技艺及对马的研究的论文片段。胡特的图书目录也是产生于一份目录清单。但是与梅隆所列的清单不一样，在这里面包括了许多稀奇古怪的内容，例如有关自然史——这部分除了涉及马科家族成员之外，还谈到了马科中诸如驴子和骡子等其他成员。多亏胡特诚实可靠的努力以及这本目录的完整性，这部作品直到今天还在被研究马学作品的古董商和专家当作参考文献。由于这本图书也收录了德语文献，因此它传递了关于一个非常独特的视角下欧洲市场发展的第一印象。德国这个市场，在 17 世纪以及接下来的 18 世纪的大部分时间里，都是由英国、法国和意大利所引领。当时，英国不仅是在欧洲居领导地位的马的国度，也称雄当时的图书市场。与此同时，随着法语成为马学世界的第二语言，意大利的影响力迅速减小。在 18 世纪最后的 30 年中，活跃在马的文献领域的德国作家和出版人，开始以势不可当的劲头前进，并且在 18 世纪里统领欧洲市场。

如果有人要寻找在文学世界里关于马的较为完整的概览，那么不妨去读一读一位法国将军的作品。门内希尔·德·拉·兰斯所编撰的两卷本《有关马的图书短评》（*Essai de Bibliographie Hippique*）在1915年到1917年间出版；正如扉页上所标注的，兰斯是第三骑兵队的前司令官。与他作为骑兵部队军官的身份相符，这本图书目录册列出的都是"关于马和骑兵"的作品。如果有人对诸如他的马车这类日常生活中的物件感兴趣的话，那么不妨翻阅他的同行热拉尔·德·康塔德斯的作品《在法国驾车：1547—1896》（*Le Driving en France，1547-1896*）。[1] 从门内希尔再现制服的细微变化的角度来看，他是制服方面的行家。他在自己编撰的图书目录中，不仅为每部作品的作者撰写了简短的简历，而且也提供了简洁的内容提要。如果无法明确地查证作者或者出版者的身份信息，他会提供他的猜测。他评价每部作品的内容和风格，毫不吝啬地赞美或贬抑，会长篇大论地讨论著名的骑术教练的教学方法和不同学校（德国的骑术学校、凡尔赛的学校）的教学特点。

门内希尔也极其热心地**关照**其他马行家和收藏家。这其中就包括查尔斯·路易斯·阿德莱德·亨利·马特温·德·库尼欧男爵（1811—1871），他是色诺芬作品的出版人，也是一部有关马学的重要著作的作者。[2] 在他完成有关古希腊学者的学业之后，加入了军队总参谋部，之后不久他又离开了军队，以便全力以赴地研究马学。他可观的财富使得他可以随心所欲地旅行，特别是去英国，在那里他可以进一步提高鉴赏能力、增长专业知识。他的马文献图书馆里收藏了大量价格不菲的藏本，

---

[1] 请参见热拉尔·德·康塔德斯《在法国驾车: 1547—1896》，巴黎，1898年。
[2] 《赛马科学基础课程：治疗、养育和护理》（*Leçons de Science hippique générale ou Traité complet de l'art de connaître, de gouverner et d'élever le Cheval*），3卷本，巴黎，1855年。

这些都是他在那个年代的世界首富让-巴蒂斯特·胡扎赫出售其藏书时获得的。

追随这条线索,我们便遇到了法国兽医让-巴蒂斯特·胡扎赫(1755—1838),他的母校是法国最早成立的兽医学校中的一所,即法国兽医学、军马采购学缔造者阿尔福特所创办的学校。胡扎赫为法国大革命的军队和拿破仑统治下的法国军队提供马匹补给工作,并且还为他们提供一系列培训。他被称为塔列朗第二,与那位在多届政府中担任要职的政治家类似,他也在所有的政权更迭中幸存了下来,曾经是荣誉军团的骑兵,并与多邦东一起将美利奴细毛羊(Merinoschaf)引进法国,还建造了在他那个时代最大的马学图书馆,里面有近4万本藏书。他的三卷本目录册在1842年由勒布朗出版社(Leblanc)出版,因此门内希尔评价道:"尽管有一些错误,但仍然是非常珍贵的原始资料,除去极少数例外,胡扎赫将之前至1837年为止的所有相关主题的著作都收录其中。"[1]

图书目录没有读者,它们拥有的是用户。然而,门内希尔的作品却是可以阅读的:人们可以在这座"马城"里四处溜达,可以从一位骑士或收藏家的生平那儿走到下一位,从一个贵族式马厩走到另一个。鉴赏知识的世界是一个连续的闭联集,是由姓名、起源和财产所编织起来的紧密交织的网。从外部形态上来看,门内希尔的作品是一本目录册;而从内部来看,它是一部有许多分支且完完全全来自巴尔扎克王国的**马的喜剧**。读过它的人,都会观察到各种各样令人目瞪口呆的现象。在读者的眼前,各种知识、行业、种族和社会等级渐次展开,并得到了详细的

---

[1] 门内希尔·德·拉·兰斯:《有关马的图书短评》,第1卷,第659页。

阐述。新类型的马，新的时尚以及新出现的疾病和治疗方法，还有新类型的人类——"马人"登上了舞台，他们都是15世纪至18世纪的旧制度（Ancien Régime）下的社会尚不知晓的事物。在门内希尔的目录册中漫游的人们顺便也可以体验到，法兰西民族从18世纪以来是如何理性地开发他们自己的马，又是如何通过骑马和驾车学会了第二种行走方式。人们还可以最深入地了解社会中的各个阶层，并且在一路上可以看到知识的实用性分层——它改写了现代社会中的半人马式的存在，这个国家迟缓的脚步，各个城市的快速小跑，法语世界的全部的马——本体论。漫游者会想到，福楼拜笔下拥有大量无用知识的主人公布法和佩居谢，却错过了他们所生活的那个时代中马学知识的蓬勃发展，是多么的非同寻常，又多么的令人唏嘘啊！

马学

在18世纪行将结束的时候，有关马学的文献作品第一次出现在市面上，它们在标题上满足了使其属于科学著作的要求。当时究竟是什么样古怪的科学形势，使得马学突然之间以科学的面目示人？它们包括哪些要素，这些要素又源自于何处？1780年前后被莱恩哈特·克泽莱克称为马鞍型时代，众所周知，在这段时间里形成了一系列决定现代性的学科。马学突然就出现了，并且融入了科学这个古老的协奏曲当中，它是由生物学、经济学、哲学、地理学和历史学所组成的新的编队。从巴洛克艺术风格的图画和历史典籍、各种关系、寓言和传奇所构成的杂乱无章的岩浆里，马学突然站在了我们面前，这是来自生活、人类、人的语言和人的历史的一门年轻的科学。

实际的产生过程比回头望去所感觉到的要更为漫长。马学也不例外，它是一门古老的学问，它的源头在古希腊、古罗马时期。大量传统的骑术、兽医教程和为马场主准备的手册也在浮士德式的永不满足地追求真理的愿望的推动下，从18世纪末期开始向正统知识的方向发展。在工业化、城市化和拿破仑时代的大规模、迅猛的战争前夜，马作为动力能量最重要的提供者，开始走向科学研究、政治和国家治理的聚焦点。当然，现代马学并不能从流传下来的大量的理论和经验认知当中，一跃成为与人类学并驾齐驱的学科。马学的发展走的是另外一条道路：那是一条如同英式越野障碍赛一样蜿蜒崎岖、令人惊诧的道路，人们中途需要不断地跨越壕沟和树篱。

像约翰·弗里德里希·科塔这样头脑清楚并以市场为导向的出版商，是不会放弃这样的趋势不顾的。如同其他的一些案例，例如阅读的女性、园艺文化，他甚至以出版大事记作为对马学兴起的回应。与杂志这种高格调且有些神经兮兮的媒体相比，形式如同亲切和蔼地聊天一般的大事记能够更好地锁定潜在读者，并且探索他们不断变化的需求。科塔收购了一份有关马的历书。他的这本大事记的完整标题是"写给马爱好者、畜牧人、培育者、兽医和大型马场场主的指南"（Taschenbuch für Pferdeliebhaber, Reuter, Pferdezüchter, Pferdeärzte und Vorgesetzte großer Marställe），从1792年开始，每年出版一期，供人们边喝马提尼酒边阅览。

出版人且也是唯一的编辑是符腾堡州的马厩总管弗朗茨·马克西米安·弗里德里希，他是来自瓦尔莫罗德的鲍温豪斯男爵。第一期大事记还是鲍温豪斯男爵个人出版的，后来被精明的科塔接管了，但几乎没有任何修改，原样印制了 1500 份发行到市场上；十年后，印数开始逐渐减少了。

鲍温豪斯男爵除了进行文学创作之外，还写一些有关兽医学的小文章，并且也为农民、畜牧者提供一些关于如何治疗马蹄疫和各种动物传染病且具有实际操作性的指导。1796 年，他出版了《符腾堡公爵马场条例》(*Ordnung für die herzoglich-württembergischen Gestütte*)。在这本历书中他铺排得更广泛：他不仅为学习者和消遣者提供有关养马领域的信息，还增加了关于时尚、贵族和专业人士的世界性消息。有关马学的新书逸事和通告又为这本历书增添了文学色彩。鲍温豪斯男爵凭借着多元化的主题，站在了这个崎岖学术领域的中心，这一领域从 18 世纪 80 年代以后被人们称为"马学"。在他的这本大事记第一期的"致读者"(Zuschrift an das Publikum)，也是它的社论中，鲍温豪斯男爵已经有意识地将马学作为一门新兴的学科了。[1]

这本历书的第三部分是内容最丰富的一部分，它包括"目前在世的全世界最著名的统治者、王子和公主的谱系图"以及"教会权贵谱系

---

[1] 鲍温豪斯男爵写道，"我对马学的热爱以及 18 年来的研究和观察"使得他"能够……年复一年地在这本口袋书中，为公众提供有关这门学科发展的有用文章"。请参见瓦尔莫罗德·鲍温豪斯男爵弗朗茨·马克西米安·弗里德里希的《致读者——写给马爱好者、畜牧人、培育者、兽医和大型马场场主的指南》，1792 年，第 3 版，图宾根。

图"。[1] 这本大事记中以《哥达地区农场历书》（*Gothaische Hofkalender*）为摹本娓娓道来的叙事，展示了它的编者和出版人寻找他们的目标读者的方向。目标读者应该是拥有和培育马的贵族，他们优雅且悠闲地阅读着有关马学的书，并且越来越了解这门学问。马的历书和贵族的历书这两种登记体系在18世纪末表现出了密切关联性，它们都有明确的、系统化的表现形式。《种马登记簿》（*Stutbuch*）上记录了赫赫有名的种畜，而《贵族记事》（*Adelskalender*）则登记了贵族家族和他们的成员情况，这两个家谱类项目正融合成为一个统一的且经过检验的"官方"版本。那是流传着大量密密麻麻的家谱故事的时代，那也是每个家族和每间马厩讲述着自己的历史的时代，它正在走向终结。血统关系将以图表的形式呈现出来。

显而易见，只有英国的情况符合上述趋势。正如前面已经提到的，[2] 在英国这个纯血马国家，对马的贵族进行注册登记，要比有关人类贵族的记录早上几年。在德国，诸侯割据、多元化且分散的马文化，以及对阿拉伯血统的纯种马那姗姗来迟的兴趣，阻碍了类似全国性的种马登记簿的产生。相反，在这里，人类贵族的谱系记录出现得却要很多：1763年，《哥达地区农场历书》首次出版，与后来科塔的关于马的大事记类似，《哥达地区农场历书》在一开始只是从欧洲贵族档案中选取了一部分，其他内容是对外交关系的记录，还有对一些历史事件的描述。

---

[1] 请参见在1800年3月29日与科塔签订的第二份合同，马尔巴赫德国文学档案馆（DLA Marbach），科塔档案（Cotta-Archiv），《鲍温豪斯男爵的第二份合同》（*Verträge 2, Bouwinghausen*）。

[2] 请参见本章第一节的第5部分《血统与速度》。

鲍温豪斯男爵在他的有关马的历书中，首先报道了马场、赛马以及它们后代的最新情况，之后摘抄了哥达历史中的一些片段，最后将这两方面按照时间顺序汇总起来，由此形成了纯种血统的两条线索下的精彩叙事。

尽管这类叙事的名称为"**马学**"——这个名字在 18 世纪最后 30 年就已经明确下来 [1]——但是它并不是成体系的、学院式的学科，还只是参差不齐的不同相关学科的混合体。"科学"这个词在 18 世纪末还不是一个表示有保障、被认证的概念。它享有声望，但却不具有排他性。与同一时代的**马医药学**[2] 不同，马学并不局限在马的疾病及其治愈方面，还包含了大量有关马的养护和使用、培育和购买的实用知识。这门古老的学问非常缓慢地与从所谓"掌马官时代"收集并流传下来的有关马的本性、疾病和治愈方面的知识区别开来，并且围绕着"临床实践"和"行家鉴赏"这两个端点重新组织。

"掌马官时代"是用来指代 1250 年到 1762 年这五百多年的一个常用名词。这个尤其特指马医学的那五百年的概念，最初产生于一部有关掌马官的作品，这部作品也被称为《马医药学》(*De medicina*

---

[1] 约翰·哥特弗里德·普里泽里乌斯（Johann Gottfried Prizelius）:《马学课程手册》(*Handbuch der Pferdewissenschaft zu Vorlesungen*)，莱姆戈（Lemgo），1775 年。这似乎是马学这个概念第一次出现在书籍的题目中。

[2] 请参见 W. 齐普森（W. Gibson）《有关马疾病的新论著》(*A new Treatise on the diseases of Horses*)，伦敦，1750 年；W. 奥斯玛（W. Osmer）:《有关马的疾病和瘫痪的论著》(*A Treatise on the Diseases and Lameness of Horses*)，伦敦，1759 年；J. 加博（J. Gaab）:《实用马药学》(*Praktische Pferdearzneikunde*)，埃尔兰根（Erlangen），1770 年；D. 罗伯特森（D. Robertson）:《马药理学》(*Pferdearzneikunst*)，法兰克福，1771 年；L. 维泰特（L. Vitet）:《兽医学》(*Médecine vétérinaire*)，3 卷本，里昂，1771 年；C.W. 阿蒙（C. W. Ammon）:《马兽医手册》(*Handbuch für angehende Pferdeärzte*)，法兰克福，1776 年。

equorum），它出自弗里德里希二世的内廷大臣约达奴斯·拉弗斯又或乔尔达诺·鲁福的笔下，并在这位国王去世的那一年出版。掌马官时代的终点是在兽医学校建立的 1762 年，里昂骑师学院的院长克劳德·鲍格莱特创办了第一所兽医培训学校。

在通常采用的对兽医学历史阶段的划分方法中隐藏着这样一种不对称性：它的开始是以文学事件为标志，而结束则是将制度化的结果作为分割记号。事实上，有关马的文学作品在里昂骑师学院创建很久之前就已经不太有影响力了。在图书市场上，记录流传下来的掌马官式医学知识的手册不断发行了新的版本，并且一直备受欢迎。与拉弗斯同时代的铁匠大师阿尔布朗特——也被称为"阿尔布雷克图"或"希尔德布朗特"——写下了最为质朴的 36 个简单的药方，它们一直被广为流传，不断地被印刷出版，而且还不断有形形色色的补充条文增添进来。1797 年，科塔出版了一本书的"修订新版"，这本书是一个屠夫在 1716 年首次出版的《报告有益且正统的马医学的屠夫》（*Nachrichters nüzliches und aufrichtiges Pferd-oder Roß-Arzneybuch*）的第四版。直到 19 世纪，在拉弗斯的著作中引出了一系列有关马医学的小论文，它们从拉弗斯那里又一直回溯到古希腊、古罗马时期。这些文章的作者通常不是受过良好教育的医生，他们往往是实践者：铁匠、掌马官、屠夫、骑术教练、狩猎人和骑兵战士。

实践领域的风景也是马学中的另外一个要素。除了兽医学、马的养护的综合知识（饲养、马厩、照料），马学还有两个最为重要的分支：马的运用和马的挑选。而有关马的运用这个领域在漫长的时间里——

16 世纪至 18 世纪——一直被马术学校和骑兵队掌控；通过马来运输是马在物流领域重要的贡献，不过在文学作品中马却只得到了相当少的回应——蒙田（Montaigne）所撰写的有关马车的优美散文《谈马车》(Des Coches) 孤零零地屹立在那里。

从安托瓦内·德·布鲁维尔的《皇家跑马场》(Maneige Royal，1623) 到弗朗索瓦·德·拉·戈希尼耶的《骑兵学校》(École de Cavalerie，1733)，这些巴洛克骑术教练都时刻关注着马的最重要的用途，他们认为马的最重要用途不是通过它完全屈服于骑手的意愿而实现的。通过对两个运动躯体的掌控，从而达到和谐的画面，并且呈现优美的姿态的目标，这才是在对马的运用中最重要的。巴洛克时代的骑术教练将舞厅里优雅的审美带到了赛马场上，并且又从那里传递到了战争舞台上。[1] 直到 18 世纪末，有关马的军事用途的手册才进入了这个唯美主义的禁区。无独有偶，一位英国人——彭布罗克郡的亨利伯爵——在他的著作《军队骑术》(Military Equitation，1778) 中首次为骑兵开发出了特别的训练课程。[2] 之后，舞台和战场碰撞在一起。

有关马学的 1800 多部引人入胜的著作在那个时期不那么紧密的汇聚在一起，其中包含着起源于不同年代、不同地域的文学性和实用性的知识。这当中有一部分知识很容易被人们忽略，尽管它具有马学知识的特性，而且在马学中占据着中心位置。这就是准确地**挑选优秀**的马。为

---

[1] 丹尼尔·罗榭：《名誉与权力：16 世纪到 19 世纪马术文化史》，巴黎，2011 年，第 217 页。
[2] 彭布罗克郡亨利伯爵：《军队骑术，或者特别为军队设计的突破马阵的方法和如何教士兵骑马》(Military Equitation, or a method of breaking Horses and teaching soldiers to ride, designed for the use of the Army)，伦敦，1778 年。

了在马市上做出正确的选择，人们必须掌握将健康、干练的马从生病、有缺陷的样本中区分开来的标志性特征。从古希腊时期开始，有关马的学问就包括对马的质量的评判标准，与之相伴的是对骗子伎俩的揭露。同样古老的是对文学作品的指导性传统，文学作品中的一些指南同样使得评判变得简单，并且也使得购买行为得到保障。在1664年，雅克·德·索雷塞尔出版了一部有关掌马官的影响深远的作品，他在该作品的标题中就已经展现了上述目的："理想的骑兵军官，如何识别完美的和有缺陷的马（Le Parfait Maréchal, qui enseigne à connoistre la beauté et les défauts des Chevaux）……"没有任何一本有关马的学问的教科书、没有任何一篇关于骑术的论文、没有任何识别马的完美的知识少得了"识别标志"方面的内容。关于"完美的和有缺陷的马"（索雷塞尔语）的教义，构成了马学知识中似乎是最有趣的核心。"拥有所有优秀品质的、没有缺陷的马是完美的，但遗憾的是，它们也是罕见的。"德·拉·戈希尼耶写道，并且最后总结说："所以我要强调的是，**一位行家应该无所不知。**"[1]

新式学校

克劳德·鲍格莱特（1712—1779）是现代兽医培训的创始人。1762年，他在里昂创办了第一所兽医学校；4年后，阿尔福特也在巴黎开办了兽医培训学校。1763年，普鲁士国王弗里德里希二世派了两名外科

---

[1] 弗朗索瓦·德·拉·戈希尼耶:《骑兵学校》, 德语版, 第46页（粗体部分为本书作者所加）。

大夫到里昂学习兽医。不过，这位国王希望他们带回能解决在他的国家蔓延的牛瘟的治疗方法，这个愿望最终落空了；两位外科医生回来的时候汇报说，在里昂只涉及对马的治疗知识。[1] 这两所法国学校可以看作兽医学校创办大潮的源头，尽管专攻马医药学，但这并没有妨碍它们在接下来的 10 年里在整个欧洲落地生根：1767 年，K. K. 马治疗和手术学校在维也纳开业；之后，1771 年在都灵和哥廷根，1773 年在瑞典的斯卡拉，1774 年在德累斯顿，1778 年在汉诺威，1783 年在弗莱堡，1786 年在布达佩斯，1789 年在马尔堡，1790 年在柏林和慕尼黑，1791 年在伦敦和米兰，都出现了类似的机构，并且顺着这个趋势继续发展。

鲍格莱特在大学里学习的是法学专业，不过，他希望自己不仅是兽医领域的管理者，而且也应该被称作权威。他以诸如雅克·德·索雷塞尔和纽卡斯尔公爵威廉·卡文迪许等人的较老旧的马学著作为基础，编撰了《马医学原理》(Élemens d'Hippiatrique)。投入了大量精力和时间的这 3 卷著作在 1750 年至 1753 年出版。作为著名科学家达朗贝尔的好朋友，鲍格莱特成功地将他所撰写的两百多个词条收录到《百科全书》(Encyclopédie) 第 5 卷至第 7 卷当中。在创办学校之后，他又开始出版有关马医学与关于饲养、护理和挑选马的实践问题的著作。批评家对他的"半吊子的业余爱好者"的评价，并没有让他沉寂下来。

研究马医学的人当中，最有影响力的当属菲利普-埃蒂安·拉弗塞 (1738—1820)。拉弗塞是一个兽医的儿子，在他还是个青年的时候，他就出于教学的目的，为骑兵部队解剖马。由于他一直被鲍格莱特的培训

---

[1] 请参见 J-O. 开姆普《卡尔·哥特哈德·朗汉斯的柏林皇家兽医学校：建筑史专论》，第 22 页。

机构所拒绝，因而他只能在1767年至1770年在巴黎自己创办的解剖剧场里授课。1772年，他自费出版了他的大开本、装帧华丽的代表作《马医学课程》。鲍格莱特作为无师自通的自学者，一直遵循着传统认知和力学理论，用杠杆、力量和负重原理描述马的结构；与此同时，拉弗塞却根据器官系统分解马，并且正如在一本新近出版的动物医学历史书中所指出的那样，他的分解方式"直到今天仍然通用"[1]。当鲍格莱特在1762年成功地创造了兽医培训的实践性框架——创办了兽医学校——的时候，经验丰富的病理学家拉弗塞则为十年后兽医医院的系统学和尸体解剖打下了最初的基础。

当然，这间兽医诊所的诞生还需要十年的时间。无论是鲍格莱特的学校还是他的对手拉弗塞的课程班，都还不能培养出经过扎实的科学训练的医生。上过他们课程的大部分兽医，往往是多掌握了一些有关马的解剖构造知识的铁匠。国家和私人的马厩、欣欣向荣的马市和军队都需要掌握真才实学的能干的实践者。因此，就连在拉弗塞装帧华丽的大开本著作里，最后一章也绝对没有任何含糊其辞的内容，其中也涉及钉马掌和与之相关的程序及工具。人们批评鲍格莱特最初的兽医学校只传授纯粹的书本知识，那些都是铁匠无法用于实践的。[2] 直到18世纪末，钉马掌铁匠铺的铁砧和为马治病的铁匠的器械，仍代表了培训课程中水火不容的两个极端。

---

[1] A.德里希（A.Driesch）和 J. 彼得斯（J.Peters）:《兽医学史：5000年的动物治疗学》(*Geschichte der Tiermedizin. 5000 Jahre Tierheilkunde*)，斯图加特，2003年，第126页。

[2] 请参见 R. 弗罗伊奈（R. Froehner）《动物医疗学的文化史》(*Kulturgeschichte der Tierheilkunde*)，第3卷，康斯坦斯，1968年，第78页。

光彩和顺滑

　　学校的课程不仅要兼顾诊所的需要，也要涉及鉴赏知识。当然，这是属于不同专业的不同课程。鉴赏家的判断力，使得他们从不可见中看到另外一些可见的东西。鉴赏家的专业本领，并不是让他们去指出疾病的症状或者研究潜伏的病症。他们要寻找健康和美丽的标志，这是一种鉴定能力。不过他们所做出的评判并不只是断然地表达出一种与己无关的满意之情，他们需要给出实用性建议来引导做出选择或提供购买意见。鉴赏家的目光紧盯着**市场**。与任何与实践紧密相连的知识一样，鉴赏能力也需要知道真相在什么地方，什么时间显现。在一位鉴赏家决定为了赛马、育种、参战或劳作而购买某一匹马的那个瞬间，就是他的鉴赏知识的价值得到检验的时刻。购买行为是马学发挥作用的紧要关头[1]。

　　在里昂和阿尔福特在巴黎的兽医学校建立的短短几年之后，克劳德·鲍格莱特就出版了《关于马的外部形态的论文》(*Traité de la conformation extérieure du cheval*)，这本著作讨论了马的优良的外部特

---

[1] 有些关于马的知识或者马学的著作中包括了一些有关"马的样式"和"调查研究呈现"的章节；例如 W. 鲍迈斯特（W. Baumeister）的《马的外形知识导论》(*Anleitung zur Kenntniß des Aeußern des Pferdes*)，第 5 版，斯图加特，1863 年，第 312 页及其后面若干页。

征，以及什么是马的匀称、健美的体形。[1] 书的最后三分之一内容是关于马的饲养和护理的，在那部分之前，这本书一直是围绕着培养未来的鉴赏家而展开的。[2] 未来的鉴赏家必须学会从马的外部表现看到它的内部特性，并且以整体联系的方式看待外部表象。在这个基础上，可以从马的外部的美丽类推其内部的匀称、健康。美丽的标准以鲍格莱特所提出的"各部分的对称性和协调性"为依据。[3] 鉴赏马的行家是以人的外部形态的匀称原理为基础，并将这些原理移用到动物身上，这些惯例最早是由列奥纳多·达·芬奇提出来的。[4] 马的脑袋的长度是衡量马的体形匀称性的基本尺寸。以马头长度为基准的比例关系并不是主观臆断的

---

[1] 克劳德·鲍格莱特：《关于马的外部形态的论文》，巴黎，1768—1769 年，德语译本：《鲍格莱特先生关于马学和马治疗学方面的指导：约翰·克诺布洛赫译自法文版》(*Herrn Bourgelats Anweisung zur Kenntniß und Behandlung der Pferde. Aus dem Französischen übersetzt von Johann Knobloch*)，2 卷本，布拉格和莱比锡，1789 年。

[2] 克劳迪亚·施莫尔德斯（Claudia Schmölders）向鲍格莱特表达了极大的敬意，因为她认为鲍格莱特凭借这本书为马鉴赏家举行了洗礼仪式。请参见克劳迪亚·施莫尔德斯《马的特征：有关 1800 年前后的兽医观相术》(*Der Charakter des Pferdes. Zur Physiognomik der Veterinäre um 1800*)，收录于 E. 阿加兹（E. Agazzi）和 M. 贝勒（M. Beller）编《人类相面学的明确性和含糊性》(*Evidenze e ambiguità della fisionomia umana*)，维亚雷焦（Viareggio），1998 年，第 403—422 页，这里是第 410 页。鲍格莱特应该是一位雄心勃勃的马学教师和学校创办者，不过他不是马的鉴赏领域的第一个吃螃蟹的人，而且也不是没有竞争对手；他的伟大的榜样是雅克·德·索雷塞尔，之所以这么说，是因为后者比他早了一个多世纪。

[3] 《鲍格莱特先生关于马学和马治疗学方面的指导：约翰·克诺布洛赫译自法文版》，第 2 卷，第 6 页。

[4] 请参见 E. 潘诺夫斯基（E. Panofsky）《惠根斯原理和列奥纳多·达·芬奇艺术理论》(*The Codex Huygens and Leonardo da Vinci's Art Theory*)，伦敦，1940 年，第 51—58 页及图表 39—48。

结果，而是客观规则或者说是符合"力学真理"的[1]。这样的比例关系保证了一匹美丽的马同时也是健康、强壮和迅捷的，这些优秀的特征能够长期保持，并且会遗传给后代。[2] 在几十年的时间里，马学中有关比例的标准一直走在古典主义的轨道上，直到有一天随着浪漫主义的到来，传统的正统观念才开始遇到最初的阻力。

席勒教导人们说，只有当各个部分自由且均衡地活动着的时候，美丽才得以形成。[3] 而鉴赏马的行家则是沿着相反的方向做判断的：他们从马的美丽的外观会联想到身体自由地运动和快速地奔跑。鉴赏家们形成了一套鉴赏标准，从而按自己的方式对马的品质，在赛马场上或者骑兵连队中可预期的成绩及其后代的状况作出价值评判。从关于不同标记具有什么含义的鉴赏原理中[4]，寻找能够证明健康状况的美丽的标记。这些标记是力量、速度和成功繁育的可靠保障。与医学知识寻找负面的

---

[1] 《鲍格莱特先生关于马学和马治疗学方面的指导：约翰·克诺布洛赫译自法文版》，第2卷，第14页。

[2] J. G. 瑙曼（J. G. Naumann）：《马学中最优秀的部分：军官、驯马师、商人指南》(*Ueber die vorzüglichsten Theile der Pferdewissenschaft. Ein Handbuch für Officiere, Bereiter und Oeconomen*)，柏林，1800年，第24页。瑙曼写道："美丽和健康标志理论是使得我们能够从马的美丽外表，即它的外在形态判断它的性能和可用性的知识。"

[3] 弗里德里希·席勒：《关于人类的审美教育》(*Über die ästhetische Erziehung des Menschen*)。

[4] 例如约翰·亚当·科斯汀（Joh. Adam Kersting）的《识别和鉴定马的最优秀特征的标志原理或说明：为马医和爱马人提供的久经考验的基本原理和经验》(*Zeichenlehre oder Anweisung zur Kenntniß und Beurtheilung der vorzüglichsten Beschaffenheit eines Pferdes. Ein Buch zur Uebersicht für Roßärzte und Pferdeliebhaber nach den bewährtesten Grundsätzen und Erfahrungen*)，赫尔博恩（Herborn），1804年；E. 施瓦博（E. Schwabe）的《识别和鉴定马的最优秀特征的标志原理和说明》(*Zeichenlehre oder Anweisung zur Kenntniß und Beurtheilung der vorzüglichsten Beschaffenheit eines Pferdes*)，马尔堡，1803年。

症状相反，鉴赏本来的精髓体现在从经验知识中发现正面的指征。一位"马医兼教授"在19世纪初写道，马学的根本是"准确地认知马的健康状况"。[1] 不过，这门学问也有它的黑暗面、它的制衡力量和它抱有敌意的原理：它也可以是一种欺诈——有关**马的骗术**。匈牙利伯爵、马匹鉴赏家斯蒂芬·斯泽辰伊写道："在我看来，没有什么比让我们结结实实地上当受骗几次，更能够让我们在较短的时间内学会成为鉴赏马的行家的了。"[2]

鉴赏家和骗子以同样的方式分享马学知识，但是在运用这些知识时他们却分道扬镳了。两者都清楚美丽的标志、残疾的症候和年龄的标记。鉴赏家们试图揭示这些特征，他把它们变成**认知**的对象。骗子则一边尽力大肆展示某些标志，一边又在隐藏另外一些，使得各种标记成为他们**操纵**的对象。事实上，这两者的对立早就形成了传统；色诺芬是以"购买马匹"作为他《骑术论》的开篇的，并且就"人们怎样才能在买马的时候尽可能少地受骗"给出建议。[3] 从18世纪中期以来，明确地提醒人们警惕骗子的招数的著作不断增多。1764年，德埃森贝格男爵在阿姆斯特丹出版的《警惕不诚实的马贩》（*Anti-Maquignonage*）可以算是这类作品中的扛鼎之作了，这本书在出版后不久就发行了德译本[4]。这本

---

[1] J. G. 瑙曼：《马学中最优秀的部分：军官、驯马师、商人指南》，第11页。
[2] 斯蒂芬·斯泽辰伊：《关于马、养马和赛马》，莱比锡和佩斯特（Pesth），1830年，第128页。
[3] 色诺芬：《骑术论与骑兵上校：古希腊的两本马学教科书》（*Über die Reitkunst. Der Reiteroberst. Zwei hippologische Lehrbücher der Antike*），海登海姆（Heidenheim）1962年，第22页。
[4] 《发现骗术谨防购买马匹时上当：约翰·弗里德里希·罗森茨威格点评、解释和补充》（*Entdeckte Rostäuscherkünste zur Vermeidung der Betrügereyen bey den Pferdekaufen. Mit Anmerkungen, Erläuterungen und Zusätzen von Joh. Friedrich Rosenzweig*），莱比锡，1780年。

包含大量图片的精美著作，展示了劣马的所有生理特征和坏人的所有道德特性，并且为怀疑诠释论签发了通行证——指出人们完全有权以不信任的态度对他人的行为进行阐释。

在文学作品想方设法地探寻人类这些卑鄙行径根源的过程中，抵触情绪和反犹主义也被自然而然地引发了：1824 年，C. F. 兰汀博士编写、修订的一本著作出版了，这本书"揭露了马贩子在交易中的有利条件及他们对马的**粉饰艺术**中的所有秘密。以色列马贩子亚伯拉罕·莫特根斯在他留在德绍（Dessau）的故纸堆里，将如何在买卖马匹中占有有利地位以及如何避免遭受损失和上当的所有技巧和盘托出"。[1]

莫特根斯死后应该可以偷渡到天堂里。他机敏麻利地走在一条狭窄的山脊上，这是经验丰富且诡计多端的马贩子与平庸鄙俗的马骗子之间的分界线，也是交易技巧与骗术的分水岭。在货物与虚荣的大型集市上，没有其他交易物品、没有第二件商品能够像马那样，拥有如此大的通过阴谋诡计进行粉饰的空间。正是在那些更为劣质的样本上面、在那些质量较差的实体上面，交易的艺术得以体现："一匹有缺陷的马在行家看来是最廉价的，而对于精明的商人来说，则可能在销售中是最昂贵的。一块质量下乘的布匹可以通过巧妙的上浆而摇身变为质量最上乘的，相反，凭借类似的手段却无法使质量上乘者看上去比其实际好多少。"[2]

合法的优势地位与鄙俗的欺骗之间的分界线在哪里？那些让马看起

---

[1] 这部作品通过一个"有关英国人最容易、最简单的交易风格，以及使得商人在交易中具有不断增强的优势的附录"提供了相应的建议。

[2] C. F. 兰汀博士：《揭露秘密》(*Enthüllte Geheimnisse*)，第 5 页，引自第 3 版，魏玛，1840 年。

来比原来的样子要更漂亮的人因此就成了骗子吗？他所做的可能只是像所有人做的那样，梳洗打扮、整理发型，通过这些伎俩让自己看起来更加清新、更为年轻一点而已。在"显得漂亮"这个王国里，哪些方法是被允许的，哪些又是被禁止的呢？像一个恋爱中的追求者那样，对买主施点小**骗术**，这样的罪过是不是不足挂齿？莫特根斯写道，马在被展现给买主之前，必须要先刷洗干净，马的全身应该通过运动，使用毛刷或者洗涤液而变得顺滑、富有光泽："因为，经过仔细清洁、打理的马，最终可以带来最大的交易优势;这就像年长的女性仍然会花很长时间……梳洗打扮，垫高扁平的胸部，改善面色，让皮肤变得柔嫩，将头发染成栗色并且保持卷曲，笨拙地模仿青春少女的体态让自己显得不驼背，尽量让发福的身体看上去瘦一些，马贩子也必须通过梳洗打扮等技术手段……从而对他要贩卖的马的缺点和缺陷加以隐藏或是粉饰……"[1]

即便是经过训练的行家，也会被一些伎俩所蒙蔽。一匹马是好看、惹人喜爱，还是笨拙、了无生气，不仅通过它的身体各部分的比例、皮毛的光泽和顺滑程度表现出来，同样重要的还包括它的步伐的张力和运动方式、节奏。为了使一匹懒散、迟钝的马显得精神抖擞、生机勃勃，从实践上来说无论是糖面包还是噼啪作响的皮鞭，所有的手段都是可以被运用的。不过，相比于其他方法，尤其值得推荐的是使用胡椒："因为胡椒是马贩子真正的精髓、真实的生活所在；它使老马焕发青春，使懒散的马变得热情活泼，使愚钝的马警觉起来，使笨手笨脚的马变得身手矫健……"在将马拉到市面上展示之前，必须"为它准备些胡椒……

---

[1] C. F. 兰汀博士:《揭露秘密》，第 8 页。

由牧场雇工变魔术般将胡椒塞到马的肛门里,这样似乎才使得梳洗打扮、上浆等工作真正全部完成"。[1]

那么,不被这种伎俩所蒙骗的人是否可以被称为是完美的鉴赏家呢?"不了解……胡椒的效用……的人,缺乏买卖马匹的交易中必备的鉴赏知识,他们将许多只是通过胡椒的作用而伪装出来的外貌表象看作天然的特征。"但是,马贩子的这种诀窍也会不小心暴露出来,并且因为马肛门的"辩证性"而搬起石头砸自己的脚:胡椒带来的原始优势"不会因为马经常排粪就很快消失,但却会因为马尾巴的抖动,而将胡椒子震出来。因而就必须不断地往马的肛门里塞胡椒子,而这有时会导致马大肠发炎"。[2]1790年科塔出版的第一眼看上去有些古怪的有关马的文献,出自威廉·戈特弗里德·普罗克魁伊特之笔,他是一名医学

---

[1] C. F. 兰汀博士:《揭露秘密》,第 28 页。
[2] 同上书,第 29 页。亚伯拉罕·莫特根斯的"自白"似乎在公众那里引起了一定的轰动,因为 15 年之后——在 1839 年,在 S. 冯·泰奈克(S. von Tennecker)编写的年鉴——鲍温豪斯男爵有关马的大事记的后续历书里,刊登了他的"处方"的续篇。与那位犹太马商本人没有将自己的故事写下来一样,这次仍然是听故事的人将它们记下来留给后人看。这个记下故事的人就是泰奈克,这本历书的编者亲自设计了叙述框架,并且为一个名叫摩西·阿伦(Moses Aron)的柏林马贩子撰写了所谓的报道。与复述了死后升入天堂的亚伯拉罕·莫特根斯的故事的 C. F. 兰汀博士不一样,泰奈克没有过多地回避反犹主义的陈词滥调。请参见 S. 冯·泰奈克:《从柏林马贩摩西·阿伦看马商的谈话风格和礼貌:对亚伯拉罕·莫特根斯透露的马商所有交易优势的秘密的补遗》(Redensarten und Manieren der Pferdehändler, von Moses Aron, Pferdehändler in Berlin. Ein Anhang zu Abraham Mortgen's enthüllten Geheimnissen aller Handelsvortheile der Pferdehändler),收录于《养育、鉴赏、交易马匹的年鉴:德国及比邻国家 1839 年的战斗骑兵、骑术教练、艺术骑师及马医学状况概览》(Jahrbuch der Pferdezucht, Pferdekenntniß, Pferdehandel, die militärische Campagne-, Schul- und Kunstreiterei und Roßarzneikunst in Deutschland und den angrenzenden Ländern auf das Jahr 1839),第 15 发行年度,魏玛,1839 年,第 231—472 页。

教授。这部作品的标题是"有关马的主要缺陷"(Über die Hauptmängel der Pferde),它的副标题说明这本书所提供的操作性指令的意义和用途:"献给爱马的人和马商,特别献给关注马交易程序的法律专家们。"这位医学教授向法律专家们提供着信息和专业知识。这两者都力图消除马交易中的欺骗行为,并且努力推行出售方所承诺的在一定期限内保养买方所采购商品的保用书。这位作者在前言中提到,这里所传授的所谓经验是"关于可以想到的、会引起大量争执和误解的马的主要缺陷,它们都是最见不得人的资料……"[1]人们应该及时地识别出马的6项主要缺陷:(1)瘟疫;(2)脾气狂暴;(3)不可改变的肮脏之处(如疥疮);(4)致命性疾病,即心脏病或者哮喘;(5)阵发性行为,即癫痫;(6)马的复发性葡萄膜炎(一种周期性发作的眼部疾病)。

正如有关"致命性疾病"内容所显示出来的那样,在这本书里存在着将符号学和症状学混为一谈的问题。例如,如果将马的一些缺陷归于马的疾病类型的话,这些缺陷可能就不复存在,剩下的只是马的病症问题。不过,如果将作者那个时代分类法方面的不足归咎于作者本人的话并不公平。其实,普罗克魁伊特博士的这本著作已经不只是一本指南,而是一本关于非零和博弈的入门书。作者收集了他所掌握的三种类型的知识——这在分工明确的现代世界中是不可能相互交织在一起的——鉴赏知识、兽医知识和法学知识。这些知识在马市旁边被和谐地整合在一起。它们所要伏击的敌人是马骗子。它们动用一切力量去发现、追踪马骗子。它们具有对抗马骗子的狡猾和阴谋诡计的能力与知识。不过,

---

[1] 威廉·戈特弗里德·普罗克魁伊特:《有关马的主要缺陷》,图宾根,1790年,第4页。

私下里，它们还是惧怕马骗子的精明和令人猝不及防的奸计。站在鉴赏知识、科学和法学知识所组成的有组织的编队对面的是马骗子，这就像是站在骑着马的英国贵族和他们的猎犬队伍对面的是狐狸一样：他们都是充满活力、世故精明的挑战者。正因为狐狸的狡猾而使得一项体育运动得以存在，也正因为马骗子的欺诈手段而催生了一批专家。

研究者

从灰尘中走来的动物

时间是 1879 年 5 月中旬,地点是准噶尔盆地东南部靠近嘎顺诺尔湖的地方。在一百年之后,佩利·罗丹科幻系列中那位国籍不明、被称为全宇宙居民的宇航员,将降落在黄褐色月球表面上的某个地方,并且在那里建造了首都泰拉瑞亚。"星尘"(Stardust)是罗丹的宇宙飞船的名字,仿佛是在呼应着准噶尔盆地上没有太多精巧易碎的高雅物品一样。每天早晨,当盆地上刮起大风的时候,风扬起大量的沙土和灰尘,尘土打着旋、漫天飞舞,然后落在山崖、稀稀落落的灌木和所有在这片荒漠上活动的生物上面。在沙漠中前进的考察队伍几乎像盲人一样在沙尘暴中摸索着前进，这支队伍的头领是一位画家兼制图人，他的 7 名哥萨克助手负责驱赶野兽和准备日常饮食。考察队一共有 23 峰骆驼，跟在它们后面的是作为流动的鲜肉供应柜台的羊群。考察队的装备非常丰富：除了各种器具之外，还有帐篷、食糖、茶叶、干果、20 升白酒、1500 张用来保存动物和植物的吸水纸、大量的武器和弹药，另外还有送给当地土著的大批礼物 —— 枪支、镜子、磁铁、上了颜色的俄罗斯女影星图片以及来自沙皇俄国的各种受欢迎且时髦的小物件。[1]

这是尼古拉·米歇尔洛维奇·普尔彻瓦尔斯基进行的第三次考察之旅，而且这一次，远征队的装备简直达到了奢侈级别。他的前两次考察旅行分别在 1870 年至 1873 年和 1876 年至 1878 年进行，这两次远征在地理学、植物学和动物学的知识及标本方面的收获令人印象深刻，这使得普尔彻瓦尔斯基很容易地得到了第三次远征的资助。凭借沙皇签发的"通知函"，原本要到科研机构、地理协会、国防部那里费尽口舌游说、参加没完没了的巡回演讲和宴会以获取第三方资助的过程被大大简化。彼得堡的政治意图很明显 —— 这次考察旅行的目的地为不可企及的拉萨，除了收集数据、皮毛和岩石标本之外，还要将俄国霸权向中亚地区扩张。这个隐秘的目标是需要以相应的运作为前提的；这位研究者除了要完成科学研究的任务之外，还被安排去搜集情报方面的工作。将这些任务委托给普尔彻瓦尔斯基算是找对了人，正如他的天性中充满了求知的欲望一样，他对权力也有着强烈的渴望。

---

[1] 请参见 D. 雷菲尔德（D. Rayfield）《拉萨是他的梦想：尼古拉·普尔彻瓦尔斯基的中亚考察之旅》(*Lhasa war sein Traum. Die Entdeckungsreisen von Nikolai Prschewalskij in Zentralasien*)，威斯巴登，1977 年，第 147-148 页。

1879年春，在普尔彻瓦尔斯基出发之前，吉尔吉斯猎人悄悄地送给他一张野马的皮，他从未见过这种野马。吉尔吉斯人称这种野马为"库塔格"（Kurtag），蒙古人则将它称作"塔克奇"（Takhi）。吉尔吉斯人拿来的毛皮来自一匹年轻的马，它的个头和蒙古矮种马差不多，但身形却更强健有力，身上长着像朋克头型那般立起来的鬃毛。乱蓬蓬的毛发、白色的嘴巴和白色的肚皮，使得它的色调和准噶尔盆地的色调很匹配：棕色、黄色和灰白色。普尔彻瓦尔斯基仔细打量着这匹野马的强健的蹄子、相对全身而言显得有些硕大的脑袋、深陷的眼睛，还有不同寻常的强有力的牙齿，他确信，这种马曾经是中亚大草原的一分子，而现在是濒临灭绝的马属中的一个种类。随着时间流逝，他的猜想只得到了部分验证[1]，但他一生中最重要的发现还在之后等着他。虽然没有哪片陆地以他的名字命名，不过倒是有一些植物和动物被冠以他的姓氏[2]，这其中就包括一种濒临灭绝的沙漠马：它们个头矮小，但非常坚韧，看上去就像是从石窟壁画里走出来的一样。而这种颜色灰蒙蒙的牲口，使普尔

---

[1] 根据尼古拉·米歇尔洛维奇·普尔彻瓦尔斯基后来的说法，这种被称为"普尔彻瓦尔斯基马"的马类并不是被驯化的马类的直接祖先，而是某类马和驴子杂交产生的野马下的一个分支。这个分支扩散的范围主要局限于准噶尔盆地一带，以及蒙古西南部的部分地区。更多的信息请参见L.博伊德（L. Boyd）和D. A.霍普特（D. A. Houpt）编《普尔彻瓦尔斯基的马：一种濒临灭绝的物种的历史和生物特性》(*Przewalski's horse: The History and Biology of an endangered Species*)，奥尔巴尼（Albany），1994年；以及科隆动物园网站上的相关内容：http://www.koelner-zoo.de/takhi/Seiten/biologie-takhi_dt.html。

[2] 根据一部有关中国西部历史的书籍的记载，许多动植物种类以普尔彻瓦尔斯基的名字命名，例如在瞪羚、壁虎、白杨树、杜鹃花、麻黄和马中都有相应的类别。他从旅途中带回来约2万件动物标本、16000件植物标本。

彻瓦尔斯基的名字跻身不朽之列。[1]

所用的姓氏，至少在写法上是因普尔彻瓦尔斯基生活在不同统治者的疆土上而有所变化的，例如在俄国，这个姓氏被写作"Przevalskij"，而在波兰则为"Przewalski"。人们早就清楚，对于普尔彻瓦尔斯基而言，只有在大自然中的冒险人生才对他有吸引力；但这种生活却为他成为军官铺平了道路。他漫不经心地在不同的机构框架中做出选择：或者成为学院派，或者加入军校，他极其马虎、以粗暴的智慧或更多的学习能力应付着这样的选择；或者更确切地说，他不断尝试着使自己处于将要被开除，却没有被开除的边缘上。他一开始是一位地理学家，而后凭借着一篇军事及统计状况相关的博士论文初显身手，再之后将自己——或者说由他人——培养成为他所在时代的最知名的植物学家和动物学家，在鸟类学方面尤其突出，他熟悉有关标本制作的所有窍门。苏格兰传教士、医生戴维·利文斯敦是他非常崇拜的偶像，他一直梦想着像这位献身于非洲探险事业的榜样那样去不被知晓的大陆旅行。作为华沙军官学校的教员，他不仅能够像亚历山大·洪堡那样旅行，而且也可以像卡尔·李特尔一样进行地理学考察，并且他发现，自己心目中的非洲深藏在东部腹地之中。那个年代，中亚在地图上还是一片未知的空白领域(terra incognita)。从地理的角度来说，这片土地很久以来一直是欧洲列

---

[1] W. 麦德（W. Meid）重新编辑出版的 S. 伯肯伊（S. Bökönyi）的《普尔彻瓦尔斯基马或蒙古野马：一种几乎灭绝的动物的重生》(*Das Przewalski-Pferd oder Das mongolische Wildpferd. Die Wiederbelebung einer fast ausgestorbenen Tierart*) 提供了从普尔彻瓦尔斯基被发现以来的历史、与之相关的文学作品和一些重要研究的最完整的概览。普尔彻瓦尔斯基三次研究旅行的正式报告也被翻译成了德语；第四次考察之旅的总结由斯文·赫丁（Sven Hedin）于 1922 年在莱比锡编辑出版。

强大博弈（Great Game）的冲突区域。此外，俄国和中国在亚洲内部的竞争也在这个地方显得更为尖锐。[1]

对于像普尔彻瓦尔斯基这样具有征服者气质的研究者而言，政治上的紧张局面只会让事态变得更加有趣。他不只是对开枪打下无数只鸟或使哺乳动物沦为牺牲品感兴趣，战利品中一部分被放进了炖菜锅，一部分则成为**收集品**；他的射击乐趣也使得远征队的指挥官变成了有学识的战争机器，这部机器走遍中亚地区的荒原和沙漠，不断地搜寻、追踪、捕捉、盘剥着。普尔彻瓦尔斯基属于那类喜欢通过使用**武器**收集研究对象的研究者，他所染指的地方都会出现暴力。如果他没有如愿以偿地射中某匹野马的话，他会觉得那是对他个人的侮辱。从神秘的、常常是违背社会常规的性欲中生发出来的具有文化多变性且磅礴宏大的禁欲主义，使得像他这样的男人将死亡带到了这片荒原，而且这些男人也在那里自由自在地寻找、捕捉着死亡。[2]

---

[1] 请参见 D. 西美尔佩宁克·梵·德·奥耶（D. Schimmelpenninck van der Oye）《向着朝阳升起的地方：俄国的帝国思想及与日本战争的意识形态》(*Toward the Rising Sun. Russian Ideologies of Empire and the Path to War with Japan*)，伊利诺伊州，2001年，第2章，第24—41页。

[2] 请参见 K. E. 梅耶（K. E. Meyer）和 S. B. 布莱萨克（S. B. Brysac）《阴影中的锦标赛：中亚地区的霸权大博弈和竞赛》(*Tournament of Shadows. The Great Game and the Race for Empire in Central Asia*)，华盛顿（Washington D. C.），1999年，第9章，第223—240页，特别是第224—225页，在那里谈到了作为有学识的征服者以及普尔彻瓦尔斯基的榜样的那些研究者的类型和特点。有关这方面的内容还可以参考 R. 哈贝马斯（R. Habermas）《天生狂野？ 19世纪的传教士、研究者和其他类型的旅行者》(*Born to go wild? Mssionare, Forscherinnen und andere Reisende im 19. Jahrhundert*)，未出版，哈贝马斯女士2014年在埃尔福特（Erfurt）的演讲稿。哈贝马斯女士将这篇演讲文稿交付于本书作者，演讲稿的第16页对作者的帮助特别大，那里讨论到"作为英雄一般的户外多面手的研究者"在那个时候"已经开始落伍"了。

普尔彻瓦尔斯基于 1879 年 5 月在准噶尔盆地东南部边缘所遇到的野马幸免于难：面对马上就要逼近射程范围之内、随时将会开枪的猎人，这些野马嗅到了危险的气息，开始逃跑，而猎人却没有对它们穷追不舍。它们分成了两个群组，每组都有一匹公马和六七匹母马——在这类野马中，**牡马**拥有如此多的"后宫"是司空见惯的。普尔彻瓦尔斯基的后继者应该也能满足于得到几张马皮和一些残骸；直到 19 世纪、20 世纪之交的时候，这类野马才第一次被活捉，它们要么被转送给由法尔茨-法恩家族在乌克兰大草原上运营的动物学工作站，要么被出售给诸如卡尔·哈根贝克这样的动物园经营者。[1] 今天以圈养状态生活的普尔彻瓦尔斯基马，大部分都是由当年在乌克兰养育的 5 匹母马繁衍下来的。[2]1959 年，《全球普氏马血统簿》第一次得以出版，这是由汉堡动物园的埃纳·摩尔编辑整理的。从那之后，普尔彻瓦尔斯基马的血统手册由布拉格动物园负责编写。多亏在过去几十年里富有成效的野化放归，今天普尔彻瓦尔斯基马没有灭绝，而只是作为濒危物种。[3] 顺便提一下，人类不再居住的切尔诺贝利核反应区的周围，也属于野化放归的地区。

[1] 请参见 N. T. 罗斯菲尔斯（N. T. Rothfels）《使它们复活：卡尔·哈根贝克和 1848 年到 1914 年德国奇特的动物及人的交易》（*Bring 'em back alive: Carl Hagenbeck and exotic animal and people trades in Germany, 1848-1914*），哈佛大学博士毕业论文，1994 年；L. 迪特里希（L. Dittrich）和 A. 里克-米勒（A. Rieke-Müller）：《卡尔·哈根贝克（1844—1913）：德意志帝国的动物交易和展览》[*Carl Hagenbeck (1844-1913). Tierhandel und Schaustellungen im Deutschen Kaiserreich*]，法兰克福（美因河畔），1998 年，第 53—64 页。

[2] 请参见 D. 雷菲尔德《拉萨是他的梦想：尼古拉·普尔彻瓦尔斯基的中亚考察之旅》，第 261 页。

[3] 请参见 S. 伯肯伊《普尔彻瓦尔斯基马或者蒙古野马：一种几乎灭绝的动物的重生》，布达佩斯和因斯布鲁克，2008 年。

从词语中走来的动物

时间是 1899 年 3 月 4 日，地点是柏林的国会大厦里面。一场会议正在召开，议题很严肃：部队的资金供给。然而，会议记录中却显示，在会议过程中多次爆发出欢快的笑声。这是因为一位名叫霍夫曼·霍尔的代表的发言。他主张为陆军中的兽医涨福利，但至少他没有停留在财务层面上，而是转向了**专有名称**用词这个领域。他认为，公务人员的职位名词有必要立即做出修正。他指出：军队中的兽医"现在的职位名称用词是军中低级兽医、军中兽医、军中高级兽医、军中主兽医。是的，先生们，'Roß'[1] 这个词出现在军中兽医（Roßarzt）[2] 的各种相关职位中，而且，它被用来指代一种高贵的动物（笑声），长着翅膀会飞的白马佩加索斯（Pegasus）也是'Roß'（蠢驴）（热烈的大笑），而我只是希望，军中兽医们应该在将来的某个时候，花上 10 年顶着这个头衔在世界各地到处走走（热烈的大笑），这样他们一定会看到，人们背过身去会有什么样的反应。当人们说出这个头衔的时候，一定会强忍着不让自己笑出来（笑声）。为了说明马和 Roß 之间的基本区别（笑声），我给大家举个例子吧：一次在施瓦本地区的军事演习中，一个炮兵牵着两匹拉炮的马来到分配营房的官员那里，后者友好地向他打了招呼，然后对他说：好吧，现在您把您的笨驴（Roß）牵出马厩吧，马（Pferd）要进去了（猛烈的大笑）！我请求国防部长采纳我的建议，否则的话，只要一有机会，

---

[1] 德语中 Roß 一词的意思为笨蛋、蠢驴、马。——译者注
[2] "Roßarzt"直译过来有笨蛋医生的意思。——译者注

我就会继续谈起这个话题（笑声）"。[1]

十多年之后，弗兰茨·博厄斯向世人报告了在爱斯基摩人的语言中，对于"雪"这样简单的事物却有着神话一般丰富的表达方式，[2]这位研究语言的德裔美国人类学家，一定会觉得德国国会上的那场高谈阔论特别有趣。在这些讨论中，人们已经意识到了"马"这个事物在语言表达上的复杂性。与人类自身一样，他们最亲密、最重要的伙伴也是词典上的一个幻影，是产生于词语当中的一个物种。从古希腊时期开始，有关马类学的文献就不断地通过最新发表的论文拼写着它们的描述对象，即关于驯养和繁育马、重视它们的体形和治愈它们的痛苦的艺术。此外，优美的文学作品也会歌颂这种传奇般的生物，艾伦·斯特利特马特在讨论哈特曼·冯·奥厄的《埃雷克》（Erec）中"对妇女骑的小马的描写"时写道："这些文学作品从语言中创造了一种动物，这是一个完美无瑕的物种，它们拥有无与伦比的美貌。"[3]在奥厄所撰写的这个故事中，用了500多行的诗句，使《埃雷克》的轻快且黑白相间的马的形象跃然纸上；这是早期德国文学作品中关于马的赞歌。哈特曼的艺术证明了人们的想象力是可以被点燃的："'看'或'仔细观察'这个动词出现在描写

---

[1] 1899年3月4日的国会会议记录，http://reichstagsprotokolle.de。

[2] 请参见弗兰茨·博厄斯《原始人的思维》（*The Mind of Primitive Man*），纽约，1911年；B. L. 沃尔夫（B. L. Whorf）后来将该书重新编辑出版：《语言、思想和现实》（*Language, Mind and Reality*），马德拉斯（Madras），1942年。《语言、思想和现实》（*Sprache, Denken, Wirklichkeit*）的德语版本于1963年在莱茵贝克出版。

[3] 艾伦·斯特利特马特（Ellen Strittmatter）：《幻影诗学：哈特曼·冯·奥厄作品中的想象力理论文本》（*Poetik des Phantasmas. Eine imaginationstheoretische Lektüre der Werke Hartmanns von Aue*），海德堡，2013年，第232页。

的开始之处，它对于听众或读者而言是一个信号，表示马的形象其实是在内心深处的眼睛前面所产生的。"[1]在哈特曼开始探索想象力的源头的700多年之后，法国诗人纪尧姆·阿波利奈尔用了相反的方式来表现马的形象：他用漂亮的书法将他的诗誊抄下来，并且通过将诗句分成长短不一的行，从而勾勒出马的轮廓。

这匹用诗歌短句勾画出来的"坐骑"，即用来骑行的马，正以轻快的脚步奔跑着，它曾经被称作"Zelter"，也可以叫作"Tölt"，而这些叫法在现代日常用语中已经完全消失了。就连"Roß"这种说法也退隐很长时间，不过与它的其他中世纪"同事"不同，它还没有消失在古旧的词典当中。直到19世纪，"Roß"这个词还一直与"Pferd"（马）一词一起分享在德国的语言空间；北方是"Pferd"的领地，南方是"Roß"的主场。这座语言上的界墙也反映在一个低地德语的谜语当中："哪个州没有Pferd（马）？"答案是"施瓦本州"，因为"那里都是Roß"。[2]

对历史根源加以研究，可以发现两个完全不同的出处：Pferd出身于拉丁语（parafredus），而Roß则来自古北欧语（rasa），也可能出自希伯来语（ruz）或拉丁语（ruere）——所有这些形式都具有走或奔跑的含义。马克斯·耶恩斯收集了表示马的各种名词，并且像斯塔布斯解剖他的绘画主题一样分解了这些名称的**词素**和**语源**，他发现"运动"的标记无所不在：仿佛存在着一只隐形的方向箭头，欧洲所有语言都遵循着

---

[1] 艾伦·斯特利特马特：《幻影诗学：哈特曼·冯·奥厄作品中的想象力理论文本》，第233页。
[2] 引自马克斯·耶恩斯（Max Jähns）《德国日常生活、语言、信仰和历史中的马及骑手：一部文化历史学专著》(*Ross und Reiter in Leben und Sprache, Glauben und Geschichte der Deutschen. Eine kulturhistorische Monografie*)，两卷本，莱比锡，1872年，第1卷，第7页。

这个语言学矢量所指向的方向。所有体现运动能量的语言表达和语言碎片，似乎都集中在用来指代这个动物的名称里了；仿佛在语言中自发地发挥作用的动态性，已经传递到这种动物的形态和名称上了。同样，今天人们所用的"Pferd"这个名词也具备了相应的动态性。

例如"马在远古时代的名称是'Märhe'"，在马克斯·耶恩斯看来"也是一个表现运动的名词"[1]。事实上，他发现爱尔兰语中的"markayim"、低布列塔尼（niederbretonisch）语中的"markat"和苏格兰语里的"to merk"，都含有"骑行"的意思。他认为这些词听起来最像动词"marschieren""marcher""marciare""marchar"（行进），它们都与运动的瞬间牢牢地联系在一起，而且由此可以看到"Märhe"这个古老名称的源头，也可以发现它反映了马最突出的特性。[2] 除了"Märhe"之外，耶恩斯还找到了人们用"Pfage""Hess""Hangt"和"Maiden"来泛指各种马，并且用"Hengst""Beschäler""Schwaiger""Stöter""Renner"和"Klepper"表示雄性马，"Stute""Kobbel""Wilde""Fähe""Fole""Taete""Gurre""Zöre""Strenze""Strute""Strucke"和"Motsche"用来指代雌性马，"Füllen""Burdi""Bickartlein""Kuder""Heinsz""Wuschel""Watte"和"Schleichle"则是幼马的名称。耶恩斯还从其他的一些变体或方言中收集到了马在德

---

[1] 马克斯·耶恩斯：《德国日常生活、语言、信仰和历史中的马及骑手：一部文化历史学专著》，第12页。耶恩斯这位在语言政治学领域殚精竭虑的学者，使用的是一种"纯粹化的拼写方法"，正如这里显而易见所展现出来的那样，延长元音和延长辅音都被大大地压缩了（因而他自己也发现了一些"相互矛盾"的地方），但是与格林兄弟（Brüder Grimm）不一样，他保留了传统的首字母大写或小写的规则。

[2] 同上书，第13页。

语中的各种各样的叫法，例如"Kracke""Zagge""Vulz""Nickel""Schnack""Grämlein""Kofer"[1]，以及"Hoppe"[2]，他发现了63种不同的马的德语名称。

这些名称和它们的出处只是一个开端。耶恩斯以这里为起点扩展到有关马和骑手的整个世界，其中包括词语、谚语、歌曲、诗歌、日常用语、专业术语、神话、传说，以及属于彼得·吕姆克尔夫所说的"民间资产"领域里的讽刺、笑话和黄色玩笑等。格林兄弟是编撰词典、收集语言的人，耶恩斯与他们的定位一样，因而他不会认为某一个被挖掘到的词过于生僻，某一种说法太微不足道，某个笑话过于粗鲁而不值得收录到马学语言的"旧书店"中。[3] 与格林兄弟不同的是，耶恩斯并不局限于最近几百年的德语文学作品，而是从他可以利用的一切源头中进行挖掘，特别是希腊-罗马语和北欧语神话。

19世纪60年代，在耶恩斯将他所收集的有关马和骑师的海量资料进行汇编的时候，他本人也作为军官和骑手正在军事学校授课，并且在不同的参谋部任职。这些工作对他的著作大有裨益：这位作者有机会具有专业性地吸纳来自马厩、铁匠铺、医院、马具生产商和运输业的各种各样的实用知识。他也为"法律文物"留下了应有的位置（"祭礼和法律中的马和骑手"[4]）。耶恩斯的词典是一部有关骏马与骑士这种半人马

---

[1] "Kofer"这个词在南德方言中表示脾气暴躁的马，耶恩斯猜测这个词来源于"keifen"，破口大骂。——译者注

[2] "Hoppe"这个词显然来自一个动作，即"hoppeln"，意为蹦蹦跳跳。——译者注

[3] 有关格林兄弟如何选择编入词典的词语，请参见圣马尔图斯（St. Martus）《格林兄弟传》（*Die Brüder Grimm. Eine Biografie*），柏林，2009年，第488页及其后面若干页。

[4] 马克斯·耶恩斯：《德国日常生活、语言、信仰和历史中的马及骑手：一部文化历史学专著》，第1卷，第419—462页。

的"双重物种"[1]的文化史著作,而且读者们无法否认,在这个主题领域没有其他作品能与之相提并论。[2]这部作品的第二卷更集中在历史领域,从马学角度为人们提供了全部德国历史的概览。这部分的结尾显然使用了激烈的爱国主义说法,从而显露出在意识形态方面的特征:为对"赛马国家"英国的反感,对"英国人在我们培育马匹方面所产生的巨大影响"的厌恶开辟了道路。

赛马是"一种艺术品,这是必须用非同寻常的方式、为了某个过于虚幻的目标所'培养出来'"。[3]英国人不仅围绕着这种黄金般的艺术品发明了舞蹈,与此同时,也亵渎了它:他们将这种艺术品与竞赛联系在了一起。金钱的铜臭败坏了一切,包括马:"渐渐地……财富、奢侈和狂热将高贵的骏马贬为赌博的筹码……赛马成为赌钱中的高级游戏,在这样的赌博中,马作为和谐的整体完全退到了后台,只有速度这个元素被单独拎了出来并且只在这方面进行强化。"[4]

英国人借助人们对平道赛马比赛、过度培育赛马和赌博的狂热,将另外一个不受欢迎的礼物也带到了英吉利海峡的这一边,于是,耶恩斯

---

[1] 马克斯·耶恩斯:《德国日常生活、语言、信仰和历史中的马及骑手:一部文化历史学专著》,第162页。

[2] 毋庸置疑,这个定论只限定于德语语言领域和欧洲各国马文化领域。在东方国家相关领域的作品中,冯·哈默尔男爵的具有浓厚哲学意味的著作甚至要更胜耶恩斯一筹。请参见J. 冯·哈默尔-普尔格斯塔尔(J.von Hammer-Purgstall)《阿拉伯人的马》(*Das Pferd bei den Arabern*),维也纳,1855—1856年,翻印本收录在马学系列文献(Reihe Documenta Hippologica)中出版。

[3] 马克斯·耶恩斯:《德国日常生活、语言、信仰和历史中的马及骑手:一部文化历史学专著》,第410页。

[4] 同上书,第406—407页。

说,"我们的语言因此染上了英国病"[1]。这位作者列举了一些"令人恶心的行话"的例子,来说明赛马场上人们的精神状态,也表明那些故作潇洒的姿态让他感到好笑:当人们谈到一匹马的"Pace"(跑速)的时候,就会谈到它的"Handicap"(缺陷),最后再以"Match"(配对)结束。对于已经习惯于在谈话中夹杂英语单词的当今读者来说,这可能没有任何值得大惊小怪的地方。不过,与耶恩斯属于同一个时代的受众应该会有另一种反应。作者本人在1872年前后第一次提出了纯语主义这个概念,并且在几年后将它变成了一种"不可抗力":1896年,他接任德国语言协会(Allgemeinen Deutschen Sprachverein,ADSV)主席一职,从此与一些强硬派共同促进德语保持纯语化。那些对于德语的纯洁性绝不妥协的人中,不仅有自由派汉斯·戴布吕克,也有保守派大师古斯塔夫·弗赖塔克和海因里希·冯·特莱奇科等人。

《德国日常生活、语言、信仰和历史中的马及骑手:一部文化历史学专著》的结尾是对骑兵在当代战争中的实际用途的思考,并且从美国内战、普奥战争、普法战争中总结了一些经验教训:这使得这本专著也成为一本战术词目表。[2] 顺便提一下,在他自己的专业领域战争史中,耶恩斯一直是现代军事史中的早期代表人物,这一流派不仅熟悉各场战役和战争中的伟人,而且也清楚发生战争和战斗的经济及社会

---

[1] 马克斯·耶恩斯:《德国日常生活、语言、信仰和历史中的马及骑手:一部文化历史学专著》,第418页。
[2] 同上书,第434—445页。

背景。[1]与此相反，随着时间的流逝，他的语言政治方面的沙文主义开始屈服于民族主义思想领域中的代表人物。另外耶恩斯这部在1872年出版的两卷本著作题献给了"德意志帝国宰相、勋恩豪斯公爵、马格德堡重骑兵兵团少将奥托·冯·俾斯麦殿下"，并且在献词中引用了俾斯麦在1867年北德的一次帝国会议上提出的要求："我们德国要能够跨在马鞍上，并且从那刻开始就能够英勇善骑。"[2]在题献后面接下来800多页的文本里，毫无疑问传达了这样的印象，这位持自由主义思想的德国骑兵特派员尽管会骑马，但却在神话的浓雾中迷失了方向。

从光中走来的动物

时间是1881年9月26日，地点是巴黎第16行政区，那里正在举办一场社交晚会。埃蒂安-朱尔·马雷举办这场晚会是为了欢迎来自美国的埃德沃德·迈布里奇，这位客人是连续照相法的著名先驱，此时刚刚抵达巴黎。马雷还邀请了另外一些国内外的重要同人，这其中有些人是他的密友。客人中有两位穿着共和国军装：夏尔·拉波上尉和纪尧姆·鲍

---

[1] 请特别参考《从法国大革命到现在的法国陆军》（ Das französische Heer von der Großen Revolution bis zur Gegenwart ），莱比锡，1873年；《从远古到文艺复兴时期的战争史手册》（ Handbuch einer Geschichte des Kriegswesens von der Urzeit bis zur Renaissance ），莱比锡，1880年；《军队情况和大众生活》（ Heeresverfassungen und Völkerleben ），柏林，1885年。

[2] 题献上是这样写的："我们应该知道，谁能够将德国扶上马！是的，现在就应该擅长骑术……"马克斯·耶恩斯：《德国日常生活、语言、信仰和历史中的马及骑手：一部文化历史学专著》，第1卷，第6页。

纳尔上尉都是骑兵,他们从几年前开始就一直与马雷一起在实验室里工作,现在他们也一起在刚刚成立不久的、位于巴黎欧伊特区的"研究站"工作。马雷这位著名的生理学家推动着军队中的研究进程。或者更准确地说,他所从事研究的价值被军队所承认,因而军方为这些研究投入了人力和资金。马雷几乎是从零开始,对马的行走步伐进行研究。

尽管在与德国战争爆发前10年,法国总参谋部就已经认识到了火车所具有的战略重要性,但是马仍然一如既往地被作为法国军队最重要的牵拉和运输工具,因为其行动迅速而不可或缺,而且在山区无可匹敌。与历史画画家和赛马运动的业余爱好者不同,马在奔腾的时候4条腿怎样运动并不是军方主要关心的问题,他们着重考虑的是,人们如何以最有效率而且损失最小的方式运用这种活生生的战争物资。围绕着骑兵部队有两种学说发展起来:一种主要考虑了骑手的意愿,另一种是以马的特性为出发点的;很久以来,这两个学派就一直激烈地争论不休。[1] 军事骑术不是微不足道的小事。在19世纪末期,人们不再像巴洛克骑术教练那样,只关注将骏马与骑手优雅华丽地联系起来。现在重要的是释放并且保存至关重要的能量,以避免疲劳提前到来。[2] 战争并不只是由枪支弹药来决定胜负的;它也是通过肌肉和筋腱取得胜利,或者遭遇失败。

1889年5月,夏尔·拉波去世。也就在这一年,他年轻的同事纪

---

[1] 请参见 A. 梅耶《行走的科学:对19世纪运动的研究》,第146页及其后面若干页,在那里谈论了骑术教练弗朗索瓦·博谢(François Baucher)和德·奥尔(d'Aure)子爵在骑术教义方面的争论。有关这两个人物也请参见门内希尔·德·拉·兰瑟(Mennessier de la Lance)《尝试》(Essai),第1卷,第44—50页(德·奥尔),第85—91页(博谢)。

[2] 请参见 A. 拉宾巴赫《人类动力:精力、疲劳和现代性起源》,第133页及其后面若干页。

尧姆·鲍纳尔出版了他们共同完成的作品《鲍纳尔指挥官的马术》[1],这是他们与实证主义生理学家马雷经过 15 年研究的成果。附录部分有 7 组电影胶片插图,当每秒钟放映 25 张图片的时候,就可以看到马在行走时的步伐。根据鲍纳尔的说法,这些电影胶片是 1889 年夏天在研究站里拍摄的。这位作者描述了他的"长腿模特"及其行走方式:"除了跑、跳之外,还参加了其他实验的这个家伙是一匹纯种阿拉伯母马,名字叫'凡弗里露谢'(Fanfreluche),1878 年 4 月 1 日生在蓬帕杜养马场。这匹母马是一匹灰斑白马。在实验中,它以不同的步伐在黑色天鹅绒幕布前走过,连续拍照相机拍下了这些画面。在小跑和跳跃的时候,黑色幕布被换成了白色的墙壁。这匹窈窕的母马创作出小跑的画面。"[2]

1886 年,马雷在写给他的助手乔治·德梅尼的一封信中说,他寻找一种"可以看到不可见的东西的方法"[3]。在那个年代,还有其他人也有同样的渴望;9 年后,威廉·康拉德·伦琴找到了自己能让不可见的东西显现出来的方法。马雷所采用的最有名的方法,也是摄影师埃德沃德·迈布里奇付诸实践的做法;这种方法是用照相的方式打破不可见的稍纵即逝的瞬间及它的挥发性的限制,并且以这种方式使其可见。[4] 奔跑的马或者跑动的女子的动作会在操作中通过"光线手术刀"每秒钟切割 25 次,并且将它们分别放在明亮的薄片上。列奥纳多·达·芬奇也

---

[1] 《鲍纳尔指挥官的马术》(*Équitation, par le Commandant Bonnal*),巴黎,1890 年。
[2] 同上出处,第 224 页。
[3] L. 曼诺尼:《埃蒂安-朱尔·马雷:眼睛的记忆》,第 256 页。
[4] 请参见 U. 劳尔夫(U. Raulff)《不可见的瞬间》(*Der unsichtbare Augenblick*),哥廷根,1999 年,第 65 页及其后面若干页。

已经采用了类似的方式[1]——当然他用的是铅笔——将一个人快速运动的动作分解开来；1940年，埃文·潘诺夫斯基在论述这些图画时联想到了电影摄制技术。[2] 马雷和迈布里奇的做法与达·芬奇的别无二致，只是他们采用的是连续拍摄技术——这是摄影机的最直接的前身——从而将瞬间分解为无穷小的片段，将1秒钟裂变为极小的片刻。几乎感觉不到时间的不可见的瞬间，如果不是藏在这些被最小化的部分中的话，它还能躲在别的什么地方呢？

历史学家们知道，非稍纵即逝的东西也存在着不可见性。漫长时间里的全部历史正被这种不可见性填充着。在马雷和迈布里奇拍摄瞬间动作的一两年之后，连续摄影者们开始计划在一个较长的时间里进行不间断的拍摄，他们的目标是将历史的不可见之处显现出来。这之中最赫赫有名的是亚伯拉罕·瓦尔堡（即阿比·瓦尔堡）。借助多幅展现艺术史的圣像画之间的顺序关系的帮助，瓦尔堡试图将形式——他其实指的是"规则"——的演变过程描摹出来，从而记录下从古代艺术家到现代艺术家所经历的剧烈的内在变化。无论是规则的稳定性还是变动性都第一次被展现出来了，人们借助一系列图片，能够跨越漫长的历史时间段，并且也可以以类似的方式仔细地对一小段时间进行观察，就像马雷和迈布里奇的照片将瞬间的碎片聚拢起来一样。当然，人们将同一匹马膝盖的弯曲动作分解成100张单独的图片，或者人们将完全不同的

---

[1] 如果《惠根思抄本》(Codex Huygen) 里的那些画确实是达·芬奇绘制的话。
[2] 请参见埃文·潘诺夫斯基《惠根思抄本和达·芬奇的艺术理论》(Le Codex Huygens et la théorie de l'art de Léonard de Vinci)，巴黎，1996年，第23页（潘诺夫斯基讨论的是《惠根思抄本》中第22张幻灯片）。

艺术家的 100 幅作品排列起来，以便探寻从远古时期到文艺复兴时代这 2000 多年里对悲伤、愤怒或是喜悦的表达方式的异同，这完全是两回事。但是，它们之间的相似之处在于通过图片片段让时间连续起来的做法，不管人们是在分割一秒钟还是一千年。从技术的角度来看，研究艺术史的圣像画是极其缓慢的连续摄影的形式——或者相反。

在刚刚跨入 20 世纪的门槛后不久，属于马的历史的"瓦尔堡"也被找到了。他名叫理查德·列斐伏尔·德斯·诺伊特斯，是一位退役的骑兵军官，他的父亲曾经在 1870 年的战争中担任骑兵上尉，他还是法兰西帝国的一位将军的侄孙。当他还在军中服役，也就是 19 世纪 90 年代的时候，他就已经开始研究马掌的历史了，并且出版了相关著作。1904 年 4 月发生的一次严重的骑行事故迫使他提前离开军队，在那之后他将全部精力都投入到了历史和古董研究中。他研究反映艺术史的圣像画，将所有的时间都用在研究巴黎博物馆的馆藏上，并且从所有他能够找到的考古学和艺术史文献，以及当代出版物中收集有关马的描述。几年之后，他拥有了海量的关于马的技术史的方方面面的资料。与他的同伴拉波和鲍纳尔一样，列斐伏尔关注的也是有关畜力和如何最有效地利用这些能量的问题。不过，与那两位骑兵上尉不同的是，他没有将运动同步分解为极小的时间单位中的图像，而是用历时的方法来分割上千年的历史。

在细细地观察了一下《骑马的男人》(*Homme de Cheval*) 之后，列斐伏尔开始被绘画世界反映的古代文化的细节所吸引，那些也都是考古学家和艺术史学者所感兴趣的地方。简而言之，这些细节包括马脑袋的姿势、马用来拉车的各种挽具的某些独特之处等。通过比较绘画作品和考古所发现的遗迹，列斐伏尔找到了一些线索，并由此开始研究古代文献中的史实见证。在退役后，他曾经花了两年的时间在法国国立文献学校（École des Chartes）听课，学习到了文献研究的方法。不过，他并没有在这条路上继续走下去，而是转向了对实用知识的探索。他从巴黎的一家小型马车公司借来了几匹拉车的马和当时最先进的马车，开始进行实验。在几位能工巧匠的帮助下，他根据古希腊的图画打造了古代典型的挽具。他将这套挽具安装在奔跑于1910年巴黎大街上的马的身上，马就此拉上了时髦的出租车车厢，这看上去多少有些滑稽。这些实验验证了他的理论。

  古代的马套像是在马的脖子上套了条腰带或者领带，其压力是作用在马脖子的位置上，这会使得颈动脉特别紧密地贴着皮肤。只要马一用力拉车，"带来厄运的领带"[1]就会压迫它的颈动脉，这会使它喘不上气，从而降低**工作效率**。被套上这种挽具的马拉不动500公斤以上的车子。同一匹马套上现代马具时的牵引力，是使用古代马具时的4~5倍。换言之，古时候马的力气只发挥了很小的一部分。为什么这种状况维持了很长的时间，为什么直到10世纪才开始出现有关马的技术方面的革新（马掌、马镫、马具），从而使得畜力被大大地有效利用？为什么古人没有实用的马学知识？

---

[1] 马克·布洛赫在评论理查德·列斐伏尔·德斯·诺伊特斯的《穿越时代的力量》（*La force motrice animale à travers les âges*）时这样说，请参见《历史综合评述》（*Revue de synthèse historique*），第41期，1926年，第91—99页，此处引自第92页。

列斐伏尔的回答是：因为他们不需要，因为他们不指望马的力量。那么，为什么他们不需要畜力呢？这是由于他们拥有奴隶，而且数量多于所需要的。列斐伏尔开发出了符合"历史—社会"必然性的"能量—经济"的论点，他在 1924 年出版的著作中只是顺便提了一下这个命题。

在这本书 1931 年出版的增补版中，他将这个论点作为著作的副标题，并且对它进行了恰如其分的强调。列斐伏尔指出，奴隶制度和古希腊糟糕的能源经济（对于牲畜的驱动力的利用不足）相互发挥着限制作用。由于奴隶制所引起的技术创新停滞，也使得能源领域其他发明沦为牺牲品。因而，匮乏的运力使得水力驱动的水磨机没有在西方国家得到使用。长期以来，以人力为能源的机器被滥用，而其他各种类型的能源机器——无论是与畜力还是与水动力有关的能源机器——的发展都受到了阻碍，直到卡佩王朝（Kapetingern，987–1328）才解开了上述两种情况缠绕在一起所打成的死结。因此，并不是在被 19 世纪新古典主义者奉为典范的、赫赫有名的古希腊时期，而是在"中世纪的黑夜"里，动能的巨大潜力才被释放出来，这促成了西欧各国的崛起和霸权的获得。[1]

古希腊在技术上是落后的[2]，由于人力劳动力过剩，因而对于他们而言没有必要进行发明创造：这就是长期在技术史领域流行的替代理论，人们发明充分利用自然界的工具，从而节省了自己的力量。历史学家们

---

[1] 马克·布洛赫:《历史综合评述》，第 188 页。也请参见理查德·列斐伏尔·德斯·诺伊特斯:《中世纪的"发明"》(La «Nuit» du Moyen Age et son Inventaire)，收录于《法国信使》(Mercure de France)，1932 年第 235 期，总第 813 期，第 572—599 页。

[2] 马克·布洛赫提出，古希腊处在"技术发明的休眠期"中；请参见艾伦·斯特利特马特《幻影诗学：哈特曼·冯·奥厄作品中的想象力理论文本》，第 94 页。

为这条理论着迷,而列斐伏尔的实验为这个命题提供了例证。尽管如此,在这个问题上,列斐伏尔也还是面对着争议;早在1926年,马克·布洛赫就向他这位自学成才的同人指出,后者对墨洛温王朝(481—751)的奴仆和奴隶制的观点存在着根本性的误解。[1] 但是,研究古希腊、古罗马时期的历史学家和哲学家逐条反驳列斐伏尔的结论,并且证明列斐伏尔在将考古领域及艺术史方面的证据做了简单化的描述和错误的解释的时候[2],研究中世纪的历史学家却非常看重他对于中世纪的技术发明所做出的高度评价。即便到了20世纪60年代,研究中世纪历史的史学家、美国技术史的代表人物小林恩·怀特仍然将这位法国骑兵、古董爱

---

[1] 请参见艾伦·斯特利特马特《幻影诗学:哈特曼·冯·奥厄作品中的想象力理论文本》,第94—98页。1935年,马克·布洛赫再次谈到这个问题[《中世纪的"发明"》(Les «inventions» médiévales),收录于《经济和社会史纪事》(Annales d'histoire économique et sociale),1935年,第7期,第634—643页],并且对列斐伏尔·德斯·诺伊特斯所提出的得以改进的马具和水车的引入之间的因果关系提出质疑,不过他认为列斐伏尔的主要论点——便宜的人力劳动力和技术发明停滞之间存在着因果关系——具有重要的思想价值。在布洛赫看来,水力推动的水磨坊是来自古代的发明,只是到了中世纪才得到运用;请参见马克·布洛赫《水磨坊的引入和广泛使用》(Avènement et conquête du moulin à eau),《年鉴》,1935年第7期,第538—563页。

[2]《对列斐伏尔·德斯·诺伊特斯有关古代历史、技术史研究的批判性理解的历史》(zur Geschichte der kritischen Rezeption von Lefebvre des Noettes M.-Cl. Amouretti, L'attelage dans l'Antiquité. Le prestige d'une erreur scientifique),收录于《E. S. C. 年鉴》(Annales E. S. C.),1991年第1期,第219—232页。最重要的相关研究是P. 维格纳隆(P. Vigneron)的篇幅宏大的博士毕业论文:《古希腊和古罗马时期的马》(Le cheval dans l'antiquité gréco-romaine),2卷本,南锡(Nancy),1968年;J. 斯普鲁伊特(J. Spruytte):《对马历史上的预兆的实证研究》(Études expérimentales sur l'attelage. Contribution à l'histoire du cheval),巴黎,1977年;G. 拉普萨伊特(G. Raepsaet):《希腊-罗马时期的耦合和运输》(Attelages et techniques de transport dans le monde gréco-romain),布鲁塞尔,2002年。

好者描述为"几乎就是一个天才"[1]。

今天，列斐伏尔在考古学前提和社会环境的必然性（有关奴隶制的问题）的基础上对马具的历史的研究被认为是站不住脚的，不过，诸如朱迪斯·A.维勒这样的学者发现了一个非常有趣的问题，即这位军官兼一知半解的研究者的那些玄妙的见解，为什么会在长达半个世纪的时间里一直令一些具有批判精神的学者着迷？[2] 提出这样问题的人，一定没有认识到列斐伏尔所采用的方法的魅力和他的那些引人注目的证据，这些证据使他能够从反映艺术史的圣像画和重构中找到奇特的相关关系，因而在很多人看来，与列斐伏尔一起做出错误的理解，要比赞同他的批判者有趣得多。

从头脑中走来的动物

时间是 1904 年 8 月 12 日，地点是柏林的一个后院。当地各个科研机构的精英们聚集在防火墙、楼梯、木质棚屋和一间被用作马厩的工具棚之间的后院里，站在这个真正的秘密委员会中间的，是普鲁士文化大臣康拉德·冯·斯图德特博士。这次集会的目标，以及这些博学的好奇

---

[1] 小林恩·怀特：《凝视技术》(*The Contemplation of Technology*)，收录于他的《西方文化活力论》(*Machina ex deo. Essays in the Dynamism of Western Culture*)，剑桥 / 马萨诸塞州（Cambridge/Mass.），1968 年，第 151—168 页，这里是第 157 页，以及第 242 页及其后面若干页。

[2] 请参见朱迪斯·A.维勒：《罗马的牵拉系统》(*Roman traction systems*)，第 2 页。http://www.humanist.de/rome/rts。

者的关注对象,是一匹最近声名鹊起的马:人们用格林童话中的"聪明的汉斯"(Kluge Hans)作为它的名字。正如著名的非洲研究者卡尔·乔治·仙林斯所确证的那样,这匹牡马具有极不寻常的能力:"这只动物能够完整地阅读,优秀地运算——会进行简单的分数计算和三次方的计算,它可以区分很多种颜色,能够区分德国硬币的价值和扑克牌的大小,还可以根据照片识别真人——哪怕照片特别小或真人也不是特别像的时候。它懂德语,掌握着大量的概念和观点——完全不同于马类心理学中的看法……因而,今天我和一些学者朋友完全相信,这匹牡马能够独立思考、推理,而后得出结论,并且采取相应的行动。"[1]

聪明的汉斯在1904年的盛夏成为柏林街头巷尾的热门话题,它是被媒体发现的报道对象,在刚刚进入夏天的时候,有关它的神话故事还没有被创造出来。当饱学之士拥挤在这匹灵敏的黑马身边,人们因为感兴趣而到处传播有关它的传说时,它在军事上的重要性终于得到了重视;人们想象着,这匹可以与人进行互动、能够思考的马,将会为当时的皇帝和国家做出什么样的贡献——一定会不断地有关于它的丰功伟绩的消息传入人们耳中。不仅如此,汉斯甚至还能够解出人们还没有向它布置的数学题,也就是说,这只动物会读心术。这是不是意味着,人

---

[1] 仙林斯在一封写给在柏林召开的第6届动物学国际大会(6. Internationalen Kongress für Zoologie)的信中这样写道。引自H. 贡德拉赫(H. Gundlach)、卡尔·斯图姆普(Carl Stumpf)、奥斯卡·芬格斯特(Oskar Pfungst)《聪明的汉斯和如愿以偿的放烟幕弹行为》(*Der Kluge Hans und eine geglückte Verncbelungsaktion*),收录于《心理学评论》(*Psychologische Rundschau*),总57期,第2刊,第96—105页,这里是第99页。这篇出色的文章详细地按时间顺序记录了1904年夏天发生的事件,并且公开了学者们围绕"聪明的汉斯"展开争论的背景。

们应该将思考的任务交给马呢？因为它长着更大的脑袋。毫无疑问，会思考的马也是会嘲笑人类的思考的。[1]

这匹神奇的牡马是前不久刚刚出名的。从前一年开始，才有零零星星的几位学者了解到这匹马的情况，并且着手研究它。在此之前，汉斯已经规规矩矩地上了3年学，它的主人是它唯一的老师，这位来自奥斯特比恩的贵族名叫威廉·冯·奥斯腾。1900年，他买下了这匹马，然后就立即让小汉斯开始上学了——因为小汉斯学不会的东西，长大的汉斯就永远都不可能再学会了。实际上，聪明的汉斯是汉斯二世；它之前有一位汉斯一世，这位前辈在1895年因肠扭转死去时，数数会数到5。冯·奥斯腾的追随者及继承人卡尔·卡拉尔用文字和照片记录了这位充满激情的教育者的授课方式。[2] 事实上，冯·奥斯腾将多种课程组合在一起，这里面既有小学生课程（"汉斯，你答对了"），也有综合文理中学的授课内容（求开方值、基础几何）。虽然这位贵族是一位能干的老师，但是他却没有多少作为教育者的素养："虽然多年来每天都要见面，他还是无法正确地理解他的学生已经表现出的非常明显的心理活动，当汉斯在持续了一个多小时且大多数时候内容都很枯燥的课堂上明显地表

---

[1] H. 贡德拉赫、卡尔·斯图姆普、奥斯卡·芬格斯特《聪明的汉斯和如愿以偿的放烟幕弹行为》，第102页。

[2] 卡尔·卡拉尔：《会思考的动物：建立在实验基础上的动物心理学研究——聪明的汉斯、我的马穆罕默德和扎里夫》（*Denkende Tiere. Beiträge zur Tierseelenkunde auf Grund eigener Versuche. Der kluge Hans und meine Pferde Muhamed und Zarif*），莱比锡，1912年。也请参见有关"聪明的汉斯"和"埃尔伯菲尔德马"（Elberfelder Pferde）的文献，汉妮·朱茨勒-金德尔曼（Henny Jutzler-Kindermann）是德国第一位获得农业经济学学士学位的女性，她汇编了这些文献：《动物会思考吗？》（*Können Tiere denken?*），圣高尔（St. Goar），1996年。

现出无聊情绪的时候,他也看不出来。"[1]

与动物交谈或得到它们的理解,这是人类最古老而且最美好的梦想之一,许多神话和童话都讲到了这些:例如在近代,就有格林童话《放鹅姑娘》(Gänsemagd)里会说话的马头、《幸运星卢克》(Lucky Luke)里的马乔利·扎姆普和会说话的马埃德先生等形形色色的形象。以前,平安夜的整个晚上,孩子们都会待在马厩里度过,而不回房间上床睡觉,因为有人告诉过他们,在平安夜12点的钟声敲响时,马会像人那样开口说话。在德国作家彼得·库采克还是个孩子的时候,有一次他快要睡着,听到放在窗台上的两匹木头马"小声地用人类语言"聊着天。[2] 在冯·奥斯腾那里,显然这种小孩子的天真仍然生机勃勃地焕发活力,于是到了老年时,他凭借着庄园主儿子的倔强,试图实现儿时的幻想。他从来不怀疑自己不仅能教会汉斯说话,而且也能够让它学会独立思考。尽管这匹公马的能力和成绩令人印象深刻,但是在这个问题上,却是仁者见仁智者见智:1904年夏天,被邀请到格里博瑙大街(Griebenowstraße)的后院里见证奇迹的学者、马戏团工作人员和动物学家中,只有一小部分相信这匹马能够独立思考。

长话短说:怀疑者一直认为,聪明的汉斯只是通过某种外在的、人们几乎发现不了的手段得到了"暗示",才会有各种奇妙的表现。这些

---

[1] 卡尔·卡拉尔:《会思考的动物:建立在实验基础上的动物心理学研究——聪明的汉斯、我的马穆罕默德和扎里夫》,第59页。

[2] 彼得·库采克:《留下来的夏天》(Ein Sommer, der bleibt)(有声读物),柏林,2007年,共4张光盘,这里是第1张。

微小的"提示",例如老师的头转向某一边,因为在学界[1]人们普遍认为,马实际上是"无意识的"。没有人认为冯·奥斯腾和与他并肩作战的同事会居心不良或者根本上就是马骗子,尤其是在这里完全不涉及钱财,而"只是"事关科学真相,显然,在这里犯下一些欺骗错误的是那匹骏马,毫无疑问它的表现误导人们做出了新的解释。1907年出版的著作简洁地表达了怀疑者的观点,这部作品很快就被持怀疑论点的学者的徒弟奥斯卡·芬格斯特翻译成了英语。[2] 该书明确地反驳了关于动物能够独立思考的主张[3],并且有理有据地证明了这些臆断出来的成绩其实是来自这匹洞察力极强的牡马对它老师的细小动作的感知,或者是来自在大量的检验中,通过第三方来感知考官的动作。

冯·奥斯腾还没有对他的马被踢出独自思考者的圈子做好准备,他

---

[1] 来自马戏表演场更为粗暴的实践者深信,这里所涉及的是人们在领悟力强的马身上用到的各种"伎俩"。

[2] 奥斯卡·芬格斯特:《冯·奥斯腾的马(聪明的汉斯):动物实验心理学和人类实验心理学》(*Das Pferd des Herrn von Osten (Der kluge Hans). Ein Beitrag zur experimentellen Tier- und Menschen-Psychologie*)(卡尔·斯图姆普教授、博士作序)。英语版本为:《聪明的汉斯(冯·奥斯腾的马)》[*Clever Hans (The Horse of Mr. von Osten)*],1911年在纽约出版。这本书在互联网上的"古腾堡电子书项目-聪明的汉斯"(The Project Gutenberg eBook of Clever Hans)中可以找到完整的电子版。电子书中有H.贡德拉赫和卡尔·斯图姆普撰写的一篇文字,里面通过令人信服的论述,描写了这本书的产生过程,并且回答了有关作者身份的问题。

[3] "汉斯不会阅读,也不会数数或计算。它完全不认识硬币和扑克牌,也不会看日历和时钟,并且它不会通过用马蹄轻轻地打拍子或其他什么方式来回应人们刚刚跟它说的数字。最后,没有任何迹象表明它具有音乐方面的能力。"奥斯卡·芬格斯特:《聪明的汉斯(冯·奥斯腾的马)》,第23页。

抱怨芬格斯特先生和斯图姆普先生[1]压制和破坏了他的马对符号的识别能力。[2] 很久以来，埃尔伯菲尔德的珠宝商卡尔·卡拉尔就已经逐渐成为冯·奥斯腾志同道合的伙伴，他富有创意，一直尝试着用新实验证明马能够独立地、不受外界干扰地思考。卡拉尔还进一步扩展了动物与人进行交流的内容范围，从冯·奥斯腾先生那种小学校长式的狭窄的半径（阅读、数数、计算……），扩大到审美判断领域，甚至延伸到了康德的三大批判理论，而且他通过实验确认：人也可以与马就审美问题以及基本的情感生活进行交流。他尝试着让汉斯熟悉有关美好和可恶的事物的范畴，不过，在对马的培育过程中存在着一个普遍的趋势，即必须要借助好吃的食物——有关爱和美学的偏好是通过胃部得以强化的，卡拉尔先生决定屈服于这个现实。

1909年6月，在冯·奥斯腾去世之后，卡尔·卡拉尔继承了聪明的汉斯，并且将它带回家乡埃尔伯菲尔德；他在那里自费建立了一个实验站，除了聪明的汉斯之外，后来还有两匹聪明的牡马——穆罕默德和扎里夫——在那里上改良过了的（"简化了的""更具有概括性、更节省时间的"）课程。他在1912年发表过一篇报告[3]，报告描述了有关冯·奥斯腾在柏林的实验和他自己在埃尔伯菲尔德实验站的研究，并且

---

[1] 卡尔·斯图姆普是柏林大学心理学研究所所长，他是芬格斯特的导师，也是在1904年9月11日和12日对汉斯进行测试的考试委员会的负责人。详情请见《聪明的汉斯（冯·奥斯腾的马）》，第101页。

[2] 卡尔·卡拉尔：《会思考的动物：建立在实验基础上的动物心理学研究——聪明的汉斯、我的马穆罕默德和扎里夫》，第7页。

[3] 这篇报告大量引用了他自己的著作《会思考的动物：建立在实验基础上的动物心理学研究——聪明的汉斯、我的马穆罕默德和扎里夫》中的内容。

特别指出，汉斯和它的同学可以相互聊天。在埃尔伯菲尔德，也有来自科学委员会的掣肘。

在汉斯身上的结局并不光彩。莫里斯·梅特林克是一位著名的作曲家兼动物心理学研究者，1913年9月，他来到了埃尔伯菲尔德，要求见"伟大的祖先，聪明的汉斯"。这匹老马当时正生活在自己的阴影中，被迫过着隐居生活："汉斯退化了，人们已经不太愿意谈到它。"它曾经"过着循规蹈矩、修道士一般的生活，它曾献身于终身不娶的独身生活、科学和数字"，而现在它撩拨漂亮的牝马，在冲出篱笆和栏杆的时候肚子被撕开，于是兽医来了，帮它把内脏塞回肚子里，并且加以缝合。因此，它只能作为一个被排挤者痛苦地熬过它的余生。牡马的性解放时刻还没有来临。

梅特林克描写了身处埃尔伯菲尔德的几匹马的情况，那当中还有一匹矮种马和一匹瞎马也都被按在课桌前，他解释说，这是所谓的辩证式的做法，因为这两匹马超越了对于"独立思考"和"无意识地给予暗示"的相对立场，这使辩证主义者不必感到为难。这位学者着迷于"意料之外的智慧闪现出第一道灵光、突然像人类一样表露心思"的印象，他想象着某种精神"太空"或者是"潜意识"的精神力量，"它们隐藏在我们的理解力的面纱之下……令人吃惊地突然出现，而且占据主导地位"。梅特林克毫不犹豫地借鉴所谓的精神分析的力量，将这种精神力量描述为"没有意识到的"，并且，他马上又将这个概念与黑格尔所提出的"世界精神"（Weltgeist）等同起来。撇开例外情况不谈[1]，采用梅特林克所提出的"通灵式"[2]方法所进行的研究，并没有继续追踪有关马的思考能力这个问题的答案。而弗兰茨·卡夫卡则是一位对埃尔伯菲尔德马的踪迹充满热情的研究者。[3]

　　受不太宽裕的经济状况的限制，弗兰茨·卡夫卡只能在夜晚写作。他考虑着应该从这种困境中找到另一些好处，夜晚能够保证精神集中，从而可以帮助他实现自己的计划："当人和动物在夜间保持清醒、进行工作的时候，会出现特别的敏感性，而他的计划中则明确强调要去捕捉这种敏感。与其他行家不同，他并不惧怕马的野性，相反，他需要这种野性，他希望它们被表现出来……"[4] 在卡夫卡笔记中的其他地方，也多次出现马、骑兵的战马和在马戏团表演节目的马的形象，它们在作品中，以及在写作者对自己的自我教育中，发挥着隐喻作用。[5] 也就是说，这位学者计划追求的并不是聪慧和顺从，而是重新发现写作的野性。从

---

[1] 1977年，亨利·布莱克（Henry Blake）还在《与马一起思考》（*Thinking with Horses*）中主张，马以比人更精巧的方式进行交流，也就是通过所谓的"超感官的感觉和心灵感应"。

[2] 请参见莫里斯·梅特林克《埃尔伯菲尔德的马：有关动物心理学研究》，载《新评论》，第816页。

[3] 请参见所谓的"埃尔伯菲尔德—片段"（Elberfeld-Fragment），收录于《弗兰茨·卡夫卡：遗稿和片段》（*F. Kafka, Nachgelassene Schriften und Fragmente*），第1卷，M. 帕斯莱（M. Pasley），法兰克福，2002年，第71页。也请参见 I. 希弗米勒（I. Schiffermüller）《埃尔伯菲尔德记录：弗兰茨·卡夫卡和聪明的马》（*Elberfelder Protokolle. Franz Kafka und die klugen Pferde*），收录于 R. 卡尔佐尼编《"在幻想中进行的一项实验"：1900年之后的文学和科学》（*«Ein in der Phantasie durchgeführtes Experiment». Literatur und Wissenschaft nach 1900*），哥廷根，2010年，第77—90页。

[4] 弗兰茨·卡夫卡的"埃尔伯菲尔德—片段"，《弗兰茨·卡夫卡：译稿和片段》，第226—227页。

[5] 这是 I. 希弗米勒的观点，《埃尔伯菲尔德记录：弗兰茨·卡夫卡和聪明的马》，第79页。

卢梭时代开始，野性的思想就受到了人们的欢迎，鉴于对野性的高度评价，同样被这个主题所激励的评论家——例如法国哲学家吉尔·德勒兹[1]和德国诗人杜尔斯·格恩拜因[2]——在评论卡夫卡时也满怀激情。

起跳点

时间是2003年7月18日，地点是威斯特法伦的明斯特。莱恩哈特·克泽莱克在这个城市接受了颁给他的历史学家奖，并且发表了别具一格的答谢演讲。经过多年来对骑兵雕像的历史研究，他找到了历史叙述的盲点：它并不在骑兵和基座上面，而是在这两者之间。他在明斯特发表的演讲中提出了"马的时代"[3]的概念，并且描述了马的历史功绩。他赞扬了马在神话和符号象征领域中所发挥的作用，强调了马在军事中的重要性——一直到纳粹国防军征战俄罗斯的悲惨终曲中都是如此。对此，他在前文中曾经引用过的总结，将正反两面的情况都概括于其中："马不会使他们赢得战争，但是没有马的话，仗根本没法打。"克泽莱克属于那种凭借马也打不了胜仗的人。作为马拉大炮部队的成员，他感受过

---

[1] 请参见吉尔·德勒兹和F. 古阿塔里（F. Guattari）《卡夫卡的零散文稿》（Kafka. Für eine kleine Literatur），法兰克福（美因河畔），1975年。

[2] 杜尔斯·格恩拜因：《聪明的汉斯》（Der kluge Hans），收录于《意义与形式》（Sinn und Form），2014年第1期，第28—35页。

[3] 莱恩哈特·克泽莱克：《现代的开始或者马的时代的结束》，载《2003年明斯特历史学家奖》（Historikerpreis der Stadt Münster 2003），第23—37页。

那些马的痛苦。[1] 他本人也经历过与马有关的事故——这在他的部队里实在是司空见惯的——那次事故在他一生中留下了痛苦的回忆：疲惫不堪的他靠在活动炮架上睡着了，大炮滚动着的轮子碾轧过他的脚。

克泽莱克并不是唯一一个作为"**嵌入式**历史学家"且经历了马时代的终结的人。研究古希腊、古罗马历史的学者安德烈·奥尔夫迪是一个匈牙利乡村医生的儿子，他在第一次世界大战中作为骑兵参战。作为骑兵参加战争的经历显然使他获得了大量实地观察的机会，这让他在日后找到了研究古罗马早期的骑兵部队和骑士制度的切入口。[2] 后来安德烈·奥尔夫迪在高级研究院（Institute for Advanced Study）的同事詹姆斯·弗兰克·吉列姆也是罗马军事史方面的专家，他同样认为奥尔夫迪"多次遇到了哥萨克骑兵为他带来的研究他们的战术的机会，并且日后为他了解亚洲北部的骑兵战提供了帮助。他由衷地承认，无论什么时候，当他逮住哥萨克人的瘦小的没有什么肌肉的马并且试着骑上去的时候，他都会觉得自己在空中飞翔"。[3]

十多年后，当美国研究中世纪历史和技术史的学者小林恩·怀特撰写他对于中世纪历史的发现的时候，他比安德烈·奥尔夫迪更直言不讳地回顾了他在美国骑兵部队中的实践经历。"从 1918 年到 1924 年，"怀

---

[1] 请参见本书第一章第 4 节的"贵族矩阵"。

[2] 请参见安德烈·奥尔夫迪:《罗马早期的骑士贵族和荣誉勋章》(*Der frührömische Reiteradel und seine Ehrenabzeichen*)，巴登-巴登（Baden-Baden），1952 年，这里请特别关注第 53 页和第 120—121 页。安德烈·奥尔夫迪:《罗马共和国的前伊特拉斯坎式结构》(*Die Struktur des voretruskischen Römerstaates*)，海德堡，1974 年。

[3] 詹姆斯·弗兰克·吉列姆:《写给奥尔夫迪回忆录的文字》(*Text für das Gedächtnisbuch Alföldi*)，引自 IAS 档案—全体成员卷（Faculty）—奥尔夫迪（第 1 盒子）(Alföldi Box I)。

特写道,"我在加利福尼亚的一所军事学校上了些糟糕的课程,从技术上来看,还停留在美西战争的水平上。我学会在没有马鞍的情况下如何骑马,从那以后就再也无法忍受马了。而我对马镫的兴趣却随着骑兵培训而变得日益浓厚。"怀特自嘲地继续写道,他应该是"现在在世的研究中世纪历史的美国学者中,唯一一名在骑兵战斗中骑着没有马鞍的马全速奔跑的人。我们像原始人那样大声喊叫,并不是为了吓唬想象中的敌人,而是为了给自己壮胆,让自己别害怕可能出现的马被绊住或跌倒的情况。我们的马镫是唯一的真正的安慰。如果有人仍然不相信,引入马镫为骑兵战斗开启了新的可能性的话……那么他可以在参加那些令人紧张不堪的骑兵军事演习中试着不用马镫"。[1]

1962年,怀特出版了直到今天仍然脍炙人口的著作《中世纪科技和社会变迁》(*Medieval Technology and Social Change*)。这部作品不仅受到了与他专业领域相同的同行的热烈评论,而且也得到了马歇尔·麦克卢汉的褒赞。[2] 通过这位前辈的锐利目光,麦克卢汉看到了这位研究中世纪的学者,通过马镫的发明,在中世纪日常生活的剧烈变革中圈出来的一个重点:在这个关键点上,人类社会走上了能源积累的道路,从此人类开始利用能源技术。与怀特一样,麦克卢汉也将注意力放在一些简单的物品上,它们通过聚集能源而成为一种放大器,从而能够增强和提高弱小的人类主体的力量。诸如用钢铁制成的简单的圈环之类的基本

---

[1] 小林恩·怀特:《中世纪宗教与技术文集》(*Medieval Religion and Technology. Collected Essays*),伯克利,1978年,第15页。

[2] 请参见马歇尔·麦克卢汉《理解媒介:人的延伸》(*Understanding Media. The Extensions of Man*),伦敦,1964年,第192—193页。

物件：如果被放在肌体或机械装置中恰当的位置上，它们就会产生大量的**动力**，或者说**能量和力量**。

我们在这里所讨论的是在古德语中被称为"Stegreif"（马镫圈）的特制的铁圈，它不仅发挥着如同直接装在人身上的假肢一样的作用，而且还令人满意地将由人、马、工具和武器所构成的环境整体变得更加完整。这个铁圈将不同部分的潜能汇聚在一起，并将它们叠加起来，从而提高矢量的冲击力。将马用作军事用途所带来的结果是显而易见的：骑兵部队参加战斗，大大提高了部队的移动速度，而且这支部队密集的射击也有利于冲破敌人步兵部队所构成的人墙。

像人类这样个头相对较小的动物，如何爬到像马那样大个子的动物身上呢？这是个古代人就致力于去解决的难题。[1] 在各种被应用于实践的解决方法中，如利用踏脚石、梯子，以及踩着马弁或仆人上马，马镫或镫圈出现得比较晚——在罗马帝国结束后才出现。这也解释了为什么在古代技术史中，拔得头筹的并不是欧洲，而是东方国家。[2] 马镫以及它的前身——例如皮制的绳子、脚凳、只能放进去大脚趾的非常小的马镫——分别起源于什么地方，这是考古学家、艺术史研究者和哲学家们长久以来所研究的问题。中世纪史研究者怀特将他们的发现汇总

---

[1] 色诺芬建议，士兵们从马的一侧或身后跳上去。请参见色诺芬的《骑术论与骑兵上校：古希腊的两本马学教科书》，以及维吉提乌斯（Vegetius）的《罗马军队制度论》（*Deremilitari*）（第1卷）。

[2] 早期一部对重要的骑术技术装备的历史进行概述的作品中就心甘情愿地承认了这一点；请参见 R. 泽希勒（R. Zschille）和 R. 弗勒尔（R. Forrer）《马镫的发展：我们的民间文化中的马镫的特性和历史变迁》（*Die Steigbügel in ihrer Formen-Entwicklung. Characterisirung und Datirung der Steigbügel unserer Culturvölker*），柏林，1896年，第2—3页。

到一起[1],试图回到另外一个问题:当技术发现和社会背景相互发挥作用的时候,会发生什么?

历史展现出,当马镫的设计和稳定性发生变化的时候,其功能也会发生同样程度的变化——马镫被增加了新的任务:它从简单的上马助手变成了对骑马者尤其是骑马的士兵来说不可或缺的支撑点。在长达一个世纪的演变中,马镫成了一个复杂的运动系统的中央:一个稳定的中心,一个类似三脚架的东西,它使得这个系统的动能得以集中;而且与此同时,整个体系的稳定性却没有受到损害,也不会向外倾斜。在由马、骑手和技术物件——例如武器——所组成的运动系统中,马镫构成了一个内部稳固点。这个点是在马镫出现之前不曾存在的;它为这个系统带来了独特的、在历史上闻所未闻的效率。从历史的角度来看,是西日耳曼族的法兰克人第一次通过马镫实现了系统效益。"当前封建社会的生活方式和社会结构在向……文明世界发展的漫长过程中,只有法兰克人触碰到了……隐藏在马镫里的机会,并且他们完全把握住了这些机会,将马镫作为构建新型战争形式的基础。他们创造了一种新的社会结构,即我们今天所说的'封建制度'。"[2]

根据怀特的观点,马镫是技术史上一个不同寻常的器具,它便宜、制作工艺简单,但是在骑兵战士的脚下却发挥着令人瞠目的效力:"当一个人必须用膝盖夹住马的侧腹的时候,他在投掷标枪的时候就只能依

---

[1] 请参见小林恩·怀特:《中世纪科技和社会变迁》(*Die mittelalterliche Technik und der Wandel der Gesellschaft*),慕尼黑,1968年,第2章"马镫的起源和传播"(Herkunft und Verbreitung des Steigbügels),第25页及其后面若干页。

[2] 同上书,第25页。

靠胳膊的力气。但是，一旦沉甸甸的马鞍上的球形把手或半圆形的闭合环提供的支持被两侧马镫的支撑进一步加强的时候，马和骑手就融为一体了。这个时候战士就能够……将标枪放在他的大臂和身体之间。投掷力度不再只是由人的肌肉力量来决定，标枪是借助狂暴的牡马和它的骑手的冲击力投射出去的。马镫使得人力被畜力替代成为可能。它是骑兵发动突击的技术基础，而骑兵突击是中世纪欧洲典型的作战方式。"[1]

马镫使得动能的累加成为可能，这些能量都被集中到了长矛的尖端上[2]，这些技术成果导致了对更厚重的盔甲和更强有力马匹的需求的增加。它们也带来了社会性后果：社会分裂出能骑马参战的军人贵族阶层和广大的农民阶层，后者担负不起骑兵战争的花费。[3] 采邑制度和兵役制度的紧密关联，将马与骑士的关系推到了封建社会的中心，并且创造了封建社会的新伦理："新的战争方式通过其轻快的运动性和可怕的冲撞，为个人化的英勇善战开辟了广阔的空间。人们稳固地站在盾牌墙后面用长矛和刀剑作战的时代已经结束了。"[4]

马镫是阿基米德的支点，小林恩·怀特就是从那里重构了封建社会的历史。他的证明一直令人着迷，即便是在他人工合成的历史草图如同

---

[1] 小林恩·怀特：《现代技术和科学的中世纪根源》(*The Medieval Roots of Modern Technology and Science*)，收录于《中世纪宗教与技术文集》，伯克利，1978 年，第 75—92 页，这里是第 78 页。
[2] 请参见沃尔夫冈·施菲尔布什《火车旅行史》，慕尼黑，1977 年，第 134—141 页，这里是第 135 页。
[3] 请参见小林恩·怀特：《中世纪科技和社会变迁》，第 33 页及其后面若干页。
[4] 同上书，第 35 页。

股市崩盘一般被击碎的时候。[1] 在 20 世纪 60 年代初，在他的书刚出版的时候，这位学者就被批评为技术决定论主义者和过度推测的投机分子。[2] 但是批判者们却无法动摇这位老骑兵，他要追随着自己心中的恒星。这颗星星是在 20 世纪 30 年代升起来的，那时他在编年史中发现了法国学派。他阅读了马克·布洛赫的著作，那里面有关令人称奇的马学家理查德·列斐伏尔·德斯·诺伊特斯的评论让他深受触动，后来，他在回忆录中称这位马学家是"天才怪人"。[3] 他逐渐领悟到，技术的历史不应该只是坐在历史学和人文科学的后座上，而应该在其他地方也占有一席之地。

---

[1] 在 20 世纪 70 年代是瓦尔特·本雅明（Walter Benjamin）的模仿者、在 80 年代和 90 年代是那些热衷阅读合成历史读物和历史的微小细节的人，他们一直着迷于小林恩·怀特的证明。通过虔诚而且耐心地沉浸于历史细节中（"凝神专注于微不足道的细节"），从而能够获得全面的全景性阐释，这样的观点在很长一段时间里属于历史大药房中的固定药方。

[2] P. H. 萨伊尔（P. H. Sawyer）和 R. H. 希尔顿（R. H. Hilton）：《技术决定论：马镫和犁：论小林恩·怀特的〈中世纪科技和社会变迁〉》（*Technical Determinism: The Stirrup and the Plough. Medieval Technology and Social Change by Lynn White*），收录于《过去和现在》（*Past & Present*），1963 年第 24 期，第 90 页。思想史家恩斯特·康托洛维茨（Ernst Kantorowicz）的反应则相反，他倾心于怀特的直觉："他只是将一些要点拎了出来：舵、马掌、挽具、菜豆和其他的一些东西。但是他将这些事物联系起来所构建的宇宙却令人震惊，可能英国历史学家更喜欢这个宇宙，因为它更具有'物质性'，而不像我所着手研究的全是'形而上的'东西。"请参见恩斯特·康托洛维茨在 1962 年 3 月 22 日写给莫里斯·博拉的信《博拉文件》（*Bowra papers*），瓦德汉姆学院（Wadham College），牛津。

[3] 小林恩·怀特：《中世纪宗教与技术文集》，第 14 页。

生动贴切的隐喻：激情

> 列夫·尼古拉耶维奇，您在某个时候曾经是一匹马。
> ——**屠格涅夫对托尔斯泰说的话，引自 V. 什克洛夫斯基**

6000 年以来，马一直是人类最重要的家畜。但是在为人类提供食物和皮毛方面，并不只是马具有这样的特性，其他动物也做出了相似的贡献。猪和羊填满了人类的餐盘，鹅用它的羽毛温暖了人类的床铺，狗守护着它的人类主人及他们的家，牛拉着犁耕地，驴子驮着谷物去磨坊，猫遏制了鼠类的繁殖。它们中间很少有在生前退役的："无论到哪里你都会发现，它们活着总比死去的用处大一些。"马也像奶牛一样为人类提供食品，像公牛一样拉车，像驴子一样驮着包袱。马像狗一样，已然成为人类的朋友。甚至在人类所创造的符号语言、神话和童话故事以及哲学象征中，马曾是地位最高的活跃分子。然而，马与狮子和鹰这种存在于徽章上的动物不同；与蛇、猫头鹰、鹈鹕以及神话中的动物不一样；也相异于诸如狼、老鼠、田鼠这样的掠夺者和寄生物，或是建造城池的蚂蚁和深挖洞的鼹鼠。马在作为象征性物种的同时，也并没有丧失它的实际用途。它既是意义的承载者，也一直是人类的承运者；是人类的家畜，也是发动机。紧挨它的是驴子[1]——这并不只是从遗传学的角度进行考虑的结果。从哲学的角度来看，毋庸置疑，驴子也是马的较为重要的"同事"，但是，除了迁入耶路撒冷之外，驴子（耶路撒冷矮种马）是从什么时候开始在政治领域也扮演起重要角色的呢？在文学和哲学领域中，驴子与马同属于一个级别，但在政治范畴中，马与驴子分属不同联盟。

借助于"速度"这个兽性矢量，马成为政治性动物，也成为人类最重要的伙伴。一个人的骏马不但使他成为凌驾于所有其他物种之上的统治者，而且令他成为人类自己的君主。"骑士们，"经济学家亚历山大·吕斯托[2]描述道，"可以说是登上历史舞台的具有力量优势的新兴人类：凭借着超过两米的整体高度和较快的运动速度，他们在很多方面把步行者比了下去。"这种动物的实用性与它的象征性相匹配：马既是一种具有实用性的存在，也是一个活生生的比喻。它散播了恐惧，同时也使人们想起一副面孔。它在帮助人类获得力量和巩固统治权的同时，也为人类塑造了得体的统治者的形象。统治者根本不用再为了排场更换马鞍；马

---

[1] 有关驴子的特性、历史和象征意义请参见 J. 皮尔森（J. Person）《驴子的肖像》(*Esel. Ein Portrait*)，柏林，2013年。

[2] 亚历山大·吕斯托：《埃伦巴赫》(*Erlenbach*)，苏黎世，1950年，第74页。

似乎天生就是绝对的政治比喻。

马和骑士的联系是最古老,也是最强有力的统治的象征符号之一。这种符号的影响力大得惊人:无论一个人是否已经成为统治者,是否经过了涂圣油礼被加冕,当他骑上马的时候,骏马和他高高在上的位置让他在众人眼中已然成为君主。反之,一位君主是否具有成为摄政者、人民领袖和国家领导的特质,也取决于他是否拥有骑马的潜质:第一公民的合法权利是通过他驾驭坐骑时所展现出来的优雅和灵活来证明的。[1] 即便在马的时代走向暮色愈加浓重的黄昏时,骑马也仍然是力量的隐喻:当西格蒙德·弗洛伊德在1923年将"我"与骑士进行对比时指出:"在控制马更占优势的力量时,我与骑士的不同之处在于,骑士尝试着通过自己的力量去控制,而我则是借助外在的力量。"[2]

"隐喻"这个概念出自希腊语"metaphorein",它表示"有……的意思,在别的方向有……",在这个意义上,这种表达说明了一种行为,通过这种行为将某物从一处转移到另一处。例如用某个可以言说出来的词语的含义来指代大脑中真正所想的内容,换而言之,比喻能力是通过精神层面的"运输"带来的成果,或者说它是通过脱离具体的背景产生的。这个"上下文"必须足够微弱,从而能够允许诸如此类的"出游"的出现。[3] 在

---

[1] 请参见丹尼尔·罗榭《名誉与权力:16世纪到19世纪马术文化史》,"马的艺术,统治的艺术"(Art équestre, art de gouverner)其中一章,第220页及其后面若干页。

[2] 西格蒙德·弗洛伊德:《"我"和"它"》(*Das Ich und das Es*)(1923),收录于《全集》(第13卷),第237—289页,第9版,伦敦,1987年,这里是第253页。

[3] 请参见汉斯·布鲁门贝尔格(Hans Blumenberg)《不可理解性原理》(*Theorie der Unbegrifflichkeit*),法兰克福(美因河畔),2007年,第61页。

所有能够承载这种"运输成果"的历史活跃分子中，马是别具一格的双重天才。在**真实世界层级**中马已经将此展现了出来：首先，它能够背负重物；其次，它还能将重物运送到其他地方。在这种具有双重功能的实用性方面，没有任何其他物种能够超越马，没有什么别的物种能够如此可靠、迅速又优雅地取得这样既向上又向前的功绩。

现在来看**象征世界层级**中马的隐喻性，在这里涉及的是马的能力、思想和感受以及创造出的令人印象深刻的形象。马不仅能够驮运人或者其他重物，还能够承载抽象的符号和象征；用波兰哲学家科吉斯托夫·波米扬的话来说就是，马不仅是一种"**挑夫**"（具体物质的驮运者），也是一种"**符号挑夫**"（抽象符号的载体）。[1] 一位王者如果要保持他的典范形象，就绝不只是一个骑在马上的骑手，或者马背上的有形负荷，他一定是一个一而再再而三地通过符号和历史加以遮掩，被**描写**出来的人。因而他的马一定是最高等级的"**符号挑夫**"，它不仅承载着所有名为"君王"的符号和历史，而且它自己也是符号学中必不可少的组成部分——有了它的存在，君王才能成为君王：Le roi n'est pas roi sans son cheval。[2] 马是君王的身份可展现且生机勃勃的组成部分，与此同时，马也是君王的动态力量的实实在在的化身。英国国王理查三世的坐骑在博斯沃斯菲

---

[1] 请参见科吉斯托夫·波米扬《博物馆的诞生》(*Vom Sammeln. Die Geburt des Museums*)，柏林，1988 年，第 50 页及其后面若干页。

[2] "没有马的君王不是君王。"伊夫·格兰奇（Yves Grange）：《马的重要的政治角色（18 世纪和 19 世纪）》[*Signification du rôle politique du cheval*（*XVIIIe et XIXe siècles*）]，收录于让-皮埃尔·迪加编《骑兵：马术与社会》，阿维尼翁（Avignon），1988 年，第 63—82 页，这里是第 65 页。

尔德战役中陷入了泥沼。这个事故讲述了因为马，不仅理查三世的绝大部分的战斗力被削弱——具体而言就是他在逃跑中受到了影响——而且导致他的**君王身份**也因此瓦解。在理查三世准备用他的王国交换一匹马的那个瞬间，他的国家已经只剩下一个僵化而空洞的躯壳。因此马在文学世界中**创造历史的能力**绝不逊色于它在实际生活中**创造历史的能力**。这两种能力相互映射的同时，也共同提升了马所具有的独特的隐喻能力，使得马能够大大地超越于真实的和想象出来的上下文，或者说，仿佛各种背景都被马蹄踩踏粉碎了。因此人们不应该简简单单地将马看作一种只存在于比喻中的动物。有必要再三强调的是，所谓的隐喻性动物、形象或含义动物只是这些具体有形、实际存在的动物的一部分。这就像另外一种隐喻性动物——狮子——能够在某个夜晚突然以"再物质化"的形式出现在哲学家、修辞学研究者汉斯·布鲁门贝尔格的面前一样，这位学者看到的是"可以捕获的、毛茸茸的、金黄色的"实体。[1] 马也可以有同样的表现，尽管它得到了各种升华的意味，但它仍然保留着呼呼地喘着气、打瞌睡、用蹄刨土、发出好闻气味等实在性。人们可以评判它的比喻或带来的形象，但是人们如何评判丰富而且**浑然天成**[2]的大自然呢？

---

[1] S. 列维恰洛夫（S. Lewitscharoff）：《布鲁门贝尔格：小说》（*Blumenberg. Roman*），柏林，2011年，第10页。

[2] 有关"合成"（Komposition）这个概念请参见 B. 拉托尔（B. Latour）《对于描写"曲谱一般合成性声明"的尝试》（*Ein Versuch, das «Kompositionistische Manifest» zu schreiben*），2010 年 2 月 8 日在慕尼黑大学联合会（Münchner Universitätsgesellschaft）的讲座：Vhttp://www.heise.de/tp/artikel/32/32069/1.html。

一个谜语的谜面是：一个农夫站在一块土地上，有一匹马向他走来，一眨眼的工夫，这个农夫消失不见了。发生了什么呢？答案是：这块土地是象棋棋盘的一部分，这个农民[1]被马（棋子马）吃掉了；所有的动物都上了诺亚方舟，但只有马被搬上了棋盘，只有马才能成为高贵游戏中的一部分。马与另外两种棋子象和棋子车一起，同属中等棋子或者官员之类，它们的灵活性远远高于兵卒。马在棋盘上拥有最高的机动性，它能够向前或向后，也能够向左和向右走动。这使得马作为棋子时极其**危险**且极具吸引力。

---

[1] 这里的"农民"即"兵卒"，在德语中"农民"和"兵卒"都用"Bauer"表示。——译者注

拿破仑

> 统治就是驾驭。
> ——卡尔·施密特

臭水坑

海因里希·冯·克莱斯特在他的讲述"马贩子"米歇尔·科尔哈斯的多舛命运和对公平可怕的执着的小说中，极富艺术性地展现了马独一无二的双重属性，在这方面，欧洲文学史上没有几位作家能与之比肩。在故事的开始，这位马商的世界还没有陷入混乱，他日后终将赎回的作为抵押品的两匹黑马也都看起来皮毛顺滑且有光泽。骑手们赞赏着这两匹马和科尔哈斯的其他马，他们觉得："这些马看上去像鹿一样，在这个国家再也没有被培育得这么好的马了。"[1] 而当科尔哈斯来赎回他的骏

---

[1] 海因里希·冯·克莱斯特:《作品集》(*Sämtliche Werke*)，慕尼黑和苏黎世，1962年，第576页。

马的时候，他发现取而代之的是两匹憔悴而干瘦的老马，它们被艰辛的农活累垮了，还被关在猪圈[1]里。在他受到不公正对待并准备诉诸武力的时候，路德拜访了陷入困境的他，而这位拜访者最终被证实是一位满腹经纶的人，一位铁石心肠的神父，一位正派的律师。科尔哈斯所遭遇的最屈辱的时刻，是当他在德累斯顿再次看到他的那两匹黑马，或者更确切地说，是看到它们的影子的时候。在那座城市中，他的权利被毫无顾忌地践踏；同样也是在那里，他再次找到了他的马，看到它们被拴在一个屠夫的手推车旁，那个屠夫在它们身边无耻地小便。在接下来的场景中，这位马贩子认出了他的马，尽管它们已经因屠宰工职业的不体面变得没有尊严可言；这个场景发生在德累斯顿的集市上，并且恰好是在一个巨大的臭水坑里——作者克莱斯特在短短几行文字里两次提到这一点——这仿佛是对这个集市现实状况的折射。显然，这个地方的实际的道德标准既不是通过贵族地主阴谋集团里的诡计多端的成员，也不是由渴望复仇的马贩子体现出来，而是通过这两匹黑马——世界上所有的不公正都在它们备受折磨的躯体上——显现出来。在故事的结尾，科尔哈斯即将被处决，而在他的敌人也已得到应有的惩罚时，这两匹黑马再次回到了舞台上。它们是"两匹散发着健康和活力光芒的黑马，世界在它们的马蹄下隆隆运转"；在这里，它们再次发挥了展现道德现状的功能——公正和名誉都再次恢复了。[2]

---

[1] 卡夫卡笔下的乡村医生似乎也是在这样的猪圈里出乎意料地遇到了两匹马，它们带着主人公开始了夜间堕入地狱的旅途。

[2] 海因里希·冯·克莱斯特：《作品集》，第645页。

当克莱斯特在《米歇尔·科尔哈斯》中将马用作隐喻或者道德标杆的时候，毫无疑问，他已经偏离了人们普遍认同的主流象征主义。因为在传统的主流隐喻中，主角不是**马**，而是**驭马**。当然，克莱斯特带来了与传统主流象征所代表的含义不同的表达。他的黑马并没有再现优秀的统治、权力和君王统御，而是让某些难以把握的东西变得清晰明了：在诸如萨克森选帝侯国这样的国家，他们糟糕的法律状况不时会带来灾难性的严重后果。这两匹马能胜任这项工作，因为它们像法老的牛一样，一会儿骨瘦如柴，一会儿又容光焕发地自易北河中升起，它们可以发挥指标的作用。与传统的表现公正的正义女神的形象不同，这两匹马没有将公正的情形人格化，它们只是将它们这样的状况展现了出来。

克莱斯特继续将马作为隐喻来表现，而且并没有因为遭受争议而退缩。众所周知，在欧洲传统中，**白马**有着特别神秘的意义，还承载着"转世"这个深重的含义。古希腊罗马神话从具有太阳含义的赫利俄斯的骏马开始，基督教的转世论来源于《启示录》（*Apokalypse*）中的白马承载着它身上的耶稣基督是最后审判者的内涵。正如乔克·特拉格尔所总结的那样，他在"几乎所有文化中"都能发现作为太阳象征的马。马像在基督教占统治地位的中世纪和近代的两个非常重要的骑士形象一样散发着光芒："圣乔治和骑着马的基督教皇帝都是骑马的太阳神肖像的追随者。"[1] 拿破仑那个时代的画家们似乎确立了一个传统，因为在画中，拿破仑骑的几乎都是白马，而且通常是牡马。在彻底的隐喻这个问题上，克莱斯特没有使用白马，而是用一对黑马来传达某种双重否定。现在他

---

[1] 乔克·特拉格尔：《骑马的教皇》，第97页。

将这两匹马打入了地狱,让它们在德累斯顿的集市上遭受了最深的磨难,在那个臭水坑中抵达了它们的地狱之海。在最后一个场景中,当科尔哈斯即将被处决、死去时,那两匹据说已经死掉、被掩埋了的黑马,活力十足地再次出现了,这似乎证明了转世和复活重生的可能性:这两匹马已经以不可思议的方式参与到这个场面中来了;至于它们是否走向了那个有罪之人,克莱斯特并没有明说。[1]

克莱斯特写下那个受到屈辱且愤怒的马贩子的故事的那个历史瞬间——1808年——提供了一个可以**向后回望**和**向前展望**的瞭望台。当人们向前看向未来的时候,可以眺望到**马的最后一个世纪**:百年之后,马达驱动的出租车将穿过勃兰登堡门。回头望去,就在不久以前,1806年10月27日,拿破仑冲在了他战绩显赫的军队的最前面。拿破仑,或者说马背英雄,是改造旧式统治公式的伟大的创新者。之前几年,1797年,康德还在抱怨,普鲁士的新国王弗里德里希·威廉三世坐马车去了柯尼斯堡,却没有向他的臣民展现他骑马的样子。康德可能也会想,没有自己的马的国王不是国王,或者更正确的说法是:只有成为骑士,国王才是国王。不过,难道他没有与跟他同时代人一样——尽管是在安全距离之外——了解到,在1792年8月11日和12日的时候,革命的巴黎人是如何毁坏四尊波旁王朝国王的骑马雕像,而后又在三天后推

---

[1] 作者在这里中断了对克莱斯特作品的分析,尽管还有一些有关马作为公正性的象征(以及世界末日论方面)的含义需要探讨(请参见乔克·特拉格尔《骑马的教皇》,第102页及其后面若干页)。两匹马——这对黑马可能再次影射了古罗马城堡上的永不离散的一对动物;克莱斯特本人也谈到过"两匹马"的问题:在仆人赫尔泽(Herse)将猪圈上面的木板打开时,两匹马像鹅一样从猪圈里探出头来向外张望(海因里希·冯·克莱斯特:《作品集》,第582页)。

倒了骑在马上的亨利四世塑像？正如那个时代的版画所展现的那样，革命者不仅将可恶的国王拽下马来，而且把那些骏马也打翻在地[1]。如果从象征的意义上去解读这句话，我们就会明白，这意味着在此之后国王的脑袋一文不值了：国王之所以是国王，只是因为他骑在马上。而对国王的骏马下手的瞬间，也就意味着推翻了国王。哪怕这个瞬间只是发生在**雕像**上。

康德怀有不满的担忧并不是无来由的。1798 年 2 月 15 日，当法国雅各宾党人在罗马宣布新的罗马共和国成立的时候，足以令罗马最后一任皇帝感到恐惧。换而言之，这撼动了古代统治者最后的骑马雕像。元老院所在的古罗马城堡发生了革命性的轰动事件，法国革命者们直接在马克·奥里尔的骑马雕像前竖起了自由之杆[2]。这尊雕像如同借助了神力一般被保留了下来，历史链条上最后的古老部分借此得以再次复兴，并且继续向前。在古罗马的城市里，曾经到处都是骑士的雕像；西塞罗曾经嘲讽过雕像"成群出现"，填满他那个时代的古罗马城堡。而且随着时间的推移，准确地说是随着帝制时期的推移，雕像的数量和规模在增长和扩大。骑士雕像的两种主要的类型——前进的马（就像在马克·奥里尔那里看到的），还有腾跃而起的马（就是后来所谓的前肢扬起、后

---

[1] 只有第戎（Dijon）和雷恩（Rennes）例外，在那里"人们一开始只是（满足于）将太阳神一般的骑手推倒，而暂时还让马屹立着……"弗尔克尔·胡内克（Volker Hunecke）：《欧洲的骑士塑像：穿越从但丁到拿破仑的欧洲历史的骑行》(*Europäische Reitermonumente. Ein Ritt durch die Geschichte Europas von Dante bis Napoleon*)，帕德博恩，2008 年，第 284 页。

[2] 同上书，第 288 页。

肢站立的马）——在那个时期都已经发展成熟[1]。但是现在，除了古罗马城堡上剩下的一座雕像之外，就再也没有大型雕像被保留下来了[2]。

随着第一批近代骑士画像和雕像在佛罗伦萨、帕多瓦、威尼斯和皮亚琴察出现，古代的图画模式获得重生，文艺复兴时期的君主、统帅出现在那上面[3]。从那个时候起，画家们开始青睐马前肢扬起、后肢站立的动态形象。而与此同时，雕塑家们则偏爱在静态的基础上创造出马大步向前的姿态，从而从"修辞学的角度"强调马的前进。一个著名的例外[4]是吉安·洛伦索·贝尔尼尼创作的路易十四的骑士雕像，这当然是至高无上的买主所不能接受的，于是这尊雕像在凡尔赛宫花园绿地的一个角落里被烧毁了。在17~18世纪，后肢站立的马的形象成功地演变为绘画骑士肖像的"黄金法则"，以至于全世界的人都认为斯塔布斯的《响外套》是一张没有完成的画作，因为那上面画了这种姿态的马却

---

[1] 弗尔克尔·胡内克：《欧洲的骑士塑像：穿越从但丁到拿破仑的欧洲历史的骑行》，第13页。"到了卡西奥多（Cassiodors）（大约490—580）的时候，据说罗马的骑士雕像'成群结队'地被竖立起来了。"

[2] 我们知道一些恺撒（Caesar）的骑兵和他的高卢（gallisch）敌人骑马时候的样子[请参见M.-W.舒尔茨（M.-W. Schulz）的一部颇为古怪的作品《骑马的恺撒》（*Caesar zu Pferde*），希尔德斯海姆，2009年]，但是至于他自己坐在马上是什么样子，却没有图像性资料留给我们。

[3] 请参见弗尔克尔·胡内克：《欧洲的骑士塑像：穿越从但丁到拿破仑的欧洲历史的骑行》；U. 凯勒尔（U. Keller）：《专制的君主的骑士雕像》（*Reitermonumente absolutistischer Fürsten*），慕尼黑，1971年；J. 波伊施克（J. Poeschke）等：《从古罗马到古典主义时期的骑士雕像》（*Praemium Virtutis III. Reiterstandbilder von der Antike bis zum Klassizismus*），慕尼黑，2008年。

[4] 另外两个重要的例外是维也纳英雄广场（Heldenplatz）上的欧根亲王（Prinz Eugen）的骑马雕像，费恩科恩（Fernkorn）和珀尼根尔（Pönninger），1865年；圣彼得堡（Sankt Petersburger）会议广场（Senatsplatz）上的彼得大帝的雕像，法尔科尼特（Falconet），1782年。

没有骑师，应该将一位英国国王画上去才算完整[1]。那个时候的英国国王是乔治三世；1776 年 7 月 9 日，在有人向纽约民众宣读了《独立宣言》(Unabhängigkeitserklärung) 之后，他的骑马雕像就连人带马地被推翻了[2]。

当拿破仑坚定地拒绝一切有关用他的骑马雕像来装饰首都某些著名广场的建议的时候，他应该想到了诸如此类所有国王雕像的命运。我们并不清楚，他是不是如同弗尔克尔·胡内克所猜测的那样，"已经意识到，象征着封建帝王的壮丽的骑士纪念碑并不适合"[3]像他这样的暴发户和篡权者。不过，他倒是更乐意让雅克·路易·戴维和安东尼·让·格罗、韦尔内父子和他那个时代的其他画家将他描摹为骑士英雄和战略家[4]。当戴维 1800 年开始创作那五幅著名的以征服阿尔卑斯山为主题的系列画作《跨越阿尔卑斯山大圣伯纳隘道的拿破仑》(Bonaparte franchissant le Grand-Saint-Bernard) 中的第一幅时[5]，无论是这位画家还是他的模

---

[1] 请参见 M. 沃纳：《戴刺冠的马：斯塔布斯和马的感觉》(Ecce Equus. Stubbs and the Horse of Feeling)，收录于 M. 沃纳和 R. 布莱克 (R. Blake)《斯塔布斯和马》(Stubbs & the Horse)，第 1—17 页，这里引自第 11 页。

[2] 1852 年，J. A. S. 奥尔特尔 (J. A. S. Oertel) 在纽约将这个场面画了下来。

[3] 弗尔克尔·胡内克：《欧洲的骑士塑像：穿越从但丁到拿破仑的欧洲历史的骑行》，第 289 页。

[4] 请参见 D. 奥布里恩 (D. O'Brien) 的出色研究：《革命之后：安东尼·让·格罗，拿破仑时代的绘画和宣传》(After the Revolution: Antoine-Jean Gros, Painting and Propaganda Under Napoleon)，费城，2006 年；以及 M.H. 布鲁纳 (M. H. Brunner)《安东尼·让·格罗：拿破仑时代的历史画作》(Antoine-Jean Gros. Die Napoleonischen Historienbilder)，博士毕业论文，波恩，1979 年。

[5] 请参见 Ch. 亨利 (Ch. Henry)《跨越阿尔卑斯山大圣伯纳隘道的波拿巴：政治图标的素材和原理》(Bonaparte franchissant les Alpes au Grand-Saint-Bernard. Matériaux et principes d'une icône politique)，收录于丹尼尔·罗榭《15 世纪至 20 世纪的马和战争》，巴黎，2002 年，第 347—365 页。

特可能都没有预料到,这幅骑士肖像画后来成了一个世纪圣像画的素材。它在那之后被经过上百次修改、模仿,成为通用的用来象征性地展现 19 世纪伟大人物和世界英雄人物的固定方式。凭借着准确无误的直觉,拿破仑没有同意戴维在画面上展现他拔出马刀的姿态:"不,亲爱的戴维,战斗不是凭借刀剑打赢的。我希望自己看起来是冷静地骑在一匹烈马上。"[1]

新型统治者的决定性特征不是他的统帅指挥棒或武器,而是他在战争中所释放的动能中表现出的帝王般的镇静。戴维将这种镇定转化为图像:在狂风的席卷下,飘摇的饰物间,这位最高执政长官的外袍中马的尾巴、鬃毛以及躯干从整体中凸显出来。这位英雄头脑冷静地骑在一匹活力四射的骏马上,两者一起在暴风中前行——戴维将拿破仑描摹成风与速度之神。驾驭马匹是一种隐喻,是象征统治的旧公式,而现在这幅画像包含了特殊的现代性的棱面:**速度**。想要统御未来的人,首先必须做到这一点:**迅速**。

在戴维的画室里进行的那些商讨是意义深远的大事件。他们出色地体现了拿破仑对法国大革命后巴黎动荡不安的现状和他摇摆不定的权力环境现实的直觉性理解。要想理解拿破仑在 1799 年秋天实行的卓有成效的绝妙策略,就必须首先回顾他的前任在 1794 年夏天遭受的最严重、最可怕的失败。

---

[1] 弗尔克尔·胡内克:《欧洲的骑士塑像:穿越从但丁到拿破仑的欧洲历史的骑行》,第 291 页。

雾月[1]18 日

时间是 1794 年 7 月 27 日,即法国共和历的热月[2]9 日,这一天是恐怖统治伴随着罗伯斯庇尔的倒台结束的日子。这天早上,罗伯斯庇尔和他的好友兼知己库东一起走在从玛丽大街到巴黎市政厅的路上。当时,巴黎城内躁动不安,大批人群情绪激动地聚集在街头。库东因残疾而麻痹的身体中的每一个细胞都感受到狂热的氛围,这种激情与同时存在的恐惧感相互冲撞着。这时库东说:"罗伯斯庇尔,时机到了!赶快骑上马,带领民众对抗国民公会!"罗伯斯庇尔说:"不行,我骑马哪儿都去不了;我们要引起国民公会的注意,要从根本上获得胜利。"[3] 尽管库东与罗伯斯庇尔一样都是律师,但他清楚罗伯斯庇尔现在的做法意味着什么。然而,罗伯斯庇尔没有听从库东的建议。他说,他是律师,这一点是不会变的,即便在这个时候,他仍然相信论据的力量——语言具有力量,而不是马刀!"Je ne sais pas monter à cheval"(我不会骑马),他说,可能他也根本不愿意骑马。[4] 罗伯斯庇尔的武器一直是语言,很少有人能

---

[1] 雾月(Der Brumaire):法国共和历的第 2 个月,相当于公历 10 月 22 日至 11 月 22 日。——译者注

[2] 热月(Der Thermidor):法国共和历的第 11 个月,相当于公历 7 月 19 日至 8 月 17 日。——译者注

[3] 请参见尼古拉斯·维劳姆(Nicolas Villaumé)《法国大革命的历史》(*Histoire de la révolution francaise*),1864 年,第 312 页;转引自雅各布·布克哈尔特(Jacob Burckhardt)《论文全集》(*Kritische Gesamtausgabe*)(第 28 卷):《革命时代的历史》(*Geschichte des Revolutionszeitalters*),慕尼黑和巴塞尔,2009 年,第 521 页。

[4] J. L. 梅谢尔(J. L. Mercier)在《新巴黎》(*Nouveau Paris*)(第 2 卷,第 374 页)也表达了与库东一样的看法:"当罗伯斯庇尔骑上马的时候,他可能就再一次与大众决裂了。"转引自雅各布·布克哈尔特《论文全集》(第 28 卷):《革命时代的历史》,第 521 页。

够像这位来自阿拉斯的律师那样如此精巧地运用语言。但是，这一天他却输了这场游戏。而且当他意识到自己失败的时候，拿起手枪准备自杀，却无法摆出战斗者的姿态，也没办法开枪打死自己。

在五年之后，1799年秋天，埃玛纽埃尔·约瑟夫·西耶斯准备在内阁会议结束时发动政变。为此，10月30日，他与他由衷地讨厌着的波拿巴将军联合起来，这时西耶斯还认为拿破仑是政变行动的合适人选。然而就在十天后，这两个人突然斗了起来。那么当这位神父失去了对政变的控制权的时候，他在秋日的这几个星期里做了些什么呢？他很好地利用了时间："西耶斯用这段时间学习了骑马！"雅各布·布克哈尔特记录并且回忆道："罗伯斯庇尔从来没有学过骑马。"[1] 作为神职人员和理论家，西耶斯也是一位仰仗言语力量的人，但他从那位律师那里吸取了教训。当然在政变那天，即雾月18日，做出了不起同时也是不恰当的雄辩举动的却是他的同伙——赫赫有名的波拿巴将军几乎搞砸了一切——无论如何他的演讲很糟糕，他发表了荒诞至极的讲话，泄露了谋反者的意图，透露了他夺权和用暴力解决问题的想法。多亏了他的弟弟吕西安·波拿巴与国会打交道的经验和演说天赋，才使得谋反者们不至于陷入灾难性的命运当中。仅仅在政治性的象征性行为这方面，波拿巴将军的直觉没有失灵。他一如既往地骑上了马，率领着浩浩荡荡的

---

[1] 雅各布·布克哈尔特:《革命时代的历史》,《论文全集》(第28卷) 第795—796页。约翰内斯·威廉姆斯 (Johannes Willms) 猜想，西耶斯上骑术课是为了 "能够在波拿巴身旁展现出王者形象"，这种猜测值得怀疑。请参见约翰内斯·威廉姆斯《拿破仑传》(*Napoleon. Eine Biographie*)，慕尼黑，2005年，第203页。

部队，给人们留下了深刻的印象[1]。不过这是他第一次如此笨拙地攀到马背上，也是第一次在议会会议上受到拳头和咒骂的攻击（他会这样说：遭到了暗算），这使他一瞬间懵了，脸色苍白，两腿有些发软；在骚乱中受惊的马惊惧不安，腾空跃起。但拿破仑在骑上马的瞬间，立即完全恢复了自我。他骑在马上游行，咒骂着所谓的祖国的叛变者和敌人。[2] 凭借着统治符号不可动摇的力量，拿破仑的自信又回来了。在这天夜里，他与皮埃尔-罗杰·杜科、西耶斯一起被任命为法国的最高执政官；根据格雷戈尔·冯·涂尔斯的记述，就在同一时刻，后来的共和党人后继者克洛德维希，由于戴着王冠、穿着紫袍骑在马上，被欢呼的群众称为"最高行政长官"（Consul）以及"奥古斯都"。[3] 当西耶斯、加尔达讷将军吕西安、拿破仑以及他的秘书布里耶纳在拂晓时分返回巴黎的时候，拿破仑与他的秘书之间出现了这样的对话："布里耶纳，我今天胡说八道了很多。""是的，相当多，将军。""我还是更喜欢跟士兵，而不是那

---

[1] 对于拿破仑而言，在想到如果某位历史性的失败者及时地骑上马的话，他就不会输掉游戏，那时候，他也不会将这个形象与罗伯斯庇尔联系起来，他联想到的是路易十四——在 1792 年 7 月 20 日，当革命的巴黎人攻克杜伊勒里宫（Tuilerien）的时候，这位国王错失了逃跑的机会，正如当时的目击者在给他的长兄约瑟夫·波拿巴（Joseph）的信中写到的那样："如果路易十四骑上了马，那么他就不会失败。"请参见丹尼尔·罗榭《名誉与权力：16 世纪到 19 世纪马术文化史》，第 270 页。

[2] 英国历史学家和自然保护者吉尔·汉密尔顿（Jill Hamilton）写道，这一天的拿破仑被认为是比任何时候更伟大、更庄严的骑士；请参见吉尔·汉密尔顿《马伦戈：有关拿破仑的马的神话》（*Marengo. The Myth of Napoleon's Horse*），伦敦，2000 年，第 58 页。

[3] 引自 J. 特拉格尔（J. Traeger）《骑马的罗马教皇：有关天主教皇圣像画的研究》（*Der reitende Papst. Ein Beitrag zur Ikonographie des Papsttums*），慕尼黑，1970 年，第 12 页。

些律师说话。"[1]

他在哪里摔倒，马上就在哪里爬起来；但他只是这样说说而已，拿破仑将会学习如何向律师们发表讲话；在某个时刻，将会有一本印着他的名字的著名法律书籍问世。但是直到最后，当他不再是戴维画笔下的那位朝气蓬勃的战神，而是一个又矮又胖、情绪糟糕、不讲礼貌的男人时，他也就是一直骑在马上的人。就像古希腊罗马神话中的主神朱庇特常被画成坐在王位上一样，拿破仑也希望自己留给后世的是一种骑士、战士皇帝、马的统御者的形象。尼采从类型学而非历史学的角度出发，在拿破仑身上看到了古罗马英雄的影子，并且心甘情愿地将自我风格化的拿破仑当作亚历山大大帝的转世来追随。黑格尔将拿破仑看作驰骋向耶拿的"骑在马上的世界灵魂"[2]；他在《世界历史哲学演讲录》中，称赞这位皇帝是懂得如何清除障碍和进行统治的人："他赶走了法学家、思想家和理论家，而后占据统治地位的不再是猜忌，而是尊敬和畏惧。"[3]

这位英雄和真正的统治者登场之处皆是律师们出局的地方。可能这也解释了律师们对英雄形象的憎恶：难道不是两位律师——图里奥特和阿尔比特——在1792年8月的国民大会上提交的提案摧毁了专制政体的纪念碑吗？然而，毫无疑问，只有那位坐在马上、骑行向前的人被

---

[1] 约翰内斯·威廉姆斯：《拿破仑传》，第225页。
[2] 黑格尔在1806年10月13日写给尼特哈默尔（Niethammer）的那封著名的信中这样说。收录于《黑格尔作品全集》（*G.W. F. Hegel*）之《书信来往卷》（*Briefe von und an Hegel*）（第1卷），汉堡，1952年，第120页。
[3] 《黑格尔作品全集》之《世界历史哲学演讲录》，第4卷，莱比锡，1944年，第930页。

人们承认是统治者。这是一个简单的符号学教程,库东曾经徒劳地提醒过他的好友,英雄的形象是一个简洁的指路牌,是由两个部分组成的图标:上面是人,下面是马。这跟交通指示牌表达的意思一样:小心,有骑行者!最开始统治者就是这样的形象,这是否合法并不是首要问题,关键是要让人们畏惧他。

罗伯斯庇尔所考虑的是现代统治的合法性的问题,他提醒库东注意文字和言语的合法性以及法律的地位,而这些与骑士标志风马牛不相及。骑在马上的人有着更高的位置,而不是更高等的合法性。但是被升高了的座位——也就是说成为骑士——的特殊性奠定了这位骑马者在政治语义学中的排行。热月是律师的悲剧,雾月18日政变则是英雄的喜剧。

了不起的小个子阿拉伯马

从画家们随着拿破仑的飞黄腾达而不断为其创作的画作中,人们无法抗拒这样的印象:一位骑在白马上的男子片刻不停地从一个战场奔赴另一个,他是金发美女所偏爱的世界历史中的白马骑士。现在这在绘画传统中有着清晰明了的意义,是政治性的形象公式。像他一样的称霸世界的统治者就应该骑在白马上,随之而来的代价则是取消了用白马象征世界末日的传统。在这点上,戴维、格罗和与他们同时代的艺术家们遵从的是一种与历史学家们所遵循的不同的真理。从画室这边的现实来看，拿破仑似乎是浅色马匹的爱好者（尽管他也骑过几匹漂亮的黑色、棕色和栗色马），那些马大多是浅灰色的，在纯种的阿拉伯马和巴巴利马中是常见的品种。马的产地对于拿破仑来说是一个关键的选择标准：毕竟，以人们对他作为骑手和马主人的了解，他像是一个极度爱好阿拉伯纯种马，更准确地说是爱好阿拉伯牡马的人。人们将他的这种对来自东方、肢体精巧、并不特别高大的动物的喜好与他的矮小的个头联系在一起，并且猜测，骑在高头大马上的他一定显得很可笑。有关他的外表矮小的流言主要来自对他充满敌意的同时代人的恶毒传言以及英国人的传统（最近推算出来他的身高是1.68米，这在他那个时代应该属于男性的中等身高），如果撇开这些传言的话，他对于阿拉伯马的喜爱应该另有原因。可能部分是因为这种马的特性，部分是因为拿破仑的骑马方式。

在他于1798年7月1日第一次踏上埃及土地之前很久，拿破仑就表现出对来自法国、奥地利和西班牙安达卢西亚的优雅、迅捷的马的偏爱。而在埃及和叙利亚停留期间，他见识到了马穆鲁克人的骑马艺术，并且对东方马的质量有了丰富的认识，这使他大开眼界。从那之后，他不再考虑阿拉伯马之外的任何马。阿拉伯马的迅速和坚韧，尤其是它的灵活，使得它"干枯"的漂亮脑袋和精巧优雅的躯干都显得完全无关紧要了，这令这位任性的君主——他的内心深处藏着一位唯美主义者——万分欣喜。尤其令他印象深刻的是，训练有素的阿拉伯马具有在全速奔跑时突然静止不动或者改变方向的本领。这种敏捷性和可操控性深受这位没有耐心、喜欢突然改变方向的统帅的青睐。事实上，拿破仑并不像骑兵（他也从来不是骑兵）或者马的鉴赏家和爱好者那样骑马，而是如同狂躁的战士一般，他习惯将自己的意志强加于另一方——无论是士兵、马匹，还是女人。[1]

他抛开了人们所谓的"骑兵式"骑马风格。从那些站在半路上、备好鞍套、上了挽具、一天二十四小时待命的马中逮住一匹，拿破仑立即开始全速奔驰，他的随从们则竭尽全力地追逐他们的统帅。[2] 拿破仑在任何时刻都希望自己是最快的那一个，他那种脉冲式、急速的骑马风格导致他的马在长途、快速的奔跑中跌倒或精疲力竭而死。这些状况无论如何都不会消失。[3] 即使当他坐在驾驶马车的座位上，他也绝对不会放慢速度，因为他总是要贯彻他的意志，于是偶尔连车带乘客一起翻倒；有一次他自己也命悬一线。[4] 从那个时代的许多图画中都可以看出，他

---

[1] "他在爱情中的表现只能更专制。"雅各布·布克哈特根据最新资料这样评论拿破仑一世，请见《论文全集》（第13卷），《演讲》(Vorträge)，第292—340页，这里是第300页。

[2] 请参见吉尔·汉密尔顿《马伦戈：有关拿破仑的马的神话》，第151页；也请参见 L. 梅尔列（L. Merllié）《拿破仑和他的马》(Le cavalier Napoléon et ses chevaux)，巴黎，1980年；Ph. 奥斯契（Ph. Osché）:《拿破仑的马》(Les chevaux de Napoléon)，奥斯塔（Aosta），2002年；以及由拿破仑基金会（Fondation Napoléon）出版的《拿破仑一世：拿破仑帝王史国际期刊》(Napoleonica. Revue internationale d'histoire des deux Empires napoléoniens) 中的一些优秀的文字。

[3] 请参见《马伦戈：有关拿破仑的马的神话》之《写给德·雷米扎夫人的信》，第6页。

[4] "有一次拿破仑骑马差点丧命，阿拉伯人说。他喜欢不顾一切地骑行在陡峭的路上，经常人仰马翻，尽管没有人谈到这一点。在驾驭马车的时候也出过事故：有一次在圣克劳德（St. Cloud），他驾驶的四驾马车撞到栅栏后翻车了。"雅各布·布克哈尔:《演讲》，第298页。拿破仑在打猎时也同样奔放、不受约束，根据布克哈尔的说法，他在那个时候尤其喜欢暴躁、猛烈的骑马方式。请参见雅各布·布克哈尔《演讲》，第304页；也请参见丹尼尔·罗榭《名誉与权力：16世纪到19世纪马术文化史》，第274—275页。有关拿破仑骑马遇到的事故，还请见吉尔·汉密尔顿《马伦戈：有关拿破仑的马的神话》，第95页。

对待马的方式完全不符合人马关系的典范。他在一生中都保持着这种潇洒不羁的科西嘉式骑马风格，与骑摩托车时主要通过更换身体重量的位置来引导方向相类似，在这种方式里并不通过圈嚼子来操控马，这无论如何看起来都不那么优雅。[1] 随着年龄的增长和体重的增加，他变得越来越不灵活——这在当时的图画中也体现了出来——这影响到了他骑马的姿态。

拿破仑为了获得亚历山大大帝的名望，并且将那些被波斯人赶走的埃及人从奥斯曼人的统治下解放出来，出发前往埃及；后来打算将埃及法国化的拿破仑又回到了巴黎，以便在接下来的几年里将法国东方化，并且将他的埃及情愫感染给整个世界。多亏维旺·德农等艺术家和学者的帮助，他将"埃及式"变成了他的王国的风格，而且在若阿让·缪拉等热情的骑兵领袖的支持下，他向他的骑兵部队传授如何像马穆鲁克人那样流畅地骑行、极其勇敢地作战——只是纪律要比他们严明得多。[2] 在接下来的十五年里，拿破仑式骑兵是指挥最为出色，而且也是所有欧洲军队里最令人闻风丧胆的兵种。尽管英国骑兵也都受过乡村野地的障碍跑训练，也像魔鬼一样一往无前无所畏惧，但是当涉及迅猛、有序的调动的时候，法国骑兵凭借着东方式的狂怒和高卢人的纪律性所

---

[1] 吉尔·汉密尔顿：《马伦戈：有关拿破仑的马的神话》，第31—32页。
[2] "与他的总参谋部和他的轻骑兵队一样，他在埃及也采用了马穆鲁克人的圈嚼子和马鞍。而且，他还将马穆鲁克人的整个骑兵部队带回了法国：这是第一支完全按照阿拉伯人的方式骑行，并且部分采用法国军队战斗队形的骑兵部队。" D. 博格罗斯（D. Bogros）：《阿拉伯马背上的法语话语分析》(Essai d'analyse du discours français sur l'équitation arabe), 1988, http://www.miscellanees.com/b/bogrosO4.htm。

构成的夺标呼声最高的混合特性远远地超越了他们的英国同行。[1]

通过埃及式冒险的历练以及东方愿景的鼓励，拿破仑从一开始的优雅的小型阿拉伯马的爱好者，成长为一个真正能够抵御英国马狂热的成熟爱马人。而那种对英国马的热爱，在经历法兰西旧制度的没落后仍然在法国骑兵和马场主那里经久不衰。这种来自东方尼罗河以及卡比利亚地区的上流社会所宠爱的上帝造物最先的宠儿，它那长到仿佛没有尽头的族谱可以回溯到穆罕默德的那匹牝马那里，因此它们消解了帝国贵族对英国纯种马的狂热渴望。[2] 从拿破仑时代就已经发轫的法国浪漫派的东方主义，比它的教父多活了半个世纪。

白马与黑箱

美国画家威廉·T. 兰尼将他在 1848 年绘制完成的经典历史画作命名为"华盛顿集结军队"（Washington rallying the troups）。[3] 这幅画展现了普林斯顿战役中华盛顿召集他那溃散的军队的情形。这场战役一度对

---

[1] 请参见吉尔·汉密尔顿《马伦戈：有关拿破仑的马的神话》，第 65、70 页。有关拿破仑式骑兵和对他们的调用，请参见丹尼尔·罗榭《名誉与权力：16 世纪到 19 世纪马术文化史》，第 299 页及其后面若干页。

[2] 请参见东西方绘画中的阿拉伯马和骑士（Ausstellung Chevaux et cavaliers arabes dans les arts d'Orient et d'Occident）的精美展览目录（其中包括大量的文献目录），阿拉伯世界研究所，巴黎，2002 年。

[3] 这幅画曾经是普林斯顿大学艺术博物馆最吸引人的展品之一，但是几年前该博物馆装修时，这幅画作在保管库中不翼而飞了。

美国人很不利，就连他们的将军休·默瑟也败在黑森军队的枪刺下。根据历史记载，华盛顿在这种情况下翻身上马，冲进混乱之中力挽危局。通过特伦顿和普林斯顿两场战役，美国独立战争的形势发生了逆转。兰尼在普林斯顿战役 70 年后绘制的那幅图画是以史实资料为基础的，但是有关这幅画的创意却并不是出自文字信息。即便是审美性的真实也需要有其宣誓见证人。兰尼最重要的证人就是画家雅克·路易·戴维。

显然，兰尼对华盛顿的行动的表现，可以追溯到戴维所画的有关拿破仑越过阿尔卑斯山的图画上。戴维在 1800 年完成的画作一夜成名；在那幅画刚刚完成后不久，就已经有德国画家在临摹与模仿。[1] 前腿腾起、后腿站立的白马，骑手的姿势，在大风中摆动的饰物（骏马的尾巴和鬃毛，那幅图上的拿破仑的披风，在这里是华盛顿手中的旗帜），还有这幅画通过沙色、赭石色以及深浅不一的灰蓝色（弥漫在华盛顿周围的灰尘应该暗示着宙斯神话中宙斯身边的云彩）所构成的整体色调，这些要素组成了一个图画公式，它使可能存在的细节上的差异变得无关紧要了。任何一个人都能够清晰地从中看到拿破仑那幅画的模式。尽管戴维的画作是以拿破仑在 1800 年 5 月翻越阿尔卑斯山这个历史事件为基础的，但是这位画家却完全不在乎它是否符合历史事实。戴维将拿破仑翻越阿尔卑斯山的举动展现为一位年轻英雄的丰功伟绩。画面上拿破仑伸出右手指向他将要走上的道路，正如刻在山崖上的碑文所讲述的那样，

---

[1] 请参见 Th. W. 盖特根斯（Th. W. Gaethgens）《奥利弗兄弟的拿撒勒画派式拿破仑图画》(*Das nazarenische Napoleonbildnis der Brüder Olivier*)，收录于《历史与审美：献给维纳·布什的纪念文集》(*Geschichte und Ästhetik. Festschrift für Werner Busch*)，M. 科恩（M. Kern）等编，慕尼黑，2004 年，第 296—312 页，这里是第 303 页。

这条路是另外两位世界历史伟人——汉尼拔和查理曼大帝——曾经走过的路。而事实上，拿破仑在那次战役中并没有引起太大的轰动，他骑在一匹骡子上追赶着几天前出发的大部队。保罗·德拉罗什描摹了这些事件中的景象，比起戴维的画，它在相当大程度上更为接近历史史实。但到了1848年，戴维描绘的幻象早已自成一体，任何更正——无论是文字性的还是绘画性的——都不再对它发挥作用了。它已经成为通用的拿破仑形象，成为这个历史伟人的主导性圣像画。从普林斯顿战役中走出来的华盛顿不会是唯一一个踏入这个模式中的英雄。

不过在这个问题上，这两位伟人留在后人心目中的圣像画一般的印象，却显现出某种特殊的讽刺意味：华盛顿在整个法国革命时期一直扮演着榜样般的角色。人们将他视为当代的辛辛纳图斯加以尊敬，那位古罗马英雄是将军人的名望和共和党人的美德集于一身的伟大人物，是一位拒绝成为国王的公民。[1] 当年轻的拿破仑在他冉冉上升的日子里被称为"法国的华盛顿"（Washington Français）或是"年轻的华盛顿"（Jeune Washington）的时候，人们一定是在奉承他。[2] 与年轻的华盛顿所展现出来的"公式"相反，这给那些见证了拿破仑的飞黄腾达的人带来了一些令人心安的希望，即在恰当的时候，拿破仑也将考虑共和制的价值，而不会成为独裁者或者君主。[3] 这个希望在雾月18日落空了。从那时候

---

[1] 请参见 B. 巴克茨科（B. Baczko）《拿破仑·波拿巴是不完美的华盛顿》（*Un Washington manqué: Napoléon Bonaparte*），收录于他的《法国革命的政治》（*Politiques de la Révolution française*），巴黎，2008年，第594—693页，这里是第596页及其后面若干页。

[2] 同上书，第603页。

[3] 同上书，第604—605页。

开始，在他的同时代人的批判的目光中，拿破仑表现得就像第二位恺撒大帝或克伦威尔一样。弗朗索瓦·费雷描写道，最迟到被加冕为皇帝，"波拿巴离开了华盛顿的世界，转而与国王的规矩联系在了一起"。[1] 这位被关押在大西洋圣赫勒拿岛上的犯人，后来再一次被人们类比为华盛顿，人们称他为"被加冕的华盛顿"（Washington couronné）。当然，对此他并没有选择的权利。[2] 三十年之后，一切再次发生了变化。这一次是兰尼所画的华盛顿踏入了拿破仑的形象模式：约1848年，这位画家用画笔将华盛顿塑造成了"美国的波拿巴"（Bonaparte Américain）。

华盛顿不是第一位，也应该不是最后一位时不时地跃身上马、阻止自己的军队溃散甚至逃跑的军事领袖。列夫·托洛茨基说，在俄国内战中，红军总司令也面临过类似的别无选择的情况："有一次他不得不骑上马，将溃退的士兵驱赶到一起，以便引导他们回来参加战斗。"[3] 但是革命者戴维并不存在，也不曾有苏维埃式兰尼，将这位高级军官的英雄行为登记到那个形象公式中。这场内战没有历史画作需要的氛围，而且在它结束后的几年里，托洛茨基跌落到了"消除记忆的魔咒"（Damnatio Memoriae）当中——他从官方的图像记忆中消失了。此外，他一直都低估了马，或者更确切地说是骑兵的价值，一直到红军骑兵在1918年

---

[1] 弗朗索瓦·费雷:《革命》(*La Révolution*)，收录于他的《法兰西革命》(*La Révolution française*)，巴黎，2007年，第478页。

[2] 拉斯·凯瑟斯（Las Cases）:《圣赫勒拿回忆》(*Mémorial de Sainte-Hélène*)，这里引自 B. 巴克茨科《拿破仑·波拿巴是不完美的华盛顿》，第681—682页。

[3] O. 费格思（O. Figes）:《人民的悲剧: 1891年至1924年的俄国革命时期》(*Die Tragödie eines Volkes. Die Epoche der russischen Revolution 1891 bis 1924*)，柏林，1998年，第712页。

10月成功地突袭了白军的时候，他才被切切实实地上了一课；从此之后"骑在马上的无产者"就成了一句宣传口号。[1]它听起来就像是席勒的《华伦斯坦三部曲》(*Wallenstein-Trilogie*)中的第一部《华伦斯坦的军营》(*Wallensteins Lager*)里"骑士赞歌"(Reiterlied)的回声，而且它们可能都有着类似的革命性的背景：普普通通的男人一旦骑上了马，离颠覆性的大革命就只有一步之遥了。

在20世纪的专制者和独裁暴君肖像的画廊中，白马非常罕见，而前肢扬起、后肢站立的姿势则是完全没有出现。墨索里尼总是自觉自愿地套上各种行头，出现在各种图像模式中，古代的尤其是罗马式的装束似乎就是为他准备的，其中帝国统治者的姿态和恺撒式赐福手势也是属于骑马姿势的一部分。与这位意大利的独裁者相反，希特勒不会也不愿意骑马，他讨厌马，并抱着赞赏的态度旁观着陆军骑兵军团的解散。不过，轴心国联盟中的第三位人物日本天皇，终归还是愿意以骑在白马上稳步向前的形象示人的。显然，这个形象也给他的美国战争对手留下了深刻的印象，约翰·福特的电影《12月7日》(*December 7th*)是围绕偷袭珍珠港和美国参战展开的，在那里，一位幽灵式的天皇骑着马走进了睡着的山姆大叔的梦中。

另外，正如托洛茨基展示过的那个例子一样，革命的俄国和马以及与之联系在一起的统治公式之间存在着错综复杂的关系。列宁似乎为马的时代及其象征意义画上了一个终止符。在1917年4月3日临近午夜的时候，他乘坐的从苏黎世出发、途经柏林的火车最终抵达圣彼得堡的

---

[1] O.费格思：《人民的悲剧：1891年至1924年的俄国革命时期》，第708页。

芬兰火车站，他并没有骑在马上演讲，而是登上了一辆汽车的车顶，以便向等候在那里的群众发表讲话，之后他驾驶着装甲车离开了。不过，马的时代在俄国的终结不只体现在列宁身上。年轻时代英勇善骑的斯大林，在他较为晚期的宣传图画中展现出来的是红色沙皇的形象，在那里不再给马和骑士留有任何位置。但他显然还是想起了某些形象的特殊含义。1945年6月，曾经在布琼尼骑兵队战斗过的苏联最高指挥官、赫赫有名的朱可夫元帅在红场上举行的庆祝胜利的游行中，就是骑着一匹白马检阅苏联军队的；而且，随后他同意画家在对戴维所塑造的拿破仑形象的改写或自由发挥的基础上，将他描摹为攻克柏林、打败法西斯的胜利者。这种把手伸向古老的国王"公式"的大胆冒失的做法，所带来的结果是他在斯大林那里的失宠。朱可夫在政治事故中翻船了，直到斯大林的继任者再次将他带回政治舞台为止。

另外一个被彻底毁掉的公式是战士与律师之间的对立。尼采曾经通过引用法国批评家伊波利特·丹纳的观点，揭示拿破仑时代的律师形象，从而试图展示这种对立性的消失："律师对于拿破仑的重要性可以与军事统帅和行政长官相提并论。他们的重要天赋在于，他们从来不屈从于现实……"[1] 当然，这个对立公式真正趋于消亡还是几年之后的事情。[2] 卡

---

[1] 引自 W. 海格曼（W. Hegemann）《拿破仑或者"跪拜英雄"》（*Napoleon oder «Kniefall vor dem Heros»*），海勒劳（Hellerau），1927年，第579页。

[2] 骑马奔赴死亡？在诸如《双虎屠龙》（*The Man Who Shot Liberty Valance*）（1962）这类电影看来，这几乎不在讨论之列。詹姆斯·斯图尔特（James Stewart）在这部影片中扮演一位律师，他只是表面上通过柯尔特自动手枪战胜了革命英雄李·马文（Lee Marvin），而事实上他的制胜法宝是法典。

夫卡在他的小说《新律师》(Der neue Advokat)中展现了主人公的相互对立的两个侧面，而无论曾经是英雄的战马还是今天的律师，这位主人公都具有在世界历史上成为英雄的资本。"从他的外表来看"，这位名为布塞法路斯的新律师"没有什么痕迹能够让人们想起那个他曾经作为马其顿国王亚历山大的战马所处的那个时代"。[1] 但是当一个傻乎乎的法院听差"用赛马场常客的专业眼光"打量着这位律师的时候，看到了他的本质，他看到这位律师是如何"昂首阔步地一级级地"登上法院门口的露天台阶，"踩得脚下的大理石噔噔作响"。法院那里的人对待布塞法路斯很宽容，因为"他凭借着他在世界历史上的重要地位，应当得到迁就"。显然，那个人只知道向印度进发的时代已经过去了，而现在无疑最好"像布塞法路斯所做的那样，埋头于法律书籍"，并且"在宁静的灯光下，远离亚历山大战役的喧嚣"，将注意力转移到我们古老卷帙的书页上。英雄的时代已经过去，战马的时代也随之而去了。律师成了新的受欢迎对象，他就像一匹传奇般的马，用鬃毛拂去卷宗上的灰尘，他是一匹安静而勇敢的办公室牡马。

在卡夫卡完成《新律师》四年后，罗伯特·穆希尔于1921年开始创作《没有个性的人》。小说的主人公乌尔里希想起了少年时代成为一个伟大人物的愿望，他发现了自己过去对拿破仑的崇拜和他加入骑兵军团之间的相互联系。但是，当不久后他在报纸上读到一篇有关"天才赛马"的报道时，他开始明白，马抢在他前面了，而且"现在轮到

---

[1] 弗兰茨·卡夫卡：《新律师》，收录于他的《小说集》(Erzählungen)，斯图加特，1995年，第167页。下文中对这篇短篇小说的所有的引用都出自同一页。

体育运动和客观事实名正言顺地挤掉天才和所谓的伟人等过时概念的时候了"。[1]

第四位骑士

总统的棺材覆盖着美国国旗，静静地躺在由 6 匹白马拉着的活动炮架上。唯一的举旗手跟随在灵车后面，他是一个海军士兵，这位逝去的总统本人曾经就属于那个兵种。在他后面，那支长长的游行队伍的第三个位置上，有个一直令大多数观众迷惑不解的元素。这是一匹被一个穿着阅兵制服的士兵用缰绳牵着的、烦躁地踏着舞步的棕色马，没有骑手骑着它。这匹马被配备了整套马鞍，一双马靴与前进方向相反地插在马镫上，仿佛有一位骑手曾经面朝后坐在马上。约翰·F. 肯尼迪从未当过骑兵，因而这种布置并不是对他军旅生涯起点的暗示。尽管大部分见证了这场在 1965 年 11 月 25 日举行的仪式的目击者并不明白这场面的含义和来历，但是这幅罕见的画面仍然令所有人深受触动。没有骑手的马，倒转的靴子，紧张兮兮地舞蹈着并打着响鼻的"雕像"，只会令人联想到死亡。

美国国葬中的葬礼马被称作"覆以马衣的马"。1799 年，这种马在乔治·华盛顿的葬礼上第一次被使用；1865 年，它跑在亚伯拉罕·林肯的棺木后面；后来人们在富兰克林·D. 罗斯福（1945 年）、赫伯特·胡

---

[1] 罗伯特·穆希尔：《没有个性的人》，第 1 卷，莱茵贝克，1981 年，第 35、44—45 页。

佛（1964 年）、林登·B. 约翰逊（1973 年）和罗纳德·里根（2004 年）的送葬队伍中都见过它。"马衣"（caparison，源于法语 caparaçon）原本是指盖在马身上的大衣。那是件包括戴在头上的风帽的大衣，它的历史可以追溯到中世纪骑士马上比武所骑的马和巴洛克式的葬礼马身上披挂的沉重鞍褥。尽管借用了"马衣"这个名字，但是美国军队的马衣只包括辔具，马鞍和马鞍下面镶着白边、做工精致的黑色罩子。因而，朝后放置的靴子就显得越发惹人注目了。通过直接地精简、去除鞍褥和所有装饰性元素再加入一个细节——正是这双靴子——使得这场军人葬礼产生出一个激情公式（Pathosformel），它恰如其分地体现了简洁性和穿透力。这里的马衣与它的巴洛克前辈不同，它没有繁复冗长地诉说着人世间的过去、人类生活的浮华和名望的永垂不朽——它让死亡本身来发言。当然死亡这个伟大的所有事物的对立者并不说话时，只有马蹄的嗒嗒声打破着寂静。

当人们打听这个马匹陪同仪式的基本含义以及它的历史起源时，得到的都是成吉思汗、佛陀和死去的印第安酋长等人物与他们的马一起被埋葬的说辞。但是，这与其说是揭开了这个仪式的"身世"之谜，不如说是使迷雾变得更加浓厚了。[1] 倒转的靴子再现了这位逝去的指挥官最后一次转头看向他的部队的景象[2]，这个解释产生了一种并非故意为之

---

[1] 请参见美国联合武装力量总部的官方网页（http://www.usstatefuneral.mdw.army.mil/military-honors/caparisoned-horse）。以及其他诸如"Caparisoned Horse"（覆以马衣的马）、"Riderless Horse"（无人骑的马），或是例如有关"Black Jack"（黑杰克）、"Sergeant York"（约克军曹）等关键角色的网站。

[2] 请参见维基百科：Art . "Riderless horse"（艺术，"无人骑的马"）。

的滑稽感,让人觉得这位统帅像一名体操运动员一样在马上翻转身来,倒骑着马。这个形象公式的特性与它那种无助的意味恰好相符:事实上,人人都能够感受到这个伟大场面和符号所凸显出的力量,但是却没有什么人能够将它解读出来。

当然从中世纪以来,武器或者盾牌就是君主和军人葬礼队伍中必需的祭器,[1] 与逝者的灵柩跟随在他生前坐骑后面的传统一样[2],这双靴子也是体现"**翻转、倒置**"的形象。在第一次世界大战之前,年轻的赫尔曼·汉姆佩尔在摄政王路伊特博尔德的葬礼上观察了这个仪式:"艾哈德从阿希斯大街(Arcisstraße)面向古代雕塑展览馆(Glyptothek)庭院的一个阳台上看到了送葬的队伍。国王的马队还和国王生前的一样:还是那么多匹马、华丽的马衣、骑师。戴着帽兜的男子们像阴郁的哑剧演员一样走在灵柩前。罩着黑色罩子的棺材放在一辆由 12 匹马拉着的车上,赶马人引导着这些马;驾驭灵车的马车车夫坐在高高的驾驶座位上,头上端端正正地戴着他的三角帽,手上握着结实的缰绳。逝者生前骑的

---

[1] 请参见 W. 布吕克纳(W. Brückner)《葬礼上的骏马和骑手:历史风俗的含义探索》(*Roß und Reiter im Leichenzeremoniell. Deutungsversuch eines historischen Rechtsbrauches*),收录于《莱茵地区民俗年鉴》(*Rheinisches Jahrbuch für Volkskunde*),第 15/16 册(1964/1965 年),第 144—209 页,这里是第 156、159 页。尽管这位作者在文章的开始和结束都提到了约翰·肯尼迪的葬礼(第 144—145 页、第 209 页),但是非常罕见的是,他并没有提到这双出现在葬礼上的靴子是被反方向放置的。有关将逝者的马鞍转到反方向放置的习俗请参见 J. 冯·尼格莱恩(J. von Negelein)《信仰和祭祀中的马》(*Das Pferd im Seelenglauben und Totenkult*),收录于《柏林民俗学会期刊》(*Zeitschrift des Vereins für Volkskunde in Berlin*),第 2 部分,第 1 册,1902 年,第 13—25 页,这里是第 16 页。

[2] 请参见《德国迷信简明词典》(*Handwörterbuch des deutschen Aberglaubens*),H. 巴赫托尔德-斯陶布利(H. Bächtold-Stäubli)编撰,第 6 卷,柏林和莱比锡,1935 年,第 1673 页。

马跟在他身后。'这是西班牙和勃艮第的宫廷习俗。'艾哈德听到身后有人说道。"[1]

与人们不清楚这个传统最初起源于哪匹马不同，这里提到的这匹美国葬礼马的身份非常明确。这匹一路舞蹈，时而脱离队伍向路边冲去且跟随着肯尼迪的灵柩的马名叫"黑杰克"。它出生于1947年，从1953年开始在军中服役；作为军队葬礼马，黑杰克参加过一千多场葬礼，尽管它一直不服从管理，总是不断地打破出殡队伍中庄严肃穆的宁静。经过二十年的服务之后，它于1973年6月退休；1976年，它在（经过兽医实施安乐死）死去后被火化，而后带着所获得的军事荣誉葬在弗吉尼亚迈尔斯堡，那里离安葬约翰·肯尼迪的阿灵顿国家公墓不远。现在回头望去，在黑杰克的军队长官眼中，它的最大的缺点——固执、紧张、害怕前进、冲出队列——恰好彰显着强大的象征力：在日耳曼世界，有无数民间传说和神话都将马的畏惧和打响鼻看作死亡临近的征兆。[2]

容易受惊吓的动物

欧洲北部和东部地区的民间信仰——按批判的说法也被称作"迷信"——和传说中，有大量内容是关于通过对马的观察从而了解幽灵

---

[1] 赫尔曼·汉姆佩尔：《半把小提琴：在京城慕尼黑度过的青少年时代》（*Die halbe Violine. Eine Jugend in der Haupt- und Residenzstadt München*），法兰克福，1978年，第196—197页。

[2] 请参见J. 冯·尼格莱恩《信仰和祭祀中的马》，第1部分，第4册，1901年，第406—420页，这里是第410页。

世界的:这或者是因为马特别胆小、容易受惊吓,或者与前种情况相反,因为它具有特殊的占卜能力。也就是说,马要么能够感觉到幽灵令人不安地走近,要么能够凭借着与幽灵的某些联系展现出预言能力。除了猫之外,不再有像马这样能够如此强烈地感受到另外一边世界的动物了。在黑夜降临之后,逝者的灵魂就开始频频向马提出各种要求;夜里,幽灵和僵尸想要骑马。传说蕾诺尔有着各种各样的版本,在其中最著名的民谣《蕾诺尔》(1774 年)中就留下了有关这个夜间骑士团体的生动证据,而且这个骑士团体直到今天,都一直是蹩脚的恐怖电影《僵尸的骑行之夜》(*Die Nacht der reitenden Leichen*),以及僵尸肖像画中的传统项目。此外,19 世纪的叙事诗也将马看作现世与幽灵世界的联系者或是死亡信使。对此,人们往往会联想起西奥多·施托姆的《白马骑士》(*Schimmelreiter*)或是雨果·冯·霍夫曼斯塔尔的《第 672 夜的童话》(*Märchen der 672. Nacht*)。最后,我们当然也不能落下格林童话《放鹅姑娘》中会说话的马头——很难想象没有了那则朗朗上口的誓言套话,"O du Falada, die du hangest..."(唉,法拉达,悬挂在这里……)——19~20 世纪的人,他们的童年将会是什么样子。

　　历史学家自然会更为理性地看待这些事物,并且探寻思想联系中的坚实的内核:是什么将马的形象如此紧密地与对死亡迫近的感觉联系在一起,使它们之间如兄弟般亲密?莱恩哈特·克泽莱克对此给出了一个极其特殊的答案。他在历史学者的经验空间内,凭借五个范畴开发出了一门政治人类学。这五个范畴中的第一个讨论的就是死亡,或者更确切地说是死者:"为了使历史成为可能,海德格尔走向死亡的核心必须通过致死的可能性这个范畴加以补充完整。"[1] 正如这位历史学家所知晓的那样，成为人的条件包括绝对的"对他人做出死亡的恐吓或者甚至是通过另一方对他人进行死亡恐吓"的政治性能力[2]。有一个例子体现了克泽莱克的思想：丘吉尔所描写的在乌尔杜尔曼展开的骑兵进攻场面。正是通过这位英国作家的才能，为一幅超越时间的图像赋予了这里所提到的那种特性。丘吉尔笔下的局势是这样的：一方装备齐全、强健有力地骑在马上；另一方则相反，要么受伤，要么摔倒，成为攻击下的牺牲者。克泽莱克本人有时也会以类似的方式将骑兵的情况与那些步行或者受伤的士兵加以对比，后者面临着**被骑兵追上**的命运。[3] 事实上，在亚洲和欧洲战场上已经打造出非常真实的——而不只是神话学或文学式的——将马看作死亡信使的观念了，在这样的情形中，横冲直撞的骑兵只要没有鲁莽地追上步行着的士兵，只需要一直驱赶他们，就能让他们落荒而逃。

或者更为准确地说，是一直让步兵们感受到被追上的威胁。根据尼古拉斯·卢曼的理论，力量的实在性并不是体现在赤裸裸地展现它的打击能力，而是通过展示它的能力将随时得到发挥，及其具有多种行动的可能性而得以呈现的。[4] 动用武力的举动具有戏剧的基本特征；它并不

---

[1]　莱恩哈特·克泽莱克：《时间分层：历史研究》(*Zeitschichten. Studien zur Historik*)，法兰克福（美因河畔），2000 年，第 101 页。

[2]　同上书，第 102 页。

[3]　请参见莱恩哈特·克泽莱克《现代的开始或者马的时代的结束》，第 29 页："我们可能被踩踏，也可能被制服。"

[4]　尼古拉斯·卢曼：《力量》，斯图加特，1975 年，第 23 页及其后面若干页。

是通过暴力行动发挥作用，在恐吓人们的过程中它就已经生效了。具体到骑兵的例子里，力量并不是体现在追上或赶上步兵这个呆板事实（factum brutum）当中，而是表现在步行者所感受到的被追上的**威胁**里。在步兵们被融为一体的人与马的力量触及之前，首先发挥作用的是"恐惧大戏"。

因而在这出戏的舞台上，马是主角，因为在进化的过程中，它已经可以完美无缺地展现惊恐的表情了。正如查尔斯·达尔文所指出的那样，这种神情既是表情——表达要素，同时也是实际——直觉性逃跑反应的引发器："当一匹高度受惊的马跑动起来的时候是极具表现力的。有一天，我的马受到了很大的惊吓……它的眼睛和耳朵都紧张地朝向前方，我透过马鞍也能感觉到它的心跳。它的鼻孔充血、张得很大，它猛烈地打着响鼻，而且不安地转着身体。它突然急速狂奔起来，我没有任何办法让它停下来……扩张的鼻孔与打响鼻和心跳一样，都是在一代一代的漫长进化过程中，与惊吓这个精神刺激紧密联系在一起的实际反应；因为惊恐通常会使马极其激动，它会以最快的速度远离危险源。"[1]

彼得·保罗·鲁本斯在他笔下激烈的骑兵战争与狩猎豪猪、狮子和老虎的狂野场景中，再现了力量的戏剧化的"放送"过程及其在马身上的体现。"在这方面，没有人能够比鲁本斯把握、展现得更令人印象深刻了，"雅各布·布克哈特写道，"在他面前仿佛除了处于激情中的马，再没有其他任何东西了，这样的马迅速而狂暴地将人们带到熙攘杂乱之

---

[1] 查尔斯·达尔文：《人和动物情绪激动时的表现》（*Der Ausdruck der Gemütsbewegungen bei dem Menschen und den Tieren*），法兰克福，2000年，第143—144页。

中；他熟悉这种动物处于危险和怒火中的状态，而且知道它在战斗和动物搏斗中是能够带来宏大而可怕的瞬间的重要载体。"[1]鲁本斯和他的几个以他为榜样的学生知道，马那种独一无二的特性在何处呈现了力量感：并不是它的物理潜力，尽管马的庞大的身体也占据了整个画面。马的强有力并不是因为它高大又强壮——这种判断不过是陈词滥调——而是**因为**它是独特的富有表现力的恐惧主体。马能够传播恐惧，当它沉浸在恐惧之中的时候——或者更准确地说，因为它自己被恐惧情绪所渗透，于是它做出其他动物所无法表现出来的表情。最集中体现了马吓人和受到惊吓的地方，是它那双大大的、会说话的眼睛。[2]从这双眼睛里发出来的目光不是美杜莎的眼波，目光所及的事物不会被石化。但是，它却能够传递惊恐，那是映射在眼睛中的惊慌和突然降临的恐惧。这位画家在马的眼睛里发现了最浓缩、最简洁的惊愕"公式"，这是人和动物在战场上或是面对狩猎过程中最血腥的高潮时所产生的恐惧。

在鲁本斯记录并且描摹的骑兵战斗和狩猎场面中，马（或者其中某匹用来履行圣像画任务的马）的眼睛一直都是整幅图画的组织中心。其他行动者——无论是人、动物还是巨兽的目光都局限在画面的闭路循环中，而未被这位观察者注意到。唯一直接让这位观察者看到的目光就

---

[1] 雅各布·布克哈特：《来自鲁本斯的回忆》(*Erinnerungen aus Rubens*)，莱比锡，出版年份不详，第167页。
[2] 这位画家没有忽略对马事实上特别大而且特别动人的眼睛的观察。马的眼睛比其他所有陆上哺乳动物的眼睛都要大，而且也有着特别宽广的视野。请参见 M.-A. 莱博兰克（M.-A. Leblanc）《马的头脑：马认知学导论》(*The Mind of the Horse. An Introduction to Equine Cognition*)，剑桥/马萨诸塞州，2013年，第126页及其后面若干页。

319

是马的目光。这样的目光表达着确定无疑的惊恐情绪,让观察者无时无刻不感同身受。大大睁开的眼睛是画面的中心,也是力量的折射镜。它是被动的,同时也是主动的反射:马是力量的化身,因为它能够感觉到它的可怕之处,并且也能够将这种恐怖表现出来、传播出去。在这个滚动的多棱镜和拱形的眼球中,汇聚着力量的光芒,而后这些光芒又从这里向外传导,传递给观察者、目击者和敌人。

鲁本斯敏锐地把握了反映内在矛盾的目光的辩证性,并且将它体现在画面构造中;这种辩证性显然是马这种动物本身所固有的特性的"转译"——它容易受到惊吓,生来有从人类那里逃跑的冲动,同时天生就是制造恐惧的工具。它在骑手胯下恐惧、害怕,想要夺路而逃,这些都是它原始天性的表现,而且正如达尔文意识到的那样,这些具有一个实用用途。"但是,"阿尔布莱希特·萨弗尔这样写道,"通过它那漂亮的……造型,它让观众感到,它会冲破理智,它的惊恐的眼睛里似乎开始燃烧起战斗的欲火。"[1] 与鲁本斯所看到的一样,这就是体现在力量的完美化身上的**毫无遮拦**的纯粹的恐惧神情。

西格蒙德·弗洛伊德在对儿童的性问题进行分析的过程中,也遇到了对马的恐惧的双重特性的问题。小汉斯患有一种恐惧症[2],使得他陷入担忧某些事情和害怕**眼前的某些东西**的复杂情形当中。在由他的父亲

---

[1] 阿尔布莱希特·萨弗尔:《雕塑艺术骏马和骑手的形象展现》(*Ross und Reiter. Ihre Darstellung in der plastischen Kunst*),罗伯特·迪尔(Robert Diehl)编,莱比锡,1931年,第11页。
[2] 请参见西格蒙德·弗洛伊德:《对一名5岁男童的恐惧症的分析报告》(*Analyse der Phobie eines fünfjährigen Knaben*),收录于他的《作品全集》(*Gesammelte Werke*),第7卷,伦敦,1941年,第243—377页。

所记录的第一次谈话中，汉斯一开始说他害怕马跑以及"当马车转弯时，马会摔倒"。但是，不久之后，他又补充说，他害怕马"摔倒和咬人"，四肢动个不停和制造"骚动"。汉斯交替地感觉到马可能会咬他或马会遇到什么不好的事情，以及对这两件事情的担忧，在这里已经体现出他的恐惧的矛盾性。弗洛伊德评论道："咬人和跌倒的马都是他的父亲，由于他对他的父亲抱有非常罪恶的想法，因而担心后者可能惩罚他。"相对于"经典"的只从表面上消除对父亲的情绪反应，弗洛伊德显然对恐惧情绪中突如其来的**相变**更感兴趣："对于我们而言，更值得关注的是，对恐惧症的主要对象马的害怕是如何体现在力比多（即性欲）的变化上的。马是他最感兴趣的大型牲口，马游戏也是他最喜欢与同龄玩伴一起做的游戏……在受**排挤**情况突然出现之后，他开始惧怕之前与他许多乐趣相关的马。"弗洛伊德写道，这个恐惧过程使得"马成为可怕物的象征"[1]，而且他将这种相变所造成的暂时性结果描述为：马在害怕的客体和引起恐惧的主体之间流畅地变化着身份——画家鲁本斯已经先于他认识到这一点，并且将它形象地展示出来了。

大型收藏室

克林特·伊斯特伍德 1985 年在一部后期西部片《苍白骑士》（*Pale*

---

[1] 请参见西格蒙德·弗洛伊德《对一名 5 岁男童的恐惧症的分析报告》，收录于他的《作品集》第 7 卷，第 370 页。

Rider）里扮演一个没有名字的陌生人，这是一位流浪的或者更确切地说是骑着马的传教士。他在早年间应该是一个拿着左轮手枪的人，可能是一个暴徒、亡命之徒。与所有西部英雄一样，他也居无定所、身无分文。他的背上有枪伤疤痕，正因为这些伤疤，人们曾误将他当成死人抛在野外。也许他真的死过一次，任何普通人都无法从那样的重伤中活下来。无论他手上拿着的是圣经，还是柯尔特自动手枪，他的身上都弥漫着面无表情的花花公子的冷静气场，在那当中还混合着死去之人的冷冰冰的气息。这位骑士骑在他的了无生气的马上，他是来自另一个世界的回归者。忧郁的死亡光环笼罩在他和他那匹优美的马的身上，马的脑袋泄露了它的纯种血统。与为数不少的西部片一样，《苍白骑士》是电影版的鬼故事。名叫马歇尔的玩世不恭的杀手组织头目最后倒在了苍白骑士的枪口之下；他的枪伤呈现出与这位传教士相似的图形。在所有的鬼故事中都转动着重复的磨盘，被煅烧去污迹的英雄都是回归的幽灵。

归来者骑在马上——事实上，大部分归来者都骑马，因而他们的神话学或圣像学的源头要么在北欧的荒原上，要么在爱琴海海湾中。使徒约翰在拔摩海岛上写着这些归来者的脚本，这群无名的发明者是神话、传说和来自基督诞生前后的欧洲的人物：《约翰启示录》（*Die Johannes-Apokalypse*）、北欧神话连同它们的广为流传的启示录还有迷信世界的广阔领域，一起构成了文学领域的马的集市，在那里，亡者的灵魂得到了他们的坐骑。

《约翰启示录》（启示录6∶1—8）令天启四骑士登场：第一位骑士骑在一匹白色马上，手上拿着一支弓箭，头上戴着一个象征着"胜利者"

的花环或是花冠；通常，这意味着这位骑士是统帅，也可以说他就是凯旋的救世主基督。第二位骑士骑在一匹红色马上，手上拿着巨大的宝剑，代表了国王或者当权者。第三位骑士骑在黑色的马上，晃动着天平，宣告着饥荒的到来。第四位骑士骑着一匹苍白色的马，通过瘟疫、战争和野兽带来死亡。[1] 这位面色苍白的骑士，他的失去色泽的颜色（"灰白色"）令人想起死人的苍白脸色。第四位骑士支配着北美的文化想象力，他在新教派系中的影响力一直渗透到好莱坞的剧本中。

北欧和欧洲大陆日耳曼地区的神话，也从北欧的至高神奥丁和他的八足神马斯莱普莱尼开始，它有着气势宏伟的骑兵符号。从雅各布·格林的《德国神话故事集》（*Deutsche Mythologie*）在 1835 年发行第一版以来，19~20 世纪的民俗学者、神话学家和语言研究者就一直不知疲倦地收集各地有关骑士以及或神圣或魔鬼一般的马的传说的各种版本和次级变种；不过，漫无边际的马—神学却一直没有出现在文法教科书中，也没有整理出它的进化论。与撰写近乎理论文本的作者一样，对于文学作品的创作者而言，这些民族志式的实证主义研究显然提供了过剩的素材。实事求是的叙事因而被"翻译"成了不切实际的幻想，理论框架被搭建在民俗学专业知识的流沙之上。在这个巨大而混乱不堪的大型收藏室的地基上，任何一匹学术牡马都可以找到他所寻找的东西。

1886 年，当西奥多·施托姆着手创作他的最后一部长篇小说《白马骑士》（*Schimmelreiter*）的时候，他就开始充分利用具有表现力的形

---

[1]　请参见 E. 帕格尔斯（E. Pagels）《启示录：解密圣经末篇》（*Apokalypse. Das letzte Buch der Bibel wird entschlüsselt*），慕尼黑，2013 年，第 12—13 页。

象和传说宝库润饰堤坝主管人豪克·海因那戏剧化的故事。他的叙事被看作鬼怪故事,而且人们清楚,应该将谁与这位具有技术和数学方面天赋、精力充沛地实现现代化的浮士德式的堤坝管理者联系起来——至少在他的那些多疑的伙伴以及一起建造大坝的同事眼中,这种联系是显而易见的。在这部小说中,魔鬼和不死族的标记随处可见,夜晚出现的幽灵、在月光下四处流浪的骷髅、鱼美人、大鳐鱼、被踩死的海鸥、动物贡品和垂死者的临终遗言等北德文化里所包含的几乎所有的幻想,都在这里源源不断地出现了。而直到作者向这位堤坝主管人递过去马这面镜子的时候,他那更深刻、更微妙的形象才跃然纸上。

豪克·海因从一名可疑的马贩子——一个长着棕色的"看上去像爪子一样的手"的"斯洛伐克人"——那里买下了一匹又老又瘦的马,而这匹马经过短短几个星期的精心照顾后蜕变成一匹高贵的马。粗糙的毛发消失不见,取而代之的是"闪亮的、散发着淡淡的青色光泽的皮毛";而且,尤其是它拥有"阿拉伯人所渴望的那张素食的脸和一双闪烁着热烈的光芒的眼睛"。换言之,这位堤坝主管人买到的是一匹具有东方血统的马,可能这是直到在北德讲求实际的马厩分棚中配种出新的后代之前的唯一一匹阿拉伯纯种马。在这位堤坝主管人周围的迷信的人看来,这匹阿拉伯马的"精瘦无肉"或是凹形的脑袋无疑证明了他们的观点:这匹马和它的主人、骑手一样都是魔鬼。那被认为是漂亮的马的标志的脸,在这个村子里却被看作邪恶的死人头。此外,当长在马主人"瘦长脸上的眼睛凝神远望"时,这位马主人就越来越像他的坐骑了。这匹马也不再能够容忍除了这位堤坝主管人之外的任何骑手,它像对待心上人般回应他的大腿在它身侧的施压。施托姆的这篇小说的情色程度,到一对夫妻之间握紧了手和因羞涩而脸红就打住了,停留在贞洁的性关系上——小说中这样写道:"他几乎还没有坐上这匹马就发出了一声嘶鸣,那仿佛是从喉咙里发出来的愉快的喊声。"这应该是留在全国所有教室里、整整几代人的必读书目中唯一愉快的叫喊了。

不过,如果说《苍白骑士》中骑白马的骑手来自北欧神话的话,那么他的马的出处是哪里呢?它的奇特的"一生"是由三个发展阶段组成的。在第一个阶段,它是德国北部海岸沼泽地带的一具骨架,它在夜间从沼泽里爬出来,到处游荡;在第二个阶段,它变成了那位堤坝主管人可怕而优雅的坐骑;到了第三个阶段,在他们一起覆灭后,它与之前一样,再次以幽灵般的骨架形象出现。毋庸置疑,这匹灰斑白马、这匹苍白色的马是一个遗留在人间、具有自我意识的魂魄,是骇人的鬼怪;小说的作者通过这个无名者要表达的是一个人无法被满足的对死亡的渴望。这匹不死的马通过生机勃勃地穿行在地下和人间,通过在刺骨的寒冷和贪欲的火热之间摇摆,而被人们当作承载恐怖的载体。

马也是作为恐怖的载体和化身走入到约翰·海因里希·弗斯里那幅在1781年至1782年问世的最著名的画作《噩梦》(*The Nightmare*)中的。那幅画展现了一位婀娜多姿、穿着轻纱般的衣服横卧着睡去的美女,在她的胸脯上蹲着一只恶魔般狞笑着的地精,它可能是一只精灵,因为在它的身后有一只闪着超自然光芒的马头从黑暗的房间背景后探出头来凝视着女孩。几年之后,弗斯里在大概于1793年前后完成的画作中重新表现了梦这个主题,并因此清晰地表现了这两个讨厌鬼——动物形象的侏儒和马——之间的关系。这幅标题为"从两个熟睡的女孩的宿营地里消散的梦魇"（Ein Nachtmahr verlässt das Lager zweier schlafender Mädchen）的图画，展示了一个骑着马飘浮在空气中的精灵与两个刚刚被精灵和马踩踏过、一直在那里熟睡的女孩。当然，在这里依然不清楚的是，究竟谁代表着噩梦：是猴子模样的侏儒和它的坐骑，还是这两者一起。从英语单词 nightmare（噩梦）中的 mare（骡马、母马）的语音同一性来看，它等同于 Alb（精灵）和 Mähre（老而瘦的马）或 Pferd（马），因而可以推导出，在英语—美语的语言领域中，噩梦这个词与对马的联想是紧密相连的，这个英语单词比德语词 Nachtmahr（噩梦）和 Nachtmähre（噩梦的复数形式）中的 Nähe（接近）产生的联系更直接。

弗洛伊德的学生以及传记作家欧内斯特·琼斯将弗斯里的《噩梦》作为他在 1949 年出版的有关梦魇研究著作的卷首插图[1]，并且他在书中用了整整一章来分析那只令人毛骨悚然的马头。[2] 他是从这样一个定论开始他的分析的：词源学曾经被词语的发音误导，事实上，"nightmare"（噩梦）这个词的第二部分的词根起源是英语词"mara"（而不是 mare）；mara 的意思是男性形象的邪灵梦魇或女性形象的邪灵魅魔，它们都是夜里出现的淫荡的入侵者。而且，琼斯接着说，语言学方面的错误也使得另外一个更深层次的真相躺在精神分析的门口打盹：哲学家心安理得地觉得确定无疑的地方，正是引起心理分析学者怀疑之处。这个

---

[1] 欧内斯特·琼斯：《论噩梦》（*On the Nightmare*），伦敦，1949 年。
[2] 请参见这本书的第三部分"Mare 和 Mara：精神分析对词源学的贡献"（*The Mare and the Mara: A Psycho-Analytical Contribution to Etymology*），第 241—339 页。

疑问便是，英语语言为什么会产生这两个"熟人"的等式呢？将性幽灵与马错误地等同起来意味着什么呢？琼斯非常肯定，在梦中将人类物种和动物等同起来，通常都具有这样的含义："简而言之，某种动物在这种环境下出场，永远都标志着某种乱伦情节正在发挥效用。"[1] 事实上概而言之就是：在梦里看到消失在空气中的那一方呈现出马的身影的人，一定怀有乱伦的愿望。

琼斯援引了当时已经成名的马克斯·耶恩斯[2] 的观点，后者收集了蔚为可观的北欧和日耳曼文化中与马相关的传说和谚语，并且总结道："在诗歌、民间谚语、成语中，马与女性的内在关联非常独特而且史无前例……将女人与马放在一起是种相当古老的联系。"[3] 接着，琼斯从骑着扫帚的女巫和马头杆子或竹马的小细棍，又延伸到了男性的生殖崇拜与宗教信仰中的动物崇拜，这在另一方面与深刻的精神分析观点相符："我们在不知不觉中已经从 mara 等同于 mare 这个话题，转入了马作为生殖崇拜的动物这个问题上了，不过，在这里显示出了在所有神话中引人注目的性的互换性……这个事实说明了，所有信仰和神话背后的驱动力量，都是被压抑的性乱伦的欲望，而最典型的防止意识到这种渴望的措施，就是将另一种性别的身份弄得面目全非。"[4]

---

[1] 欧内斯特·琼斯:《论噩梦》，第 246 页。
[2] 马克斯·耶恩斯，代表作为《德国日常生活、语言、信仰和历史中的骏马和骑士》；请参见欧内斯特·琼斯《论噩梦》，第 223 页及其后面若干页。
[3] 马克斯·耶恩斯:《德国日常生活、语言、信仰和历史中的骏马和骑士》，第 1 卷，第 77 页。引语出自欧内斯特·琼斯《论噩梦》，第 248 页。
[4] 欧内斯特·琼斯:《论噩梦》，第 260—261 页。

就像一个在草原上寻找蘑菇的人一样，琼斯从大量的收集物中不断地搜寻着，并且发现了奥丁和夜行军、死人骑士、马和太阳、磨坊主宙斯、马头的含义、马和水以及尿、风暴神、马蹄的意思、马蹄铁、盗马贼、马粪、性和嘶鸣、马的预言、牝马的光彩、条顿人的许愿马等——在所有这些叙事和形变的背后都隐藏着迫不及待的乱伦渴望。[1]从琼斯的含义范畴来看，几年前曾经因其他目的而被用来对雅利安人进行研究的民俗学的大型收藏室，现在也发挥着类似的功效：成为堆积心理压抑的前身的证据库。北欧、日耳曼、在某种程度上甚至是地中海地区的神话故事中的所有的大型马厩，都被用作遮掩乱伦欲望的面具或服饰道具。如果有人想要仔细了解如何组织论据来强有力地论证一条模糊不清的理论的话，他可以在欧内斯特·琼斯对噩梦的阐释中大开眼界。

突然爆发的力量

在琼斯对弗斯里的《噩梦》做出解释的 25 年后，瑞士医生、文学研究者让·斯塔罗宾斯基看似也在对这幅画做心理学方面的分析，实

---

[1] 有人小心翼翼地对琼斯的观点提出了批评，并且将他的见解与荣格的加以比较，后者也同样将噩梦与乱伦愿望联系起来，但是，他对乱伦的理解与弗洛伊德和琼斯有所不同，在他对乱伦的解释中性和肉欲的成分要少一些。对此请参见 J. 怀特-路易斯（J. White-Lewis）《抵御噩梦：临床和文学案例》(In Defense of Nightmares: Clinical and Literary Cases)，收录于 C. 施海尔·鲁普海希特（C. Schreier Rupprecht）编《梦和文本：有关文学和语言的论文》(The Dream and the Text. Essays on Literature and Language)，奥尔巴尼，1993 年，第 48—72 页。

则不然。[1]让·斯塔罗宾斯基先是从这幅著名画作中的线条和形象入手，而后开始对收录了大量图画的弗斯里的作品全集及传记进行研究，在这个过程中，他确定了弗斯里在大革命时代的思想史和象征史中的地位。斯塔罗宾斯基描写了在弗斯里的那幅画作中所展现的令人压抑、幽闭恐惧症式的恐怖气氛，但是他指出，这种氛围并不是这位画家内心心理机制的表现，而是他的历史哲学和道德哲学的表达。对于弗斯里而言，非理性的力量找不到逃离这个世界的出口："它在伟大的历史时期微不足道……罪恶和死亡主宰着这个世界，而弗斯里却不断对这个世界提出疑问。"尽管弗斯里用几乎毫无遮掩的造型来表现他所描绘的形象的性癫狂，但是他的作品的观众却并没有走入私密的色情剧院。弗斯里想象着革命后的世界局势，但是与戴维不同——他们两个人是相反的两个极端，弗斯里没有将他的回答用将来时的语态展现在传统的画布上，相反，他在哲学的闺房里一笔一画地写下了有关邪恶且永恒的存在主义论。

在对这幅画作仔细观察之后，斯塔罗宾斯基开始质疑它的乱伦欲望的主题：如果这种解释成立的话，那么弗斯里一定是故意选择了噩梦的表现形式。但是似乎并不是这样的，因为这位画家只是打算画一组反映夏尔科式歇斯底里症状的"圣像画"，从而使得画廊的主题更加丰富。斯塔罗宾斯基认为这位画家并没有深入恐惧病理学，而是沉浸在对痛苦的好奇当中："他看着痛苦，因痛苦而兴奋。他观察着设计周全的计谋

---

[1] 让·斯塔罗宾斯基：《三种癫狂》(*Trois fureurs*)，巴黎，1974年；德语版本为《癫狂和驱邪术：精神错乱的三种形象》(*Besessenheit und Exorzismus. Drei Figuren der Umnachtung*)，柏林，1978年，这里是第3章"熟睡女人的幻觉"，第141—183页。

是如何失败，这个诡计出于征服的目的，在镜子前面制造了美丽的诱惑他人的女人。他看着这个计谋陷入困境，死亡就在一旁……"研究弗斯里的专家尼古拉斯·鲍威尔出版了从圣像画艺术史角度阐释弗斯里的《噩梦》的专著。[1] 与鲍威尔不同，斯塔罗宾斯基没有探讨图画中各种元素可能的模板是什么——例如那匹马可能是汉斯·巴尔东·格力恩所画的马，或是出自保罗·委罗内塞的《维纳斯和玛尔斯及丘比特》(*Venus und Mars mit Cupido*)，也可能是罗马奎里纳雷宫（Piazza Quirinale）的头马——相反，他探寻这幅图画创意的**文学**源头："这是一个幻想中的场景，它自由地利用了戏剧或叙事诗中的模板……弗斯里用画笔把手中读物的场景展现出来，并且在聚精会神的临摹中将这个来自文学作品中的形象最隐秘的一面展现了出来。"[2]

尽管从文学的角度做出阐释，但是斯塔罗宾斯基并没有忽视在具体表现上的独特之处。其与众不同的地方不仅展现在优雅地描摹了睡着女子的身形，而且也体现在他对第三个参与者——马——身上投入的关注。斯塔罗宾斯基谈论了马的突然闯入："马头和长长的脖颈出现在帷幕的缝隙处，马的身体则留在外面的黑夜里。"他还注意到马身上的光芒（它像一个光源），特别是马那双像是电灯泡一样闪着光的眼睛："从马的脸上我们看到的是突然兴奋起来的表情，这是一种正在现场的神情，与画上入睡者的正在缺席的表情相对应。"斯塔罗宾斯基指出马造成了房间的开放性的效果："《噩梦》中的房间，通过从遥远的地方匆忙赶来的马

---

[1] 尼古拉斯·鲍威尔:《弗斯里：噩梦》(*Fuseli: The Nightmare*)，纽约，1973年。
[2] 让·斯塔罗宾斯基:《癫狂和驱邪术：精神错乱的三种形象》，第164页。

的闯入而被打开了。"当画面上另外两个主角和他们身边的陈设布置开始传递令人压抑、难以承受的恐惧气氛的时候,马作为赤裸裸的惊恐的化身,出人意料地闯了进来。所以,斯塔罗宾斯基写道,弗斯里的素描和图画"经常被狂热的力量所统治:夜晚、月亮、色情的诱惑、离奇的邪恶都是他的作品里的标准值"。

马,或者更确切地说是它的脑袋出现在《噩梦》的场景中,在一定程度上产生了表现力量的最强有力的表达公式——即将力量与闯入这个动作联系在一起的时候,力量就最有表现力。马头再现了突如其来的力量的爆发瞬间,并且它作为唯一恰当的接收形式,向观众传达了纯粹的惊恐感。

2002年12月23日,历史学家莱恩哈特·克泽莱克第一次将60年来一直萦绕在他脑海里的一幅画面写了下来。那是一匹受重伤的马,他是在1942年的夏天看到这个情景的:"我在鲍里索夫[1]再次被占领后,看到一个死人,他的脑袋有一半都被削掉,当然,这个人已经死掉了。而后,我看到一匹马,它的头盖骨也有一半没有了,但是这匹马活着,正全速跑在行进的车队旁边,它已经陷入**致命的绝望**中了;由于手边没有可以用来追上它的赛马,也因为在这种情形下开枪可能会让行军的士兵面临丧命的危险,没有人能够让这匹马得到解脱。这匹仅剩半个脑袋的马继续飞奔着,它从相反的方向传达了《约翰启示录》中末日预言的不祥之感:这匹马没有驮载着死亡信使,它本身就是人类自我毁灭的化

---

[1] 手稿上写的这个地名很难辨认,不排除写错了。——译者注

身,所有生命都被人类的自相残杀摧毁了。"[1]

这匹受伤的马似乎就是从《约翰启示录》中走出来的,但是克泽莱克清楚,它不是来自文学作品,它也不是出自某个电影脚本,它没有可以借鉴的样板。编造这种令人毛骨悚然的事情太荒唐了[2],它确实发生过,克泽莱克亲眼看到过。从那之后,这匹马多长时间会光顾记忆一次?他最后一次看到它是什么时候?他为什么现在才拿起笔将回忆写下来?他是直到现在才领会其中的全部象征意义吗?这匹马几乎是超现实地突然闯进了战争场景中,而且它几乎比《约翰启示录》中末日宣言的景象还要让人感到恐怖:因为在这里不再有骑手了。在这里只剩下了这匹马、它那裂开的伤口和它那致命的绝望。这有关世界末日的预言并不是从外界闯进来的,"毁掉所有生命的人类自我毁灭"这个事件本身就是末日预言。60年后,在平安夜的前一天晚上,克泽莱克坐在书桌旁,压制着升腾起来的激情,记录下回忆带给他的感受。对于他来说,将这幅伴随了他如此长时间的恐怖画面用语言表达出来并不容易。但是正是在这个时候,他突然看到了关键点——马上没有骑手。骑手的缺席是让这个场景变得完全令人无法忍受的原因。即便是弗斯里所描摹的情景,仍然可以找到文学或绘画艺术史上的原型,但是世界末日**预言**的突然降临,是找不到任何脚本的。

---

[1] 克泽莱克在他的这个笔记上写下了"2002年12月23日"这个日期;这张纸是在莱恩哈特·克泽莱克的遗物中发现的,现在保存在马尔堡德国艺术史文献中心（Deutsches Dokumentationszentrum für Kunstgeschichte）的图片档案中。我非常感谢菲利西塔斯（Felicitas）和凯瑟琳娜（Katharina）·克泽莱克帮助辨认、解读这张纸条。
[2] 有关克泽莱克所认为的荒谬的范畴,请参见 J.-E. 顿克哈瑟（J.-E. Dunkhase）《克泽莱克的鬼怪:历史中的荒谬》(*Kosellecks Gespenst. Das Absurde in der Geschichte*),马尔堡,2015年。

马鞭

> 每匹牡马都搞到了它的牝马 —— 万事顺利。
>
> ——威廉·莎士比亚,《仲夏夜之梦》

以前只有农村人凭借着自己的观察才能认识到的东西,在今天只需要点击一下鼠标就能看到了。人们会发现,在下一个瞬间,自己就身处一个大型的、火热的动物园里,到处都有动物在交配,没有任何守园人认为这样的喧闹有什么不妥。在电视中也早就能看到这样的场面了:宝贝,你我只不过是哺乳动物/因此让我们做它们在探索频道里面做的事情吧。[1] 在欲望动物园里的动物中,马看起来是尤其受欢迎的动物。这可能是因为它的高大和优美,但是应该还有其他原因,例如人们认为马

---

[1] 这几句是血性猎犬乐队(Bloodhound Gang)《糟糕的触摸》(*The Bad Touch*)中部分副歌歌词。

是特别高贵的动物，因而它比其他动物要更为贞洁，或者像婆罗门教徒一样触不可及。或者是因为与之恰恰相反的观点——这是亚里士多德曾提出的看法：在所有生物中，马是仅次于人类的性欲最强的物种。无论如何，当人们在这个动物园的搜索引擎中输入"交配的马"的时候，都会得到一个庞大的、努力将所有类别包括进来的菜单，而且在这个希腊神话的当代变体版中，与古希腊罗马神话一样，人和动物间的物种界限是可以被轻松跨越的。[1]

2013年，冰岛影片《人与马》(*Of Horses and Men*)在影院上映，这部影片的高潮是两匹马的交媾。在这一整个场景中，母马因为旁边有一个始终非常安静地坐着的男人而显得十分不知所措，这个男人也显得有些尴尬，但是那匹公马却不怎么难为情，它对这个男人的在场没有任何不满。汉斯·亨利·詹恩在《美狄亚》(*Medea*，1926年)中所经历和描述的，比这个场面要戏剧化得多：詹恩是两个男孩中较年长的那一个，他说自己成了"三明治儿童"，因为他被夹在两匹正在交配的马中间，几乎要被挤碎了。他刚刚脱离危险，就爱上了骑着亢奋的牝马的女骑手，"一个有着满面笑容的亚马孙族女孩"。詹恩突然觉得自己已经是一个男人了，并且开始追求年轻女子。但是，他没有再次见到她，相反却沦为他母亲报复心的牺牲品。回头望去，马匹交媾的场景似乎预言了性将是

---

[1] 我们这个特别的分支对性充满围观的好奇，并不是人们今天才发现的。乌尔里希·费斯特尔（Ulrich Pfisterer）在他的艺术史研究中，已经记述了1514年在佛罗伦萨的一次庆典活动：人们将一匹牝马与几匹种马关在领主广场（Piazza della Signoria）上，据说有4万名女子和女孩打着娱乐的旗号到公众场合来观看这个轰动场面。《艺术-分娩：创造性、情欲、身体》(*Kunst-Geburten. Kreativität, Erotik, Körper*)，柏林，2014年，第138页。

毁掉这个家庭的生活甚至割断童年恋情的力量。

自古以来,性欲被看作威胁着个体的家园以及集体的团结的危险力量,尤其是当它不顾人际间的关系肆意释放出来的时候,就更加危险了。汉斯·巴尔东·格力恩所创作的版画《着了魔的马夫》(*Verhexten Stallknechts*)从文艺复兴的圣像画中脱颖而出,这幅画似乎对人类男性可能屈从的兽奸诱惑竖起了直白的警告牌。格力恩以带有贬低意味的极其简洁的笔法,展现了仰卧在地上的马夫,在他的身后,这幅画的中轴位置上,是一匹牝马的阴部,而它的臀部被精心绘制的画上的光线照射得熠熠生辉。皮娅·F. 库内奥在亚利桑那州大学教授艺术史,她本人也是一位热爱骑术的骑士,因而尤其是她这样的学识丰富、熟悉那个时期与马相关的文学作品的观众,是不可能忽视格力恩这幅画上明显的对厌女症的影射的:"部分马学类文学作品经常将体形优美的马与一位美丽的女子做比较。从中可以得出:无论是马还是女人都有……一个丰满、健康的臀部,它能够满足'被骑上去'的渴望,而且还具有在它的骑手身体下展开令人愉悦的运动的能力。"[1]

库内奥将这位画家在去世前一年画的这幅画,看作向他那个时代的人类中那些受过良好教育、富有而且拥有名贵马的阶层提出的警告,请

---

[1] 皮娅·F. 库内奥:《马作为爱情对象:汉斯·巴尔东·格力恩的〈着了魔的马夫〉(约1544年)和16世纪马学中的社会和道德特性》(*Horses as Love Objects: Shaping Social and Moral Identities in Hans Baldung Grien's Bewitched Groom (circa 1544) and in Sixteenth-Century Hippology*),收录于她编撰的《动物和早期现代身份》(*Animals and Early Modern Identity*),伯灵顿(Burlington)/VT和法纳姆(Farnham),2014年,第151—168页,这里是第159—160页。也请参见K. 拉波尔(K. Raber)《淫荡的身体:亲爱的马》(*Erotic Bodies: Loving Horses*),收录于他的《动物的身体,文艺复兴的文化》(*Animal Bodies, Renaissance Culture*),费城,2013年,第75—101页。

他们要提防普遍流行的对漂亮马的热爱可能带来的后果。[1]事实上，兽奸尽管是一种不常见、在人与马之间产生性活动的形式，但是从古罗马作家埃里亚努斯讲述的马夫欧德摩斯的故事开始，这种行为就已经出现在文学作品中了。情欲的钟摆的另一个顶点是小女孩的下意识的性行为，一代又一代永无止境地在马棚里上演——马厩在9岁到12岁的儿童那里变成了性欲开采区。在这片充满折磨与屈从的欲望领地上，人们看不到它的全貌，在这里——但人们不知道具体是哪里——散落着玩具、鱼漂和马鞭，当然还必须有骑行和繁育的景象以及对马的爱情的隐喻。

由于兽奸这个事实在一定时间和范围内的确在放牧人、马夫和他们所照管的动物的紧密共同生活中扮演着不可忽视的角色，[2]因而在图画世界、隐喻和演出中，一直保留着人与动物之间虚拟性活动的完整的现

---

[1] J. J. 斯洛卡（J. J. Sroka）:《汉斯·巴尔东·格力恩将马作为表达和意义的载体》(*Das Pferd als Ausdrucks- und Bedeutungsträger bei Hans Baldung Grien*)，苏黎世，2003年。斯洛卡并没有延伸到这幅作品明确地涉及的兽奸主题，相反，他只是讨论了这个场景中有关性色彩的一般性暗示，并且指出画上的母马是"性和女性诱惑力的象征"（第112页）。也请参见斯洛卡的《丢勒、巴尔东和弗斯里画作中作为人类欲望隐喻的马》(*Das Pferd als Metapher für menschliche Triebe bei Dürer, Baldung und Füssli*)，收录于《嵌砖工艺：纪念彼得·柯尼利厄斯·克劳森》(*Opus Tesselatum, Festschrift für Peter Cornelius Claussen*)，希尔德斯海姆，2004年，第151—161页。

[2] 有关英国在早期现代的情况请参见 E. 弗奇（E. Fudge）《畸形行为：早期现代英国的人兽交合》(*Monstrous Acts: Bestiality in Early Modern England*)，收录于《历史上的今天》(*History Today*)，第50期（2000年），第20—25页。R. 冯·克拉夫特-埃宾（R. v. Krafft-Ebing）的有关这个主题的论著也非常经典：《变态性行为》(*Psychopathia sexualis*)，第12版，斯图加特，1903年，第399页。"从经验领域来看，在牛棚和马圈里的人兽交合并不是非常罕见……比较有名的是例子是腓特烈大帝手下的一名骑兵的行为对母马构成了侮辱：'那个家伙是只猪，它是留给步兵的。'"

象学。但是，那些通常被我们称为"图像"的客体，即便在没有与臆想中的另外的、没有图像的"现实"联系在一起时，至少也是存在的。因此反过来看，与图像、符号和象征最紧密联系在一起的事物，似乎不通过图像、符号和象征就无法被感知；也就是说，图像和符号通过大量的线索和微粒与现实联系在一起，而且只有凭借这种方式，它们才能发挥效力。性活动在现在固然是乏味的，但是它可以通过图画和点绘的"现实"得到强有力的表现；有些人早已认为,性活动完全产生于图画和语句。例如，现在如果要去理解"马女孩"这个现象的话，只是谈论大致的形象和里面涉及的所有成员是不够的，人们必须思考要把关注点指向什么地方，也就是说要将"马女孩"这个形象投射在富有特色的马身上——它出众的美丽、独特的行为举止和气味。马不是泰迪熊或智能手机，而是一种特殊的、活生生的生物，人们不仅可以在它身上投射某些东西，而且还可以认认真真地爱上它——这恰恰是一个鲜活的隐喻。

不过，马女孩是一种特殊情况，它有着自己的世界。另外一个在这一章里必须提到的现象就是人们对骑术或骑马学校的热切渴望，19世纪的小说作者经常将我们带到那里。如果你仔细观察19世纪所有以爱情和通奸为主题的知名小说，会发现它们也可以算作马的小说，如果没有这种奇特哺乳动物高大而温暖的身体的话，这些小说是写不出来的。它们展示了人类如何与马的图像一起游戏，人们如何像马一样做梦、打扮成马的样子，或是躲在马的面具后面说话，否则就只能暧昧地沉默着。

青铜三角

紧靠着柏林老国家艺术画廊立着三尊相互间离得不远的大型青铜雕像,马在那里扮演着驮载的角色。它们被安放在那里的日期也离得很近:最久远的那一尊是帝国建立后那一年,即1871年,最新的是在1900年前后。上述即是它们的共同之处,让我们开始罗列它们的差异吧。事实上对比这三尊雕塑,就可以说明男人、女人和马之间可能发生的不同的情色关系 —— 无论是出现在文学作品、雕像作品,还是其他场合中。由于我们无法同时细看这三尊雕像,也不可能一下子写出严谨的对比提要,因而我们必须依次观察。让我们先从最大、最强有力的那尊开始——尽管它并不一定是三尊雕塑中最漂亮的那一尊 —— 这是弗里德里希·威廉四世的骑马雕像,它被放在美术馆入口前面高高的基座上。这尊雕像是柏林雕塑家亚历山大·卡兰德莱利根据古斯塔夫·布莱泽的设计,在1875年到1886年间完成的。它表现了普鲁士国王威廉四世骑在高头大马上向着南方前进,而不是像当时的历史轨迹所期待的那样向着西面的法国。这位国王完全是一副骁勇善战的样子。雕像上的马是一匹牡马,身体强健,有着引人注目的英勇气概,雄赳赳地迈着大步。它所驮载的骑士是一个体格强健的男子,正精力十足地冲破看不见的障碍。这个统治性的双重物种身上的所有元素 —— 从这匹骏马张开的鼻孔到它那夺目的、浓密的马尾巴 —— 无不展现着强大的活力和力量感。

路易斯·图埃隆创作的亚马孙女战士的骑马雕像位于国王骑士雕塑的右手边,新博物馆外墙长侧面的前面。这两尊雕像之间有着巨大的反差：年轻的女战士骑在没有马鞍的马上，手里拿着一把没有什么威慑力的小战斧，身上穿着一件轻薄的罩衫，臀部和大腿都露在罩衫的外面，这与其说是遮掩，不如说是更加突出了她那纤细苗条的身形。这位亚马孙女战士与她的坐骑接触的地方是全裸的。与普鲁士国王的雕像所展现的冷漠、疏远的表情不同，图埃隆的亚马孙女战士承载的是亲和。她并没有打算使她的旁观者变成骑手，让他们去感受马的运动——这匹马安静地矗立着，脑袋略微转向左边——相反，她是要将马身体的温暖、它的心跳和它的血流的脉动传递给注视着他们的人。这尊雕像的轻快流畅的线条使得这位女神显得安宁平静，她完全沉浸在自己的世界里，并且可能体会着两个不同的身体相互触碰所带来的可以感知的情欲。当观察者注视了一会儿亚马孙女战士之后，会随着她的青铜色的目光将视线漂移向广场的远处。

第三尊雕像竖立在国家美术馆另一侧的柱廊前，出自克里斯蒂安·丹尼尔·劳赫的门生、新巴洛克派雕塑家雷因霍尔德·贝佳斯之手。它展示的是一个年纪较大、脸上蓄着大胡子、很像这位艺术家本人的半人马形象，他正帮着一个年幼、裸体的女童爬上他的马背，以淑女坐的方式骑在上面。年轻时候的雷因霍尔德·贝佳斯曾长时间在罗马生活、学习，除了德国画家安瑟尔姆·费尔巴赫之外，他还在那里结识了瑞士画家阿诺德·柏克林。这两位画家的一些极其性感的画作似乎折射在这个彬彬有礼的半人马的肖像上。这个雕塑上的两个神秘生物都有着优美的身材，煽动着情欲之火，他们所展现的姿态绝对令观看者心醉神迷。但是尽管如此，他们却一直保持着安全距离；这尊雕塑的叙事是以其激励的能力为代价的。虽然打开了有关半人马爱情生活的联想空间，这尊雕塑还是通过将绑架与诱骗充分结合，再加上令人害怕的暴力，使得两性之间的爱情游戏陷入黑暗。

人们会不由得觉得，第三尊雕像中的马是最强有力的马，因为这匹马通过与长着大胡子的人类男子混为一体，从而更加凸显了它活跃的非凡能力。与普鲁士国王的雕像中的马不同，这里的马使热闹的场面变得生机勃勃；也不同于亚马孙女战士雕像中安宁的母马，这里的这个半人马不是真正的马，无法展现马所具有的独一无二的能力，相反，它作为神秘的四足动物，再一次将色情的场面囊括在文本空间里面。

直到 20 世纪，半人马形象还是会被用来描绘归于暴力的诱惑和诱拐游戏；马克斯·斯莱福格特就是一位充分利用了这个"暗号"的画家。半人马具有淫荡好色、打架上瘾的天性，古希腊罗马神话中的王子的半人马老师**喀戎**就是这样的一个典型；他后来成了一个超越这些特性的存在。此外，即便没有半人马发挥作用，上述游戏也能进行下去；也就是说，哪怕是完全"正常的"马也有能力作为向前推动性活动的元素登场，就像在鲁本斯的《劫持留基伯的女儿》（*Entführung der Töchter des Leukippos*）当中所展现的那样。另外一个例子来自印象主义的后巴洛克教父弗朗茨·安东·茂伯特施茨的《绑架年轻女孩》（*Entführung eines jungen Mädchens*）；这幅现在陈列于雷恩（Rennes）的法国兰斯美术博物馆（Musée des Beaux Arts）的作品展现了这样的场景：当年轻女子在绑架者的臂弯中再一次满脸惊恐地回望她那已经被斩首的恋人的尸体时，马扮演了诱惑者的角色，向这位不幸的美女瞥了一眼——目光中既有同情，也有渴望。茂伯特施茨，这位敏锐的着色大师用颜色来说明剩下的一切：年轻女子乳白色的肌肤和白马与肤色相同色调的闪闪发光的皮毛，让人们立即联想到了这之间的关联。

西班牙画家弗朗西斯科·戈雅在他创作的铜版画《马猛禽》(*El caballo raptor*)中，将马表现为绑架者，克泽莱克将这幅图画所呈现出来的强大的破坏性力量称为"倒置"力。这幅画是 1815 年至 1823 年在完成《荒唐》(*Disparates*)和《箴言》(*Proverbios*)之后创作的。我们可以将"猛禽"转换为其他的、更为冷酷无情的物种，因为马在这里可能是强盗或者强奸犯。在图画所展示的场景中，这匹马在空中施暴。毫无疑问，如果有人与罗伯特·休斯一样，在这里除了解读出这个女子的性高潮之外别无他物的话，那么他只能将目光投到远处，而不是凝神细看。不过，凭什么说这匹后腿站立、前肢腾空的马是要将这个紧紧盯着它看的女子抢走、绑架、诱拐，以及对她施以暴力？它将她高高地举起来会不会是为了把她从白衣神手中救出来呢？这只猛禽会不会是一个乐于助人的拯救者，它要帮助这个女子摆脱更大的危险？它要使这个女子摆脱被画面背景处的残暴的怪物吞噬的危险？背景处的怪物似乎生活在水中，长得像巨大的海狸或者田鼠，它究竟是什么生物？仔细观察这幅图画，我们会发现，这匹马此时后腿已经踏入水中，它已经站在洪流边上，被水打湿的马尾巴粘在它的腿上。现在，画面里的两只动物分别代表了陆地和大海的力量，那只海狸或田鼠代表着海中怪兽利维坦，马则是长着獠牙的陆地统治者比蒙巨兽的化身。如果是这样的话，这幅画意味着什么，这个女子又是在一种怎样的境况中？

戈雅的作品古怪、变形地体现了圣像画艺术史的传统,这个规则与在雷因霍尔德·贝佳斯的雕像中所表现的半人马的形象公式——它将女童诱拐到它的马背上——别无二致。但是,在一个关键点上,即展现克泽莱克所提出的"倒置"概念的地方,戈雅偏离了这个传统安全路径:他将原本属于半人马的职责转交给了马,由它单独承担,或者是交给了骑在马上的残暴的男人们。不过,戈雅笔下的马只是一匹马,而不是半人马。戈雅没有去装点古希腊罗马神话中的童话花园,而是不断地侵蚀着政治动物学的存在性。这个女子在她紧闭的双眼后面看到了什么:是在她面前的暴力,还是在她身后的?

小亚马孙女战士

电影人莫妮卡·楚特通过她的低成本制作《马背上的青春》(*Von Mädchen und Pferden*)回到了她人生的起点,她在这部马影片的预告中写道:"回到马那里去吧,它是我在艰难的成长岁月中最好的伙伴。我对女孩与马结成的共同体着迷,这是一个没有男孩或男人的联盟,是动物、女孩和女人的'亲密帮派'……这个负重者的躯体和能量、这个害羞又强健的'逃跑动物'的优雅和温顺展现着特有的情欲,令我们陶醉,让我们感受回归尘世的踏实。我打算从这种生物的纯洁无辜、充满活力的视角讲述一个简单的故事:一名'问题少女'是如何通过与马的交往而逐渐掌握接纳自己、对他人产生信任的。"[1]

　　年轻的女孩和马，这是许多著名的爱情故事中神秘的核心。当然，心理学对此做出了解释。通常，女孩们的性进化的概念是围绕着异性恋的模式展开的；在她们的眼中，马是在挑选男性伴侣之前最后的选择对象，是某种可以承上启下的对象："马处在布娃娃和伴侣之间，是终极毛绒玩具，也就是说，它是在从原生家庭向新的性伴侣关系过渡过程中的最大、最漂亮、最后的毛绒玩具。"[2] 与之相呼应，莫妮卡·楚特描写了一个世界，在那里还没有画上目的论的箭头。马和少女建立了他们自己的世界，组成了"动物、女孩和女人的'亲密帮派'……"在这个世界里，马不仅是运货的客体，而且缓慢而安全地将小女孩的性欲引向了异性恋关系的海岸上。它的体格、强壮而充满生命力的身体，它在骑行中释放出来的动能，连同它的优美的身躯，都会产生出情欲，而这种情欲在某些时间里一定是女孩与马的联盟中真正的内容，也是他们之间的黏合剂。这样的时段会持续多久，女孩与马的共同体有多结实，这位女电影人没怎么提到。但是，他们的"生机勃勃的远景"，使得这种由暂时的共生关系所组成的小型女人国具有自身的合法性。

　　会有那么几年，马场对于女孩子来说是一个与学校和家庭相对立的

---

[1] 莫妮卡·楚特：《电影〈马背上的青春〉的背景和主页》（*Hintergründe, Homepage zu dem Film Von Mädchen und Pferden*），www.maedchen-und-pferde.de/synopsis，最后一次访问时间为2015年6月24日。

[2] H.A. 奥伊勒（H. A. Euler）：《少男少女、马和骑行》（*Jungen und Mädchen, Pferde und Reiten*），在"变迁中的青少年时代"（Jugend im Wandel）大会上的演讲，瓦伦多夫（Warendorf），1998年11月28日，c:\tex\proj\hors\fn\warend98.doc，第1页。

世界，是一个冒险场所。在那段时间内，小女孩们拥有发现自身的野性的机会，而在亚马孙女战士的营地里，是不具备这种进退有余的发挥空间的："女孩子在这里不仅可以是女孩，也可以是男孩；她不仅可以表现得惹人喜爱，也可以令人讨厌；她不仅可以具有防御性，也可以展现出进攻性；她不仅温情脉脉，也狂暴；她不仅温顺，也颐指气使；她不仅谦和，也发号施令。当成为女骑手时，她发现了跨性别的地点和目标。"[1]

"这个害羞又强健的'逃跑动物'的优雅和温顺展现着特有的性感。"那位女电影人回忆道。女孩和马两者都是迅速而害羞的物种，难以驯服，随时准备着逃跑。马塞尔·普鲁斯特引用了法国哲学家吉尔·德勒兹和菲利克斯·加塔里的话指出，小女孩是"永远都在逃跑的物种"。她们的天性除了表现为"纯粹的迅捷性关系和缓慢性关系之外，别无其他。因为速度，女孩子会姗姗来迟：她们要做太多的事情，在她留给自己的相对较短的时间里跨越太多的空间。因而年轻女孩表面上的缓慢性就变成了我们期待的疯狂的速度"。[2] 古希腊作家希罗多德讲述了斯基泰人如何驯服亚马孙女战士的故事。[3] 在特尔莫冬河一带的战役取得胜利之后，海伦人（希腊人古称）将被俘的亚马孙女战士装在3艘船上带回故

---

[1] L. 罗斯（L. Rose）:《骑马意味着什么？》(*Was hat die denn geritten?*)，载《南德日报》杂志版（*Süddeutsche Zeitung Magazin*），2015年3月20日，第19页。这句话引自K. 格莱纳（K. Greiner）。

[2] 吉尔·德勒兹和菲利克斯·加塔里:《千高原：资本主义和精神分裂症》(*Tausend Plateaus. Kapitalismus und Schizophrenie*)，柏林，1992年，第369页。

[3] 有关下文的内容请参见希罗多德《历史》(*Historien*)，第4卷，斯图加特，1971年，第292—294页。

乡。半路上，亚马孙女战士开始造反，她们杀死了船上所有男人，独自继续航行。由于她们对航海一窍不通，她们在海上漂流了很长时间，直到最后在黑塞东北部塞西亚的亚速海登陆，到了克莱姆瑙。她们掠夺了一群马并且到处抢劫，再次高高地骑在马上，穿行在斯基泰人的国家里。当斯基泰人震惊地发现，这不是一个由男人组成的团伙而全部都是女人的时候，他们连忙召集他们年轻的战士——数量与亚马孙女战士差不多。这些年轻男子在亚马孙女战士附近安营扎寨，但是一旦后者要去进攻他们的时候，他们就立即逃跑，而当后者不再追击他们的时候，他们又回到原来的营地。当亚马孙女战士注意到，这些小伙子都很和平友好的时候，她们也就不再攻击他们了。这些年轻的男子现在也过着与亚马孙女战士一样的生活：狩猎和抢劫。于是日复一日，两个营地越来越亲近了。临近正午时分，亚马孙女战士会单独或两个人一组到各处寻找生活必需物资，年轻的男子们也这么做。这样不知什么时候，单独行动的亚马孙女战士碰上了落单的年轻男子。她没有过多的防备，而是做出他能够领会的手势，让他明天再来这个地方，并且带个同伴来，她也会带来自己的朋友。四个人相遇了，互相有好感，一切都顺理成章。"当其他的年轻男子知道这些的时候，"希罗多德写道，"他们也驯服了剩下的亚马孙女战士。"[1]

故事并没有就此结束。由于年轻男子继承家业的问题，他们只能与亚马孙女战士在他们的部落外面组建那种移动的家室。这其中也有亚马孙女战士害怕被斯基泰人报复的原因，而且她们也无法想象与她们的

---

[1] 希罗多德：《历史》，第4卷，第293页。

婆婆和妯娌们一起生活:"我们与她们的传统不一样,我们用弓箭射击、用长矛进攻,并且骑马,但是对女人的工作一无所知。"[1] 半驯服的马上女孩和她们的丈夫所结成的年轻夫妇,继续过着骑在马上的狩猎者和掠夺者的狂野生活。

直到今天,来自古希腊罗马神话中亚马孙女战士的形象一直给人以一种既令人震惊又令人敬畏的奇特的复合印象。这些狂野的骑马女子有着令人憎恶和令人着迷的两面性,时不时地出现在从大力英雄赫拉克勒斯到忒修斯,再到阿喀琉斯等古希腊罗马神话中的每一位传奇英雄身边,她们被写进诗歌,或者被描画在花瓶上。希腊人丰富的想象力也体现在亚马孙女战士的一些令人惊叹的特性上,例如人们的臆想中她们没有乳房或者只有一只乳房。据说,这些女战士为了增强她们手臂的肌肉力量,将右边的乳房用烧灼法除去了。由于希腊文化中没有为这些红颜祸水的典范留有专门的位置,于是人们将这些危险分子安置在远离希腊人家园的地方——将她们放在了黑海和里海东北部的斯基泰地区。那么亚马孙女战士到底是不是希腊男人幻想的产物呢?这个问题长久以来一直存在于人们的脑海中。当今的考古学有了新的发现:"最新的考古发现提供了女战士们真实存在过的令人惊讶的证据,她们的生活方式与希腊神话、绘画作品、历史学、人种志学和其他文献里所描写的相符。在斯基泰人的墓穴里找到了有战斗痕迹的女人骨架,一起随葬的还有她的兵器、马和财产。对骨头的科学鉴定表明,这些女人生前经常骑马、狩猎和参加战斗,而且正是在希腊-罗马神话研究者和历史学家所曾经

---

[1] 希罗多德:《历史》,第4卷,第293页。

认定的'亚马孙女战士'生活和活动的区域。"[1]

此外，希腊人并不是唯一幻想和虚构亚马孙女战士的传奇故事的人；在近东和远东（埃及、波斯、印度和中国）的所有文学作品中，都可以找到参战的女骑士的身影，她们切实存在的生活痕迹显然要早于她们在欧洲的野蛮的游牧民族那里留下的遗迹。在这些骑马民族中，女孩子通常都会像男孩子一样学习骑马、弯弓射箭，她们也都参加狩猎和抢劫及战斗行动。而且，她们经常挑选男性伴侣，或者是在一场仪式性的决斗后"征服"其男伴。"亚马孙女战士，"艾德丽安·梅约写道，"她们狂热地爱着自己选择的男人们。"她们喜欢露水情缘的性关系，但是正如希罗多德所记述的那样，她们也愿意结成稳定的关系。[2]

在各种文献中所塑造的女孩战士和妇女战士都是与她们的马紧密联系在一起的。两者之间相互学习。但是并不是只在这些女战士那里才出现这种情况。事实上，从人和马被联系在一起的时候开始，游牧民族就早已研究学习马的行为举止了。举个例子，他们意识到了成群的母马所具有的力量："牝马能够像牡马一样强健、迅速，它们也能够作为战马参加战斗。强有力的母马统领着群体中的其他成员，向年轻的公马展示着不同群体的界限所在。与此同时，牡马一方面保护着自己的群体，一

---

[1] 艾德丽安·梅约（Adrienne Mayor）:《亚马孙人：古代世界女武士的生活和传奇》(*The Amazons. Lives and Legends of Warrior Women across the Ancient World*)，普林斯顿，2014年，第20页。也请参见莱纳特·罗勒（Renate Rolle）《考古事实中的亚马孙女战士》(*Amazonen in der archäologischen Realität*)，收录于《克莱斯特年鉴（1986年）》(*Kleist Jahrbuch 1986*)，第38—62页；另请参见莱纳特·罗勒为2010年5月9日到2011年2月13日在斯派尔（Speyer）举办的"神秘的亚马孙女战士"（Amazonen. Geheimnisvolle Kriegerinnen）展览编写的说明手册。

[2] 艾德丽安·梅约:《亚马孙人：古代世界女武士的生活和传奇》，第132页。

方面期待着能够引起牝马的兴趣。"人们从马那里所学到的远不止于古代女骑士所发现的。游牧民族和他们的坐骑之间历来就在所有的共同生活领域中存在着学习程序:四处迁徙、休息期、性行为、战斗方式、躲避危险、关注外界环境的模式、用身体语言进行交流。在这个学习过程中,两者发展出融为一体的节奏,并且形成了迅速且敏锐的相互理解的关系。

无疑,没有人会因此产生这样的想法,用希罗多德的文本或者考古学以及文化认知性的发现,来代替阶段模型的传统心理学:没有人想要在颠倒时间顺序的情况下进行思考。但是,我们可能还是要极其小心地注意到,有关小女孩、马和他们之间相互吸引的深层次原因,依然没有定论。

骑行和拉车

从汉斯·巴尔东·格力恩将体形优美的马比喻为漂亮的女人到现在,已经过去了500多年,但是他的比喻并没有过时。不过,这个比喻也与骑行和被骑行的象征不一样,它属于更为古老的文学和艺术领域。2013年,有一则超级摩托车的广告因有性别歧视之嫌被从媒体中撤了下来。广告呈现了由西班牙模特安吉拉·罗巴托所扮演的美丽女子变身成为一辆造型优美的摩托车,一个男性驾驶者非常享受地骑着它到处兜风。古罗马诗人奥维德应该会喜欢广告中的变形记,与之相伴的是超凡乐团（Prodigy）演唱的《揍我的婊子》(Smack my bitch up)的开头部分。除此之外，整个广告中并没有任何文本出现；但是广告画面会令人形象地回忆起驾驶摩托车的起源，因为"骑"这个动词在英语中无论如何都会引起人们不必要的联想。总之，这则广告通过转喻，轻而易举地将表现内容从骑行行为转化为性行为，而后再切换回来，这种位移在各种文化中是非常普遍的，但它中断了身后的所有通往马时代的想象的桥梁。

在这里，人们正活动在湿滑的地面上；他们难以声明自己处于无辜的立场上。如果有人想在绘画、描述或电影中将人替换到原本属于马的位置上，打算将人像坐骑一样对待，他便很难用无知来为自己开脱。骑士游戏不是假扮医生病人的游戏，一旦被人骑上，原本平等的关系就消失了。至少是骑者和被骑者之间不再存在平等性，已经无法回头了。美国散文家韦恩·克斯坦鲍姆写道："耻辱感就是能够察觉到的地位和身份降低的过程。"[1]"可见性"与身份和地位的降低具有同等重要的含义。就像那些陈词滥调一样，耻辱感形成了一个三角侵犯关系：牺牲者，施虐者或者说是凶手，还有一位目击者。

为了贬低、侮辱他人，人们并不一定非得骑在他人身上；或将他人当作拉车的牲畜也很糟糕。例如，正如米歇尔·德·蒙田所记述的，古罗马皇帝们在用不同的劳力牵拉他们的胜利战车方面极富探索精神："马库斯·安东尼乌斯……是第一位坐在套着狮子的战车里穿过罗马城的人，有一位年轻的女伴坐在他身边。埃拉加巴卢斯后来也做了相同的事情，

---

[1] 韦恩·克斯坦鲍姆：《耻辱》(Humiliation)，纽约，2011年，第10页。

并且用众神之母的名字库伯勒为他的战车命名；他所乘坐的车辆与古希腊罗马的酒神巴克斯的一样，都是由老虎来牵拉的；有时他也会换上两头鹿来拉车，下一次是4条狗，之后又变成4个裸体女孩，她们不得不在隆重的游行队伍里拉着同样也是全裸的他穿过整个城市。"[1]

年轻女子骑在老男人身上，是一个在文艺复兴和巴洛克时期广为流行、被当时的艺术家所反复表现的主题。大多数时候，画面上的女人是以所谓"淑女坐"的方式骑行着，她的右手拿着马鞭，左手牵着引导老男人前进方向的圈嚼子。汉斯·巴尔东·格力恩也曾在1513年用木刻表现了这个主题，而且与大多数色情主题的作品一样，这幅木刻画也比那个年代的其他作品要无所禁忌得多。在巴尔东的作品中，两个人物形象都是裸体的，而且女骑手的右手（就是握马鞭的那只手）的小指向外翘着，仿佛是用来展示这种色情的滥用暴力的行为给她带来的细腻的享受。被她骑在身下的老年男子当然也不是没有来历的无名氏。巴尔东在图画中所呈现的故事，取材于一个在中世纪广为流传的有关亚里士多德

---

[1] 米歇尔·德·蒙田：《蒙田随笔集》(*Essais*)，第3册，第6章"关于车辆"(Über Wagen)，法兰克福，1998年，第452页。这种专制政体的符号当然也会有相反的含义，可以将自觉自愿的被奴役解释为表达恭顺和敬慕之情的姿态。黑格尔在写给科塔出版社（Verleger Cotta）的一封信中，描写了当人们自愿地为普鲁士国王拉车时，这位国王感到非常尴尬。当时德国各地正处于动荡当中："我们这里还算太平。前几天，国王在探望过一位马术艺术家之后，他几乎没法决定以什么方式离开那里：聚集在那里的人们，或者用官方的说法，人民，解下国王的马的牲口套，要自己将他拉回家。他劝告人们不要将自己贬低为牲口，而且发誓，如果必要的话，他打算自己走回去，这些话产生了效果，使他最终得以在人们的呼声中乘坐马车离开。"《黑格尔的书信往来》(*Briefe von und an Hegel*)，J. 霍夫迈斯特（J. Hoffmeister）编，第3卷（1823—1831），第3版，汉堡，1969年，第341—342页。

和菲利斯、多少有些以讹传讹的故事。[1]

这个故事讲述了这位年老的哲学家、亚历山大大帝的老师,是如何狂热地爱恋着他学生的情人菲利斯的。亚历山大大帝劝说他的老师放弃菲利斯,而菲利斯出于报复,声称如果这位老年男子要证明自己能在情色方面取悦于她的话,就让她骑到他的背上去。亚历山大看到了以受辱姿态出现的老师,也就是说,他是这个屈辱场景的见证人。而巴尔东这位艺术家表现的,就是这位目击证人眼中的场景,他将这幅作品的观看者放到了亚历山大的位置上。

画面上让充满欲望的老年男人转过头来并诱惑他做出不体面动作的年轻女子,一直以来都是广受欢迎的喜剧素材。例如,人们很容易联想到喜剧影片《破碎的壶》(Zerbrochenen Krug)。菲利斯和亚里士多德的故事之所以引人注目,是因为故事中的老年男子是一位重量级的哲学家;而亚里士多德在漫长的年代中都只有哲学家这样一个身份。在这里,他任凭一个年轻的女人将他当成牲口,而且并不像当今的商业广告口号所展现的那样,他变成了小熊或者雄马,而是成了纯粹的坐骑,这使得侮辱的意味更加浓烈。事实上,这位善于思辨、富有哲理的人开始用四条腿行走了,就像人们满怀挑衅意味地向卢梭指出——亚里士多德成了四足动物。他由于自己无法被控制的欲望而被贬为动物,他确确实实是**有失身份**。如果从技术史的角度解读巴尔东和他的同时代人的作品,就

---

[1] 请参见莱因哈特·布朗特(Reinhard Brandt)《颠倒的秩序:亚里士多德和菲利斯——一个有关意义转变的题材》(*Verkehrte Ordnung. Aristoteles und Phyllis—ein Motiv im Deutungswandel*),载《新苏黎世报》(*Neue Zürcher Zeitung*),1999年8月14日,第67页。

会发现在 16 世纪的时候，鞭子和马鞭是混为一谈的，鞭子就是马鞭，它们之间没有什么区别。菲利斯和她的残忍的姐妹们，用当时骑手们普遍使用的装有短小把手和稍短绳子的小鞭子操纵着她们年老的坐骑。她们所用的小鞭子与其说类似赶车人通常使用的鞭子，不如说更像是玩具鞭子；露·安德烈亚斯·莎乐美在卢塞恩所拍摄的一张著名的照片里，就被她的狂热崇拜者弗里德里希·尼采用一支这样的小鞭子加以装饰。50 年后，这位女子在她的回忆录中讲述了这张在朱里斯·波奈特肖像馆里拍摄的值得纪念的照片的来龙去脉。那是 1882 年 5 月，"保罗·里斯一生都病态地讨厌让他的脸呈现在图片或照片上，他强烈反对照相，尽管如此，尼采还是让人为我们三个拍了照。情绪高涨的尼采不仅坚持拍照，而且还热切地参与到细节问题中，例如将一辆两侧有栅栏的小型马车（简直是太小了！）放进画面，甚至还非常俗气地用一枝丁香枝当小鞭子，等等。"[1]

在这张照片里看不到里斯所谓的反对；相反，照片里的这三人看上去都很愉快，里斯展现出的是温和的面貌。他的右手位于照片的几何中心点上，大拇指插在马甲里，另外 4 个手指放松地搭在肚子上，在扣住礼服的上面扣子和扣住裤子的下面扣子之间伸展着；他没有做出拿破仑式的姿势，而完完全全是一副富足殷实的资产阶级的表情。（他也完全不像是被套在车上的第二匹马！）38 岁的尼采已经是一个成熟的男子了，但他却在印有白雪覆盖着的少女图案的墙纸前，极其认真严肃地对

---

[1] 露·安德烈亚斯·莎乐美：《回望生命：恩斯特·费弗整理的遗稿》(*Lebensrückblick, aus dem Nachlass herausgegeben von Ernst Pfeiffer*)，重新审阅版，法兰克福，1968 年，第 81 页。

待着这场在照相馆里举办的假面舞会。这位牧师的儿子将满是预见的目光投向未知的远方,似乎已经看到了查拉图斯特拉正骑着马从山上缓步走下来。

最后是车上的年轻美女:她像一只猫那样蹲着,身体有些向右前方倾斜,(与菲利斯一样)她的左手拿着套在那位哲学家身上的缰绳,右手拿着用一朵花装饰着的小孩玩的鞭子。她为这幅照片赋予了罗兰·巴特所说的击中观众内心世界的"刺点"。显然,这位年轻俄罗斯女子的强烈目光是唯一面向照相机聚焦的,也因此更加锐利地看向观众,她的视线就如同她的被过紧地束缚着以至于都快要让她喘不过气来的蜂腰一样富有刺激性。只有第四个形象没有被呈现在这张照片上,尽管它才是这里真正的主人公。马并没有露面,而只是让有关它的工作场所的描述代表了。在这里既出现了它牵拉的马车,也出现了吓唬它的鞭子。当然,最强有力地体现了这匹马的缺席的,是站在它的位置上、被套在车上的那两名男子。

男女两性在占据统治地位时的根本性差异,是属于女性批判的一个重要主题;而在卢塞恩的那场游戏结束短短数月之后,尼采就完成了《查拉图斯特拉如是说》,在那里他用恰当的语言表达了这个差别:"男人的幸福意味着:我愿意。女人的幸福则是:他愿意。"[1] 这位作者在有关通往幸福之路的笔记中又多向前迈了一步,指出了这种情色独裁关系的东方源头:"在爱情中,男人一定在寻找奴隶,而女人则肯定在寻求奴隶

---

[1] 弗里德里希·尼采:《尼采著作全集》,第 4 卷,第 85 页。

身份。爱情是对过去的文化和社会的渴望，它向后退回到了东方。"[1] 在这样的背景下，也产生了那句臭名昭著的有关鞭子的话：到女人那里去，别忘了带上你的鞭子。[2] 与《遗稿片段》（*Nachgelassene Fragmente*）中的记录不同——在那里这句话似乎更为露骨[3]，尼采在《查拉图斯特拉如是说》中还是做了文学修饰，并且加上了双引号——并不是查拉图斯特拉说的这句话，这位作者悄悄提醒大家，是一个"瘦小的老妇人"向他透露的[4]：这是这位作者采用的一个文学方面的小伎俩，以便使查拉图斯特拉逃离弹道，并且成功地让他的文本变得令人困惑。不过，当"反对解释"的策略在此很好地发挥作用的时候，这种诀窍却无法挽救法雅克·德里达所说的文本的"气氛"。《查拉图斯特拉如是说》的第一部就展现了他是如何越来越远地将两性心理学的湿地抛在身后，从而赢得优越稳健的统治权。不过，尼采没有成功地将这块沼泽地变得肥沃多产；他也没有提前成为易卜生、阿图尔·施尼茨勒、弗兰克·魏德金和弗洛伊德。他只是从远处看到了性的大地，但并没有走上前去。

从形式上来看，在卢塞恩拍的那张照片就是对菲利普·奥托·朗格在《胡森贝克家的孩子们》（*Hülsenbeckschen Kindern*，1805）中所展现的儿童游戏场景的滑稽模仿。显然，卢塞恩的这幅照片与朗格的画有所

---

[1] 弗里德里希·尼采：《尼采著作全集》，第10卷，第210号，第77页。
[2] 路德格尔·吕克特豪斯（Ludger Lütkehaus）在一本阐释性著作中分析了这句赫赫有名的话、它的上下文，以及它与屠格涅夫的一本小说《初恋》（*Erste Liebe*）之间可能存在的文学同类的关系。请参见路德格尔·吕克特豪斯《尼采、鞭子和女人》（*Nietzsche, die Peitsche und das Weib*），朗斯多夫（Rangsdorf），2012年。
[3] 弗里德里希·尼采：《尼采著作全集》，第10卷，第367号，第97页。
[4] 请参见弗里德里希·尼采《尼采著作全集》，第4卷，第86页。

不同。朗格所画的坐在车上的小孩没有抓着可以操纵车辆的"缰绳",而且挥舞着缰绳的也不是她,而是她的两个哥哥中较小的那一个。在时间上更接近卢塞恩的那种布局的,是法国学院派画家托马斯·库图尔的《充满荆棘的路》(*Der dornige Pfad*,1873)。这幅画展现了两位年轻的艺术家——一位诗人和一位画家被押送的场景,站在马车前面的是一个自由地赤裸着身体、象征着美丽的女人,向他们挥舞着鞭子。而与此同时,弯着腰坐在她身后的老人,则提醒着人们青春和美丽的短暂性。与卢塞恩照相馆里的那辆两侧有栅栏的马车不同,这里的马车不是儿童玩具,而是成年人的交通工具,是当时巴黎典型的出租马车。库图尔将他的这幅画的主题与一个传统场景联系了起来——这个场景是他作为学院教师所熟知的,那幅描绘了坐在太阳神战车上的阿波罗的圣像画。可以想象,可以算作是谙熟酒神狄俄尼索斯和阿波罗的首席理论家的古典主义哲学家尼采,在波奈特的照相馆布置照相场景的时候,眼前也一定浮现出与这对相差甚远的神仙兄弟相关的图画传统。

由此,人们一定会开始对拉车动物进行区分。在古希腊罗马神话那里,拉车的都是牲口,通常是马。而在卢塞恩的照片上和库图尔的画作上,人们看到的是男人,女人在他们的头上舞动着鞭子。男人从很久之前就被要求作为坐骑了,比如在亚里士多德和菲利斯那里;新的情况是,他们现在也能够取代作为拉车动物的马了。在这里,人们可能会转向文化史,回想起黑色浪漫主义、对红颜祸水的狂热崇拜和色情受虐狂的文学传统。19 世纪晚期——世纪末即将来临之前,人们看到性大陆爆炸且不断地分化,因为暴力和角色的不平等性,不断地侵入到它的边缘与统治关系中。因而1882年，在卢塞恩为一个年轻的俄罗斯女子拉车的两位艺术家，不应该被看作故事中的伟大人物，人们不应该将这种事情与20世纪的神话混为一谈。

如果**雄性**力畜是焦虑的当代人的发明的话，那么**人类**力畜就有着更为久远的历史了。古罗马人知道那种赫赫有名的牛轭，战败者们套着它到处示众；这些人不得不接受这种双重侮辱[1]。弗兰芒画家保罗·菲亚明戈所创作的《爱》(*Amori*)系列包括4幅作品，其中之一是《爱的惩罚》(*Castigo d'amore*，约1585年)，这里所说的惩罚就是套上爱神厄洛斯的车轭：系着象征着马挽具的物件，被惩罚的男女走在马车的车辕前，一个情绪不好的驾车人正坐在车上驱赶着他们。这幅画的主角是小厄洛斯，他用来指挥他的力畜转弯的工具不是鞭子，而是来自天堂的用于驱逐的火焰之剑。实际上，这位生气的爱神正通过让这对男女成为驮畜而对他们进行惩罚，并且还要将他们逐出花园。男人们并不是因为扮成马而受到责骂，女人们也不是因为骑在假扮为马的男人身上而被咒骂；被诅咒的是这两种性别，是因为他们分别拥有了不同的性别。被诅咒的性正被驱赶出伊甸园，与此同时，它将永远被牢牢地拴在厄洛斯的马车上。

也许尼采通过在卢塞恩照相馆拍的那张滑稽、拘谨的照片所要传达的信息正是：忘记鞭子吧，这东西连同爱情在内，无论如何都如此令人绝望。同样，现在谁坐在车上、谁真正拉车也没有意义，这件事是以双方都受到侮辱而收场的。因此，任何爱情都径直回到了东方：因为它在

---

[1] 请参见 E. 昆茨尔（E. Künzl）《罗马式凯旋：古罗马庆祝胜利的方式》(*Der römische Triumph. Siegesfeiern im antiken Rom*)，慕尼黑，1988年，第42—43页。

寻求提升的时候却造成了贬低。19世纪末,在那些到处跑着的出租马车,随处可见的骑士塑像、马和车辆成为社会分层的最简单的指示器的城市里,有人高高地坐在上座,有人在下面辛苦地拉着车。性是一个社会不平等的生成器,它将一方带到上面,将另一方送到下面;但是它也是等级的大型运输工具,它能够贬抑曾经被它提升的人。当人们谈到性的时候,实际上也在谈论贬低和屈辱;在性面前,没有哪个性别可以永远地保持自己的地位。

尼采在这则消息里所表达的现实性,与在他一二十年后才出现的有关性的剧作家和分析家们的观点交汇了起来,由此人们可以联想到生活在20~21世纪的人的体验和图片记忆。顺便说一下,20世纪电影院里最暴烈的马鞭场景应该是出自约翰·休斯顿之手。他在1967年将卡森·麦卡勒斯的同名小说拍摄成电影《金色眼睛的映像》。影片中马龙·白兰度所饰演的具有同性恋倾向的美军少校,伤害着他的妻子利奥诺拉(伊丽莎白·泰勒扮演)的马,因为他的妻子曾经多次骑在上面,当着客人的面用马鞭抽他的脸。可能因为对于20世纪60年代晚期的观众来说,这部充满戏剧性和色情气息的影片巴洛克风格过于浓厚,所以它并不怎么受欢迎。

艾玛、安娜、艾菲和其他

在19世纪著名的社会小说中,有不少是谈论私通爱情和婚姻破裂的。沃尔夫冈·马茨对三位著名的通奸者——包法利夫人、安娜·卡列尼娜、艾菲·布里斯特——展开了细致的研究[1],这项研究完整的副标题是由这几位女人的名字加上"她们的男人们"这个"后缀"所组成的。如果马茨声称,他有充分的理由将他这项研究的副标题改为"艾玛、安娜、艾菲和**她们的马**"的话,那么人们是否也应该让它成为马学历史研究中不可或缺的一部分呢?事实上,这几部著名的爱情小说与许多同时代的文学作品一样,从头到尾贯穿着马和马车的场景。根据剧情的需要,小说中会出现骑马和驾驶马车的描述,驾车和骑行都能够被描绘为具有美妙双重含义的"流通"。情人们知道去寻找他们那滚动向前的藏身之处,也清楚骑马而来的信使们的命运和灰白色马所预示的死亡。

如果将骑行用的马和马车只看作那个时代的交通工具的话,那么他们就不会对马或马车的场面做出轰动性的判断;那么当人们眼前浮现出汽车在 20 世纪的小说,特别是电影中所具有的含义的时候,也就会觉得在 19 世纪的文学作品中,引人注目的马和马车没有什么大不了的。然而福楼拜、托尔斯泰和托马斯·哈代在马中投入的含义却并不稀松平常:他们有意识地将马变成了象征,用它来代替那些既说出来同时又沉默下去的内容,遮遮掩掩地暗示着他们小说中没有明确表达出来的中心内容。因此,马在这些偷情的女人和她们的男人之间,扮演着有关爱情和死亡的鲜活比喻的角色。在紧身胸衣和平纹棉布的世界里,马是唯一可以裸体出现的物种,正如德加在一首谈论纯种牝马的诗歌中所写的那

---

[1] 沃尔夫冈·马茨:《通奸的艺术:艾玛、安娜、艾菲和她们的男人们》(*Die Kunst des Ehebruchs. Emma, Anna, Effi und ihre Männer*),哥廷根,2014 年。

样：她赶忙在她裸露的身体上套上丝绸袍子。[1] 人们通过马展现了不能明说的内容。马是恋人们内心活动的表达渠道，也是小说中命运曲线的指路牌。

人们骑在马上，通过它而运动起来的方式和形态，将他们的内心世界、身体感觉、灵活性，以及他们作为爱人和被爱者的特性都一览无余地呈现了出来。夏尔斯·包法利尽管学习过"花式骑术"课程，但在之后，这位骑起马和驾起车来笨手笨脚的人，成了一个很糟糕的人。当他第一次骑马去贝尔托——他未来岳父的农庄——的时候，他的马在湿草地上打滑，于是受了惊，"腾空跃起"。当他在找什么东西的时候，意外地与艾玛有了第一次身体接触，这使得他不知所措。他们找的正是他的马鞭，在他与艾玛都俯身弯腰的时候，他的胸脯蹭到了她的后背："她红着脸直起身来，眼睛越过他的肩膀看向远方，手上拿着他的马鞭。"[2] 包法利的笨拙的人生之旅是从诺曼地区一所乡村小学的课桌上开始的，终点是阿古伊尔的集市，在他的妻子突然去世后，他在那里卖掉了他作为"最后的金钱来源"[3]的马。

托马斯·哈代的小说《远离尘嚣》（*Far from the Madding Crowd*）中的主人公加布里埃尔·奥克观察着年轻的女骑手，他觉得她就像是与她的马融为一体了。当她骑马从一棵树低垂的枝干下通过的时候，她如同失重一般仰面倒在小马驹的背上，"脑袋贴着马尾巴，双脚搭在马肩

---

[1] 引自 K. 罗伯特:《德加》(*Degas*)，伦敦，1982 年，第 40 页。
[2] 古斯塔夫·福楼拜:《包法利夫人》，第 28 页。
[3] 同上书，第 449 页。

上,眼睛向上看着天空。她像翠鸟一般的迅捷,也像鹰一样无声无息地滑翔……这位女骑手似乎是要一路躺在马的脑袋和尾巴之间回到家中,不过,当穿过了小森林,已经没有必要保持这种不同寻常的姿势的时候,她又换了另一种姿势……她一跃而起,像一棵充满青春气息的小树一样端正地坐回到马背上……她按马鞍的位置,以女人通常不会采取的坐姿骑在马上,奔向图奈尔磨坊的方向。"[1] 这位年轻的女子——其实还只是个女孩——名叫芭丝谢芭·伊芙丁,她不仅像亚马孙女战士一样善于骑马,而且在她与爱恋着她的农夫交谈时,她说的话也与希罗多德笔下的女骑兵一样:"这不行,奥克先生。我需要的是一个能驯服我的人,我太过于独立了。我知道,没有人能够驯服我。"[2] 事实上,这部小说接下来的所有情节,可以看作驯服这样一个桀骜不驯的女人的痛苦经历,甚至有两个强壮、冷酷的男人倒在了这个过程当中,直到最后这个女子找到了通往能伸能屈的奥克身边的道路(奥克的这个特点与他的名字的含义——结实的橡木——相互矛盾),后者一直坚忍不拔地守护在她身边。亚马孙女战士盘踞在马背上的场景,不仅引起了奥克的注意,与此同时,也通过别致的摆动打开了叙事空间。

  这部小说中展现了一次火灾和一次暴风雨的场景,它们都是以恢宏的大调表现出来,展现了明朗而火热的基调。而在《德伯家的苔丝》(*Tess of the d'Urberville*)中,以类似的方式——小说同样是以马的主题开场的——呈现出来的却是较为阴郁、戏剧化的基调,而且是用小调演奏的。

---

[1] 托马斯·哈代:《远离尘嚣》,柏林,1999年,第24页。
[2] 同上书,第42页。

这篇小说的开头描述了苔丝家的老马"王子"在夜间发生的一场事故，一辆邮政马车的车辕尖头"如同一把利剑一般"刺进了王子的胸部，而苔丝只能在无助的绝望中看着这匹马死去。在试图让这个无辜的倒霉蛋再度康复的过程中，苔丝自始至终都充满不幸的爱情故事开始了；她是一个"纯粹的女子"，在她将一把尖刀捅进假德伯贵族亚雷，也就是她纯洁无辜生活的破坏者的心脏，使他像当年倒在乡村道路上的马那样汩汩淌血之后，她的爱情故事也在绞刑架上走到了终点。因此，在《德伯家的苔丝》中，马的场景不仅为小说提供了开场的主题，也是结尾的题材——插在胸上的利器和蔓延开来的血泊。与在《远离尘嚣》中一样，马的身体在《德伯家的苔丝》中同样代表了男人的身体，或者更准确地说，是男人精力充沛、天然的、动物性的一面——这是他们的社会性的、被卷入到历史生活中的存在的对立面。

与之相反，《安娜·卡列尼娜》的作者用牝马的身体来代替这位充满渴望的女子的身体。在大型赛马比赛即将开始的时候，沃伦斯基不顾英国马夫的反对，走进了紧张的母马弗洛-弗洛的隔间："哦，亲爱的！哦！沃伦斯基走近那匹牝马，开始与它窃窃私语。而他靠得越近，那匹马就越兴奋……马的激动情绪也传染给了沃伦斯基；他觉得血液都涌向了心脏，他和这匹马一样想要奔跑、撕咬……"[1]沃伦斯基探望过他的牝马之后，又向安娜身边赶去，刚才她曾在露台上看了他一眼，另外，她怀孕了，这些都使得更强烈的兴奋情绪传导到了这位男主人公身上。在他捕捉到她的"恋人式的热情洋溢的微笑"之后，他向她送去了"热

---

[1] 列夫·托尔斯泰:《安娜·卡列尼娜》，慕尼黑，2009年，第277—278页。

情如火的一瞥",他俩低声约定了夜晚的幽会。而后,他再次回到母马身边,这匹马仍然以同此前类似的方式,表现出如同一位女子一般的充满情欲的心醉迷离:"沃伦斯基又一次用目光拥抱了这匹身材诱人、令人爱恋的母马,它全身都在颤抖;他费了很大力气才摆脱了这种缠绕,离开了马厩。"

无论是福楼拜,还是托尔斯泰和冯塔纳,他们都强调了乏味(包法利)、冷漠(卡列宁)或严苛的丈夫(英斯泰顿)与小说中女主人公的潇洒、迷人和无耻的情人们(罗尔多夫/莱昂、沃伦斯基、克拉姆巴斯[1])之间的反差;他们将后者描写为完美的骑手,而前者是驾驶和使用马车的人。虽然包法利也被展现为一名笨手笨脚的骑手,冯塔纳笔下的英斯泰顿甚至是一名优秀的骑手,但是这两个人都属于慢慢悠悠的马车世界,而且包法利在这样一个世界里,不可避免地经历了最不幸的体会。[2] 作为滚动向前的建筑,作为某种安装在车轮上的木头房子或乡间宅邸,马车再现了安置着婚姻的家庭世界,而它被自由恋爱的骑兵们无所顾忌地践踏并摧毁了。诱惑者之所以能够箭无虚发,是因为艾玛和艾菲愿意坐上他们的马(在艾菲的故事里,当然是在她的丈夫多疑的目光下)外出。艾菲是在雪橇上被诱惑的,艾玛的第二次婚外情发生在一辆马车里,苔丝则是在一次漫长的夜间骑行后,被药物迷倒后在睡梦中被强奸的。当安娜看向"一匹中等高度、强壮、鬃毛竖起、短尾巴的英国矮脚马"[3] 时,

---

[1] 名字的韵节中也传达了很多意味:丈夫们的名字是疲倦、冷冰冰的三音节,而情人们的则是紧凑的两音节,唯一出现的马的名字——弗洛-弗洛也与情人们的名字类似。
[2] 请参见古斯塔夫·福楼拜《包法利夫人》中的"乡村事故"(Ein Unfall auf dem Land),第66—67页。
[3] 列夫·托尔斯泰:《安娜·卡列尼娜》,第919页。

它有那么短暂的一刻显得非常幸福，就像是他们又回到了被圣彼得堡和莫斯科拒绝进入的**美丽世界**，或者至少是能够重新踏入乡村贵族的社交圈子。

托尔斯泰曾经预测自己的人生要有差不多 7 年的时间在马鞍上度过[1]，他和哈代两个人都与乡村有着紧密的联系。在他们的描写里，还运用了另外一个强有力的对比手段：他们展现了机器闯入尽管贫瘠（哈代）、沉闷（托尔斯泰）但仍然具有田园气息的农村的场景。在托尔斯泰那里，闯入田园牧歌般空间的机器是经典的火车——"花园里的机器"[2]；在哈代那里（《德伯家的苔丝》），一开始是用马牵拉的收割机[3]，后来是用蒸汽机驱动的打谷机[4]，它们的轮子毫不留情、永不停歇地转动着，并且将苔丝从身体上的筋疲力尽推向精神上的绝望。第一眼看去，托尔斯泰似乎在他的"启示录"中并没有赋予机器重要的角色，但是由此产生的与现实的反差，则更加凸显了机器的"凶神恶煞"。若想要了解他的这种技巧的效力，就必须回到他笔下那个著名的赛马场景[5]。

沃伦斯基"以娴熟而强有力的动作"，跨上再次被描述为美丽且紧

---

[1] 请参见 V. 斯克洛夫斯基（V. Schklowski）《列夫·托尔斯泰》（*Leo Tolstoi*），法兰克福，1984 年，第 313 页；也请参见本书接下来的有关《黑暗的势力》创作历史方面的内容。

[2] "花园里的机器"是里奥·马克斯一项研究的标题，他探讨了技术（火车、蒸汽船）是如何在天堂般的美洲荒野被广泛推广的。里奥·马克斯：《花园里的机器：技术和美国的田园牧歌理想》（*The Machine in the Garden. Technology and the Pastoral Ideal in America*），牛津，1964 年。

[3] 请参见托马斯·哈代《苔丝：纯粹的女人》（*Tess. Eine reine Frau*），慕尼黑，2012 年，第 112 页及其后面若干页。

[4] 同上书，第 146 页及其后面若干页。

[5] 列夫·托尔斯泰：《安娜·卡列尼娜》，第 295—304 页。

张的母马"光滑的后背",由此拉开了 4 俄里[1]长跑比赛的序幕,作者将这场赛马展现为人与马——男人与牝马之间唯一一次完美的性行为,沃伦斯基内心的呼唤始终伴随着这个过程——"'哦,我的宝贝!'沃伦斯基心里在说",直到这位骑手误认为自己一定稳操胜券的那个光辉时刻为止:"他的兴奋、喜悦和对弗洛-弗洛的柔情蜜意都在变得越来越强烈。"很快致命的瞬间出现了——由于沃伦斯基的一个骑术错误,使得他的母马摔倒且不再能站起来:"……它像一只被射中的小鸟一样在他的脚边抽搐着。沃伦斯基的一个不恰当的动作使得它折断了脊柱。"[2]在看台上追踪着这场比赛的安娜非常惊慌,在无意识之间表现出与那匹母马相反的绝望的举动:"她像一只被逮住的小鸟一样抽搐、颤抖着,她一会儿想站起来、走开,一会儿又转头看着贝茜。"

目睹了自己妻子的绝望表现的卡列宁,在这一刻明白了她与那位军官之间发生了什么;在乘坐马车回家的路上,他们谈论这件事,安娜激动地坦白了一切;不幸由此开始了。在赛马场的观众席上,安娜的社会身份突然死去了;对此,她还没有意识到。在接下来几个月里,社会现实缓慢却不留情面地让她明白了这一点。又经过 800 多页叙事后,托尔斯泰才在小说快要结束的地方,描写了安娜在货运火车的车轮下葬送了自己的生命。她的真实的死亡再一次复制了那匹不幸的母马的命运。安娜看着地面上车厢的影子,看着"撒在枕木上的沙土和煤灰",她错过了第一节车厢,不过之后,"她扔掉红色的小手包,头往肩膀里一缩,

---

[1] 俄里(Verst),俄制长度单位,1 俄里约等于 1 公里。——译者注
[2] 列夫·托尔斯泰:《安娜·卡列尼娜》,第 303 页。

两手着地,摔倒在车厢下面,她微微地动了一下,好像准备马上再站起来似的,但却一下子跪了下去"。她像一只动物一样蹲在那里,车轮撞上了她,压断了她的脊背。

尽管作者没有明说,但是人们还是明白发生了什么,因为沃伦斯基再次看到了他死去的情人:"简易棚子的桌子旁围着陌生人,浑身是血的躯体肆无忌惮地摊在那里,那是刚刚逝去的生命。"尽管安娜的身体已经面目全非了,但是头和脸部却没有被损毁:"于太阳穴处开始打卷的头发扎成粗粗的大辫子,完好的脑袋向后仰着,旎旎的脸庞和半张着的嘴展现出僵硬而古怪的……表情。"沃伦斯基对在火车站简易棚子里观察尸体的回忆,使得他在赛马场上致命性的摔倒看起来就像安娜·卡列尼娜的结局的预演。那匹美丽的母马的死亡,预示了他所爱恋的女人的逝去,不同之处在于,一个的脊背是被人类骑手弄断的,另一个则是被火车撞断的。

在这部小说的开头出现过对一场火车事故的描写:一个铁道检修工被火车撞死,这令安娜深受触动——"'可怕的征兆。'她说",这些可以解读为安娜结局的蓝图。不过,这场引起轰动的车祸,只是为女主人公后来的自杀提供了某种抽象的模式。赛马场上的意外才真正是通过鲜血和充满欲望的身体,圆满地充当了"预兆"。美丽的母马是小说中鲜活的隐喻,它的死亡预示着在道路终点等待着安娜的命运。

卡尔·施密特评论说,骑驭即统治,并且几乎不容置疑地指出,骑驭不只是一个象征性或符号性的行为。事实上,骑驭除了其他特征外,还可以被描述为基本的操控活动。一方驱动、驾驶和控制着另一方及其意志。相互联系在一起的生物之间的神经导航，就像是某种控制论的预备性训练，而且更为直接。两个运动着、相互间松散连接的系统，不需要通过漫长的思考传导，而只是通过他们之间的神经和肌腱、他们的气流和新陈代谢就能够进行信息交换。骑驭意味着通过身体信息传递操控信息；这是相当直接的感性信息的交换。骑驭是单单凭借马鞍、罩布或者裸露的皮肤，就能够传达两个温暖的、呼吸着的、血脉偾张着的身体之间的联系性。当人们一起跳舞、搏斗或者相互拥抱的时候，他们之间也会出现类似的信息性连接。达尔文在写到他的受惊的马的时候说，他能够透过马鞍感受到它的心跳；人和马相互之间可以感受到对方的脉搏，觉察到彼此的紧张，嗅出双方汗的味道。有关骑驭的所有象征性和比喻性，都是通过两个鲜活的躯体清晰地表达出来，而且无论是在性交过程中，还是在骑驭时，纯粹的身体接触都是必不可少的要素。

古斯塔夫·福楼拜了解鲜活躯体的物理学，他的认知也一直来源于此。那个迂腐、呆板的乡村医生所娶的年轻女子，以刻舟求剑式的缜密来对待浪漫爱情小说中的所有陈词滥调，福楼拜用体温度数来记录包括她的人生和渴望的所有外在表现，以及她的缓慢却残酷的死亡过程的各个阶段。[1] 这位作家尾随着他的主人公，搜集着各种蛛丝马迹，而且这些痕迹是没有被足够清晰地呈现出来的。"例如，今天，"1853 年 12 月，福楼拜在创作《包法利夫人》期间写信给路易丝·柯莱说，"我就既作

---

[1] 请参见斯塔罗宾斯基（Starobinski）《体温：〈包法利夫人〉中的"身体解读"》（*Die Skala der Temperaturen – ‹Körperlesung› in «Madame Bovary»*），收录于他的《身体感觉的小故事》（*Kleine Geschichte des Körpergefühls*），法兰克福，1991 年，第 34—72 页。

为男人，同时也作为女人，既是情人，又是被爱恋的那一方……骑马穿过一片森林。"[1] 无论是作为作者，还是作为骑手，他都有能力区分模糊不清的灰色地带，从而将比喻和形变区隔开来。在罗尔多夫成为艾玛的情人之前，艾玛已经完全沉醉于骑马时的节奏，并且被马的摇晃所诱惑；在森林边上，她自己就已经变成了马。如同梦游者一般，福楼拜和托尔斯泰寻找，并且最终发现了两种神经紧张的逃跑动物——恋爱中的女人和兴奋的马——互换本性的地带；两位作者通过叙事手法创造了这两个物种之间的空前且令人心神荡漾的流动性。不过，走在这条路上的并不只有这两位作家；另外一个人已经走在他们前面了：维特可以算是欧洲小说中最了不起的恋人和被爱的人，众所周知，他已经上百次抓起一把刀，想借助它让自己快要窒息的心脏能够呼吸到空气。他的作者令人猝不及防地将马和激动的形象安到了他身上："有人说起过，有一种高贵的纯种马，当它们可怕地兴奋、狂奔起来的时候，自己就会出于本能咬断一根血管，从而让自己能够喘上气来。我也经常是这样，也想割开自己的一根血管，这样我就能得到永恒的自由。"[2]

---

[1] 引自斯塔罗宾斯基的《体温：〈包法利夫人〉中的"身休解读"》，第 65 页。
[2] 约翰·沃尔夫冈·冯·歌德：《少年维特的烦恼》(*Die Leiden des jungen Werther*)，《歌德作品集》(*Goethes Werke*)（汉堡版），第 6 卷：《小说卷 1》(*Romane und Novellen I*)，慕尼黑，1998 年，第 70—71 页。

都灵，一个冬日的童话

残酷的三角形

　　此时距离第一次世界大战结束已有 10 多年的时间了。恩斯特·荣格在这些年里一直没有停止对战争的恐怖以及暴力的吸引力的描写：先是《作为内在经历的战斗》(*Der Kampf als inneres Erlebnis*)，紧接着是《钢铁风暴》(*Stahlgewitter*)，而后是《火焰和鲜血》(*Feuer und Blut*)，以及最后的《第 125 号小森林》(*Das Wäldchen 125*)。而在战争结束 12 年后，这位作家变成导演，他将文学笔记换成了照片式记录，用图片资料来反映对战争的书面记忆。荣格以"世界大战的面貌"(*Das Antlitz des Weltkrieges*) 为题出版了一本图片册，里面收集了从 1914 年至 1918

年战争期间所拍摄的上千张照片——其中既有宣传图片和新闻报道照片,也有私人拍摄的相片;既有反映公众场所的,也有表现个人的。但是这位作家没有放弃写作,他只是通过成为图片"装配工"而用图片进行着双重创作:荣格选择图片,加以分组,撰写图片说明,并且为它们写下短小的序言式散文。可以从这些文本中感受到的基调是冷静、实事求是——这令它的作者出了名。同样具有典型性的,是他特别感兴趣的战争的瞬间:冲锋的刹那。在那样的瞬间里,原本看上去空荡荡的战场,突然之间快速动了起来——危险的瞬间[1],在这期间,墓穴般的瘫痪突然让位于进攻所带来的爆发性的力学。[2]

在这门特殊力学的阴影里有一小组照片,由于它们分散在整本图册的不同位置,因而它们的重要性很容易被人们忽略。这就是名为"负能量"(negativen Energie)的图片,照片呈现了战场上的死者和他们的身体残骸。这其中不乏死马的照片。粗略地看上去,它们与这位作家的冷静的华丽不相匹配,它们肿胀的肚子和僵硬的腿从佛兰德的泥沼里伸出来,有什么是不比死马更大胆潇洒、更**孤傲冷漠**的呢?对于被破坏了的战争机器,特别是重型武器、被炸坏的坦克、被击落的飞机的照片,人们都很容易做出解释:从所选的这些照片中,我们可以看到未来出版的作品《劳动者》(*Der Arbeiter*)的作者的影子,他将战争描述为

---

[1] "危险的瞬间"(Der gefährliche Augenblick)是荣格第二本图片册的题目,那里面有他的许多文字注释;这本图册于1931年在柏林出版。

[2] 茱莉亚·安克(Julia Encke)清晰地指出了荣格的世界大战图册的焦点所在。请参见茱莉亚·安克:《危险的瞬间:战争和感官(1914—1934)》(*Augenblicke der Gefahr. Der Krieg und die Sinne. 1914-1934*),慕尼黑,2006年,第39页。

技术的伟大产物。那么，死马表现的是什么呢？

马并不是荣格关注的焦点。当然，他一定在作为军官受训时学习过骑术。不过，之后他与马没有太多的接触：他是在步兵部队服役的。如果还有什么其他兵种能让他空谈两句的话，那就是空军了。那么，1930年，当他在编排这本图册的时候，他为什么会突然对死马感兴趣了呢？人们可以推论说，荣格改变了他用于表现后历史英雄主义的载体。新人类从骏马那里登上了使用重武器和飞机的战场，并且躲到了技术战争的钢铁躯壳里。因此，荣格要展现那些死去的马；它们是全球现代化中的战败者。但是，呈现马的尸体的图片并不能描绘出让历史交替的朴素动力，至少不是荣格所展现的那样；因为它们过于复杂、过于唯美、过于具有象征性了。荣格图册第267页的马尸体的照片，图片说明写的是"夏天山谷小路上的马尸体"。人们不可能写出比这更理性、更不带情感的图片描述了。在这片稀稀落落地开着些小花、四处有些瓦砾和电线杆的风景中，在战争大戏的存在主义舞台上，我们看到了两匹死马：一匹是白色的，另一匹是灰色或者有灰斑的。左边那匹灰白色的马被炸得"四分五裂"，一枚榴弹的碎片撕碎了它的前腿、撕开了它的胸部，并且炸坏它的鼻孔；与此同时，人们可以看到躺在右边的白色皮毛的马身上有两个弹孔或者是子弹击中留下的小洞。并排躺着的身体和头部为这幅恐怖的图片赋予了充满死亡气息的美丽，就像古老家族徽章上并排着的老鹰或者狮子一样。于是，两匹死马也使得这场战争戏剧的导演荣格的美学安排变得清晰可见。不过，这两匹死马还承载着另一条信息，只是它们都被导演隐藏在舞台布景和演出的幕后了。这则消息是带有情感性的。

  与战争作家荣格的常见姿态——作为穿行在飞机、重型武器的战争中的冷酷的漫游者——相反，两匹死马的图片传递了微弱但却一定是温暖的气流；它们似乎也顺带着创造了狭窄但明晰的同情小路。作为作家的荣格所不愿意写出来的，由作为图片创作者的荣格**展现**出来了：沉默无声的痛苦和死去的生灵。荣格并不是通过倒下的士兵的照片，而是经由死去的马的图片，在他的著作中为同情开启了一道赫尔墨斯神秘主义[1]（Hermetik）的缝隙。在这一点上，参战者和战争图片观看者的体验达成了共识：死去的士兵的照片带来的是残酷的感觉，死马的图片则唤起了同情。[2] 在对第二次世界大战中被俘的德国军官的采访中，谈到这个主题时也会产生同样的效果。一个飞行员说，他们用重型机枪袭击车队："我们看到马在到处飞奔。"他的听众大为震惊："天哪，见鬼了，进攻马……不，永远不要！"这位讲述者也引起了同样的情绪："马让我感到抱歉，而人就完全不会。马会让我终生抱憾。"[3]

  对战马的同情是一个广泛地出现在文学作品中的主题，尤其是战马的处境在 20 世纪的特殊改变：马在战争中的角色已经不可逆转地转换到了牺牲者那一方了。与在 19 世纪的时候不同，同样更不同于之前的

---

[1] 赫尔墨斯神秘主义主张在魔法与哲学之间的研究与实践。——译者注
[2] 关于参与战争的动物的图片所产生的情感效果，请参见 H. 凯昂（H. Kean）《动物的权利：1800 年来英国的政治和社会变化》（*Animal Rights. Political and Social Change in Britain since 1800*），第 171—172 页。
[3] S. 奈采尔（S. Neitzel）和 H. 威尔泽（H. Welzer）：《战士：战争、杀戮和死亡记录》（*Soldaten. Protokolle vom Kämpfen, Töten und Sterben*），法兰克福，2011 年，第 85 页。

所有时期，马当下已经不再站在历史的作案人那一边了，它不再是各种强有力地大步前进或翻滚向前的机器的组成部分了，相反，它自身正被进步的车轮碾轧着。在反映世界大战的文学作品中，马几乎无一例外地被看作濒死的、被杀戮的或是正在腐烂的牲口。它是在奥地利作家约瑟夫·罗特的诗歌《濒死的马》（Der sterbende Gaul）[1]中所展现的躺在街道沟渠里的腐烂的马，军人们漫不经心地从它套着的大炮旁边走过；是意大利作家库尔奇奥·马拉帕尔特的小说《皮肤》（Die Haut）中所描述的在芬兰一个结了冰的湖上冻僵了的、夜里被冻死的马；还是法国作家克洛德·西蒙在他反复讲述法国骑兵的衰落的小说中所描述的被烂泥盖住的腐烂的马尸。[2]出现在 20 世纪文学作品中的濒死或者被杀死的马，似乎接替了在 19 世纪文学作品中作为标志的被鞭打的马的形象。实际上，19 世纪的马尚且留存着一定程度的野性与恐怖，然而，20 世纪的马则首先被当作告别和失败符号加以展示了。[3]

但是并不能因此就认为，被鞭笞或受苦的马迅速且不留任何痕迹地从 20 世纪那满怀道德感的屏幕上消失了。卡尔·克劳斯用了 20 年的时

---

[1] 这篇诗作最开始发表在 1917 年 1 月 19 日的奥匈帝国第 32 步兵师的战斗画报上；后来被收录到约瑟夫·罗特的《六卷全集》（Werke in 6 Bänden）第 1 卷的附录中，科隆，1989 年，第 1103 页。

[2] 请参见例如西蒙的《佛兰德公路》第 109 页的描写："过了好一会儿，他认出来了那并不是一堆风干发硬的烂泥，而是……一匹马，或者更确切地说曾经是一匹马……"

[3] 一个例外是——请参见本书"红军骑兵"中的骑警，而有例外则说明这条规则是成立的。

间一直追踪着这个主题,或者更准确地说,这个题目一直追赶着他[1];而艾尔瑟·拉斯科-胥乐在1913年描写了在柏林选帝侯大街一侧骑马沙路上的马的痛苦,这些浑身血汗的牲口正被残忍的赶车人用马鞭抽得半死,却没有从"最时髦的女士那丰满的胸部"中引出一丝一毫的恻隐之心。[2] 艺术史学家柯林·罗曾经转述过一个来自瑞典的老妇人的评论——她那作为乌普萨拉大教堂的教长的父亲,希望她能够嫁给一个有着普鲁士血统的年轻人,而她却断然拒绝了:"亲爱的柯林,我根本不可能和库尔特·封·贝肯拉特结婚!他对他的马是那么残酷!"[3] 他由此证明了在19世纪、20世纪之交的人的胸膛里,还存在着同情之心。

当马的时代走向终结时,艾尔瑟·拉斯科-胥乐再一次在伦理课程的黑板上画下了折磨马的残忍的三角形:粗野而且通常是醉醺醺的马车夫、冷漠无情的路人和默默忍受痛苦的生灵本身。最初的残酷的组合——车夫和马的组合,往往随着观看者或目击者的加入而被扩大,但是这个第三者并没有采取任何行动来拯救这头牲口,没有制止对牲口痛苦的折磨。往往对于那些冷漠的乘客,也只能指责他们只顾自己而缺乏道德和

---

[1] 请参见他对罗莎·卢森堡(Rosa Luxemburg)在1917年12月24日写给索菲·李卜克内西(Sophie Liebknecht)感人至深的信件的解读,在这封信中,正在坐牢的卢森堡描述了一头水牛所遭受的痛苦折磨,她将它称为"我的可怜的、亲爱的兄弟";此外还有卡尔·克劳斯在《人类的末日》(*Die letzten Tage der Menschheit*)中有关多纳(Dohna)伯爵被淹死的马的著名段落。
[2] 艾尔瑟·拉斯科-胥乐:《在选帝侯大街上:上一个冬天令人伤感的事情》(*Am Kurfürstendamm. Was mich im vorigen Winter traurig machte...*),收录于他的《面貌》(*Gesichte*),第2版,1920年,第48—50页。
[3] 柯林·罗:《完美别墅的数学》(*Die Mathematik der idealen Villa*),巴塞尔(Basel),1998年,第7页。

同情心。而马车夫是粗鲁、没有受过什么教育、天天醉醺醺的人，从某种意义上来说，被鞭打的马倒是更接近于在一旁无动于衷地观看着的市民。从 18 世纪以来，有关这个残酷三角形的描写就已经遍布于有关城市和旅行的文学作品中了；路易斯-塞巴斯蒂安·梅西埃就在他的《巴黎图画》中竖立了一座稳固的纪念碑。[1]

这个三角形在趋向末期的 18 世纪被与一场欧洲的讨论联系在一起，从外表上来看，这场讨论是有关广泛存在的对待牲口的残酷做法以及人们应该如何对此加以避免。但是，除此之外，这件事情真正的核心可能是有关人类的新使命；它与一种新人类类型相关。直到 19 世纪，人们还继续向**英雄主义的人**献上花环，为他们建造纪念碑，而现在，在这类古老人群的身影下，产生了新类型的人类，即**具有同情心的人类**。

值得同情的形象

19 世纪不仅发明了甘油炸药、汽车和世界博览会，也产生了合乎道德的发现。毋庸置疑，这其中最重要的就是同情了。它并不是作为诸多美好品德中的一种，而是人性、道德化的感情和行为的基础。事实上，19 世纪并没有将同情带到这个世界上来，当时真正存在的是它的基本价值，德语世界最优秀的作家中，有两位证明了它的价值：一位是以表

---

[1] 路易斯-塞巴斯蒂安·梅西埃：《巴黎图画》，特别是"小型出租马车"（Fiacres）一章，第 67 页及其后面若干页。

扬的方式（叔本华），另外一位则是以批判的方式（尼采）。[1] 与任何人一样，这些人物也需要这种新型的感觉方式，他们对它进行了"结晶"处理，也就是说让它变得可见、能够理解。它是将不幸人格化的产物，是在目睹痛苦时产生的难以忍受的感觉，是真正要仰天高呼的情绪。不过，由于19世纪死气沉沉的天空中不会有援手伸出，因而尘世间的传动装置就必须自发行动起来，这些由媒体编辑、布道者、内阁成员组成的社会齿轮，应该出于强烈的震撼或愤怒，而创造出具有社会性和司法性的保护机构和调节机构。

在大量经历过19世纪、在较长的时间里逐渐改变了自己的道德体系的角色中，有4个形象最为突出。[2] 被鞭笞的马、被折磨的生灵是其中之一。另外几个是劳作中的孩子、受伤的士兵和孤儿。他们一起在冷酷的世纪梦魇中到处流浪，作为被侮辱和被虐待的对象，表演着极其不幸的四重唱：在战场上流着鲜血的战士、在资本家的工厂中死去的少年、失去父母双亲的孤儿和在冷漠的众人面前饱受折磨的牲口。这是 **4 种不幸**的化身，人们可以从中看到民族间的仇恨、资本主义的强盗行径和人

---

[1] 有关这个主题请参见 K. 汉堡尔（K. Hamburger）《同情》(*Das Mitleid*)，斯图加特，1985 年；海宁·里特（Henning Ritter）：《受伤的叫声：有关残酷的研究》(*Die Schreie der Verwundeten. Versuch über die Grausamkeit*)，慕尼黑，2013 年；U. 弗莱维尔特（U. Frevert）：《稍纵即逝的感觉》(*Vergängliche Gefühle*)，哥廷根，2013 年，第 3 章"同情和同感"（Mitleid und Empathie），第 44—74 页。

[2] 第一次写到这段的时候，作者只列出了 3 个形象：被鞭打的马、受伤的士兵和劳作的孩子。[请参见乌尔里希·劳尔夫《不可忍受的景象：值得同情的三个形象》(*Ansichten des Unerträglichen. Drei Figuren des Mitleids*)，载《新苏黎世报》，2014 年 1 月 11 日]。恩斯特·哈尔特（Ernst Halter）让作者注意到了第四个形象——孤儿。

性的粗鄙，会导致什么程度的卑微和下贱。

在让·亨利·杜楠的《索尔费里诺回忆录》(*Erinnerungen an Solferino*)问世之前，还没有人像他这样毫不留情却又充满同情地描述战场上的苦难。他的这部作品是在奥法战争过后的第三年即 1859 年出版的，它是红十字会成立的诱发因素，并且直到今天都被视为作家关注人道主义愿望的成功典范。[1] 与此同时，这个文本展现了后来所发生的重大事件的征兆。自从拿破仑的战争于 1812 年在俄国遭受惨败以来，已经有越来越多的包含着同样思想的作品，试图将以前没有说出来的东西表达出来。在文字作品曾经默不作声的地方，就像是高特荷尔特·爱弗兰姆·莱辛的《拉奥孔》(*Laokoon*)的倒影一般的绘画作品，早就用其沉默的谈话方式引起了人们的震惊，或者说将令人惊愕的事物表现出来了：约瑟夫·马罗德·威廉·透纳在 1818 年第一次展出的《滑铁卢战场》(*The field of Waterloo*)，呈现了大战后的夜晚的**残酷现实**世界：大批死去、濒死和受伤的人，绝望的女人，在黑暗中成群结队的狗和老鼠。半个世纪之后，杜楠也一再目睹了同样的现实。但是，他的文字却不像透纳的画作一样，遇到的都是紧闭着的眼睛和耳朵。感性已经发生了变化。

1845 年夏天，24 岁的弗里德里希·恩格斯出版了可能是他最著名的作品。恩格斯是伴随着工人尤其是他们的孩子的不幸长大的；他出生于纺织世家，这个家族除了工厂之外，还开办学校。贯穿《英国工人阶

---

[1] 杜楠所描述的景象是一群受伤的人第二次被从他们身上碾过的大炮压得粉碎的情形（第 38 页）；他也描写了马，它们"比它们的骑手更人道"，它们"每迈一步都小心翼翼地避免踩到这场充满仇恨、肆虐的战争中的牺牲者"（第 27 页）。这里的页码是根据苏黎世 1942 年版本在 1961 年出版的第 4 版列出的。

级状况》(*Die Lage der arbeitenden Klasse in England*)的主线，是资本主义社会对它最年轻、最软弱无力的社会成员进行的精神和身体上的双重掠夺。那些夺走了孩子们接受基础教育机会的人，实际上也扼杀了孩子们的未来。在恩格斯看来，这种罪恶甚至比通过残酷地滥用儿童劳动力而导致对他们身体发育的阻碍还要严重。在1780年之后的半个世纪里，施加于儿童身上的社会暴力的程度一直在持续增高；而直到1830年前后，才开始有了零星的反抗。[1] 1963年，E. P. 汤姆森在他的研究"英国工人阶级的形成"（The Making of the English Working Class）中指出："剥削儿童，无论从规模和程度上来说，都是我们的历史上最耻辱的事件。"[2]

19世纪在现实社会中的儿童高死亡率，是与同时期小说和故事中更高的成人死亡率相匹配的："文学作品中挤满了孤儿，失去父母中的一方的半孤儿，被赶出家门的孩子、弃儿、无人管教的儿童，可疑或者来历不明的形象——即便他们并不是乱伦的产物。"[3] 他们父母的命运和他们的出生一样暧昧不明，他们父母的失踪也很少被提及，或者在大多数情况下只是一笔带过；父母双方中的某一方，比如马克·吐温

---

[1] 请参见《德国童工历史》(*Geschichte der Kinderarbeit in Deutschland*)：第1卷《历史》(*Geschichte*)，J. 库奇恩斯基（J. Kuczynski）编撰；第2卷《文献》(*Dokumente*)，R. 霍珀（R. Hoppe）编撰，柏林，1958年。

[2] E. P. 汤姆森：《英国工人阶级的形成》(*Die Entstehung der englischen Arbeiterklasse*)，法兰克福（美因河畔），1987年，第1卷，第378页。

[3] 恩斯特·哈尔特：《约翰娜·斯比利、马利特和他们的孤苦伶仃的世纪》(*Johanna Spyri, Marlitt und ihr verwaistes Jahrhundert*)，收录于他的《海地：一个人物形象的历程》(*Heidi. Karrieren einer Figur*)，苏黎世，2001年，第10页。

笔下哈克贝利·费恩的残暴的父亲那样再次的出现则更为罕见。他显然不过是一个回归的累赘幽灵，在黎明之前就必须重返另一个世界。孤儿和弃儿的圆圈舞是从歌德笔下的"迷娘"（Mignon）开始的，这个队伍中有《亲和力》（*Wahlverwandtschaften*）中的奥蒂利、《雾都孤儿》中的奥利弗·退斯特、《巴黎圣母院》中的卡西莫多、《绿色海因里希》（*Grünen Heinrich*）中的小梅瑞特、安徒生的卖火柴的小女孩、陀思妥耶夫斯基笔下的斯米尔德佳克夫，一直到童话中的大型孤儿院，在那里坐着灰姑娘、白雪公主、7个小矮人、12只天鹅，他们都在等待救赎。德国拜伊罗特的魔术师理查德·瓦格纳所开办的孤儿院显然是他所在的那个时代最了不起的；"他送给了孤儿、弃儿……令他们终生难忘的基调"。[1]

我们在今天以宪法的形式赋予每个个体知晓其父母姓名的基本权利，这种权利在19世纪是还没有得到承认的。文学作品控诉了孤儿的命运，并且利用它隐秘地与谋杀父亲和血亲乱伦的题材联系起来，从而展现由此造成的拥有着黑暗过去的孩子。[2]

从历史的角度来看，这4个形象并非新事物。欧洲社会并不需要跨过19世纪的门槛就能面对面地看到临终的士兵、无人照管的儿童和被虐待的动物：这样的画面几百年来一直存在着。但是数万人组成的军队之间的厮杀，在短短几个小时里就留下大量的尸体和无人照看的奄奄一息的伤员，失去父母、迷失在生活中的孩子或者是在机器下面、在狭窄

---

[1] 恩斯特·哈尔特：《海地：一个人物形象的历程》，第12页。
[2] 同上书，第15页。

的矿井中彻彻底底劳作至死的儿童，在宽敞的大街上被鞭打得瘫倒的马——他们都是新时代的图腾。这些被匆匆而过的历史车轮轧过的形象——受伤的士兵，被遗弃或筋疲力尽的儿童，瘫倒或者被鞭打的牲口，都有着一个共同的特点：这些物种仅凭自己的力量是无法再次站起来的。他们是**被贬者**，被没有人道的社会扔到了地上。

卢梭曾经延伸了同情的地平线，他将动物也包括了进来。叔本华则由此出发，将对受苦的生灵的同情看作人类同情心的最真实的证明。但是问题在于，这样做一方面是在向动物报以同情；而从另一方面来看，通过将人类放到动物的层次上，实际上是对人类的贬低。人们批评卢梭，他想将人再次变成四足生物，再次用四条腿前进。而被战争暴力或者早期资本主义生产的力量扔到地上的人，不再能举起手的人，实际上已经变成四足动物了：他们被迫爬行。这样的现象令人难以忍受；在这样的现象面前，观察者感到愤怒。看到一个人躺在地上，他除了是低姿态的和动物一般的存在以外什么都不是，这令人无法忍受。这些令人不忍目睹的景象，一开始是引起了个体的愤怒，而后怒火在更大的群体和 19 世纪的组织中熊熊燃烧，直到最后新闻人、改革者和立法者猛然行动起来。

您能忍受这样的痛苦吗？

英国女王在 1868 年的时候仍然认为，她的臣民"对待动物往往比另外一些文明国家的人要更残忍一些"[1],然而无论如何,英国人却是第一个对动物保护加以立法的国家。不过,威廉·普尔特尼在1800年4月提出的法律草案——其目的是取消追猎大型野兽——并没有得到批准;能言善辩的厄斯金爵士在1809年所进行的类似的尝试也失败了,他提交的综合性的动物保护法也没有得到下议院的批准。直到1822年6月,由理查德·马丁("人道的迪克",Humanity Dick)提出的禁止虐待动物的《马丁法案》(Martin's Act)才被国会上议院和下议院通过。[2]两年之后,防止虐待动物协会(Society for the Prevention of Cruelty to Animals,SPCA;1840年之后改名为"皇家防止虐待动物协会",RSPCA)在伦敦成立,这是世界上第一个动物保护协会。与效仿英国的做法的其他国家一样,动物保护运动在相当早的时候就已经在宗教和哲学领域扎下了根。[3]在英国许多教派,就像1650年左右成

---

[1] 这是维多利亚女王(Queen Victoria)对她的内政大臣说的话,引自H.里特沃(H. Ritvo)《动物阶层:维多利亚时代的英国人和其他生灵》(The Animal Estate. The English and Other Creatures in the Victorian Age),剑桥和伦敦,1987年,第126页。

[2] 这项法案真正的名称是"防止虐待牲口法案"(Bill to Prevent the Cruel and Improper Treatment of Cattle),这里将所有驮畜——如马、驴子和骡子慷慨大方地都包含在内了。

[3] 请参见那期间的一些经典研究——凯思·托马斯(Keith Thomas):《人和自然世界:现代敏感性的历史》(Man and the Natural World. A History of the Modern Sensibility),纽约,1983年,第4章"对野生物的恻隐之心"(Compassion for the brute creation),第143—191页;以及不来梅大学优秀的博士毕业论文——米克·洛舍尔(Mieke Roscher):《动物的王国:英国动物保护运动历史》(Ein Königreich für Tiere. Die Geschichte der britischen Tierrechtsbewegung),马尔堡,2009年,第47页及其后面若干页;还有H.里特沃《动物阶层:维多利亚时代的英国人和其他生灵》,第125页及其后面若干页;H.凯昂:《动物的权利:1800年来英国的政治和社会变化》,第13页及其后面若干页。

立的贵格会，提出应该承认动物是有灵魂的。18世纪，在这些教派中产生了许多早期素食主义作家，之后又有浪漫主义一代中的主要代表珀西·比希·雪莱［凭借着他的《饮食中的植物系统论》(*Essay on the Vegetable System of Diet*，1814)］。建立在科学基础上的动物活体解剖实践，也遇到了它的早期的著名反对者塞缪尔·约翰逊，他在1758年表明，他蔑视所有那些嗜好将狗钉在桌子上、将它们活生生地开膛破肚的人。[1]尽管是通过另外一种艺术形式，威廉·霍加斯也表达了类似的看法，他在1751年创作的《四个残酷的舞台》(*Four Stages of Cruelty*) 中刻画了一名残暴的马车夫的形象：他抽打着一匹连带着沉重的马车一起摔倒在地的马，而马的一条前腿已经折了。

同样，卫理宗的创始人约翰·卫斯理的形象也居于上述残忍景象的朴素自然的对立面：这位神学家一生都骑着马走在路上，他有个习惯，就是套着松松垮垮的缰绳骑行，并且边骑马边阅读，而在这个过程中，马完全按照自己的意志向前行进。据说卫斯理的马从来没有失足或误入歧途的时候，仍然扮演竭力劝诱他人改变信仰的角色的卫斯理对此的解释是，这是因为他的坐骑从来没有被强迫，也不必忍受疼痛。[2]除了宗教动机之外，真诚的哲学论点也在这场英国式启蒙运动中发挥了作用，例如功利主义（Utilitarismus）的创始人杰里米·边沁，用直到今天仍然被人们热议的动物是否具有感觉疼痛的能力这个问题，代替了当时流行的有关动物是否有理智、能否用语言表达的讨论："问题不是它们是

---

[1] 引自米克·洛舍尔《动物的王国：英国动物保护运动历史》，第51页。
[2] H. 凯昂：《动物的权利：1800年来英国的政治和社会变化》，第20页。

否理性,也不是它们是否会说话,而是,它们是否能感觉到痛苦?"[1]

正如赛马的家乡的人们所期待的那样,与防止虐待动物协会很亲近的作家尤其关注赛马的残酷命运,这些马在经过短短几年的筋疲力尽的赛事后,就被送到纽马克特市当作拉车的老马或者驮畜出售。[2] 随着像亨利·柯林的《抽向鞭打者的一鞭》(A Lashing for the Lashers,1851)一样对折磨马的人做出了尖锐攻击,和像约翰·米尔斯《一匹赛马的一生》(Life of a Racehorse,1854)这样的畅销书,马传记或者说马自传这种文学类型诞生了。这些文学作品充当了图像艺术的助手,使对残忍行径加以批判的霍加斯式传统得到延续:早在19世纪20年代,日后成名的动物画家、皇室学者埃德蒙德·兰西尔爵士就已经开始着手表现伦敦的马和驴子的命运了;乔治·克鲁克香克("当代的霍加斯")在1830年用未加任何修饰的笔法表现了牲口屠宰场的情形,令公众大为震惊——那是没有人愿意目睹的悲惨景象。[3] 但是,动物保护也有其阴暗面。刘易斯·格姆佩尔茨是英国动物保护领域早期的首脑和作家[4];在1826年接任了防止虐待动物协会主席的职务,但是6年后他不得不放弃了这个

---

[1] 杰里米·边沁:《道德和立法原则概述》(An Introduction to the Principles of Morals and Legislation),伦敦,1970年,第283页。

[2] 请参见 K. 米勒(K. Miele)《马的意识:理解维多利亚时期伦敦的役用马》(Horse-Sense: Understanding the Working Horse in Victorian London),收录于《维多利亚时代的文学作品和文化》(第37卷)(Victorian Literature and Culture 37),2009年,第129—140页。

[3] 请参见多纳尔德(Donald)《描摹动物》(Picturing Animals),第215—232页和第347页(在这里给出了更多的参考文献)。

[4] 《格姆佩尔茨的有关人性和兽性的道德追问》(Gompertz'Moral Inquiries on the Situation of Man and of Brutes)于1824年、即防止虐待动物协会成立的那一年出版,这本书理所当然地成为英国动物保护组织的成立宣言,也成为所有保护大自然运动的基本纲领。

职位，因为该协会的执行委员会决定只接收基督教成员，而格姆佩尔茨这样犹太出身的人被排除在外了。反犹主义风潮从很早开始就已经与素食主义、反对活体解剖的斗争、动物保护行动相伴相随，反犹主义一直是各项运动的忠实的陪伴者。[1]

德国最著名的早期动物友好者和保护者并不是因为宗教而提出他们的主张。早在腓特烈大帝时期，即便他没有把马和狗放在高于人的位置上，但至少也提出了它们应该得到与人相同的待遇。腓特烈大帝拒绝使用马刺和马鞭；并且，尤其是在上了年纪之后，他采用的是非常放松、不太符合规范的骑马方式。他为他那极其庞大的宫廷马厩里的每一匹马都起了名字，一开始起的名字反映了每匹马的特性，后来的名字则来自历史宝库：恺撒、皮特、布吕歇尔。这位国王的最后一匹爱马是一匹有深色斑纹、被阉割的雄马，它是以法国王子路易·亨利·德·波旁-孔代的名字命名的，这位王子是一名17世纪的重要统帅和慷慨大方的艺术资助者，尤其给予莫里哀以极大的支持。孔代像一条忠犬一样四处跟随着它的主人，它偷偷吃这位国王喜欢的无花果、甜瓜和橘子，被带到了无忧宫的橘园；它非常自由，以至于当国王和他的朋友沉浸在谈话中的时候，它自己从王室朋友的包里翻寻食物。[2] 这匹聪明的马在它的主

---

[1] 请参见米克·洛舍尔《动物的王国：英国动物保护运动历史》，第111—112页；M. 泽尔贝尔（M. Zerbel）：《动物保护运动》（Tierschutzbewegung），收录于《1871年至1818年"种族运动"手册》（Handbuch zur «Völkischen Bewegung» 1871–1918），U. 普施纳（U. Puschner）编，慕尼黑，1996年，第546—557页。

[2] 请参见 S. 冯普鲁士（S. von Preußen）和 F. W. 冯普鲁士（F. W. von Preußen）《腓特烈大帝：彬彬有礼地与动物相处》（Friedrich der Große. Vom anständigen Umgang mit Tieren），哥廷根，2012年，第77—83页。

人去世后继续活了 18 年,活到了圣经上所说的马的年龄——38 岁;它的骨架一直保存在柏林洪堡大学的陈列馆里。在修艺术史课程之前重申一下这一点非常有意义:这匹马的骨架属于动物学者,而描摹骨架的绘画则属于艺术史学者。

不过,与英国一样,德国的动物保护运动也是从宗教基础上成长起来的。1837 年,德国的第一家动物保护协会在斯图加特成立。它的创始人是两位符腾堡的牧师:克里斯蒂安·亚当·丹恩——他在协会成立的当年就去世了——和阿尔伯特·克纳普。在此之前,丹恩作为作家,曾经试图通过充满激情的呼吁唤醒同时代人的良知。[1] 两位牧师都深受虔信主义的影响,并且坚持亨胡特兄弟会教派的信仰复生传统。[2] 丹恩感情浓烈的呼吁是针对残暴的主人、车夫和儿童的层出不穷的残暴行为的,在他们手下受苦的有狗和公牛,以及首当其冲的马("受苦最多的牲口"),它们在这个过程中可能失去了眼睛和听力。丹恩深信,所有这些施加在"同伴"身上的罪行,会在某个时候报复到人类身上,而那些对动物做了坏事却没有受到惩罚的孩子也会长成一个坏人。面对"旧

---

[1] 克里斯蒂安·亚当·丹恩:《为可怜的、没有理性的动物带来理性的人类伙伴和主人》(*Bitte der armen Thiere, der unvernünftigen Geschöpfe, an ihre vernünftigen Mitgeschöpfe und Herrn die Menschen*,1822),以及《通过四个例子呼吁所有的人思考和感受共同的关心,并且缓解我们周围动物的没有说出来的痛苦》(*Nothgedrungener durch viele Beispiele beleuchteter Aufruf an alle Menschen von Nachdenken und Gefühl zu gemeinschaftlicher Beherzigung und Linderung der unsäglichen Leiden der in unserer Umgebung lebenden Thiere*,1832)。两篇文章都收录在《反对折磨动物:符腾堡虔信派的早期动物保护呼吁》(*Wider die Tierquälerei: Frühe Aufrufe zum Tierschutz aus dem württembergischen Pietismus*),马丁·H. 荣格(Martin H. Jung)编,莱比锡,2002 年。

[2] 请参见马丁·H. 荣格为:《反对折磨动物:符腾堡虔信派的早期动物保护呼吁》所写的后记,第 113—120 页,这里是第 113 页。

世界"的糟糕景象，他希望"新的天堂和新的人间"[1]能够带给人慰藉，在那里，明智和正义的人们与动物一起生活在极乐的和平之中。丹恩作品的编辑马丁·H.荣格经过论证指出，符腾堡虔信派的动物保护思想是从深远的源泉中汲取养分的，这其中包括约翰·阿尔布莱希特·本格尔和弗里德里希·克里斯托弗·奥廷根的锡利亚主义。丹恩自己也在设想世界末日到来、生灵获得解脱的时候，引用了"死后升天的本格尔"的话。不过，马丁·H.荣格认为，尽管丹恩的动物保护思想是"与符腾堡虔信派的世界剧变式末日论联系在一起的"[2]，却并不妨碍它通过19世纪上半叶在斯图加特成立的第一家动物保护协会这个榜样，而在整个德国散发着受启发的光芒。[3]

19世纪中期，在关注受虐待动物的领域中，最具独创性、最兢兢业业的作弗里德里希·西奥多·费肖尔同样也产生于这片思想温床。1838年，这位思想家、未来的政治评论家和小说家成为图宾根反对虐待动物协会（Vereins gegen Thierquälerei）的共同创办人。他通过他的第一次公开干预行为——在1847年分三部分在报纸上发表长篇文章——奠定了一个基调，这是在接下来的1/4世纪时间里不曾从他的同时代人耳畔消失的声音，这是充满热情的、具有深厚的哲学根基的人发出的声音。费肖尔在他的报刊文章的第一部分，就对制革业中意大利

---

[1] 克里斯蒂安·亚当·丹恩：《为可怜的、没有理性的动物带来理性的人类伙伴和主人》，第29页。

[2] 马丁·H.荣格：《19世纪德国动物保护运动的开端》（Die Anfänge der deutschen Tierschutzbewegung im 19. Jahrhundert），载《符腾堡州史杂志》（Zeitschrift für württembergische Landesgeschichte），斯图加特，1997年，第205—239页，这里是第226页。

[3] 同上出处，第239页。

人虐待马的做法提出了反对。[1] 在接下来的时间里，这些做法在符腾堡人那里得到了糟糕的风评，在费肖尔看来，它们是文明世界里最恶劣的野蛮行径："意大利人折磨动物的做法残酷至极……"[2]

在另一封发自意大利的信中，他不无自豪地报告了与一个赶车人的一次遭遇，这几乎立马就使他做了决定："我因此就准备打道回府了，因为这个野蛮人在6个小时的路程中，以及在帕斯图姆休息的4个小时里，没有让他的马喝上一口水。它们大汗淋漓，已经不可能继续上路了。我狠狠地责备了他……在我下车时，他问我要水钱作小费。我对他说，他不需要喝水，他也应该感受一下口渴，因为他让他那可怜的马忍受着饥渴的痛苦。他粗鲁地反驳说，我不知道怎么对待马，喝水是对它们有害的；我称他为残暴的人，他讥讽我是心肠软的家伙；而我既不想和他对骂，也没有打算任由他侮辱，于是就在他的脸上打了一拳。他安静了，脸色发白，而后从口袋里拿出一把刀，我后退了两步，也把手伸进了口袋，让火枪的击锤发出'咔嗒咔嗒'声，这使得他能够更好地思考，接着他坐上车，离开了。"[3]

---

[1] 请参见弗里德里希·西奥多·费肖尔：《针对符腾堡州令人发指的剥皮工厂尚且徒劳无功的指责》(*Noch ein vergebliches Wort gegen den himmelschreienden Thierschund im Lande Württemberg*)，载《观察者》(*Der Beobachter*)，第327期，1847年11月28日。后面两部分分别发表在1847年11月30日的第328期和1847年12月1日的第329期。

[2] 弗里德里希·西奥多·费肖尔：《发自意大利的信》(*Briefe aus Italien*)，慕尼黑，1908年，第94页，这封信写于1840年1月25日。

[3] 同上书，第133—134页，1840年3月7日的信。在费肖尔1869年创作的充满讽刺幽默的小说《又一个》(*Auch Einer*)中再现了与这个车夫的争吵，这一次是以小说主人公的经历加以描写的；这次争吵的再次出场也让人们体会到之前另外一次针对虐待狗和马的人的费肖尔式的怒火发泄。请参见《又一个》，法兰克福，1987年，第35页和第296页。

触发英国人的动物保护运动的主题自然在费肖尔那里没有出现：因为在德国，人们并不知道在英国社会各个阶层都很流行的血腥活动。被费肖尔所抨击的符腾堡人既没有参与过狩猎大型动物，也没有体验过斗鸡或斗狗。作为承受费肖尔责难的替罪羊的第二联盟的意大利人，也是因为其他行为而"获罪"的。尽管这位批评家喜欢旅行，反复在南方翻越阿尔卑斯山，并且享受着意大利的丰富多彩的风景，但是与丹恩有所不同，他所关注的是标准的城市居民所注意到的：他的典型的同情对象是马和狗，它们在城市的日常生活中承受着繁重的运输工作和粗暴车夫的教训。他注意到的不是像在英国出现的群众热爱的残忍的运动项目，也不是老百姓没有人性的娱乐活动，而是大量体现了人与动物之间残暴关系的单独事件。这些暴力都一股脑地倾泻到实际上是人类最忠实、最高贵的伙伴身上了。它是人类最亲密的朋友，而且人类也会在某些较好的瞬间最先设身处地为它着想。"对受苦的动物的同情，触发了对不同物种内心状态的具体思考"，费肖尔写道[1]，人类应该将自己看作理性主义同情者。在"聪明的"马和狗身上，同情找到了它偏爱的对象，与此同时，面对相反的完全没有同情的局面，则令这位哲学家手足无措，于是他别无选择，只能以一记老拳作为回应。

　　对于意大利人残忍地对待动物的行为，费肖尔做出了经得起检验的解释。正如他所说的那样，"这主要应该归咎于意大利民族性中某种不光彩特点的不断发展，神职人员们不仅没有与之做斗争，相反还滋养

---

[1]　弗里德里希·西奥多·费肖尔：《批判》(*Kritische Gänge*)，斯图加特，1860—1873年，第1卷，第155—156页。

着它，甚至是通过天主教教义（它声称动物没有灵魂）。"[1] 费肖尔认为，天主教教会目的在于"赞扬它的神秘的方法是唯一有效的"，而且用这样的方法去钳制人们："劝诫珍爱动物对治理社会没有帮助……一种不会忏悔、不能够感受到饶恕、面对圣水和圣油无动于衷的生物，一定是没有灵魂的。"[2] 费肖尔在1875年写道，现在的意大利当然觉醒了，有尊严地活着，并且感到了自尊。这里所描述的性格特征属于被蔑视的旧意大利人，而新意大利人则有所不同："在牲口屠宰场，我们在意大利复兴时代到来前，看到了无赖百姓的子孙们；过去的这些恶棍曾经为斗兽和角斗士的厮杀而欢呼，现在我们看到了庄严神圣的罗马古老皇家的堕落和有毒的腐败所带来的后果。"[3] 罗马的传教士眼中的符腾堡清教徒费肖尔，就是爱尔兰天主教徒所看到的英式清教徒动物保护主义者。英国动物保护者也认为天主教国家那一边，诸如意大利、西班牙、法国以及此外尤其是永远有嫌疑的爱尔兰，都惨无人道地对待动物。其原因是他们否认动物存在灵魂。[4]

---

[1] 弗里德里希·西奥多·费肖尔：《有关意大利的虐待动物的行为》(*Noch ein Wort über Tiermißhandlung in Italien*)，收录于他的《批判》（6卷本），慕尼黑，1922年，第326—336页，这里是第326页。

[2] 同上书，第328页。

[3] 同上书，第331页。

[4] 米克·洛舍尔：《动物的王国：英国动物保护运动历史》，第113页。天主教徒也责备犹太教徒，他们在屠宰牲口的时候对动物的痛苦冷漠无视。米歇尔·兰德曼（Michael Landmann）明确地否定了所有部分归咎于世俗、部分归咎于宗教原因的解释；请参见米歇尔·兰德曼《犹太人社会中的动物》(*Das Tier in der jüdischen Weisung*)，海德堡，1959年。

我的兄弟

弗里德里希·西奥多·费肖尔并不是唯一一个因为对虐待马表示愤怒而在意大利引起注意的德国人。在这方面比他更有名的是尼采。1889年1月初的一个冬日，当他在都灵看到一幅典型的街道场景——一个残忍的马车夫抽打着一匹瘫倒的拉出租车的马——时，他突然做出的荒唐举动也极其引人注目。这个如同命运的讽刺性安排、发生在一尊宏伟的骑士雕像的影子下的场景是如此稀松平常，以至于普通的过路人对这种野蛮做法早就习以为常了，他们甚至对这样的行为不再有所感觉。尼采与他们不同，于是有了这个传奇。他的同情心被激发，他流着泪抱住这匹被鞭打的牲口，再也不肯松手，而且——如同后来人们在某些地方读到的那样——他称这匹马是他的兄弟。人们站在一旁，好奇的人围拢了过来，尼采的房东恰巧经过，认出了这位教授并将他带回家。

仅凭这些简单的概括，这个故事就成为历史上最著名的传奇逸事。这段叙述是如此打动人心，以至于没有人去追究这件事是真的发生过，还是也许完全是出自虚构。通过其他人的传记，通过某部电影，这个故事不断地流传下去，它成了文学领域的流浪妓女。它的真相早已脱离了历史，而与艺术联系在了一起。现在，它珍贵、不可或缺，如同用某种人们听不懂的语言咏唱的咏叹调一样。

尼采当然知道"虐待动物"这种说法，生活在19世纪下半叶并且读报的人都知道这个词。尼采甚至使用过这个词，不过用的不是它的原始含义。他以嘲讽、挖苦，或者是隐喻的方式使用它：就像我们可以仿照他的用法，说 1882 年他为他的新打字机操劳不已一样。用这种阴险狡诈的机器写作是真正的"虐待动物"。换言之，尼采是技术的牺牲品，是被虐待的动物。即便他在别的地方作为道德的系谱研究专家，批判现代人的良知病理学的时候，他也谈到过"自我——动物虐待"。[1] 但在这个上下文之外，动物对他来说不太有什么含义。[2] 尽管他的《查拉图斯特拉如是说》中也有一个独特的动物园，老鹰和蛇在那里当主席，查拉图斯特拉把它们称为"我的动物"，但是它们只是智慧教育中跑龙套的小角色，是某种新宗教的祭祀助手；它们不是真正的动物。尼采没有与真正的动物打过交道。[3] 在这一点上他与他的同胞费肖尔不同，后者的确热爱动物，即使它们只是与他共处一室，分享着他的午后点心的小猫小狗。

两位哲学家对暴力现象，即粗鲁的人——费肖尔遇到的野蛮的意

---

[1] 弗里德里希·尼采：《批判全集》，第 3 卷，慕尼黑，1984 年，第 835 页。

[2] 尼采的传记作家库尔特·保罗·简茨（Curt Paul Janz）也表达过这个意思："尼采从来没有对动物表达过特别的亲近感，他用'动物'这个词只是为了抽象地表示通过自己的安全本能躲藏起来的物种，它们与通过道德判断而变得不安、从自己的自然基础中异化出来的人类相反……"库尔特·保罗·简茨：《弗里德里希·尼采传第三卷：久病不愈的岁月》（*Friedrich Nietzsche. Biographie, Bd. 3, Die Jahre des Siechtums*），慕尼黑，1979 年，第 34 页。凡妮莎·莱姆（Vanessa Lemm）的研究——《尼采的动物哲学：文化、政治和人类的动物性》（*Nietzsche's Animal Philosophy. Culture, Politics, and the Animality of the Human Being*），纽约，2009 年——也证明了简茨的论点。

[3] 不过，尼采也曾经与真正的动物接触过：那是 1867 年和 1868 年之交的冬天，他在骑炮兵部队服役期间，骑行在"炮兵中队最热烈、最暴躁的马匹"上，享受了令人骄傲却短暂的骑兵幸福之后，他于 1868 年 3 月中旬遭遇到严重的骑行事故，于是在平淡无奇的康复期结束了他的军旅生涯。请参见弗里德里希·尼采：《图片和文字中的编年史》（*Chronik in Bildern und Texten*），R. J. 本德尔斯（R. J. Benders）和圣奥伊特曼（St. Oettermann）编，2000 年，第 172—179 页。

大利人、尼采碰见的都灵出租马车车夫——虐待动物的情形的反应也大相径庭。这两个人都不是无动于衷的过路人,也不是冷漠的看客。然而,当生灵的不幸呈现在他们眼前时,两位哲学家却做出了几乎是相反的反应。作为黑格尔信徒的费肖尔采用的是辩证论者的做法:几个小时里他一直在记录着表面上只是任由马口渴而不管,实质却是隐形地施加在动物身上的暴力。随后,当与这个野蛮人的争吵升级的时候,他的怒火点燃了火药桶,凭借拳头引爆了武力。尼采则完全不同:他几乎一出门就[1]目睹了那外显的暴力,立即将它转化成了内心的同情。或者更准确地说,他开诚布公地尝试着用绝望的同情将已经爆发出去的暴力"捆绑"回来,遗憾的心情在无意识间化作了泪水,充溢在他心间的痛苦能量已经满溢出来了。

这段有关尼采崩溃故事的原始出处在很长一段时间里一直不被世人知晓。后世大部分的记述者和传记作家,其中也包括德国作家、诗人戈特弗里德·贝恩[2],都将埃里希·弗里德里希·波达赫在1930年对这个事件的描述作为准确可信的版本:"1月3日,刚出家门的尼采就看到在卡洛·阿尔贝托广场上的出租车旁,有一匹疲惫的老马正被一个残忍的车夫用鞭子抽打。同情心令他不能自已。他抽泣着,抱着这匹被折磨的

---

[1] 这个说法来自埃里希·弗里德里希·波达赫(Erich Friedrich Podach)《尼采的崩溃》(*Nietzsches Zusammenbruch*),海德堡,1930年。
[2] 请参见戈特弗里德·贝恩在1938年被查禁的诗歌之-《都灵》(*Turin*),其中最后一句是:"贪婪地吸食着波城、拜罗伊特和埃普索姆/欧洲的真菌借此发酵/他抱着两匹牵拉出租车的马/直到他的房东将他带回家中。"原本拉出租车的马是一匹,在诗歌中出于逻辑上和韵律上的需要变成了两匹。

马的脖子。他崩溃了。幸亏费诺[1]从聚集在路旁观看的人群经过。他认出了他的房客,费了很大的力气把他带回家。"[2]

在波达赫做出此番描述之后40年,在尼采都灵崩溃事件的80年之后,哲学家、作家阿纳克莱托·维瑞克希亚开始探寻有关那匹可怜的马、可恶的马车夫和满怀同情的哲学家的故事的原始出处。[3]对于这件逸事,最早的文字记录出现在1900年9月16日的《新选集》(*Nuova Antologia*)上刊发的一篇没有署名的文章里。很快,又有其他文章紧随其后,刊登在别的意大利机关报上;显然,1900年8月25日尼采去世使得意大利人为他动了一阵子笔。维瑞克希亚猜测第一篇文章的作者是皮埃蒙特大区的一个名叫奇奥凡尼·蔡纳的记者;这篇文章中包含了一系列由于某些原因直到今天都一直没有在文献(弗朗茨·奥韦尔贝克、卡尔·阿尔布莱希特·贝尔努里、伊丽莎白·福尔斯特-尼采)中呈现出来的信息和消息。这篇文章的作者蔡纳可能将对戴维·费诺的采访作为其撰稿的基础。[4]其中涉及那匹老马的插曲,也帮助他完成了第一次在文学领域的登场。这位没有署名的记者写道,费诺从两位警察手中接过了他的房客:"……他们说,他们是在大学拱廊那里遇见这名外国人的,当时他正紧紧地搂着一匹马的脖子,完全不愿意放手。"[5]上文中所提到的故事

---

[1] 戴维·费诺(Davide Fino)是一间售货亭的主人,也是尼采在都灵住处的房东。
[2] 埃里希·弗里德里希·波达赫:《尼采的崩溃》,海德堡,1930年,第82页。
[3] 他的著作《尼采在都灵的灾难》(*La catastrofe di Nietzsche a Torino*)(都灵,1978年)也出版了德语版——阿纳克莱托·维瑞克希亚:《查拉图斯特拉的结局:尼采在都灵的灾难》(*Zarathustras Ende. Die Katastrophe Nietzsches in Turin*),维也纳,1986年。
[4] 阿纳克莱托·维瑞克希亚:《查拉图斯特拉的结局:尼采在都灵的灾难》,第261页。
[5] 同上书,第260页。

在后来出现的文本中又增加了其他的细节,这些细节部分来自对戴维·费诺的儿子欧内斯托的采访,部分出自作者们的想象;尼采亲吻那匹老马,并把他称为兄弟的画面就属于此列。[1]

尼采的哲学作品也可能是这个都灵马故事的另外一些出处。[2] 在那里有一封写给莱恩哈特·冯·赛德利茨的信,尼采本人在这封信中描述了一个他自己刚刚想象出来的"可以与狄德罗探讨的充满道德感伤"的场景:"冬日景象。一个年老的车夫,一副玩世不恭、残酷无情的样子,那表情比他身边的冬天还要冷硬,他往自己的马身上撒尿。那匹马——可怜的、被虐待的生灵——却极其充满感激地东张西望。"[3] 这段谈到了简茨所说的"令人痛苦的场景"的特别的信件内容,发挥了三个方面的作用:首先,展示了在19世纪的想象中,残忍的马车夫和受虐待的马痛苦地结合成为邪恶的一对。其次,它也指出海因里希·冯·克莱斯特的《米歇尔·科尔哈斯》可能是灵感的源头:在那里的确可以找到一

---

[1] 阿纳克莱托·维瑞克希亚:《查拉图斯特拉的结局:尼采在都灵的灾难》,第262—272页;有关亲吻和称呼"兄弟"的补充请见第267页。从那之后,每位描述尼采在都灵最后岁月的叙述者都发现桌子上堆着丰富的逸事资料,他可以从中自行挑选用在自己的叙事中。例如较为近期的有 R. 萨弗兰斯基(R. Safranski)《尼采的思想人生》(*Nietzsche. Biografie seines Denkens*),慕尼黑,2000年;P.D. 沃尔茨(P. D. Volz):《疾病迷宫中的尼采》(*Nietzsche im Labyrinth seiner Krankheit*),维尔兹堡(Würzburg)1990年,第204页;L. 查姆波兰恩(L. Chamberlain):《尼采在都灵:一部私密传记》(*Nietzsche in Turin. An Intimate Biography*),纽约,1999年。

[2] 请参见库尔特·保罗·简茨:《弗里德里希·尼采传第三卷:久病不愈的岁月》,第34—35页。

[3] 弗里德里希·尼采在1888年5月13日写给莱恩哈特·冯·赛德利茨的信,收录于弗里德里希·尼采《批判全集第三部分第五卷:1887年1月至1889年1月的书信往来》(*Briefwechsel. Kritische Gesamtausgabe, Dritte Abteilung, Fünfter Band, Briefe Januar 1887–Januar 1889*),柏林、纽约,1984年,第314页。

个屠宰场工人的形象——尽管他不是直接往自己的马身上撒尿,但也是在紧贴着它的旁边方便。[1]最后,它表明尼采实际上正是他自己的结局的创作者,其终曲与他的夸大狂病症有着逻辑上的一致性。

此外,循着这位哲学家所留下的足迹,还可以走入陀思妥耶夫斯基在《罪与罚》(Verbrechen und Strafe)——它原来的标题《罪与赎罪》(Schuld und Sühne)更有名——中塑造的主人公拉斯柯尔尼科夫的恐怖的梦境,在那个梦里有匹马被打死了,而还是孩子的拉斯柯尔尼科夫抱住那匹被虐待的老马的脖子,亲吻着这头刚刚死去的牲口。[2]到现在也没有人能够证明,尼采了解这个场景,并且是照着那本俄国的剧本去拥抱都灵的马的。同样令人不解的谜题是,为什么在古老的欧洲脱颖而出的两位最为伟大的哲学家——苏格拉底和尼采——都是在提到一个动物后谢幕的:在苏格拉底那里,是他认为他亏欠阿斯克勒庇俄斯一只雄鸡;在尼采这里,是他对一匹马抱以同情。不同种类的动物与两个人终曲的风格和表演舞台相匹配:苏格拉底的去世适合在他的家中这样的小型剧场舞台上演,而尼采精神上的死亡是将城市的公共广场作为舞台的。无论如何,这个城市对于处于人生最后岁月中的尼采来说,代表着古老的欧洲。另外,马是作为完整的历史的代表登场的,而恰好正在一旁,试图从欧洲历史的所有形象中重新认识这样的历史的尼采,除了抱住这匹被鞭打的马之外别无选择:拥抱着受苦的动物的痛苦的人,这是他与耶稣基督和酒神狄俄尼索斯交替进行的最后的通信中的署名。

---

[1] 请参见本书"臭水坑"节内容。
[2] 陀思妥耶夫斯基:《罪与罚》,第6版,苏黎世,1994年,第77—83页。

又一个三角

虐待马的残酷三角形——粗暴的车夫、无情的路人和默默受苦的生灵——仍然一直继续存在着,只是媒介发生了变化,各个位置上的角色有所更替而已;马贩子走到了马车夫的位置上,漫不经心走过或者好奇地张望的路人不再在大街上活动,而是在网络上,例如在视频网站Youtube上。在那里,人们通过搜索诸如"马的地狱"(Pferdehölle)这样的关键词,仍然能够看到相同的、古老的、残酷的景象:半死或者口渴得快要发疯的马,它们在波兰(斯卡雷谢弗)和奥地利(迈斯霍芬)的马市场被该死的、显然是酒鬼的驾车人、车夫和马夫折磨,被卡车撞倒、碾轧,又被拖到另外一辆货车上,在车上撞来撞去,被运到其他地方。如果它们在运输途中幸存了下来的话,对于其中的许多马来说——即便不是大部分——也是站在了这场旅途的目的地:屠宰场和香肠加工厂。

另一个虐待马的大舞台在阿拉伯半岛边缘上,在同样的文化圈里,在那里马文化曾走向鼎盛,而且马文化正是从那里传向大半个世界的。总体来说是阿拉伯联合酋长国,具体来说是迪拜酋长国,它们都有着在沙漠地带的高温环境下,经过长时间的骑行而导致无数马生命垂危或者死亡的名声。[1] 在这件事上,人们也能在网络中以路人的角度,观看马

---

[1] G. 波赫哈默尔(G. Pochhammer):《折磨动物、使用兴奋剂和欺骗》(*Tierquälerei, Doping, Betrug*),载《南德日报》,2015年3月4日,第24版。

如何被剥削得筋疲力尽或者身受重伤,以至于体力不支瘫倒在地,不得不需要兽医来"救赎"。[1]

就连那位只是看了一眼这个残酷三角形就发了疯,抱着受折磨的马的脖子,高喊"兄弟"的哲学家的位置也有人占据了。今天在这个位置上的是动物权利组织的活跃分子,是穿着防水夹克、戴着毛线帽子的年轻人,他们用他们自己的工具——宣传解释、电影、自发行动、拼命地购买某种动物——来与马市场的弊病做斗争,为关闭马市场而奋斗。从长远来看,他们会比那位出现在都灵的哲学家取得更多的成功吗?希望如此吧。

---

[1] "救赎"这个词有时用来指杀死生病的家畜或者宠物。

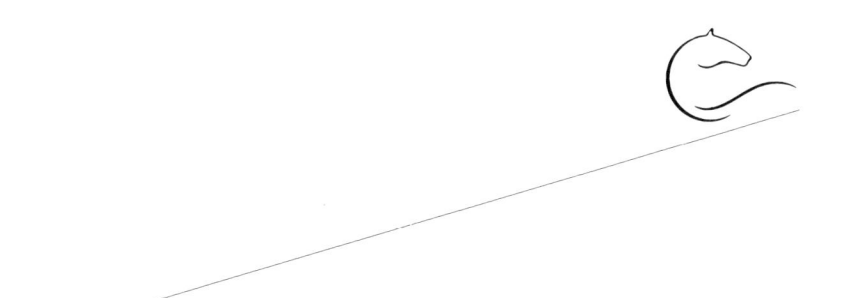

被遗忘的活跃分子：历史

描述人与马逐渐分离的过程是一回事；而探寻他们曾经共同生活的意义和目的，则是另外一回事。在人与马的联合中，人类曾经获得了什么？马能够完成哪些其他生物做不到的事情？第一个答案可以由物理学提供：根据物理学理论，马能够通过转化能量而创造能源。坚硬的高原牧草对于大多数动物来说是难以下咽的，而在那里面蕴藏着肉眼看不见的潜能，马则将它们变成了长途的高速跋涉所必需的惊人能量。凭借它们与生俱来的能量转换者的特性，马能够背负国王、骑士、恋爱中的女人和乡村医生，也能够牵拉着马车和大炮前行，还可以运送大批工人和职员,并且能移动这个国家。这就是第一个答案。

第二个答案是马也能够产生文化与传播科学知识。作为创建符号和创造历史的人类的最重要、最亲密的动物伙伴,马本身也是人类最先研究和认知的对象。不过马却彻底遭遇了这样的情况:它面临着最终将逐渐消失在所有文本背后的威胁,而且直到最后它消失在所有的绘画作品中的时候,也没有画家和雕刻家能够帮助它在艺术领域赢得第二次生命。马曾经是不同的知识领域(医学、农业、军事、艺术)和知识类型(实证类的、行家鉴赏类的、科学学术类的),以及漫长的、从古罗马和古希腊时期就形成的文学传统所组成的复杂的经济构造的一个部分。尽管这个知识经济体在今天正不断地被遗忘,但是它曾经的——尤其是在18世纪、19世纪的巅峰时期——重要性是不可动摇的。

第三个答案涉及与马相联系的众多感受,例如骄傲和钦佩、权力和自由、恐惧、喜悦和同情。在作为象征和含义载体的特性中,在作为**符号**的天职里,马也一直是人类情感、情绪、爱好的重要载体和传递者。除了拥有能量转化器和认知客体的功能之外,马也是激情的传感器。这就是马在其中担任核心角色的**第三个经济结构**,马在那里既是客体又是行动者:通过它所承载的形象,凭借着以它为对象的充满激情的归因,马在人类情感的命运中占有一席之地。

在这三个经济结构——**能量、知识、激情**——中,人类的历史和马的历史以最紧密的形式连接起来,并且相互渗透。但是这三个经济结构是否按照不同的法则运行着?它们之间在多大程度上是可以转化的?小说家托马斯·哈代写道:"物质方面的投入是无法和情感方面的作用相提并论的。资本可能在促成运动的同时,也创造精神上的特性,它有时所产生的巨大成果可能会令人觉得其投入微小到令人发笑。"[1] 但是,有谁在面对如此迥异的三个领域——能量、知识、激情——时却在期望有规律的等式呢?当人们确认这些奇迹般的财富——人类和马的共同历史中所留下来的大量种类丰富的图画、文本和器物——的时候,就知道自己从一开始就已经得到很多了。

不知道在什么时候还会有另外一些问题在不知不觉中突然浮现出来。但是它们不会再是:我们从马的历史和人的历史中知晓了什么?马对我们而言意味着什么?它的历史为我们留下了哪些证据?我们获得了哪些认识,又有哪些机构在管理这些知识?马在哪些文学作品中得到了永生,又被遗忘在哪些储藏室里?与其问我们对马有哪些认识,曾经知道或者忘记了什么,不如问一问,马的曾经、现在和可见的并不久远的未来所带给我们的教导,有哪些是我们以伟大的未来的名义还永远需要从马那里学习的。马在未来会教授我们什么,我们如何讨论这些,我们应该为这些知识赋予什么样的形式?以"历史"为副标题的最后一章就是围绕着这些问题展开的(这里的"历史"完全取自希腊人对这个词的本来含义,即字面含义,而不是考察和研究的意思),这一章同样也可以用"美学"即历史美学来命名。

有些著作是以某种交响乐式的终曲收尾的,另外一些则是在结尾对全书进行总结概括。我的这本书的最后一章不是传统的"四段论"中的

---

[1] 托马斯·哈代:《远离喧闹的人群》(*Fern vom Treiben der Menge*),法兰克福,1990年,第141页。

第四段,在这里不是总结或综合,相反是一种发散,是一个开放式的结尾。在"历史"这一章中,人们就像走到了一个大集市上,以各种手法和风格将马的历史叙述出来。这里就像马戏团表演一样,有史实性和哲学式叙事,有研究报告,有文学文本,有理论片段,有作家的回忆,还有图片、笑话和谚语、格言。这个结尾没有让全书显得完整,也没有在逻辑上变得圆满。这里没有总结却有集锦:是讲述、反映和铭记马和人的历史的各种可能性的松散的集合。一部杂文随笔是可以这样做的。它享受着严格的科学要求下所不允许的自由。这部杂文无法,也不愿意做更多的了。当然,除此之外,它还可以做一件事情:**展示**,与他人分享发现的乐趣。

牙齿与时间

大手笔的风格、宏大的政治

1528年9月，雷根斯堡市民要求画家阿尔布雷希·阿尔特多费尔担任市长。这位画家拒绝了这个提议，因为他有更重要的事情要去做：为巴伐利亚公爵威廉四世绘制一幅宏大的图画。这幅巨大的图画里有上千个人物，展现了公元前333年在伊苏斯发生的完整的战斗场面，并且以不引人注意的方式，影射了当时的局势和土耳其人的防御。乔治·西美尔可能在某一天会问，一位20世纪的历史学家将如何极其详细地讲述诸如马拉松战役这样重大的历史事件。而阿尔特多费尔展示了一位16世纪的画家是怎样解决这个问题的：绘制一幅巨幅图。远处的战场、伊苏斯平原、山、大海和天空，所有一切都可以一览无余。但是当这个大场面中无数波澜起伏的细节开始移动的时候，观看的人就不可救药地迷失了。他只能在这个场面的中心找到支点，而那里也恰好是世界历史转机出现的地方：波斯帝国君主大流士将他的由 3 匹骏马拉着的战车掉头，开始逃亡；年轻的英雄亚历山大大帝骑着他那匹赫赫有名的爱马布西发拉斯在追赶。两位主人公的态势已经一目了然地预示了这场战役的结果——成功会降临在骑士身上。骑兵耀武扬威地向老旧的战车宣告了新的战斗技术，年轻的战争之神战胜了旧世界的霸权。

莱恩哈特·克泽莱克的读者可能会问，当这位学者将承载他最重要的历史学理论的那个时代命名为"马鞍时期"的时候，他的眼前是否也浮现出类似的画面。不过可以确定的是，克泽莱克用这个形象的概念所指代的应该是 18 世纪末期前后，即大约在 1780 年的时候，各种历史进程都掉头走进**历史著作**的世界：从众多叙事画卷走向一体化的单一的时间和空间。在这位历史学家看来，现代正是发轫于这个瞬间；想在自己面前将未来构建为期望地平线的人，就必须把历史作为统一的经验空间抛在身后。

有关这个概念的"成功历程"，包括对它的证明，几乎从没有被质疑过。当这个词语的出处和含义偶尔被问起来的时候，人们会从地质学的角度给予回答：**山脉的鞍部**是两山之间比较平缓的地方，它将两道山梁分割开来，而同时也联系在一起。"鞍形期"看上去也是类似的时间上的分水岭。不过，似乎从未有人问过，是谁在地质学之前就发现了马鞍这个概念的比喻式使用手法。其实只要看一下马鞍是如何安放在马背上的，就足以清楚这个比喻的来历。但是，必须发生什么样的事情，才能够使得这样一个地理概念重见天日，从它当中诞生一个历史的**时间概念**呢？需要发生什么，才能从事实的土壤中"换鞍"成时间经验呢？这就需要历史学家和时间结构专家的工作了。

克泽莱克只是顺便提出了一个相反概念，这样的猜测并非不合情理。哲学家卡尔·雅斯贝斯是20世纪40年代末克泽莱克在海德堡的学术导师之一。1949年，雅斯贝斯出版了他的历史哲学巨著《历史的起源与目标》(*Vom Ursprung und Ziel der Geschichte*)，这是一部有关历史意识的现象学著作。[1] 雅斯贝斯对比了希腊—西方的、印度的和中国的大型文化空间，那么生活在那里的人们是什么时候，又是从哪里开始自发构建起历史意识、生活方式和人工制品的呢？这位哲学家问道，他们是在什么时候跨越了内心世界的地平线，掌握了超前的思想呢？雅斯贝斯的回答是：那是在公元前8世纪到公元前2世纪之间的时间段里。在一个令人惊愕的、几乎是相同的时间里，在当时所有重要的高度发达的文明中，都出现了自反式思想，它的暂时性，但同时也是它的振聋发聩性，都开始被人们认识到。雅斯贝斯为这个在意识史上至关重要的时间段发

---

[1] 克泽莱克一直无法对雅斯贝斯和他于1949年出版的著作感兴趣，因为在这本书出版的过程中他已经听到了过多的冷嘲热讽，55年后，他在一次谈话中回忆了这段经历；请参见莱恩哈特·克泽莱克和卡尔斯滕·杜特（Carsten Dutt）《经历历史：两段谈话》(*Erfahrene Geschichte. Zwei Gespräche*)，海德堡，2013年，第37页。

明了"轴心时代"(Achsenzeit)这个概念。[1]

不过当克泽莱克发明"鞍形期"这个概念的时候,他当然不是打算为一个已有的概念提出镜像对称式的相反概念。他不太关心某种有关历史性的最早的意识是从何时、何地发展起来的,古历史并不是他的兴趣所在。他想要确认的是重大的转折点,由此现代在一种映射式关系中向自己走来,他希望确定的是一个时刻,在那里现代已经在它之前的事物——历史——中设计了一个统一的空间。克泽莱克关心的是现代的动态性概念,而不是历史玄学的历史性概念。这是否就像年轻、崭新的世界在大胆、独特的登场中,对古老学说中的战车文化做出反驳呢?是不是可以说,马鞍中的观念史正与轴心上的思想史针锋相对呢?毋庸置疑,这恰恰是一部亚历山大对大流士、鞍形期对轴心时代、概念史对历史哲学的精彩的古装动作片,从一开始,谁将赢得胜利已经是一目了然的。

这是一个历史学领域的无聊的文字游戏吗?可能并非如此,而是留下了更多的印记。雅斯贝斯本人留下了行走在历史舞台上的足迹。在他的意识的轴心时代理论的形成过程中,他提出了这样的问题:产生新的

---

[1] 格伦·鲍索克(Glen Bowersock)在评论不久前出版的雅斯贝斯的"轴心时代"的论文集[《轴心时代及其后果》(*The Axial Age and Its Consequences*),R. N. 贝拉(R. N. Bellah)和 H. 乔阿斯(H. Joas)编,剑桥/马萨诸塞州,2012 年]时指出,雅斯贝斯在讨论"轴心"时提到黑格尔是将上帝之子降临人间作为世界历史的支点(Drehpunkt),请参见格伦·鲍索克《人类另一个关键点?》(*A Different Turning Point for Mankind?*),《纽约书评》(*The New York Review of Books*),2013 年 5 月 9 日,第 56—58 页,这里是第 56 页。有关"轴心时代"的讨论也请参见 H. 乔阿斯优秀的总结之作《什么是轴心时代:对超越的科学讨论》(*Was ist die Achsenzeit? Eine wissenschaftliche Debatte als Diskurs über Transzendenz*),巴塞尔,2014 年。

思考方式的可能的原因是什么？对于"为什么会出现同时性的现象"这个问题，雅斯贝斯认为，只存在一个值得深入讨论的假设。这个假设是阿尔弗雷德·韦伯提出的，正如他所说的那样："来自中亚的战车民族和骑兵民族的入侵，在三个领域产生了类似的效果：凭借马的骑兵民族的民众体验到了更广泛的世界。他们拥有征服陈旧的高度文明的能力。借助勇敢和所经历的灾难，他们体验到生存中令人质疑的地方，作为面对其他民族拥有优越感的上等人，产生了英雄—悲剧性的意识，并且发现可以将史诗作为它的表现手段。"[1]

雅斯贝斯所提到的是阿尔弗雷德·韦伯撰写的《悲剧与历史》（*Das Tragische und die Geschichte*），这本书在斯大林格勒战役这一年出版可能并不是一个巧合。韦伯在这部著作中指出：众所周知，德国人采用的是与古希腊人一样的"悲剧性的存在视角"。他也引用了流亡学者海因里希·奇曼的论述作为支撑性依据。[2] 关于悲剧性除了古希腊之外，对于更大范围中的世界有什么意义这个问题，韦伯在回答中提到了公元前2000年以来两次征服欧洲和亚洲"前文化"的浪潮：第一次与战车技术有关，第二次是自公元前1200年开始的、由骑兵部队发起的攻城略地。其中最重要的是，这两次征服都触发了大规模的文化运动，"骑兵浪潮如同巨大的波涛，在当时的时代背景下声势浩大地冲击着欧亚大陆。（……）在这个过程中，这片大陆上的民众，通过使他们的社会和政治结构在各个方面都永远与他们的心理特征、领导战争的统帅特性，以及

---

[1] 卡尔·雅斯贝斯：《历史的起源与目标》，慕尼黑，1949年，第37页。
[2] 阿尔弗雷德·韦伯：《悲剧与历史》，汉堡，1943年，第60页。

战争的氛围相匹配……从而开创了一个崭新的世界阶段，这是一个精神上发生巨变的阶段。（……）在那样的时代里，到处都是充满男性气息，自由自在的让统帅特性和统领方式扎根于大地、根植于'地球母亲'怀抱的观点，从而与最初的母系氏族……农耕经济联系起来……"[1]

站在战争统帅和战斗英雄等伟大人物身后，为他们提示发言词的了不起的人，并不是弗里德里希·尼采，而是奥斯瓦尔德·施宾格勒。尽管他的历史观点所浸染的基调起源于尼采，但是的确是施宾格勒——这位凭借《动物王国主舞台上的视觉器官的发展》（*Die Entwicklung des Sehorgans bei den Hauptstufen des Tierreichs*）这篇论文完成他的大学学业的历史学者和动物学家——最先极富洞察力地描述了马及其军事用途在历史上所扮演的变革性角色。伴随着轻微的"技术层面"的延伸，施宾格勒的兴趣转变为在前台关注武器技术，而将对马的注意略微推移到了后台。引发他的研究热情的，并不是历史上后来出现的骑兵战士，而是此前登场的战车；同理，这也就是为什么他将骑兵看作衍生而来的次要现象："没有哪一种武器像战车那样遍及全世界，即便火器都没有。它是打开公元前2000年世界史的钥匙，从那以后，世界几乎完全以另一番面貌出现在整个历史时期当中。（……）其中最重要的是，**作为战略武器的速度**第一次登上了世界历史的舞台。而骑兵的产生……只是战车战斗的一个结果而已。"[2]

---

[1] 阿尔弗雷德·韦伯：《悲剧与历史》，第58—59页。
[2] 奥斯瓦尔德·施宾格勒：《战车及其对世界历史进程的重要影响》（*Der Streitwagen und seine Bedeutung für den Gang der Weltgeschichte*），收录于他的《演讲与文章》（*Reden und Aufsätze*），慕尼黑，1937年，第148—152页，这里是第149页。

1934年2月,施宾格勒在慕尼黑亚洲艺术与文化之友协会(Münchner Gesellschaft der Freunde asiatischer Kunst und Kultur)发表演讲,他就像一位先知那样讲述着即将到来的、用新型战车展开的闪电战——他简直像是在为坦克专家古德里安写剧本。这位作者在为战车设计的宏大登场中,还引出一个更为宏伟的人类学结果:"由此,**速度作为武器**登上战争史的舞台,同时出现的还有这样的思想,即人们会认为运用这种武器的职业军人是一个民族中最重要的人。使用这样的武器的一种新人类(……)将会成为统治人种,对于他们而言,战争是生活的内容,他们以骄傲且轻蔑的目光鄙视着农民和养牲口的部族。在2000年里,这里将会产生目前还不存在的人类。新型灵魂将会产生。具有自觉意识的英雄将在那里存在。(……)这样的结果会对世界史产生振聋发聩的影响,它蕴含着新的风格和意义。"[1]

在第二次世界大战结束3年后的1948年,汉斯·弗莱尔出版了两卷本的《欧洲世界史》(*Weltgeschichte Europas*),这位作者时不时地会漫步在施宾格勒留下足迹的道路上。他也愿意将马与战车的连接处看作"人类历史上最彻底的大型革命之一"[2]。弗莱尔更为直接、更为不容置疑地将新的驾驶技术和战斗技术与人类学中的里程碑以及形而上的意志联系在一起:"……这里所涉及的是战斗意志的自然的爆发……战斗意志的爆发(意味着)一个新纪元的到来。因此新诞生的征服意志代表着

---

[1] 奥斯瓦尔德·施宾格勒:《战车及其对世界历史进程的重要影响》,收录于他的《演讲与文章》,第150页。

[2] 汉斯·弗莱尔:《欧洲世界史》(两卷本),威斯巴登,1948年,第1卷,第25页。

绝对具体的道德伦理，也就是说，征服意志作为在某些关键之处切实有效的武器，将像火山爆发一样完全打破地球上目前的权力地貌。(……)从现在开始才会出现有自觉意识的英雄主义……从现在开始才可能有真正的史诗。"[1]

不过自人类用速度武器作战开始，登上历史舞台的不只是史诗："在这种精神实质中，一种新世界现象将会诞生，这是在第一个千年的旧文化中还不存在的：它就是政治……从现在开始，才有真正动态性的政治历史存在。存在于世的不再只是那些以典型的编年体风格记录的君主事迹、刑事审判及和解，而且还有从伟大到没落、从荣耀到衰败的猝不及防的转变，在这些变化中，国家本身也被押进了赌局。"[2] 政治如同命中注定一般地登上令人费解且极其庞大的历史舞台，而且它也只是某一技术领域的突破所带来的某种后果而已。

20世纪40年代末，在有关统帅主义和命运说法的袅袅余音之中，雅斯贝斯还继续勇往直前地致力于对新型人类的探索。不过，他并没有完全忽视这项技术变革中的动物承载者。马的到来通过改变人和骑兵的位置，从而改变了他们的视野，同时也使得他们能够看到周围的世界："马使得人类与大地分离，从而为他们带来了辽阔与自由以及新的高级战斗技术，为他们带来与马的顺从和克制、骑兵及征服者的勇敢、对马的美好之处的感知等联系在一起的统治地位。"[3]

最晚到现在，也是与轴心时代和战场文化的表面上的相似性进行告

---

[1] 汉斯·弗莱尔：《欧洲世界史》，第26页和第28—29页。
[2] 同上书，第33、35页。
[3] 卡尔·雅斯贝斯：《历史的起源与目标》，第70页。

别的时候：再见了，假朋友。雅斯贝斯并不是作为哲学家赶车人驾车穿行历史的，他所跟随的作者不是奥斯瓦尔德·施宾格勒，而是阿尔弗雷德·韦伯。作为试图解析出轴心时代中划时代的相变的重要历史人物，雅斯贝斯感兴趣的只是"印度欧洲人（Indoeuropäer）中的**骑马民族**"，他们在公元前1200年前后"凭借着一股巨大的、新颖的推力"突然出现，而且正是这股力量，使得他们现在到达了现在的伊朗和印度。[1] 顺便提一下，在1939年之后，这几位作家——无论是韦伯、雅斯贝斯，还是弗莱尔——都在自己的口袋里揣着同一本考古学—马学方面的"教义问答"小册子，这就是约瑟夫·威斯纳的《古代欧洲和古老东方的驾乘和骑马》（Fahren und Reiten in Alteuropa und im Alten Orient）。[2] 威斯纳以一种至今都令人惊愕的方式，将1940年历史学界的研究与意识形态的叙事色调结合在一起。

为使马的时代早期历史具有连续性，这位历史学家和考古学者放弃突发性的形象、命运一般的突然爆发的说法，这些都是拥护尼采的保守主义者（施宾格勒、弗莱尔）所看重的。不过与这些人一样，他并没有放弃这个观点，即随着战马和战车在古代欧洲和近东地区的出现，**宏大的政治**时代才得以开始。[3] 宏大的政治渴望新的承载者、新的历史性的

---

[1] 卡尔·雅斯贝斯：《历史的起源与目标》，第37页。

[2] 这本薄薄的小册子于1939年在莱比锡出版，它是前一年约瑟夫·威斯纳在柏林前亚洲—埃及协会（Vorderasiatisch-Ägyptischen Gesellschaft）所发表的演讲的演讲稿；同时这也是这位作者为获得在柯尼斯堡大学传统考古学专业授课资格所提交的论文。1971年，这本小册子在希尔德斯海姆翻印、出版。我要感谢卡尔-海因茨·波赫尔（Karl-Heinz Bohrer）告诉我，作为比克霍夫（Birklehof）乡村寄宿学校教师的约瑟夫·威斯纳在战后获得了柯尼斯堡大学的教职。

[3] 约瑟夫·威斯纳：《古代欧洲和古老的东方的驾乘和骑马》，第24、29页。

主体:"拥有骑士精神的统治者……凭借着不可抑制的展示其行为及由此登上历史舞台的意志,将不再生活在晦暗之中。"[1] "威斯纳不厌其烦地强调的、稳固自己的统治地位的意志,正是**雅利安人的精神气质**。"它现在仍然对伊朗和亚述之间的整个东方区域发挥影响,但已经在其他文化——例如埃及文化——中消失。古老的世界显然也已经认识到英雄与小商贩之间的截然对立。[2]

相比骑士,驾车的战士明显早出现了500多年。"在东方前沿地带,很少见到骑马的人。(……)骑术在军事上没有得到应用,同时,人们也不会觉得骑手高人一等。(……)还没有人发现骑士的道德风貌。因而骑在马上的诸神尚不为人知。"[3] 因而,这位考古学家毫不怀疑,相比于驾乘马车,将骑术用于军事用途以及**骑兵**的出现都是后来的发明。冯塔纳通过巴默将军之口所说出来的有关骑兵的观点[4]——骑兵的历史就是整个人类的历史——是从后向前回溯时产生的错觉。此外,征服者凭借速度所产生的魅力,不仅吸引着国家社会主义者和偏爱或深受其影响的作者们,新自由主义者、社会福利性市场经济的共同创始人亚历山大·吕斯托夫,也曾经在1950年前后,对"陶醉于速度"的做法和"人们对于空间和距离自我感觉的完全改变"大发牢骚,因为人们不得不为

---

[1] 约瑟夫·威斯纳:《古代欧洲和古老的东方的驾乘和骑马》,第37页。
[2] 同上书,第34页。
[3] 同上书,第39页。
[4] 这是《风暴之前》(*Vor dem Sturm*)中巴默将军的观点:"从我的职业立场来看,我甚至可以斗胆地下结论说,世界历史无论是通过匈奴人还是蒙古人的特征所展现出来的伟大风格,都一直而且永远是产生于马鞍的,因此可以说,世界历史是通过某种最原始的轻骑兵所创造的。"冯塔纳:《风暴之前》,第1卷,第187页。

此创造"快速驾驶和骑行的新移动技术"。[1]

英籍犹太裔作家埃利亚斯·卡内蒂也认为，马背民族是因为他们的速度才有能力为世界历史做出贡献。"驯服马和培养出大批完美无缺的骑手，使得在东方产生了巨大的历史性突破。那个时代有关蒙古人的报道强调了他们是多么神速。他们总是出其不意地出现，他们的出现和消失都一样突然，而且还可能是以更为猝不及防的形式。"[2] 英勇无畏的后结构主义的"精神分裂症的分析"也认为不能放弃迅猛而且吸着烟的骑兵战士的形象："'……他们的到来如同命运的安排……他们像闪电一样出现在这里，极其可怕，极其迅速……'"吉尔·德勒兹和菲利克斯·加塔里引用尼采的话，并且继续用卡夫卡的话语写道："征服者就像是在荒漠中升起的尘雾一样突然出现：'他们以某种……令人费解的方式突然入侵首都'，他们如何'穿越荒芜且辽阔得可怕的高原'，这让人难以理解……'然而，无论如何他们现在在这里了，看上去似乎每天早上他们的人都会更多一些。'"[3]

---

[1] 亚历山大·吕斯托夫:《当前的地点确定：历史文化综合性批判》(*Ortsbestimmung der Gegenwart. Eine universalgeschichtliche Kulturkritik*)，第1卷:《统治的起源》(*Ursprung der Herrschaft*)，埃伦巴赫-苏黎世(Erlenbach-Zürich)，1950年，第68页。顺便提一下，吕斯托夫以一句值得注意的语句作为他对牛科和马属的早期历史关系的思考："然而，马属中对世界历史起决定作用的最高代表是马。"同上书，第66页。

[2] 埃利亚斯·卡内蒂:《群众与权力》(Masse und Macht)，慕尼黑，1994年，第2卷，第10页。

[3] 吉尔·德勒兹和菲利克斯·加塔里:《反俄狄浦斯情结：资本主义和精神分裂症》(*Anti-Ödipus. Kapitalismus und Schizophrenie I*)，第1卷，法兰克福（美因河畔），1974年，第250页。

狭窄的入口

在雅斯贝斯提出"轴心时代"之后的60年里,有关马时代的早期阶段的研究已经有了可观的进展。相关的研究卸下了意识形态领域的包袱,而且它们在与雅利安人精神气质告别的同时,也与统帅和英雄分道扬镳。考古学和考古动物学从**雅利安人的本质特征**中解放出来,正如彼得·劳尔温所写的那样[1],所谓的雅利安人是最早驯服马的,而后又发明战车的说法为雅利安人带来的吸引力消失了。因而总体来看,阐释模式也不再建立在历史哲学的宏观视野或骑兵视角的基础之上,而是要与考古学发现的微观视野相匹配。[2] 这并不意味着,今天在从黑海到中亚之间的广阔的欧亚地区的考古学,只是埋头挖掘人与马相互联系的证据,而完全放弃对传统形象的阐释。就在几年前,欧亚地区的**游牧民族战士**的形象,即那些与他们有耐力而且容易满足的马一样,坚忍不拔、令欧洲和东方定居民族闻风丧胆的"与生俱来的"或"天生的"战士,就在研究中经历令人称奇的再次繁荣。[3] 大草原上的战士不再像闪电一般从

---

[1] 彼得·劳尔温:《马、战车和印度-欧洲人》(*Horses, Chariots and Indo-Europeans*),《考古系列丛书·第13卷》(*Archaeolingua Series Minor 13*),布达佩斯,2000年,第61页。

[2] 格伦·鲍索克写道:"雅斯贝斯对于考古学完全一无所知。"这句话可以理解为,雅斯贝斯完全没有涉及考古学。F. 本奥伊特(F. Benoit)在他的著作《英雄主义的马术》(*L'héroisation équestre*)中论证,往日有关英雄形象的考古学和雅斯贝斯的研究都是在探讨"人类共同的背景",普罗旺斯埃克斯(Aix-en-Provence),1954年,这里是第9页。

[3] 请参见 N. 迪·考思莫(N. Di Cosmo)《历史视角下的亚洲内陆作战方式》(*Inner Asian Ways of Warfare in Historical Perspective*),收录于他的《欧洲内陆的战争史(500—1800)》[*Warfare in Inner Asian History (500–1800)*],莱顿(Leiden),2002年,第1—20页,这里是第2—4页(在这里还给出了展开进一步研究的参考文献)。

政治思想的天空中突然降临,这个历史研究不能放弃的事实,其原因发生变化:命中注定的因素不再是政治方面,而是生态方面的。1974年,一位研究中国战争史的学者就已经写道:"游牧民族除了成为骑手、猎人和骑马的弓箭手之外别无其他出路,生态环境方面的因素使得他们成为最浑然天成的战士。"[1]

从考古学的角度来看,就连"战士"这个概念也很成问题。一位对青铜器时代欧亚地区的骑手有着全面研究的作者,在听到"马"这个词的时候会想到,它非常适合被用来看守、保护牲口群,不过,它同样也适用于偷盗或者将家畜从原来的主人那里赶到其他地方,除此之外,它本身却不容易被偷走:"当北美平原上的印第安人刚开始骑马的时候,盗马就已经缓慢地败坏着到那时为止还友好相处的各个部落之间的关系。"[2] 对马的使用造成新的冲突局面,导致新型争执的产生,这使得骑行与展开战争之间的界限变得模糊不清。"许多专家下结论说,从公元前1500年到公元前1000年之间的某个时间开始,人们就已经骑马展开战斗,但是他们并没有区分**骑马抢劫**和**骑兵作战**这两件事,前者可能已经非常古老,而后者是伴随着大约于公元前1000年开始的铁器时代的到来而出现的。"[3]

由于东欧和亚洲游牧民族之间的古老冲突没有威胁到美索不达米亚

---

[1] J.K. 费尔班克(J. K. Fairbank):《中国的战争形式》(*Chinese Ways in Warfare*),剑桥、马萨诸塞州,1974年,第13页。

[2] D.W. 安东尼(D. W. Anthony):《马、车轮和语言》(*The Horse, The Wheel, and Language*),普林斯顿,2007年,第222页。

[3] 同上书,第223页。

和近东地区的大城市,因而它们就一直处在历史的光束之下。为了走近历史的聚焦点,不仅战士们的武器装备要加以改善(更短小、更强有力的弓和铁质的箭),而且还需要战士组织之间的团结合作和纪律性,即必须从部落战士转变为国家战士。这个变化似乎在公元前1000年到公元前900年之间出现:"一旦骑兵开始在战场上取代战车,战争的新纪元就开始了。"[1] 换而言之,雅斯贝斯所认定的轴心时代开始的时间点,就是公元前800年前后,这早就被军事史算作"鞍形期"了。

对于那些挖掘人与马之间产生关联的根源的学者来说,"鞍形"和"轴心"都是糟糕的指示器,两者从历史的角度来看都来得太晚。没有将马作为食用对象,而是将它看作驮负和牵拉重物的发动机,并且从这个角度研究其驯化历史的人,能够井然有序地从其牙齿展开探索。人类在交易马时,通常都会检查它们的牙齿,而早在这个做法流行起来之前,马的牙齿就已经两次作为指示器,展示了马的历史发展进程:第一次是在马的进化早期阶段,第二次是在它们开始被驯化家养的时候。

在对驯化历史进行研究的过程中,考古学一方面与圣像画艺术史联系在一起,另一方面则与骨学联系在一起。考古学的前一个侧翼主要以有关骑行的马(或者类似于马的其他牲口)的图画以及相关文献为证据,证明这个观点——"在公元前的第二个千年结束之前,还不存在有关骑行的**可信的**文本或图画"[2]。与此同时,骨学和古代马学的联系

---

[1] D.W. 安东尼:《马、车轮和语言》,第224页。
[2] 这是玛莎·莱维纳(Marsha Levine)的观点,引自安·海兰德(Ann Hyland)《古代世界的马》(*The Horse in the Ancient World*),菲尼克斯(Phoenix),2003年,第3页。

却可以向前推 2000 年或 3000 年。很久以来，放射性碳测定法就已经是骨学和考古学领域最有效的研究工具。在这种方法的帮助下，可以确定在这两个铜器时代的聚居地：最开始是在第聂伯河中段乌克兰的德里基夫卡村（Derijiwka），后来是在北哈萨克斯坦（Nordkasachstan）的博泰（Botai）。考古发现马骨的年代，应该是介于公元前 4000 年末至公元前 3000 年初的某个时期。但是马这种动物究竟是被用于卡路里方面还是动力学方面，这个关键问题，这些骨头却无法做出回答。但是除了这些骨头之外，人们在这两个地方还发现了用鹿角做的圈嚼子套索。这一发现说明，马这种牲口不只被当作食物，而且也被当成了骑行和驮负动物。[1]

考古学可以采取的另一个做法，正如他们在最开始所做的那样，通过牙齿感知这种动物。无论是什么类型、何等材质的圈嚼子——硬木、皮革或大麻纤维之类纺织品质地的——凡是被套上过圈嚼子的马的牙齿珐琅质上，都会留下压迫或拖过的痕迹。[2] 通过这些痕迹，人们可以

---

[1] 请参见 V. 霍恩（V. Horn）《古老东方的马》（*Das Pferd im Alten Orient*），希尔德斯海姆，1995 年，第 20—21 页。有关德里基夫卡村的考古发现的讨论，请首先参考 H. 帕辛格（H. Parzinger）《普罗米修斯的孩子们：文字发明之前的人类历史》（*Die Kinder des Prometheus. Eine Geschichte der Menschheit vor der Erfindung der Schrift*），慕尼黑，2014 年，第 390 页。

[2] 请参见 D.W. 安东尼《马、车轮和语言》，第 205—206 页："骑行在马的骨骼上只留下很少的印记。但是圈嚼子却会在牙齿上留下痕迹，而且通常来说这些牙齿都在口腔里保留得非常好。圈嚼子只在驾驶或骑行过程中从后面操控马的时候才会用到。如果从前面拉马的话，就不会用到它……因而，只有马被骑行或者驾驭的时候，才会在牙齿上呈现出圈嚼子的印记。没有圈嚼子的痕迹并不能说明什么，因为可能采用的是其他的控制方式（安装在鼻子上的皮带，安装在头部的套索），所以没有留下什么痕迹。然而，这些痕迹的出现是不容置疑的骑行或驾乘的标志。"

将马最早被用作驮畜或者骑乘牲口的时间确定在公元前 4200 年至公元前 3700 年之间的时间段中。[1] 同时也可以证明,大批家养牲畜(马、牛、羊)也产生于同一时间区域。当牛和羊也是由人步行着放牧的时候,在很长一段时间里,骑马放牧还不可行。为了让马能够长时间地留在牧群里,放牧人必须要学会骑马。[2] 尽管考古学在各个领域都有很大的进展,但是人们依然不能确定,家养牲口真正具有哪些文化和道德方面的作用:没有任何文字、图片,也没有任何物质印记,记录人类是如何勇敢地第一次骑到狂野的马上,又是如何使它能够忍受骑手,并且听从骑手的意愿。历史学家安·海兰德用描写度过 50 周年纪念日的人类第一次登月脚步的词语,来形容人类登上马的那个瞬间,应该没有什么不妥之处:这是一小步,但却是勇敢的一步,因为人骑上了马。[3] 可以肯定的是,将骑马比作登月并不是夸大其词。在人类开始通过驯服和培育马,从而将自己的命运与之联系起来 —— 其目的不是出于营养学方面的考虑,而是出于矢量的打算 —— 的那个时刻,人类应该是在文字发明之前就跨过狭窄的入口,从此走进历史的空间。

---

[1] D.W. 安东尼:《马、车轮和语言》,第 220 页。
[2] 同上书,第 221 页。
[3] 安·海兰德:《古代世界的马》,第 5 页。类似的说法也请参见 Ch. 鲍莫尔(Ch. Baumer)《中亚历史》(*The History of Central Asia*),第 1 卷:《草原武士的时代》(*The Age of the Steppe Warriors*),伦敦,2012 年,第 84—85 页。

坚硬的牧草

有了马,人类不仅获得一个特别敏捷且机灵的伙伴,而且它的力气、耐力和速度,也使人类能够以闻所未闻的新方式展开战斗,并且推动"宏大的政治"。相对而言,马也是一个容易满足且强壮结实的伴侣,并且它几乎与人类一样,具有很强的适应能力。这主要是与这种动物的饮食和消化联系在一起。马从牛向来不屑一顾的草类植物中获得给养,这些草的纤维过于坚硬且蛋白质含量也太低,因而它对于牛和大部分偶蹄动物来说没有什么营养价值。此外,牛需要休息时间,它在这段时间里进行反刍,而马却受惠于胃部结构简单,因而它可以继续进行消化。马具备坚韧性和易满足性的前提条件,当然是它的牙齿:由于马的牙齿特别长,而且有坚硬的牙冠,因此马和其他马属动物能够咬断并且嚼碎在高原、大草原和热带稀树草原上生长的、细胞壁富含硅成分的坚硬的牧草。随着这种类型的牙齿的不断完善,马的祖先也以同样的速度和程度,不断地放弃着较软的叶子类食物,并且将它们原来的生活空间——树林——换成了大草原。[1]

为了从这种新的、缺乏蛋白质的食物中获得足够的基本营养,马无论如何都必须吃很多。因此这又需要马必须能够在草原和半干旱区域里自由地到处跑动,它们必须能够走很远的距离并且生活在小群体中。人

---

[1] 请参见 J. 克拉顿−布洛克(J. Clutton-Brock)《马力:人类社会中马和驴子的历史》(*Horse Power. A History of the Horse and the Donkey in Human Societies*),剑桥,1992 年,第 20 页及其后面若干页。E. 威斯特(E. West):《马文化的影响》(*The Impact of Horse Culture*),www.gilderlehrman.org/history-by-era/early-settlements/essays/impact-horse-cultures。

类渴望着扩大自己的生活及影响力的半径,而马之所以能够成为这样的人类的理想伴侣,是身体构造和生活方式相结合所带来的结果。这些状况的组合使得马(具体来说是某些类型的原始马,其中包括普尔彻瓦尔斯基马,但欧洲大陆的泰班野马不属于其列)具有了被驯化、家养的与生俱来的可能性。马一旦"克服"它的野性,它就成为人类的可靠而且敏感的伙伴。当尼采和施宾格勒流派的历史哲学与权力理论,只将他们的目光放在**速度**的作用及其所产生的宏观历史后果(战争、宏大的政治)的时候,历史生态学却更紧密地贴近动物和环境相互作用的过程,以及由此在能量平衡上所产生的决定性的结果。

于尔根·奥斯特哈默在观察19世纪北美的"野蛮西部人"的时候写道:"马发挥着能量转化器的作用。它将蕴藏在草原中的能量转换成肌肉力量,与没有被人类驯服的大型动物不同,马的肌肉力量听从于人类的支配。"[1] 事实上,不仅是北美洲中部的大草原,世界上所有辽阔的牧场和半干旱地带都是巨大的能量存储器,它们借助被驯化的动物——诸如马——的帮助而发挥作用。这些牲口能够吸收草原牧草所蕴含的能量,并且将它们转化为动能,此类能量之后又被用于另外一些用途。

正如于尔根·奥斯特哈默所指出的那样,有关作为能量转化器或者英语术语里所说的能量"变流器"(converter)的动物器官的理论,最初是19世纪的机械工程师和物理学家所钻研的对象,他们殚精竭虑于

---

[1] 于尔根·奥斯特哈默:《世界的演变:19世纪历史》(*Die Verwandlung der Welt. Eine Geschichte des 19. Jahrhunderts*),慕尼黑,2009年,第483页。

提高机器在能量转换方面的效率，为此，他们研究作为动力机械的活生生的动物。这其中最为突出的是罗伯特·亨利·瑟斯顿，他的思考内容借助弗兰茨·鲁洛的翻译，使德国人也得以接触。[1] 而将哲学和物理学领域的唯能说"转译"为人类社会历史的运转规律，则是芝加哥社会学家弗雷德·科特莱尔的功劳。[2] 根据他的理论，最初而且也是最重要的转换器是人类自己——因为人具有创造能力，因而他们能够明白如何开发各种各样的潜在能量，并且对它们加以利用。不过，正如科特莱尔所说的那样，人类"为满足不同的目的，除了他们自己的身体之外，还需要其他转化器，并且能够对他们所掌握的转化器实现的功效加以测量。人类采用其他种类的转化器来代替或者补充人类所产生的能量，使用这些转化器的地方，相较使用人类自己的力量都会创造更多的能量"。[3]

如同动物一定会有正常的新陈代谢一样，马天生就是能量转化器：它吸收植物当中所储存的能量，然后将其转化为动能（跑、牵引、驮负的能量）。实现这一转化的前提，自然是人们不再一次性地利用植物原材料到马肉的转变——也就是它的食用用途——而是把马看作持续产

---

[1] 罗伯特·亨利·瑟斯顿：《作为动力机械的动物躯体：鲁洛博士译自英文》（*Der thierische Körper als Kraftmaschine. Aus dem Englischen von Prof. Dr. Reuleaux*），收录于《普罗米修斯》（*Prometheus*），第6卷，第40—42页（1895）。这篇论文总结了瑟斯顿在《作为原动机的动物》（*The Animal as a Prime Mover*）（纽约，1894）一书中的主要论点。

[2] 请参见弗雷德·科特莱尔《能量与社会：能量、社会变化和经济发展之间的关系》（*Energy and Society. The Relation Between Energy, Social Change, and Economic Development*），韦斯特波特（Wetport）/康涅狄格州（Conn.），1955年。

[3] 同上书，第6页。

生动力能力的生成器,并从这个方面来利用马。因为马而发挥作用的技术工具(缰绳、马鞍、马刺等),引导着经由转换过程而产生的可供使用的能量,使它们被引向相应的历史群体所期待的方向。

就像科特莱尔指出的那样,人类也是转换器,而且他们要比转化装置精巧得多:他们学习如何使用其他能量转化器,以服务于自己的目标。一言以蔽之,就是人类并不是或者并不仅仅是通过绷紧自身的肌肉来奔向自己的目标,而是凭借着其他转换器扩大自身的影响范围、用于自己的目标。一开始,其他各种转换器只是用来提供营养,后来则发展到更高阶层的矢量,也就是说,成为动力能量的提供者,"对驮畜的驯服,使得其拥有者可供支配的机械能量得以可观地增加"。[1]

可以看到,历史生态学是各种各样的活跃分子共同作用的结果,其中包括动物、植物、微生物、技术、水、风,此外不要忘记还有灰尘和沙土。由于我们生活在已经历过启蒙的时代,因此在活跃分子名单上不再会列上精灵、魔鬼和神仙,不过,却要将灾难纳入其中。毫无疑问,人类也是创造历史生态的主体,但是看起来,他们在生态学中所发挥的作用要比在典型的政治历史中小,因为现在他们似乎在与自然过程互相影响,或者在对抗自然进程方面展现出更强大的力量。随着我们在21世纪越走越远,我们就会愈加清楚地看到,曾经站在历史生态学中央的,正是能量的历史、能量的形式及其载体的变化过程,以及围绕着能量的分配展开的斗争。尽管在可以预见的时间范围内,能量史的核心领域仍然控制着所有的政治主张和政治行为——战争与和平、法律、行政管

---

[1] 弗雷德·科特莱尔:《能量与社会:能量、社会变化和经济发展之间的关系》,第20页。

理和自由空间，但是所有的政治态度、行动和理念，在未来都会随着对能量历史的回顾而得到新的解读和评估。与以往的历史不同，未来的唯能说不再将历史世界分为两个截然对立的部分，即人类的历史世界和非人类的历史世界，而历史世界最重要的标准化石就在马那里。

占领土地

成为印第安人

20世纪五六十年代，表演艺人麦隆·科恩走街串巷，在北美各家夜总会巡回表演滑稽节目，那些节目里保留着清晰的移民痕迹。有些插科打诨出自意大利，另外一些则是从爱尔兰或波兰漂洋过海来到北美洲的——其中大部分具有犹太血统。科恩所表演的节目中，即便表面上看来"版权"应该是美国的，但也都显露出跨文化的印记。这其中就包括一个关于一名男子开车逆行在单向车道上，被一个警察拦住的笑话。那个警察问逆行的司机："您难道没有看到箭头吗？"男子回答道："没有啊，我根本就没有看到印第安人呀！"

科恩的这个笑话不仅具有简短精练的特点,而且不会让人们因文化差异而难以理解,一个奥地利人或一个中国人会和一个美国人一样捧腹大笑。在美国人看来,这个故事特别有趣的地方是它调换两类箭头,同时也将200多年的美国文化和眼下的日常生活混淆在一起。换而言之,对于美国人来说,这个笑话不只是文字游戏,也是历史玩笑。人们从到处是汽车和满眼是交通标志的世界——在那里箭头形状的图标是用来指明方向的——走了出来,一下子跳回了马和骑手的世界,那里的印第安人和他们的箭头因为速度太快,而没有被人们看见。

不过马与箭的组合并不完全是美国人的发明。最开始将这两者结合起来的是亚洲游牧民族、西伯利亚大草原的原住民,而后阿拉伯的马背民族进一步使这个组合更加稳固。埃利亚斯·卡内蒂写道:"弓箭是蒙古人最重要的武器。他们可以远距离射箭,而且也能够在运动中从马背上射箭。"[1] 当然,美国人只看见过印第安人,于是这就成了他们的历史性视向或者文化单向车道。马与弓箭的组合尽管的确是自然形成的产物,但是它同样是具有"历史性的":当我们想到大的历史事件时,会看到这个组合的确承载着历史,同时这两样物品又是实实在在存在的。然而,众所周知的是,除了这两样东西之外,在马与弓箭的更广泛的结合的皱褶中,还存在着各种修订和周而复始的趋势,后两者是在想象的空间内形成的。为什么它们不能如同木头、钢铁、肉和血所组成的物品那样真实呢?雅各布·布克哈特说过,想法本身也是事实。

在科恩讲的笑话中,我们看到两幅紧密关联的图像,一幅画面上是

---

[1] 埃利亚斯·卡内蒂:《群众与权力》,慕尼黑,1994年,第2卷,第48页。

马,另一幅则是弓箭,这两个形象都代表着在空间中的高速运动。如风一般疾驰的动物与迅捷的箭——出自人类之手的人造物(它与被驯服的马实际上是一样的)与技术物品——结合起来。印第安人再一次成为马与弓箭的联络官,他们将马—人和箭—人的形象合二为一,他们掌握了两类速度:马的动物速度和弓箭的技术速度。印第安人是代理人,他们组织起马与箭的协同效用,控制着它们的方向和叠加效果;他们是将马与箭集结起来的舵手。印第安人是北美洲大草原领空上的"驭箭员"。

在一篇简短、如风一般迅速、事实上只由一句话所组成的、标题为"希望成为印第安人"(Wunsch, Indianer zu werden)的文章中,弗兰茨·卡夫卡通过从骑手到箭头的蜕变,或者实际上是从骑手到纯粹的、非物质化的奔驰形变,形象地描述了闪电般的疾驰:"如果你是一名印第安人,那么你会立即跨上奔跑的马,迎风驰骋,再一次在震颤的大地上飞驰,以至于全身都在颤抖,直到你踢掉了马刺,因为你不需要马刺;直到你扔掉了缰绳,因为缰绳不必存在;当你几乎看不到被收割得干干净净的荒原前面广袤的大地的时候,马的脖子和马的脑袋也都不存在了。"

仔细看一看,我们就可以想象到,在这个印第安人的骑行或者梦想中的骑行里实际上发生了什么:这是一场独一无二、令人屏息的摆脱和丢弃——扔掉缰绳、马刺和一切物质——到了最后连马也被"吞噬"掉。除了倾斜着身体疾驰在空气中的、融合成一个整体的骑手之外,什么都没有剩下来,而且就连骑手自己也看不到震颤和急速奔驰,他的目光穿过收割过的草原通往一片虚无。正是这篇文章中的这句话,也是唯一一句话，再一次越过马头，就像惊鸿一瞥或者像一道闪电一样继续向前飞翔，而且它的动能承载着读者向前飞奔，带着他们越过看上去如同荒原或者也许是北美洲大草原的某些地方，一直向前穿行。此外，就在这句话主宰并且又抛弃把握在其手中的一切——马刺、缰绳、马脖子、马头——的时候，它又引发了其他的想象，并且迫使读者将这些念头——这句一路奔驰而来的语句没有清晰言明的念头——补充完整。

在这句话当中，同样的词语或者发音相同的音节（震颤／颤抖、直到／直到、因为／因为、马的脖子／马的脑袋）产生了双重敲击的回音效果，从中人们可以听到疾驰骏马蹄子叩响的节奏。从语法上来看，在这里直陈过去式代替了未来虚拟式，也就是说，这个句子的结构在疾驰中被"颠簸坏了"，被破坏了，因而它缺乏句法上的结尾，而这给读者带来的感觉是，他也骑在马上，他就坐在那位作者的身后，正从他的肩膀向前望去；或者说他自己就是骑手，独自一人骑在马上，在飞奔中震颤着、颠簸着，以至于他什么也听不到，什么也看不到。如同弓箭完全依靠动能、完全顺着美国人的行进方向飞往西部一般，卡夫卡的美国小说也是以同样的方向为基础，它从东海岸出发，开始一路向西进发，直到俄克拉荷马州。

这个句子的结构在语法和句法上都残缺不全，而且任何时候看过去，都像残破不堪或者被印第安人攻击过的马车一样。这个句子的各个组成部分都给人以摇摇欲坠的印象，而正是通过这样一个独特且相当短小的句子，卡夫卡展开了一段将在读者的脑子里继续展延的叙述。这是一段与文化存在共舞的叙述，就像麦隆·科恩确信他的观众知道什么是单向车道，什么是汽车、司机、警察、箭头以及交通标牌一样，这段叙事的作者可以完全放心所涉及的各种概念的适用性：印第安人、牛仔、马匹、骑手、北美洲大草原、西部地区。这句话游戏的对象是被福楼拜称为"庸见"的东西，或是所谓的常用套话、众人共有的认知，它是某个时代里所有语言游戏参与者都了然于心的内容；也就是说，在这里它更像是"被众人感知到的客体"、公共物品，人人都知道它的含义，同样人们也都清楚它的用法。从表面上看，卡夫卡在白纸或者随着时间的流逝已经发黄、褪色的纸上只写了短短5行，其中包括61个德语词、10个逗号和1个句号。但是事实上，在这段素材中，文化残余的沉积物、这个语句的马蹄声所扬起的质子、每一笔一画所产生的灰尘，都如同采德勒的垂死士兵的遗言一样，极其厚重且冗长。[1]

换句话来说，读者体验到的是与卡夫卡的句子所表现的同等程度的在震颤大地上的颤抖。从这句话的各个组成部分中并没有生成一个故事，恰恰相反，从中没有涌现出什么，而是走向了反方向的解体。卡夫卡所写下的这句话就像是刚刚被点燃的烟火，它迅速在地上爆炸、分崩离析，并且逐渐熄灭。然而与此同时，它又是西部电影史上最短小的微型电影剧本，这部迷你剧本从骑手——一个骑马的印第安人——的视角展现出一个孤独的场景，这是依靠语言上的模拟仿制出来的电影镜头的摇移：最开始镜头从奔驰的马的脖子上缓缓向上，接着上升到马的脑袋上，从那里延伸到广袤无垠的大草原，那不再是脚下震颤的土地了，而又过了一小会儿，镜头对准的便是"被收割得干干净净的荒原"。

---

[1] 请参见采德勒（Zedler）所编写的字典《艺术》(Art)，词条"Soldatentestament"（士兵遗言）。

众所周知的是，与同时代的许多艺术家一样，卡夫卡也不断地致力于对速度现象的描写。芝诺（Zeno）的"飞矢不动"悖论令他着迷，这个自相矛盾的命题认为，所有运动的物体都静止在一支飞驰的矢上，也就是说，静止只存在于摆脱一切摩擦力的绝对运动中。想要成为印第安人，是否就是要进入这种似是而非的静止瞬间呢？抱有这个心愿的人的渴望是一目了然的，他要摆脱骑行过程中的一切零碎物件，例如马刺、缰绳，从而最终实现纯粹的运动，即虚无空间里的矢量。由此看来，所谓的成为印第安人就是要去除一切配饰，从而将摩擦降至最小；或者更为激进的说法就是，他要把马这个物质化的载体也抛在身后，从而达到完完全全的非物质化。

就这样，卡夫卡所构建的微缩模型走向了抽象化的道路。凭借着有关飞奔的马的每一个语句，另外一些文明社会的元素脱落下来，而这些元素正是人类用来控制和驾驭马的：先是马刺，然后是缰绳。在这里没有谈到马鞍，也没有提及马镫；卡夫卡所抛弃的是控制和驾驭工具：刺针和辔头。用于驯服的最显而易见、最尖锐的工具，说明了控制是在带来疼痛和进行引导的过程中得以实现的。历史上，没有其他动物能够偷走环绕在马的身边的"技术客体"的花环，马因为它容易被操控和驾驭而赢得这样的花环。所有这一切只是为一个相同的目的：将马最紧密地与文明过程联系在一起，使这种牲口成为人类世界重要的组成部分，使它在时间长河中一直是人类最关键的能量提供者。这段从我们眼前消失的历史却浮现在卡夫卡的笔下，尽管我们还可以听到一两声马蹄声，但是它却渐行渐远：**不存在马刺，也不存在缰绳。**

就在控制工具被抛弃的过程中，负向的运动箭头却等量齐观地呈现了出来，它纯粹、绝对、抽象。卡夫卡想要成为印第安人的愿望将历史的空间抛在了身后。历史上所有的文明进程都走在与卡夫卡的愿望背道而驰的道路上：文明凭借其所掌握的工具、它的制动和刺激装置，驯服着承载能量的狂野的动物，以便最终能够尽善尽美地使用或者转化这种牲口的能量。抛弃马刺和缰绳并非要让能量箭头转为正向，而是要解除对这些能量的系统化使用，以及它与其他工具（例如马车、挽具、道路等）的捆绑或连接。技术发明不断地完善着人—马系统的动能效率及其操控性。卡夫卡笔下的印第安人则逆向穿行在单向街上，他的箭头指向的是文明的虚无。扔掉缰绳和马刺等操控工具，意味着骑手—作者本人也抛弃驾驭者和控制者的身份。但是这个印第安人，或者在成为印第安人的过程中的人所促使的控制权的丧失，并不是与马的戏剧性的摔倒联系在一起的。卡夫卡笔下的印第安人并不是走向大马士革的使徒保罗，他没有让他的马跌倒，而是让它在他身下或者身后，也就是说他超越了它，从而将他自己和那匹马都释放回未开化的状态之中。

卡夫卡期望中的印第安人将历史的空间抛在身后。在没有被入侵、没有被占领的空间里，在没有被攻占的原野上，在没有被变成疆域的土地上，历史都无所作为。卡夫卡的印第安人不是通过记号来占领土地，他飞跃这些土地而没有将它圈起来或者占为己有：似乎他根本没有感觉到它的存在，他几乎看不到它，他听到的只是他的马踏出的有节奏的马蹄声所带来的大地的震颤。这片土地是这位骑手的共振空间，是被绷紧的鼓面，马蹄单调地击打在这上面，这就是狂野西部的节奏器。这个骑手没有停下来，也没有圈下并且占有这片土地，他只是借助鼓槌一般的马蹄与它接触，并且从它那里夺走由马蹄叩击在北美洲大草原或是被收割得干干净净的荒原上的声响而产生的"机械之光"（黑格尔）。文字不存在，图表不存在，也没有版图、历史、空间的存在，存在的只是节奏分明的触碰在大草原的鼓面上的敲击声和碰撞声，还有从弦上射出的箭发出的嗡嗡声。卡夫卡所描写的印第安人**没有创造历史**。从严格的意义上来说，他们什么也没有创造，他们只是**召来了**某些正在大地上、马蹄下和空气中打瞌睡的东西——物质可能因此而震颤，从而带来了敲击、碰撞、摩擦和声音，带来了可能的响动和杂音。卡夫卡的印第安人没有创造历史，他驱动着身体，他踩踏着大地，他摩擦着空气，他唤起了声响。

广袤的土地

19世纪40年代，来自慕尼黑的风景画家卡尔·罗特曼受路德维希一世的委托，要创作由23幅希腊图画所构成的系列作品。为此他经过长途旅行，拜访这些图画历史上最初的发生地点，并且画下草图。在这些画作中有一幅——可能也是最著名的 幅——展现的是马拉松高原，当时正巧雷电交加、风雨大作，这样的场景让人们自然而然地联想到雅典人和柏拉台人与大流士一世率领的波斯军队的那场命中注定的大战。

不过，这位画家并没有使用具有高度象征性的气象学元素，相反他使用的是更为广义的历史符号——这次运用了四足动物作为象征：在这幅陈列在慕尼黑国家绘画收藏馆新馆的巨幅图画的中心位置上，可以看到一匹没有骑手驾驭的马，它的身后拖着一块红布，这块布在快速运动中覆盖了整个高原。2世纪希腊历史学家、地理学家帕萨尼亚斯可以算是可靠的希腊导游，所以他能够为这位画家充当上述细节的"担保人"；帕萨尼亚斯曾经报道说，每天晚上都能在曾经的战场上听到骏马发出的战斗吼叫和嘶鸣。[1] 希罗多德的记录是这场战役真正的主要来源，但是他完全没有报道有关马和骑兵的任何事项。[2] 不过那位传奇跑者、牺牲自我的胜利信使的存在可以作为后来的补充，从而让没有骑手、独自奔腾的骏马作为历史性的烽火信号而拥有了属于它的更高等且诗意化的真实性。在那块布的标志性颜色的强调下，最简短、最浓缩地概括了历史性权力集合的公式产生了，并且在这个位置爆发出来。作为动态标志、箭一般迅捷的矢量的马，使空间得以延展，大地得到扩张，而那个地方，正是在公元前390年夏末的某一天，西方世界被拯救的地点。

弗兰茨·卡夫卡、卡尔·罗特曼、卡尔·冯·克劳塞维茨——当人们问起对空间的动态性解释的时候，他们是为数不多的可以信赖的艺术家和作家。大部分有关空间的哲学、政治学和社会学理论，都没有将真正的人类或者非人类的跨越和囊括空间的矢量纳入思考。大约从十多

---

[1] 请参见帕萨尼亚斯《描绘希腊》(*Beschreibung Griechenlands*)，J.H.舒伯特（J. H. Chr. Schubart），柏林，未标出版年份，第78页。

[2] 请参见希罗多德《历史》，第6卷，第102—120页。

年前开始，人们就经常谈起"空间转变"，并且希望出现这样的变化，而从那时起，空间就表现为某种固定不变、预先存在的容器，并且能够将运动装入其中。[1] 只有少数作家承认空间并不先于运动存在，相反，它是在一个运动发生过程中被构建出来的：也就是说，从运动中发展出来了空间关系。正是因为有战役的存在，才产生战场，这就如同帆船与海角、骑兵与道路、登山者与山间小路、行人和便道之间的关系。空间并不产生于不同物体静态的相互并立，而是出自使不同元素相互发生关联的运动。[2] 米歇尔·德·塞杜写道："当人们将方向矢量、速度值和时间变量结合在一起的时候，空间就产生了。空间将运动元素编织在一起

---

[1] 请参见 J. 杜纳（J. Dünne）和圣君泽尔（St. Günzel）：《空间理论》（*Raumtheorie*），法兰克福，2006 年；W. 奎斯特（W. Köster）：《谈论"空间"：一个德语概念的语义学发展历程》（*Die Rede über den «Raum». Zur semantischen Karriere eines deutschen Konzepts*），海德堡，2002 年；R. 马里什（R. Maresch）和内尔斯·韦伯（Niels Werber）：《空间、知识和权力》（*Raum, Wissen, Macht*），法兰克福（美因河畔），2002 年。内尔斯·韦伯在他的研究《文学作品中的地缘政治学：对向心式世界空间秩序的测量》（*Die Geopolitik der Literatur. Eine Vermessung der medialen Weltraumordnung*）（慕尼黑，2007）中以非局部沟通宇宙传媒理论为基础，批判了"空间的平庸化"。相反，一条不平庸的空间理论应该具有历史启发性，应该将马的矢量功能纳入思考。

[2] 这是社会学家马库斯·施洛尔（Markus Schroer）等人的观点；持有此类论点的理论家在过去的 20 年里一直反对与之相对的"空间的灭绝"或者空间在时间中消失的理论［从麦克卢汉到鲍德里亚（Baudrillard）的大部分传媒学者都赞同这个观点］。马库斯·施洛尔在他的申请大学授课资格的论文《空间、地点、边界：通往空间社会学的道路》（*Räume, Orte, Grenzen. Auf dem Weg zu einer Soziologie des Raums*）（法兰克福，2006）中强调，"恰恰相反，空间产生于之前相互隔离，而现在可以互相抵达的地点之间"。因而，从这个角度来看，媒介并不会导致"空间的逐渐消逝"，相反会带来"空间的持续增加……因为每一种媒介都会纳入并且创造额外的空间"（第 164 页）。

(……)总而言之,空间是一个地方,凭借它人们才能做些什么。"[1]

我们从空间的角度以划分片段的方式思考运动,这使我们对它产生错误的认识,这是法国哲学家亨利·柏格森在《形而上学导论》(*Kritik der Metaphysik*)中就已经提出的重要论点。康德的超越美学将空间看作"我们感知能力"达到"完美形式"[2]的先决条件,它如同意外出现的扭转局面的救星,而没有人清楚它来自何方。康德在其他地方也谈到,独立于其内容的存在也会被授予空间[3];换而言之,在柏格森看来,正如康德的追随者所声称的那样,这位哲学家已经接近了现在众所周知的将空间看作一种容器的思想。柏格森又将他的读者带回到现象学派,在这个过程中,他们学会从运动中思考空间,并且以此为起点,再次从持续性的维度理解运动。从这个角度出发,柏格森发现芝诺的"飞矢不动"悖论是无意义的:这里面涉及一个欺骗性假设,即正在进行的运动,实

---

[1] 米歇尔·德·塞杜:《行动的艺术》(*Kunst des Handelns*),柏林,1988年,第218页。就我所知,在德国当代历史学家中,只有卡尔·施佩格勒(Karl Schlögel)坚持不懈而且具体地开发空间历史,以及产生于(军事、意识形态、科学研究、艺术创作、日常生活的)运动之中的空间的历程。他在他的著作《从空间中解读时间:有关文明史和地缘政治学》(*Im Raume lesen wir die Zeit. Über Zivilisationsgeschichte und Geopolitik*)(慕尼黑,2003)中详细阐述了他的空间历史学和诗歌学;他的与之相关的作品还有《同时性叙事或者历史可叙述性的界限》(*Narrative der Gleichzeitigkeit oder die Grenzen der Erzählbarkeit von Geschichte*),收录于他的《欧洲的边疆:走在新大陆的道路上》(*Grenzland Europa. Unterwegs auf einem neuen Kontinent*),慕尼黑,2013年。在我看来,他在《从空间中解读时间:有关文明史和地缘政治学》中对于历史的"制图学"的视角与我所提出的"矢量性"视角完全兼容。他近年出版的《传播考古学》(*Archäologie des Kommunismus*)(慕尼黑,2013)就指出铁路线路的圈定从这个意义上来说,就是俄罗斯空间和非正式的传播空间的制造过程(第69页)。

[2] 亨利·柏格森:《创造进化论》(*Schöpferische Entwicklung*),耶拿,1912年,第209—210页。

[3] 亨利·柏格森:《时间与自由意志》(*Zeit und Freiheit*),耶拿,1912年,第72页。

际上在每个瞬间都留下一个静止点，而与此同时，箭头的飞行却又是一个连续的过程，或者正如诗意的德语译文所说的那样，它是"一个独一无二的一体化的投射过程"。[1]

如果想要借用柏格森有关历史空间的学说，我们就必须追寻马的足迹。从马的角度望向历史，意味着从**运动者**、从**矢量**的视角理解历史。正如卡尔·罗特曼在他的马拉松战役的画作里所突出表现的那样：只有奔腾的马才能使这片高原作为历史空间、战斗空间、回忆空间呈现了出来。[2] 从矢量的角度理解历史，意味着必须放弃以单一含义来解释历史、放弃时间箭头或者单向车道所指向的含义，除此之外别无他途。米歇尔·德·塞杜认为，空间是将运动元素编织在一起的织物："从某种程度上来看，它被各种运动所组成的整体填充着，那些运动在它的内部生发、展开。"[3] 历史的空间，或者更确切地说是历史的复数空间，产生于大量人类的、动物的和机械的运动，产生于以不同速度进行的具体的运动——从闪电到看上去似乎不动的凝固。即便是冰中的船只也一直在动，因为各个元素——风、大雾和木头——都在做功。阿拉伯人教导人们，马是出自风中的一种生物；它帮助我们看到空间中的运动，并且从运动

---

[1] 亨利·柏格森：《创造进化论》，第312页。德语翻译来自乔治·西美尔的仰慕者，也是他的表妹格特鲁德·坎托罗维奇（Gertrud Kantorowicz）。

[2] 简·梵·布莱维恩（Jan van Brevern）有关作为回忆空间的"马拉松战役"的论文在各个方面都非常优秀，只是他在那里完全没有意识到马的存在，这一点令人遗憾；马学的运动要素在他的文章中只是作为F.Th.维舍尔的批判对象出现；请参见简·梵·布莱维恩《图画和回忆地点：卡尔·罗特曼的马拉松战场》（*Bild und Erinnerungsort. Carl Rottmanns Schlachtfeld von Marathon*），收录于《艺术史杂志》（*Zeitschrift für Kunstgeschichte*），第71卷，2008年，第527—542页。

[3] 米歇尔·德·塞杜：《行动的艺术》，第218页。

的角度理解事物。

这个矢量可以是一个骑马的信使、单独行动的猎人或者一整支军队,它的运动使得广袤的大地变得可以被理解和识别。卡尔·施密特在他的地缘政治理论的核心位置上,提出了"占领土地"(Landnahme)这个概念("占领、分配、放牧")[1],这是一个描述了逐步占领疆域的连续性行动的法学概念。如果从历史事实中抽取一个样本进行研究的话,我们会立即看到,从实际操作的角度来看,没有马根本不会出现这一类的占为己有的情况(尽管在东方国家会有骆驼或其他动物取代马的现象)。在征服者分配战利品并且最终能够在那里放牧之前,通常来说,他必须先在所获取的领地走上一遍,也就是说**骑马巡视一圈**,这样才能加以确认。真正拥有和管理是从**占领**中产生的,通信渠道和检查站(小路、大道、防御工事、仓库、关卡站、邮局)所组成的网络的生成,必须连接测量和制图学方面的活动。而此类网络运转的前提条件又是能够拥有足够数量、分配得当的动物矢量(信使马、邮政马、新采购的军马、驮畜)。

在西班牙人征服美洲的例子中,我们就可以看到这样一个非常具有代表性的过程。A. W. 小克罗斯拜写道,人们可以想象这些西班牙征服者没有猪这种家畜会是个什么样子,但是人们是否可以想象没有马的西班牙征服者呢?[2] 马一开始是战争征服(**占领**)中最重要的工具,而后

---

[1] 请参见卡尔·施密特《欧洲公法之国际法中的大地秩序》(*Der Nomos der Erde im Völkerrecht des Jus Publicum Europaeum*),第 3 版,柏林,1988 年,第 16 页及其后面若干页,第 48 页及其后面若干页。

[2] 请参见 A. W. 小克罗斯拜《哥伦布的贸易:1492 年产生的生物学和文化方面的结果》,韦斯特波特,1972 年,第 79 页。

来则是统治疆土、保障对土地的使用(分配、放牧)中不可或缺的部分:"如果征服者没有马帮助他们飞快地将信息、命令和士兵从一个地点传输到另一个地点的话,他们根本不可能控制住孔武有力的印第安人。(……)从总体上来看,马使得美洲殖民地上相当一部分强有力的养牛人,都与那个时代的欧洲人一样踏入了新世界。养猪人可以徒步完成他的工作,而放牧人或者牛仔则需要一匹马。"[1]

另外一个历史性例证,来自最近被德国的人类—动物研究领域所关注的19世纪的西南部非洲。非洲大陆通常不被看作马历史中的焦点,即便如此,在那里也能够证明借助控制土地而发展起来的政治权力,是与拥有及使用马这种动物联系在一起的。不过,马在那里不仅是确立和保障统治结构的工具,而且也是打破权力边界的手段,例如通过战争突袭和掠夺牲口之类的行为进行空间扩张。从这个角度上来看,正如菲利克斯·舒尔曼所展示出来的一样,马实际上"大大地改变了统治的条件和可能性,也为统治权的空间扩张以及暴力对抗的性质带来了极大的改变"。[2]

不过晚近最具有轰动性的攻城略地行为非美国中西部莫属。在1889年发生的俄克拉荷马州土地哄抢热(或是地盘抢占运动),以及在那之后的1893年至1906年出现的抢占地盘运动中,可以看到成千上万

---

[1] A. W. 小克罗斯拜:《哥伦布的贸易:1492年产生的生物学和文化方面的结果》,第81页。
[2] 菲利克斯·舒尔曼:《马在西南非洲的运用战略和使用情况(约1790—1890)》(*Herrschaftsstrategien und der Einsatz von Pferden im südwestlichen Afrika, ca. 1790-1890*),收录于 R. 波平海格(R. Poppinghege)编《战争中的动物》(*Tiere im Krieg*),帕德博恩,2009年,第65—84页,这里是第83页。

的移民拥入被指定为印第安准州的土地上。在1889年4月22日所发生的第一次地盘抢占运动尤其著名，特别是通过报道的渲染，使得这场运动变成集群性的占领土地行动（它没有被描述为"掠夺土地"）。记者们无法忽视，这场西部地区的"土地竞赛"实质上就是一场规模浩大的赛马大会。威廉·威拉德·霍华德在他写给《哈布斯周刊》(Harpers's Weekly)的报道中，有一段有关亚美尼亚人状况的描写非常有名[1]："成千上万名饥渴的寻找土地者在预定的时间出现……他们在边界上站成一排，随时准备松开缰绳让他们的马奔跑起来，以便能够抢得眼前这片美好土地上的肥沃的地块……"[2] 一名见证了发生在1893年的第二次土地竞赛运动的目击者，更为敏锐地描写了那里赛马场一般的景象："在前几排形成由马组成的被封锁的前线；有的马上坐着骑手，另外一些则被套在轻便小车、小货车或有篷马车上；此外，一眼望去，长达两英里的阵线上都是摇摆的脑袋、亮闪闪的胸脯和不安地动来动去的马蹄。"发令枪响，波浪涌动起来："一颗颤抖地昂起来的马头构成最初的雷鸣瞬间，这是上帝的礼物，没有人会再看到类似的情境了。"[3]

弗兰茨·卡夫卡恰好将他的第一部小说《美国》(Amerika)或者《失

---

[1] 请参见威廉·威拉德·霍华德《恐怖的亚美尼亚：亲历者的叙述》(Horrors of Armenia. The Story of an Eye-witness)，纽约，1896年。

[2] 请参见威廉·威拉德·霍华德《俄克拉荷马州土地哄抢热》(The Rush to Oklahoma)，载《哈布斯周刊》，1889年5月18日，第391—394页，这里是第392页。

[3] 未署名：《俄克拉荷马州土地哄抢热：见证历史》(The Oklahoma Land Rush, Eye Witness to History)，www.eyewitnesstohistory.com（2006）。也请参见电影《大地雄心》(Far and Away)令人印象深刻的结尾，导演朗·霍华德（Ron Howard）用1893年地盘抢占运动的全景镜头结束了这部影片。

踪者》(Der Verschollene)中的主人公带到了俄克拉荷马州，他一定知道抢地运动。这几次争地热潮在卡夫卡生活的那个时代，也通过欧洲的报纸如同鬼火一样不胫而走、人人皆知。[1]不过卡夫卡没有通过"写实主义方法"再现这些事件，相反他将争地竞赛与他所看过的一场真正的马术比赛融合在一起，或渐次交替地叠化起来。那次赛马是1909年10月他与马克斯·勃罗德一起在巴黎观看的，当时，他被布洛涅森林公园珑骧赛马场迷住。[2]但是，看起来他好像对俄克拉荷马州占地运动的目标、占有一块土地的主张并不是特别感兴趣，相反更吸引他的是因此而展开的竞赛。因此可以猜想，正如他的成为印第安人的愿望所表现的那样，卡夫卡对于使土地变为领土的过程的兴趣，没有它的反向事物——失去土地、成为箭矢或印第安人——的兴趣大；因此，也只能有保留地推荐他成为历史学家的顾问。到他那里去咨询的历史学家，显然除了对拿取、行动和拥有感兴趣之外，也要同样认真地关注给予、听任和放手。并且他们还应该对这场灾难以及失去土地对于印第安人意味着什么加以关注。

---

[1] I. 霍森（I. Hobson）：《俄克拉荷马州、美国和卡夫卡的自然戏剧》(*Oklahoma, USA, and Kafka's Nature Theater*)，收录于 A. 弗劳尔斯（A. Flores）编《卡夫卡论坛：我们这个时代的新视野》(*The Kafka Debate. New Perspectives For Our Time*)，纽约，1977年，第 273—278 页，这里是第 274—275 页。

[2] 请参见莱纳·史塔赫（Reiner Stach）《早年岁月》(*Die frühen Jahre*)，法兰克福，2014年，第 451、566 页；也请参见 H. 宾德（H. Binder）《卡夫卡在巴黎》(*Kafka in Paris*)，慕尼黑，1999年，第 108 页及其后面若干页。

一头牲口和一根绳索

"那位年长者坐在桌边,喝着凉爽的葡萄酒。"[1] 当小女儿在外面结束游戏回到家里的时候,舒适惬意的黄昏酒也喝完。不过当他看到小家伙从外面带回来的东西时,这个阿尔萨斯尼德克地区巨型屋的老板就不那么开心了。这个小家伙的的确确地将农民连同犁、套着马的畜力车一起从田地里捧起来,并且包裹在她的小手帕里。可是一般人是没法轻而易举地将农夫和他的马放在口袋里的。那个长者不高兴地问:"农民又不是玩具,你为什么要这么做?"

就连理论巨人也对这位来自阿尔萨斯的小家伙简单明确的"动用权"感到不可思议。他们当中没有人会想到将完整的农业网络一起搬到面前的写字台上:现实主义者愿意这样,但是他们只是嘴上说说。之所以会造成这种局面,是因为无处不在的专业化和分工所导致的畸变。人类学者看到了人类,历史学家看到了农夫,技术人员看到了犁,也许甚至也会有什么人对挽具感兴趣,唯独没有人觉得他应该负责马。恩斯特·布洛赫曾经评论说,只将人类放在焦点上的人类学过于短视。但是这种结构特征——或者是否应该称为结构错误——也是大部分历史性文本的基础:他们将人放在中心位置,并且将他们与有机或无机的自然领域中的搭档及对手隔离开来。另外其他领域的学者又如何向人们解释,他们漏掉被哲学家称为历史的"制造者"的、人类在其营生中最重要的动物

---

[1] A.冯·沙米索（A. von Chamisso）:《巨大的玩具》(*Das Riesenspielzeug*),收录于《作品全集》(*Sämtliche Werke*),第1卷,慕尼黑,1975年,第336页。

伙伴呢?

到目前为止,在普遍患有马学恐惧症的历史学者、社会学者和人类学家中,诸如小林恩·怀特[1]之类的技术史专家,彼得·爱德华兹(Peter Edwards)[2]这样的近代早期史学家,麦克沙恩和塔尔[3]这样的城市史学家,以及像吉娜·玛丽·泰匹斯特[4]这样的军事史学家属于例外。在全球史领域,无论是在它的较为久远的时代变体(阿诺德·J.汤因比),还是新近的时代变体中,到目前为止都很少开发出对马的意识。目前全球史为曾经的全球电气化时代带来了文化和领土的"传导性"的比喻(汤因比),在今天的数字化网络的年代中,他们谈论文化的"连通性"(奥斯特哈默和伊里耶)。然而任何历史上的陆军强国的核心矢量——马、历史性电子、非常特别的硬件及软件——在全球史领域中与在其他领域中一样,都很少被关注。即便像哈罗德·A.英尼斯(他的童年一直是在安大略的一个农场里度过的)、马歇尔·麦克卢汉以及他们的追随者之类的历史学家、传播理论专家,在谈到人类信使的时候,他们也往往会忽视最重要的消息载体和传递者。与之类似的是,从运输历史

---

[1] 有关小林恩·怀特的内容请参见本书第二章第四节"从头脑中走来的动物"。

[2] 请参见彼得·爱德华兹《早期现代英国的马与人》(*Horse and Man in Early Modern England*),伦敦,2007年。

[3] 有关麦克沙恩和塔尔的内容请参见本书第一章第二节"第十三个法国人"。

[4] 请参见吉娜·玛丽·泰匹斯特《所有泥泞的马:向西线"沉默无语的生物"演讲(1914—1918)》,载 R. 普平赫格(R. Pöppinghege)编《战争中的牲畜:从古希腊罗马时期到目下》,帕德博恩,2009年。以及她的博士毕业论文《闷闷不乐的战争:马和西线战场上英法军队的战事特征》,纽黑文,2013年。

中分离出来的速度历史,也宁可将马放在网络和系统中去加以思考[1],当然毋庸置疑,他们的这种做法与在文森特·凡·高创作的《塔拉斯孔的努力》(*Diligence de Tarascon*)中没有出现拉车的马完全是两码事。[2]如果在广阔空间里的通信中不曾存在与之相称的快速并且(通过在邮递站定期更换而能够得到休息的)精力充沛的骑乘牲口的话,那么在卡夫卡的小说中到处出现的大量的骑马信使,是否还是我们通常所说的**骑马的信使**呢?不过,人类中心主义有着坚强的生命力。即便通过布鲁诺·拉图尔的"对称人类学"传达出来的、讲求实证分析的新的历史理论,促进了将非人类行动者引入历史,但是在人类中心主义那里,仍然对历史上最重要的非人类活跃分子未置一词。甚至拉图尔自己也谈论过,人们似乎能够从马的历史中吸取一些教训,应该关注那些非人类行动者,并且让**这些动物**通过对它们——哪怕是概括性——的描写从云雾、众神、灵魂、先知和其他物种中脱颖而出[3],即便在其中充满疑问,也要好过对它们不加区分、从不提及。虽然作为土生土长的勃艮第人的拉图尔是

---

[1] 我们在这里不能忽视费尔南·布罗代尔(Fernand Braudel)并不多见且简短精练的关于"对抗距离的战斗"的评论——费尔南·布罗代尔:《作为世界钥匙的历史:1941年德国俘虏讲义》(*Geschichte als Schlüssel zur Welt. Vorlesungen in deutscher Kriegsgefangenschaft 1941*),斯图加特,2013年,第126—127页。

[2] 请参见W.卡舒巴(W. Kaschuba)《克服距离:欧洲现代社会中的时间和空间》(*Die Überwindung der Distanz. Zeit und Raum in der europäischen Moderne*),法兰克福(美因河畔),2004年,特别是"行车时刻表和'守时的邮政'"(Fahrplan und ‹Prinzip Post›)一章,第43—47页;P.波塞德(P. Borscheid):《速度病毒:关于加速的文化史》(*Das Tempo-Virus. Eine Kulturgeschichte der Beschleunigung*),法兰克福,2004年。

[3] 请参见布鲁诺·拉图尔《我们从来都不具有现代性:探讨对称人类学》(*Wir sind nie modern gewesen. Versuch einer symmetrischen Anthropologie*),法兰克福,2008年,第142、144页。

法国乡村的孩子,但是他并不是农民的孩子,没有在犁和套着牲口的畜力车的伴随下长大,他是酿酒商人家的儿子;他感兴趣的不是培育马驹,而是酵母和微生物;他不关心索米尔的骑兵学校,他留意的是法国细菌学家路易·巴斯德的实验室。尽管如此,拉图尔的对称人类学仍然是最好的学科,今天,马和人类的历史可以在那里得以开发。他所说的教训,涉及了西方国家思考中的重大断裂,以及如何避免它的发生。这里所指的就是"完全割裂人类与非人类物种",于是就导致了对相互关联的文化、本应该全面加以思考的文化的武断分割。因而,拉图尔指出:"而且恰恰是'文化'这一概念本身就是人工制品,是我们通过将自然排除在外而产生的。"[1]

只有当人们将对文化领域(被理解为符号和含义的王国)和自然领域(被理解为物种和物质的王国)的人为区分抛在身后,并且承认人类一直是在面对混合的现实的时候,从历史学和生态学的角度进行研究的人类学才不会走进死胡同。这样的生态学才不再在忽视人类的伙伴和对手的情况下描写人类:"没有任何自然/文化存在于符号和标记的世界里,那是……处于自然之外、被武断地强加于人的世界。没有人而且尤其没有我们的人,生活在一个纯物质的世界。所有的人都共享符号承载着和无法承载的内容……如果说存在着什么我们所有人都一视同仁加以对待的事物的话,那么它就是我们人类集体的结构,同时也是我们周围的非人类物种的结构……没有人听说过有这样的集体,它的构建不需要动员天空、大地、身体、物品、法律、上帝、精神、先知、力量、动

---

[1] 布鲁诺·拉图尔:《我们从来都不具有现代性:探讨对称人类学》,第138页。

物、信仰形式和虚构的物种。我们从来没有抛弃的正是这样一个古老的人类学矩阵。"[1]

古老的人类学矩阵不应该只是将人类及与之有关的其他物种——例如众神、精灵、先知、动物囊括进来,而且也应该包括工具、设备和人工制品,即从最基本的连接——例如一头牲口与一根绳子——一直到极其复杂的核磁共振成像的技术**物品**,通过它们,这个矩阵能够维持自己在这个世界或者相对于这个世界的存在。农学家、语言学家、民族学家安德烈-乔治·奥德里库尔也许可以算得上是马克·布洛赫和马塞尔·莫斯最具影响力的学生了。他写道,技术"不是机械或物理方面的学问,它是人文科学"[2]。布鲁诺·拉图尔在半个世纪后作出的评论似乎是对奥德里库尔上述意见的回应:"认为社会只是由人类之间的关系组成的古怪想法,是另外一个同样古怪的想法的影子,后者认为技术完全产生于非人类的关系之中。"[3] 奥德里库尔继续写道,一个技术物品——例如一架飞机——是"人类劳作的产物,而人类的工作又是各种活动的互相配合;从这个角度来看,一台技术设备是传统的(也就是说既不是天然的,也不是本能性的)肌肉运动所形成的系统。在技术的视角下研究这样的物品,意味着将它放置于大量此类系统当中,而后解释这个

---

[1] 布鲁诺·拉图尔:《我们从来都不具有现代性:探讨对称人类学》,第141—142页。

[2] 安德烈-乔治·奥德里库尔:《技术、人文科学和技术民族学研究》(*La technologie science humaine. Recherches d'histoire et d'ethnologie des techniques*),巴黎,1987年,第141页。这段引文出自他在1948年发表的论文《对汽车的地理学和民族学的研究》(*Contribution à la géographie et à l'ethnologie de la voiture*)。

[3] 布鲁诺·拉图尔:《柏林人的钥匙:一位科学热爱者的发现》,柏林,1996年,第76页。

被制造出来的物品是如何或以什么样的方式实现其实际功用的。在任何情况下，一个物品都被归到了两个技术目录当中，一个是生产技术方面的，另一个则是用途方面的"。[1] 在奥德里库尔着手勾勒马与车的组合类型和它的地理学分布之前，他首先提到通过马和马车进行运输时所依据的两条基本原理，也就是支撑力和牵引力原理。[2] 这些原理不仅适用于马与马车之间的结合，而且在马与骑手的组合中同样有效。马**支撑**着骑手，它将他带离地面（并且到了比它还高的高度上），然后承载着他**向前**，将他从此处运送到彼处。

人们通过追溯如此简单的原理，从而迈出了弥合文化与自然、符号与事物之间**巨大**的断裂的第一步，也是富有成效的一步。让我们开启马的历史学（事实上，马的历史学不是别的，而正是历史性的**人类—马学**，它是围绕着马的历史拓展开来的人类历史学）：如果由一个人类行动者和两个非人类行动者第一次构成一个简单组合的那一刻不是马的历史学的源头的话，那么哪里是呢？在这里所说的两个非人类的行动者是一根绳索和一匹马：当一个人第一次将一根绳索或者一根皮带穿过一匹马的柔软的双唇，并且将它放在马牙的特殊的缺口上的那个瞬间，智人物种与马属物种之间的"恋情"就开始了，在这个实实在在的基础上，所有进一步的历史有了向前发展的可能性。在这个瞬间，一个**技术性**的连接产生了，它是技术、政治、符号、情绪领域中大量更广泛的连接类型的基础。换而言之，这个技术连接的存在一定涉及了无数历史集体（拉图

---

[1] 安德烈-乔治·奥德里库尔:《技术、人文科学和技术民族学研究》，第141页。
[2] 同上书，第142页。

尔），而且在所有的动物—人之间的技术连接中，它一定最卓有成效地撞开了历史空间的大门（施宾格勒）。

安德烈-乔治·奥德里库尔于1996年8月去世，安东尼·德·戈德马尔在这位学者的讣告中写道，奥德里库尔终其一生都凭借着不可思议的公正性追问着："从根本上而言，难道不是另外一些物种给人类以教养吗？难道不是马教会了人类奔跑，青蛙教会了人类跳跃，植物教会了人类忍耐吗？"[1] 如此彻底的追问，实际上正是在求索知识的产生和传播过程。奥德里库尔有时也会思考，从诸如上面提到的一只动物与一根绳索的结合这样的"发明"中，会产生什么样的有说服力的联网逻辑呢？人类抓住了一只动物并且驯养它，然后在狩猎中运用了它的第一个用途：人能够骑在一个比自己跑得快得多、更为有效、更为机灵的伙伴身上。第二个用途是牵引力："人类抓住一只动物，然后为它套上绳索，让它为人类牵拉某些东西并不困难。不过实际上，在使用动物的牵引力之前，并不存在需要牵拉的物品或者陆地运输工具。套牲口的历史是与交通工具和其他牵拉物品的历史紧密联系在一起的。"[2] 换而言之，知识是在技术和技术物体所形成的网络中得以传播，并且使其动态性得以开发的，即从因果逻辑上来说，知识参与它的生成。反过来，正如马丁·海德格

---

[1] 安东尼·德·戈德马尔：《奥德里库尔：重返人间》(*Haudricourt, retour à la terre*)，刊载于《解放报》(*Libération*)，1996年8月22日，第28版。

[2] 安德烈-乔治·奥德里库尔：《行动技术：对于汽车出现之前的技术的研究》(*Des gestes aux techniques. Essai sur les techniques dans les sociétés pré-machinistes*)，J.-F. 贝尔特（J.-F. Bert）整理的没有公开发表的文章，巴黎，2010年，第129页。

尔在他的《存在与时间》(Sein und Zeit)[1]中对一只榔头"握在手中的状态"的分析所展现的那样,看上去非常初级的技术物品,只有在实践或者日常常识的背景下才能够发挥作用。事实上,我们称为"物品"的现象,是产生于知识和物质材料的具有某种形态的合成物,或者说是知识网络以物品的形式呈现了出来。

---

[1] 请参见马丁·海德格尔《存在与时间》,第12版,图宾根,1972年,第68页及其后面若干页。

椭圆圈一般的动物

删除

有一个来自古老东欧的笑话：一个犹太人下火车，马车夫载着他去不远处的犹太人聚集区。道路的坡度很大，于是过了一会儿，马车夫就下了车，走在马车侧面。他很快又将客人的箱子卸了下来。继续走了一小段路程之后，他请求这位乘客："前面的这座山非常陡峭，而我的马已经老了，上坡对它来说很费劲。我们能不能商量一下，您步行最后这段路？"乘客下了车，若有所思地走在马车夫身边，最后他说："我都明白。我在这里，是因为我要去棚户区。您在这里，只是为了赚点蝇头小利。可是，马为什么在这儿呢？"

马为什么在这儿呢？这位乘客可能已经开始担心马车夫接下来会问他:这位先生是否可以套上车,拉剩下来的这段路呢？对于马车夫来说,这样的提问完全符合逻辑。这个温柔的车夫的马是在场的,但是它又以某种鬼魅的方式缺席了。一匹什么也不能驮、什么也不能拉的马,一匹只是这么走在身边的马,它到底何去何从呢？它究竟还是不是一匹真正的马？不过,这匹马并非只是走在身边,无论如何它还拉着车呢。它套着的挽具、它的笼头、马车,所有一切都还在。只是它真正的作用,即实现从火车站到犹太人聚集区的运输功能消失了。它作为拉车马存在的意义都在半路上丢失了。两个手足无措的男人跟在一辆马车后,其中一个还扛着箱子,前面走着一匹疲惫的老马。

19世纪末前后,马开始从绘画作品中消失了,一开始速度还算缓慢,似乎是分期分批的。历史画作品有着顽强的生命力,最初只是一些用具、挽具和马笼头从画面中消失。但是,与其他艺术门类不同,人们能够更强烈地感受到这些物品在画面上的缺席。画面开始变得空洞了。绘画艺术正在练习删除的技巧,似乎在斯塔布斯之后,很多东西就不再在画面上存在了。奥诺雷·杜米埃在1868年创作的堂·吉诃德的画像,展现的是一个脸上没有五官的骑手骑在一匹又老又瘦的马上,尽管马背上还有马鞍,但是已经没有缰绳了。杜米埃画笔下的堂·吉诃德则没有任何依托地骑在马上,一只手拿着一面作为调色板的盾牌,另一只手握着一支作为画笔的长矛。他哪还能腾出手来驾驭马呢？

四十年后,在毕加索描摹一个马倌少年的时候,他将所有与指挥、操控有关的元素悉数抛弃:他所画的马既没有缰绳,也没有笼头。在这幅画作上，那名少年做出仿佛握着那些器具的手势。那是孤单的卡斯托尔，或者是波鲁克斯[1]，上千年来，这对孪生兄弟中的一位，一直以仿佛人类要按自己的意愿引导和驾驭马那样的古老姿态站着。然而，用于操控的器具、技术工具都被删掉了，这幅画作的观看者能够体会到，他们的感知和储存在他们的文化记忆中的知识，是如何不请自来地补充着画面上缺失的部分的。

除此之外，还有一幅画，在那上面连马本身都缺席了，但是画面所展示的其他特征，却让人不由自主地联想到了历史性的经典模型。尼采说过，事物是人的界限，此外被驯服的牲口也为事物标定了界限。这就是文森特·凡·高在1888年所创作的《塔拉斯孔的努力》：在烈日当头的中午，一辆邮政马车安静地停在法国南部一个空无一人的集市广场上。卸下了挽具的马，可能由它的车夫或者邮局的某个打杂少年带着去饮水了。尽管观众看不到马，但是他们仍然能够想象得到马的存在，简直都能直观地感觉到：马的气息仍然飘荡在空气中。这里的邮政马只是一匹没有什么特征的普普通通的马，但它却是划定边界的事物，只要能够在画面上看到这个边界的存在，那么马的在场就一直能被感觉到。

摄影证明了它在删除艺术中的最高统治地位。一名德国籍乌兰骑兵军官作为俘虏被法国步兵送往亚眠（Amiens）监狱，那么他的马呢？它成了一匹拖着松松垮垮的缰绳、没有骑手的马，还是已经化作一具腿僵硬地伸展着、血迹已经结痂、皮毛上布满苍蝇并且肿胀了的尸体？在

---

[1] 卡斯托尔和波鲁克斯是古希腊神话中的孪生精灵，他们的母亲是勒达，父亲是众神之父宙斯。宙斯后来把他们置于天空，成为双子星座。——译者注

迈着沉重的步伐的法国步兵中间,那位军官轻快地、敏捷地行走着,他穿着狭长的靴子,像职业赛马骑师一般舞蹈着,这是一个失重的形象;头部所受的轻伤看来并没有妨碍他,他的目光清澈,几乎散发着欢快的光芒——对他而言战争结束了。身上不再佩带马刀,所有的等级标志也都被取下去了,及膝的军服半敞着,他看上去似乎要奔向开胃酒或者一场约会。与此同时,他是胜利欢庆的战利品;他使得这一天成为那些步兵战士的大日子,他们把一直惧怕的敌人、骑手像猎物一样抓了起来,并且带着这些猎物游街示众。马似乎不再存在了,然而这头牲口却清晰可见:在这位骑士的 O 型腿之间,马显现了出来;在镂空的地方,马活灵活现地呈现了出来。

另外一幅照片来自西班牙内战,是汉斯·纳穆斯在 1936 年拍摄的。共和政府军在阿尔卡萨尔城堡旁边修筑了工事,巨大的路障是由马鞍、马车上的部件、马车车轮所构建而成的,一支部队正在那后面用轻型武器作战;其中一个人在看向远方,另外一个在抽烟。但是,这些作为防弹壁垒的马鞍是从哪里来的呢?那些本来安装着这些马鞍、拉着这里的马车的马被留在了什么地方?是因为在巷战中没有什么作用,因而它们散漫地站在拐角后面的角落里吗?或者是在吞下了最后徒劳的骑兵进攻所带来的灾难性苦果之后,它们已经成为肚皮肿胀的尸体,躺在太阳下的某个地方了?这幅照片上的战斗者是失去了马的骑兵吗?或者他们是刚刚洗劫了附近武器库的游击战士?马再一次成为最大的缺席者,但是它们曾经存在过的标志和属于它们的装置的残余部分,表露着它们的存在。

449

一部西部电影则更强有力地表现了马的这种沉默无声的存在。一个孤独的男人正行走在荒原上，人们可以看到背景处的远山，山上飘浮着云彩。这个男人两手都拿着东西，左手拎着包裹或者是鞍垫，右手则拿着马鞍和笼头。就在不久之前，他还是个牛仔。他的马去哪里了呢？在马身上发生了什么呢？被偷了、逃跑了、被杀死了？这孤寂的场景沉默无声，但与此同时，它却似乎更加滔滔不绝地谈论着表演中的缺席者——那匹没有出现的骑乘牲口。历史学家瑞维尔·内茨写道："比起其他动物，马被更多的人类工具所包围。"[1] 而就像过去这个男人通过这些器具表示他的高贵地位一样，现在他也是通过由他的承载者和客体——马——所组成的工具网络暗示这一点。现在这个被解除装备的牛仔不得不自己拖着那些器具，并且因此变成了一个滑稽的形象。在过去几百年里不断地在文化领域被优化的盔甲，现在却成了一堆破烂，被人伸直了手臂拖拽着。与此同时，这堆破烂也表达了这个男人希望能够拥有另外一匹马，他可以给它重新装好这套装备，他也因此能从荒原上的可笑的步行者，再次成为草原上的王者。

在这些例子中，马被勾勒为椭圆圆圈一般的动物，或者是通过留白将它表现出来。网络还在，但核心行动者却缺席了。随着主题被忽略，马在边缘之处、在明确表现的物品——例如马鞍或者邮政马车——以暗示的方式被呈现出来。在另外一种情况下，马只是以抽象的代表的形象显现出来。例如竹马或者摇马，那只是在一根棍子上插了一个木质马头而已，而它即便是在整个20世纪，都一直是男孩子的骑术社会化的

---

[1] 瑞维尔·内茨：《带刺的铁丝网：有关现代性的社会生态学》，米德尔顿，2004年，第74页。

工具。同样，抽象的、没有头部和四肢的马躯干雕塑也属于代表名单上的一员，与成熟的战马同等大小的木质马躯体，在19世纪这百年间一直在画家的画室里被搬来搬去，它们专门被用来画骑士肖像画，而这些支架今天正躺在历史博物馆的仓库里沉睡。

当歌德为他的花园房买写作用的椅子的时候，他想起了什么吗？他是否会幸福地回忆起过去经常在骑马的时候作诗，在乘坐马车的漫长旅途中写作，因为骑士的姿态恰恰使得他文思泉涌呢？人们猜想、推测，歌德"之所以为他放在花园房的斜面写字桌配置马鞍一样的座位，一定是有理由的"[1]。这个凳子有四条腿，在那上面放着一个装了软垫的木制厚板，毫无疑问这是一个骑马凳，正如弗里德里希·贾斯丁·波图赫所描写的那样，人们坐在上面"就像坐在马鞍上那样可以举步向前"[2]。在今天的观察者看来，歌德的椅子带来的是抽象的效果，它虽然笨重，但是恰恰就是包豪斯家具应该有的样子。文艺批评家瓦尔特·本雅明在评论马克斯·科莫莱尔的《如同向导一样穿行在德国经典作品之中的作家》（*Der Dichter als Führer durch die deutsche Klassik*）的时候写道，他从这

---

[1] M. 鲍姆（M. Baum）:《"我的心儿狂跳，赶快上马！"歌德日常生活和他的作品中的以马为主题的诗文》(*«Es schlug mein Herz, geschwind zu Pferde!» Zur Poesie des Pferdemotivs in Goethes Alltag und in seinem Werk*), 布恰（Bucha），2004 年，第 75 页。保罗·维瑞里奥（Paul Virilio）从完全相反的角度看待这个问题，他认为配备马鞍的马"与可以向前移动的座位、与马车一样的家具的相似性，以及后者与普通凳子的不同并不只是静态性、景致不动的问题，相反，其中也包括了它们都支撑着发生位移的身体"。保罗·维瑞里奥：《负面地平线》（*Der negative Horizont*），第 34—35 页。

[2] 引自 E.-G. 居泽（E.-G. Güse）和 M. 欧佩尔（M. Oppel）编《歌德的花园房》(*Goethes Gartenhaus*), 魏玛，2008 年，第 59 页。

本书上才知道,"这位大文豪是多么经常地坐在马上啊"[1]。这句话一直令人费解,直到人们看到了歌德的骑马凳为止。

历史上稍晚一些出现的另一个马的代表——如果不将它称为马的代表的终结版本的话——是斯坦利·库布里克通过《奇爱博士》又名《我是如何学会了停止担忧并爱上炸弹的》(Dr. Strangelove or: How I Learned to Stop Worrying and Love the Bomb)展现出来:在电影将要接近尾声的时候,B52轰炸机的飞行员为了让人们不再能得到撤回密码而像得克萨斯牛仔一样骑上马,挥舞着他的帽子,奔向放在世界末日善恶对决的最终战场哈米吉多顿的核导弹。他的马在路上变成了一支箭、一个纯粹的符号,而后又突然再一次重新物化,呈现出火箭的形态。它是原子核时代以来的特洛伊木马,在下一个瞬间,它的弹头使得苏联北部变成了不可居住的地方,并且触发了足以毁灭全世界的武器。

一个记录能在集体记忆里留存多久?在马的时代结束之后多久,人们依然能够从模糊不清的残留物和暗示中识别出马的轮廓?当健忘症的病毒清除了一个集体往昔的记忆痕迹的时候,还会留下些什么?一个东西逝去后仍然有可能长时间地留存在后人的记忆中,而且意象有着不同于现实的黏滞度。当这个昔日的同伴、老朋友已经不再存在,尽管人们在很长的一段时间里还能够认出来或可能认错这个最重要的非人类躯体,但是它是否已经不会再影响人类的生活和他们的感觉了呢?人类曾经与它同甘苦共患难,一起经历了美好和困苦的岁月,分享着面包和权

---

[1] 瓦尔特·本雅明:《批评与评论:作品全集》(Kritiken und Rezensionen, Gesammelte Schriften)(第3卷),法兰克福,1972年,第253页。

力；它安慰、拯救、踩踏、撕咬过人类；那么，有谁将会在未来告诉人类，曾经拥有一具身躯、一种节奏和一个世界意味着什么？保罗·维瑞里奥写道："对于另外一个**陌生的**身体、不只是**异性的身体**的渴望，在我看来，从很多方面都比火的发现和与之等量齐观的大事件，至少比起某一个导致我们对动物的遗忘的创新，要意义重大得多。"[1]

继续前进

通往犹太人聚集区的路途被拉长了。做工粗糙的马车上干裂的木头发出嘎吱嘎吱的声音，车轴发出吱扭吱扭的声音，两个汗流浃背的人拖拖拉拉地走在后面。前面的马也很疲倦，但是它仍然继续进行着已经没有意义的运输，这是它应该做的。从很久以前，它就已经不再遵守自己的行程计划了。以前，当它还有自己的想法的时候，它会时不时地开个小差，并且非常享受躲在某个拐角处，晒着太阳，任由某个讨厌的家伙到处找它。然而，这样的美好时光已经过去了。作家阿尔布莱希特·萨弗尔写道，在所有的动物中，只有马"有着悲伤的外表"[2]；之所以悲伤，是因为它完全放弃了它的意志和它的自由。尽管狗好像也做了同样的事情，但是它几乎对此完全没有什么感知；它似乎自觉自愿地为它的主人效劳。相反马是明白的，"它想自由自在……但是兄弟是永远的，而且

---

[1] 保罗·维瑞里奥：《负面地平线》，第38页。
[2] 阿尔布莱希特·萨弗尔：《雕塑艺术骏马和骑手的形象展现》，第10页。

当它受了惊吓、它的每一个细胞都被调动起本性、它被恐惧撕扯的时候,它却几乎不被允许奔跑,总是被要求站住……它被囚禁在了永恒的牢房里;而有一个意愿是它永远无法回避的,尽管难以预测,但总有一天它会不得不屈从"。[1]

在萨弗尔的眼睛里,马就像希腊悲剧中的英雄一样被撕扯,并且囚禁在永恒的奴役状态中,这迫使它不得不背叛它的天性:它对逃跑或奔跑的渴望。马的意志被打破了,而且不仅仅是它的意志。尽管仍然有牝马和血统纯正的牡马,但是被阉割的雄马,作为被驯服的马的真正的化身,是失去活力的枯萎的形象,"在它们那里,叛逆、对自由的坚持和逃跑的欲望已经失去了根本的活力,而只是成为一种记忆"。[2]毋庸置疑,这里出现的是主人和奴仆的辩证关系,而且,马是那个奴仆,它的主人不再担心会遇到任何阻力和各种媚态十足的阴谋诡计。于是,萨弗尔说,在我们看来,这种被囚禁在永远的囚徒身份里的动物,实际上是所有那些自然界的贵族和伟大灵魂的化身,是高贵、骄傲和勇敢的具体呈现。

萨弗尔不知疲倦地研究着的,只能用悲剧这个概念来化解的矛盾的基础是,这种被驯服的动物在多个方面都被放置在与其天性和自然本能相对的情形中。与此同时,它的作为负重的驮载者和含义载体的双重天赋能力,却又成为无穷无尽的历史性归因和改写的对象。不仅仅是因为安置在马身上的大量高贵的表语(美好、纯粹、高傲……)导致了归因,

---

[1] 阿尔布莱希特·萨弗尔:《雕塑艺术骏马和骑手的形象展现》,第10页。
[2] 同上书,第11页。

而且我们的权威人物也不会忽视它的魅力。这就像对于许多作家来说，不可能在手忙脚乱中只帮了微不足道的倒忙，他们在有关马的文学作品和圣像画的假冒伪劣仿制品上，做出了极大的贡献，而且他们使得马成为我们形象记忆的育苗箱中著名的客体。人类也将其他动物放到他们的愿望和幻想世界里。众所周知，狮子就在那里唱着荒凉的大漠之歌。[1] 愚蠢的鸽子没有依其本性从一开始就扮演伊甸园里性爱狂人的角色[2]，相反，人类对它进行了和平天职的洗礼；游蛇实际上无害也无毒，它充其量只是勒死了田鼠，但是，在旧约全书式的基本怀疑下，它被列为恶毒的家伙。

马是一种能够无休止地被贱卖变现的动物，很长时间以来，它就在动物界的大集体中有了固定的位置：它是所谓的爱好和平的素食主义者，有着赏心悦目的形体和好闻的气味，即便是它的粪便也飘散着这种气息；而且，对于所有人来说，这种动物显得美好、优雅、高贵，这使得它的独特秉性得到了广泛的认同。马常常作为人类高贵的一面的化身，它是更优秀的自我；因此，人类也不希望看到它受苦。这种贵族化的欲望，使得人们会牺牲记忆，即对也存在着邪恶的马的忽略，这是像汉斯·巴尔东·格力恩、雨果·冯·霍夫曼斯塔尔或者约翰·韦恩等马鉴赏家绝对心知肚明的，而且也是那位后来被培养为骑兵的英国新兵奥托·魏宁格所体会到的。他写信告诉他的新婚妻子，马看上去是非常危险的动物。

---

[1] 请参见汉斯·布鲁门贝尔格《狮子》(*Löwen*)，法兰克福，2001 年。

[2] 亨利·米修（Henri Michaux）努力纠正这个错误。"鸽子是个色狼"，他在"自然历史"（Histoire naturelle）这一章的开头写到；请参见《一个在亚洲的野蛮人：作品全集》（第 1 卷），巴黎，1998 年，第 277—409 页，这里是第 353 页。

面对马不断点头的习惯,奥托·魏宁格确信,一种动物如果产生了如此强烈的"说是"的倾向的话,一定说明它已经疯了。而且,魏宁格勉为其难地拿这种所谓的疯了的动物与狗做比较,这使得他再次认为,马这种动物之所以被当作一种**贵族式**的动物来对待,是因为它在"挑选性伴侣时过于挑剔"。[1]

19 世纪不仅出现了真正被需要和被使用的马的数量在历史上最强劲的增长,而且这种动物在比喻方面也经受了最令其筋疲力尽的折磨。在那个世纪,几乎没有哪个动人的想法不是与马联系在一起的。这首先发轫于历史伟人的强迫症,对"世界历史的个体"(黑格尔)的敬仰和对所有最高君主的想象:所有的英雄都应该骑在马上。而后它继续发展为有关自由和进步的想法,直到走向恐惧和欲望的画面,而且没有在同情的形象前停住脚步。看起来,马似乎能够而且也必须承载一切:从人类所有的欢呼和不幸到人类的任何希望和恐惧,以及他们的所有**情感**。也许马是除了人自身之外被最热烈地描写而且一直都在被不断地改写的物种,它是被反复赋予新的语义的最完美的典范。而且它永远都是有血有肉却充满神秘的物种,永远都能被不尽地归因和改写,是**活生生的**比喻。人们愿意去爱它、保护它、照顾它,而且不愿意看到它死去。它给人类带来慰藉,人们也因担心它而备受折磨。如同货真价实的狮子一样,某一天晚上,在哲学家布鲁门贝尔格看来,它是**可以被占有的、充满皮毛的触感的、黄颜色的**物种。

---

[1] 奥托·魏宁格:《关于最后的东西》(*Über die letzten Dinge*),维也纳和莱比锡,1904 年,第 125 页。

19世纪末期左右,有一个生活在佛罗伦萨的男人,对图画上细致体现出来的原因不明的强有力的效果尤其敏感。他将整个研究生涯都放在对人类激情的经济学为什么可以成为独特的艺术"素材"的研究上了。在他研究期间,曾经为艺术史提出"激情公式"(Pathosformel)的阿比·瓦尔堡已经注意到,文艺复兴早期的画家和雕刻家,已经从古希腊罗马的艺术作品中——尤其是雕像和棺材上的浮雕、凯旋门和凯旋柱——吸取了独特的形态语言公式,在这些公式中,展现了诸如悲伤、愤怒或恼怒等古典情绪。佛罗伦萨的艺术家们并不关心这些美术作品中的考古学源头和古典含义,相反,他们提出了新的、生机勃勃的和心理学式的动态性的释义。在这个过程中,这些画作不免蒙上戏剧性的色彩,而且原本蕴含在其中的激情变成了矫揉造作、彬彬有礼的修辞。[1] 受到古典公式中蕴含的热情的触动,诸如桑德罗·波提切利、安东尼奥·波拉伊奥洛和多纳泰罗之类的艺术家,如同深受情绪感染一般将这些情感"翻译"到现代形象和背景中来,例如典雅的室内画。文艺复兴初期的画家们对这些公式做出新的阐释,并且在这个过程中为它们授予在那个时代的独立自主权。他们探讨古典公式,以及它们如同生动立体的语素一般的形态和表现价值,并且借助古典公式的帮助,构建了新的语言。正如尼古拉斯·卢曼曾经说过的那样,这些艺

---

[1] 请参见阿比·瓦尔堡《一卷本作品集》(*Werke in einem Band*),M. 特莱姆尔(M. Treml)等编,柏林,2010年;特别是这里面收录的题目为"古典化的理想风格进入文艺复兴早期的美术作品"(Der Eintritt des antikisierenden Idealstils in die Malerei der Frührenaissance)的演讲(1914年),第281—310页。也请参见 E. H. 格姆布里希(E. H. Gombrich)《阿比·瓦尔堡:睿智人生》(*Aby Warburg. Eine intellektuelle Biographie*),法兰克福,1981年,第228—245页。

术家通过将古典的情绪表达手段（激情公式）翻译成某种当代语言，从而使得他们能够**诉诸激情**。在这个过程中，马经常扮演着具有特权的第二行动者或副手的角色。

这是因为在瓦尔堡久久凝视的古希腊罗马美术作品中，无论是来自豪华的石棺，还是铭刻在凯旋门和凯旋柱上的绘画，大部分都表现了悲伤、战斗和胜利。除此之外，瓦尔堡还收集了对于力量和暴怒的表现的作品，因为在那里，半人马和如酒神狄俄尼索斯的女祭司一般狂野的女人被塑造成神秘形象的典型。在大多数此类景象中，也就是在战斗和胜利的情境中，马作为首要的表现助手和"希腊神话的悲剧性激情"的承载者发挥着辅助作用。往往中心角色都是人与动物（这里指的是骑乘动物）的组合形象，这一点在对战争场面的展现中尤其突出。与此同时，在以人为主导的力量场景中，半人马是作为唯一的"混合体"随从和精力充沛的密码（"掠夺女人的动物性的元符号"[1]）登场的。

瓦尔堡在学习艺术史和古典建筑的大学阶段，就已经在他的第一份研究课程作业中，讨论了从奥林匹亚和帕台农神庙流传下来的对半人马和骁勇善战的希腊祖先、半人马远亲拉匹斯人（Lapithen）之间的战争的表现；并且，这位年轻人被这种"动物力气"所吸引，他发表议论说："借此，半人马紧紧抱住它的牺牲品，这种野蛮有力的肉欲即便在临死的时候也不会消退……"[2] 正如他的荣誉称号所体现的那样，瓦尔堡应该毋庸置疑地被当作躁动、被激情填充和被撕扯的古希腊罗马

---

[1] 阿比·瓦尔堡：《古典化的理想风格进入文艺复兴早期的美术作品》，第 295 页。

[2] 引自 E.H. 格姆布里希《阿比·瓦尔堡：睿智人生》，第 56 页。

时期的发现者,而且也是他,再次发现了马扮演着激情公式具有特权的承载者的角色。

能量、**知识**、**激情**,这是三种生态学。那么,是否可以将它们分开来观察呢?从启发学的角度来看,分开对待这三种生态学也许可以将事物简化。然而,现实无疑不会止步于分割线。无论我们如何上下求索,从理论上来说,我们都不可能站在我们所生活,并且在实践中以**某种方式**加以管理的世界的最高点。这其中的原因也许是,我们往往低估了"某种方式"的分量。事实上,即便将马的历史孤立出来,并且在其内部进行研究,也会发现它与其他缠绕在一起的生态学和范畴会产生重叠和融合,而我们为了方便理论研究而常常将它割裂出来。

但是,为什么在马的饲养者和培育者所拥有的行家知识当中,就没有激情的存在呢?这些知识所展现的情感,为什么就不如喜爱漂亮女人、牺牲品和手稿的人所表现出来的情感热烈呢?养育马的实践为什么不同时是思想史的研究对象呢?后者同样继承了实证的表达方式。在马的历史中,诸如马鞍、马车类型和挽具之类的人工制品,如果不是文化和解剖学研究对象的物质化体现的话,那么它们是什么呢?

只要我们在马学的内在特性中进行讨论、检验、估算和比较,只要我们在马厩、交易大厅和图书馆中走动,我们就不会考虑将此时此刻出现在我们面前的现象进行区分和归类。我们都有这样一个刻板印象——我们所看到的现象都是事实——哪怕它们已经经过了科学的确认,根据这个模式,我们看到的都是单独的概念、图画或者感觉。因此,我们没有将情感系统化,并且也很少将我们作为事实来面对的信息流进行有条理的归类。我们将这样的信息流当作此时此刻的现象,它为每个瞬间染上不同的色调和情绪基调。

我们在这当中的方位,主要是由我们对于"某种方式"的了解和从实践角度的理解所确定的。[1] 在这里面所产生的,并不是马克思所说的"错误意识"。恰恰相反,事实上,在一瞬间里我们转换我们所认为的"理论性"模式,将它切换成可以加以区分的不同的值的那个瞬间,我们伪造了现实,我们混淆了广延的实体和内涵的存在、事物本身和我们感知到的事物、硬件和软件。而马历史学的令人错愕之处恰恰就在于,它告诉了我们一个客体的存在,或者更确切地说,是它让我们知道了丰富的、来自传统的沉重的现象,然而这一客体或者现象却不断出现巨大的变异,或者在不同的类别之间来回跨越。由此带来的结果是,马历史学一而再地让我们满怀温情,有时也会以不那么温柔的方式("马就是这个样子")回想起最初的认知和惊愕。

首先令人错愕的,是一门完整、宏大、与几百年的帝国和传承联系在一起的学问,是多么不规范、不纯粹,却又如此真实。那些认为一门学问只有掺杂了越少的"认知主题"的情绪和感情冲动的时候才可能更加真实、更加纯粹的人,应该从马历史学那里上一堂有关实在论的课。米歇尔·西瑞斯曾经说过,关于纯粹的科学的念头完完全全就是一个传说。《旧约全书》的热爱者和读者知道,爱情与了解并不是互相排斥的,事实恰恰相反。这同样适用于马历史学,尽管它根本上还是不纯粹的

---

[1] 请参见 W. 霍格莱博(W. Hogrebe)《了解和认识:有关自然认知的草稿》(*Ahnung und Erkenntnis. Brouillon zu einer Theorie des natürlichen Erkennens*),法兰克福(美因河畔),1996 年。

爱——知识。深情的、深受感动的或者情绪饱满的主体,要像苦行僧一般排斥所有的感情,而实现的客观性很快就会撞到它的天然边界——激情。那么认知主体为此也应该把自己淘汰掉吗?这些主体包括了热爱者、收藏家和行家。不,只有在认知和情感更加紧密地组成为不可分解的联合体的时候,知识才变得越发有趣。

希罗多德

作为批评者的阉马

由于女王的日程安排非常紧凑,于是画家和他的模特敲定了次数有限的会面。尽管只是要画一幅小型肖像画,但是完成这幅作品还是用了一年半之久——2000年5月至2001年12月。这幅画并不是出于王室方面的委托,而是卢西安·弗洛伊德送给女王的礼物。这位画家特立独行的品格令人们对此不会有任何怀疑。弗洛伊德每次与伊丽莎白女王会面,双方都会兴高采烈地相互交谈。他们一定会谈到两个人都热爱的马和狗。就像女王那位文艺复兴时期赫赫有名的远亲一样,她一生都是一位真正的女骑士。[1] 弗洛伊德最令人印象深刻的绘画作品，展现的是被熟睡或打盹的狗围绕着的裸体的人。他在很小的时候就开始骑马，后来则成了名声在外的频繁光顾赛马场和彩票销售点的客人，他在这些地方投入了重金。除了绘画和与女人们数不胜数的风流韵事之外，马是他人生中第三大爱好。他的作品中表现了一些肥胖的男人，他们是赛马场上的赌业者和形迹可疑的人物。作为画家，弗洛伊德是一名完美主义者，为他的肖像画当模特很容易就会消磨掉上百个小时。即便是他要画的动物，也必须学会耐心，它们要整日整日地待在他的画室里。或者，他不把它们牵出来，而是直接在牲口棚子里作画，他在人生最后十年描摹的许多了不起的马图就是在那里产生的。[2] 这其中就包括于 2003 年完成的一幅灰色阉马的肖像画——《灰白色的去势马》（*Grey Gelding*）。

同年摄制的照片展现了弗洛伊德将他的模特带到已经完成了大半的油画前面的场景。两位主人公——画家和他的模特——都表现出从浅灰到灰白的淡色调。弗洛伊德手的颜色与马鼻孔的颜色相互呼应，棕色皮质马笼头与这位画家随意围在脖子上的、有图案的丝巾相匹配。但是，这两者的"情侣相貌"只体现在外表和颜色上，在艺术见解和评论方面，他们就分道扬镳了。当这位画家的目光集中在画面上的时候，那匹马却漠然地转过头，或者说是不情愿地把头歪到一边，并且闭上了眼睛。在这位模特身上，看不到画作上所展现的那个生机勃勃、一

---

[1] 请参见 W. 贝林格《运动的艺术史：从古代奥林匹亚到 21 世纪》，第 194 页。
[2] 有关这个主题请参见锡根（Siegen）画展"卢西安和动物"（*Lucian Freud und das Tier*）漂亮的目录册，锡根，2015 年。

脸满足的动物的痕迹；相比它自己的画像，这匹活生生的阉马倒显得死气沉沉。

这并不是卢西安·弗洛伊德——精神分析学创立者的孙子——第一次在照相机前摆好姿势，从而让一则故事、神话或者传奇变成生动的画面。这一次同样是将绘画架上所发生的大把大把的故事再一次反映为照片的布局和主题。他祖父身边的两位年轻的维也纳学者——恩斯特·克劳斯和奥托·库尔兹——收集了往昔的一些这样的故事并且加以分析[1]，当然，卢西安·弗洛伊德了解其中的某些内在联系。两位学者所收集的，通常是一些出现在最早的艺术文献中的短小的逸事，它们是从诸如柏拉图、色诺芬、普林尼等学者那里流传下来的，后来又被瓦萨里继续传播。艺术家本人、他的出身、灵感和天赋往往是这些叙事的中心。有些传奇逸事非常独特，它们将艺术看作对大自然的拟态、模仿，并且讲述了多姿多彩的故事：动物本身是如何被画家所创作的艺术品迷惑，它们或是朝着自己的变成艺术品的同类狂吠，或是要从它身边逃走，或是试着与之交配。克劳斯和库尔兹写道："很难说清到底有多少这样大同小异或类似的传奇逸事。它们早在古希腊罗马时期就已经存在各种各样的版本了：一匹公马试着与古希腊画家阿佩利斯画的母马交配；鹌鹑在一幅……画着一只鹌鹑的图画上飞来飞去；一幅画了一条蛇的图画，让叽叽喳喳叫着的小鸟安静了下来……"[2]

---

[1] 恩斯特·克劳斯和奥托·库尔兹:《艺术家的传奇：一项历史研究》(*Die Legende vom Künstler. Ein geschichtlicher Versuch*)，法兰克福（美因河畔），1980 年。

[2] 同上书，第 80 页。

动物学家、行为学研究者伯恩哈特·格茨梅克对动物——确切地说是对马——的实验,看起来就是深受古希腊罗马时期的艺术文献的启发。20 世纪 40 年代初,作为军队兽医的格茨梅克,在柏林和被占领的波兰先是用标本马而后用图片上的马做实验,从中观察活生生的马对于这些傀儡会有什么反应。[1] 实验的结果令人振奋:参加实验的马不仅对标本马显示出极大的兴趣,而且对它们被画成图画的同类也同样如此,它们观察、嗅闻、触摸那些人工作品,并且一而再地回到它们身边。唯独一匹老牝马表现出完全无动于衷的态度,格茨梅克一开始认为它太聪明了,以至于能够看破骗局,但是后来他发现,它对它活生生的同伴几乎也没有什么兴趣。

就连被卢西安·弗洛伊德带到它自己的肖像画前的灰白马,也表现出了漠然甚至拒绝的态度。现在,我们可以说,它已经不止一次看过这幅图画了,它最终已经习惯了做模特和画作的产生过程了。简言之,这匹马觉得乏味了。或者它会不会像加布里埃尔·冯·马克斯所画的那些猴子一样,也成了艺术批评家了?它是否会告诉这位画家,它对这幅肖像画的不满;它是否打算让他清楚,他成不了第二个阿佩利斯?它到底有没有认出来画中的**自己**?这是一个复杂的问题,可能我们不得不以否定的答案来回复。

人类儿童在 1 岁到 1 岁半之间的某个时候会经历雅各布·拉康所提

---

[1] 请参见伯恩哈特·格茨梅克《又是马》(*Und immer wieder Pferde*),慕尼黑,1977 年,第 105 页及其后面若干页。

出的著名的**镜像阶段**[1]，但是能够经历同样阶段的动物种类并不多。在经历镜像阶段的那个瞬间，人类儿童会发出开心的叫声：他认出了对面是他自己的形象。弗洛伊德的阉马不仅应该像参加格茨梅克的实验的马一样，对被画成画的同类深感兴趣，而且同时它也应该在弗洛伊德的画布前经历自己的镜像阶段，发出欢呼的嘶鸣：啊，天啊，这是我啊！但是，显然这匹漂亮的马还没有那么高的智商。

对于动物的智商的研究早就经过了实验阶段，那是在一个世纪前进入的阶段，其中还出现了"聪明的汉斯"的案例。今天，马不必再通过学习阅读和开方来证明它的聪明了。就连"智力"这个概念本身也被"认知"取代了。马的认知研究，将对其感觉器官、神经细胞及大脑功能的马心理学研究和行为研究方面的课题结合在了一起。从对马的深入的认识中，可以推导出与它打交道的建议，这些建议比那些古老的学者——例如从色诺芬到17世纪法国的骑术教练（卡文迪许、弗朗索瓦·德·拉·戈希尼耶）——的教导要更加富有启发性，新的建议强调了要温柔对待、体谅马，而不是（像格里松的意大利流派那样）强迫和苛刻要求[2]。

1936年，拉康提出镜像阶段时，阿兰·图灵也第一次勾勒出了计算机的形态；计算机的出现同样使得反馈概念得到发展。通过控制论引发的"认知革命"，使得从20世纪50年代开始，对于马如何感知它的

---

[1] 1936年，拉康在玛利亚温泉市（Marienbad）召开的第14届精神分析学国际大会（14. Internationalen Kongress für Psychoanalyse）上，第一次就他的"镜像阶段"发表演讲，这一理论在经过完善后，于1949年公开发表。

[2] 请参见圣萨拉齐诺《17世纪英国有关马的文章》，载《历史杂志》，第300卷（2015年），第342页和第358—359页。

周围世界，如何理解它的感官所接收到的刺激，如何与它的同类、周围世界以及其他物种——其中包括人类——发生互动的研究，都以令人印象深刻的方式加快了速度，而且也变得更加多元化了。[1] 对于不同类型的哺乳动物的认知研究，填补了笛卡尔在生机勃勃的大自然的中心所挖出的鸿沟。甚至近些年，被哲学家顽强地捍卫着的意识与思想、思想与语言的双重纽带也被解开了。有关人类智力进化的研究[2]要归功于对猴子、狗、马的行为生态学和认知动物行为学的研究，以及大量人类心理学和人种学的研究。6000年来，马一直都是我们最重要的发动机，而且它也永远都是我们的认知的最了不起的发动机：它是我们的朋友、我们的伙伴、我们的老师。

在寻找能够促使今天和明天的马研究仍然能有最繁茂成长的领地时，人们不仅发现了行为生态学和认知研究，还遇上了考古学。[3] 地球上为数众多的地区和文化都有自己的历史学，这完全是因为考古学的存在。这些地区包括了从阿拉伯到美洲，再到黑海北部和东部的广阔地区，以及中亚的广袤陆地，历史上所有的马文化都是从那里开始的。研究者只找到少量的关于这些地区历史事件和演变的文献资料，希罗多德的《历史》是其中之一。这部作品记载了文字还未被使用的远古时候的历史：

---

[1] 请参见 M.-A. 莱布朗克（M.-A. Leblanc）《马的心智：马认知学导论》（*The Mind of the Horse. An Introduction to Equine Cognition*），剑桥/马萨诸塞州，2013年，请特别参考第2章和第3章，第22—70页。

[2] 请参见迈克尔·托马塞洛（Michael Tomasello）《人类思考的自然史》（*Eine Naturgeschichte des menschlichen Denkens*），柏林，2014年。

[3] 同上书，第351页及其后面若干页。

征服疆土、建立政权、无数种语言的诞生、狩猎技术和战斗技术的发明，所有这些都是以考古学家耐心的勘探工作为基础的。[1] 可供研究者使用的文字资料，还包括在最近 50 年里，古生物学和面向历史的动物学在有关人与马的共同生活的早期历史研究中所得到的知识。

对于马的历史在人类历史中所占分量非常敏感的历史学家，例如中世纪学专家赫尔曼·汉姆佩尔和历史学理论研究者莱恩哈特·克泽莱克，一旦他们拓展了对于马的感知的研究，他们就会立即记录下来，这是将传播给历史的独特的张力关系。正如克泽莱克认识到的那样[2]，马是现代化的卓尔不群的代理者：没有马在生产、流通和战争动态化方面的参与，在 18 世纪末期——著名的"鞍形期"——开始的现代化就难以正常运行；而且与马充分提供必需的动力能源的情形不同，当这一前提条件没有得到满足时，现代化一定会有与我们已经经历的完全不同的走向。

赫尔曼·汉姆佩尔强调人们应该记住，马出现在历史的桥梁的另一边[3]。它曾经是查理曼大帝时代的历史链条上的组成部分，历史上人类最古老的时代从这样的链条上产生。几乎与汉姆佩尔提出这个观点同一时间，保守主义哲学家阿诺德·盖伦指出，马将"后文化"中的人类与最初开始驯服牲口的"原始人类"联系了起来。马不仅在大约从拿破仑时代开始的近代担当着现代化代理者的角色，它也是使我们与地球上最早期阶段——也就是被我们称为历史的阶段——发生联系的关系代理

---

[1] 对此请参见 Ch. 鲍莫尔的最新著作《中亚历史》。
[2] 莱恩哈特·克泽莱克：《现代的开始或者马的时代的结束》，载《2003 年明斯特历史学家奖》，第 37 页。
[3] 请参见赫尔曼·汉姆佩尔《历史和历史学》，载《时间历史季刊》1957 年第 1 期，第 17 页。

者。与此同时，在所有的时间里，马一直都是我们的伙伴和患难之交。没错，回头望去，马上就能看到，马在新石器时代的祖先就已经像今天一样与人类休戚与共了，我们难以想象博泰人和乌克兰德雷夫卡人身边没有一直站着这种频频点头、发出呼哧呼哧声音、用它的蹄子踏出啪嗒啪嗒声响的生物会是什么样子。马与人共同**开启**了历史空间的大门，而且在同一时间点，（根据保守思想家的看法）这个历史空间又被再次**关闭**，而马与人也分道扬镳了。在这期间，有关"历史的终结"的理论已经被我们远远地抛在了身后，历史没有安安静静地结束或者消失在档案馆中，相反，它只是面目模糊地继续向前，尽管此时不再像以前那样有马的陪伴。无论如何，我们对历史的感知都已经发生了改变：它似乎在空间上得以扩展的同时，在时间上却陷入了萎缩。

当旧世界的许多历史学家从某种历史的数据中找到了入口的时候，在现代的门槛上，从地理的角度上来看，历史的空间在很大程度上以欧洲和亚洲为基准，而从文化的角度来看，则局限在有文字的区域里。地球上没有文字的民族和地区，根据定义也是没有历史的地方。自此以后，历史的空间不断地扩大，并且延展到整个地球。凭借考古学、民族学、古生物学和其他学科的发展而得以开发的历史认识论的新技术，已经大大跳出了哲学和校勘的框架，以至于拥有文字或不拥有文字的人类，都不再能够决定对历史的参与了。历史的空间在相对较短的时间之前还被人们看作一个封闭的宇宙，它包裹着那些拥有**记录系统的**民族的罪过和痛苦，但是突然之间，人们发现这个宇宙被打开了，并且确立了没有文字的人类、动物、植物、风景和大陆所组成的更广阔的进化关联。历史的形象不再是不久之前学校还在传授的那个样子了，看上去它在突然之间被弄皱了、萎缩了，就像超现实主义画家马克斯·恩斯特在他的《雨后的欧洲》(Europa nach dem Regen)中所展现的样子。

尽管历史描述对上述挑战作出了反应，但是仍然有许多事情还未去做。在探寻新的思考历史和记述历史方式的过程中，我们也不应该忽视最古老的做法。也许现在正是再读希罗多德的时候了。几乎没有其他古旧文献作者能够像这位来自哈利卡那索斯且令人钦佩不已的历史书作者那样体现现实意义。这位讲述者在"浩如烟海的历史"中走了多远、走了多久，有多少是他亲眼所见，他是否对所有事物进行了考察，或者如同他的后辈一样其实并没有太多的发现，这些都无关紧要，重要的是他将脑袋从一个过于强调人类的历史温室中伸了出来。先于古罗马诗人奥维德400多年，希罗多德已经开始流浪生活，这两者的共同之处，还包括热衷于讲述充满幻想的故事和对众神以及命运的虔信。他收集了据说是行得通的、采用巨型蚂蚁或者长有羽毛的小女孩来炼金的配方，而且小心谨慎地记录下各个民族的婚嫁仪式、交媾风俗和对逝者的祭祀。他记述了马的关于大流士被从王位上赶下来[1]的预言以及斯基泰人将首领的马为其主人陪葬的风俗。[2]他意识到，牡马和牝马是最重要的历史行动者，它们造就君王，并与他们同葬。

希罗多德在后世变得非常出名，同时也遭到了很多责骂。在有人揭

---

[1] 请参见希罗多德《历史》，第3卷，第83页及其后面若干页。
[2] 请参见希罗多德《历史》，第4卷，第71—73页；F. 哈尔托格（F. Hartog）：《希罗多德的镜子：对测试的描述》(Le miroir d'Hérodote. Essai sur la représentation de l'autre)，巴黎，2001年，第248页，在这里谈到了斯基泰人陪葬马的风俗。

穿他的通俗文学作家面目的时候,又有其他人批判他的古希腊神话中心主义。但是现在不容置疑的是,至少像一位昆虫学家描述某种罕见的甲虫的冲动和胃口那样,他确实记录了生活在当时世界边缘上的民族的一些日常生活和风俗习惯。但是,他的文化短视可能并不像他在自然和超自然事物上的远见那样影响重大。也许,相对于反驳他的批判者,我们应该更多地保护他的崇拜者。在后者的队伍中特别值得一提的,是像沃尔夫冈·萨德瓦尔德之类的人文主义学者;萨德瓦尔德在图宾根大学"历史之父"(西塞罗)的课堂上颂扬说:希罗多德是第一个认识到他应该"像对待人一样对待所有事物,并且由此将历史看作伟大的人类—活动(Menschen-Geschehen)的历史"[1]的人。那么,这样说来,希罗多德是提出历史是人类的宇宙的第一人,那他是意大利哲学家维科的古代前辈吗?当今天的读者仔细审视这位古代学者所揭露的现实性的时候,难道他的目光不是完完全全投注在人类身上的吗?事实上,我们可以不按后来的人文主义的设想而是以另外的原因阅读希罗多德的著作:我们从那里认识到,不只是人类的存在成为历史叙事的对象,此外还有石头、云彩和神灵。那么,马当然也在其中了。

历史学知晓许多各种各样的活跃分子:有的庞大而且相互结合起来构成一个整体,例如一支由大量分队、成千上万的人以及坦克组成的军队;另外一些像药丸或微生物组成的云雾一样渺小且不引人注目;有的存活了 4000 年之久,而另外一些只有几个小时的寿命。

---

[1] 沃尔夫冈·萨德瓦尔德:《希腊的历史描述起源:图宾根课程》(*Die Anfänge der Geschichtsschreibung bei den Griechen. Tübinger Vorlesungen*),第 2 卷,1982 年,第 128 页。

最终，每一位历史学家必须自己决定，在未来他是否应该在他为过去绘制的图画中，为马留下更多的位置；马也是众多历史的行动者中的一种。鉴于马在时间的进程中所发挥的作用和它在与人类的连接中所胜任的工作，我们当然必须承认，马不只是众多历史的行动者中的一种，而且是极其特殊的活跃分子：特别快，在历史中无所不在，而且非常漂亮。希罗多德也清楚地看到了这一点。

马的临终

"二战"后的威斯特法伦根本不是极乐之岛的模样，曾经和平的印象以及19世纪的回忆都成了幻影。在最后的武装力量被美国人包围的树林里，到处都是被丢弃或者草草掩埋的武器和装满弹药的箱子。尽管被严令禁止，但是我们这些乡村里的男孩子，还是在这些树林里到处寻找并且也找到了被当作有毒的战争冰川堆石的东西。我们开辟了新的、只有我们知道的武器库，而且偶尔用那里面储存的弹药将某个武器库炸上天去。我的祖父知道我们的这些小秘密，但是他什么都没说。在他的工作间的一只抽屉里，他藏了两枚机关枪子弹的残破弹头。1945年3月，在我祖父犁地的时候，一名英国步兵狙击手向他和他的马开了枪。他跳到了垄沟里，两匹马脱缰而逃，人和牲口都奇迹般地毫发无损。尽管当时的我极其热衷关于战争的故事，但是却不喜欢听这段经历。我看着这些被炸坏的、粘着泥土的弹头，觉得它们令人毛骨悚然。当时在场的两匹马中的一匹现在还在牲口棚子里。我想象着它的恐惧和它那饱受惊吓的目光，仿佛确实看到了它的黄色皮毛上突然流下汗和血。当时田地里是怎样一幅场景啊：它无助地连带着挽具突然前腿腾空站了起来，而那挽具一直将它与另一匹马以及耕犁的木头杆连在一起。

我曾经看到过淌着血的马。那是一匹身体精悍、棕色的母马，名叫科拉，它是我在童年时代看到过的最漂亮的马。在它真正的主人——一个在附近的大城市赚钱的建筑商——正为他的挖土机和工地操心的时候，我的母亲就整天骑着它。尽管马是温柔而且相当滑稽的物种，不过科拉还是有自己的小脾气。这其中就包括它偶尔会奔跑着离开主人的牧场，跑到邻居那里去散步，这样的爱好令人印象深刻。在一次这样的散步过程中，它被缠在了铁丝中，那些铁丝是一个农夫在围起一块新的放养牧场后粗心大意落在那里的。这匹母马躺在地上，两条前腿的筋腱被撕裂了，棕色皮毛上到处是血，它用愤怒、求助的眼神看着周围。林区林务官恰巧经过那里，他建议用枪帮它解脱；被邻居叫来的村警也提出了同样的建议。最后是它的主人想办法救了这个受伤的家伙。晚上，他又从当时最先进的动物医院找来一辆拖车，将这匹母马送到那里去，这匹母马住了一个星期医院，它的前腿被用悬带吊起，并且得到了精心治疗。康复之后，它又重新站立起来了，回到了乡下，在低矮的篱笆后面度过了它的老年时光。但是，绝望的牝马的形象、草地上的血、男人们谈论射杀的声音，在很长一段时间里都会在我的梦里出现。

看到饱受临终痛苦的马，又有谁能够忍受？马这种具有悲剧性的动物的临终时的样子令人无法忍受。它的长腿支撑不住而弯了下来，高大的身体慢慢地倒下,眼神充满挫败感,这些都令人不忍心去看。马会像士兵一样被射杀,当它们伤势过重的时候,它们会遭到致命一击(coup de grace)。但是人们不会用毒气杀死它,尽管佛兰德在第一次世界大战中曾经出现过这种情况。今天人们会说那是迫不得已的牵连。然而,毒气致死却在人类自己和昆虫那里保留下来了。

忍受着痛苦的马的眼神,击穿了最粗暴的士兵的情感盔甲:"马让我感到抱歉,而人就完全不会。而且马会让我终生抱憾。"[1] 几乎没有哪篇有关两次世界大战的报道,没有哪本日记和书信集不会谈到围绕着马的悲伤。歌德不也有类似的感觉吗?"受了重伤的牲口无法静静地死去。"他如此评论着法国的战事[2],并且感人至深地描写了受了致命伤,被冷酷无情的人粗暴虐待的动物的痛苦。一位评论家注意到:"这里的对于马的痛苦的赤裸裸的描写,似乎成了展现战争痛苦的范本了,因为很少能够找到有关人类痛苦的相对应的例子。"[3] 从歌德写下的评论到第二次世界大战这一个半世纪里,似乎马的痛苦和垂死挣扎,的确完全成了表达战争痛苦的流行激情公式。它使得每个人都能表达痛苦,而它对于有关人类的痛苦却缄口不言。但是,对于想象毕加索用他的《格尔尼卡》(*Guernica*)那样振臂高呼的人来说,他们绝对不能放弃马的形象。

在紧凑的、几乎只有只言片语的场景描写中,托马斯·哈代在不到

---

[1] S.奈采尔和H.威尔泽:《战士:战争、杀戮和死亡记录》,法兰克福(美因河畔),2011年,第85页。

[2] 约翰·沃尔夫冈·冯·歌德:《日记》,第10卷(汉堡版),第238页。

[3] M.鲍姆:《"我的心狂跳,赶快上马!"歌德日常生活和他的作品中的以马为主题的诗文》,布恰,第15页。

一页的篇幅里描述了一匹马的临终过程。在快要天亮的五月的黎明，年轻的苔丝·德伯与她熟睡的兄弟坐着马车走过英格兰南部狭窄的乡村道路向家中赶去。拉马车的是年老的阉马王子，它自己就认识路，因而苔丝在不知不觉中也睡着了，沉醉在她自己的梦乡里。突然的撞击使她醒了过来，她听到一声低沉的呻吟，看到眼前的路上有一团黑乎乎的东西，于是她明白一定发生了可怕的事情。呻吟声是他们的老马发出来的，无声无息迎面而来的晨间邮政车尖锐的车辕如同一支标枪插入它的胸脯："伤口处血流如注，嘶嘶地喷涌到了路面上。"绝望的苔丝试图用手堵住伤口，而由此带来的结果只是不断有血溅在她的手上。"而后她站在那里，无助地看着。王子也定定地站着，没有什么反应，直到它支撑不住，突然重重地倒在地上。"[1] 苔丝的父亲拒绝将他的这匹老马以几先令的价格卖给屠宰场，他打算在第二天将死去的王子的尸体埋在花园里。死去的那匹马带来的阴影笼罩在年轻苔丝的未来路途上。

我从来没有见过将要死去的马，但曾经见过在很长一段时间里离死亡比离生命要近得多的马。那是一匹高大、强健的冷血牡马，它是比利时马；直到1954年6月的某一天之前，它一直都是一头脾气暴躁，有着熊一般力量的年轻牲口。一片牧场的边上有一堵储存太阳热量的石头墙，它在收割那片草地的时候踩到了一条正在睡觉的龙纹蟒蛇的尾巴。那是在威斯特法伦州南部的山谷里曾经可以经常看到的一种毒蛇，但它应该是最后一条了，之后就只有无毒的游蛇和无脚蜥蜴。威斯特法伦的这条最后的毒蛇斗志昂扬地抬起上身，向那匹公马的胸部咬了一口；公

---

[1] 请参见托马斯·哈代《苔丝：纯粹的女人》，慕尼黑，2012年，第41页。

马用自己最后的力气回了家，而后站在它的马厩里，死气沉沉、失去了活力，它摇摇晃晃地站着，却无法躺下。它太虚弱了，以致连一把麦片都吃不下去，连一口水都喝不下去。这匹身躯庞大的马站了四个星期，病恹恹的，备受折磨，毒液一直感染到它那黄色马鬃的发尖上；即便对大型牲口治疗非常有经验的兽医也怀疑它还能否活下来。[1] 马主人半夜醒来，走到马厩里去看看他的这匹马是否还活着。这匹公马在夜里显得比在白天还要高大，它像一座山，屹立在它的牲口棚里，摇晃着身体，混浊的眼睛空洞地盯着前方。四个星期后的一个早晨，这匹马低沉地呻吟着，被毒蛇咬过的地方，它的胸脯裂了开来，从腐烂的伤口里爆炸一般喷涌出好几桶血水和脓液。这匹牡马活动了一下，然后慢慢地、一如既往优雅地走出马厩，走到室外的阳光下，在那里，它再次停住了脚步，有些头晕眼花，它太虚弱了，没法继续迈步。但它活了下来。

---

[1] 有关毒蛇撕咬方面的毒物学和病理学请参见 O. 李泽尔（O. Leeser）《顺势疗法手册》（*Lehrbuch der Homöopathie*）的特别章节"药物学"（Arzneimittellehre）中 C 部分"动物成分"（Tierstoffe），乌尔姆，1961 年，第 211 页及其后面若干页。

鸣谢

我要感谢以下诸位给予我的各种各样的建议、批评和启发：丹尼尔·戴尔阿格里（Daniele Dell'Agli）、桑加·阿萨尔（Sonja Asal）、斯蒂芬·阿斯卡尼（Stephan Askani）、维洛尼卡·阿斯卡尼（Veronika Askani）、阿希姆·奥尔恩哈默（Achim Aurnhammer）、丽娜·巴鲁赫（Lina Baruch）、马丁·鲍尔（Martin Bauer）、格尔达·鲍姆巴赫（Gerda Baumbach）、约塔·本德特（Jutta Bendt）、亚历山德拉·贝耶尔（Andreas Beyer）、戈特弗里德·鲍伊姆（Gottfried Boehm）、克努特·波哈德特（Knut Borchardt）、格伦·鲍索克（Glen Bowersock）、乌尔里希·冯·贝罗（Ulrich von Bülow）、简·布尔格（Jan Bürger）、维纳·布什（Werner Busch）、安东尼娅·英格尔（Antonia Egel）、迪特里夫·菲尔肯（Detlef Felken）、安妮·罗斯·费舍（Anne Rose Fischer）、简斯·马尔特·费舍（Jens

Malte Fischer)、海克·格弗瑞莱斯（Heike Gfrereis）、戈尔德·吉斯勒（Gerd Giesler）、里奥奈尔·高斯曼（Lionel Gossman）、安娜·格劳弗格尔（Anna Grauvogel）、瓦伦迪诺·格劳波纳（Valentin Groebner）、艾克哈德·海弗特里希（Eckart Heftrich）、克劳斯·海因里希（Klaus Heinrich）、奥勒·海恩泽尔曼(Ole Heinzelmann)、阿利克斯·汉恩曼(Alexa Hennemann)、雅各布·赫辛(Jakob Hessing)、瓦尔特·辛德瑞尔（Walter Hinderer）、里吉娜·胡芬迪克（Regina Hufendiek）、劳伦茨·亚格尔(Lorenz Jäger)、迪特马尔·贾格勒（Dietmar Jaegle）、罗伯特·约特（Robert Jütte)、约阿希姆·卡尔卡（Joachim Kalka）、约阿希姆·科尔斯腾（Joachim Kersten）、约斯特·菲利普·克莱纳（Jost Philipp Klenner）、汉斯·格尔德·库赫（Hans Gerd Koch）、莱恩哈特·克泽莱克（Reinhart Koselleck）（已故）、约亨·朗海恩奈克（Jochen Langeheinecke）、维莱娜·兰辰（Verena Lenzen）、马塞尔·莱普（Marcel Lepper）、伍尔夫·D.冯·卢希乌斯（Wulf D. von Lucius）、于尔根·曼迪（Jürgen Manthey）、彼得·米勒（Peter Miller）、哈尔穆特·莫吉姆（Helmuth Mojem）、罗塔尔·穆勒（Lothar Müller）、匹亚·穆勒–塔姆（Pia Müller-Tamm）、卢茨·奈菲尔特（Lutz Näfelt）、约阿希姆·奈特尔贝克（Joachim Nettelbeck）、卡洛琳·诺伊鲍尔（Caroline Neubaur）、乌特·奥尔曼（Ute Oelmann）、诺贝尔特·奥托（Norbert Ott）、斯蒂芬·奥匹茨（Stephan Opitz）、恩斯特·奥斯特坎普(Ernst Osterkamp）、莱恩哈特·帕布斯特（Reinhard Pabst）、彼得·帕里特（Peter Paret）、芭芭拉·匹希特（Barbara Picht）、玛丽·路易斯·冯·普里森（Marie Louise von Plessen）、阿森·拉宾巴赫（Anson Rabinbach）、

比尔吉特·莱基（Birgit Recki）、迈里阿姆·里希特（Myriam Richter）、桑德拉·里希特（Sandra Richter）、海宁·里特（Henning Ritter）（已故）、卡洛尔·萨尔兰德（Karol Sauerland）、本尼迪克特·萨沃伊（Benedicte Savoy）、斯蒂芬·施拉克（Stephan Schlak）、卡尔·施勒格尔（Karl Schloegel）、托马斯·施密特（Thomas Schmidt）、海因茨·绍特（Heinz Schott）、艾伦·斯特利特马特（Ellen Strittmatter）、迪尔科·汤姆森（Dirko Thomsen）、迈克尔·托马塞洛（Michael Tomasello）、阿德尔海德·沃斯库尔（Adelheid Voskuhl）、贾尼斯·瓦格纳（Jannis Wagner）、乌尔里克·魏格纳（Ulrike Wegner）、伊法特·魏斯（Yfaat Weiss）、迈克·维纳（Meike Werner）、约翰内斯·威廉姆斯（Johannes Willms）、海因里希·奥古斯特·温克勒（Heinrich August Winkler）。

我还要感谢路西·霍尔茨瓦尔特（Lucie Holzwarth）、克里斯·考内尔（Chris Korner）、玛格达勒娜·尚茨（Magdalena Schanz）、简斯·特莱姆尔（Jens Tremml）和克里斯娜·沃尔莫（Christa Volmer）的不懈支持。

除了上述理论和实践上的支持者之外，如果没有海尔加·劳尔夫（Helga Raulff）和马克斯·劳尔夫（Max Raulff）的鼓励和非同一般的理解我也无法完成这部作品。我对你们表示特别的感谢。